चन्द्रकांता संतति
खण्ड-6

देवकीनंदन खत्री

प्रभाकर
प्रकाशन

प्रकाशक: प्रभाकर प्रकाशन

पता: प्लॉट न. 55, मेन मदर डेयरी रोड,
पांडव नगर, ईस्ट दिल्ली-110092

फोन: 011-40395855

व्हाट्स ऐप: +91 8368220032

ई-मेल: sales@pharosbooks.in

वेबसाइट: www.pharosbooks.in

संस्करण: 20203

चन्द्रकांता संतति खण्ड-6

देवकीनंदन खत्री

विषय-सूची

चन्द्रकांता संतति
भाग-21

बयान-1

भूतनाथ अपना हाल कहते-कहते कुछ देर के लिए रुक गया और इसके बाद एक लंबी सांस लेकर पुन: यों कहने लगा–

भूत- मैं अपने को कैदियों की तरह और अपने सामने अपनी ही स्त्री को सरदारी के ढंग पर बैठे हुए देखकर एक दफे घबड़ा गया और सोचने लगा कि यह क्या मामला है मेरी स्त्री मुझे अपने सामने ऐसी अवस्था में देखे और सिवाय मुस्कराने के कुछ न बोले! अगर वह चाहती तो मुझे अपने पास गद्दी पर बैठा लेती क्योंकि इस कमरे में जितने दिखाई दे रहे हैं उन सभों की वह सरदार मालूम पड़ती है, इत्यादि बातों को सोचते-सोचते मुझे क्रोध चढ़ आया और मैंने लाल आंखों से उसकी तरफ देखकर कहा, "क्या तू मेरी स्त्री वही रामदेई है जिसके लिए मैंने तरह-तरह के कष्ट उठाये और जो इस समय मुझे कैदियों की अवस्था में अपने सामने देख रही है?"

इसके जवाब में मेरी स्त्री ने कहा, "हां, मैं वही रामदेई हूं जिसके लड़के को तुम किसी जमाने में अपना होनहार लड़का समझकर चाहते और प्यार करते थे मगर आज उसे दुश्मनी की निगाह से देख रहे हो, मैं वही रामदेई हूं जो तुम्हारे असली भेदों को न जानकर और तुम्हें नेक, ईमानदार और सच्चा ऐयार समझकर तुम्हारे फंदे में फंस गई थी मगर आज तुम्हारे असली भेदों का पता लग जाने के कारण डरती हुई तुमसे अलग हुआ चाहती हूं, मैं वही रामदेई हूं जिसे तुमने नकाबपोशों के मकान में देखा था, और मैं वही रामदेई हूं जिसने उस दिन तुम्हें जंगल में धोखा देकर बैरंग वापस होने पर मजबूर किया था, मगर मैं वह रामदेई नहीं हूं जिसे तुम 'लामाघाटी' में छोड़ आए हो।"

मुझे उस औरत की बातों ने ताज्जुब में डाल दिया और मैं हैरानी के साथ उसका मुंह देखने लगा, अनूठी बात तो यह थी कि वह अपनी बातों में शुरू से तो रामदेई अथवा मेरी स्त्री बनती चली आई मगर आखिर में बोल बैठी कि 'मगर मैं वह रामदेई नहीं हूं जिसे तुम लामाघाटी में छोड़ आए हो', आखिर बहुत सोच-विचारकर मैंने पुन: उससे कहा, "अगर तू वह रामदेई नहीं है जिसे मैं लामाघाटी में छोड़ आया था तो तू मेरी स्त्री भी नहीं है।"

स्त्री- तो यह कौन कहता है कि मैं तुम्हारी स्त्री हूं।

मैं- अभी इसके पहले तूने क्या कहा था?

स्त्री- (हंसकर) मालूम होता है कि तुम अपने होश में नहीं हो।

इतना सुनते ही मुझे क्रोध चढ़ आया और मैं अपनी हथकड़ी-बेड़ी तोड़ने का उद्योग करने लगा। यह हाल देखकर उस औरत को भी क्रोध आ गया और उसने अपनी एक सखी या लौंडी की तरफ देखकर कुछ इशारा किया। वह लौंडी इशारा पाते ही उठी और उसी जगह आले पर से एक बोतल उठा लाई जिसमें किसी प्रकार का अर्क था। उस अर्क से चुल्लू भर उसने दो-तीन छींटे मेरे मुंह पर दिये जिसके सबब से मैं बेहोश हो गया और मुझे तनोबदन की सुध न रही। मैं यह नहीं बता सकता कि इसके बाद कै घंटे तक मैं उसके कब्जे में रहा परंतु जब होश में आया तो मैंने अपने को जंगल में एक पेड़ के नीचे पाया। घंटों तक ताज्जुब के साथ चारों तरफ देखता रहा, इसके बाद एक चश्मे के किनारे जाकर हाथ-मुंह धोने के बाद इस तरफ रवाना हुआ। बस यही सबब था कि मुझे हाजिर होने में देर हो गई।

भूतनाथ की बातें सुनकर सभों को ताज्जुब हुआ मगर वे दोनों नकाबपोश एकदम खिलखिलाकर हंस पड़े और उनमें से एक ने भूतनाथ की तरफ देखकर कहा–

नकाब- भूतनाथ, नि:संदेह तुम धोखे में पड़ गये, उस औरत ने तो जो कुछ तुमसे कहा उसमें शायद ही दो-तीन बातें सच हों।

भूत- (ताज्जुब से) सो क्या! उसने कौन-सी बातें सच कही थीं, कौन-सी झूठ?

नकाब- सो मैं नहीं कह सकता मगर आशा है कि शीघ्र ही तुम्हें सच-झूठ का पता लग जायेगा।

भूतनाथ ने बहुत कुछ चाहा मगर नकाबपोश ने उसके मतलब की कोई बात न कही। थोड़ी देर तक इधर-उधर की बातें करके नकाबपोश बिदा हुए और जाते समय एक सवाल के जवाब में कह गये कि "आप लोग दो दिन और सब्र करें, इसके बाद कुंअर इंद्रजीत सिंह और आनंद सिंह के सामने ही सब भेदों का खुलना अच्छा होगा क्योंकि उन्हें इन बातों के जानने का बड़ा शौक था।"

***

बयान-2

रात आधी से कुछ ज्यादे जा चुकी है। महाराज सुरेन्द्र सिंह अपने कमरे में पलंग पर लेटे हुए जीत सिंह से धीरे-धीरे कुछ बातें कर रहे हैं जो चारपाई के नीचे उनके पास ही बैठे हैं। केवल जीत सिंह ही नहीं बल्कि उनके पास वे दो नकाबपोश भी बैठे हुए हैं जो दरबार में आकर लोगों को ताज्जुब में डाला करते हैं और जिनका नाम राम सिंह और लक्ष्मण सिंह है। हम नहीं कह सकते कि ये लोग कब से इस कमरे में बैठे हुए हैं या इसके पहले इन लोगों में क्या-क्या बातें हो चुकी हैं, मगर इस समय तो ये लोग कई ऐसे मामलों पर बातचीत कर रहे हैं जिनका पूरा होना बहुत जरूरी समझा जाता है। बात करते-करते एक दफे कुछ रुककर महाराज सुरेन्द्र सिंह ने जीत सिंह से कहा, "इस राय में गोपाल सिंह का भी शरीक होना उचित जान पड़ता है, किसी को भेजकर उन्हें बुलाना चाहिए।"

"जो आज्ञा" कहकर जीत सिंह उठे और कमरे के बाहर जाकर राजा गोपाल सिंह को बुलाने के लिए चोबदार को हुक्म देने के बाद पुन: अपने ठिकाने पर बैठकर बातचीत करने लगे।

जीत सिंह- इसमें तो कोई शक नहीं कि भूतनाथ आदमी चालाक और पूरे दर्जे का ऐयार है मगर उसके दुश्मन लोग उस पर बेतरह टूट पड़े हैं और चाहते हैं कि जिस तरह बने उसे बर्बाद कर दें और इसलिए उसके पुराने ऐबों को उधेड़कर उसे तरह-तरह की तकलीफ दे रहे हैं।

सुरेन्द्र- ठीक है मगर हमारे साथ भूतनाथ ने सिवाय एक दफे चोरी करने के और कौन-सी बुराई की है जिसके लिए उसे हम सजा दें या बुरा कहें?

जीत- कुछ भी नहीं, और वह चोरी भी उसने किसी बुरी नीयत से नहीं की थी, इस विषय में नानक ने जो कुछ कहा था महाराज सुन ही चुके हैं।

सुरेन्द्र- हां, मुझे याद है, और उसने हम लोगों पर अहसान भी बहुत किये हैं बल्कि यों कहना चाहिए कि उसी की बदौलत कमलिनी, किशोरी, लक्ष्मीदेवी और इंदिरा वगैरह की जानें बचीं और गोपाल सिंह को भी उसकी मदद से बहुत फायदा पहुंचा है। इन्हीं सब बातों को सोच के तो देवी सिंह ने उसे अपना दोस्त बना लिया था मगर साथ ही इसके इस बात को भी समझ रखना चाहिए कि जब तक भूतनाथ का मामला तै नहीं हो जायेगा तब तक लोग उसके ऐबों को खोद-खोदकर निकाला ही करेंगे और तरह-तरह की बातें गढ़ते रहेंगे।

एक नकाबपोश- सो तो ठीक है, मगर सच पूछिए तो भूतनाथ का मुकदमा ही कैसा और मामला ही क्या मुकदमा तो असल में नकली बलभद्र सिंह का है जिसने इतना बड़ा कसूर करने पर भी भूतनाथ पर इल्जाम लगाया है। उस पीतल वाली संदूकड़ी से तो हम लोगों को कोई

मतलब ही नहीं, हां बाकी रह गया चिट्ठियों वाला मुद्दा जिसके पढ़ने से भूतनाथ लक्ष्मीदेवी का कसूरवार मालूम होता है, सो उसका जवाब भूतनाथ काफी तौर पर दे देगा और साबित कर देगा कि वे चिट्ठियां उसके हाथ की लिखी हुई होने पर भी यह कसूरवार नहीं है और वास्तव में वह बलभद्र सिंह का दोस्त है दुश्मन नहीं।

सुरेन्द्र- (लंबी सांस लेकर) ओफओह! इस थोड़े से जमाने में कैसे-कैसे उलटफेर हो गए! बेचारे गोपाल सिंह के साथ कैसी धोखेबाजियां की गईं! इन बातों पर जब हमारा ध्यान जाता है तो मारे क्रोध के बुरा हाल हो जाता है।

जीत- ठीक है, मगर खैर अब इन बातों पर क्रोध करने की जगह नहीं रही क्योंकि जो कुछ होना था हो गया। ईश्वर की कृपा से गोपाल सिंह भी मौत की तकलीफ उठाकर बच गए और अब हर तरह से प्रसन्न हैं, इसके अतिरिक्त उनके दुश्मन लोग भी गिरफ्तार होकर अपने पंजे में आये हुए हैं।

सुरेन्द्र- बेशक, ऐसा ही है मगर हमें कोई ऐसी सजा नहीं सूझती जो उनके दुश्मनों को देकर कलेजा ठंडा किया जाये और समझा जाये कि अब गोपाल सिंह के साथ बुराई करने का बदला ले लिया गया।

महाराज सुरेन्द्र सिंह इतना कह ही रहे थे कि राजा गोपाल सिंह कमरे के अंदर आते हुए दिखाई पड़े क्योंकि उनका डेरा इस कमरे से बहुत दूर न था।

राजा गोपाल सिंह सलाम करके पलंग के पास बैठ गए और इसके बाद दोनों नकाबपोशों से भी साहब-सलामत करके मुस्कराते हुए बोले–

"आप लोग कब से बैठे हैं?"

एक नकाबपोश- हम लोगों को आये बहुत देर हो गई।

सुरेन्द्र- ये बेचारे कई घंटे से बैठे हुए हमारी तबीयत बहला रहे हैं और कई जरूरी बातों पर विचार कर रहे हैं।

गोपाल- वे कौन-सी बातें हैं?

सुरेन्द्र- यही लड़कों की शादी, भूतनाथ का फैसला, कैदियों का मुकदमा, कमलिनी और लाडिली के साथ उचित बर्ताव इत्यादि विषयों पर बातचीत हो रही है और सोच रहे हैं कि किस तरह क्या किया जाये तथा पहले क्या काम हो?

गोपाल- इस समय मैं भी इसी उलझन में पड़ा हुआ था। मैं सोया नहीं था बल्कि जागता हुआ इन्हीं बातों को सोच रहा था कि आपका संदेशा पहुंचा और तुरंत उठकर इस तरफ चला आया। (नकाबपोशों की तरफ बताकर) आप लोग तो अब हमारे घर के व्यक्ति हो रहे हैं। अस्तु ऐसे विचारों में आप लोगों को शरीक होना ही चाहिए।

सुरेन्द्र- जीत सिंह कहते हैं कि कैदियों का मुकदमा होने और उनको सजा देने के पहले ही दोनों लड़कों की शादी हो जानी चाहिए जिससे कैदी लोग भी इस उत्सव को देखकर अपना जी जला लें और समझ लें कि उनकी बेईमानी, हरामजदगी और दुश्मनी का नतीजा क्या निकला। साथ ही इसके एक बात का फायदा और भी होगा, अर्थात् कैदियों के पक्षपाती लोग भी, जो ताज्जुब नहीं कि इस समय भी कहीं इधर-उधर छिपे मन के लड्डू बना रहे हों, समझ जायेंगे कि अब उन्हें दुश्मनी करने की कोई जरूरत नहीं रही और न ऐसा करने से कोई फायदा ही है।

गोपाल- ठीक है, जब तक दोनों कुमारों की शादी न हो जाएगी तब तक तरह-तरह के खुटके बने ही रहेंगे। हो जाने के बाद मेहमानों के सामने ही कैदियों को जहन्नुम में पहुंचाकर दुनिया को दिखा दिया जाएगा कि बुरे कर्मों का नतीजा यह होता है।

सुरेन्द्र- खैर, तो आपकी भी यही राय होती है?

गोपाल- बेशक!

सुरेन्द्र- (जीत सिंह की तरफ देखकर) तो अब हमें और किसी से राय मिलाने की जरूरत नहीं रही, आप हर तरह का बंदोबस्त शुरू कर दें और जहां-जहां न्यौता भेजना हो भेजवा दें।

जीत- जो आज्ञा। अब भूतनाथ के विषय में कुछ तो हो जाना चाहिए।

गोपाल- हम लोगों में से कौन-सा आदमी ऐसा है जो भूतनाथ के एहसान के बोझ से दबा हुआ न हो बाकी रही यह बात कि जैपाल ने भूतनाथ के हाथ की चिट्ठियां कमलिनी और लक्ष्मीदेवी को दिखाकर भूतनाथ को दोषी ठहराया है, सो वास्तव में भूतनाथ दोषी नहीं है और इस बात का सबूत भी वह दे देगा।

सुरेन्द्र- हां, तुमको तो इन सब बातों का सच्चा हाल जरूर ही मालूम होगा क्योंकि तुम्हीं ने कृष्णा जिन्न बनकर उसकी सहायता की थी, अगर वास्तव में वह दोषी होता तो तुम ऐसा करते ही क्यों?

गोपाल- बेशक, यही बात है, इंदिरा का किस्सा आपको मालूम ही है क्योंकि मैंने आपको लिख भेजा था और आशा है कि आपको वे बातें याद होंगी?

सुरेन्द्र- हां, मुझे बखूबी याद है, बेशक उस जमाने में भूतनाथ ने तुम लोगों की बड़ी सहायता की थी बल्कि इसी सबब से उससे और दारोगा से दुश्मनी हो गई थी, अस्तु कब हो सकता है कि भूतनाथ लक्ष्मीदेवी के साथ दगा करता जो कि दारोगा से दोस्ती और बलभद्र सिंह से दुश्मनी किए बिना हो ही नहीं सकता था। लेकिन आखिर बात क्या है, वे चिट्ठियां भूतनाथ की लिखी हैं या नहीं फिर इस जगह एक बात का और भी ख्याल होता है वो यह कि उस मुट्ठे में दोनों तरफ की चिट्ठियां मिली हुई हैं, अर्थात् जो रघुबीर सिंह ने भेजी वे भी हैं और जो रघुबर के नाम आई थीं वे भी हैं।

गोपाल- जी हां और यह बात भी बहुत से शकों को दूर करती है। असल यह है कि वे सब चिट्ठियां भूतनाथ के हाथ की नकल की हुई हैं। वह रघुबर सिंह जो दारोगा का दोस्त था और जमानिया में रहता था उसी की यह सब कार्रवाई है और यह सब विष उसी के बोये हुए हैं। वह बहुत जगह इशारे के तौर पर अपना नाम 'भूत' लिखा करता था। आपने इंदिरा के हाल में पढ़ा होगा कि भूतनाथ बेनी सिंह बनकर बहुत दिनों तक रघुबर सिंह के यहां रह चुका है और उन दिनों यही भूतनाथ हेला सिंह के यहां रघुबर सिंह का खत लेकर आया-जाया करता था...।

सुरेन्द्र- ठीक है, मुझे याद है।

गोपाल- बस, ये सब चिट्ठियां उन्हीं चिट्ठियों की नकलें हैं। भूतनाथ ने मौके पर दुश्मनों को कायल करने के लिए उन चिट्ठियों की नकल कर ली थी और कुछ उनके घर से भी चुराई थीं। बस भूतनाथ की गलती या बेईमानी जो कुछ समझिये यही हुई कि उस समय कुछ नकदी फायदे के लिए उसने इस मामले को दबा रखा और उसी वक्त मुझ पर प्रकट न कर दिया। रिश्वत के लिए दारोगा को छोड़ देना और कलमदान के भेद को छिपा रखना भी भूतनाथ के ऊपर धब्बा लगाता है क्योंकि अगर ऐसा न होता तो मुझे यह बुरा दिन देखना नसीब न होता और इन्हीं भूलों पर आज भूतनाथ पछताता और अफसोस करता है। मगर आखिर में भूतनाथ ने इन बातों का बदला भी ऐसा अदा किया कि वे सब कसूर माफ कर देने के लायक हो गये।

सुरेन्द्र- उस कलमदान में क्या चीज थी?

गोपाल- उस कलमदान को दारोगा की उस गुप्त सभा का दफ्तर समझिये, सब सभासदों के नाम और सभा के मुख्य-मुख्य भेद उसी में बंद रहते थे, इसके अतिरिक्त दामोदर सिंह ने जो वसीयतनामा इंदिरा के नाम लिखा था वह भी उसी में बंद था।

सुरेन्द्र- ठीक है ठीक है, इंदिरा के किस्से में यह बात भी तुमने लिखी थी, हमें याद आया। मगर इसमें भी कोई शक नहीं कि उन दिनों लालच में पड़कर भूतनाथ ने बहुत बुरा किया और उसी सबब से तुम लोगों को तकलीफ उठानी पड़ी।

एक नकाबपोश- शायद भूतनाथ को इस बात की खबर न थी कि इस लालच का नतीजा कहां तक बुरा निकलेगा।

सुरेन्द्र- जो हो मगर उस समय की बातों पर ध्यान देने से यह भी कहना पड़ता है कि उन दिनों भूतनाथ एक हाथ से भलाई कर रहा था और दूसरे हाथ से बुराई।

गोपाल- ठीक है, बेशक ऐसी ही बात थी।

सुरेन्द्र- (जीत सिंह की तरफ देख के) भूतनाथ और इंद्रदेव को भी इसी समय यहां बुलाकर इस मामले को तै ही कर देना चाहिए।

"जो आज्ञा" कहकर जीत सिंह उठे और कमरे के बाहर जाकर चोबदार को हुक्म देने के बाद लौट आए। इसके बाद कुछ देर तक सन्नाटा रहा तब फिर गोपाल सिंह ने कहा–

गोपाल- अपने खयाल में तो भूतनाथ ने कोई बुराई नहीं की थी क्योंकि बीस हजार अशर्फी दारोगा से वसूल करके उसे छोड़ देने पर भी उसने एक इकरारनामा लिखा लिया था कि 'वह (दारोगा) ऐसे किसी काम में शरीक न होगा और न खुद ऐसा कोई काम करेगा जिससे इंद्रदेव, सर्यू, इंदिरा और मुझ (गोपाल सिंह) को किसी तरह का नुकसान पहुंचे' मगर दारोगा फिर भी बेईमानी कर ही गया और भूतनाथ इकरारनामे के भरोसे बैठा रह गया। इससे खयाल होता है कि शायद भूतनाथ को भी इन मामलों की ठीक खबर न हो अर्थात मुंदर का हाल मालूम न हुआ हो, और वह लक्ष्मीदेवी के बारे में धोखा खा गया हो तो भी ताज्जुब नहीं।

सुरेन्द्र- हो सकता है। (कुछ देर तक चुप रहने के बाद) मगर यह तो बताओ कि इन सब मामलों की खबर तुम्हें कब और क्योंकर लगी?

गोपाल- इन सब बातों का पता मुझे भूतनाथ के गुरुभाई शेर सिंह की जुबानी लगा जो भूतनाथ को भाई की तरह प्यार करता है मगर उसकी इन सब लालच-भरी कार्रवाइयों के बुरे नतीजे को सोच और उसे पूरा कसूरवार समझकर उससे डरता और नफरत करता है। जिन दिनों रोहतासगढ़ का राजा दिग्विजय सिंह किशोरी को अपने किले में ले गया था इस सबब से शेर सिंह ने अपनी नौकरी छोड़ दी थी उन दिनों भूतनाथ छिपा-छिपा फिरता था। मगर जब शेर सिंह ने उस तिलिस्मी तहखाने में जाकर डेरा डाला[2] और छिपे-छिपे कमला और कामिनी की मदद करने लगा तो उन्हीं दिनों उस तिलिस्मी तहखाने में जाकर भूतनाथ ने शेर सिंह से एक तौर पर (बहुत दिनों तक गायब रहने के बाद) नई मुलाकात की, मगर धर्मात्मा शेर सिंह को यह बात बहुत बुरी मालूम हुई...।

गोपाल सिंह इतना कह ही रहे थे कि भूतनाथ और इंद्रदेव कमरे के अंदर आ पहुंचे और सलाम करके आज्ञानुसार जीत सिंह के पास बैठ गये।

जीत- (भूतनाथ और इंद्रदेव से) आप लोग बहुत जल्द आ गये।

इंद्रदेव- हम दोनों इसी जगह बरामदे के नीचे बाग में टहल रहे थे इसलिए चोबदार नीचे उतरने के साथ ही हम लोगों से जा मिला।

जीत- खैर, (गोपाल सिंह से) हां तब?

गोपाल- अपनी नेकनामी में धब्बा लगने और बदनाम होने के डर से भूतनाथ की सूरत देखना भी शेर सिंह पसंद नहीं करता था बल्कि उसका तो यही बयान है कि 'मुझे भूतनाथ से मिलने की आशा ही न थी और मैं समझे हुए था कि अपने दोषों से लज्जित होकर भूतनाथ ने जान दे दी'। मगर जिस दिन उसने उस तहखाने में भूतनाथ की सूरत देखी, कांप उठा। उसने भूतनाथ की बहुत लानत-मलामत करने के बाद कहा कि 'अब तुम हम लोगों को अपना मुंह मत दिखाओ और हमारी जान और आबरू पर दया करके किसी दूसरे देश में चले जाओ'। मगर भूतनाथ ने इस बात को मंजूर न किया और यह कहकर अपने भाई से बिदा हुआ कि 'चुपचाप बैठे देखते रहो कि मैं किस तरह अपने पुराने परिचितों में प्रकट होकर खास राजा वीरेन्द्र सिंह

का ऐयार बनता हूं'। बस इसके बाद भूतनाथ कमलिनी से जा मिला और जी जान से उसकी मदद करने लगा। मगर शेर सिंह को यह बात पसंद न आई। यद्यपि कुछ दिनों तक शेर सिंह ने कमलिनी तथा हम लोगों का साथ दिया, मगर डरते-डरते। आखिर एक दिन शेर सिंह ने एकांत में मुझसे मुलाकात की और अपने दिल का हाल तथा मेरे विषय में जो कुछ जानता था कहने के बाद बोला, 'यह सब हाल कुछ तो मुझे अपने भाई भूतनाथ की जुबानी मालूम हुआ और कुछ रोहतासगढ़ को इस्तीफा देने के बाद तहकीकात करने से मालूम हुआ मगर इस बात की खबर हम दोनों भाइयों में से किसी को भी न थी कि आपको मायारानी ने कैद कर रखा है। खैर अब ईश्वर की कृपा से आप छूट गये हैं इसलिए आपके संबंध में जो कुछ मुझे मालूम है आपसे कह दिया, जिससे आप दुश्मनों से अच्छी तरह बदला ले सकें। अब मैं अपना मुंह किसी को दिखाना नहीं चाहता क्योंकि मेरा भाई भूतनाथ जिसे मैं मरा हुआ समझता था प्रकट हो गया और न मालूम क्या-क्या किया चाहता है। कहीं ऐसा न हो कि गेहूं के साथ घुन भी पिस जाए, अस्तु अब मैं जहां भागते बनेगा भाग जाऊंगा। हां, राजा वीरेन्द्र सिंह का ऐयार बन गया तो पुन: प्रकट हो जाऊंगा।' इतना कहकर शेर सिंह न मालूम कहां चला गया, मैंने बहुत कुछ समझाया मगर उसने एक न मानी। (कुछ रुककर) यही सबब है कि मुझे इन सब बातों से आगाही हो गई और भूतनाथ के भी बहुत से भेदों को जान गया।

जीत- ठीक है। (भूतनाथ की तरफ देख के) भूतनाथ, इस समय तुम्हारा ही मामला पेश है। इस जगह जितने आदमी हैं सभी कोई तुमसे हमदर्दी रखते हैं, महाराज भी तुमसे बहुत प्रसन्न हैं। ताज्जुब नहीं वह दिन आज ही हो कि तुम्हारे कसूर माफ किए जायें और तुम महाराज के ऐयार बन जाओ, मगर तुम्हें अपना हाल या जो कुछ तुमसे पूछा जाय उसका जवाब सच-सच कहना और देना चाहिए। इस समय तुम्हारा ही किस्सा हो रहा है।

भूतनाथ- (खड़े होकर सलाम करने के बाद) आज्ञा के विरुद्ध कदापि न करूंगा और कोई बात छिपा न रखूंगा।

जीत- तुम्हें यह तो मालूम हो गया कि सर्यू और इंदिरा भी यहां आ गई हैं जो जमानिया के तिलिस्म में फंस गई थीं और उन्होंने अपना अनूठा किस्सा बड़े दर्द के साथ बयान किया था।

भूतनाथ- (हाथ जोड़ के) जी हां, मुझ कम्बख्त की बदौलत उन्हें उस कैद की तकलीफ भोगनी पड़ी। उन दिनों बदकिस्मती ने मुझे हद से ज्यादे लालची बना दिया था। अगर मैं लालच में पड़कर दारोगा को न छोड़ देता तो यह बात न होती। आपने सुना ही होगा कि उन दिनों हथेली पर जान लेकर मैंने कैसे-कैसे काम किये थे। मगर दौलत के लालच ने मेरे सब कामों पर मिट्टी डाल दी। अफसोस, मुझे इस बात की कुछ भी खबर न हुई कि दारोगा ने अपनी प्रतिज्ञा के विरुद्ध काम किया, अगर खबर लग जाती तो उससे समझ लेता।

जीत- अच्छा, यह बताओ कि तुम्हारा भाई शेर सिंह कहां है?

भूत- मेरे होने के सबब से न मालूम वह कहां जाकर छिपा बैठा है। उसे विश्वास है कि भूतनाथ जिसने बड़े-बड़े कसूर किए हैं कभी निर्दोष छूट नहीं सकता बल्कि ताज्जुब नहीं कि उसके सबब से मुझ पर भी किसी तरह का इल्जाम लगे। हां, अगर वह मुझे बेकसूर छूटा हुआ देखेगा या सुनेगा तो तुरंत ही प्रकट हो जायेगा।

जीत- वह चिट्ठियों वाला मुट्ठा तुम्हारे ही हाथ का लिखा हुआ है या नहीं?

भूत- जी वे चिट्ठियां हैं तो मेरे ही हाथ की लिखी हुई मगर वे असल नहीं बल्कि असली चिट्ठियों की नकल है जो कि मैंने जैपाल (रघुबर सिंह) के यहां से चोरी की थीं। असल में इन चिट्ठियों का लिखने वाला मैं नहीं बल्कि जैपाल है।

जीत- खैर तो जब तुमने जैपाल के यहां से असल चिट्ठियों की नकल की थी तो तुम्हें उसी समय मालूम हुआ होगा कि लक्ष्मीदेवी और बलभद्र सिंह पर क्या आफत आने वाली है?

भूत- क्यों न मालूम होता! परंतु रुपए के लालच में पड़कर अर्थात् कुछ लेकर मैंने जैपाल को छोड़ दिया। मगर बलभद्र सिंह से मैंने इस होनहार के बारे में इशारा जरूर कर दिया था, हां जैपाल का नाम नहीं बताया क्योंकि उससे रुपया वसूल कर चुका था। हां और यह कहना तो मैं भूल ही गया कि रुपये वसूल करने के साथ ही मैंने जैपाल से इस बात की कसम भी खिला ली थी कि अब वह लक्ष्मीदेवी और बलभद्र सिंह से किसी तरह की बुराई न करेगा। मगर अफसोस, उसने (जैपाल ने) मेरे साथ दगा करके मुझे धोखे में डाल दिया और वह काम कर गुजरा जो किया चाहता था। इसी तरह मुझे बलभद्र् सिंह के बारे में भी धोखा हुआ। दुश्मनों ने उन्हें कैद कर लिया और मुझे हर तरह से विश्वास दिला दिया कि बलभद्र सिंह मर गये। लक्ष्मीदेवी के बारे में जो कुछ चालाकी दारोगा ने की उसका मुझे कुछ भी पता न लगा और न मैं कई वर्षों तक लक्ष्मीदेवी की सूरत ही देख सका कि पहचान लेता। बहुत दिनों के बाद जब मैंने नकली लक्ष्मीदेवी को देखा भी तो मुझे किसी तरह का शक न हुआ क्योंकि लड़कपन की सूरत और अधेड़पन की सूरत में बहुत बड़ा फर्क पड़ जाता है। इसके अतिरिक्त जिन दिनों मैंने नकली लक्ष्मीदेवी को देखा उस समय उनकी दोनों बहिनें अर्थात् श्यामा (कमलिनी) और लाडिली भी उसके साथ रहती थीं, जब वे ही दोनों उसकी बहिन होकर धोखे में पड़ गईं तो मेरी कौन गिनती है?

बहुत दिनों के बाद जब यह कागज का मुट्ठा मेरे यहां से चोरी हो गया तब मैं घबड़ाया और डरा कि समय पर वह चोरी गया हुआ मुट्ठा मुझी को मुजरिम बना देगा, और आखिर ऐसा ही हुआ। दुष्टों ने यही कागजों का मुट्ठा कैदखाने में बलभद्र सिंह को दिखाकर मेरी तरफ से उनका दिल फेर दिया और तमाम दोष मेरे ही सिर पर थोपा। इसके बाद और भी कई वर्ष बीत जाने पर जब राजा गोपाल सिंह के मरने की खबर उड़ी और किसी को किसी तरह का शक न रहा तब धीरे-धीरे मुझे दारोगा और जैपाल की शैतानी का कुछ पता लगा, मगर फिर मैंने जान-बूझकर तरह दे दिया और सोचा कि अब उन बातों को खोदने से फायदा ही क्या जबकि खुद राजा

गोपाल सिंह ही इस दुनिया से उठ गये तो मैं किसके लिए इन बखेड़ों को उठाऊं (हाथ जोड़कर) बेशक यही मेरा कसूर है और इसलिए मेरा भाई भी रंज है। हां, इधर जबकि मैंने देखा कि अब श्रीमान राजा वीरेन्द्र सिंह का दौरदौरा है और कमलिनी भी उस घर से निकल खड़ी हुई तब मैंने भी सिर उठाया और अबकी दफे नेकनामी के साथ नाम पैदा करने का इरादा कर लिया। इस बीच में मुझ पर बड़ी आफतें आईं, मेरे मालिक रणधीरसिंह भी मुझसे बिगड़ गये और मैं अपना काला मुंह लेकर दुनिया से किनारे हो बैठा तथा अपने को मरा हुआ मशहूर कर दिया इत्यादि कहां तक बयान करूं, बात तो यह है कि मैं सिर से पैर तक अपने को कसूरवार समझकर भी महाराजा की शरण में आया हूं।

जीत- तुम्हारी पिछली कार्रवाई का बहुत-सा हाल महाराज को मालूम हो चुका है, उस जमाने में इंदिरा को बचाने के लिए जो कार्रवाइयां तुमने की थीं उनसे महाराज प्रसन्न हैं, खास करके इसलिए कि तुम्हारे हर एक काम में दबंगता का हिस्सा ज्यादे था और तुम सच्चे दिल से इंद्रदेव के साथ दोस्ती का हक अदा कर रहे थे, मगर इस जगह एक बात का बड़ा ताज्जुब है।

भूत- वह क्या?

जीत- इंदिरा के बारे में जो काम तुमने किये थे वे इंद्रदेव से तो तुमने जरूर ही कहे होंगे?

भूत- बेशक, जो कुछ काम मैं करता था वह इंद्रदेव से पूरा-पूरा कह देता था।

जीत- तो फिर इंद्रदेव ने दारोगा को क्यों छोड़ दिया सजा देना तो दूर रहा इन्होंने गुरुभाई का नाता तक नहीं तोड़ा।

भूत- (एक लंबी सांस लेकर और उंगली से इंद्रदेव की तरफ इशारा करके) इनके जैसा भी बहादुर और मुरौवत का आदमी मैंने दुनिया में नहीं देखा। इनके साथ जो कुछ सलूक मैंने किया था उसका बदला एक ही काम से इन्होंने ऐसा अदा किया कि जो इनके सिवाय दूसरा कर ही नहीं सकता था और जिससे मैं जन्म-भर इनके सामने सिर उठाने लायक न रहा, अर्थात् जब मैंने रिश्वत लेकर दारोगा को छोड़ देने और कलमदान दे देने का हाल इनसे कहा तो सुनते ही इनकी आंखों में आंसू भर आये और एक लंबी सांस लेकर इन्होंने मुझसे कहा, 'भूतनाथ, तुमने यह काम बहुत ही बुरा किया। किसी दिन इसका नतीजा बहुत ही खराब निकलेगा। खैर, अब तो जो कुछ होना था हो गया, तुम मेरे दोस्त हो अस्तु जो कुछ तुम कर आये उसे मैं भी मंजूर करता हूं और दारोगा को एकदम भूल जाता हूं। अब मेरी लड़की और स्त्री पर चाहे कैसी आफत क्यों न आये और मुझे भी चाहे कितना ही कष्ट क्यों ना भोगना पड़े मगर आज से दारोगा का नाम भी न लूंगा और न अपनी स्त्री के विषय में ही किसी से कुछ जिक्र करूंगा। जो कुछ तुम्हें करना हो करो और उस कम्बख्त दारोगा से भले ही कह दो कि 'इन बातों की खबर इंद्रदेव को नहीं दी गई'। मैं भी अपने को ऐसा ही बनाऊंगा कि दारोगा को किसी तरह का खुटका न होगा और वह मुझे निरा उल्लू ही समझता रहेगा। इंद्रदेव की यह बात मेरे कलेजे में तीर की तरह लगी और मैं यह कहकर उठ खड़ा हुआ कि 'दोस्त, मुझे माफ करो, बेशक मुझसे बड़ी भूल

हुई। अब मैं दारोगा को कभी न छोड़ूंगा और जो कुछ उससे लिया है उसे वापस कर दूंगा।' मगर इतना कहते ही इंद्रदेव ने मेरी कलाई पकड़ ली और जोर के साथ मुझे बैठाकर कहा, "भूतनाथ, मैंने यह बात तुमसे ताने के ढंग पर नहीं कही थी कि सुनने के साथ ही तुम उठ खड़े हुए। नहीं-नहीं, ऐसा कभी न होने पायेगा, हमने और तुमने जो कुछ किया सो किया और कहा, अब इसके विपरीत हम दोनों में से कोई भी न जा सकेगा।"

सुरेन्द्र- शाबाश!!

इतना कहकर सुरेन्द्र सिंह ने मुहब्बत की निगाह से इंद्रदेव की तरफ देखा और भूतनाथ ने फिर इस तरह कहना शुरू किया–

भूत- मैंने बहुत कुछ कहा मगर इंद्रदेव ने एक न मानी और बहुत बड़ी कसम देकर मेरा मुंह बंद कर दिया मगर इस बात का नतीजा यह निकला कि उसी दिन हम दोनों दोस्त दुनिया से उदासीन हो गये, मेरी उदासीनता में तो कुछ कसर रह गई मगर इंद्रदेव की उदासीनता में किसी तरह की कसर न रही। यही सबब था कि इंद्रदेव के हाथ से दारोगा बच गया और दारोगा इंद्रदेव की तरफ से (मेरे कहे मुताबिक) बेफिक्र रहा।

सुरेन्द्र- बेशक, इंद्रदेव ने यह बड़े हौसले और सब्र का काम किया।

गोपाल- दोस्ती का हक अदा करना इसे कहते हैं, जितने एहसान भूतनाथ ने इन पर किये थे सभों का बदला एक ही बात से चुका दिया!

भूत- (गोपाल सिंह की तरफ देखकर) कुंअर इंद्रजीत सिंह और आनंद सिंह से इंदिरा ने अपना हाल किस तरह पर बयान किया था सो मुझे मालूम न हुआ। अगर यह मालूम हो जाता तो अच्छा होता कि इंदिरा ने जो कुछ बयान किया था वह ठीक है अथवा उसने जो कुछ सुना था वह सच था?

गोपाल- जहां तक मेरा खयाल है मैं कह सकता हूं कि इंदिरा ने अपने विषय में कोई बात ज्यादे नहीं कही, बल्कि ताज्जुब नहीं कि वह कई बात मालूम न होने के कारण छोड़ गई हो। मैंने उसका पूरा-पूरा किस्सा महाराज को लिख भेजा था। (जीत सिंह की तरफ देख के) अगर मेरी वह चिट्ठी यहां मौजूद हो तो भूतनाथ को दे दें, उसमें से इंदिरा का किस्सा पढ़कर ये अपना शक मिटा लें।

"हां, वह चिट्ठी मौजूद है" इतना कहकर जीत सिंह उठे और अलमारी से वह किताबनुमा चिट्ठी निकालकर और इंदिरा का किस्सा बताकर भूतनाथ को दे दी। भूतनाथ उसे तेजी के साथ पढ़ गया और अंत में बोला, "हां ठीक है, करीब-करीब सभी बातें उसे मालूम हो गई थीं और आज मुझे भी एक बात नई मालूम हुई अर्थात् आखिरी मर्तबे जब मैं इंदिरा को दारोगा के कब्जे से निकालकर ले गया था और अपने एक अड्डे पर हिफाजत के साथ रख गया था तो वहां से एकाएक उसका गायब हो जाना मुझे बड़ा ही दु:खदायी हुआ। मैं ताज्जुब करता था कि इंदिरा

वहां से क्योंकर चली गई। जब मैंने अपने आदमियों से पूछा तो उन्होंने कहा कि 'हम लोगों को कुछ भी नहीं मालूम कि वह कब निकलकर भाग गई, क्योंकि हम लोग कैदियों की तरह उस पर निगाह नहीं रखते थे बल्कि घर का आदमी समझकर कुछ बेफिक्र थे'। परंतु मुझे अपने आदमियों की बात पसंद न आई और मैंने उन लोगों को सख्त सजा दी। आज मालूम हुआ कि वह कांटा मायाप्रसाद का बोया हुआ था। मैं उसे अपना दोस्त समझता था मगर अफसोस, उसने मेरे साथ बड़ी दगा की!"

गोपाल- इंदिरा की जुबानी यह किस्सा सुनकर मुझे भी निश्चय हो गया कि मायाप्रसाद दारोगा का हितू है अस्तु मैंने उसे तिलिस्म में कैद कर दिया है। अच्छा, यह तो बताओ कि उस समय जब तुम आखिरी मर्तबे इंदिरा को दारोगा के यहां से निकालकर अपने अड्डे पर रख आये और लौटकर पुनः जमानिया गये तो फिर क्या हुआ, दारोगा से कैसी निपटी, और सर्यू का पता क्यों न लगा सके?

भूत- इंदिरा को उस ठिकाने रखकर जब मैं लौटा तो पुनः जमानिया गया परंतु अपनी हिफाजत के लिए पांच आदमियों को अपने साथ लेता गया और उन्हें (अपने आदमियों को) कब क्या करना चाहिए इस बात को भी अच्छी तरह समझा दिया क्योंकि वे पांचों आदमी मेरे शागिर्द थे और कुछ ऐयारी भी जानते थे। मुझे सर्यू के लिए दारोगा से फिर मुलाकात करने की जरूरत थी मगर उसके घर में जाकर मुलाकात करने का इरादा न था क्योंकि मैं खूब समझता था कि यह 'दूध का जला छाछ फूंक के पीता होगा' और मेरे लिए अपने घर में कुछ न कुछ बंदोबस्त जरूर कर रखा होगा। अगर अबकी दिलेरी के साथ उसके घर में जाऊंगा, तो बेशक फंस जाऊंगा, इसलिए बाहर ही उससे मुलाकात करने का बंदोबस्त करने लगा। खैर, इस फेर में दस-बारह दिन बीत गये और इस बीच में मुलाकात करने का कोई अच्छा मौका न मिला। पता लगाने से मालूम हुआ कि वह बीमार है और घर से बाहर नहीं निकलता। यह बात मुझे मायाप्रसाद ने कही थी मगर मैंने मायाप्रसाद से इंदिरा के बारे में कुछ भी नहीं कहा और न राजा साहब (गोपाल सिंह की तरफ इशारा करके) ही से कुछ कहा क्योंकि दारोगा को बेदाग छोड़ देने के लिए मेरे दोस्त इंद्रदेव ने पहले ही से तै कर लिया था, अब अगर राजा साहब से मैं कुछ कहता तो दारोगा जरूर सजा पा जाता। लेकिन मैं यह नहीं कह सकता कि मायाप्रसाद और दारोगा को इस बात का पता क्योंकर लग गया कि इंदिरा फलानी जगह है। खैर मुख्तसर यह है कि एक दिन स्वयम् मायाप्रसाद ने मुझसे कहा कि गदाधर सिंह, 'मैं तुम्हें इसकी इत्तिला देता हूं कि सर्यू निःसंदेह दारोगा की कैद में है, मगर बीमार है, अगर तुम किसी तरह दारोगा के मकान में चले जाओ तो उसे जरूर अपनी आंखों से देख सकोगे। मेरी इस बात में तुम किसी तरह शक न करो, मैं बहुत पक्की बात तुमसे कह रहा हूं।' मायाप्रसाद की बात सुनकर मुझे एक दफे जोश चढ़ आया और मैं दारोगा के मकान में जाने के लिए तैयार हो गया। मैं क्या जानता था कि मायाप्रसाद दारोगा से मिला हुआ है। खैर, मैं अपनी हिफाजत के लिए कई तरह का बंदोबस्त करके आधी रात के समय कमंद के जरिये दारोगा के लंबे-चौड़े और शैतान की आंत की सूरत

वाले मकान में घुस गया और चोरों की तरह टोह लगाता हुआ उस कमरे में जा पहुंचा जिसमें दारोगा एक गद्दी के ऊपर उदास बैठा हुआ कुछ सोच रहा था। उस समय उसके बदन पर कई जगह पट्टी बंधी हुई थी जिससे वह चुटीला मालूम पड़ता था और उसके सिर का भी यही हाल था। दारोगा मुझे देखते ही चौंक उठा और आंखें चार होने के साथ ही मैंने उससे कहा, 'दारोगा साहब, मैं आपके मकान में कैद होने के लिए नहीं आया हूं बल्कि सर्यू को देखने के लिए आया हूं जिसके इस मकान में होने का पता मुझे लग चुका है। अस्तु इस समय मुझसे किसी तरह की बुराई करने की उम्मीद न रखिये क्योंकि मैं अगर आधे घंटे के अंदर इस मकान के बाहर होकर अपने साथियों के पास न चला जाऊंगा तो उन्हें विश्वास हो जायेगा कि गदाधर सिंह फंस गया और तब वे लोग आपको हर तरह से बर्बाद कर डालेंगे जिसका कि मैं पूरा-पूरा बंदोबस्त कर आया हूं।'

इतना सुनते ही दारोगा खड़ा हो गया और उसने हंसकर जवाब दिया, 'मेरे लिए आपको इस कड़े प्रबंध की कोई आवश्यकता न थी और न मुझमें इतनी सामर्थ्य ही है कि आप जैसे ऐयार का मुकाबला करूं, मैं तो खुद आपकी तलाश में था कि किसी तरह आपको पाऊं और अपना कसूर माफ कराऊं। मुझे विश्वास है कि अब आप मेरा एक बड़ा कसूर माफ कर चुके हैं तो इसको भी माफ कर देंगे। गुस्से को दूर कीजिए, मैं फिर भी आपके लिए हाजिर हूं।'

मैं- (बैठकर और दारोगा को बैठाकर) कसूर माफ कर देने के लिए तो कोई हर्ज नहीं है मगर आइंदे के लिए कसूर न करने का वादा करके भी आपने मेरे साथ दगा की इसका मुझे जरूर बड़ा रंज है!

दारोगा- (हाथ जोड़कर) खैर, जो हो गया सो हो गया, अब अगर फिर कोई कसूर मुझसे हो तो जो चाहे सजा दीजिएगा, मैं ओफ भी न करूंगा।

मैं- खैर, एक दफे और सही, मगर कसूर के लिए आपको कुछ जुर्माना जरूर देना पड़ेगा।

दारोगा- यद्यपि आप मुझे कंगाल कर चुके हैं मगर फिर भी मैं आपकी आज्ञा-पालन के लिए हाजिर हूं।

मैं- दो हजार अशर्फी।

दारोगा- (अलमारी में से एक थैली निकालकर और मेरे सामने रखकर) बस एक हजार अशर्फी को कबूल कीजिए और...।

मैं- (मुस्कराकर) मैं कबूल करता हूं और अपनी तरफ से यह थैली आपको देकर इसके बदले में सर्यू को मांगता हूं जो इस समय आपके घर में है।

दारोगा- बेशक, सर्यू मेरे घर में है और मैं उसे आपके हवाले करूंगा मगर इस थैली को आप कबूल कर लीजिए नहीं तो मैं समझूंगा कि आपने मेरा कसूर माफ नहीं किया।

मैं- नहीं-नहीं, मैं कसम खाकर कहता हूं कि मैंने आपका कसूर माफ कर दिया और खुशी से यह थैली आपको वापस करता हूं, अब मुझे सिवाय सर्यू के और कुछ नहीं चाहिए।

हम दोनों में देर तक इसी तरह की बातें हुईं और इसके बाद मेरी आखिरी बात सुनकर दारोगा उठ खड़ा हुआ और मेरा हाथ पकड़कर दूसरे कमरे की तरफ यह कहता हुआ ले चला कि 'आओ मैं तुमको सर्यू के पास ले चलूं, मगर अफसोस की बात है कि इस समय वह हद दर्जे की बीमार हो रही है।' खैर, वह मुझे घुमाता-फिराता एक दूसरे कमरे में ले गया और वहां मैंने एक पलंग पर सर्यू को बीमार पड़े देखा। एक मामूली चिराग उससे थोड़ी ही दूर पर जल रहा था (लंबी सांस लेकर) अफसोस, मैंने देखा कि बीमारी ने उसे आखिरी मंजिल के करीब पहुंचा दिया है और वह इतनी कमजोर हो रही है कि बात करना भी उसके लिए कठिन हो रहा है। मुझे देखते ही उसकी आंखें डबडबा आईं और मुझे भी रुलाई आने लगी। उस समय मैं उसके पास बैठ गया और अफसोस के साथ उसका मुंह देखने लगा। उस वक्त दो लौंडियां उसकी खिदमत के लिए हाजिर थीं जिनमें से एक ने आगे बढ़कर रूमाल से उसके आंसू पोंछे और पीछे हट गई। मेंने अफसोस के साथ पूछा कि 'सर्यू यह तेरा क्या हाल है?'

इसके जवाब में सर्यू ने बहुत बारीक आवाज में रुककर कहा, 'भैया, (क्योंकि वह प्रायः मुझे भैया कहकर ही पुकारा करती थी) मेरी बुरी अवस्था हो रही है। अब मेरे बचने की आशा न करनी चाहिए। यद्यपि दारोगा साहब ने मुझे कैद किया था मगर मैं इनका एहसान मानती हूं कि इन्होंने मुझे किसी तरह की तकलीफ नहीं दी बल्कि इस बीमारी में मेरी बड़ी हिफाजत की, दवा इत्यादि का भी पूरा प्रबंध रखा, मगर यह न बताया कि मुझे कैद क्यों किया था। खैर जो हो, इस समय तो मैं आखिरी दम का इंतजार कर रही हूं और सब तरफ से मोहमाया को छोड़ ईश्वर से लौ लगाने का उद्योग कर रही हूं। मैं समझ गई हूं कि तुम मुझे लेने के लिए आए हो मगर दया करके मुझे इसी जगह रहने दो और इधर-उधर कहीं मत ले जाओ, क्योंकि इस समय मैं किसी अपने को देख मायामोह में आत्मा को फंसाना नहीं चाहती और न गंगाजी का संबंध छोड़कर दूसरी किसी जगह मरना ही पसंद करती हूं। यहां यों भी अगर गंगाजी में फेंक दी जाऊंगी तो मेरी सद्गति हो जाएगी, बस यही आखिरी प्रार्थना है। एक बात और भी है कि मेरे लिए दारोगा साहब को किसी तरह की तकलीफ न देना और ऐसा करना जिससे इनकी जरा बेइज्जती न हो, यह मेरी वसीयत है और यही मेरी आरजू। अब श्री गंगाजी को छुड़ाकर मुझे नर्क में मत डालो' इतना कह सर्यू कुछ देर के लिए चुप हो गई और मुझे उसकी अवस्था पर रुलाई आने लगी। मैं और भी कुछ देर तक उसके पास बैठा रहा और धीरे-धीरे बातें भी होती रहीं मगर जो कुछ उसने कहा उसका तत्त्व यही था कि मुझे यहां से मत हटाओ और दारोगा को कुछ तकलीफ मत दो। उस समय मेरे दिल में यही बात आई कि इंद्रदेव को इस बात की इत्तिला दे देनी चाहिए, वह जैसी आज्ञा देंगे किया जाएगा। मगर अपना यह विचार मैंने दारोगा से नहीं कहा क्योंकि उसे मैं इंद्रदेव की तरफ से बेफिक्र कर चुका था और कह चुका था कि सर्यू और इंदिरा के साथ जो कुछ बर्ताव तुमने किया है उसकी इत्तिला मैं इंद्रदेव को न दूंगा, दूसरे को कसूरवार ठहराकर

तुम्हारा नाम बचा जाऊंगा। अस्तु मैं सर्यू से दूसरे दिन मिलने का वादा करके वहां से उठा और अपने डेरे पर चला आया। यद्यपि रात बहुत कम बाकी रह गई थी परंतु मैंने उसी समय अपने एक आदमी को पत्र देकर इंद्रदेव के पास रवाना कर दिया और ताकीद कर दी कि एक घोड़ा किराए का लेकर दौड़ादौड़ चला जाये और जहां तक जल्द हो सके पत्र का जवाब लेकर लौट आवे। दूसरे दिन आधी रात जाते-जाते वह आदमी लौट आया और उसने इंद्रदेव का पत्र मेरे हाथ में दिया। लिफाफा खोलकर मैंने पढ़ा, उसमें यह लिखा हुआ था –

'तुम्हारा पत्र पढ़ने से कलेजा हिल गया। सच तो यह है कि दुनिया में मुझ-सा बदनसीब भी कोई न होगा। खैर, परमेश्वर की मर्जी ही ऐसी है तो मैं क्या कर सकता हूं। दारोगा के बारे में मैंने जो प्रतिज्ञा तुमसे की है उसे झूठा न होने दूंगा। मैं अपने कलेजे पर पत्थर रखकर सब-कुछ सहूंगा मगर वहां जाकर बेचारी सर्यू को अपना मुंह न दिखाऊंगा और न दारोगा से मिलकर उसके दिल में किसी तरह का शक ही आने दूंगा, हां, अगर सर्यू की जान बचती नजर आवे या इस बीमारी से बच जाय तो उसे जिस तरह मुनासिब समझना मेरे पास पहुंचा देना और अगर वह मर जाये तो मेरी जगह तुम बैठे ही हो, उसकी अन्त्येष्टि क्रिया अपनी हिम्मत के मुताबिक करके मेरे पास आना। मेरी तबीयत अब दुनिया से हट गई, बस इससे ज्यादे मैं कुछ नहीं कहना चाहता, हां, यदि कुछ कहना होगा तो तुमसे मुलाकात होने पर कहूंगा, आगे जो ईश्वर की मर्जी।

तुम्हारा वही- इंद्रदेव।

इस चिट्ठी को पढ़कर मैं बहुत देर तक रोता और अफसोस करता रहा, इसके बाद उठकर दारोगा के मकान की तरफ रवाना हुआ मगर आज भी अपने बचाव का पूरा-पूरा इंतजाम करता गया। मुलाकात होने पर दारोगा ने कल से ज्यादा खातिरदारी के साथ मुझे बैठाया और देर तक बातचीत करता रहा, मगर जब मैं सर्यू के पास गया तो उसकी हालत कल से आज बहुत ज्यादे खराब देखने में आई, अर्थात् आज उसमें बोलने की भी ताकत न थी। मुख्तसर यह कि तीसरे दिन बेहोश और चौथे दिन आधी रात के समय मैंने सर्यू को मुर्दा पाया। उस समय मेरी क्या हालत थी सो मैं बयान नहीं कर सकता। अस्तु उस समय जो कुछ करना उचित था और मैं कर सकता था उसे सबेरा होने के पहले ही करके छुट्टी किया। अपने खयाल से सर्यू के शरीर की दाह क्रिया इत्यादि करके पंचतत्त्व में मिला दिया और इस बात की इत्तिला इंद्रदेव को दे दी। इसके बाद इंदिरा के लिए अपने अड्डे पर गया और वहां उसे न पाकर बड़ा ही ताज्जुब हुआ। पूछने पर मेरे आदमियों ने जवाब दिया कि 'हम लोगों को कुछ भी खबर नहीं कि कब और कहां भाग गई।' इस बात से मुझे संतोष न हुआ। मैंने आदमियों को सख्त सजा दी और बराबर इंदिरा का पता लगाता रहा। अब सर्यू के मिल जाने से मालूम हुआ कि उन दिनों मेरी कम्बख्त आंखों ने मेरे साथ दगा की और दारोगा के मकान में बीमार सर्यू को मैं पहचान न सका। मेरी आंखों के सामने सर्यू मर चुकी थी और मैंने खुद अपने हाथ से इंद्रदेव को यह समाचार लिखा था इसलिए उन्हें किसी तरह का शक न हुआ और सर्यू तथा इंदिरा के गम में ये दीवाने से हो

गये, हर तरह के चैन और आराम को इन्होंने इस्तीफा दे दिया और उदासीन हो एक प्रकार से साधू ही बन बैठे। मुझसे भी मुहब्बत कम कर दी और शहर का रहना छोड़ अपने तिलिस्म के अंदर चले गये और उसी में रहने लगे, मगर न मालूम क्या सोचकर इन्होंने मुझे वहां का रास्ता न बताया। मुझ पर भी इस मामले का बड़ा असर पड़ा क्योंकि ये सब बातें मेरी ही नालायकी के सबब से हुई थीं अतएव मैंने उदासीन हो रणधीर सिंह जी की नौकरी छोड़ दी और अपने बाल-बच्चों और स्त्री को भी उन्हीं के यहां छोड़ बिना किसी को कुछ कहे जंगल और पहाड़ों का रास्ता लिया। उधर एक स्त्री से मैंने शादी कर ली थी जिससे नानक पैदा हुआ है। उधर भी कई ऐसे मामले हो गए जिनसे मैं बहुत उदास और परेशान हो रहा था, उसका हाल नानक की जुबानी तेज सिंह को मालूम ही हो चुका है बल्कि आप लोगों ने भी सुना होगा। अस्तु हर तरह से अपने को नालायक समझकर मैं निकल भागा और फिर मुद्दत तक अपना मुंह किसी को नहीं दिखाया। इधर जब जमाने ने पलटा खाया तब मैं कमलिनीजी से जा मिला। उन दिनों मेरे दिल में विश्वास हो गया था कि इंद्रदेव मुझसे रंज हैं अत: मैंने इनसे भी मिलना-जुलना छोड़ दिया बल्कि यों कहना चाहिए कि हमारी पुरानी दोस्ती का उन दिनों अंत हो गया था।

इंद्र- बेशक, यही बात थी। स्त्री के मरने की खबर सुनकर मुझे बड़ा ही रंज हुआ। मुझे कुछ तो भूतनाथ की जुबानी और कुछ तहकीकात करने पर मालूम हो ही चुका था कि मेरी लड़की और स्त्री इसी की बदौलत जहन्नुम में मिल गईं, अस्तु मैंने भूतनाथ की दोस्ती को तिलांजलि दे दी और मिलना-जुलना बिल्कुल बंद कर दिया मगर इससे कहा कुछ भी नहीं। क्योंकि मैं अपनी जुबान से दारोगा को माफ कर चुका था, इसके अतिरिक्त इसने मुझ पर कुछ एहसान भी जरूर ही किए थे, उनका भी खयाल था अस्तु मैंने कुछ कहा तो नहीं मगर इसकी तरफ से दिल हटा लिया और फिर अपना कोई भेद भी इसे नहीं बताया। कभी-कभी इससे मुझसे इधर-उधर मुलाकात हो जाती थी क्योंकि इसे मैंने अपने मकान का तिलिस्मी रास्ता नहीं दिखाया था। अगर यह कभी मेरे मकान पर आया भी तो आंखों में पट्टी बांधकर। यही सबब था कि इसे लक्ष्मीदेवी का हाल मालूम न था। लक्ष्मीदेवी के बारे में भी मैं इसे कसूरवार समझता था और मुझे यह भी विश्वास था कि यह अपना बहुत-सा भेद मुझसे छिपाता है और वास्तव में छिपाता था भी।

भूत- (इंद्रदेव से) नहीं सो बात तो नहीं है मेरे कृपालु मित्र।

इंद्र- अगर यह बात नहीं है तो वह कलमदान जिसे तुम आखिरी मर्तबे इंदिरा के साथ दारोगा के यहां से उठा लाये और मुझे दे गये थे मेरे यहां से गायब क्यों हो गया?

भूत- (मुस्कराकर) आपके किस मकान में से वह कलमदान गायब हो गया था?

इंद्र- काशीजी वाले मकान में से। उसी दिन तुम मुझसे मिलने के लिए वहां आये थे और उसी दिन वह कलमदान गायब हो गया।

भूत- ठीक है, तो उस कलमदान को चुराने वाला मैं नहीं हूं बल्कि मेरा लड़का नानक है, मैं तो यों भी अगर जरूरत पड़ती तो तुमसे वह कलमदान मांग सकता था। दारोगा की आज्ञानुसार

लाडिली ने रामभोली बनकर नानक को धोखा दिया और आपके यहां से कलमदान चुरवा मंगवाया।

गोपाल- हां, ठीक है। इस बात को तो मैं भी स्वीकार करूंगा क्योंकि मुझे इसका असल हाल मालूम है। बेशक इसी ढंग से वह कलमदान वहां पहुंचा था और अंत में बड़ी मुश्किल से उस समय मेरे हाथ लगा, जब मैं कृष्णाजिन्न बनकर रोहतासगढ़ पहुंचा था। नानक को विश्वास है कि लाडिली ने रामभोली बनकर उसे धोखा दिया था मगर वास्तव में ऐसा नहीं हुआ। वह एक दूसरी ही ऐयारा थी जो रामभोली बनी थी, लाडिली ने तो केवल एक या दो दिन रामभोली का रूप धरा था।

जीत- (राजा गोपाल सिंह से) वह कलमदान आपको कहां से मिल गया, दारोगा ने तो उसे बड़ी ही हिफाजत से रखा होगा।

गोपाल- बेशक, ऐसा ही है मगर भूतनाथ की बदौलत वह मुझे सहज ही में मिल गया। ऐसी-ऐसी चीजों को दारोगा बहुत गुप्त रीति से अपने अजायबघर में रखता था जिसकी ताली मायारानी से लेकर भूतनाथ ने मुझे दी थी। उस अजायबघर का भेद मेरे पिता और उस दारोगा के सिवाय कोई नहीं जानता था। मेरे पिता ही ने दारोगा को वहां का मालिक बना दिया था। जब भूतनाथ ने उसकी ताली मुझे ला दी तब मुझे वहां का पूरा-पूरा हाल मालूम हुआ।

जीत- (भूतनाथ से) खैर, यह बताओ कि मनोरमा और नागर से तुमसे क्या संबंध था?

यह सवाल सुनकर भूतनाथ सन्न हो गया और सिर झुकाकर कुछ सोचने लगा। उस समय गोपाल सिंह ने उसकी मदद की और जीत सिंह की तरफ देखकर कहा, "इस सवाल को छोड़ दीजिए क्योंकि वह जमाना भूतनाथ का बहुत ही बुरा तथा ऐयाशी का था। इसके अतिरिक्त जिस तरह राजा वीरेन्द्र सिंह ने रोहतासगढ़ के तहखाने में भूतनाथ का कसूर माफ किया था उसी तरह कमलिनी ने भी इसका वह कसूर कसम खाकर माफ कर दिया और साथ ही इसके उन ऐबों को छिपाने का बंदोबस्त कर दिया है।" उसके जवाब में जीत सिंह ने कहा, "खैर, जाने दो देखा जायेगा।"

गोपाल- जब से भूतनाथ ने कमलिनी का साथ किया है तब से इसने (भूतनाथ ने) जो-जो काम किये हैं उन पर ध्यान देने से आश्चर्य होता है। वास्तव में इसने वह काम किये हैं जिनकी ऐसे समय में सख्त जरूरत थी, मगर इसका लड़का नानक तो बिल्कुल ही बोदा और खुदगर्ज निकला। न तो कमलिनी के साथ मिलकर उसने कोई तारीफ का काम किया और न अपने बाप ही को किसी तरह की मदद पहुंचाई।

भूत- बेशक, ऐसा ही हे, मैंने कई दफा उसे समझाया मगर...।

सुरेन्द्र- (गोपाल से) अच्छा अजायबघर में क्या बात है जिससे ऐसा अनूठा नाम उसका रखा गया। अब तो तुम्हें उसका पूरा-पूरा हाल मालूम हो ही गया होगा।

गोपाल- जी हां। एक किताब है जिसे 'ताली' के नाम से संबोधन करते हैं, उसके पढ़ने से वहां का कुल हाल मालूम होता है। वह बड़े हिफाजत और तमाशे की जगह थी और कुछ है भी क्योंकि अब उसका काफी हिस्सा मायारानी की बदौलत बर्बाद हो गया।

जीत- उस किताब (ताली) की बदौलत मायारानी को भी वहां का हाल मालूम हो गया होगा।

गोपाल- कुछ-कुछ। क्योंकि वह उस किताब की भाषा अच्छी तरह समझ नहीं सकती थी। इसके अतिरिक्त उस अजायबघर का जमानिया के तिलिस्म से भी संबंध है इसलिए कुंअर इंद्रजीत सिंह और आनंद सिंह को वहां का हाल मुझसे भी ज्यादे मालूम हुआ होगा।

जीत- ठीक है, (सुरेन्द्र सिंह की तरफ देख के) आज यद्यपि बहुत-सी नई बातें मालूम हुई हैं परंतु फिर भी जब तक दोनों कुमार यहां न आ जायेंगे तब तक बहुत-सी बातों का पता न लगेगा।

सुरेन्द्र- सो तो हई है, परंतु इस समय हम केवल भूतनाथ के मामले को तय किया चाहते हैं। जहां तक मालूम हुआ हे भूतनाथ ने हम लोगों के साथ सिवाय भलाई के बुराई कुछ भी नहीं की। अगर उसने बुराई की तो इंद्रदेव के साथ या कुछ गोपाल सिंह के साथ, तो भी उस जमाने में जब इनसे और हमसे कुछ संबंध नहीं था। आज ईश्वर की कृपा से ये लोग हमारे साथ हैं बल्कि हमारे अंग हैं। इससे कहा भी जा सकता है कि भूतनाथ हमारा ही कसूरवार है मगर फिर भी हम इसके कसूरों की माफी का अख्तियार इन्हीं दोनों अर्थात् गोपाल सिंह और इंद्रदेव को देते हैं। ये दोनों अगर भूतनाथ का कसूर माफ कर दें तो हम इस बात को खुशी से मंजूर कर लेंगे। हां लोग यह कह सकते हैं कि इस माफी देने में बलभद्र सिंह को भी शरीक करना चाहिए था। मगर हम इस बात को जरूरी नहीं समझते क्योंकि इस समय बलभद्र सिंह को कैद से छुड़ाकर भूतनाथ ने उन पर बल्कि सच तो ये है कि हम लोगों पर भी बहुत बड़ा अहसान किया है। इसलिए अगर बलभद्र सिंह को इससे कुछ रंज हो तो भी माफी देने में वे कुछ उज्र नहीं कर सकते।

गोपाल- इसी तरह हम दोनों को भी माफी देने में किसी तरह का उज्र न होना चाहिए। इस समय भूतनाथ ने मेरी बहुत बड़ी मदद की है और मेरे साथ मिलकर ऐसे अनूठे काम किये हैं कि जिनकी तारीफ सहज में नहीं हो सकती। इस हमदर्दी और मदद के सामने उन कसूरों की कुछ भी हकीकत नहीं अस्तु मैं इससे बहुत प्रसन्न हूं और सच्चे दिल से इसे माफी देता हूं।

इंद्रदेव- माफी देनी ही चाहिए और जब आप माफी दे चुके तो मैं भी दे चुका, ईश्वर भूतनाथ पर कृपा करे जिससे अपनी नेकनामी बढ़ाने का शौक इसके दिल में दिन-दिन तरक्की करता रहे। सच तो यह है कि कमलिनी की बदौलत इस समय हम लोगों को यह शुभ दिन देखने में आया और जब कमलिनी ने इससे प्रसन्न हो इसके कसूर माफ कर दिए तो हम लोगों को बाल बराबर भी उज्र नहीं हो सकता।

जीत- बेशक, बेशक।

सुरेन्द्र- इसमें कुछ भी शक नहीं। (भूतनाथ की तरफ देख के) अच्छा भूतनाथ, तुम्हारा सब कसूर माफ किया जाता है और इन दिनों हम लोगों के साथ तुमने जो-जो नेकियां की हैं उनके बदले में हम तुम पर भरोसा करके तुम्हें अपना ऐयार बनाते हैं।

इतना कहकर सुरेन्द्र सिंह उठ बैठे और अपने सिरहाने के नीचे से अपना खास बेशकीमती खंजर निकालकर भूतनाथ की तरफ बढ़ाया। भूतनाथ खड़ा हो गया और झुककर सलाम करने के बाद खंजर ले लिया और इसके बाद जीत सिंह, गोपाल सिंह और इंद्रदेव को भी सलाम किया। जीत सिंह ने अपना खास ऐयारी का बटुआ भूतनाथ को दे दिया। गोपाल सिंह ने वह तिलिस्मी तमंचा जिससे आखिरी वक्त मायारानी ने काम लिया था और जो इस समय उनके पास था, गोली बनाने की तरकीब सहित भूतनाथ को दिया और इंद्रदेव ने यह कहकर उसे गले से लगा लिया कि "मुझ फकीर के पास इससे बढ़कर और कोई चीज नहीं है कि मैं फिर तुम्हें अपना भाई बनाकर ईश्वर से प्रार्थना करूं कि अब इस नाते में किसी तरह का फर्क न पड़ने पावे।"

इसके बाद दोनों आदमी अपनी-अपनी जगह बैठ गये और भूतनाथ ने हाथ जोड़कर सुरेन्द्र सिंह से कहा, "आज मैं समझता हूं कि मुझ-सा खुशनसीब इस दुनिया में दूसरा कोई भी नहीं है। बदनसीबी के चक्कर में पड़कर मैं वर्षों परेशान रहा, तरह-तरह की तकलीफें उठाईं, पहाड़-पहाड़ और जंगल-जंगल मारा फिरा, साथ ही इसके पैदा भी बहुत ही किया और बिगाड़ा भी बहुत परंतु सच्चा सुख नाममात्र के लिए एक दिन भी न मिला और न किसी को मुंह दिखाने की अभिलाषा ही रह गई। अंत में न मालूम किस जन्म का पुण्य सहायक हुआ जिसने मेरे रास्ते को बदल दिया और जिसकी बदौलत आज मैं इस दर्जे को पहुंचा। अब मुझे किसी बात की परवाह नहीं रही। आज तक जो मुझसे दुश्मनी रखते थे कल से वे मेरी खुशामद करेंगे, क्योंकि दुनिया का कायदा ही ऐसा है। महाराज इस बात का भी निश्चय रखें कि उस पीतल की सन्दूकड़ी से महाराज या महाराज के पक्षपातियों का कुछ भी संबंध नहीं है, जो नकली बलभद्र सिंह की गठरी में से निकली है और जिसके ध्यान ही से मेरे रोंगटे खड़े होते हैं। मैं उस भेद को भी महाराज से छिपाना नहीं चाहता, हां, यह इच्छा है कि सर्वसाधारण में वह भेद फैलने न पावे। मैंने उसका कुछ हाल देवी सिंह से कह दिया है, आशा है कि वे महाराज से जरूर अर्ज करेंगे।

जीत- खैर, उसके लिए तुम चिंता न करो, जैसा होगा देखा जायेगा। अब अपने डेरे पर जाकर आराम करो, महाराज भी आज रात भर जागते ही रहे हैं।

गोपाल- जी हां, अब तो नाममात्र को रात बच गई होगी।

इतना कहकर राजा गोपाल सिंह उठ खड़े हुए और सभों को साथ लिए हुए कमरे के बाहर चले गए।

***

बयान-3

इस समय रात बहुत कम बाकी थी और सुबह की सफेदी आसमान पर फैलना ही चाहती थी और लोग तो अपने-अपने ठिकाने चले गए और दोनों नकाबपोशों ने भी अपने घर का रास्ता लिया, मगर भूतनाथ सीधे देवी सिंह के डेरे पर चला गया। दरवाजे ही पर पहरे वाले की जुबानी मालूम हुआ कि वे सोए हैं परंतु देवी सिंह को न मालूम किस तरह भूतनाथ के आने की आहट मिल गई (शायद जागते हों) अस्तु वे तुरंत बाहर निकल आए और भूतनाथ का हाथ पकड़ के कमरे के अंदर ले गए। इस समय वहां केवल एक शमादान की मद्धिम रोशनी हो रही थी, दोनों आदमी फर्श पर बैठ गए और यों बातचीत होने लगी –

देवी- कहो इस समय तुम्हारा आना कैसे हुआ क्या कोई नई बात हुई?

भूत- बेशक, नई बात हुई और वह इतनी खुशी की हुई कि जिसके योग्य मैं नहीं था।

देवी- (ताज्जुब से) वह क्या?

भूत- आज महाराज ने मुझे अपना ऐयार बना लिया और इज्जत के लिए मुझे यह खंजर दिया है।

इतना कहकर भूतनाथ ने महाराज का दिया हुआ खंजर और जीत सिंह तथा गोपाल सिंह का दिया हुआ बटुआ और तमंचा देवी सिंह को दिखाया और कहा, "इसी बात की मुबारकबाद देने के लिए मैं आया हूं कि तुम्हारा एक नालायक दोस्त इस दर्जे को पहुंच गया है।"

देवी- (प्रसन्न होकर और भूतनाथ को गले से लगाकर) बेशक, यह बड़ी खुशी की बात है, ऐसी अवस्था में तुम्हें अपने पुराने मालिक रणधीर सिंह को भी सलाम करने के लिए जाना चाहिए।

भूत- जरूर जाऊंगा।

देवी- यह कार्रवाई कब हुई।

भूत- अभी थोड़ी ही देर हुई। मैं इस समय महाराज के पास से ही आ रहा हूं।

इतना कहकर भूतनाथ ने आज रात का बिल्कुल हाल देवी सिंह से बयान किया। इसके बाद भूतनाथ और देवी सिंह में देर तक बातचीत होती रही और जब दिन अच्छी तरह निकल आया तब दोनों ऐयार वहां से उठे और स्नान-संध्या की फिक्र में लगे।

जरूरी कामों से निश्चिंती पा और स्नान-पूजा से निवृत्त होकर भूतनाथ अपने पुराने मालिक रणधीर सिंह के पास चला गया। बेशक उसके दिल में इस बात का खुटका लगा हुआ था कि उसका पुराना मालिक उसे देखकर प्रसन्न न होगा बल्कि सामना होने पर भी कुछ देर तक उसके दिल में इस बात का गुमान बना रहा, मगर जिस समय भूतनाथ ने अपना खुलासा हाल बयान किया उस समय रणधीर सिंह को बहुत मेहरबान और प्रसन्न पाया। रणधीर सिंह ने उसको खिलअत और इनाम भी दिया और बहुत देर तक उससे तरह-तरह की बातें करते रहे।

***

बयान-4

यह बात तो तै हो चुकी थी कि सब कामों के पहले कुंअर इंद्रजीत सिंह और आनंद सिंह की शादी हो जानी चाहिए। अस्तु इसी खयाल से जीत सिंह शादी के इंतजाम में जी जान से कोशिश कर रहे हैं और इस बात की खबर पाकर सभी प्रसन्न हो रहे हैं कि आज दोनों कुमार यहां आ जायेंगे और शीघ्र ही उनकी शादी भी हो जायेगी। महाराज की आज्ञानुसार जीत सिंह मुलाकात करने के लिए रणधीर सिंह के पास गये और हर तरह की जरूरी बातचीत करने के बाद इस बात का फैसला भी कर आये कि किशोरी के साथ ही साथ कामिनी का भी कन्यादान रणधीर सिंह ही करेंगे। साथ ही इसके रणधीर सिंह की यह बात भी जीत सिंह ने मंजूर कर ली कि इंद्रजीत सिंह और आनंद सिंह के आने के पहले किशोरी और कामिनी उनके (रणधीर सिंह के) खेमे में पहुंचा दी जायेंगी। आखिर ऐसा ही हुआ अर्थात किशोरी और कामिनी बड़ी हिफाजत के साथ रणधीर सिंह के खेमे में पहुंचा दी गईं और बहुत से फौजी सिपाहियों के साथ पन्नालाल, रामनारायण, चुन्नीलाल और पंडित बद्रीनाथ ऐयार खास उनकी हिफाजत के लिए छोड़ दिए गए।

आज कुंअर इंद्रजीत सिंह और आनंद सिंह के आने की उम्मीद में लोग खुशी-खुशी तरह-तरह के चर्चे कर रहे हैं। आज ही के दिन आने के लिए दोनों कुमारों ने चिट्ठी लिखी थी इसलिए आज उनके दादा-दादी, बाप-मां, दोस्तों और मुहब्बतियों को उम्मीद हो रही है कि उनकी तरसती हुई आंखें ठंडी होंगी और जुदाई के सदमों से मुर्झाया हुआ दिल हरा होगा। अहलकार और खैरखाह लोग जरूरी कामों को भी छोड़कर तिलिस्मी इमारत में इकट्ठे हो रहे हैं। इसी तरह हर एक अदना और आला दोनों कुमारों के आने की उम्मीद में खुश हो रहा है। गरीबों और मोहताजों की खुशी का कोई ठिकाना ही नहीं, उन्हें इस बात का पूरा विश्वास हो रहा है कि अब उनका दारिद्रय दूर हो जायेगा।

दो पहर दिन ढलने के बाद नकाबपोश भी आकर हाजिर हो गए हैं, केवल वे ही नहीं बल्कि उनके साथ और भी कई नकाबपोश हैं, जिनके बारे में लोग तरह-तरह के चर्चे कर रहे हैं और साथ ही यह भी कह रहे हैं कि "जिस समय ये नकाबपोश लोग अपने चेहरों से नकाबें हटावेंगे उस समय जरूर कोई-न-कोई अनूठी घटना देखने-सुनने में आवेगी।"

नकाबपोशों की जुबानी यह तो मालूम हो ही चुका था कि दोनों कुमार उसी पत्थर वाले तिलिस्मी चबूतरे के अंदर से प्रकट होंगे जिस पर पत्थर का आदमी सोया हुआ है, इसलिए इस समय महाराज, राजा साहब और सलाहकार लोग उसी दालान में इकट्ठे हो रहे हैं और वह दालान भी सजा-सजाकर लोगों के बैठने लायक बना दिया गया है।

तीन पहर दिन बीत जाने पर चबूतरे के अंदर से कुछ विचित्र ही ढंग के बाजे की आवाज आने लगी जो कि भारी मगर सुरीली थी और जिसके सबब से लोगों का ध्यान उसी तरफ खिंचा। महाराज सुरेन्द्र सिंह, वीरेन्द्र सिंह, जीत सिंह, तेज सिंह, गोपाल सिंह तथा दोनों नकाबपोश उठकर उस चबूतरे के पास गये। ये लोग बड़े गौर से उस चबूतरे की अवस्था पर ध्यान दिये रहे क्योंकि इस बात का पूरा गुमान था कि पहले की तरह आज भी उस चबूतरे का अगला हिस्सा किवाड़ के पल्ले की तरह खुलकर जमीन के साथ लग जायेगा। आखिर ऐसा ही हुआ अर्थात् जिस तरह बलभद्र सिंह के आने और जाने के वक्त उस चबूतरे का हिस्सा खुल गया था उसी तरह इस समय भी वह किवाड़ के पल्ले की तरह धीरे-धीरे खुलकर जमीन के साथ लग गया और उसके अंदर से कुंअर इंद्रजीत सिंह तथा आनंद सिंह बाहर निकलकर महाराज सुरेन्द्र सिंह के पैरों पर गिर पड़े। उन्होंने बड़े प्रेम से उठाकर छाती से लगा लिया। इसके बाद दोनों कुमारों ने अपने पिता का चरण छुआ फिर जीत सिंह और तेज सिंह को प्रणाम करने के बाद राजा गोपाल सिंह से मिले। इसके बाद बारी-बारी नकाबपोशों, ऐयारों, दोस्तों से भी मुलाकात की।

बंदोबस्त पहले से ही हो चुका था और इशारा भी बंधा हुआ था, अतएव जिस समय कुमार महाराज के चरणों पर गिरे हैं उसी समय फाटक पर से बाजे की आवाज आने लगी, जिससे बाहर वालों को भी मालूम हो गया कि कुंअर इंद्रजीत सिंह और आनंद सिंह आ गये।

इस समय की खुशी का हाल लिखना हमारी ताकत से बाहर है, हां इसका अंदाजा पाठकगण स्वयं कर सकते हैं कि जब दोनों कुमार मिलन के लिए औरतों के महल में अंदर गए तो खुशी का दरिया कितने जोश के साथ उमड़ा होगा। महल के अंदर दोनों कुमारों का इंतजार बनिस्बत बाहर के ज्यादा होगा यह सोचकर महाराज ने दोनों कुमारों को ज्यादे देर तक बाहर रोकना मुनासिब न समझकर शीघ्र ही महल में जाने की आज्ञा दी और दोनों कुमार भी खुशी-खुशी महल के अंदर जाकर सभों से मिले। उनकी मां और दादी की बढ़ती हुई खुशी का तो आज अंदाज करना बहुत ही कठिन है, जिन्होंने लड़कों की जुदाई तथा रंज और नाउम्मीदी के साथ ही साथ तरह-तरह की खबरों से पहुंची हुई चोटों को अपने नाजुक कलेजों पर सम्हालकर और देवताओं की मन्नतें मान-मानकर आज का दिन देखने के लिए अपनी नन्ही-सी जान को बचा रखा था। अगर उन्हें समय और नीति पर विशेष ध्यान न रहता तो आज घंटों तक अपने बच्चों को कलेजे से अलग करके बातचीत करने और महल के बाहर जाने का मौका न देतीं।

दोनों कुमार खुशी-खुशी सभों से मिले। एक-एक करके सभों से कुशल-मंगल पूछा, कमलिनी और लाडिली से भी चार आंखें हुईं मगर किशोरी और कामिनी की सूरत दिखाई न पड़ी, जिनके बारे में सुन चुके थे कि महल के अंदर पहुंच चुकी हैं। इस सबब से उनके दिल को जो कुछ तकलीफ थी उसका अंदाज औरों को तो नहीं मगर कुछ-कुछ कमलिनी

और लाडिली को मिल गया और उन्होंने बात ही बात में इस भेद को खुलवाकर कुमारों की तसल्ली करवा दी।

थोड़ी देर तक दोनों भाई महल के अंदर रहे और इस बीच में बाहर से कई दफे तलबी का संदेश पहुंचा, अस्तु पुनः मिलने का वादा करके वहां से उठकर वे बाहर की तरफ रवाना हुए और उस आलीशान कमरे में पहुंचे जिसमें कई खास-खास आदमियों और आपस वालों के साथ महाराज सुरेन्द्र सिंह और वीरेन्द्र सिंह उनका इंतजार कर रहे थे। इस समय इस कमरे में यद्यपि राजा गोपाल सिंह, नकाबपोश लोग, जीत सिंह, तेज सिंह, भूतनाथ और ऐयार लोग भी मौजूद थे मगर कोई आदमी ऐसा न था जिसके सामने भेद की बातें करने में किसी तरह का संकोच हो। दोनों कुमार इशारा पाकर अपने दादा साहब के बगल में बैठ गए और धीर-धीरे बातचीत होने लगी।

सुरेन्द्र- (दोनों कुमारों की तरफ देख के) भैरो सिंह और तारा सिंह तुम्हारे पास गये हुए थे, उन दोनों को कहां छोड़ा?

इंद्रजीत- (मुस्कराते हुए) जी वे दोनों तो हम लोगों के आने के पहले ही से हुजूर में हाजिर हैं!

सुरेन्द्र- (ताज्जुब से चारों तरफ देख के) कहां?

महाराज के साथ ही साथ और लोगों ने भी ताज्जुब के साथ एक-दूसरे पर निगाह डाली।

इंद्रजीत- (दोनों सरदार नकाबपोशों की तरफ बताकर जिनके साथ और भी कई नकाबपोश थे) राम सिंह और लक्ष्मण सिंह का काम आज वे ही दोनों पूरा कर रहे हैं।

इतना सुनते ही दोनों नकाबपोशों ने अपने-अपने चेहरे पर से नकाब हटा दी और उनके बदले में भैरो सिंह तथा तारा सिंह दिखाई देने लगे। इस जादू के से मामले को देखकर सभी की विचित्र अवस्था हो गई और सब ताज्जुब में आकर एक-दूसरे का मुंह देखने लगे। भूतनाथ और देवी सिंह की तो और ही अवस्था हो रही थी। बड़े जोरों के साथ उनका कलेजा उछलने लगा और वे कुल बातें उन्हें याद आ गईं जो नकाबपोशों के मकान में जाकर देखी-सुनी थीं और वे दोनों ही ताज्जुब के साथ गौर करने लगे।

सुरेन्द्र- (दोनों कुमारों से) जब भैरो सिंह और तारा सिंह तुम्हारे पास नहीं गये और यहां मौजूद थे तब भी तो राम सिंह और लक्ष्मण सिंह कई दफे आये थे, उस समय इस विचित्र पर्दे (नकाब) के अंदर कौन छिपा हुआ था?

इंद्रजीत- (और सब नकाबपोशों की तरफ बताकर) कई दफे इन लोगों में से बारी-बारी से समयानुसार और कई दफे स्वयं हम दोनों भाई इसी पोशाक और नकाब को पहिरकर हाजिर हुए थे।

कुंअर इंद्रजीत सिंह की इस बात ने इन लोगों को और भी ताज्जुब में डाल दिया और सब कोई हैरानी के साथ उनकी तरफ देखने लगे। और भूतनाथ और देवी सिंह की तो बात ही

निराली थी, इनको तो विश्वास हो गया कि नकाबपोशों की टोह में जिस मकान के अंदर हम लोग गए थे उसके मालिक ये ही दोनों हैं, इन्हीं दोनों की मर्जी से हम लोग गिरफ्तार हुए थे, और इन्हीं दोनों के सामने पेश किए गए थे। देवीसिंह यद्यपि अपने दिल को बार-बार समझा-बुझाकर सम्हालते थे मगर इस बात का खयाल हो ही जाता था कि अपने ही लोगों ने मेरी बेइज्जती की और मेरे ही लड़के ने इस काम में शरीक होकर मेरे साथ दगा की। मगर देखना चाहिए, इन सब बातों का भेद सबब और नतीजा क्या खुलता है।

भूतनाथ इस सोच में घड़ी-घड़ी सिर झुका लेता था कि मेरे पुराने ऐब जिन्हें मैं बड़ी कोशिश से छिपा रहा था अब छिपे न रहे क्योंकि इन नकाबपोशों को मेरा रत्ती-रत्ती हाल मालूम है और दोनों कुमार इन सभों के मालिक और मुखिया हैं, अस्तु इनसे कोई बात छिपी न रह गई होगी। इसके अतिरिक्त मैं अपनी आंखों से देख चुका हूं कि मुझसे बदला लेने की नीयत रखने वाला मेरा दुश्मन उस विचित्र तस्वीर को लिए हुए इनके सामने हाजिर हुआ था और मेरा लड़का हरनाम सिंह भी वहां मौजूद था। यद्यपि अब इस बात की आशा नहीं हो सकती कि यह दोनों कुमार मुझे जलील और बेआबरू करेंगे मगर फिर भी शर्मिंदगी मेरा पल्ला नहीं छोड़ती। इत्तिफाक की बात है कि जिस तरह मेरी स्त्री और लड़के ने इस मामले में शरीक होकर मुझे छकाया है उसी तरह देवी सिंह की स्त्री-लड़के ने उनके दिल में भी चुटकी ली है।

देवी सिंह और भूतनाथ की तरह हमारे और ऐयारों के दिल में भी करीब-करीब इसी ढंग की बातें पैदा हो रही थीं और इन सब भेदों को जानने के लिए वे बनिस्बत पहले के अब ज्यादे बेचैन हो रहे थे, तथा यही हाल हमारे महाराज गोपाल सिंह वगैरह का भी था।

कुछ देर तक ताज्जुब के साथ सन्नाटा रहा और इसके बाद पुनः महाराज ने दोनों कुमारों की तरफ देखकर कहा –

सुरेन्द्र- ताज्जुब की बात है कि तुम दोनों भाई यहां आकर भी अपने को छिपाए रहे!!

इंद्रजीत- (हाथ जोड़कर) मैं यहां हाजिर होकर पहले ही अर्ज कर चुका था कि 'हम लोगों का भेद जानने के लिए उद्योग न किया जाये, हम लोग मौका पाकर स्वयं अपने को प्रकट कर देंगे।' इसके अतिरिक्त तिलिस्मी नियमों के अनुसार तब तक हम दोनों भाई प्रकट नहीं हो सकते थे जब तक कि अपना काम पूरा करके इसी तिलिस्मी चबूतरे की राह से तिलिस्म के बाहर नहीं निकल आते। साथ ही इसके हम लोगों की यह भी इच्छा थी कि जब तक निश्चिंत होकर खुले तौर पर यहां न आ जाये तब तक कैदियों के मुकदमे का फैसला न होने पावे क्योंकि इस तिलिस्म के अंदर जाने के बाद हम लोगों को बहुत से नए भेद मालूम हुए हैं जो (नकाबपोशों की तरफ इशारा करके) इन लोगों से संबंध रखते हैं और जिनको आपसे अर्ज करना बहुत जरूरी था।

सुरेन्द्र- (मुस्कराते हुए और नकाबपोशों की तरफ देख के) अब तो इन लोगों को भी अपने चेहरों से नकाब उतार देना चाहिए, हम समझते हैं, इस समय इन लोगों का चेहरा साफ होगा।

कुंअर इंद्रजीत सिंह का इशारा पाकर उन नकाबपोशों ने भी अपने-अपने चेहरे से नकाब हटा दी और खड़े होकर अदब के साथ महाराज को सलाम किया। ये नकाबपोश गिनती में पांच थे और इन्हीं पांचों में इस समय वे दोनों सूरत भी दिखाई पड़ीं जो यहां दरबार में पहले दिखाई पड़ चुकी थीं या जिन्हें देखकर दारोगा और बेगम के छक्के छूट गए थे।

अब सभों का ध्यान उन पांचों नकाबपोशों की तरफ खिंच गया जिनका असल हाल जानने के लिए लोग पहले ही से बेचैन हो रहे थे क्योंकि इन्होंने कैदियों के मामले में कुछ विचित्र ढंग की कैफियत और उलझन पैदा कर दी थी। यद्यपि कह सकते हैं कि यहां पर इन पांचों को पहचानने वाला कोई न था मगर भूतनाथ और राजा गोपाल सिंह बड़े गौर से उनकी तरफ देखकर अपने हाफजे (स्मरणशक्ति) पर जोर दे रहे थे और उम्मीद करते थे कि इन्हें हम पहचान लेंगे।

सुरेन्द्र- (गोपाल सिंह की तरफ देख के) केवल हमीं लोग नहीं बल्कि हजारों आदमी इनका हाल जानने के लिए बेताब हो रहे हैं, अस्तु ऐसा करना चाहिए कि एक साथ ही इनका हाल मालूम हो जाये।

गोपाल- मेरी भी यही राय है।

एक नकाब- कैदियों के सामने ही हम लोगों का किस्सा सुना जाये तो ठीक हो क्योंकि ऐसा होने ही से महाराज का विचार पूरा होगा। इसके अतिरिक्त हम लोगों के किस्से में वही कैदी हामी भरेंगे और कई अधूरी बातों को पूरा करके महाराज का शक दूर करेंगे जिन्हें हम लोग नहीं जानते और जिनके लिए महाराज उत्सुक होंगे।

इंद्र- (सुरेन्द्र सिंह से) बेशक ऐसा ही है। यद्यपि हम दोनों भाई इन लोगों का किस्सा सुन चुके हैं मगर कई भेदों का पता नहीं लगा जिनके जाने बिना जी बेचैन हो रहा है और उनका मालूम होना कैदियों की इच्छा पर निर्भर है।

सुरेन्द्र- (कुछ सोचकर) खैर, ऐसा ही किया जाएगा।

इसके बाद उन लोगों में दूसरे तरह की बातचीत होने लगी जिसके लिखने की कोई आवश्यकता नहीं जान पड़ती। इसके घंटे भर बाद दरबार बर्खास्त हुआ और सब कोई अपने स्थान पर चले गए।

कुंअर इंद्रजीत सिंह का दिल किशोरी को देखने के लिए बेताब हो रहा था। उन्हें विश्वास था कि यहां पहुंचकर उससे अच्छी तरह मुलाकात होगी और बहुत दिनों का अरमान भरा दिल उसकी सोहबत से तस्कीन पाकर पुन: उनके कब्जे में आ जाएगा मगर ऐसा नहीं हुआ अर्थात् कुमार के आने के पहले ही वह अपने नाना के डेरे में भेज दी गई और उनका अरमान भरा दिल उसी तरह तड़पता रह गया। यद्यपि उन्हें इस बात का भी विश्वास था कि अब उनकी शादी किशोरी के साथ बहुत जल्दी होने वाली है मगर फिर भी उनका मनचला दिल जिसे उनके कब्जे के बाहर भये मुद्दत हो चुकी थी इन चापलूसियों को कब मानता था। इसी तरह कमलिनी से भी

मीठी-मीठी बातें करने के लिए वे कम बेताब न थे मगर बड़ों का लेहाज उन्हें इस बात की इजाजत नहीं देता था कि उससे एकांत में मुलाकात करें यद्यपि ऐसा करते तो कोई हर्ज की बात न थी मगर इसलिए कि उसके साथ भी शादी होने की उम्मीद थी शर्म और लेहाज के फेर में पड़े हुए थे, परंतु कमलिनी को इस बात का सोच-विचार कुछ भी न था। हम इसका सबब भी बयान नहीं कर सकते, हां इतना कहेंगे कि जिस कमरे में कुंअर इंद्रजीत सिंह का डेरा था उसी के पीछे वाले कमरे में कमलिनी का डेरा था और उस कमरे से कुंअर इंद्रजीत सिंह के कमरे में आने-जाने के लिए एक छोटा-सा दरवाजा भी था जो इस समय भीतर की तरफ से अर्थात् कमलिनी की तरफ से बंद था और कुमार को इस बात की कुछ भी खबर न थी।

रात पहर भर से ज्यादे जा चुकी थी। कुंअर इंद्रजीत सिंह अपने पलंग पर लेटे हुए किशोरी और कमलिनी के विषय में तरह-तरह की बातें सोच रहे थे। उनके पास कोई दूसरा आदमी न था और एक तरह का सन्नाटा छाया हुआ था। एकाएक पीछे वाले कमरे का (जिसमें कमलिनी का डेरा था) दरवाजा खुला और अंदर से एक लौंडी आती हुई दिखाई पड़ी।

कुमार ने चौंककर उसकी तरफ देखा और उसने हाथ जोड़कर अर्ज किया, "कमलिनी जी आपसे मिलना चाहती हैं, आज्ञा हो तो स्वयं यहां आवें या आप ही वहां तक चलें।"

कुमार- वे कहां हैं?

लौंडी- (पिछले कमरे की तरफ बताकर) इसी कमरे में तो उनका डेरा है।

कुमार- (ताज्जुब से) इसी कमरे में मुझे इस बात की कुछ भी खबर न थी। अच्छा मैं स्वयं चलता हूं, तू इस कमरे का दरवाजा बंद कर दे।

आज्ञा पाते ही लौंडी ने कुमार के कमरे का दरवाजा बंद कर दिया जिससे बाहर से कोई यकायक आ न जाय। इसके बाद इशारा पाकर लौंडी कमलिनी के कमरे की तरफ रवाना हुई और कुमार उसके पीछे-पीछे चले। चौखट के अंदर पैर रखते ही कुमार की निगाह कमलिनी पर पड़ी और वे भौंचक्के से होकर उसकी सूरत देखने लगे।

इस समय कमलिनी की सुंदरता बनिस्बत पहले के बहुत ही बढ़ी-चढ़ी देखने में आई। पहले जिन दिनों कुमार ने कमलिनी की सूरत देखी थी उन दिनों वह बिल्कुल उदासीन और मामूली ढंग पर रहा करती थी। मायारानी के झगड़े की बदौलत उसकी जान जोखिम में पड़ी हुई थी और इस कारण से उसके दिमाग को एक पल के लिए भी छुट्टी नहीं मिलती थी। इन्हीं सब कारणों से उसके शरीर और चेहरे की रौनक में भी बहुत बड़ा फर्क पड़ गया था तिस पर भी वह कुमार की सच्ची निगाह में ही दिखाई देती थी। फिर आज उसकी खुशी और खूबसूरती का क्या कहना है जबकि ईश्वर की कृपा से वह अपने तमाम दुश्मनों पर फतह पा चुकी है, तरद्दुदों के बोझ से हलकी हो चुकी है और मनमानी उम्मीदों के साथ अपने को बनाने-संवारने का भी मुनासिब मौका उसे मिल गया है! यही सबब है कि इस समय वह रानियों की-सी पोशाक और सजावट में दिखाई देती है।

कमलिनी की इस समय की खूबसूरती ने कुमार पर बहुत बड़ा असर किया और बनिस्बत पहले के इस समय बहुत ज्यादे कुमार के दिल पर अपना अधिकार जमा लिया। कुमार को देखते ही कमलिनी ने हाथ जोड़कर प्रणाम किया। और कुमार ने आगे बढ़कर बड़े प्रेम से उसका हाथ पकड़कर पूछा, "कहो, अच्छी तो हो?"

"अब भी अच्छी न होऊंगी!" कहकर मुस्कराती हुई कमलिनी ने कुमार को ले जाकर एक ऊंची गद्दी पर बैठाया और आप भी उनके पास बैठकर यों बातचीत करने लगी।

कम- कहिए, तिलिस्म के अंदर आपको किसी तरह की तकलीफ तो नहीं हुई।

इंद्र- ईश्वर की कृपा से हम लोग कुशलपूर्वक यहां तक चले आए और अब तुम्हें धन्यवाद देते हैं क्योंकि यह सब बातें तुम्हारी ही बदौलत नसीब हुई हैं। अगर तुम मदद न करतीं तो न मालूम हम लोगों की क्या दशा हुई होती। हमारे साथ तुमने जो कुछ उपकार किया है उसका बदला चुकाना मेरी सामर्थ्य के बाहर है। सिवाय इसके मैं क्या कह सकता हूं कि (अपनी छाती पर हाथ रख के) यह जान और शरीर तुम्हारा है।

कम- (मुस्कराकर) अब कृपा कर इन सब बातों को तो रहने दीजिए क्योंकि इस समय मैंने इसलिए आपको तकलीफ नहीं दी है कि अपनी बड़ाई सुनूं या आप पर अपना अधिकार जमाऊं।

इंद्र- अधिकार तो तुमने उसी दिन मुझ पर जमा लिया जिस दिन ऐयार के हाथ से मेरी जान बचाई और मुझसे तलवार की लड़ाई लड़कर यह दिखा दिया कि मैं तुमसे ताकत में कम नहीं हूं।

कम- (हंसकर) क्या खूब! मैं और आपका मुकाबला करूं!! आपने मुझे भी क्या कोई पहलवान समझ लिया है?

इंद्र- आखिर क्या बात थी जो उस दिन मैं तुमसे हार गया था।

कम- आपको उस बेहोशी की दवा ने कमजोर और खराब कर दिया था जो एक अनाड़ी ऐयार की बनाई हुई थी। उस समय केवल आपको चैतन्य करने के लिए मैं लड़ पड़ी थी नहीं तो कहां मैं और कहां आप!

इंद्र- खैर, ऐसा ही होगा मगर इसमें तो कोई शक नहीं कि तुमने मेरी जान बचाई, केवल उसी दफा नहीं बल्कि उसके बाद भी कई दफे।

कम- भया, भया, अब इन सब बातों को जाने दीजिए, मैं ऐसी बातें नहीं सुना चाहती। हां यह बतलाइए कि तिलिस्म के अंदर आपने क्या-क्या देखा और क्या-क्या किया?

इंद्र- मैं सब हाल तुमसे कहूंगा बल्कि उन नकाबपोशों को कैफियत भी तुमसे बयान करूंगा जो मुझे तिलिस्म के अंदर मिले और जिनका हाल अभी तक मैंने किसी से बयान नहीं किया, मगर तुम यह सब हाल अपनी जुबान से किसी से न कहना।

कम- बहुत खूब।

इसके बाद कुंअर इंद्रजीत सिंह ने अपना कुल हाल कमलिनी से बयान किया और कमलिनी ने भी अपना पिछला किस्सा और उसी के साथ-साथ भूतनाथ, नानक तथा तारा वगैरह का हाल बयान किया जो कुमार को मालूम न था, इसके बाद पुन: उन दोनों में यों बातचीत होने लगी –

इंद्र- आज तुम्हारी जुबानी बहुत-सी ऐसी बातें मालूम हुई हैं जिनके विषय में मैं कुछ भी नहीं जानता था।

कम- इस तरह आपकी जुबानी उन नकाबपोशों का हाल सुनकर मेरी अजीब हालत हो रही है, क्या करूं आपने मना कर दिया है कि किसी से इस बात का जिक्र न करना नहीं तो अपने सुयोग्य पति से उनके विषय में...।

इंद्र- (चौंककर) क्या तुम्हारी शादी हो गई ?

कम- (कुमार के चेहरे का रंग उड़ा हुआ देख मुस्कराकर) मैं अपने उस तालाब वाले मकान में अर्ज कर चुकी थी कि मेरी शादी बहुत जल्द होने वाली है।

इंद्र- (लंबी सांस लेकर) हां मुझे याद है, मगर यह उम्मीद न थी कि वह इतनी जल्दी हो जायेगी।

कम- तो क्या आप मुझे हमेशा कुंआरी ही देखना पसंद करते थे ?

इंद्र- नहीं ऐसा तो नहीं है, मगर...।

कम- मगर क्या कहिए कहिए, रुके क्यों ?

इंद्र- यही कि मुझसे पूछ तो लिया होता।

कम- क्या खूब! आपने क्या मुझसे पूछकर इंद्रानी के साथ शादी की थी जो मैं आपसे पूछ लेती।

इतना कहकर कमलिनी हंस पड़ी और कुमार ने शरमाकर सिर झुका लिया मगर इस समय कुमार के चेहरे से मालूम होता था कि उन्हें हद दर्जे का रंज है और कलेजे में बेहिसाब तकलीफ हो रही है।

कुमार- (कमलिनी के पास से कुछ खिसककर) मुझे विश्वास था कि जन्म भर तुमसे हंसने-बोलने का मौका मिलेगा।

कम- मेरे दिल में भी यही बात बैठी हुई थी और यही तै कर मैंने शादी की है कि आपसे कभी अलग होने की नौबत न आवे। मगर आप हट क्यों गये आइए-आइए जिस जगह बैठे थे बैठिए।

कुमार- नहीं-नहीं, पराई स्त्री के साथ एकांत में बैठना ही धर्म के विरुद्ध है न कि साथ सटकर, मगर आश्चर्य है कि तुम्हें इस बात का कुछ भी खयाल नहीं है! मुझे विश्वास था कि तुमसे कभी कोई काम धर्म के विरुद्ध न हो सकेगा।

कम- मुझमें आपने कौन-सी बात धर्म-विरुद्ध पाई ?

कुमार- यही कि तुम इस तरह एकांत में बैठकर मुझसे बातें कर रही हो, इससे भी बढ़कर वह बात जो अभी तुमने अपनी जुबान से कबूल की है कि 'तुमसे कभी अलग न होऊंगी।' क्या यह धर्म-विरुद्ध नहीं है क्या तुम्हारा पति इस बात को जानकर भी तुम्हें पतिव्रता कहेगा?

कम- कहेगा और जरूर कहेगा, अगर न कहेगा तो इसमें उसकी भूल है। उसे निश्चय है और आप सच समझिए कि कमलिनी प्राण दे देना स्वीकार करेगी परंतु धर्म-विरुद्ध पथ पर चलना कदापि नहीं, आपको मेरी नीयत पर ध्यान देना चाहिए दिल्लगी के कामों पर नहीं, क्योंकि मैं ऐयारा भी हूं। यदि मेरा पति इस समय यहां आ जाये तो आपको मालूम हो जाये कि मुझ पर वह जरा भी शक नहीं करता और मेरा इस तरह बैठना उसे कुछ भी नहीं गढ़ाता।

कुमार- (कुछ सोचकर) ताज्जुब है!

कम- अभी क्या, आपको और भी ताज्जुब होगा।

इतना कहकर कमलिनी ने कुमार की कलाई पकड़ ली और अपनी तरफ खींचकर कहा, "पहले आप अपनी जगह पर आकर बैठ जाइये तो मुझसे बात कीजिए।"

कुमार- नहीं-नहीं, कमलिनी, तुम्हें ऐसा उचित नहीं है। दुनिया में धर्म से बढ़कर और कोई वस्तु नहीं है एतएव तुम्हें भी धर्म पर ध्यान रखना चाहिए, अब तुम स्वतंत्र नहीं हो पराये की स्त्री हो।

कम- यह सच है परंतु मैं आपसे पूछती हूं कि यदि मेरी शादी आपके साथ होती तो क्या मैं आनंद सिंह से हंसने, बोलने या दिल्लगी करने लायक न रहती?

कुमार- बेशक, उस हालत में तुम आनंद से हंस-बोल और दिल्लगी भी कर सकती थीं क्योंकि यह बात हम लोगों में लौकिक व्यवहार के ढंग पर प्रचलित है।

कम- बस तो मैं आपसे भी उसी तरह हंस-बोल सकती हूं। और ऐसा करने के लिए मेरे पति ने मुझे आज्ञा भी दे दी है, मैं उनका पत्र आपको दिखा सकती हूं इसलिए कि मेरा और आपका नाता ऐसा ही है, एक नहीं बल्कि तीन-तीन नाते हैं।

इंद्र सो कैसे?

कम- सुनिए, मैं कहती हूं। एक तो मैं किशोरी को अपनी बहिन समझती हूं, अतएव आप मेरे बहनोई हुए, कहिए हां।

कुमार- यह कोई बात नहीं है, क्योंकि अभी किशोरी की शादी मेरे साथ नहीं हुई है।

कम- खैर, जाने दीजिए मैं दूसरा और तीसरा नाता बताती हूं। जिनके साथ मेरी शादी हुई है वे राजा गोपाल सिंह के भाई हैं, इसके अतिरिक्त लक्ष्मीदेवी की मैं छोटी बहिन हूं अतएव आपकी साली भी हुई।

कुमार- (कुछ सोचकर) हां, इस बात से तो मैं कायल हुआ मगर तुम्हारी नीयत में किसी तरह फर्क न आना चाहिए।

कम- इससे आप बेफिक्र रहिए, मैं अपना धर्म किसी तरह नहीं बिगाड़ सकती और न दुनिया में कोई ऐसा पैदा हुआ है जो मेरी नीयत बिगाड़ सके। आइए, अपने ठिकाने पर बैठ जाइए।

लाचार कुंअर इंद्रजीत सिंह अपने ठिकाने पर बैठे और पुन: बातचीत करने लगे मगर उदास बहुत थे और यह बात उनके चेहरे से जाहिर होती थी।

यकायक कमलिनी ने मसखरेपन के साथ हंस दिया जिससे कुमार को खयाल हो गया कि इसने जो कुछ कहा सब झूठ और केवल दिल्लगी के लिए था मगर साथ ही इसके उनके दिल का खुटका साफ नहीं हुआ।

कम- अच्छा, आप यह बताइये कि तिलिस्म की कैफियत देखने के लिए राजा साहब तिलिस्म के अंदर जायेंगे या नहीं?

कुमार- जरूर जायेंगे।

कम- कब?

कुमार- सो मैं ठीक नहीं कह सकता शायद कल या परसों ही जायें, कहते थे कि 'तिलिस्म के अंदर चलकर देखने का इरादा है।' इसके जवाब में भाई गोपाल सिंह ने कहा कि 'जरूर और जल्द चलकर देखना चाहिए।'

कम- तो क्या हम लोगों को साथ ले जायेंगे?

कुमार- सो मैं कैसे कहूं तुम गोपाल भाई से कहो वह इसका बंदोबस्त जरूर कर देंगे, मुझे तो कुछ कहते शर्म मालूम होगी।

कम- सो तो ठीक है, अच्छा मैं कल उनसे कहूंगी।

कुमार- मगर तुम लोगों के साथ किशोरी भी अगर तिलिस्म के अंदर जाकर वहां की कैफियत न देखेगी तो मुझे इस बात का रंज जरूर होगा।

कम- बात तो वाजिब है मगर वह इस मकान में तभी आवेंगी जब उनकी शादी आपके साथ हो जायेगी और इसीलिए वह अपने नाना के डेरे में भेज दी गई हैं। खैर तो आप इस मामले को तब तक के लिए टाल दीजिए जब तक आपकी शादी न हो जाये।

कुमार- मैं भी यही उचित समझता हूं अगर महाराज मान जायें तो।

कम- या आप हम लोगों को फिर दूसरी दफे ले जाइयेगा।

कुमार- हां, यह भी हो सकता है। अबकी दफे का वहां जाना महाराज की इच्छा पर ही छोड़ देना चाहिए, वे जिसे चाहें ले जायें।

कम- बेशक, ऐसा ही ठीक होगा। अब तिलिस्म के अंदर जाने में आपत्ति ही काहे की है, जब और जै दफे आप चाहेंगे हम लोगों को ले जायेंगे।

कुमार- नहीं सो बात ठीक नहीं, बहुत-सी जगह ऐसी हैं जहां सैकड़ों दफे जाने में भी कोई हर्ज नहीं है मगर बहुत-सी जगहें तिलिस्म के टूट जाने पर भी नाजुक हालत में बनी हुई हैं और जहां बार-बार जाना कठिन है तथापि मैं तुम लोगों को वहां की सैर जरूर कराऊंगा।

कम- मैं समझती हूं कि मेरे उस तालाब वाले तिलिस्मी मकान के नीचे भी कोई तिलिस्म जरूर है। उस खून से लिखी हुई तिलिस्मी किताब का मजमून पूरी तरह से मेरी समझ में नहीं आता था तथापि इस ढंग की बातों पर कुछ शक जरूर होता था।

कुमार तुम्हारा खयाल बहुत ठीक है, हम दोनों भाइयों को खून से लिखी उस तिलिस्मी किताब के पढ़ने से बहुत ज्यादे हाल मालूम हुआ है, इसके अतिरिक्त मुझे तुम्हारा वह स्थान पसंद भी है और पहले भी मैं (जब तुम्हारे पास वहां था) यह विचार कर चुका था कि 'सब कामों से निश्चिंत होकर कुछ दिनों के लिए यहां जरूर डेरा जमाऊंगा' परंतु अब मेरा वह विचार कुछ काम नहीं दे सकता।

कम- सो क्यों?

कुमार- इसलिए कि अगर तुम्हारी बातें ठीक हैं तो अब वह स्थान तुम्हारे पति के अधिकार में होगा।

कम- (मुस्कराकर) तो क्या हर्ज है, मैं उनसे कहकर आपको दिला दूंगी।

कुमार- मैं किसी से भीख मांगना पसंद नहीं करता और न उनसे लड़कर वह स्थान छीन लेना ही मुझे मंजूर होगा। कमलिनी सच तो यों है कि तुमने मुझे धोखा दिया और बहुत बड़ा धोखा दिया। मुझे तुमसे यह उम्मीद न थी। (कुछ सोचकर) एक दफे तुम मुझसे फिर कह दो कि सचमुच तुम्हारी शादी हो गई है।

इसके जवाब में कमलिनी खिलखिलाकर हंस पड़ी और बोली, "हां, हो गई।"

कुमार- मेरे सिर पर हाथ रखकर कसम खाओ।

कम- (कुमार के पैरों पर हाथ रखकर) आपसे मैं कसम खाकर कहती हूं कि मेरी शादी हो गई।

हम लिख नहीं सकते कि इस समय कुमार के दिल की कैसी बुरी हालत थी, रंज और अफसोस से उनका दिल बैठा जाता था और कमलिनी हंस-हंसकर चुटकियां लेती थी। बड़ी मुश्किल से कुमार थोड़ी देर और उसके पास बैठे। फिर उठकर लंबी सांस लेते हुए अपने कमरे में चले गए। रात भर उन्हें नींद न आई।

बयान-5

महाराज की आज्ञानुसार कुंअर इंद्रजीत सिंह और आनंद सिंह के विवाह की तैयारी बड़ी धूमधाम से हो रही है। यहां से चुनार तक की सड़कें दोनों तरफ जाफरी (पीले फूल) वाली टट्टियों से सजाई गई हैं जिन पर रोशनी की जायेगी और जिनके बीच में थोड़ी-थोड़ी दूर पर बड़े फाटक बने हुए हैं और उन पर नोबतखाने का इंतजाम किया गया है। टट्टियों के दोनों तरफ बाजार बसाया जायेगा जिसकी तैयारी कारिंदे लोग बड़ी खूबी और मुस्तैदी के साथ कर रहे हैं। इसी तरह और भी तरह-तरह के तमाशों का इंतजाम बीच-बीच में हो रहा है जिसके सबब से बहुत ज्यादे भीड़भाड़ होने की उम्मीद है और अभी से तमाशबीनों का जमावड़ा हो रहा है। रोशनी के साथ-साथ आतिशबाजी के इंतजाम में भी बड़ी सरगर्मी दिखाई जा रही है। कोशिश हो रही है कि उम्दी से उम्दी तथा अनूठी आतिशबाजी का तमाशा लोगों को दिखाया जाये। इसी तरह और भी कई तरह के खेल-तमाशे और नाच इत्यादि का बंदोबस्त हो रहा है मगर इस समय हमें इन सब बातों से कोई मतलब नहीं है क्योंकि हम अपने पाठकों को उस तिलिस्मी मकान की तरफ ले चलना चाहते हैं जहां भूतनाथ और देवी सिंह ने नकाबपोशों के फेर में पड़कर शर्मिन्दगी उठाई थी और जहां इस समय दोनों कुमार अपने दादा, पिता तथा और सब आपस वालों को तिलिस्मी तमाशा दिखाने के लिए ले जा रहे हैं।

सुबह का सुहावना समय है और ठंडी हवा चल रही है। जंगली फूलों की खुशबू से मस्त भई सुंदर-सुंदर रंग-बिरंगी खूबसूरत चिड़ियाएं हमारे सर्वगुण संपन्न मुसाफिरों को मुबारकबाद दे रही हैं जो तिलिस्म की सैर करने की नीयत से मीठी-मीठी बातें करते हुए जा रहे हैं।

घोड़े पर सवार महाराज सुरेन्द्र सिंह, राजा वीरेन्द्र सिंह, जीत सिंह, गोपाल सिंह, इंद्रजीत सिंह और आनंद सिंह तथा पैदल तेज सिंह, देवी सिंह, भूतनाथ, पंडित बद्रीनाथ, रामनारायण, पन्नालाल वगैरह अपने ऐयार लोग जा रहे थे। तिलिस्म के अंदर मिले कैदी अर्थात् नकाबपोश लोग तथा भैरो सिंह और तारा सिंह इस समय साथ न थे। इस समय देवी सिंह से ज्यादे भूतनाथ का कलेजा उछल रहा था और वह अपनी स्त्री का असली भेद जानने के लिए बेताब हो रहा था। जब से उसे इस बात का पता चला कि वे दोनों सरदार नकाबपोश यही दोनों कुमार हैं तथा उस विचित्र मकान के मालिक भी यही हैं तब से उसके दिल का खुटका कुछ कम तो हो गया मगर खुलासा हाल जानने और पूछने का मौका न मिलने के सबब उसकी बेचैनी दूर नहीं हुई थी। वह यह भी जानता था कि अब उसकी स्त्री का लड़का हरनाम सिंह किस फिक्र में है। इस समय जब वह फिर उसी ठिकाने जा रहा था जहां अपनी स्त्री की बदौलत गिरफ्तार होकर अपने लड़के का

विचित्र हाल देखा था तब उसका दिल और बेचैन हो उठा, मगर साथ ही इसके उसे इस बात की भी उम्मीद हो रही थी कि अब उसे उसकी स्त्री का हाल मालूम हो जायेगा या कुछ पूछने का मौका ही मिलेगा।

ये लोग धीरे-धीरे बातचीत करते हुए उसी खोह या सुरंग की तरफ जा रहे थे। पहर भर से ज्यादे दिन न चढ़ा होगा जब ये लोग उस ठिकाने पहुंच गए। महाराज सुरेन्द्र सिंह और वीरेन्द्र सिंह वगैरह घोड़े से नीचे उतर पड़े, साईसों ने घोड़े थाम लिए और इसके बाद उन सभों ने सुरंग के अंदर पैर रखा। इस सुरंग वाले रास्ते का कुछ खुलासा हाल हम इस संतति के उन्नीसवें भाग में लिख आए हैं जब भूतनाथ यहां आया था, अब पुनः दोहराने की आवश्यकता नहीं जान पड़ती, हां इतना लिख देना जरूरी जान पड़ता है कि दोनों कुमारों ने सभों को यह बात समझा दी कि यह रास्ता बंद क्योंकर हो सकता है। बंद होने का स्थान वही चबूतरा था जो सुरंग के बीच में पड़ता था।

जिस समय ये लोग सुरंग तै करके मैदान में पहुंचे, सामने वही छोटा बंगला दिखाई दिया जिसका हाल हम पहले लिख चुके हैं। इस समय उस बंगले के आगे वाले दालान में दो नकाबपोश औरतें हाथ में तीरकमान लिए टहलती पहरा दे रही थीं जिन्हें देखते ही खास करके भूतनाथ और देवी सिंह को बड़ा ताज्जुब हुआ और उनके दिल में तरह-तरह की बातें पैदा होने लगीं। भूतनाथ का इशारा पाकर देवी सिंह ने कुंअर इंद्रजीत सिंह से पूछा, 'ये दोनों नकाबपोश औरतें कौन हैं जो पहरा दे रही हैं' इसके जवाब में कुमार तो चुप रह गए मगर महाराज सुरेन्द्र सिंह ने कहा, "इसके जानने की तुम लोगों को क्या जल्दी पड़ी हुई है जो कोई होंगी सब मालूम ही हो जायेगा।"

इस जवाब ने देवी सिंह और भूतनाथ को देर तक के लिए चुप कर दिया और विश्वास दिला दिया कि महाराज को इसका हाल जरूर मालूम है।

जब उन औरतों ने इन सभों को पहचाना और अपनी तरफ आते देखा तो जंगले के अंदर घुसकर गायब हो गईं, तब तक ये लोग भी उस दालान में जा पहुंचे। इस समय भी यह बंगला उसी हालत में था जैसा कि भूतनाथ और देवी सिंह ने देखा था।

हम पहले लिख चुके हैं और अब भी लिखते हैं कि यह बंगला जैसा बाहर से सादा और साधारण मालूम होता था वैसा अंदर से न था और यह बात दालान में पहुंचने के साथ ही सभों को मालूम हो गई। दालान और दीवारों में निहायत खूबसूरत और आला दर्जे की कारीगरी का नमूना दिखाने वाली तस्वीरों को देखकर सब कोई दंग हो गये और मुसव्वर के हाथों की तारीफ करने लगे। ये तस्वीरें एक निहायत आलीशान इमारत की थीं और उसके ऊपर बड़े-बड़े हरफों में यह लिखा हुआ था –

"यह तिलिस्म चुनारगढ़ के पास ही एक निहायत खूबसूरत जंगल में कायम किया गया है जिसे महाराज सुरेन्द्र सिंह के लड़के वीरेन्द्र सिंह तोड़ेंगे।"

इस तस्वीर को देखते ही सभों को विश्वास हो गया कि वह तिलिस्मी खंडहर जिसमें तिलिस्मी बगुला था और जिस पर इस समय निहायत आलीशान इमारत बनी हुई है पहले इसी सूरत-शक्ल में था, जिसे जमाने के हेर-फेर ने अच्छी तरह बर्बाद करके उजाड़ और भयानक बना दिया। इमारत की उस बड़ी और पूरी तस्वीर के नीचे उसके भीतर वाले छोटे-छोटे टुकड़े भी बनाकर दिखलाए गए थे और उस बगुले की तस्वीर भी बनी हुई थी जिसे राजा वीरेन्द्र सिंह ने बखूबी पहचान लिया और कहा, "बेशक, अपने जमाने में यह बहुत अच्छी इमारत थी।"

सुरेन्द्र- यद्यपि आजकल जो इमारत तिलिस्मी खंडहर पर बनी है और जिसके बनवाने में जीत सिंह ने अपनी तबियतदारी और कारीगरी का अच्छा नमूना दिखाया है बुरी नहीं है, मगर हमें इस पहली इमारत का ढंग कुछ अनूठा और सुंदर मालूम पड़ता है।

जीत- बेशक, ऐसा ही है। यदि इस तस्वीर को मैं पहले देखे हुए होता तो जरूर इसी ढंग की इमारत बनवाता।

वीरेन्द्र- और ऐसा होने से वह तिलिस्म एक दफे नया मालूम पड़ता।

इंद्र- यह चुनारगढ़ वाला तिलिस्म साधारण नहीं बल्कि बहुत बड़ा है। चुनारगढ़, नौगढ़, विजयगढ़ और जमानिया तक इसकी शाखा फैली हुई है। इस बंगले को इस बहुत बड़े और फैले हुए तिलिस्म का 'केंद्र' समझना चाहिए बल्कि ऐसा भी कह सकते हैं कि यह बंगला तिलिस्म का नमूना है।

थोड़ी देर तक दालान में खड़े इसी किस्म की बातें होती रहीं और इसके बाद सभों को साथ लिए हुए दोनों कुमार बंगले के अंदर रवाना हुए।

सदर दरवाजे का पर्दा उठाकर अंदर जाते ही ये लोग एक गोल कमरे में पहुंचे जो भूतनाथ और देवी सिंह का देखा हुआ था। इस गोल और गुम्बजदार खूबसूरत कमरे की दीवारों पर जंगल, पहाड़ और रोहतासगढ़ की तस्वीरें बनी हुई थीं। घड़ी-घड़ी तारीफ न करके एक ही दफे लिख देना ठीक होगा कि इस बंगले में जितनी तस्वीरें देखने में आईं सभी आला दर्जे की कारीगरी का नमूना थीं और यही मालूम होता था कि आज ही बनकर तैयार हुई हैं। इस रोहतासगढ़ की तस्वीर को देखकर सब कोई बड़े प्रसन्न हुए और राजा वीरेन्द्र सिंह ने तेज सिंह की तरफ देखकर कहा, "रोहतासगढ़ किले और पहाड़ी की बहुत ठीक और साफ तस्वीर बनी हुई है।"

तेज- जंगल भी उसी ढंग का बना हुआ है, कहीं-कहीं से ही फर्क मालूम पड़ता है, नहीं तो बाज जगहें तो ऐसी बनी हुई हैं जैसी मैंने अपनी आंखों से देखी हैं। (उंगली का इशारा करके) देखिए यह वह कब्रिस्तान है जिस राह से हम लोग रोहतासगढ़ के तहखाने में घुसे थे। हां, यह देखिए बारीक हरफों में लिखा हुआ भी है - "तहखाने में जाने का बाहरी फाटक।"

इंद्र- इस तस्वीर को अगर गौर से देखेंगे तो वहां का बहुत ज्यादे हाल मालूम होगा। जिस जमाने में यह इमारत तैयार हुई थी उस जमाने में वहां की और उसके चारों तरफ की जैसी अवस्था थी वैसी ही इस तस्वीर में दिखाई है, आज चाहे कुछ फर्क पड़ गया हो।

तेज- बेशक, ऐसा ही है।

इंद्र- इसके अतिरिक्त एक और ताज्जुब की बात अर्ज करूंगा।

वीरेन्द्र- वह क्या?

इंद्र- इसी दीवार में से वहां (रोहतासगढ़) जाने का रास्ता भी है!

सुरेन्द्र- वाह-वाह! क्या तुम इस रास्ते को खोल भी सकते हो?

इंद्र- जी हां, हम लोग इसमें बहुत दूर तक जाकर घूम आये हैं।

सुरेन्द्र- यह भेद तुम्हें क्योंकर मालूम हुआ?

इंद्र- उसी 'रक्तग्रंथ' की बदौलत हम दोनों भाइयों को इन सब जगहों का हाल और भेद पूरा-पूरा मालूम हो चुका है। यदि आज्ञा हो तो दरवाजा खोलकर मैं आपको रोहतासगढ़ के तहखाने में ले जा सकता हूं। वहां के तहखाने में भी एक छोटा-सा तिलिस्म है जो इसी बड़े तिलिस्म से संबंध रखता है और हम लोग उसे खोल या तोड़ भी सकते हैं परंतु अभी तक ऐसा करने का इरादा नहीं किया।

सुरेन्द्र- उस रोहतासगढ़ वाले तिलिस्म के अंदर क्या चीज है?

इंद्र- उसमें केवल अनूठे अद्भुत आश्चर्य गुण वाले हरबे रखे हुए हैं, उन्हीं हरबों पर वह तिलिस्म बंधा है। जैसा तिलिस्मी खंजर हम लोगों के पास है या जैसे तिलिस्मी जिर:बख्तर और हरबों की बदौलत राजा गोपाल सिंह ने कृष्णाजिन्न का रूप धरा था वैसे हरबों और असबाबों का तो वहां ढेर लगा हुआ है, हां खजाना वहां कुछ भी नहीं है।

सुरेन्द्र- ऐसे अनूठे हरबे खजाने से क्या कम हैं?

जीत- बेशक! (इंद्रजीत से) जिस हिस्से को तुम दोनों भाइयों ने तोड़ा है उसमें भी तो ऐसे अनूठे हरबे होंगे?

इंद्र- जी हां मगर बहुत कम हैं।

वीरेन्द्र- अच्छा, यदि ईश्वर की कृपा हुई तो फिर किसी मौके पर इस रास्ते से रोहतासगढ़ जाने का इरादा करेंगे। (मकान की सजावट और परदों की तरफ देखकर) क्या यह सब सामान कन्दील, पर्दे और बिछावन वगैरह तुम लोग तिलिस्म के अंदर से लाये थे?

इंद्र- जी नहीं, जब हम लोग यहां आए तो इस बंगले को इसी तरह सजा-सजाया पाया और तीन-चार आदमियों को भी देखा जो इस बंगले की हिफाजत और मेरे आने का इंतजार कर रहे थे।

सुरेन्द्र- (ताज्जुब से) वे लोग कौन थे और अब कहां हैं?

इंद्र- दरियाफ्त करने पर मालूम हुआ कि वे लोग इंद्रदेव के मुलाजिम थे जो इस समय अपने मालिक के पास चले गये हैं। इस तिलिस्म का दारोगा असल में इंद्रदेव है, और आज के पहले भी इसी के बुजुर्ग लोग दारोगा होते आये हैं।

सुरेन्द्र- यह तुमने बड़ी खुशी की बात सुनाई, मगर अफसोस यह है कि इंद्रदेव ने हमें इन बातों की कुछ भी खबर न की।

आनंद- अगर इंद्रदेव ने इन सब बातों को आपसे छिपाया तो यह कोई ताज्जुब की बात नहीं है, तिलिस्मी कायदे के मुताबिक ऐसा होना ही चाहिए था।

सुरेन्द्र- ठीक है, तो मालूम होता है कि यह सब सामान तुम्हारी खातिरदारी के लिए इंद्रदेव की आज्ञानुसार किया गया है।

आनंद- जी हां, उसके आदमियों की जुबानी मैंने भी यही सुना है।

इसके बाद बड़ी देर तक ये लोग इन तस्वीरों को देखते और ताज्जुब भरी बातें करते रहे और फिर आगे की तरफ बढ़े। जब पहले भूतनाथ और देवी सिंह यहां आए थे तब हम लिख चुके हैं कि इस कमरे में सदर दरवाजे के अतिरिक्त और भी तीन दरवाजे थे - इत्यादि। अस्तु उन दोनों ऐयारों की तरह इस समय भी सभों को साथ लिए हुए दोनों कुमार दाहिनी तरफ वाले दरवाजे के अंदर गये और घूमते हुए उसी तरह बड़े और आलीशान कमरे में पहुंचे जिसमें पहले भूतनाथ और देवीसिंह ने पहुंचकर आश्चर्य का तमाशा देखा था।

इस आलीशान कमरे की तस्वीरें खूबी और खूबसूरती में सब तस्वीरों से बढ़ी-चढ़ी थीं तथा दीवारों पर जंगल, मैदान, पहाड़, खोह, दर्रे, झरने, शिकारगाह तथा शहरपनाह, किले, मोर्चे और लड़ाई इत्यादि की तस्वीरें लगी हुई थीं जिन्हें सब कोई गौर और ताज्जुब के साथ देखने लगे।

सुरेन्द्र- (एक किले की तरफ इशारा करके) यह तो चुनारगढ़ की तस्वीर है।

इंद्रजीत- जी हां, (उंगली का इशारा करके) और यह जमानिया के किले तथा खास बाग की तस्वीर है। इसी दीवार में से वहां जाने का भी रास्ता है। महाराज सूर्यकान्त के जमाने में उनके शिकारगाह और जंगल की यह सूरत थी।

वीरेन्द्र- और यह लड़ाई की तस्वीर कैसी है इसका क्या मतलब है?

इंद्रजीत- इन तस्वीरों में बड़ी कारीगरी खर्च की गई है। महाराज सूर्यकांत ने अपनी फौज को जिस तरह की कवायद और व्यूह-रचना इत्यादि का ढंग सिखाया था वे सब बातें इन तस्वीरों में भरी हुई हैं। तरकीब करने से ये सब तस्वीरें चलती-फिरती और काम करती नजर आएंगी और साथ ही इसके फौजी बाजा भी बजता हुआ सुनाई देगा अर्थात् इन तस्वीरों में जितने बाजे वाले हैं वे सब भी अपना-अपना काम करते हुए मालूम पड़ेंगे। परंतु इस तमाशे का आनंद रात को

मालूम पड़ेगा दिन को नहीं। इन्हीं तस्वीरों के कारण इस कमरे का नाम 'व्यूह-मंडल' रखा गया है, वह देखिए ऊपर की तरफ बड़े हरफों में लिखा हुआ है।

सुरेन्द्र- यह बहुत अच्छी कारीगरी है। इस तमाशे को हम जरूर देखेंगे बल्कि और भी कई आदमियों को दिखाएंगे।

इंद्र- बहुत अच्छा, रात हो जाने पर मैं इसका बंदोबस्त करूंगा, तब तक आप और चीजों को देखें।

ये लोग जिस दरवाजे से इस कमरे में आये थे उसके अतिरिक्त एक दरवाजा और भी था जिस राह से सभों को लिए दोनों कुमार दूसरे कमरे में पहुंचे। इस कमरे की दीवार बिल्कुल साफ थी अर्थात् उस पर किसी तरह की तस्वीर बनी हुई न थी। कमरे के बीचों-बीच दो चबूतरे संगमर्मर के बने हुए थे जिनमें एक खाली था और दूसरे चबूतरे के ऊपर सफेद पत्थर की एक खूबसूरत पुतली बैठी हुई थी। इस जगह पर ठहरकर कुंअर इंद्रजीत सिंह ने अपने दादा और पिता की तरफ देखा और कहा, "नकाबपोशों की जुबानी हम लोगों का तिलिस्मी हाल जो कुछ आपने सुना है वह तो याद ही होगा, अस्तु हम लोग पहली दफे तिलिस्म से बाहर निकलकर जिस सुहावनी घाटी में पहुंचे थे वह यही स्थान है इसी चबूतरे के अंदर से हम लोग बाहर हुए थे। उस 'रक्तग्रंथ' की बदौलत हम दोनों भाई यहां तक तो पहुंच गए मगर उसके बाद इस चबूतरे वाले तिलिस्म को खोल न सके, हां इतना जरूर है कि उस 'रक्तग्रंथ' की बदौलत इस चबूतरे में से (जिस पर एक पुतली बैठी हुई थी उसकी तरफ इशारा करके) एक दूसरी किताब हाथ लगी जिसकी बदौलत हम लोगों ने इस चबूतरे वाले तिलिस्म को खोला और उसी राह से आपकी सेवा में जा पहुंचे।

आप सुन चुके हैं कि जब हम दोनों भाई राजा गोपाल सिंह को मायारानी की कैद से छुड़ाकर जमानिया के खास बाग वाले देवमंदिर में गये थे तब वहां पहले आनंद सिंह तिलिस्म के फंदे में फंस गये थे, उन्हें छुड़ाने के लिए जब मैं भी उसी गड्ढे या कुएं में कूद पड़ा तो चलता-चलता एक दूसरे बाग में पहुंचा जिसके बीचों-बीच में एक मंदिर था। उस मंदिर वाले तिलिस्म को जब मैंने तोड़ा तो वहां एक पुतली के अंदर कोई चमकती हुई चीज मुझे मिली।"

वीरेन्द्र- हां, हमें याद है, उस मूरत को तुमने उखाड़कर किसी कोठरी के अंदर फेंक दिया था और वह फूटकर चूने की कली की तरह हो गई थी। उसी के पेट में से...।

इंद्र- जी हां!

सुरेन्द्र- तो वह चमकती हुई चीज क्या थी और वह कहां है?

इंद्र- वह हीरे की बनी हुई एक चाभी थी जो अभी तक मेरे पास मौजूद है, (जेब में से निकालकर महाराज को दिखाकर) देखिये यही ताली इस पुतली के पेट में लगती है।

सभों ने उस चाभी को गौर से देखा और इंद्रजीत सिंह ने सभों के देखते-देखते उस चबूतरे पर बैठी हुई पुतली की नाभी में वह ताली लगाई। उसका पेट छोटी अलमारी के पल्ले की तरह खुल गया।

इंद्र- बस, इसी में से वह किताब मेरे हाथ लगी जिसकी बदौलत वह चबूतरे वाला तिलिस्म खोला।

सुरेन्द्र- अब वह किताब कहां है ?

इंद्र- आनंद सिंह के पास मौजूद है।

इतना कहकर इंद्रजीत सिंह ने आनंद सिंह की तरफ देखा और उन्होंने एक छोटी-सी किताब जिसके अक्षर बहुत बारीक थे महाराज के हाथ में दे दी। किताब भोजपत्र की थी जिसे महाराज ने बड़े गौर से देखा और दो-तीन जगहों से कुछ पढ़कर आनंदसिंह के हाथ में देते हुए कहा, "इसे निश्चिंती में एक दफे पढ़ेंगे।"

इंद्र- यह पुतली वाला चबूतरा उस तिलिस्म में घुसने का दरवाजा है।

इतना कहकर इंद्रजीत सिंह ने उस पुतली के पेट में (जो खुल गया था) हाथ डाल के कोई पेंच घुमाया जिससे चबूतरे के दाहिने तरफ वाली दीवार किवाड़ के पल्ले की तरह धीरे-धीरे खुलकर जमीन के साथ सट गई और नीचे उतरने के लिए सीढ़ियां दिखाई देने लगीं। इंद्रजीत सिंह ने तिलिस्मी खंजर हाथ में लिया और उसका कब्जा दबाकर रोशनी करते हुए चबूतरे के अंदर घुसे तथा सभों को अपने पीछे आने के लिए कहा। सभों के पीछे आनंद सिंह तिलिस्मी खंजर की रोशनी करते हुए चबूतरे के अंदर घुसे। लगभग पंद्रह-बीस चक्करदार सीढ़ियों से नीचे उतरने के बाद ये लोग एक बहुत बड़े कमरे में पहुंचे जिसमें सोने-चांदी के सैकड़ों बड़े-बड़े हण्डे, अशर्फियों और जवाहिरात से भरे पड़े हुए थे जिसे सभों ने बड़े गौर और ताज्जुब के साथ देखा और महाराज ने कहा, "इस खजाने का अंदाज करना भी मुश्किल है।"

इंद्र- जो कुछ खजाना इस तिलिस्म के अंदर मैंने देखा और पाया है उसका यह पासंग भी नहीं है। उसे बहुत जल्द ऐयार लोग आपके पास पहुंचावेंगे। उन्हीं के साथ-साथ कई चीजें दिल्लगी की भी हैं जिनमें एक चीज वह भी है जिसकी बदौलत हम लोग एक दफे हंसते-हंसते दीवार के अंदर कूद पड़े और मायारानी के हाथ में गिरफ्तार हो गए थे।

जीत- (ताज्जुब से) हां! अगर वह चीज शीघ्र बाहर निकाल ली जाय तो (सुरेन्द्र सिंह से) कुमारों की शादी में सर्वसाधारण को उसका तमाशा दिखाया जा सकता है।

सुरेन्द्र- बहुत अच्छी बात है, ऐसा ही होगा।

इंद्र- इस तिलिस्म में घुसने के पहले ही मैंने सभों का साथ छोड़ दिया अर्थात् नकाबपोशों को (कैदियों को) बाहर ही छोड़कर केवल हम दोनों भाई इसके अंदर घुसे और काम करते हुए धीरे-धीरे आपकी सेवा में जा पहुंचे।

सुरेन्द्र- तो शायद इसी तरह हम लोग भी सब तमाशा देखते हुए उसी चबूतरे की राह बाहर निकलेंगे?

जीत- मगर क्या उन चलती-फिरती तस्वीरों का तमाशा न देखिएगा?

सुरेन्द्र- हां, ठीक है उस तमाशे को तो जरूर देखेंगे।

इंद्र- तो अब यहां से लौट चलना चाहिए क्योंकि इस कमरे के आगे बढ़कर फिर आज ही लौट आना कठिन है, इसके अतिरिक्त अब दिन भी थोड़ा रह गया है, संध्यावंदन और भोजन इत्यादि के लिए भी समय चाहिए और फिर उन तस्वीरों का तमाशा भी कम से कम चार-पांच घंटे में पूरा होगा।

सुरेन्द्र- क्या हर्ज है, लौट चलो।

महाराज की आज्ञानुसार सब कोई वहां से लौटे और घूमते हुए बंगले के बाहर निकल आये, देखा तो वास्तव में दिन बहुत कम रह गया था।

***

बयान-6

रात आधे घंटे से कुछ ज्यादे जा चुकी थी जब सब कोई अपने जरूरी कामों से निश्चिंत हो बंगले के अंदर घूमते-फिरते उसी चलती-फिरती तस्वीरों वाले कमरे में पहुंचे। इस समय बंगले के अंदर हर कमरे में रोशनी बखूबी हो रही थी जिसके विषय में भूतनाथ और देवी सिंह ने ताज्जुब के साथ खयाल किया कि यह काम बेशक उन्हीं लोगों का होगा जिन्हें यहां पहुंचने के साथ ही हम लोगों ने पहरा देते देखा था या जो हम लोगों को देखते ही बंगले के अंदर घुसकर गायब हो गए थे। ताज्जुब है कि महाराज को तथा और लोगों को भी उनके विषय में कुछ खयाल नहीं है और न कोई पूछता ही है कि वे कौन थे और कहां गए मगर हमारा दिल उनका हाल जाने बिना बेचैन हो रहा है।

चलती - फिरती तस्वीरों वाले कमरे में फर्श बिछा हुआ था और गद्दी लगी हुई थी जिस पर सब कोई कायदे से अपने-अपने ठिकाने पर बैठ गए और इसके बाद इंद्रजीत सिंह की आज्ञानुसार रोशनी गुल कर दी गई। कमरे में बिल्कुल अंधकार छा गया, यह नहीं मालूम होता था कि कौन क्या कर रहा है, खास करके इंद्रजीत सिंह की तरफ लोगों का ध्यान था जो इस तमाशे को दिखाने वाले थे मगर कोई कह नहीं सकता था कि वह क्या कर रहे हैं।

थोड़ी ही देर बाद चारों तरफ की दीवारें चमकने लगीं और उन पर की कुल तस्वीरें बहुत साफ और बनिस्बत पहले के अच्छी तरह पर दिखाई देने लगीं। पहले तो तस्वीरें केवल चित्रकारी ही मालूम पड़ती थीं परंतु अब सचमुच की बातें दिखाई देने लगीं। मालूम होता था कि जैसे हम बहुत दूर से सच्चे किले, पहाड़, जंगल, मैदान, आदमी, जानवर और फौज इत्यादि को देख रहे हैं। सब कोई ताज्जुब के साथ उस कैफियत को देख रहे थे कि यकायक बाजे की आवाज कान में आई। उस समय सभों का ध्यान जमानिया के किले की तस्वीर पर जा पड़ा जिधर से बाजे की आवाज आ रही थी। देखा कि –

एक बहुत बड़े मैदान में बेहिसाब फौज खड़ी है जिसके आमने-सामने दो हिस्से हैं मानो दो फौजें लड़ने के लिए तैयार खड़ी हैं। पैदल और सवार दोनों तरह की फौज हैं तथा तोप इत्यादि और भी जो कुछ फौज में होना चाहिए सब मौजूद है। इन दोनों फौजों में एक की पोशाक सुर्ख और दूसरी की आसमानी थी। बाजे की आवाज केवल सुर्ख वर्दी वाली फौज में से आ रही थी बल्कि बाजे वाले अपना काम करते हुए साफ दिखाई दे रहे थे। यकायक सुर्ख वर्दी वाली फौज हिलती हुई दिखाई पड़ी। गौर करने पर मालूम हुआ कि सिपाहियों का मुंह घूम गया है और वे दाहिनी तरफ वाली एक पहाड़ी की तरफ तेजी के साथ बाजे की गत पर पैर रखते हुए जा रहे

हैं। जैसे-जैसे फौज दूर होती जाती वैसे ही वेसे बाजे की आवाज भी दूर होती जाती है। देखते ही देखते वह फौज मानो कोसों दूर निकल गई और एक पहाड़ी के पीछे की तरफ जाकर आंखों की ओट हो गई। अब यह मैदान ज्यादा खुलासा दिखाई देने लगा। जितनी जगह दोनों फौजों से भरी थी वह एक फौज के हिस्से में रह गई। अब दूसरी अर्थात् आसमानी वर्दी वाली फौज में से बाजे की आवाज आने लगी और सवार तथा पैदल भी चलते हुए दिखाई देने लगे। एक सवार हाथ में झंडा लिए तेजी के साथ घोड़ा दौड़ाकर मैदान में आ खड़ा हुआ और झंडे के इशारे से फौज को कवायद कराने लगा। यह कवायद घंटे भर तक होती रही और इस बीच में आले दर्जे की होशियारी, चालाकी, मुस्तैदी, सफाई और बहादुरी दिखाई दी जिससे सब कोई बहुत ही खुश हुए और महाराज बोले, "बेशक, फौज को ऐसा ही तैयार करना चाहिए।"

कवायद खत्म करने के बाद बाजा बंद हुआ और वह फौज एक तरफ को रवाना हुई, मगर थोड़ी ही दूर गई होगी कि उस लाल वर्दी वाली फौज ने यकायक पहाड़ी के पीछे से निकलकर इस फौज पर धावा मारा। इस कैफियत को देखते ही आसमानी वर्दी वाली फौज के अफसर होशियर हो गए, झंडे का इशारा पाते ही बाजा पुनः बजने लगा, और फौजी सिपाही लड़ने के लिए तैयार हो गए। इस बीच में वह फौज भी आ पहुंची और दोनों में घमासान लड़ाई होने लगी।

इस कैफियत को देखकर महाराज सुरेन्द्र सिंह, वीरेन्द्र सिंह, गोपाल सिंह, जीत सिंह, तेज सिंह वगैरह तथा ऐयार लोग हैरान हो गए, और हद्द से ज्यादे ताज्जुब करने लगे। लड़ाई के फन की ऐसी कोई बात नहीं थी जो इसमें न दिखाई पड़ी हो। कई तरह की घुसबंदी और किलेबंदी के साथ ही साथ घुड़सवारों की कारीगरी ने सभों को सकते में डाल दिया और सभों के मुंह से बार-बार 'वाह-वाह' की आवाज निकलती रही। यह तमाशा कई घंटे में खत्म हुआ और इसके बाद एकदम से अंधकार हो गया, उस समय इंद्रजीत सिंह ने तिलिस्मी खंजर की रोशनी और देवी सिंह ने इशारा पाकर कमरे में रोशनी की जो पहले बुझा दी गई थी।

इस समय रात थोड़ी-सी बच गई थी जो सभों ने सोकर बिता दी मगर स्वप्न में भी इसी तरह के खेल-तमाशे देखते रहे। जब सभों की आंखें खुलीं तो दिन घंटे भर से ज्यादे चढ़ चुका था। घबड़ाकर सब कोई उठ खड़े हुए और कमरे के बाहर निकलकर जरूरी कामों से छुट्टी पाने का बंदोबस्त करने लगे। इस समय जिन चीजों की सभों को जरूरत पड़ी वे सब चीजें वहां मौजूद पाई गईं मगर उन दोनों स्त्रियों पर किसी की निगाह न पड़ी जिन्हें यहां आने के साथ ही सभों ने देखा था।

***

बयान-7

जरूरी कामों से छुट्टी पाकर ऐयारों ने रसोई बनाई क्योंकि इस बंगले में खाने-पीने की सभी चीजें मौजूद थीं और सभों ने खुशी-खुशी भोजन किया। इसके बाद सब कोई उसी कमरे में आकर बैठे जिसमें रात को चलती-फिरती तस्वीरों का तमाशा देखा था। इस समय भी सभी की निगाहें ताज्जुब के साथ उन्हीं तस्वीरों पर पड़ रही थीं।

सुरेन्द्र- मैं बहुत गौर कर चुका मगर अभी तक समझ में न आया कि इन तस्वीरों में किस तरह की कारीगरी खर्च की गई है जो ऐसा तमाशा दिखाती हैं। अगर मैं अपनी आंखों से इस तमाशे को देखे हुए न होता और कोई गैर आदमी मेरे सामने ऐसे तमाशे का जिक्र करता तो मैं उसे पागल समझता मगर स्वयं देख लेने पर भी विश्वास नहीं होता कि दीवार पर लिखी तस्वीरें इस तरह काम करेंगी।

जीत- बेशक, ऐसी ही बात है। इतना देखकर भी किसी के सामने यह कहने का हौसला न होगा कि मैंने ऐसा तमाशा देखा था और सुनने वाला भी कभी विश्वास न करेगा।

ज्योति- आखिर तिलिस्म है, इसमें सभी बातें आश्चर्य की दिखाई देंगी।

जीत- चाहे तिलिस्म हो मगर इसके बनाने वाले तो आदमी ही थे। जो बात मनुष्य के किये नहीं हो सकती वह तिलिस्म में भी नहीं दिखाई दे सकती।

गोपाल- आपका कहना बहुत ठीक है, तिलिस्म की बातें चाहे कैसा ही ताज्जुब पैदा करने वाली क्यों न हों मगर गौर करने से उनकी कारीगरी का पता लग ही जायेगा। यह आपने बहुत ठीक कहा कि आखिर तिलिस्म के बनाने वाले भी तो मनुष्य ही थे!

बीरेन्द्र- जब तक रामदा न आवे तब तक उसे चाहे कोई जादू कहे या करामात कहे मगर हम लोग सिवाय कारीगरी के कुछ भी नहीं कह सकते और पता लगाने तथा भेद मालूम हो जाने पर यह बात सिद्ध हो ही जाती है। इन चित्रों की कारीगरी पर भी अगर गौर किया जायेगा तो कुछ न कुछ पता लग ही जायेगा, ताज्जुब नहीं कि इंद्रजीत सिंह को इसका भेद मालूम हो।

सुरेन्द्र- बेशक, इंद्रजीत को इसका भेद मालूम होगा। (इंद्रजीत सिंह की तरफ देखकर) तुमने किस तरकीब से इन तस्वीरों को चलाया था?

इंद्र- (मुस्कराते हुए) मैं आपसे अर्ज करूंगा और यह भी बताऊंगा कि इसमें भेद क्या है। मालूम हो जाने पर आप इसे एक साधारण बात समझेंगे। पहली दफे जब मैंने इस तमाशे को

देखा था तो मुझे भी बड़ा ही ताज्जुब हुआ था मगर तिलिस्मी किताब की मदद से जब मैं इस दीवार के अंदर पहुंचा तो सब भेद खुल गया।

सुरेन्द्र- (खुश होकर) तब तो हम लोग बेफायदे परेशान हो रहे हैं और इतना सोच-विचार कर रहे हैं, तुम अब तक चुप क्यों थे?

गोपाल- ऐयारों की तबीयत देख रहे थे।

सुरेन्द्र- खैर, बताओ तो सही कि इसमें क्या कारीगरी है?

इतना सुनते ही इंद्रजीत सिंह उठकर उस दीवार के पास चले गये और सुरेन्द्र सिंह की तरफ देखकर बोले, "आप जरा तकलीफ कीजिए तो मैं इस भेद को समझा दूं!"

महाराज सुरेन्द्र सिंह उठकर कुमार के पास चले गये और उनके पीछे-पीछे और लोग भी वहां जाकर खड़े हो गये। इंद्रजीत सिंह ने दीवार पर हाथ फेरकर सुरेन्द्र सिंह से कहा, "देखिये, असल में इस दीवार पर किसी तरह की चित्रकारी या तस्वीर नहीं है, दीवार साफ है और वास्तव में शीशे की है, तस्वीरें जो दिखाई देती हैं वे इसके अंदर और दीवार से अलग हैं।"

कुमार की बात सुनकर सभों ने ताज्जुब के साथ दीवार पर हाथ फेरा और जीत सिंह ने खुश होकर कहा - "ठीक है, अब हम इस कारीगरी को समझ गए! ये तस्वीरें अलग-अलग किसी धातु के टुकड़ों पर बनी हुई हैं और ताज्जुब नहीं तार या कमानी पर जड़ी हों, किसी तरह की शक्ति पाकर उस तार या कमानी की हरकत होती है और उस समय ये तस्वीरें चलती हुई दिखाई देती हैं।"

इंद्र- बेशक, यही बात है, देखिए अब मैं इन्हें फिर चलाकर आपको दिखाता हूं और इसके बाद दीवार के अंदर ले चलकर सब भ्रम दूर कर दूंगा।

इस दीवार में जिस जगह जमानिया के किले की तस्वीर बनी थी उसी जगह किले के बुर्ज के ठिकाने पर कई सूराख भी दिखाये गये थे जिनमें से एक छेद (सूराख) वास्तव में सच्चा था पर वह केवल इतना ही लंबा-चौड़ा था कि एक मामूली खंजर का हिस्सा उसके अंदर आ सकता था। इंद्रजीत सिंह ने कमर से तिलिस्मी खंजर निकालकर उसके अंदर डाल दिया और महाराज सुरेन्द्र सिंह तथा जीत सिंह की तरफ देखकर कहा, "इस दीवार के अंदर जो पुर्जे बने हैं वे बिजली का असर पहुंचते ही चलने-फिरने या हिलने लगते हैं। इस तिलिस्मी खंजर में आप जानते ही हैं कि पूरे दर्जे की बिजली भरी हुई है, अस्तु उन पुर्जों के साथ इनका संयोग होने ही से काम हो जाता है।"

इतना कहकर इंद्रजीत सिंह चुपचाप खड़े हो गये और सभों ने बड़े गौर से उन तस्वीरों को देखना शुरू किया बल्कि महाराज सुरेन्द्र सिंह, वीरेन्द्र सिंह, जीत सिंह, तेज सिंह और राजा गोपाल सिंह ने तो कई तस्वीरों के ऊपर हाथ भी रख दिया। इतने ही में दीवार चमकने लगी और इसके बाद तस्वीरों ने वही रंगत पैदा की जो हम ऊपर बयान में लिख आये हैं। महाराज और

राजा गोपाल सिंह वगैरह ने जो अपना हाथ तस्वीरों पर रख दिया था वह ज्यों का त्यों बना रहा और तस्वीरें उनके हाथों के नीचे से निकलकर इधर-से-उधर आने-जाने लगीं जिसका असर उनके हाथों पर कुछ भी नहीं होता था, इस सबब से सभों को निश्चय हो गया कि उन तस्वीरों का इस दीवार से कोई संबंध नहीं। इस बीच में कुंअर इंद्रजीत सिंह ने अपना तिलिस्मी खंजर दीवार के अंदर से खींच लिया। उसी समय दीवार का चमकना बंद हो गया और तस्वीरें जहां की तहां खड़ी हो गईं अर्थात् जो जितनी चल चुकी थी उतनी ही चलकर रुक गई। दीवार पर गौर करने से मालूम होता था कि तस्वीरें पहले ढंग की नहीं बल्कि दूसरे ही ढंग की बनी हुई हैं।

जीत- यह भी बड़े मजे की बात है, लोगों को तस्वीरों के विषय में धोखा देने और ताज्जुब में डालने के लिए इससे बढ़कर कोई खेल हो नहीं सकता।

तेज- जी हां, एक दिन में पचासों तरह की तस्वीरें इस दीवार पर लोगों को दिखा सकते हैं, पता लगना तो दूर रहा गुमान भी नहीं हो सकता कि यह क्या मामला है और ऐसी अनूठी तस्वीरें नित्य क्यों बन जाती हैं।

सुरेन्द्र- बेशक, यह खेल मुझे अच्छा मालूम हुआ, परंतु अब इन तस्वीरों को ठीक अपने ठिकाने पर पहुंचाकर छोड़ देना चाहिए।

"बहुत अच्छा" कहकर इंद्रजीत सिंह आगे बढ़ गये और पुनः तिलिस्मी खंजर उसी सूराख में डाल दिया जिससे उसी तरह दीवार चमकने और तस्वीरें चलने लगीं। ताज्जुब के साथ लोग उसका तमाशा देखते रहे। कई घंटे के बाद जब तस्वीरों की लीला समाप्त हुई और एक विचित्र ढंग के खटके की आवाज आई तब इंद्रजीत सिंह ने दीवार के अंदर से तिलिस्मी खंजर निकाल लिया और दीवार का चमकना भी बंद हो गया।

इस तमाशे से छुट्टी पाकर महाराज सुरेन्द्र सिंह ने इंद्रजीत सिंह की तरफ देखा और कहा, "अब हम लोगों को इस दीवार के अंदर ले चलो।"

इंद्र- जो आज्ञा, पहले बाहर से जांच कर आप अंदाजा कर लें कि यह दीवार कितनी मोटी है।

सुरेन्द्र- इसका अंदाज हमें मिल चुका है, दूसरे कमरे में जाने के लिए इसी दीवार में जो दरवाजा है उसकी मोटाई से पता लग जाता है जिस पर हमने गौर किया है।

इंद्र- अच्छा, तो अब एक दफे आप पुनः उसी दूसरे कमरे में चलें क्योंकि इस दीवार के अंदर जाने का रास्ता उधर ही से है।

इंद्रजीत सिंह की बात सुन महाराज सुरेन्द्र सिंह तथा सब कोई उठ खड़े हुए और कुमार के साथ पुनः उसी कमरे में गये जिसमें दो चबूतरे बने हुए थे।

इस कमरे में तस्वीर वाले कमरे की तरफ जो दीवार थी उसमें एक अलमारी का निशान दिखाई दे रहा था और उसके बीचोंबीच में लोहे की एक खूंटी गड़ी हुई थी जिसे इंद्रजीत सिंह ने उमेठना शुरू किया। तीस-पैंतीस दफे उमेठकर अलग हो गए और दूर खड़े होकर उस निशान

की तरफ देखने लगे। थोड़ी देर बाद वह अलमारी हिलती हुई मालूम पड़ी और यकायक उसके दोनों पल्ले दरवाजे की तरह खुल गए। साथ ही उसके अंदर से दो औरतें निकलती हुई दिखाई पड़ीं जिनमें एक भूतनाथ की स्त्री थी और दूसरी देवी सिंह की स्त्री चंपा। दोनों औरतों पर निगाह पड़ते ही भूतनाथ और देवी सिंह चमक उठे और उनके ताज्जुब की कोई हद न रही, साथ ही इसके दोनों ऐयारों को क्रोध भी चढ़ आया और लाल-लाल आंख करके उन औरतों की तरफ देखने लगे। उन्हीं के साथ ही साथ और लोगों ने भी ताज्जुब के साथ उन औरतों को देखा।

इस समय उन दोनों औरतों का चेहरा नकाब से खाली था मगर भूतनाथ और देवी सिंह को देखते ही उन दोनों ने आंचल से अपना चेहरा छिपा लिया और पलटकर पुनः उसी अलमारी के अंदर जा लोगों की निगाह से गायब हो गईं। उनकी इस करतूत ने भूतनाथ और देवी सिंह के क्रोध को और भी बढ़ा दिया।

***

बयान-8

अब हम पीछे की तरफ लौटते हैं और पुन: उस दिन का हाल लिखते हैं जिस दिन महाराज सुरेन्द्र सिंह और वीरेन्द्र सिंह वगैरह तिलिस्मी तमाशा देखने के लिए रवाना हुए हैं। हम ऊपर के बयान में लिख आये हैं कि उस समय महाराज और कुमारों के साथ भैरो सिंह और तारा सिंह न थे, अर्थात् वे दोनों घर पर ही रह गये थे, अस्तु इस समय उन्हीं दोनों का हाल लिखना बहुत जरूरी हो गया है।

महाराज सुरेन्द्र सिंह, वीरेन्द्र सिंह, कुंअर इंद्रजीत सिंह और आनंद सिंह वगैरह के चले जाने के बाद भैरो सिंह अपनी मां से मिलने के लिए तारा सिंह को साथ लिए हुए महल में गये। उस समय चपला अपनी प्यारी सखी चंपा के कमरे में बैठी हुई धीरे-धीरे बातें कर रही थी जो भैरो सिंह और तारा सिंह को आते देख चुप हो गई और इन दोनों की तरफ देखकर बोली, 'क्या महाराज तिलिस्मी तमाशा देखने के लिए गए हैं?'

भैरो सिंह- हां, अभी थोड़ी ही देर हुई कि वे लोग उसी पहाड़ी की तरफ रवाना हो गए।

चपला- (चंपा से) तो अब तुम्हें भी तैयार हो जाना पड़ेगा।

चंपा- जरूर, मगर तुम भी क्यों नहीं चलतीं?

चपला- जी तो मेरा ऐसा ही चाहता है मगर मामा साहब की आज्ञा हो तब तो!

चंपा- जहां तक मैं खयाल करती हूं वे कभी इनकार न करेंगे। बहिन जब से मुझे मालूम हुआ है कि इंद्रदेव तुम्हारे मामा होते हैं तब से मैं बहुत प्रसन्न हूं।

चपला- मगर मेरी खुशी का तुम अंदाजा नहीं कर सकतीं, खैर इस समय असल काम की तरफ ध्यान देना चाहिए। (भैरो सिंह और तारा सिंह की तरफ देखकर) कहो तुम लोग इस समय यहां कैसे आये?

तारा- (चपला के हाथ में एक पुर्जा देकर) जो कुछ है इसी से मालूम हो जायेगा।

चपला ने तारा सिंह के हाथ से पुर्जा लेकर पढ़ा और फिर चंपा के हाथ में देकर कहा, "अच्छा, जाओ कह दो कि हम लोगों के लिए किसी तरह का तरद्दुद न करें, मैं अभी जाकर कमलिनी और लक्ष्मीदेवी से मुलाकात करके सब बातें तै कर लेती हूं।"

"बहुत अच्छा" कहकर भैरो सिंह और तारा सिंह वहां से रवाना हुए और इंद्रदेव के डेरे की तरफ चले गये।

जिस समय महाराज सुरेन्द्र सिंह वगैरह तिलिस्मी कैफियत देखने के लिए रवाना हुए उसके दो या तीन घड़ी बाद घोड़े पर सवार इंद्रदेव भी अपने चेहरे पर नकाब डाले हुए उसी पहाड़ी की तरफ रवाना हुए मगर ये अकेले न थे बल्कि और भी तीन नकाबपोश इनके साथ थे। जब ये चारों आदमी उस पहाड़ी के पास पहुंचे तो कुछ देर के लिए रुके और आपस में यों बातचीत करने लगे –

इंद्रदेव- ताज्जुब है कि अभी तक हमारे आदमी लोग यहां तक नहीं पहुंचे।

दूसरा- और जब तक वे लोग नहीं आवेंगे तब तक यहां अटकना पड़ेगा।

इंद्रदेव- बेशक।

तीसरा- व्यर्थ यहां अटके रहना तो अच्छा न होगा।

इंद्रदेव- तब क्या किया जायेगा?

तीसरा- आप लोग जल्दी से वहां पहुंचकर अपना काम कीजिए और मुझे अकेले इसी जगह छोड़ दीजिए, मैं आपके आदमियों का इंतजार करूंगा और जब वे आ जायेंगे तो सब चीजें लिए आपके पास पहुंच जाऊंगा।

इंद्रदेव- अच्छी बात है, मगर उन सब चीजों को क्या तुम अकेले उठा लोगे?

तीसरा- उन सब चीजों की क्या हकीकत है, कहिए तो आपके आदमियों को भी उन चीजों के साथ पीठ पर लादकर लेता आऊं।

इंद्र- शाबाश! अच्छा रास्ता तो न भूलोगे?

तीसरा- कदापि नहीं, अगर मेरी आंखों पर पट्टी बांधकर आप वहां तक ले गये होते तब भी मैं रास्ता न भूलता और टटोलता हुआ वहां तक पहुंच ही जाता।

इंद्रदेव- (हंसकर) बेशक, तुम्हारी चालाकी के आगे यह कोई कठिन काम नहीं है, अच्छा हम लोग जाते हैं, तुम सब चीजें लेकर हमारे आदमियों को फौरन वापस कर देना।

इतना कहकर इंद्रदेव ने उस तीसरे नकाबपोश को उसी जगह छोड़ा और दो नकाबपोशों को साथ लिए हुए आगे की तरफ बढ़े।

जिस सुरंग की राह से राजा वीरेन्द्र सिंह वगैरह उस तिलिस्मी बंगले में गये थे उनसे लगभग आध कोस उत्तर की तरफ हटकर और भी एक सुरंग का छोटा-सा मुहाना था जिसका बाहरी हिस्सा जंगली लताओं और बेलों से बहुत ही छिपा हुआ था। इंद्रदेव दोनों नकाबपोशों को साथ लिए तथा पेड़ों की आड़ देकर चलते हुए इसी दूसरी सुरंग के मुहाने पर पहुंचे और जंगली लताओं को हटाकर बड़ी होशियारी से इस सुरंग के अंदर घुस गये।

बयान-9

देवी सिंह को चंपा की सच्चाई पर भरोसा था और वह उसे बहुत ही नेक तथा पतिव्रता भी समझते थे, जिस पर चंपा ने देवी सिंह के चरण की कसम खाकर विश्वास दिला दिया था कि वह नकाबपोशों के घर में नहीं गई और कोई सबब न था कि देवी सिंह चंपा की बात झूठ समझते। इस जगह यद्यपि देवी सिंह, पुनः चंपा को देखकर क्रोध में आ गये मगर तुरंत ही नीचे लिखी बातें विचारकर ठंडे हो गए और सोचने लगे –

'क्या मुझे पहचानने में धोखा हुआ नहीं-नहीं मेरी आंखें ऐसी गंदी नहीं हैं। तो क्या वास्तव में वह चंपा ही थी जिसे अभी मैंने देखा या पहले भी देखा था। यह भी नहीं हो सकता! चंपा जैसी नेक औरत कसम खाकर मुझसे झूठ भी नहीं बोल सकती। हां उसने क्या कसम खाई थी यही कि 'मैं आपके चरणों की कसम खाकर कहती हूं कि मुझे कुछ भी याद नहीं कि आप कब की बात कर रहे हैं।' ये ही उसके शब्द हैं, मगर यह कसम तो ठीक नहीं। यहां आने के बारे में उसने कसम नहीं खाई बल्कि अपनी याद के बारे में कसम खाई है, जिसे ठीक नहीं भी कह सकते। तो क्या उसने वास्तव में मुझे भूलभुलैये में डाल रखा है खैर यदि ऐसा भी हो तो मुझे रंज न होना चाहिए क्योंकि वह नेक है, यदि ऐसा किया भी होगा तो किसी अच्छे ही मतलब से किया होगा या फिर कुमारों की आज्ञा से किया होगा।'

ऐसी बातों को सोचकर देवी सिंह ने अपने क्रोध को ठंडा किया मगर भूतनाथ की बेचैनी दूर नहीं हुई।

वे दोनों औरतें जब अलमारी के अंदर घुसकर गायब हो गईं तब हमारे दोनों कुमार तथा महाराज सुरेन्द्र सिंह और वीरेन्द्र सिंह ने भी उसके अंदर पैर रखा। दरवाजे के साथ दाहिनी तरफ एक तहखाने के अंदर जाने का रास्ता था जिसके बारे में दरियाफ्त करने पर इंद्रजीत सिंह ने बयान किया कि "जमानिया जाने का रास्ता है, तहखाने में उतर जाने के बाद एक सुरंग मिलेगी जो बराबर जमानिया तक चली गई है।" इंद्रजीत सिंह की बात सुनकर देवी सिंह और भूतनाथ को विश्वास हो गया कि दोनों औरतें इसी तहखाने में उतर गई हैं जिससे उन्हें भागने के लिए काफी जगह मिल सकती है। भूतनाथ ने देवी सिंह की तरफ देखकर इशारे से कहा कि 'इस तहखाने में चलना चाहिए' मगर जवाब में देवी सिंह ने इशारे से ही इंकार करके अपनी लापरवाही जाहिर कर दी।

उस दीवार के अंदर इतनी जगह न थी कि सब कोई एक साथ ही जाकर वहां की कैफियत देख सकते, अतएव दो-तीन दफे करके सब कोई उसके अंदर गये और उन सब पुर्जों को

देखकर बहुत प्रसन्न हुए जिनके सहारे तस्वीरें चलती-फिरती और काम करती थीं। जब सब कोई उस कैफियत को देख चुके तब उस दीवार का दरवाजा बंद कर दिया गया।

इस काम से छुट्टी पाकर सब कोई इंद्रजीत सिंह की इच्छानुसार उस चबूतरे के पास आए जिस पर सफेद पत्थर की खूबसूरत पुतली बैठी हुई थी। इंद्रजीत सिंह ने सुरेन्द्र सिंह की तरफ देखकर कहा, "यदि आज्ञा हो तो मैं इस दरवाजे को खोलूं और आपको तिलिस्म के अंदर ले चलूं।"

सुरेन्द्र- हम भी यही चाहते हैं कि अब तिलिस्म के अंदर चलकर वहां की कैफियत देखें, मगर यह तो बताओ कि जब इस चबूतरे के अंदर जाने के बाद हम यह तिलिस्म देखते हुए चुनारगढ़ वाले तिलिस्म की तरफ रवाना होंगे तो वहां पहुंचने में कितनी देर लगेगी?

इंद्र- कम से कम बारह घंटे। तमाशा देखने के सबब से यदि इससे ज्यादे देर हो जाये तो भी कोई ताज्जुब नहीं।

सुरेन्द्र- रात हो जाने के सबब किसी तरह का हर्ज तो न होगा?

इंद्र- कुछ भी नहीं, रात भर बराबर तमाशा देखते हुए हम लोग चले जा सकते हैं।

सुरेन्द्र- खैर, तब तो कोई हर्ज नहीं।

इंद्रजीत सिंह ने पुतली वाले चबूतरे का दरवाजा उसी ढंग से खोला जैसे पहले खोल चुके थे और सभों को साथ लिए हुए नीचे वाले तहखाने में पहुंचे जिसमें बड़े-बड़े हण्डे, अशर्फियों और जवाहिरात से भरे हुए पड़े थे।

इस कमरे में दो दरवाजे भी थे जिनमें एक तो खुला हुआ था और दूसरा बंद। खुले हुए दरवाजे के बारे में दरियाफ्त करने पर कुंअर इंद्रजीत सिंह ने बयान किया कि यह रास्ता जमानिया को गया है और हम दोनों भाई तिलिस्म तोड़ते हुए इसी राह से आये हैं। यहां से बहुत दूर पर एक स्थान है जिसका नाम तिलिस्मी किताब में 'ब्रह्म-मंडल' लिखा हुआ है, वहां से भी मुझे एक छोटी-सी किताब मिली थी जिसमें इस विचित्र बंगले का पूरा हाल लिखा हुआ था कि तिलिस्म (चुनारगढ़ वाला) तोड़ने वाले के लिए क्या-क्या जरूरी है। उस किताब को चुनारगढ़ तिलिस्म की चाभी कहें तो अनुचित न होगा। वह किताब इस समय मौजूद नहीं है क्योंकि पढ़ने के बाद वह तिलिस्म तोड़ने के काम में खर्च कर दी गई। उस स्थान (ब्रह्म-मंडल) में बहुत-सी तस्वीरें देखने योग्य हैं और वहां की सैर करके भी आप बहुत प्रसन्न होंगे।"

सुरेन्द्र- हम जरूर उस स्थान को देखेंगे मगर अभी नहीं। हां और यह दूसरा दरवाजा जो बंद है कहां जाने के लिए है?

इंद्र- यही चुनारगढ़ वाले तिलिस्म में जाने का रास्ता है, इस समय यही दरवाजा खोला जायेगा और हम लोग इसी राह से जायेंगे।

सुरेन्द्र- खैर, तो अब इसे खोलना चाहिए।

पाठक, आपको इस संतति के पढ़ने से मालूम होता ही होगा कि अब यह उपन्यास समाप्ति की तरफ चला जा रहा है। हमारे लिखने के लिए अब सिर्फ दो बातें रह गई हैं, एक तो इस चुनारगढ़ वाले तिलिस्म की कैफियत और दूसरे दुष्ट कैदियों का मुकदमा जिसके साथ बचे-बचाये भेद भी खुल जायेंगे। हमारे पाठकों में बहुत से ऐसे हैं जिनकी रुचि अब तिलिस्मी तमाशे की तरफ कम झुकती है परंतु उन पाठकों की संख्या बहुत ज्यादे है जो तिलिस्म के तमाशे को पसंद करते हैं और उसकी अवस्था विस्तार के साथ दिखाने अथवा लिखने के लिए बराबर जोर दे रहे हैं। इस उपन्यास में जो कुछ तिलिस्मी बातें लिखी गई हैं यद्यपि वे असंभव नहीं और विज्ञानवेत्ता अथवा साइंस जानने वाले जरूर कहेंगे कि 'हां ऐसी चीजें तैयार हो सकती हैं' तथापि बहुत से अनजान आदमी ऐसे भी हैं जो इसे बिल्कुल खेल ही समझते हैं और कई इसकी देखादेखी अपनी अनूठी किताबों में असंभव बातें लिखकर तिलिस्म के नाम को बदनाम भी करने लग गए हैं, इसलिए हमारा ध्यान अब तिलिस्म लिखने की तरफ नहीं झुकता मगर क्या किया जाये लाचारी है, एक तो पाठकों की रुचि की तरफ ध्यान देना पड़ता है दूसरे चुनारगढ़ के चबूतरे वाले तिलिस्म की कैफियत लिखे बिना काम नहीं चलता जिसे इस उपन्यास की बुनियाद कहना चाहिए और जिसके लिए चंद्रकान्ता उपन्यास में वादा कर चुके हैं। अस्तु अब इस जगह चुनारगढ़ के चबूतरे वाले तिलिस्म की कैफियत लिखकर इस पक्ष को पूरा करते हैं, तब उसके बाद दोनों कुमारों की शादी और कैदियों के मामले की तरफ ध्यान देकर इस उपन्यास को पूरा करेंगे।

महाराज की आज्ञानुसार कुंअर इंद्रजीत सिंह दरवाजा खोलने के लिए तैयार हो गए। इस दरवाजे के ऊपर वाले महराब में किसी धातु के तीन मोर बने हुए थे जो हरदम हिला ही करते थे। कुमार ने उन तीनों मोरों की गर्दन घुमाकर एक में मिला दी, उसी समय दरवाजा भी खुल गया और कुमार ने सभों को अंदर जाने के लिए कहा। जब सब उसके अंदर चले गए तब कुमार ने उन मोरों को छोड़ दिया और दरवाजे के अंदर जाकर महाराज से कहा, "यह दरवाजा इसी ढंग से खुलता है। मगर इसके बंद करने की कोई तरकीब नहीं है, थोड़ी देर में आप से आप बंद हो जायेगा। देखिए इस तरफ भी दरवाजे के ऊपर वाले महराब में उसी तरह के मोर बने हुए हैं अतएव इधर से भी दरवाजा खोलने के समय वही तरकीब करनी होगी।"

दरवाजे के अंदर जाने के बाद तिलिस्मी खंजर से रोशनी करने की जरूरत न रही क्योंकि यहां की छत में कई सूराख ऐसे बने हुए थे जिनमें से रोशनी बखूबी आ रही थी और आगे की तरफ निगाह दौड़ाने से यह भी मालूम होता था कि थोड़ी दूर जाने के बाद हम लोग मैदान में पहुंच जायेंगे जहां से खुला आसमान बखूबी दिखाई देगा, अस्तु तिलिस्मी खंजर की रोशनी बंद कर दी गई और दोनों कुमारों के पीछे-पीछे सब कोई आगे की तरफ बढ़े। लगभग डेढ़ सौ कदम चले जाने के बाद एक खुला हुआ दरवाजा मिला जिसमें चौखट या किवाड़ कुछ भी न था। इस दरवाजे के बाहर होने पर सभों ने अपने को संगमर्मर के एक छोटे से दालान में पाया और आगे की तरफ छोटा-सा बाग देखा जिसकी रविशें निहायत खूबसूरत स्याह और सफेद पत्थरों से बनी

हुई थीं मगर पेड़ों की किस्म में केवल कुछ जंगली पौधों और लताओं की हरियाली मात्र ही बाग का नाम चरितार्थ करने के लिए दिखाई दे रही थी। इस बाग के चारों तरफ चार दालान चार ढंग के बने हुए थे और बीच में छोटे-छोटे कई चबूतरे और नहर की तौर पर सुंदर और पतली नालियां बनी हुई थीं जिनमें पहाड़ से गिरने वाले झरने का साफ जल बहकर वहां के पेड़ों को तरी पहुंचा रहा था और देखने में भी बहुत भला मालूम होता था। मैदान में से निकलकर और आंख उठाकर देखने पर बाग के चारों तरफ ऊंचे-ऊंचे हरे-भरे पहाड़ दिखाई दे रहे थे और वे इस बात की गवाही दे रहे थे कि यह बाग पहाड़ी की तराई अथवा घाटी में इस ढंग से बना हुआ है कि बाहर से किसी आदमी को इसके अंदर आने की हिम्मत नहीं हो सकती और न कोई इसके अंदर से निकलकर बाहर ही जा सकता है।

कुंअर इंद्रजीत सिंह ने महाराज सुरेन्द्र सिंह की तरफ देखकर कहा, "उस चबूतरे वाले तिलिस्म के दो दर्जे हैं, एक तो यही बाग है और दूसरा उस चबूतरे के पास पहुंचने पर मिलेगा। इस बाग में आप जितने खूबसूरत चबूतरे देख रहे हैं सभों के अंदर बेअंदाज दौलत भारी पड़ी है। जिस समय हम दोनों भाई यहां आये थे इन चबूतरों का छूना बल्कि इनके पास पहुंचना भी कठिन हो रहा था, (एक चबूतरे के पास ले जाकर) देखिए चबूतरे की बगल में नीचे की तरफ कड़ी लगी हुई है और इसके साथ नथी हुई जो बारीक जंजीर है वह (हाथ का इशारा करके) इस तरफ एक कुएं में गिरी हुई है। इसी तरह हर एक चबूतरे में कड़ी और जंजीर लगी हुई हैं जो सब उसी कुएं में जाकर इकट्ठी हुई हैं। मैं नहीं कह सकता कि उस कुएं के अंदर क्या है मगर उसकी तासीर यह थी कि इन चबूतरों को कोई छू नहीं सकता था। इसके अतिरिक्त आपको यह सुनकर ताज्जुब होगा कि उस चुनारगढ़ वाले तिलिस्मी चबूतरे में भी जिस पर पत्थर का (असल में किसी धातु का) आदमी सोया हुआ है एक जंजीर लगी हुई है और वह जंजीर भी भीतर-ही-भीतर यहां तक आकर उसी कुएं में गिरी हुई है जिसमें वे सब जंजीरें इकट्ठी हुई हैं, बस यही और इतना ही यहां का तिलिस्म है। इसके अतिरिक्त दरवाजों को छिपाने के सिवाय और कुछ भी नहीं है। हम दोनों भाइयों को तिलिस्मी किताब की बदौलत यह सब हाल मालूम हो चुका था। अतएव जब हम दोनों भाई यहां आये थे तो इन चबूतरों से बिल्कुल हटे रहते थे। पहला काम हम लोगों ने जो किया वह यही था कि ये नालियां जो पानी से भरी और बहती हुई आप देख रहे हैं जिस पहाड़ी झरने की बदौलत लबालब हो रही हैं उसमें से एक नई नाली खोदकर उसका पानी उस कुएं में गिरा दिया जिसमें सब जंजीरें इकट्ठी हुई हैं क्योंकि वह चश्मा भी उस कुएं के पास ही है और अभी तक उसका पानी उस कुएं में बराबर गिर रहा है। जब उस चश्मे का पानी कई घंटे तक कुएं के अंदर गिरा तब इन चबूतरों का तिलिस्मी असर जाता रहा और ये छूने के लायक हुए मानो उस कुएं में बिजली की आग भरी हुई थी जो पानी गिरने से ठंडी हो गई। हम दोनों भाइयों ने तिलिस्मी खंजर से सब जंजीरों को काट-काटकर इन चबूतरों का और इस चुनारगढ़ वाले तिलिस्मी चबूतरे का भी संबंध उस कुएं से छुड़ा दिया, इसके बाद इन चबूतरों को

खोलकर देखा और मालूम किया कि इनके अंदर क्या है। अब आपकी आज्ञा होगी तो ऐयार लोग इस दौलत को चुनारगढ़ या जहां आप कहेंगे पहुंचा देंगे।"

इसके बाद इंद्रजीत सिंह ने महाराज की आज्ञानुसार उन चबूतरों का ऊपरी हिस्सा जो संदूक के पल्ले की तरह खुलता था खोल-खोलकर दिखाया। महाराज तथा सब कोई यह देखकर बहुत प्रसन्न हुए कि उनमें बेहिसाब दौलत और जेवरों के अतिरिक्त बहुत-सी अनमोल चीजें भी भरी हुई हैं जिनमें से दो चीजें महाराज ने बहुत पसन्द कीं। एक तो जड़ाऊ सिंहासन जिसमें अनमोल हीरे और माणिक विचित्र ढंग से जड़े हुए थे और दूसरा किसी धातु का बना हुआ एक चंद्रमा था। इस चंद्रमा के दो पल्ले थे, जब दोनों पल्ले एक साथ मिला दिए गए तो उसमें से चंद्रमा की ही तरह साफ और निर्मल तथा बहुत दूर तक फैलने वाली रोशनी पैदा होती थी।

उन चबूतरों के अंदर की चीजों को देखते ही देखते तमाम दिन बीत गया। उस समय कुंअर इंद्रजीत सिंह ने महाराज की तरफ देखकर कहा, "इस बाग में इन चबूतरों के सिवाय और कोई चीज देखने योग्य नहीं है और अब रात भी हो गई है, इसलिए यद्यपि आगे की तरफ जाने में कोई हर्ज तो नहीं है मगर आज की रात इसी बाग में ठहर जाते तो अच्छा था।"

भूत- क्या आज की रात भूखे-प्यासे ही बितानी पड़ेगी ?

इंद्रजीत- (मुस्कराते हुए) प्यासे तो नहीं रह सकते क्योंकि पानी का चशमा बह रहा है जितना चाहो पी सकते हो मगर खाने के नाम पर तब तक कुछ नहीं मिल सकता जब तक कि हम चुनारगढ़ वाले तिलिस्मी चबूतरे से बाहर न हो जाएं।

जीत- खैर, कोई चिंता नहीं, ऐयारों के बटुए खाली न होंगे, कुछ-न-कुछ खाने की चीजें उनमें जरूर होंगी।

सुरेन्द्र- अच्छा, अब जरूरी कामों से छुट्टी पाकर किसी दालान में आराम करने का बंदोबस्त करना चाहिए।

महाराज की आज्ञानुसार सब कोई जरूरी कामों से निपटने की फिक्र में लगे और इसके बाद एक दालान में आराम करने के लिए बैठ गये। खास-खास लोगों के लिए ऐयारों ने अपने सामान में से बिस्तरे का इंतजाम कर दिया।

***

बयान-10

यह दालान जिसमें इस समय महाराज सुरेन्द्र सिंह वगैरह आराम कर रहे हैं, बनिस्बत उस दालान के जिसमें ये लोग पहले-पहल पहुंचे थे बड़ा और खूबसूरत बना हुआ था। तीन तरफ दीवार थी और बाग की तरफ तेरह खंभे और महराब लगे हुए थे जिससे इसे बारहदरी भी कह सकते हैं। इसकी कुर्सी लगभग ढाई हाथ के ऊंची थी और इसके ऊपर चढ़ने के लिए पांच सीढ़ियां बनी हुई थीं। बारहदरी के आगे की तरफ कुछ सहन छूटा हुआ था जिसकी जमीन (फर्श) संगमर्मर और संगमूसा के चौखूटे पत्थरों से बनी हुई थी। बारहदरी की छत में मीनाकारी का काम बना हुआ था और तीनों तरफ की दीवारों में कई अलमारियां भी थीं।

रात पहर भर से कुछ ज्यादे जा चुकी थी। इस बारहदरी में जिसमें सब कोई आराम कर रहे थे एक अलमारी की कार्निस के ऊपर मोमबत्ती जल रही थी जो देवीसिंह ने अपने ऐयारी के बटुए में से निकालकर जलाई थी। किसी को नींद नहीं आयी थी बल्कि सब कोई बैठे हुए आपस में बातें कर रहे थे। महाराज सुरेन्द्र सिंह बाग की तरफ मुंह किये बैठे थे और उन्हें सामने की पहाड़ी का आधा हिस्सा भी जिस पर इस समय अंधकार की बारीक चादर पड़ी हुई थी, दिखाई दे रहा था। उस पहाड़ी पर यकायक मशाल की रोशनी देखकर महाराज चौंके और सभों को उस तरफ देखने का इशारा किया।

सभों ने उस रोशनी की तरफ ध्यान दिया और दोनों कुमार ताज्जुब के साथ सोचने लगे कि यह क्या मामला है इस तिलिस्म में हमारे सिवाय किसी गैर आदमी का आना कठिन ही नहीं बल्कि असंभव है, तब फिर मशाल की रोशनी कैसी! खाली रोशनी ही नहीं बल्कि उसके पास चार-पांच आदमी भी दिखाई देते हैं, हां यह नहीं जान पड़ता कि वे सब औरत हैं या मर्द।

और लोगों के विचार भी दोनों कुमारों ही की तरह थे और मशाल के साथ कई आदमियों को देखकर सभी ताज्जुब कर रहे थे। यकायक वह रोशनी गायब हो गई और आदमी दिखाई देने से रह गये मगर थोड़ी ही देर बाद वह रोशनी फिर दिखाई दी। अबकी दफे रोशनी और भी नीचे की तरफ थी और उसके साथ के आदमी साफ-साफ दिखाई देते थे।

गोपाल- (इंद्रजीत सिंह से) मैं समझता था कि आप दोनों भाइयों के सिवाय कोई गैर आदमी इस तिलिस्म में नहीं आ सकता।

इंद्रजीत- मेरा भी यही खयाल था मगर क्या आप भी यहां तक नहीं आ सकते आप तो तिलिस्म के राजा हैं।

गोपाल- हां, मैं तो आ सकता हूं मगर सीधी राह से और अपने को बचाते हुए, वे काम मैं नहीं कर सकता जो आप कर सकते हैं, परंतु आश्चर्य तो यह है कि वे लोग पहाड़ पर से आते हुए दिखाई दे रहे हैं जहां से आने का रास्ता ही नहीं है। तिलिस्म बनाने वालों ने इस बात को जरूर अच्छी तरह विचार लिया होगा।

इंद्रजीत- बेशक, ऐसा ही है मगर यहां पर क्या समझा जाये मेरा खयाल है कि थोड़ी ही देर में वे लोग इस बाग में आ पहुंचेंगे।

गोपाल- बेशक, ऐसा ही होगा, (रुककर) देखिए रोशनी फिर गायब हो गई, शायद वे लोग किसी गुफा में घुस गये।

कुछ देर तक सन्नाटा रहा और सब कोई बड़े गौर से उस तरफ देखते रहे, इसके बाद यकायक बाग के पश्चिम तरफ वाले दालान में रोशनी मालूम होने लगी जो उस दालान के ठीक सामने था जिसमें हमारे महाराज तथा ऐयार लोग टिके हुए थे, मगर पेड़ों के सबब से साफ नहीं दिखाई देता था कि दालान में कितने आदमी आए हैं और क्या कर रहे हैं।

जब सभों को निश्चय हो गया कि वे लोग धीरे-धीरे पहाड़ों के नीचे उतरकर बाग के दालान या बारहदरी में आ गए हैं तब महाराज सुरेन्द्र सिंह ने तेज सिंह को हुक्म दिया कि जाकर देखो और पता लगाओ कि वे लोग कौन हैं और क्या कर रहे हैं?

गोपाल- (महाराज से) तेज सिंह जी का वहां जाना उचित न होगा क्योंकि यह तिलिस्म का मामला है और यहां की बातों से ये बिल्कुल बेखबर हैं, यदि आज्ञा हो तो कुंअर इंद्रजीत सिंह को साथ लेकर मैं जाऊं।

महाराज - ठीक है, अच्छा तुम्हीं दोनों आदमी जाकर देखो क्या मामला है। कुंअर इंद्रजीत सिंह और राजा गोपाल सिंह वहां से उठे और धीरे-धीरे तथा पेड़ों की आड़ में अपने को छिपाते हुए उस दालान की तरफ रवाना हुए जिसमें रोशनी दिखाई दे रही थी, यहां तक कि उस दालान अथवा बारहदरी के बहुत पास पहुंच गये और एक पेड़ की आड़ में खड़े होकर गौर से देखने लगे।

इस दालान में उन्हें पंद्रह आदमी दिखाई दिये जिनके विषय में यह जानना कठिन था कि वे मर्द हैं या औरत, क्योंकि सभों की पोशाक एक ही रंग-ढंग की तथा सभों के चेहरे पर नकाब पड़ी हुई थी। इन्हीं पंद्रह आदमियों में से दो आदमी मशालची का काम दे रहे थे। जिस तरह उनकी पोशाक खूबसूरत और बेशकीमती थी उसी तरह मशाल भी सुनहरी तथा जड़ाऊ काम की दिखाई दे रही थी और उसके सिरे की तरफ बिजली की तरह रोशनी हो रही थी, इसके अतिरिक्त उनके हाथ में तेल की कुप्पी न थी और इस बात का कुछ पता नहीं लगता था कि इस मशाल की रोशनी का सबब क्या है।

राजा गोपाल सिंह और इंद्रजीत सिंह ने देखा कि वे लोग शीघ्रता के साथ उस दालान को सजाने और फर्श वगैरह को ठीक करने का इंतजाम कर रहे हैं। बारहदरी के दाहिने तरफ एक खुला हुआ दरवाजा है जिसके अंदर वे लोग बार-बार जाते हैं और जिस चीज की जरूरत समझते हैं ले आते हैं। यद्यपि उन सभों की पोशाक एक ही रंग-ढंग की है और इसलिए बड़ाई-छुटाई का पता लगाना कठिन है तथापि उन सभों में से एक आदमी ऐसा है जो स्वयं कोई काम नहीं करता और एक किनारे कुर्सी पर बैठा हुआ अपने साथियों से काम ले रहा है। उसके हाथ में एक विचित्र ढंग की छड़ी दिखाई दे रही है जिसके मुट्ठे पर निहायत खूबसूरत और कुछ बड़ा हिरन बना हुआ है। देखते ही देखते थोड़ी देर में बारहदरी सज के तैयार हो गई और कंदीलों की रोशनी से जगमगाने लगी। उस समय वह नकाबपोश जो कुर्सी पर बैठा हुआ था और जिसे हम उस मंडली का सरदार भी कह सकते हैं अपने साथियों से कुछ कह-सुनकर बारहदरी के नीचे उतर आया और धीरे-धीरे उस तरफ रवाना हुआ जिधर महाराज सुरेन्द्र सिंह वगैरह टिके हुए थे।

यह कैफियत देखकर राजा गोपाल सिंह और इंद्रजीत सिंह जो छिपे-छिपे सब तमाशा देख रहे थे वहां से लौटे और शीघ्र ही महाराज के पास पहुंचकर जो कुछ देखा था संक्षेप में बयान किया। उसी समय एक आदमी आता हुआ दिखाई दिया। सभों का ध्यान उसी तरफ चला गया और इंद्रजीत सिंह और राजा गोपाल सिंह ने समझा कि यह वही नकाबपोशों का सरदार होगा जिसे हम उस बारहदरी में देख आये हैं और जो हमारे देखते-देखते वहां से रवाना हो गया था मगर जब पास आया तो सभों का भ्रम जाता रहा और एकाएक इंद्रदेव पर निगाह पड़ते ही सब कोई चौंक पड़े। राजा गोपाल सिंह और इंद्रजीत सिंह को इस बात का भी शक हुआ कि वह नकाबपोशों का सरदार शायद इंद्रदेव ही हो, मगर यह देखकर उन्हें ताज्जुब मालूम हुआ कि इंद्रदेव उस (नकाबपोश की-सी) पोशाक में न था जैसा कि उस बारहदरी में देखा था बल्कि वह अपनी मामूली दरबारी पोशाक में था।

इंद्रदेव ने वहां पहुंचकर महाराज सुरेन्द्र सिंह, वीरेन्द्र सिंह, तेज सिंह, राजा गोपाल सिंह तथा दोनों कुमारों को अदब के साथ झुककर सलाम किया और इसके बाद बाकी ऐयारों से भी "जै माया की" कहा।

सुरेन्द्र- इंद्रदेव, जब से हमने इंद्रजीत सिंह की जुबानी यह सुना है कि इस तिलिस्म के दारोगा तुम हो तब से हम बहुत ही खुश हैं, मगर ताज्जुब होता था कि तुमने इस बात की हमें कुछ भी खबर नहीं की और न हमारे साथ यहां आये ही। अब यकायक इस समय यहां पर तुम्हें देखकर हमारी खुशी और भी ज्यादे हो गई। आओ हमारे पास बैठ जाओ और यह कहो कि हम लोगों के साथ तुम यहां क्यों नहीं आये?

इंद्रदेव- (बैठकर) आशा है कि महाराज मेरा वह कसूर माफ करेंगे। मुझे कई जरूरी काम करने थे जिनके लिए अपने ढंग पर अकेले आना पड़ा। बेशक मैं इस तिलिस्म का दारोगा हूं और इसीलिए अपने को बड़ा ही खुशकिस्मत समझता हूं कि ईश्वर ने इस तिलिस्म को आप

जैसे प्रतापी राजा के हाथ सौंपा है। यद्यपि आपके फर्माबर्दार और होनहार पोतों ने इस तिलिस्म को फतह किया है और इस सबब से वे इसके मालिक हुए हैं तथापि इस तिलिस्म का सच्चा आनंद और तमाशा दिखाना मेरा ही काम है, यह मेरे सिवाय किसी दूसरे के किए नहीं हो सकता। जो काम कुंअर इंद्रजीत सिंह और आनंद सिंह का था उसे ये कर चुके अर्थात् तिलिस्म तोड़ चुके और जो कुछ इन्हें मालूम होना था हो चुका, परंतु उन बातों, भेदों और स्थानों का पता इन्हें नहीं लग सकता जो मेरे हाथ में हैं और जिसके सबब से मैं इस तिलिस्म का दारोगा कहलाता हूं। तिलिस्म बनाने वालों ने तिलिस्म के संबंध में दो किताबें लिखी थीं जिनमें से एक तो दारोगा के सुपुर्द कर गये और दूसरी तिलिस्म तोड़ने वाले के लिए छिपाकर रख गये जो कि अब दोनों कुमारों के हाथ लगीं, या कदाचित इनके अतिरिक्त और भी कोई किताब उन्होंने लिखी हो तो उसका हाल मैं नहीं जानता, हां जो किताब दारोगा के सुपुर्द कर गये थे वह वसीयतनामे के तौर पर पुश्तहापुश्त से हमारे कब्जे में चली आ रही है और आजकल मेरे पास मौजूद है। यह मैं जरूर कहूंगा कि तिलिस्म में बहुत से मुकाम ऐसे हैं जहां दोनों कुमारों का जाना तो असंभव ही है परंतु तिलिस्म टूटने के पहले मैं भी नहीं जा सकता था, हां अब मैं वहां बखूबी जा सकता हूं। आज मैं इसीलिए इस तिलिस्म के अंदर आपके पास आया हूं कि इस तिलिस्म का पूरा-पूरा तमाशा आपको दिखाऊं जिसे कुंअर इंद्रजीत सिंह और आनंदसिंह नहीं दिखा सकते। परंतु इन कामों के पहले मैं महाराज से एक चीज मांगता हूं जिसके बिना काम नहीं चल सकता।

महाराज- वह क्या?

इंद्रदेव- जब तक इस तिलिस्म में आप लोगों के साथ हूं तब तक अदब, लेहाज और कायदे की पाबंदी से माफ रखा जाऊं!

महाराज- इंद्रदेव, हम तुमसे बहुत प्रसन्न हैं। जब तक तिलिस्म में हम लोगों के साथ हो तभी तक के लिए नहीं बल्कि हमेशा के लिए हमने इन बातों से तुम्हें छुट्टी दी, तुम विश्वास रखो कि हमारे बाल-बच्चे और सच्चे साथी भी हमारी इस बात का पूरा-पूरा लेहाज रखेंगे।

यह सुनते ही इंद्रदेव ने उठकर महाराज को सलाम किया और फिर बैठकर कहा, "अब आज्ञा हो तो खाने-पीने का सामान जो आप लोगों के लिए लाया हूं हाजिर करूं।"

महाराज- अच्छी बात है लाओ, क्योंकि हमारे साथियों में से कई ऐसे हैं जो भूख के मारे बेताब हो रहे होंगे।

तेज- इंद्रदेव, तुमने इस बात का परिचय तो दिया ही नहीं कि तुम वास्तव में इंद्रदेव ही हो या कोई और?

इंद्रदेव- (मुस्कराकर) मेरे सिवाय कोई गैर यहां आ नहीं सकता।

तेज- तथापि - 'चिलेण्डोला'।

इंद्रदेव- 'चक्रधर'।

वीरेन्द्र- मैं एक बात और पूछना चाहता हूं।

इंद्रदेव- आज्ञा।

वीरेन्द्र- वह स्थान कैसा है जहां तुम रहा करते हो और जहां मायारानी अपने दारोगा को लेकर तुम्हारे पास गई थी।

इंद्रदेव- वह स्थान तिलिस्म से संबंध रखता है और यहां से थोड़ी ही दूर पर है। मैं स्वयं आप लोगों को लेकर वहां की सैर कराऊंगा। इसके अतिरिक्त अभी मुझे बहुत-सी बातें कहनी हैं। पहले आप लोग भोजन से छुट्टी पा लें।

तेज- हम लोग मशाल की रोशनी में क्या आप ही लोगों को पहाड़ से उतरते देख रहे थे

इंद्र- जी हां, मैं एक निराले ही रास्ते से यहां आया हूं। आप लोग बेशक ताज्जुब करते होंगे कि पहाड़ पर से कौन उतर रहा है परंतु मैं अकेला ही नहीं आया हूं बल्कि कई तमाशे भी अपने साथ लाया हूं मगर उनका जिक्र करने का अभी मौका नहीं है।

इतना कहकर इंद्रदेव उठ खड़ा हुआ और देखते-देखते दूसरी तरफ चला गया, मगर उनकी इस बात ने कि - 'कई तमाशे भी अपने साथ लाया हूं' कइयों को ताज्जुब और घबड़ाहट में डाल दिया।

***

बयान-11

थोड़ी ही देर बाद इंद्रदेव फिर वहां आया। अबकी दफे उसके साथ कई नकाबपोश भी थे जो अपने हाथ में तरह-तरह की खाने-पीने की चीजें लिए हुए थे। एक के हाथ में जल था जिससे जमीन धोई गई और खाने-पीने की चीजें वहां रखकर वे नकाबपोश लौट गये तथा पुन: कई जरूरी चीजें लेकर आ पहुंचे। इंतजाम ठीक हो जाने पर इंद्रदेव ने कायदे के साथ सभों को भोजन कराया और इस काम से छुट्टी मिलने पर उस बारहदरी में चलने के लिए अर्ज किया जिसे उसने यहां पहुंचकर सजाया था और जिसका हाल हम ऊपर के बयान में लिख चुके हैं।

वास्तव में यह बारहदरी बड़ी खूबी के साथ सजाई गई थी। यहां सभों के लिए कायदे के साथ बैठने और आराम करने का सामान मौजूद था जिसे देखकर महाराज बहुत प्रसन्न हुए और इंद्रदेव की तरफ देखकर बोले, "क्या यह सब सामान इसी बाग में मौजूद था।"

इंद्र- जी हां, इतना ही नहीं बल्कि इस बाग में जितनी इमारतें हैं उन सभों को सजाने और दुरुस्त करने के लिए यहां काफी सामान है, इसके अतिरिक्त यहां से मेरा मकान बहुत नजदीक है, इसलिए जिस चीज की जरूरत हो मैं बहुत जल्द ला सकता हूं। (कुछ देर तक सोचकर और हाथ जोड़कर) मैं एक और भी बात अर्ज किया चाहता हूं।

महाराज- वह क्या?

इंद्र- यह तिलिस्म आप ही के बुजुर्गों की बदौलत बना है और उन्हीं की आज्ञानुसार जब से यह तिलिस्म तैयार हुआ है तब से मेरे बुजुर्ग लोग इसके दारोगा होते आये हैं। अब मेरे जमाने में इस तिलिस्म की किस्मत ने पलटा खाया है। यद्यपि कुमार इंद्रजीत सिंह और आनंद सिंह ने इस तिलिस्म को तोड़ा या फतह किया है और इसमें की बेहिसाब दौलत के मालिक हुए हैं तथापि यह तिलिस्म अभी तक दौलत से खाली नहीं हुआ है और न ऐसा खुल ही गया कि ऐरे-गैरे जिसका जी चाहे इसमें घुस आये। हां यदि आज्ञा हो तो दोनों कुमारों के हाथ से मैं इसके बचे-बचाये हिस्से को भी तोड़वा सकता हूं क्योंकि यह काम इस तिलिस्म के दारोगा का अर्थात् मेरा है, मगर मैं चाहता हूं कि बड़े लोगों की इस कीर्ति को एकदम से मटियामेट न करके भविष्य के लिए भी कुछ छोड़ देना चाहिए। आज्ञा पाने पर मैं इस तिलिस्म की पूरी सैर कराऊंगा और तब अर्ज करूंगा कि बुजुर्गों की आज्ञानुसार इस दास ने भी जहां तक हो सका इस तिलिस्म की खिदमत की, अब महाराज को अख्तियार है कि मुझसे हिसाब-किताब समझकर आइंदे के लिए जिसे चाहें यहां का दारोगा मुकर्रर करें।

महाराज- इंद्रदेव, मैं तुमसे और तुम्हारे कामों से बहुत ही प्रसन्न हूं मगर मैं यह नहीं चाहता कि तुम मुझे बातों के जाल में फंसाकर बेवकूफ बनाओ और यह कहो कि 'भविष्य के लिए किसी

दूसरे को यहां का दारोगा मुकर्रर कर लो।' जो कुछ तुमने राय दी है वह बहुत ठीक है अर्थात् इस तिलिस्म के बचे-बचाये स्थानों को छोड़ देना चाहिए जिससे बड़े लोगों का नाम-निशान बना रहे मगर यहां के दारोगा की पदवी सिवाय तुम्हारे खानदान के कोई दूसरा कब पा सकता है बस दया करके इस ढंग की बातों को छोड़ दो और जो कुछ खुशी-खुशी कर रहे हो करो।

इंद्र- (अदब के साथ सलाम करके) जो आज्ञा। मैं एक बात और भी निवेदन किया चाहता हूं।

महाराज- वह क्या ?

इंद्रदेव- वह यह कि इस जगह से आप कृपा करके पहले मेरे स्थान को, जहां मैं रहता हूं, पवित्र कीजिए और तब तिलिस्म की सैर करते हुए अपने चुनारगढ़ वाले तिलिस्मी मकान में पहुंचिये। इसके अतिरिक्त इस तिलिस्म के अंदर जो कुछ कुंअर इंद्रजीत सिंह और आनंद सिंह ने पाया है अथवा यहां से जिन चीजों को निकालकर चुनारगढ़ पहुंचाने की आवश्यकता है उनकी फेहरिस्त मुझे मिल जाये और ठीक तौर पर बता दिया जाये कि कौन चीज कहां पर है तो उन्हें वहां से बाहर करके आपके पास भेजने का बंदोबस्त करूं। यद्यपि यह काम भैरो सिंह और तारा सिंह भी कर सकते हैं परंतु जिस काम को मैं एक दिन में करूंगा उसे वे चार दिन में भी पूरा नहीं करेंगे क्योंकि मुझे यहां के कई रास्ते मालूम हैं, जिस चीज को जिस राह से निकाल ले जाने में सुबीता देखूंगा निकाल ले जाऊंगा।

महाराज- ठीक है, मैं भी इस बात को पसंद करता हूं और यह भी चाहता हूं कि चुनार पहुंचने के पहले ही तुम्हारे विचित्र स्थान की सैर कर लूं। चीजों की फेहरिस्त और उनका पता इंद्रजीत सिंह तुमको देंगे।

इतना कह के महाराज ने इंद्रजीत सिंह की तरफ देखा और कुमार ने उन सब चीजों का पता इंद्रदेव को बताया जिन्हें बाहर निकालकर घर पहुंचाने की आवश्यकता थी और साथ ही साथ अपना तिलिस्मी किस्सा भी जिसके कहने की जरूरत थी इंद्रदेव से बयान किया और बाद में दूसरी बातों का सिलसिला छिड़ा।

वीरेन्द्र- (इंद्रदेव से) आपने कहा था कि 'मैं कई तमाशे भी साथ लाया हूं' तो क्या वे तमाशे ढके ही रह जायेंगे।

इंद्रदेव- जी नहीं, आज्ञा हो तो उन्हें पेश करूं। परंतु यदि आप मेरे मकान पर चलकर उन तमाशों को देखेंगे तो कुछ विशेष आनंद मिलेगा।

महाराज- यही सही, हम लोग तो अभी तुम्हारे मकान पर चलने के लिए तैयार हैं।

इंद्रदेव- अब रात बहुत चली गई है, महाराज दो-चार घंटे आराम कर लें, दिन भर की हरारत मिट जाये, जब कुछ रात बाकी रह जायेगी तो मैं जगा दूंगा और अपने मकान की तरफ ले चलूंगा। जब तक मैं अपने साथियों को वहां रवाना कर देता हूं जिससे आगे चलकर सभों को होशियार कर दें और महाराज के लिए हर एक तरह का सामान दुरुस्त हो जाये।

इंद्रदेव की बात को महाराज ने पसंद करके सभों को आराम करने की आज्ञा दी और इंद्रदेव भी वहां से विदा होकर किसी दूसरी जगह चला गया।

इधर - उधर की बातचीत करते-करते महाराज को नींद आ गई, वीरेन्द्र सिंह, दोनों कुमार और राजा गोपाल सिंह भी सो गये तथा और ऐयारों ने भी स्वप्न देखना आरंभ किया मगर भूतनाथ की आंखों में नींद का नाम-निशान भी न था और वह तमाम रात जागता ही रह गया।

जब रात घंटे भर से कुछ ज्यादे बाकी रह गई और सुबह को अठखेलियों के साथ चलकर खुशदिलों तथा नौजवानों के दिलों में गुदगुदी पैदा करने वाली ठंडी-ठंडी हवा ने खुशबूदार जंगली फूलों और लताओं से हाथापाई करके उनकी संपत्ति छीनना और अपने को खुशबूदार बनाना शुरू कर दिया तब इंद्रदेव भी इस बारहदरी में आ पहुंचा और सभों को गहरी नींद में सोते देख जगाने का उद्योग करने लगा। इस बारहदरी के आगे की तरफ एक छोटा-सा सहन था जिसकी जमीन संगमूसा के स्याह और चौखूटे पत्थरों से मढ़ी हुई थी। इस सहन के दाहिने और बाएं कोनों पर दो-तीन आदमी बखूबी बैठ सकते थे। इंद्रदेव दाहिने तरफ वाले सिंहासन पर जाकर बैठ गया और उसके पावों को बारी-बारी से किसी हिसाब से घुमाने या उमेठने लगा। उसी समय सिंहासन के अंदर से सरस और मधुर बाजे की आवाज आने लगी और थोड़ी ही देर बाद गाने की आवाज भी पैदा हुई। मालूम होता था कि कई नौजवान औरतें बड़ी खूबी के साथ गा रही हैं और कई आदमी पखावज, बीन, बंशी, मंजीरा इत्यादि बजाकर उन्हें मदद पहुंचा रहे हैं। यह आवाज धीरे-धीरे बढ़ने और फैलने लगी, यहां तक कि उस बारहदरी में सोने वाले सभी लोगों को जगा दिया अर्थात् सब कोई चौंककर उठ बैठे और ताज्जुब के साथ इधर-उधर देखने लगे। केवल इतने ही से बेचैनी दूर न हुई और सब कोई बारहदरी से बाहर निकलकर सहन में चले आये, उस समय इंद्रदेव ने सामने आकर महाराज को सलाम किया।

महाराज- यह तो मालूम हो गया कि यह सब तुम्हारी कारीगरी का नतीजा है मगर बताओ तो सही कि यह गाने-बजाने की आवाज कहां से आ रही है?

इंद्र- आइए, मैं बताता हूं। महाराज को जगाने ही के लिए यह तरकीब की गई थी क्योंकि अब यहां से रवाना होने का समय हो गया है, और विलंब न करना चाहिए।

इतना कहकर इंद्रदेव सभों को उस सिंहासन के पास ले गया जिसमें से गाने की आवाज आ रही थी। और उसका असल भेद समझाकर बोला, "इसमें से मौके-मौके पर हर एक रागिनी पैदा हो सकती है।"

इन अनूठे गाने-बजाने से महाराज बहुत प्रसन्न हुए और इसके बाद सभों को लिए हुए इंद्रदेव के मकान की तरफ रवाना हुए।

उस बारहदरी के बगल में ही एक कोठरी थी जिसमें सभों को साथ लिए हुए इंद्रदेव चला गया। इस समय इंद्रदेव के पास भी तिलिस्मी खंजर था जिससे उसने हल्की-सी रोशनी पैदा की और उसी के सहारे सभों को लिए हुए आगे की तरफ बढ़ा।

उस कोठरी में जाने के बाद पहले सभों को एक छोटे से तहखाने में उतरना पड़ा। वहां सभों ने लाल रंग की एक समाधि देखी जिसके बारे में दरियाफ्त करने पर इंद्रदेव ने कहा कि यह समाधि नहीं सुरंग का दरवाजा है। इंद्रदेव उस समाधि के पास बैठ गया और कोई ऐसी तरकीब की कि जिससे वह बीचों-बीच से खुल गई और नीचे उतरने के लिए चार-पांच सीढ़ियां दिखाई दीं। इंद्रदेव के कहे मुताबिक सब कोई नीचे उतर गये और इसके बाद सीधी सुरंग में चलने लगे। सुरंग की हालत और ऊंची-नीची जमीन से साफ-साफ मालूम होता था कि वह पहाड़ काटकर बनाई हुई है और सब लोग ऊंचे की तरफ बढ़ते जा रहे हैं। हमारे मुसाफिरों को दो-अढ़ाई घड़ी के लगभग चलना पड़ा और तब इंद्रदेव ने ठहरने के लिए कहा क्योंकि यहां पर सुरंग खत्म हो चुकी थी और सामने एक बंद दरवाजा दिखाई दे रहा था। इंद्रदेव ने ताली लगाकर ताला खोला और सभों को साथ लिए हुए उसके अंदर गया। सभों ने अपने को एक सुंदर कमरे में पाया और जब इस कमरे के बाहर हुए तब मालूम हुआ कि सबेरा हो चुका है।

यह इंद्रदेव का वही मकान है जिसमें बुड्ढे दारोगा के साथ मदद पाने की उम्मीद में मायारानी गई थी। इस सुंदर और सुहावने स्थान का हाल हम पहले लिख चुके हैं इसलिए अब पुनः बयान करने की कोई जरूरत मालूम नहीं होती।

इंद्रदेव सभों को लिए हुए अपने छोटे से बगीचे में गया। वहां चारों तरफ की सुंदर छटा दिखाई दे रही थी और खुशबूदार ठंडी-ठंडी हवा दिल और दिमाग के साथ दोस्ती का हक अदा कर रही थी।

महाराज सुरेन्द्र सिंह और वीरेन्द्र सिंह तथा दोनों कुमारों को यह स्थान बहुत पसंद आया और बार-बार इसकी तारीफ करने लगे। यद्यपि इस बगीचे में सभों के लायक दर्जे बदर्जे कुर्सियां बिछी हुई थीं मगर किसी का जी बैठने को नहीं चाहता था। सब कोई घूम-घूमकर यहां का आनंद लेना चाहते थे और ले रहे थे मगर इस बीच में एक ऐसा मामला हो गया जिसने भूतनाथ और देवी सिंह दोनों ही को चौंका दिया। एक आदमी जल से भरा हुआ चांदी का घड़ा और सोने की झारी लेकर आया और संगमर्मर की चौकी पर जो बगीचे में पड़ी हुई थी रखकर लौट चला। इसी आदमी को देखकर भूतनाथ और देवी सिंह चौंके थे क्योंकि यह वही आदमी था जिसे ये दोनों ऐयार नकाबपोशों के मकान में देख चुके थे। इसी आदमी ने नकाबपोशों के सामने एक तस्वीर पेश की थी और कहा था कि "कृपानाथ, बस मैं इसी का दावा भूतनाथ पर करूंगा।"

केवल इतना ही नहीं, भूतनाथ ने वहां से थोड़ी दूर पर एक झाड़ी में अपनी स्त्री को भी फूल तोड़ते देखा और धीरे से देवी सिंह को छेड़कर कहा, "वह देखिए मेरी स्त्री भी वहां मौजूद है, ताज्जुब नहीं कि आपकी चंपा भी यहीं घूम रही हो।"

***

बयान-12

यद्यपि भूतनाथ को तरद्दुदों से छुट्टी मिल चुकी थी, यद्यपि उसका कसूर माफ हो चुका था, और वह महाराज के खास ऐयारों में मिला लिया गया था मगर इस जगह उस आदमी को, जितने नकाबपोशों के मकान में तस्वीर पेश कर उस पर दावा करना चाहा था, देखकर उसकी अवस्था फिर बिगड़ गई और साथ ही इसके अपनी स्त्री को भी वहां काम करते हुए देखकर उसे क्रोध चढ़ आया।

जब वह आदमी पानी का घड़ा और झारी रखकर लौट चला तब इंद्रदेव ने उसे पुकारकर कहा, "अर्जुन, जरा वह तस्वीर भी तो ले आओ जिसे बार-बार तुम दिखाया करते हो और जो हमारे दोस्त भूतनाथ को डराने और धमकाने के लिए एक औजार की तरह तुम्हारे पास रखी हुई है।"

इस नाम ने भूतनाथ के कलेजे को और भी हिला दिया। वास्तव में उस आदमी का यही नाम था और इस खयाल ने तो उसे और भी बदहवास कर दिया कि अब वह तस्वीर लेकर आयेगा।

इस समय सब कोई बाग में टहल रहे थे और इसीलिए एक-दूसरे से कुछ दूर हो रहे थे। भूतनाथ बढ़कर देवी सिंह के पास चला गया और उसका हाथ पकड़कर धीरे-से बोला, "देखा, इंद्रदेव का रंग-ढंग!"

देवी- (धीरे से) मैं सब-कुछ देख और समझ रहा हूं, मगर तुम घबड़ाओ नहीं।

भूत- मालूम होता है कि इंद्रदेव का दिल अभी तक मेरी तरफ से साफ नहीं हुआ।

देवी- शायद ऐसा ही हो मगर इंद्रदेव से ऐसी उम्मीद हो नहीं सकती, मेरा दिल इसे कबूल नहीं करता। मगर भूतनाथ तुम भी अजीब सिड़ी हो।

भूत- सो क्या?

देवी- यही कि नकाबपोशों का पीछा करके तुमने कैसे-कैसे तमाशे देखे और तुम्हें विश्वास भी हो गया कि इन नकाबपोशों से तुम्हारा कोई भेद छिपा नहीं है, फिर अंत में यह भी मालूम हो गया कि उन नकाबपोशों के सरदार कुंअर इंद्रजीत सिंह और आनंद सिंह थे अस्तु इन दोनों से भी अब कोई बात छिपी नहीं रही।

भूत- बेशक, ऐसा ही है।

देवी- तो फिर अब क्यों तुम्हारा दम घुटा जाता है अब तुम्हें किसका डर रह गया।

भूत- कहते तो ठीक हो, खैर कोई चिंता नहीं जो कुछ होगा देखा जायेगा।

देवी- बल्कि तुम्हें यह जानने की कोशिश करनी चाहिए कि दोनों कुमारों को तुम्हारे भेदों का पता क्योंकर लगा। ताज्जुब नहीं कि अब वे सब बातें खुला चाहती हों।

भूत- शायद ऐसा ही हो, मगर मेरी स्त्री के बारे में तुम क्या खयाल करते हो?

देवी- इस बारे में मेरा-तुम्हारा मामला एक-सा हो रहा है अस्तु इस विषय में मैं कुछ भी नहीं कह सकता। वह देखो इंद्रदेव तेज सिंह के पास चला गया है और तुम्हारी स्त्री की तरफ इशारा करके कुछ कह रहा है। तेज सिंह अलग हों तो मैं उनसे कुछ पूछूं। यहां की छटा ने तो लोगों का दिल ऐसा लुभा लिया है कि सभों ने एक-दूसरे का साथ ही छोड़ दिया। (चौंककर) लो देखो, तुम्हारा लड़का नानक भी तो आ पहुंचा, उसके हाथ में भी कोई तस्वीर मालूम पड़ती है, अर्जुन भी उसी के साथ है।

भूत- (ताज्जुब से) आश्चर्य की बात है! नानक और अर्जुन का साथ कैसे हुआ और नानक यहां आया ही क्यों क्या अपनी मां के साथ आया है क्या कपूत छोकरे ने भी मेरी तरफ से आंखें फेर ली हैं ओफ, यह तिलिस्मी जमीन तो मेरे लिए भयानक सिद्ध हो रही है, अच्छा-खासा तिलिस्म मुझे दिखाई दे रहा है। जिन पर मुझे विश्वास था, जिनका मुझे भरोसा था, जो मेरी इज्जत करते थे यहां उन्हीं को मैं अपना विपक्षी पाता हूं और वे मुझसे बात तक करना पसंद नहीं करते।

नानक और अर्जुन को भूतनाथ और देवी सिंह ताज्जुब के साथ देख रहे थे। नानक ने भी भूतनाथ को देखा मगर दूर ही से प्रणाम करके रह गया पास न आया और अर्जुन को लिए सीधे इंद्रदेव की तरफ चला गया जो तेज सिंह से बातें कर रहे थे। इस समय आज्ञानुसार अर्जुन अपने हाथ में तस्वीर लिए हुए था और नानक के हाथ में भी एक तस्वीर थी।

नानक और अर्जुन को अपने पास आते देख इंद्रदेव ने हाथ के इशारे से उन्हें दूर ही खड़े रहने के लिए कहा और उन्होंने भी ऐसा ही किया। कुछ देर तक और भी तेज सिंह के साथ इंद्रदेव बातें करता रहा इसके बाद इशारे से अर्जुन और नानक को अपने पास बुलाया और जब वे दोनों पास आ गए तो कुछ कह-सुनकर बिदा किया।

भूतनाथ यह सब तमाशा देखकर ताज्जुब कर रहा था। अर्जुन और नानक को बिदा करने के बाद तेज सिंह को साथ लिए हुए इंद्रदेव महाराज सुरेन्द्र सिंह के पास गया जो एक सुंदर चट्टान पर खड़े-खड़े ढालवीं जमीन और पहाड़ी पर से नीचे की तरफ गिरते हुए सुंदर झरने की शोभा देख रहे थे और वीरेन्द्र सिंह भी उन्हीं के पास खड़े थे। वहां भी कुछ देर तक इंद्रदेव ने महाराज से बातचीत की और इसके बाद चारों आदमी लौटकर बगीचे में चले आये। महाराज को बगीचे में आते देख और सब कोई भी जो इधर-उधर फैले हुए तमाशा देख रहे थे बगीचे में आकर इकट्ठे हो गए और अब मानो महाराज का यह एक छोटा-सा दरबार बगीचे में लग गया।

वीरेन्द्र- (इंद्रदेव से) हां तो अब वे तमाशे कब देखने में आवेंगे जो आप अपने साथ तिलिस्म में लेते गये थे?

इंद्रदेव- जब आज्ञा हो तभी दिखाए जायें।

वीरेन्द्र- हम लोग तो देखने के लिए तैयार बैठे हैं।

जीत- मगर पहले यह मालूम हो जाना चाहिए कि उनके देखने में कितना समय लगेगा, अगर थोड़ी देर का काम हो तो अभी देख लिया जाये।

इंद्र- जी वह थोड़ी देर का काम तो नहीं है, इससे यही बेहतर होगा कि पहले जरूरी कामों से छुट्टी पाकर स्नान, ध्यान तथा भोजन इत्यादि से निवृत्त हो लें।

महाराज- हमारी भी यही राय है।

महाराज का मतलब समझकर सब कोई उठ खड़े हुए और जरूरी कामों से छुट्टी पाने की फिक्र में लगे। महाराज सुरेन्द्र सिंह, वीरेन्द्र सिंह तथा और भी सब कोई इंद्रदेव के उचित प्रबंध को देखकर बहुत प्रसन्न हुए, किसी को किसी तरह की तकलीफ न हुई और न कोई चीज मांगने की जरूरत ही पड़ी। इंद्रदेव के ऐयार और कई खिदमतगार आकर मौजूद हो गए और बात की बात में सब सामान ठीक हो गया।

स्नान तथा संध्या-पूजा इत्यादि से छुट्टी पाकर सभों ने भोजन किया और इसके बाद इंद्रदेव ने (बंगले के) एक बहुत बड़े और सजे हुए कमरे में सभों को बैठाया जहां सभों के योग्य दर्जे बदर्जे बैठने का इंतजाम किया गया था। एक ऊंची गद्दी पर महाराज सुरेन्द्र सिंह और उनके दाहिनी तरफ वीरेन्द्र सिंह, गोपाल सिंह, तेज सिंह, पंडित बद्रीनाथ, रामनारायण, पन्नालाल तथा भूतनाथ वगैरह बैठे।

कुछ देर तक इधर-उधर की बातचीत होती रही, इसके बाद इंद्रदेव ने हाथ जोड़कर पूछा - "अब यदि आज्ञा हो तो तमाशों को...।"

महाराज- हां-हां, अब तो हम लोग हर तरह से निश्चिंत हैं!

सलाम करके इंद्रदेव कमरे के बाहर चला गया और घड़ी भर तक लौट के नहीं आया, इसके बाद जब आया तो चुपचाप अपने स्थान पर आकर बैठ गया। सब कोई (भूतनाथ, पन्नालाल वगैरह) ताज्जुब के साथ उसका मुंह देख रहे थे कि इतने में ही सामने वाले दरवाजे का परदा हटा और नानक कमरे के अंदर आता हुआ दिखाई दिया। नानक ने बड़े अदब के साथ महाराज को सलाम किया और इंद्रदेव का इशारा पाकर एक किनारे बैठ गया। इस समय नानक के हाथ में एक बहुत बड़ी मगर लपेटी हुई तस्वीर थी जो कि उसने अपने बगल में रख ली।

नानक के बाद हाथ में तस्वीर लिए अर्जुन भी आ पहुंचा और महाराज को सलाम कर नानक के पास बैठ गया, उसी समय कमला का भाई अथवा भूतनाथ का लड़का हरनाम सिंह दिखाई दिया, वह भी महाराज को प्रणाम करके अर्जुन के बगल में बैठ गया। हरनाम सिंह के हाथ में एक छोटी-सी सन्दूकड़ी थी जिसे उसने अपने सामने रख लिया।

इसके बाद नकाब पहने हुई तीन औरतें कमरे के अंदर आईं और अदब के साथ महाराज को सलाम करती हुई दूसरे दरवाजे से कमरे के बाहर निकल गईं।

इस समय भूतनाथ और देवी सिंह के दिल की क्या हालत थी सो वे ही जानते होंगे। उन्हें इस बात का तो विश्वास ही था कि इन औरतों में एक तो भूतनाथ की स्त्री और दूसरी चंपा जरूर है मगर तीसरी औरत के बारे में कुछ भी नहीं कह सकते थे।

महाराज- (इंद्रदेव से) इन औरतों में भूतनाथ की स्त्री और चंपा जरूर होंगी।

इंद्र- (हाथ जोड़कर) जी हां कृपानाथ।

महाराज- और तीसरी औरत कौन है ?

इंद्र- तीसरी एक बहुत ही गरीब, नेक, सूधी और जमाने की सताई हुई औरत है जिसे देखकर और जिसका हाल सुनकर महाराज को बड़ी ही दया आयेगी। यह वह औरत है जिसे मरे हुए एक जमाना हो गया मगर अब उसे विचित्र ढंग से पैदा होते देख लोगों को बड़ा ही ताज्जुब होगा ?

महाराज- आखिर वह औरत है कौन ?

इंद्र- बेचारी दु:खिनी कमला की मां यानी भूतनाथ की पहली स्त्री।

यह सुनते ही भूतनाथ चिल्ला उठा और उसने बड़ी मुश्किल से अपने को बेहोश होने से रोका।

चन्द्रकांता संतति
भाग-22

बयान-1

भूतनाथ की अवस्था ने सभों का ध्यान अपनी तरफ खींच लिया। कुछ देर तक सन्नाटा रहा और इसके बाद इंद्रदेव ने पुन: महाराज की तरफ देख के कहा –

"महाराज, ध्यान देने और विचार करने पर सभों को मालूम होगा कि आजकल आपका दरबार 'नाट्यशाला' (थियेटर का घर) हो रहा है। नाटक खेलकर जो-जो बातें दिखाई जा सकती हैं और जिनके देखने से लोगों को नसीहत मिल सकती है तथा मालूम हो सकता है कि दुनिया में जिस दर्जे तक के नेक और बद, दुखिया और सुखिया, गंभीर और छिछोरे इत्यादि पाये जाते हैं। वे सब इस समय (आजकल) आपके यहां प्रत्यक्ष हो रहे हैं, ग्रह-दशा के फेर में जिन्होंने दु:ख भोगा वे भी मौजूद हैं और जिन्होंने अपने पैर में आप कुल्हाड़ी मारी वे भी दिखाई दे रहे हैं, जिन्होंने अपने किए का फल ईश्वरेच्छा से पा लिया है वे भी आये हुए हैं और जिन्हें अब सजा दी जायेगी वे भी गिरफ्तार किये गए हैं। बुद्धिमानों का यह कथन है कि 'जो बुरी राह चलेगा उसे बुरा फल अवश्य मिलेगा' ठीक है, परंतु कभी-कभी ऐसा भी होता है कि अच्छी राह चलने वाले तथा नेक लोग भी दु:ख के चेहले में फंस जाते हैं और दुर्जन तथा दुष्ट लोग आनंद के साथ दिन काटते दिखाई देते हैं। इसे लोग ग्रह-दशा के कारण कहते हैं मगर नहीं, इसके सिवाय और भी बात जरूर है। परमात्मा की दी हुई बुद्धि और विचार-शक्ति का अनादर करने वाले ही प्राय: संकट में पड़कर तरह-तरह के दु:ख भोगते हैं। मेरे कहने का तात्पर्य यही है कि इस समय अथवा आजकल आपके यहां तरह-तरह के जीव दिखाई देते हैं, दृष्टांत देने के बदले केवल इशारा करने से काम निकलता है। हां मैं यह कहना तो भूल ही गया कि इन्हीं में ऐसे भी जीव आए हुए हैं जो अपने किए का नहीं बल्कि अपने संबंधियों के किये हुए पापों का फल भोग रहे हैं और इसी से नाते (रिश्ते) और संबंध का गूढ़ अर्थ भी निकलता है। बेचारी लक्ष्मीदेवी की तरफ देखिये जिसने किसी का भी कुछ नहीं बिगाड़ा और फिर भी वह हद दर्जे की तकलीफ उठाकर ताज्जुब है कि जीती बच गई। ऐसा क्यों हुआ इसके जवाब में मैं तो यही कहूंगा कि राजा गोपाल सिंह की बदौलत जो बेईमान दारोगा के हाथ की कठपुतली हो रहे थे और इस बात की कुछ भी खबर नहीं रखते थे कि उनके घर में क्या हो रहा है या उनके कर्मचारियों ने उन्हें किस जाल में फंसा रखा है। जिस राजा को अपने घर की खबर न होगी वह प्रजा का क्या उपकार कर सकता है, और ऐसा राजा अगर संकट में पड़ जाये तो आश्चर्य ही क्या है! केवल इतना ही नहीं, इनके दु:ख भोगने का एक सबब और भी है। बड़ों ने कहा है कि 'स्त्री के आगे अपने भेद की बात प्रकट करना बुद्धिमानों का काम नहीं है' परंतु राजा गोपाल सिंह ने इस बात पर कुछ भी ध्यान न दिया और दुष्टा मायारानी की मुहब्बत में फंसकर तथा अपने भेदों को

बताकर बर्बाद हो गये। सज्जन और सरल स्वभाव से ही दुनिया का काम नहीं चलता, कुछ नीति का भी अवलंब करना ही पड़ता है। इसी तरह महाराज शिवदत्त को देखिये जिसे खुशामदियों ने मिल-जुलकर बर्बाद कर दिया। जो लोग खुशामद में पड़कर अपने ही को सबसे बड़ा समझ बैठते हैं और दुश्मन को कोई चीज नहीं समझते हैं, उनकी वैसी ही गति होती है जैसी शिवदत्त की हुई। दुष्टों और दुर्जनों की बात जाने दीजिए, उनको तो उनके बुरे कामों का फल मिलना ही चाहिए, मिला ही है और मिलेगा ही, उनका जिक्र तो मैं पीछे ही करूंगा, अभी तो मैं उन लोगों की तरफ इशारा करता हूं जो वास्तव में बुरे नहीं थे मगर नीति पर न चलने तथा बुरी सोहबत में पड़े रहने के कारण संकट में पड़ गये। मैं दावे के साथ कहता हूं कि भूतनाथ जैसा नेक, दयावान और चतुर ऐयार बहुत कम दिखाई देगा, मगर लालच और ऐयाशी के फेर में पड़कर यह ऐसा बर्बाद हुआ कि दुनिया-भर में मुंह छिपाने और अपने को मुर्दा मशहूर करने पर भी इसे सुख की नींद नसीब न हुई। अगर यह मेहनत करके ईमानदारी के साथ दौलत पैदा किया चाहता तो आज इसकी दौलत का अंदाज करना कठिन होता और अगर ऐयाशी के फेर में न पड़ा होता तो आज नाती, पोतों से इसका घर दूसरों के लिए नजीर गिना जाता। इसने सोचा कि मैं मालदार हूं, होशियार हूं, चालाक हूं, और ऐयार हूं। कुलटा स्त्रियों और रण्डियों की सोहबत का मजा लेकर सफाई के साथ अलग हो जाऊंगा, मगर इसे अब मालूम हुआ होगा कि रंडियां ऐयारों के भी कान काटती हैं। नागर वगैरह के बर्ताव को जब यह याद करता होगा तब इसके कलेजे में चोट-सी लगती होगी। मैं इस समय इसकी शिकायत करने पर उतारू नहीं हुआ हूं बल्कि इसके दिल पर से पहाड़-सा बोझ हटाकर उसे हलका किया चाहता हूं, क्योंकि इसे मैं अपना दोस्त समझता था और समझता हूं, हां, इधर कई वर्षों से इसका विश्वास अवश्य उठ गया था और मैं इसकी सोहबत पसंद नहीं करता था, मगर इसमें मेरा कोई कसूर नहीं। किसी की चालचलन जब खराब हो जाती है तब बुद्धिमान लोग उसका विश्वास नहीं करते और शास्त्र की भी ऐसी ही आज्ञा है, अतएव मुझे भी ऐसा ही करना पड़ा। मैंने इसे किसी तरह की तकलीफ नहीं पहुंचाई परंतु इसकी दोस्ती को एकदम भूल गया, मुलाकात होने पर उसी तरह बर्ताव करता था जैसा लोग नए मुलाकाती के साथ किया करते हैं। हां, अब जबकि यह अपनी चालचलन को सुधारकर आदमी बना है, अपनी भूलों को सोचकर पछता चुका है, एक अच्छे ढंग से नेकी के साथ नामवरी करता हुआ दुनिया में फिर दिखाई देने लगा है और महाराज भी इसकी योग्यता से प्रसन्न होकर इसके अपराधों को (दुनिया के लिए) क्षमा कर चुके हैं, तब मैंने भी इसके अपराधों को दिल ही दिल में क्षमा कर इसे अपना मित्र समझ लिया है और फिर उसी निगाह से देखने लगा हूं जिस निगाह से पहले देखता था। परंतु इतना मैं जरूर कहूंगा कि भूतनाथ ही एक ऐसा आदमी है जो दुनिया में नेकचलनी और बदचलनी के नतीजे को दिखाने के लिए नमूना बन रहा है। आज यह अपने भेदों को प्रकट होते देख डरता है और चाहता है कि इसके भेद छिपे के छिपे रह जायें मगर यह इसकी भूल है क्योंकि किसी के ऐब छिपे नहीं रहते। सब नहीं तो बहुत-कुछ दोनों कुमारों को मालूम हो ही चुके हैं और महाराज भी जान गये हैं, ऐसी अवस्था में इसे अपना

किस्सा पूरा-पूरा बयान करके दुनिया में एक नजीर छोड़ देना चाहिए और साथ ही इसके (भूतनाथ की तरफ देखते हुए) अपने दिल के बोझ को भी हल्का कर देना चाहिए। भूतनाथ, तुम्हारे दो-चार भेद तो ऐसे हैं जिन्हें सुनकर लोगों की आंखें खुल जायेंगी और लोग समझेंगे कि हां, लोग ऐसे-ऐसे काम भी कर गुजरते हैं और उनका नतीजा ऐसा होता है, मगर यह तो कुछ तुम्हारे ही जैसे बुद्धिमान और अनूठे ऐयार का काम है कि इतना करने पर भी आज तुम भले-चंगे दिखाई देते हो बल्कि नेकनामी के साथ महाराज के ऐयार कहलाने की इज्जत पा चुके हो। मैं फिर कहता हूं कि किसी बुरी नीयत से इन बातों का जिक्र मैं नहीं करता बल्कि तुम्हारे दिल का खुटका दूर करने के साथ ही साथ जिनके नाम से तुम डरते हो उन्हें तुम्हारा दोस्त बनाया चाहता हूं, अस्तु तुम्हें बेखौफ अपना हाल बयान कर देना चाहिए।"

भूत- ठीक है, मगर क्या करूं, मेरी जुबान नहीं खुलती। मैंने ऐसे-ऐसे बुरे काम किये हैं कि जिन्हें याद करके आज मेरे रोंगटे खड़े हो जाते हैं और आत्महत्या करने की जी में इच्छा होती है, मगर नहीं, मैं बदनामी के साथ दुनिया से उठ जाना पसंद नहीं करता अतएव जहां तक हो सकेगा एक दफे नेकनामी अवश्य पैदा करूंगा।

इंद्र- नेकनामी पैदा करने का ध्यान जहां तक बना रहे अच्छा ही है परंतु मैं समझता हूं कि तुम नेकनामी उसी दिन पैदा कर चुके जिस दिन हमारे महाराज ने तुम्हें अपना ऐयार बनाया, इसलिए कि तुमने इधर बहुत ही अच्छे काम किये हैं और वे सब ऐसे थे कि जिन्हें अच्छे से अच्छा ऐयार भी कदाचित नहीं कर सकता था। चाहे तुमने पहले कैसी ही बुराई और कैसे ही खोटे काम क्यों न किये हों मगर आज हम लोग तुम्हारे देनदार हो रहे हैं, तुम्हारे एहसान के बोझ से दबे हुए हैं, और समझते हैं कि तुम अपने दुष्कर्मों का प्रायश्चित कर चुके हो।

भूत- आप जो कुछ कहते हैं वह आपका बड़प्पन है परंतु मैंने जो कुछ कुकर्म किये हैं, मैं समझता हूं कि उनका प्रायश्चित ही नहीं है, तथापि अब तो मैं महाराज की शरण में आ ही चुका हूं और महाराज ने भी मेरी बुराइयों पर ध्यान न देकर मुझे अपना दासानुदास स्वीकार कर लिया है। इससे मेरी आत्मा संतुष्ट है और मैं अपने को दुनिया में मुंह दिखाने योग्य समझने लगा हूं। मैं यह भी समझता हूं कि आप जो कुछ आज्ञा कर रहे हैं यह वास्तव में महाराज की आज्ञा है जिसका मैं कदापि उल्लंघन नहीं कर सकता, अस्तु मैं अपनी अद्भुत जीवनी सुनाने के लिए तैयार हूं परंतु...।

इतना कहकर भूतनाथ ने एक लंबी सांस ली और महाराज सुरेन्द्र सिंह की तरफ देखा।

सुरेन्द्र- भूतनाथ, यद्यपि हम लोग तुम्हारा कुछ-कुछ हाल जान चुके हैं मगर फिर भी तुम्हारा पूरा-पूरा हाल तुम्हारे ही मुंह से सुनने की इच्छा रखते हैं। तुम बयान करने में किसी तरह का संकोच न करो। इससे तुम्हारा दिल भी हल्का हो जायेगा और दिन-रात जो तुम्हें खुटका बना रहता है वह भी जाता रहेगा।

भूत- जो आज्ञा।

इतना कहकर भूतनाथ ने सलाम किया और अपनी जीवनी इस तरह बयान करने लगा –

भूतनाथ की जीवनी

भूत- सबसे पहले मैं वही बात कहूंगा जिसे आप लोग नहीं जानते अर्थात् मैं नौगढ़ के रहने वाले और देवी सिंह के सगे चाचा जीवन सिंह का लड़का हूं। मेरी सौतेली मां मुझे देखना पसंद नहीं करती थी और मैं उसकी आंखों में कांटे की तरह गड़ा रहता था। मेरे ही सबब से मेरी मां की इज्जत और कदर थी और उस बांझ को कोई पूछता भी न था। अतएव वह मुझे दुनिया से ही उठा देने की फिक्र में लगी और यह बात मेरे पिता को मालूम हो गई इसलिए जबकि मैं आठ वर्ष का था मेरे पिता ने मुझे अपने मित्र देवदत्त ब्रह्मचारी के सुपुर्द कर दिया, जो तेज सिंह के गुरु थे और महात्माओं की तरह नौगढ़ की उसी तिलिस्मी खोह में रहा करते थे जिसे राजा वीरेन्द्र सिंह जी ने फतह किया। मैं नहीं जानता कि मेरे पिता ने मेरे विषय में उन्हें क्या समझाया और क्या कहा परंतु इसमें कोई संदेह नहीं कि ब्रह्मचारीजी मुझे अपने लड़के की तरह मानते-पढ़ाते, लिखाते और साथ-साथ ऐयारी भी सिखाते थे, परंतु जड़ी-बूटियों के प्रभाव से उन्होंने मेरी सूरत में बहुत बड़ा फर्क डाल दिया था जिससे मुझे कोई पहचान न ले। मेरे पिता मुझे देखने के लिए बराबर इनके पास आया करते थे।

इतना कहकर भूतनाथ कुछ देर के लिए चुप रह गया और सभों के मुंह की तरफ देखने लगा।

सुरेन्द्र- (ताज्जुब के साथ) ओफओह! क्या तुम जीवन सिंह के वही लड़के हो जिसके बारे में उन्होंने मशहूर कर दिया था कि उसे जंगल में शेर उठाकर ले गया।

भूत- (हाथ जोड़कर) जी हां।

तेज- और आप वही हैं जिसे गुरुजी 'फिरकी' कह के पुकारा करते थे क्योंकि आप एक जगह ज्यादे देर तक बैठते न थे।

भूत- जी हां।

देवी- यद्यपि मैं बहुत दिनों से आपको भाई की तरह मानने लगा हूं परंतु आज यह जानकर मेरी खुशी का कोई ठिकाना नहीं रहा कि आप वास्तव में मेरे भाई हैं, मगर यह तो बताइए कि ऐसी अवस्था में शेर सिंह आपके भाई क्योंकर हुए? वह कौन हैं?

भूत- वास्तव में शेर सिंह मेरा भाई नहीं है बल्कि गुरुभाई है और उन्हीं ब्रह्मचारीजी का लड़का है। मगर हां, लड़कपन ही से एक साथ रहने के कारण हम दोनों में भाई की-सी मुहब्बत हो गई थी।

तेज- आजकल शेर सिंह कहां है?

भूत- मुझे उनकी कुछ भी खबर नहीं है मगर मेरा दिल गवाही देता है कि अब वे हम लोगों को दिखाई न देंगे।

वीरेन्द्र- सो क्यों?

भूत- इसीलिए कि वे भी अपने को बिना छिपाये और हम लोगों से मिले-जुले रहते और साथ ही इसके ऐबों से खाली न थे।

सुरेन्द्र- खैर, कोई चिंता नहीं, अच्छा तब?

भूत- अस्तु मैं उन्हीं ब्रह्मचारी के पास रहने लगा। कई वर्ष बीत गये। पिताजी मुझसे मिलने के लिए कभी-कभी आया करते थे और जब मैं बड़ा हुआ तो उन्होंने मुझे अपने से जुदा करने का सबब भी बयान किया और वे यह जानकर बहुत प्रसन्न हुए कि मैं ऐयारी के फन में बहुत तेज और होशियार हो गया हूं। उस समय उन्होंने ब्रह्मचारी जी से कहा कि इसे किसी रियासत में नौकर रख देना चाहिए तब इसकी ऐयारी खुलेगी। मुख्तसर यह कि ब्रह्मचारी जी की ही बदौलत में गदाधर सिंह के नाम से रणधीर सिंह जी के यहां और शेर सिंह महाराज दिग्विजय सिंह के यहां नौकर हो गये और यह जाहिर किया कि शेर सिंह और गदाधर सिंह दोनों भाई हैं, और हम दोनों आपस में प्रेम भी ऐसा ही रखते थे।

उन दिनों रणधीर सिंह जी की जमींदारी में तरह-तरह के उत्पात मचे हुए थे और बहुत-से आदमी उनके जानी दुश्मन हो रहे थे। उनके आपस वालों को तो इस बात का विश्वास हो गया था कि अब रणधीर सिंह जी की जान किसी तरह नहीं बच सकती क्योंकि उन्हीं दिनों उनका ऐयार श्री सिंह दुश्मनों के हाथों से मारा जा चुका था और खूनी का कुछ पता न लगता था। कोई दूसरा ऐयार भी उनके पास न था इसलिए वे बड़े तरद्दुद में पड़े हुए थे। यद्यपि उन दिनों उनके यहां नौकरी करना अपनी जान खतरे में डालना था मगर मुझे इन बातों की कुछ भी परवाह न हुई। रणधीर सिंह जी मुझे नौकर रखकर बहुत प्रसन्न हुए। मेरी खातिरदारी में कभी किसी तरह की कमी नहीं करते थे। इसके दो सबब थे, एक तो उन दिनों उन्हें ऐयार की सख्त जरूरत थी, दूसरे मेरे पिता से और उनसे कुछ मित्रता भी थी जो कुछ दिनों के बाद मुझे मालूम हुआ।

रणधीर सिंह जी ने मेरा ब्याह भी शीघ्र ही करा दिया। संभव है कि इसे भी मैं उनकी कृपा और स्नेह के कारण समझूं, पर यह भी हो सकता है कि मेरे पैर में गृहस्थी की बेड़ी डालने और कहीं भाग जाने लायक न रखने के लिए उन्होंने ऐसा किया हो क्योंकि अकेला और बेफिक्र आदमी कहीं पर जन्म भर रहे और काम करे इसका विश्वास लोगों को कम रहता है। खैर जो कुछ हो मतलब यह है कि उन्होंने मुझे बड़ी इज्जत और प्यार के साथ अपने यहां रखा और मैंने भी थोड़े ही दिनों में ऐसे अनूठे काम कर दिखाए कि उन्हें ताज्जुब होता था। सच तो यों है कि उनके दुश्मनों की हिम्मत टूट गई और वे दुश्मनी की आग में आप ही जलने लगे।

कायदे की बात है कि जब आदमी के हाथ से दो-चार काम अच्छे निकल जाते हैं और चारों तरफ उसकी तारीफ होने लगती है तब वह अपने काम की तरफ से बेफिक्र हो जाता है, वही हाल मेरा भी हुआ।

आप जानते ही होंगे कि रणधीर सिंह जी का दयाराम नामी एक भतीजा था जिसे वह बहुत प्यार करते थे और वही उनका वारिस होने वाला था। उसके मां-बाप लड़कपन ही में मर चुके थे

मगर चाचा की मुहब्बत के सबब उसे भी बाप के मरने का दु:ख मालूम न हुआ। दयाराम उम्र में मुझसे कुछ छोटा था मगर मेरे और उसके बीच में हद दर्जे की दोस्ती और मुहब्बत हो गई थी। जब हम दोनों आदमी घर पर मौजूद रहते तो बिना मिले जी नहीं मानता था। दयाराम का उठना-बैठना मेरे यहां ज्यादे होता था, अक्सर रात को मेरे यहां खा-पीकर सो जाता था और उसके घर वाले भी इसमें किसी तरह का रंज नहीं मानते थे।

जो मकान मुझे रहने के लिए मिला था वह निहायत उम्दा और शानदार था। उसके पीछे की तरफ एक छोटा-सा नजरबाग था जो दयाराम के शौक की बदौलत हरदम हरा-भरा गुंजान और सुहावना बना रहता था। प्राय: संध्या के समय हम दोनों दोस्त उसी बाग में बैठकर भांग-बूटी छानते और संध्योपासन से निवृत्त हो बहुत रात गये तक गप-शप किया करते।

जेठ का महीना था और गर्मी हद दर्जे की पड़ रही थी। पहर रात बीत जाने पर हम दोनों दोस्त उसी नजरबाग में दो चारपाई के ऊपर लेटे हुए आपस में धीरे-धीरे बातें कर रहे थे। मेरा खूबसूरत और प्यारा कुत्ता मेरे पायताने की तरफ एक पत्थर की चौकी पर बैठा हुआ था। बात करते-करते हम दोनों को नींद आ गई।

आधी रात से कुछ ज्यादे बीती होगी जब मेरी आंख कुत्ते के भौंकने की आवाज से खुल गई। मैंने उस पर कुछ विशेष ध्यान न दिया और करवट बदलकर फिर आंखें बंद कर लीं क्योंकि वह कुत्ता मुझसे बहुत दूर और नजरबाग के पिछले हिस्से की तरफ था, मगर कुछ ही देर बाद वह मेरी चारपाई के पास आकर भौंकने लगा और पुन: मेरी आंख खुल गई। मैंने कुत्ते को अपने सामने बेचैनी की हालत में देखा, उस समय वह जुबान निकालते हुए जोर-जोर से हांफ रहा था और दोनों अगले पैरों से जमीन खोद रहा था।

मैं अपने कुत्ते की आदतों को खूब जानता और समझता था, अस्तु उसकी ऐसी अवस्था देखकर मेरे दिल में खुटका हुआ और मैं घबड़ाकर उठ बैठा। अपने मित्र को भी उठाकर होशियार कर देने की नीयत से मैंने उसकी चारपाई की तरफ देखा मगर चारपाई खाली पाकर मैं बेचैनी के साथ चारों तरफ देखने लगा और उठकर चारपाई से नीचे खड़े होने के साथ ही मैंने अपने सिरहाने के नीचे से खंजर निकाल लिया। उस समय मेरा नमकहलाल कुत्ता मेरी धोती पकड़कर बार-बार खींचने और बाग के पिछले हिस्से की तरफ चलने का इशारा करने लगा और जब में उसके मुताबिक चला तो वह धोती छोड़कर आगे-आगे दौड़ने लगा। कदम बढ़ाता हुआ मैं उसके पीछे-पीछे चला। उस समय मालूम हुआ कि मेरा कुत्ता जख्मी है, उसके पिछले पैर में चोट आई है इसलिए वह पैर उठाकर दौड़ता था। अस्तु कुत्ते के पीछे-पीछे चलकर मैं पिछली दीवार के पास जा पहुंचा जहां मालती और मोमियाने की लताओं के सबब घना कुंज और पूरा अंधकार हो रहा था। कुत्ता उस झुरमुट के पास जाकर रुक गया और मेरी तरफ देखकर दुम हिलाने लगा। उसी समय मैंने झाड़ी में से तीन आदमियों को निकलते हुए देखा जो बाग की दीवार के पास चले गये और फुर्ती से दीवार लांघकर पार हो गये। उन तीनों में से एक

आदमी के हाथ में एक छोटी-सी गठरी थी जो दीवार लांघते समय उसके हाथ से छूटकर बाग के भीतर ही गिर पड़ी, नि:संदेह वह गठरी लेने के लिए वह भीतर लौटता मगर उसने मुझे और कुत्ते को देख लिया था इसलिए उसकी हिम्मत न पड़ी।

गठरी गिरने के साथ ही मैंने जफील बुलाई और खंजर हाथ में लिए हुए उस आदमी का पीछा करना चाहा अर्थात् दीवार की तरफ बढ़ा, मगर कुत्ते ने मेरी धोती पकड़ ली और झाड़ी की तरफ हटकर खींचने लगा जिससे मैं समझ गया कि इस झाड़ी में भी कोई छिपा हुआ है जिसकी तरफ कुत्ता इशारा कर रहा है। मैं सम्हलकर खड़ा हो गया और गौर के साथ उस झाड़ी की तरफ देखने लगा। उसी समय पत्तों की खड़खड़ाहट ने विश्वास दिला दिया कि इसमें कोई और भी है। मैं इस खयाल से जिस तरह पहले तीन आदमी दीवार लांघकर भाग गये हैं उसी तरह इसको भी भाग जाने न दूंगा, घूमकर दीवार की तरफ चला गया। उस समय मैंने देखा कि चार डंडे की सीढ़ी दीवार के साथ लगी हुई है जिसके सहारे वे तीनों निकल गये थे। मैंने वह सीढ़ी उठाकर उस गठरी के ऊपर फेंक दी जो उसके हाथ से छूटकर गिर पड़ी थी क्योंकि मैं उस गठरी की हिफाजत का भी खयाल कर रहा था।

सीढ़ी हटाने के साथ ही दो आदमी उस झाड़ी में से निकले और बड़ी बहादुरी के साथ मेरा मुकाबला किया, और मैं भी जी तोड़कर उनके साथ लड़ने लगा। अंदाज से मालूम हो गया कि गठरी उठा लेने की तरफ ही उन दोनों का ध्यान विशेष है। आप सुन चुके हैं कि मेरे हाथ में केवल खंजर था मगर उन दोनों के हाथ में लंबे-लंबे लट्ठ थे और मुकाबला करने में भी वे दोनों कमजोर न थे। अस्तु मुझे अपने बचाव का ज़्यादा खयाल था और मैं तब तक लड़ाई खत्म करना नहीं चाहता था जब तक मेरे आदमी न आ जायें जिन्हें जफील देकर मैंने बुलाया था।

आधी घड़ी से ज्यादे देर तक मेरा-उनका मुकाबला होता रहा। उसी समय मुझे रोशनी दिखाई दी और मालूम हुआ कि मेरे आदमी चले आ रहे हैं। उनकी तरफ देखकर मेरा ध्यान कुछ बटा ही था कि एक आदमी के हाथ का लट्ठ मेरे सिर पर बैठा और मैं चक्कर खाकर जमीन पर गिर पड़ा।

***

बयान-2

जब मेरी आंख खुली मैंने अपने को आदमियों से घिरा हुआ पाया। मशालों की रोशनी बखूबी हो रही थी। जांच करने पर मालूम हुआ कि मैं आधी घड़ी से ज्यादे देर तक बेहोश नहीं रहा। जब मैंने दुश्मन के बारे में दरियाफ्त किया तो मालूम हुआ कि वे दोनों भी भाग गये मगर मेरे आदमियों के सबब से उस गठरी को न ले जा सके। मैंने अपनी हिम्मत और ताकत पर खयाल किया तो मालूम हुआ कि मैं इस समय उनका पीछा करने लायक नहीं हूं। आखिर लाचार हो और पहरे का इंतजाम करके मैं गठरी लिए हुए अपने कमरे में चला गया मगर अपने मित्र की तरफ से मेरा दिल बड़ा ही बेचैन रहा और तरह-तरह के शक पैदा होते रहे।

मेरे कमरे में रोशनी बखूबी हो रही थी। दरवाजा बंद करके मैंने गठरी खोली और उसके अंदर की चीजों को बड़े गौर से देखने लगा।

गठरी में दो जोड़े कपड़े निकले जिन्हें मैं पहचानता न था मगर वे कपड़े पहिरे हुए और मैले थे। कागजों का एक मुट्ठा निकला जिसे देखते ही मैं पहचान गया कि यह रणधीर सिंह जी के खास संदूक के कागज हैं। मोम का एक सांचा कई कपड़ों की तह में लपेटा हुआ निकला जो खास रणधीर सिंह जी की मोहर पर से उठाया गया था। इन चीजों के अतिरिक्त मोतियों की एक माला, एक कंठा और तीन जड़ाऊ अंगूठियां निकलीं। ये चीजें मेरे मित्र दयाराम सिंह की थीं। इन सब चीजों को पहिरे हुए ही आज वे मेरे यहां से गायब हुए थे।

इन चीजों को देखकर मैं बड़ी देर तक सोच-विचार में पड़ा रहा। उसी समय कमरे का वह दरवाजा खुला जो जनाने मकान में जाने के लिए था और मेरी स्त्री, कमला की मां, आती हुई दिखाई पड़ी। उस समय वह एक बच्चे की मां हो चुकी थी और अपने बच्चे को भी गोद में लिए हुए थी। इसमें कोई शक नहीं कि मेरी स्त्री बुद्धिमान थी और छोटे-मोटे कामों में मैं उसकी राय भी लिया करता था।

उसकी सूरत देखते ही मैं पहचान गया कि तरद्दुद और घबराहट ने उसे अपना शिकार बना लिया है अस्तु मैंने उसे बुलाकर अपने पास बैठाया और सब हाल कह सुनाया, साथ ही इसके यह भी कहा कि मैं इसी समय अपने दोस्त का पता लगाने के लिए जाया चाहता हूं। मगर उसने इस आखिरी बात को कबूल न किया और कहा कि “मेरी राय में पहले रणधीर सिंह जी से मिल लेना चाहिए।”

कई बातों को सोचकर मैंने उसकी राय कबूल कर ली और उस गठरी को लेकर रणधीर सिंह जी से मिलने के लिए रवाना हुआ। मुझे इस बात का भी धोखा लगा हुआ था कि रास्ते में कहीं

दुश्मनों से मुलाकात न हो जाय जो जरूर इस गठरी को छीन लेने की धुन में लगे हुए होंगे। इसलिए मैंने दो शागिर्दों को भी साथ में ले लिया।

रणधीर सिंह जी बेफिक्र और आराम की नींद सो रहे थे जब मैंने पहुंचकर उन्हें उठाया। जागने के साथ ही मुझे देखकर चौंके और बोले, "क्यों क्या मामला है जो इस समय ऐसे ढंग से यहां आये हो दयाराम कुशल से तो है"

मेरी सूरत देखते ही उन्होंने दयाराम का कुशल पूछा इससे मुझे बड़ा ही ताज्जुब हुआ। खैर, मैं उनके पास बैठ गया और जो कुछ मामला हुआ था साफ-साफ कह सुनाया।

मैं इस किस्से को मुख्तसर ही में बयान करूंगा। रणधीर सिंह जी इस हाल को सुनकर बहुत ही दु:खी और उदास हुए। बहुत कुछ बातचीत करने के बाद अंत में बोले, "दयाराम मेरा एक ही एक वारिस और दिली दोस्त है, ऐसी अवस्था में उसके लिए क्या करना चाहिए सो तुम ही सोच लो मैं क्या कहूं। मैं तो समझ चुका था कि दुश्मनों की तरफ से अब निश्चिंत हुआ मगर नहीं...।"

इतना कहकर वे कपड़े से अपना मुंह ढांपकर रोने लगे। मैं उन्हें बहुत-कुछ समझा-बुझाकर बिदा हुआ और अपने घर चला आया। अपनी स्त्री से मिलकर सब हाल कहने और समझाने-बुझाने के बाद मैं अपने शागिर्दों को साथ लेकर घर से बाहर निकला। बस यहीं से मेरी बदकिस्मती का जमाना शुरू हुआ।

इतना कहकर भूतनाथ अटक गया और सिर नीचा करके कुछ सोचने लगा। सब कोई बेचैनी के साथ उसकी तरफ देख रहे थे और भूतनाथ की अवस्था से मालूम होता था कि वह इस बात को सोच रहा है कि मैं अपना किस्सा बयान करूं या नहीं। उसी समय दो आदमी और कमरे के अंदर चले आये और महाराज को सलाम करके खड़े हो गए। इनकी सूरत देखते ही भूतनाथ के चेहरे का रंग उड़ गया और वह डरे हुए ढंग से उन दोनों की तरफ देखने लगा।

दोनों आदमी जो अभी-अभी कमरे में आये, वे ही थे जिन्होंने भूतनाथ को अपना नाम 'दलीपशाह' बतलाया था। इंद्रदेव की आज्ञा पाकर वे दोनों भूतनाथ के पास ही बैठ गये।

***

बयान-3

प्रेमी पाठक भूले न होंगे कि दो आदमियों ने भूतनाथ से अपना नाम दलीपशाह बतलाया था जिनमें से एक को पहला दलीप और दूसरे को दूसरा दलीप समझना चाहिए।

भूतनाथ तो पहले ही सोच में पड़ गया था कि अपना हाल आगे बयान करे या नहीं, अब दोनों दलीपशाह को देखकर वह और भी घबड़ा गया। ऐयार लोग समझ रहे थे कि अब उसमें बात करने की भी ताकत नहीं रही। उसी समय इंद्रदेव ने भूतनाथ से कहा, "क्यों भूतनाथ, चुप क्यों हो गये कहो, हां तब आगे क्या हुआ?"

इसका जवाब भूतनाथ ने कुछ न दिया और सिर झुकाकर जमीन की तरफ देखने लगा। उस समय पहले दलीपशाह ने हाथ जोड़कर महाराज की तरफ देखा और कहा, "कृपानाथ, भूतनाथ को अपना हाल बयान करने में बड़ा कष्ट हो रहा है, और वास्तव में बात भी ऐसी ही है। कोई भला आदमी अपनी उन बातों को जिन्हें वह ऐब समझता है अपनी जुबान से अच्छी तरह बयान नहीं कर सकता। अस्तु यदि आज्ञा हो तो मैं इसका हाल पूरा-पूरा बयान कर जाऊं क्योंकि मैं भी भूतनाथ का हाल उतना ही जानता हूं जितना स्वयं भूतनाथ। भूतनाथ जहां तक बयान कर चुके हैं उसे मैं बाहर खड़ा-खड़ा सुन भी चुका हूं। जब मैंने समझा कि अब भूतनाथ से अपना हाल नहीं कहा जाता तब मैं यह अर्ज करने के लिए हाजिर हुआ हूं। (भूतनाथ की तरफ देख के) मेरे इस कहने से आप यह न समझियेगा कि मैं आपके साथ दुश्मनी कर रहा हूं, नहीं, जो काम आपके सुपुर्द किया गया है उसे आपके बदले में मैं आसानी के साथ कर दिया चाहता हूं।"

इन दोनों आदमियों (दलीपशाह) को महाराज तथा और सभों ने भी ताज्जुब के साथ देखा मगर यह समझकर इंद्रदेव से किसी ने कुछ भी न पूछा कि जो कुछ है थोड़ी देर में मालूम हो ही जायेगा, मगर जब दलीपशाह ऊपर लिखी बात बोलकर चुप हो गया तब महाराज ने भेद-भरी निगाहों से इंद्रजीत सिंह की तरफ देखा और कुमार ने झुककर धीरे-से कुछ कह दिया जिसे वीरेन्द्र सिंह तथा तेज सिंह ने भी सुना तथा इनके जरिए से हमारे और साथियों को भी मालूम हो गया कि कुमार ने क्या कहा।

दलीपशाह की बात सुनकर इंद्रदेव ने महाराज की तरफ देखा और हाथ जोड़कर कहा, "इन्होंने (दलीपशाह ने) जो कुछ कहा वास्तव में ठीक है, मेरी समझ में अगर भूतनाथ का किस्सा इन्हीं की जबानी सुन लिया जाय तो कोई हर्ज नहीं है!" इसके जवाब में महाराज ने मंजूरी के लिए सिर हिला दिया।

इंद्र- (भूतनाथ की तरफ देख के) क्यों भूतनाथ, इसमें तुम्हें किसी तरह का उज्र है?

भूत- (महाराज की तरफ देखकर और हाथ जोड़कर) जो महाराज की मर्जी, मुझमें 'नहीं' करने की सामर्थ्य नहीं है। मुझे क्या खबर थी कि कसूर माफ हो जाने पर भी यह दिन देखना नसीब होगा। यद्यपि यह मैं खूब जानता हूं कि मेरा भेद अब किसी से छिपा नहीं रहा परंतु फिर भी अपनी भूल बार-बार कहने या सुनने से लज्जा बढ़ती ही है कम नहीं होती। खैर कोई चिंता नहीं, जैसे होगा वैसे अपने कलेजे को मजबूत करूंगा और दलीपशाह की कही हुई बातें सुनूंगा तथा देखूंगा कि ये महाशय कुछ झूठ का भी प्रयोग करते हैं या नहीं।

दलीप- नहीं-नहीं, भूतनाथ, मैं झूठ कदापि न बोलूंगा इससे तुम बेफिक्र रहो! (इंद्रदेव की तरफ देख के) अच्छा, तो अब मैं प्रारंभ करता हूं।

दलीपशाह ने इस प्रकार कहना शुरू किया–

महाराज, इसमें कोई संदेह नहीं कि ऐयारी के फन में भूतनाथ परले सिरे का ओस्ताद और तेज आदमी है। अगर यह ऐयाशी के दरिया में गोते लगाकर अपने को बरबाद न कर दिया होता तो इसके मुकाबिले का ऐयार आज दुनिया में दिखाई न देता। मेरी सूरत देख के ये चौंकते और डरते हैं और इनका डरना वाजिब ही है मगर अब मैं इनके साथ किसी तरह का बुरा बर्ताव नहीं कर सकता क्योंकि मैं ऐसा करने के लिए दोनों कुमारों से प्रतिज्ञा कर चुका हूं, और इनकी आज्ञा मैं किसी तरह टाल नहीं सकता क्योंकि इन्हीं की बदौलत आज मैं दुनिया की हवा खा रहा हूं। (भूतनाथ की तरफ देख के) भूतनाथ, मैं वास्तव में दलीपशाह हूं, उस दिन तुमने मुझे नहीं पहचाना तो इसमें तुम्हारी आंखों का कोई कसूर नहीं है, कैद की सख्तियों के साथ-साथ जमाने ने मेरी सूरत ही बदल दी है। तुम तो अपने हिसाब से मुझे मार ही चुके थे और तुम्हें मुझसे मिलने की अभी उम्मीद भी न थी मगर सुन लो और देख लो कि ईश्वर की कृपा से मैं अभी तक जीता-जागता तुम्हारे सामने खड़ा हूं। यह कुंअर साहब के चरणों का प्रताप है। अगर मैं कैद न हो जाता तो तुमसे बदला लिए बिना कभी न रहता मगर तुम्हारी किस्मत अच्छी थी जो मैं कैद हो रह गया और छूटा भी तो कुंअर साहब के हाथ से जो तुम्हारे पक्षपाती हैं। तुम्हें इंद्रदेव से बुरा न मानना चाहिए और यह न सोचना चाहिए कि तुम्हें दु:ख देने के लिए इंद्रदेव तुम्हारा पुराना पचड़ा खुलवा रहे हैं। तुम्हारा किस्सा तो सबको मालूम हो चुका है, इस समय ज्यों-का-त्यों चुपचाप रह जाने पर तुम्हारे चित्त को शांति नहीं मिल सकती और तुम हम लोगों की सूरत देख-देखकर दिन-रात तरद्दुद में पड़े रहोगे अस्तु तुम्हारे पिछले ऐबों को खोलकर इंद्रदेव तुम्हारे चित्त को शांति दिया चाहते हैं और तुम्हारे दुश्मनों को, जिनके साथ तुम ही ने बुराई की है, तुम्हारा दोस्त बना रहे हैं। ये यह भी चाहते हैं कि तुम्हारे साथ ही साथ हम लोगों का भेद भी खुल जाय और तुम जान जाओ कि हम लोगों ने तुम्हारा कसूर माफ कर दिया है क्योंकि अगर ऐसा न होगा तो जरूर तुम हम लोगों को मार डालने की फिक्र में पड़े रहोगे और हम लोग इस धोखे में रह जायेंगे कि हमने इनका कसूर तो माफ ही कर दिया अब ये हमारे साथ बुराई न करेंगे। (जीत

सिंह की तरफ देख के) अब मैं मतलब की तरफ झुकता हूं और भूतनाथ का किस्सा बयान करता हूं।

जिस जमाने का हाल भूतनाथ बयान कर रहा है अर्थात् जिन दिनों भूतनाथ के मकान से दयाराम गायब हो गये थे उन दिनों यही नागर काशी के बाजार में वेश्या बनकर बैठी हुई अमीरों के लड़कों को चौपट कर रही थी। उसकी बढ़ी-चढ़ी खूबसूरती लोगों के लिए जहर हो रही थी और माल के साथ ही विशेष प्राप्ति के लिए यह लोगों की जान पर भी वार करती थी। यही दशा मनोरमा की भी थी परंतु उसकी बनिस्बत यह बहुत ज्यादा रुपए वाली होने पर भी नागर की-सी खूबसूरत न थी हां, चालाक जरूर ज्यादे थी। और लोगों की तरह भूतनाथ और दयाराम भी नागर के प्रेमी हो रहे थे। भूतनाथ को अपनी ऐयारी का घमंड था और नागर को अपनी चालाकी का। भूतनाथ नागर के दिल पर कब्जा किया चाहता था और नागर इसकी तथा दयाराम की दौलत अपने खजाने में मिलाना चाहती थी।

दयाराम की खोज में घर से शागिर्दों को साथ लिए हुए बाहर निकलते ही भूतनाथ ने काशी का रास्ता लिया और तेजी के साथ सफर करता हुआ नागर के मकान पर पहुंचा। नागर ने भूतनाथ की खातिरदारी और इज्जत की तथा कुशल-मंगल पूछने के बाद यकायक यहां आने का सबब भी पूछा।

भूतनाथ ने अपने आने का ठीक-ठीक सबब तो नहीं बताया मगर नागर समझ गई कि कुछ दाल में काला जरूर है। इस तरह भूतनाथ को भी इस बात का शक पैदा हो गया कि दयाराम की चोरी में नागर का कुछ लगाव जरूर है अथवा यह उन आदमियों को जरूर जानती है जिन्होंने दयाराम के साथ ऐसी दुश्मनी की है।

भूतनाथ का शक काशी ही वालों पर था इसलिए काशी में ही अड्डा बनाकर इधर-उधर घूमना और दयाराम का पता लगाना आरंभ किया। जैसे-जैसे दिन बीतता था भूतनाथ का शक भी नागर के ऊपर बढ़ता जाता था। सुनते हैं कि उसी जमाने में भूतनाथ ने एक औरत के साथ काशीजी में ही शादी भी कर ली थी जिससे कि नानक पैदा हुआ है। क्योंकि इस झमेले में भूतनाथ को बहुत दिनों तक काशी में रहना पड़ा था।

सच यह है कि कम्बख्त रंडियां रुपये के सिवाय और किसी की नहीं होतीं। जो दयाराम नागर को चाहता, मानता और दिल खोलकर रुपया देता था नागर उसी के खून की प्यासी हो गई क्योंकि ऐसा करने से उसे विशेष प्राप्ति की आशा थी। भूतनाथ ने यद्यपि अपने दिल का हाल नागर से बयान नहीं किया मगर नागर को विश्वास हो गया कि भूतनाथ को उस पर शक है और यह दयाराम ही की खोज में काशी आया हुआ है, अस्तु नागर ने अपना उचित प्रबंध करके काशी छोड़ दी और गुप्त रीति से जमानिया में जा बसी। भूतनाथ भी मिट्टी सूंघता हुआ उसकी खोज में जमानिया जा पहुंचा और एक भाड़े का मकान लेकर रहने लगा।

इस खोज-ढूंढ़ में वर्षों बीत गये मगर दयाराम का पता न लगा। भूतनाथ ने अपने मित्र इंद्रदेव से भी मदद मांगी और इंद्रदेव ने मदद दी भी मगर नतीजा कुछ भी न निकला। इंद्रदेव ही के कहने से मैं उन दिनों भूतनाथ का मददगार बन गया था।

इस किस्से के संबंध में रणधीर सिंह के रिश्तेदारों की तथा जमानिया, गयाजी और राजगृही इत्यादि की भी बहुत-सी बातें कही जा सकती हैं परंतु मैं उन सभों का बयान करना व्यर्थ समझता हूं और केवल भूतनाथ का ही किस्सा चुनकर बयान करता हूं जिससे कि खास मतलब है।

मैं कह चुका हूं कि दयाराम का पता लगाने के काम में उन दिनों मैं भी भूतनाथ का मददगार था, मगर अफसोस, भूतनाथ की किस्मत तो कुछ और ही कराया चाहती थी इसलिए हम लोगों की मेहनत का कोई अच्छा नतीजा न निकला बल्कि एक दिन जब मिलने के लिए मैं भूतनाथ के डेरे पर गया तो मुलाकात होने के साथ ही भूतनाथ ने आंखें बदलकर मुझसे कहा, 'दलीपशाह, मैं तो तुम्हें बहुत अच्छा और नेक समझता था मगर तुम बहुत ही बुरे और दगाबाज निकले। मुझे ठीक-ठीक पता चल चुका है कि दयाराम का भेद तुम्हारे दिल के अंदर है और तुम हमारे दुश्मनों के मददगार और भेदिए हो तथा खूब जानते हो कि इस समय दयाराम कहां है। तुम्हारे लिए यही अच्छा है कि सीधी तरह उनका (दयाराम का) पता बता दो नहीं तो मैं तुम्हारे साथ बुरी तरह पेश आऊंगा और तुम्हारी मिट्टी पलीद करके छोड़ूंगा।'

महाराज, मैं नहीं कह सकता कि उस समय भूतनाथ की इन बेतुकी बातों को सुनकर कितना क्रोध चढ़ आया। मैं इसके पास बैठा भी नहीं और न इसकी बात का कुछ जवाब ही दिया, बस चुपचाप पिछले पैर लौटा और मकान के बाहर निकल आया। मेरा घोड़ा बाहर खड़ा था, मैं उस पर सवार होकर सीधे इंद्रदेव की तरफ चला गया। (इंद्रदेव की तरफ हाथ का इशारा करके) दूसरे दिन इनके पास पहुंचा और जो कुछ भी बीती थी इनसे कह सुनाया। इन्हें भी भूतनाथ की बातें बहुत ही बुरी मालूम हुईं और एक लंबी सांस लेकर ये मुझसे बोले, 'मैं नहीं जानता कि इन दो-चार दिनों में भूतनाथ को कौन-सी नई बात मालूम हो गई और किस बुनियाद पर उसने तुम्हारे साथ ऐसा सलूक किया। खैर, कोई चिंता नहीं, भूतनाथ अपनी इस बेवकूफी पर अफसोस करेगा और पछतावेगा, तुम इस बात का खयाल न करो और भूतनाथ से मिलना-जुलना छोड़कर दयाराम की खोज में लगे रहो, तुम्हारा एहसान रणधीर सिंह पर और मेरे ऊपर होगा।'

इंद्रदेव ने बहुत-कुछ कह-सुनकर मेरा क्रोध शांत किया और दो दिन तक मुझे अपने यहां मेहमान रखा। तीसरे दिन मैं इंद्रदेव से बिदा होने वाला ही था कि इनके एक शागिर्द ने आकर एक विचित्र खबर सुनाई। उसने कहा कि आज रात के बारह बजे के समय मिर्जापुर के एक जमींदार 'राज सिंह' के यहां दयाराम के होने का पता मुझे लगा है। खुद मेरे भाई ने यह खबर मुझे दी है। उसने यह भी कहा कि आजकल नागर भी उन्हीं के यहां है।

इंद्र- (शागिर्द से) वह खुद मेरे पास क्यों नहीं आया?

शागिर्द- वह आप ही के पास आ रहा था, मुझसे रास्ते में मुलाकात हुई और उसके पूछने पर मैंने कहा कि दयारामजी का पता लगाने के लिए मैं तैनात किया गया हूं। उसने जवाब दिया कि अब तुम्हारे जाने की कोई जरूरत न रही, मुझे उनका पता लग गया और यही खुशखबरी सुनाने के लिए मैं सरकार के पास जा रहा हूं, मगर अब तुम मिल गये हो तो मेरे जाने की कोई जरूरत नहीं, जो कुछ मैं कहता हूं तुम जाकर उन्हें सुना दो और मदद लेकर बहुत जल्द मेरे पास आओ। मैं उसी जगह जाता हूं, कहीं ऐसा न हो कि दयारामजी वहां से निकालकर किसी दूसरी जगह न पहुंचा दिए जायें और हम लोगों को पता न लगे, मैं जाकर इस बात का ध्यान रखूंगा। इसके बाद उसने सब कैफियत बयान की और अपने मिलने का समय बताया।

इंद्र- ठीक है, उसने जो कुछ किया बहुत अच्छा किया, अब उसे मदद पहुंचाने का बंदोबस्त करना चाहिए।

शागिर्द- यदि आज्ञा हो तो भूतनाथ को भी इस बात की इत्तिला दे दी जाये?

इंद्र- कोई जरूरत नहीं, अब तुम जाकर कुछ आराम करो, तीन घंटे बाद फिर तुम्हें सफर करना होगा।

इसके बाद इंद्रदेव का शागिर्द जब अपने डेरे पर चला गया तब मुझसे और इंद्रदेव से बातचीत होने लगी। इंद्रदेव ने मुझसे मदद मांगी और मुझे मिर्जापुर जाने के लिए कहा, मगर मैंने इनकार किया और कहा कि अब मैं न तो भूतनाथ का मुंह देखूंगा और न उसके किसी काम में शरीक ही होऊंगा। इसके जवाब में इंद्रदेव ने मुझे पुनः समझाया और कहा कि यह काम भूतनाथ का नहीं है, मैं कह चुका हूं कि इसका एहसान मुझ पर और रणधीर सिंह जी पर होगा।

इसी तरह की बहुत-सी बातें हुईं, लाचार मुझे इंद्रदेव की बात माननी पड़ी और कई घंटे के बाद इंद्रदेव के उसी शागिर्द 'शंभू' को साथ लिए हुए मैं मिर्जापुर की तरफ रवाना हुआ। दूसरे दिन हम लोग मिर्जापुर जा पहुंचे और बताये हुए ठिकाने पर पहुंचकर शंभू के भाई से मुलाकात की। दरियाफ्त करने पर मालूम हुआ कि दयाराम अभी तक मिर्जापुर की सरहद के बाहर नहीं गये हैं, अस्तु जो कुछ हम लोगों को करना था आपस में तै करने के बाद, सूरत बदलकर बाहर निकले।

दयाराम को ढूंढ़ निकालने के लिए हमने कैसी-कैसी मेहनत की और हम लोगों को किस-किस तरह की तकलीफें उठानी पड़ीं इसका बयान करना किस्से को व्यर्थ तूल देना और अपने मुंह मियां मिट्ठू बनना है। महाराज के (आपके) नामी ऐयारों ने जैसे-जैसे अनूठे काम किए हैं उनके सामने हमारी ऐयारी कुछ भी नहीं है अतएव केवल इतना ही कहना काफी है कि हम लोगों ने अपनी हिम्मत से बढ़कर काम किया और हद दर्जे की तकलीफ उठाकर दयारामजी को ढूंढ़ निकाला। केवल दयाराम को नहीं बल्कि उनके साथ ही साथ 'राज सिंह' को भी गिरफ्तार करके हम लोग अपने ठिकाने पर ले आये, मगर अफसोस! हम लोगों की सब मेहनत पर

भूतनाथ ने पानी ही नहीं फेर दिया बल्कि जन्म-भर के लिए अपने माथे पर कलंक का टीका भी लगाया।

कैद की सख्ती उठाने के कारण दयारामजी बहुत ही कमजोर और बीमार हो रहे थे, उनमें बात करने की भी ताकत न थी इसलिए हम लोगों ने उसी समय उन्हें उठाकर इंद्रदेव के पास ले जाना मुनासिब न समझा और दो-तीन दिन तक आराम देने की नीयत से अपने गुप्त स्थान पर जहां हम लोग टिके हुए थे ले गये। जहां तक हो सका नरम बिछावन का इंतजाम करके उस पर उन्हें लिटा दिया और उनके शरीर में ताकत लाने का बंदोबस्त करने लगे। इस बात का भी निश्चय कर लिया कि जब तक इनकी तबीयत ठीक न हो जायेगी इनसे कैद किये जाने का सबब तक न पूछेंगे।

दयारामजी के आराम का इंतजाम करने के बाद हम लोगों ने अपने-अपने हरबे खोलकर उनकी चारपाई के नीचे रख दिये, कपड़े उतारे और बातचीत करने तथा दुश्मनी का सबब जानने के लिए राज सिंह को होश में लाये और उसकी मुश्कें खोलकर बातचीत करने लगे क्योंकि उस समय इस बात का डर हम लोगों को कुछ भी न था कि वह हम पर हमला करेगा या हम लोगों का कुछ बिगाड़ सकेगा।

जिस मकान में हम लोग टिके हुए थे वह बहुत ही एकांत और उजाड़ मुहल्ले में था। रात का समय था और मकान की तीसरी मंजिल पर हम लोग बैठे हुए थे, एक मद्धिम चिराग आले पर जल रहा था। दयारामजी का पलंग हम लोगों के पीछे की तरफ था। और राज सिंह पीछे की तरफ सामने बैठा हुआ ताज्जुब के साथ हम लोगों का मुंह देख रहा था। उसी समय यकायक कई-कई धमाके की आवाज आई और उसके कुछ ही देर बाद भूतनाथ तथा उसके दो साथियों को हम लोगों ने अपने सामने खड़ा देखा। सामना होने के साथ ही भूतनाथ ने मुझसे कहा, 'क्यों बे शैतान के बच्चे, आखिर मेरी बात ठीक निकली न! तूने ही राज सिंह के साथ मेल करके हमारे साथ दुश्मनी पैदा की! खैर ले अपने किए का फल चख।'

इतना कहकर भूतनाथ ने मेरे ऊपर खंजर का वार किया जिसे बड़ी खूबी के साथ मेरे साथी ने रोका। मैं भी उठकर खड़ा हो गया और भूतनाथ के साथ लड़ाई होने लगी। भूतनाथ ने एक ही हाथ में राज सिंह का काम तमाम कर दिया और थोड़ी ही देर में मुझे भी खूब जख्मी किया, यहां तक कि मैं जमीन पर गिर पड़ा और मेरे दोनों साथी भी बेकार हो गये। उस समय दयारामजी को जो पड़े-पड़े सब तमाशा देख रहे थे जोश चढ़ आया और चारपाई पर से उठकर खाली हाथ भूतनाथ के सामने आ खड़े हुए, कुछ बोला ही चाहते थे कि भूतनाथ के हाथ का खंजर उनके कलेजे के पार हो गया और वे बेदम होकर जमीन पर गिर पड़े।

***

बयान-4

मैं नहीं कह सकता कि भूतनाथ ने ऐसा क्यों किया। भूतनाथ का कौल तो यही है कि मैंने उनको पहचाना नहीं, और धोखा हुआ। खैर जो हो, दयाराम के गिरते ही मेरे मुंह से 'हाय' की आवाज निकली और मैंने भूतनाथ से कहा, 'ऐ कम्बख्त! तैंने बेचारे दयाराम को क्यों मार डाला जिन्हें बड़ी मुश्किल से हम लोगों ने खोज निकाला था।'

मेरी बात सुनते ही भूतनाथ सन्नाटे में आ गया। इसके बाद उसके दोनों साथी तो न मालूम क्या सोचकर एकदम भाग खड़े हुए मगर भूतनाथ बड़ी बेचैनी से दयाराम के पास बैठकर उनका मुंह देखने लगा। उस समय भूतनाथ के देखते ही देखते उन्होंने आखिरी हिचकी ली और दम तोड़ दिया। भूतनाथ उनकी लाश के साथ चिमटकर रोने लगा और बड़ी देर तक रोता रहा। तब तक हम तीनों आदमी पुनः मुकाबला करने लायक हो गये और इस बात से हम लोगों का साहस और भी बढ़ गया कि भूतनाथ के दोनों साथी उसे अकेला छोड़कर भाग गये थे। मैंने मुश्किल से भूतनाथ को अलग किया और कहा, 'अब रोने और नखरा करने से फायदा ही क्या होगा, उनके साथ ऐसी ही मुहब्बत थी तो उन पर वार न करना था, अब उन्हें मारकर औरतों की तरह नखरा करने बैठे हो।'

इतना सुनकर भूतनाथ ने अपनी आंखें पोंछीं और मेरी तरफ देख के कहा, 'क्या मैंने जान-बूझकर इन्हें मार डाला है?'

मैं- बेशक! क्या यहां आने के साथ ही तुमने उन्हें चारपाई पर पड़े हुए नहीं देखा था?

भूत- देखा था, मगर मैं नहीं जानता था कि ये दयाराम हैं। इतने मोटे-ताजे आदमी को यकायक ऐसा दूबला-पतला देखकर मैं कैसे पहचान सकता था?

मैं- क्या खूब, ऐसे ही तो तुम अंधे थे खैर इसका इंसाफ तो रणधीर सिंह के सामने ही होगा, इस समय तुम हमसे फैसला कर लो क्योंकि अभी तक तुम्हारे दिल में लड़ाई का हौसला जरूर बना होगा।

भूत- (अपने को संभालकर और मुंह पोंछकर) नहीं-नहीं, मुझे अब लड़ने का हौसला नहीं है, जिसके वास्ते मैं लड़ता था जब वही नहीं रहा तो अब क्या मुझे ठीक पता लग चुका था कि दयाराम तुम्हारे फेर में पड़े हुए हैं और सो अपनी आंखों से देख भी लिया, मगर अफसोस है कि मैंने पहचाना नहीं और ये इस तरह धोखे में मारे गये, लेकिन इसका कसूर भी तुम्हारे ही सिर पर लग सकता है।

मैं- खैर, अगर तुम्हारे किए हो सके तो तुम बिल्कुल कसूर मेरे ही सिर थोप देना, मैं अपनी सफाई आप कर लूंगा, मगर इतना समझ रखो कि लाख कोशिश करने पर भी तुम अपने को बचा नहीं सकते क्योंकि मैंने इन्हें खोज निकालने में जो कुछ मेहनत की थी वह इंद्रदेव जी के कहने से की थी, न तो मैं अपनी प्रशंसा कराना चाहता था और न इनाम ही लेना चाहता था। जरूरत पड़ने पर मैं इंद्रदेव की गवाही दिला सकता हूं और तुम अपने को बेकसूर साबित करने के लिए नागर को पेश कर देना, जिसके कहने और सिखाने में तुमने मेरे साथ दुश्मनी पैदा कर ली।

इतना सुनकर भूतनाथ सन्नाटे में आ गया। सिर झुकाकर देर तक सोचता रहा और इसके बाद लंबी सांस लेकर उसने मेरी तरफ देखा और कहा, 'बेशक मुझे नागर कम्बख्त ने धोखा दिया। अब मुझे भी इन्हीं के साथ मर मिटना चाहिए।' इतना कहकर भूतनाथ ने खंजर हाथ में ले लिया मगर कर कुछ न सका अर्थात् अपनी जान न दे सका।

महाराज, जवांमर्दों का कहना बहुत ठीक है कि बहादुरों को अपनी जान प्यारी नहीं होती। वास्तव में जिसे अपनी जान प्यारी होती है वह कोई हौसले का काम नहीं कर सकता और जो अपनी जान हथेली पर लिए रहता है और समझता है कि दुनिया में मरना एक बार ही है कोई बार-बार नहीं मरता, वही सब-कुछ कर सकता है। भूतनाथ के बहादुर होने में संदेह नहीं परंतु इसे अपनी जान प्यारी जरूर थी और इस उल्टी बात का सबब यही था कि वह ऐयाशी के नशे में चूर था। जो आदमी ऐयाश होता है उसमें ऐयाशी के सबब कई तरह की बुराइयां आ जाती हैं और बुराइयों की बुनियाद जम जाने के कारण ही उसे अपनी जान प्यारी हो जाती है तथा वह कोई भारी काम नहीं कर सकता। यही सबब था कि उस समय भूतनाथ जान न दे सका, बल्कि उसकी हिफाजत करने का ढंग जमाने लगा, नहीं तो उस समय मौका ऐसा ही था, इससे जैसी भूल हो गई थी उसका बदला तभी पूरा होता जब यह भी उसी जगह अपनी जान दे देता और उस मकान से तीनों लाशें एक साथ निकाली जातीं।

भूतनाथ ने कुछ देर तक सोचने के बाद मुझसे कहा - 'मुझे इस समय अपनी जान भारी हो रही है और मैं मर जाने के लिए तैयार हूं मगर मैं देखता हूं कि ऐसा करने से भी किसी को फायदा नहीं पहुंचेगा। मैं जिसका नमक खा चुका हूं और खाता हूं उसका और भी नुकसान होगा क्योंकि इस समय वह दुश्मनों से घिरा हुआ है। अगर मैं जीता रहूंगा तो उनके दुश्मनों का नामोनिशान मिटाकर उन्हें बेफिक्र कर सकूंगा, अतएव मैं माफी मांगता हूं कि तुम मेहरबानी कर मुझे सिर्फ दो साल के लिए जीता छोड़ दो।'

मैं- दो वर्ष के लिए क्या जिंदगी भर के लिए तुम्हें छोड़ देता हूं, जब तुम मुझसे लड़ना नहीं चाहते तो मैं क्यों तुम्हें मारने लगा बाकी रही यह बात कि तुमने खामखाह मुझसे दुश्मनी पैदा कर ली है सो उसका नतीजा तुम्हें आप से आप मिल जायेगा जब लोगों को यह मालूम होगा कि भूतनाथ के हाथ से बेचारा दयाराम मारा गया।

भूत- नहीं-नहीं, मेरा मतलब तुम्हारी पहली बात से नहीं बल्कि दूसरी बात से है अर्थात् अगर तुम चाहोगे तो लोगों को इस बात का पता ही नहीं लगेगा कि दयाराम भूतनाथ के हाथ से मारा गया।

मैं- यह क्योंकर छिप सकता है?

भूत- अगर तुम छिपाओ तो सब-कुछ छिप जायेगा।

मुख्तसर यह कि धीरे-धीरे बातों को बढ़ाता हुआ भूतनाथ मेरे पैरों पर गिर पड़ा और बड़ी खुशामद के साथ कहने लगा कि तुम इस मामले को छिपाकर मेरी जान बचा लो। केवल इतना ही नहीं, इसने मुझे हर तरह के सब्जबाग दिखाए और कसमें दे-देकर मेरी नाक में दम कर दिया। लालच में तो मैं नहीं पड़ा मगर पिछली मुरौवत के फेर में जरूर पड़ गया और भेद को छिपाये रखने की कसम खाकर अपने साथियों को साथ लिए हुए मैं उस घर के बाहर निकल गया। भूतनाथ और दोनों लाशों को उसी तरह छोड़ दिया, फिर मुझे मालूम नहीं कि भूतनाथ ने उन लाशों के साथ क्या बर्ताव किया।

यहां तक भूतनाथ का हाल कहकर कुछ देर के लिए दलीपशाह चुप हो गया और उसने इस नीयत से भूतनाथ की तरफ देखा कि देखें यह कुछ बोलता है या नहीं। इस समय भूतनाथ की आंखों से आंसू की नदी बह रही थी। वह हिचकियां ले-लेकर रो रहा था। बड़ी मुश्किल से भूतनाथ ने अपने दिल को सम्हाला और दुपट्टे से मुंह पोंछकर कहा, "ठीक है, ठीक है, जो कुछ दलीपशाह ने कहा सब सच है। मगर यह बात मैं कसम खाकर कह सकता हूं कि मैंने जान-बूझकर दयाराम को नहीं मारा। वहां राज सिंह को खुले हुए देखकर मेरा शक यकीन के साथ बदल गया और चारपाई पर पड़े हुए देखकर भी मैंने दयाराम को नहीं पहचाना, मैंने समझा कि यह भी कोई दलीपशाह का साथी होगा। बेशक दलीपशाह पर मेरा शक मजबूत हो गया था और मैं समझ बैठा था कि जिन लोगों ने दयाराम के साथ दुश्मनी की है, दलीपशाह जरूर उनका साथी है। यह शक यहां तक मजबूत हो गया था कि दयाराम के मारे जाने पर भी दलीपशाह की तरफ से मेरा दिल साफ न हुआ बल्कि मैंने समझा कि इसी (दलीपशाह) ने दयाराम को वहां लाकर कैद किया था। जिस नागर पर मुझे शक हुआ था उसी कम्बख्त की जादू भरी बातों में मैं फंस गया और उसी ने मुझे विश्वास दिला दिया कि इसका कर्ताधर्ता दलीपशाह है। यही सबब है कि इतना हो जाने पर भी मैं दलीपशाह का दुश्मन बना ही रहा। हां दलीपशाह ने एक बात नहीं कही, वह यह है कि इस भेद को छिपाये रखने की कसम खाकर भी दलीपशाह ने मुझे सूखा नहीं छोड़ा। इन्होंने कहा कि तुम कागज पर लिखकर माफी मांगो तब मैं तुम्हें माफ करके यह भेद छिपाये रखने की कसम खा सकता हूं। लाचार होकर मुझे ऐसा करना पड़ा और मैं माफी के लिए चिट्ठी लिख हमेशा के लिए इनके हाथ में फंस गया।"

दलीप- बेशक यही बात है, और मैं अगर ऐसा न करता तो थोड़े ही दिन बाद भूतनाथ मुझे दोषी ठहराकर आप सच्चा बन जाता। खैर अब मैं इसके आगे का हाल बयान करता हूं जिसमें थोड़ा-सा हाल तो ऐसा होगा जो मुझे खास भूतनाथ से मालूम हुआ था।

इतना कहकर दलीपशाह ने फिर अपना बयान शुरू किया–

दलीप- जैसा कि भूतनाथ कह चुका है बहुत मिन्नत और खुशामद से लाचार होकर मैंने कसूरवार होने और माफी मांगने की चिट्ठी लिखाकर इसे छोड़ दिया और इसका ऐब छिपा रखने का वादा करके अपने साथियों को साथ लिए उस घर से बाहर निकल गया और भूतनाथ की इच्छानुसार दयाराम की लाश को और भूतनाथ को उसी मकान में छोड़ दिया। फिर मुझे नहीं मालूम कि क्या हुआ और इसने लाश के साथ कैसा बर्ताव किया।

वहां से बाहर होकर मैं इंद्रदेव की तरफ रवाना हुआ मगर रास्ते भर सोचता जाता था कि अब क्या करना चाहिए, दयाराम का सच्चा-सच्चा हाल इंद्रदेव से बयान करना चाहिए या नहीं। आखिर हम लोगों ने निश्चय कर लिया कि जब भूतनाथ से वादा कर ही चुके हैं तो इस भेद को इंद्रदेव से भी छिपा ही रखना चाहिए।

जब हम लोग इंद्रदेव के मकान में पहुंचे तो उन्होंने कुशल-मंगल पूछने के बाद दयाराम का हाल दरियाफ्त किया जिसके जवाब में मैंने असल मामले को तो छिपा रखा और बात बनाकर यों कह दिया-जो कुछ मैंने या आपने सुना था वह ठीक ही निकला अर्थात् राज सिंह ही ने दयाराम के साथ वह सलूक किया और दयाराम राज सिंह के घर में ही मौजूद थे मगर अफसोस, बेचारे दयाराम को हम लोग छुड़ा न सके और वे जान से मारे गये!

इंद्र- (चौंककर) हैं! जान से मारे गये।

मैं- जी हां और इस बात की खबर भूतनाथ को भी लग चुकी थी। मेरे पहले ही भूतनाथ राज सिंह के उस मकान में जिसमें दयाराम को कैद कर रखा था पहुंच गया और उसने अपने सामने दयाराम की लाश देखी जिसे कुछ ही देर पहले राज सिंह ने मार डाला था अस्तु भूतनाथ ने उसी समय राज सिंह का सिर काट डाला। सिवाय इसके वह और कर ही क्या सकता था। इसके थोड़ी ही देर बाद हम लोग भी उस घर में जा पहुंचे और दयाराम तथा राज सिंह की लाश और भूतनाथ को मौजूद पाया। दरियाफ्त करने पर भूतनाथ ने सब हाल बयान किया और अफसोस करते हुए हम लोग वहां से रवाना हुए।

इंद्र- अफसोस! बहुत बुरा हुआ। खैर ईश्वर की मर्जी।

मैंने भूतनाथ के ऐब को छिपाकर जो कुछ इंद्रदेव से कहा भूतनाथ की इच्छानुसार ही कहा था। भूतनाथ ने भी यही बात मशहूर की और इस तरह अपने ऐब को छिपा रखा।

यहां तक भूतनाथ का किस्सा कहकर जब दलीपशाह कुछ देर के लिए चुप हो गया तब तेज सिंह ने उससे पूछा, "तुमने तो भला भूतनाथ की बात मानकर उससे मामले को छिपा रखा मगर शंभू वगैरह इंद्रदेव के शागिर्दों ने अपने मालिक से उस भेद को क्यों छिपाया?"

दलीप- (एक लंबी सांस लेकर) खुशामद और रुपया बड़ी चीज है, बस इसी से समझ जाइए और मैं क्या कहूं?

तेज- ठीक है, अच्छा तब क्या हुआ भूतनाथ की कथा इतनी ही है या और भी कुछ?

दलीप- जी अभी भूतनाथ की कथा समाप्त नहीं हुई, अभी मुझे बहुत-कुछ कहना बाकी है। और बातों के सिवाय भूतनाथ से एक कसूर ऐसा हुआ है जिसका रंज भूतनाथ को इससे भी ज्यादा होगा।

तेज- सो क्या?

दलीप- सो भी मैं अर्ज करता हूं।

इतना कहकर दलीपशाह ने फिर कहना शुरू किया–

इस मामले को वर्षों बीत गये। मैं भूतनाथ की तरफ से कुछ दिनों तक बेफिक्र रहा मगर जब यह मालूम हुआ कि भूतनाथ मेरी तरफ से निश्चिंत नहीं है बल्कि मुझे इस दुनिया से उठा बेफिक्र हुआ चाहता है तो मैं भी होशियार हो गया और दिन-रात अपने बचाव की फिक्र में डूबा रहने लगा। (भूतनाथ की तरफ देखकर) भूतनाथ, अब मैं वह हाल बयान करूंगा जिसकी तरफ उस दिन मैंने इशारा किया था जब तुम हमें गिरफ्तार करके एक विचित्र पहाड़ी स्थान में ले गये थे और जिसके विषय में तुमने कहा था - 'यद्यपि मैंने दलीपशाह की सूरत नहीं देखी है' इत्यादि। मगर क्या तुम इस समय...।

भूतनाथ- (बात काटकर) भला मैं कैसे कह सकता हूं कि मैंने दलीपशाह की सूरत नहीं

देखी है जिसके साथ ऐसे मामले हो चुके हैं, मगर उस दिन मैंने तुम्हें धोखा देने के लिए वे शब्द कहे थे क्योंकि मैंने तुम्हें पहचाना नहीं था। इस कहने से मेरा मतलब यही था कि अगर तुम दलीपशाह न होंगे तो कुछ न कुछ जरूर बात बनाओगे। खैर जो कुछ हुआ सो हुआ मगर क्या तुम वास्तव में अब उस किस्से को बयान करने वाले हो?

दलीप- हां, मैं उसे जरूर बयान करूंगा।

भूत- मगर उसके सुनने से किसी को कुछ फायदा नहीं पहुंच सकता है और न किसी तरह की नसीहत ही हो सकती है। वह तो महज मेरी नादानी और पागलपने की बात थी, जहां तक मैं समझता हूं उसे छोड़ देने से कोई हर्ज नहीं होगा।

दलीप- नहीं। उसका बयान जरूरी जान पड़ता है, क्या तुम नहीं जानते या भूल गये कि उसी किस्से को सुनने के लिए कमला की मां अर्थात् तुम्हारी स्त्री यहां आई हुई है?

भूत- ठीक है, मगर हाय! मैं सच्चा बदनसीब हूं जो इतना होने पर भी उन्हीं बातों को...।

इंद्र- अच्छा-अच्छा, जाने दो भूतनाथ! अगर तुम्हें इस बात का शक है कि दलीपशाह बातें बनाकर कहेगा या उसके कहने का ढंग लोगों पर बुरा असर डालेगा तो मैं दलीपशाह को वह हाल कहने से रोक दूंगा और तुम्हारे ही हाथ की लिखी हुई तुम्हारी अपनी जीवनी पढ़ने के लिए किसी को दूंगा जो इस संदूकड़ी में बंद है।

इतना कहकर इंद्रदेव ने वही संदूकड़ी निकाली जिसकी सूरत देखने से ही भूतनाथ का कलेजा कांपता था।

उस संदूकड़ी को देखते ही एक दफे तो भूतनाथ घबड़ाना-सा होकर कांपा मगर तुरंत ही उसने अपने को सम्हाल लिया और इंद्रदेव की तरफ देख के बोला, “हां-हां, आप कृपा कर इस संदूकड़ी को मेरी तरफ बढ़ाइये क्योंकि यह मेरी चीज है और मैं इसे लेने का हक रखता हूं। यद्यपि कई ऐसे कारण हो गये हैं जिनसे आप कहेंगे कि यह संदूकड़ी तुम्हें नहीं दी जायेगी मगर फिर भी मैं इसी समय इस पर कब्जा कर सकता हूं क्योंकि देवी सिंह जी मुझसे प्रतिज्ञा कर चुके हैं कि संदूकड़ी बंद की बंद तुम्हें दिला दूंगा। अस्तु देवी सिंह की प्रतिज्ञा झूठ नहीं हो सकती।” इतना कहकर भूतनाथ ने देवी सिंह की तरफ देखा।

देवी- (महाराजा) निःसंदेह मैं ऐसी प्रतिज्ञा कर चुका हूं।

महा- अगर ऐसा है तो तुम्हारी प्रतिज्ञा झूठी नहीं हो सकती, मैं आज्ञा देता हूं कि तुम अपनी प्रतिज्ञा पूरी करो।

इतना सुनते ही देवी सिंह उठ खड़े हुए। उन्होंने इंद्रदेव के सामने से वह संदूकड़ी उठा ली और यह कहते हुए भूतनाथ के हाथ में दे दी, “लो, मैं अपनी प्रतिज्ञा पूरी करता हूं, तुम महाराज को सलाम करो जिन्होंने मेरी और तुम्हारी इज्जत रख ली।”

भूत- (महाराज को सलाम करके) महाराज की कृपा से अब मैं जी उठा।

तेज- भूतनाथ, तुम यह निश्चय जानो कि यह संदूकड़ी अभी तक खोली नहीं गई है, अगर सहज में खुलने लायक होती तो शायद खुल गई होती।

भूत- (संदूकड़ी अच्छी तरह देख-भालकर) बेशक यह अभी तक खुली नहीं है। मेरे सिवाय कोई दूसरा आदमी इसे बिना तोड़े खोल भी नहीं सकता। यह संदूकड़ी मेरी बुराइयों से भरी हुई है, या यों कहिए कि यह मेरे भेदों का खजाना है, यद्यपि इसमें के कई भेद खुल चुके हैं, खुल रहे हैं और खुलते जायेंगे, तथापि इस समय इसे ज्यों-का-त्यों बंद पाकर मैं बराबर महाराज को दुआ देता हुआ यही कहूंगा कि मैं जी उठा, जी उठा। अब मैं खुशी से अपनी जीवनी कहने और सुनने के लिए तैयार हूं और साथ ही इसके यह भी कह देता हूं कि अपनी जीवनी के संबंध में जो कुछ कहूंगा सच कहूंगा।

इतना कहकर भूतनाथ ने वह संदूकड़ी अपने बटुए में रख ली और पुन: हाथ जोड़कर महाराज से बोला, "महाराज, मैं वादा कर चुका हूं कि अपना हाल सच-सच बयान करूंगा, परंतु मेरा हाल बहुत बड़ा और शोक, दु:ख तथा भयंकर घटनाओं से भरा हुआ है। मेरे प्यारे मित्र इंद्रदेव जी, जिन्होंने मेरे अपराधों को क्षमा कर दिया है, कहते हैं कि तेरी जीवनी से लोगों का उपकार होगा और वास्तव में बात भी ठीक ही है। अतएव कई कठिनाइयों पर ध्यान देकर मैं विनयपूर्वक महाराज से एक महीने की मोहलत मांगता हूं। इस बीच मैं अपना पूरा-पूरा हाल लिखकर पुस्तक के रूप में महाराज के सामने पेश करूंगा और संभव है कि महाराज उसे सुन-सुनाकर यादगार की तौर पर अपने खजाने में रखने की आज्ञा देंगे। इस एक महीने के बीच में मुझे भी सब बातें याद करके लिख लेने का मौका मिलेगा और मैं अपनी निर्दोष स्त्री तथा उन लोगों से जिन्हें देखने की भी आशा नहीं थी परंतु जो बहुत-कुछ दु:ख भोगकर भी दोनों कुमारों की बदौलत इस समय यहां आ गये हैं और जिन्हें मैं अपना दुश्मन समझता था मगर अब महाराज की कृपा से जिन्होंने मेरे कसूरों को माफ कर दिया है मिल-जुलकर कई बातों का पता भी लगा लूंगा जिससे मेरा किस्सा सिलसिलेवार और ठीक कायदे से हो जायेगा।"

इतना कहकर भूतनाथ ने इंद्रदेव, राजा गोपाल सिंह, दोनों कुमारों और दलीपशाह वगैरह की तरफ देखा और तुरंत ही मालूम कर लिया कि उसकी अर्जी कबूल कर ली जायेगी।

महाराज ने कहा, "कोई चिंता नहीं, तब तक हम लोग कई जरूरी कामों से छुट्टी पा लेंगे।" राजा गोपाल सिंह और इंद्रदेव ने भी इस बात को पसंद किया और इसके बाद इंद्रदेव ने दलीपशाह की तरफ देखकर पूछा, "क्यों दलीपशाह, इसमें तुम लोगों को तो कोई उज्र नहीं है?"

दलीप- (हाथ जोड़कर) कुछ भी नहीं, क्योंकि अब महाराज की आज्ञानुसार हम लोगों को भूतनाथ से किसी तरह की दुश्मनी भी नहीं रही और न यही उम्मीद है कि भूतनाथ हमारे साथ किसी तरह की खुटाई करेगा, परंतु मैं इतना जरूर कहूंगा कि हम लोगों का किस्सा भी महाराज के सुनने लायक है और हम भूतनाथ के बाद अपना किस्सा भी सुनाना चाहते हैं।

महाराज- नि:संदेह तुम लोगों का किस्सा भी सुनने योग्य होगा और हम लोग उसको सुनने की अभिलाषा रखते हैं, यदि संभव हुआ तो पहले तुम्हीं लोगों का किस्सा सुनने में आवेगा। मगर सुनो दलीपशाह, यद्यपि भूतनाथ से बड़ी-बड़ी बुराइयां हो चुकी हैं और भूतनाथ तुम लोगों का भी कसूरवार है परंतु इधर हम लोगों के साथ भूतनाथ ने जो कुछ किया है उसके लिए हम लोग इसके अहसानमंद हैं और इसे अपना हितू समझते हैं।

इंद्र- बेशक-बेशक!

गोपाल- जरूर हम लोग इसके एहसान के बोझ से दबे हुए हैं।

दलीप- मैं भी ऐसा ही समझता हूं क्योंकि भूतनाथ ने इधर जो-जो अनूठे काम किये हैं उनका हाल कुंअर साहब की जुबानी हम लोग सुन चुके हैं। इसी खयाल से तथा कुंअर साहब की

आज्ञा से हम लोगों ने सच्चे दिल से भूतनाथ का अपराध क्षमा ही नहीं कर दिया बल्कि कुंअर साहब के सामने इस बात की प्रतिज्ञा भी कर चुके हैं कि भूतनाथ को दुश्मनी की निगाह से कभी न देखेंगे।

महाराज- बेशक, ऐसा ही होना चाहिए, अस्तु बहुत-सी बातों को सोचकर और इसकी कारगुजारी पर ध्यान देकर हमने इसका कसूर माफ करके इसे अपना ऐयार बना लिया है, आशा हे कि तुम लोग भी इसे अपनायत की निगाह से देखोगे और पिछली बातों को भूल जाओगे।

दलीप- महाराज अपनी आज्ञा के विरुद्ध चलते हुए हम लोगों को कदापि न देखेंगे यह हमारी प्रतिज्ञा है।

महाराज- (अर्जुन सिंह तथा दलीपशाह के दूसरे साथी की तरफ देखकर) तुम लोगों की जुबान से भी हम ऐसा ही सुना चाहते हैं।

दलीप का एक साथी- मेरी भी यही प्रतिज्ञा है और ईश्वर से प्रार्थना है कि मेरे दिल में दुश्मनी के बदले दिन-दूनी रात-चौगुनी तरक्की करने वाली भूतनाथ की मुहब्बत पैदा करे।

महाराज- शाबाश! शाबाश!

अर्जुन- कुंअर साहब के सामने मैं जो कुछ प्रतिज्ञा कर चुका हूं उसे महाराज सुन चुके होंगे, इस समय महाराज के सामने भी शपथ खाकर कहता हूं कि स्वप्न में भी भूतनाथ के साथ दुश्मनी का ध्यान आने पर मैं अपने को दोषी समझूंगा।

इतना कहकर अर्जुन सिंह ने वह तस्वीर जो उसके हाथ में थी फाड़ डाली और टुकड़े-टुकड़े करके भूतनाथ के आगे फेंक दी और पुन: महाराज की तरफ देखकर कहा, "यदि आज्ञा हो और बेअदबी न समझी जाय तो हम लोग इसी समय भूतनाथ से गले मिलकर अपने उदास दिल को प्रसन्न कर लें।"

महाराज- यह तो हम स्वयम् कहने वाले थे।

इतना सुनते ही दोनों दलीप, अर्जुन और भूतनाथ आपस में गले मिले और इसके बाद महाराज का इशारा पाकर एक साथ बैठ गये।

भूत- (दूसरे दलीप और अर्जुन सिंह की तरफ देखकर) अब कृपा करके मेरे दिल का खुटका मिटाओ और साफ-साफ बता दो कि तुम दोनों में से असल में अर्जुन सिंह कौन है जब मैं दलीपशाह को बेहोश करके उस घाटी में ले गया था। तब तुम दोनों में से कौन महाशय वहां पहुंचकर दूसरे दलीपशाह बनने को तैयार हुए थे

दूसरा दलीप- (हंसकर) उस दिन मैं ही तुम्हारे पास पहुंचा था। इत्तिफाक से उस दिन मैं अर्जुन सिंह की सूरत बनाकर बाहर घूम रहा था और जब तुम दलीपशाह को धोखा देकर ले चले तब

मैंने छिपकर पीछा किया था। आज केवल धोखा देने के लिए ही अर्जुन सिंह के रहते मैं अर्जुन सिंह बनकर दलीपशाह के साथ यहां आया हूं।

इतना कहकर दूसरे दलीप ने पास से गीला गमछा उठाया और अपने चेहरे का रंग पोंछ डाला जो उसने थोड़ी देर के लिए बनाया या लगाया था।

चेहरा साफ होते ही उसकी सूरत ने राजा गोपाल सिंह को चौंका दिया और वह यह कहते हुए उसके पास चले गये कि "क्या आप भरत सिंह हैं जिनके विषय में इंद्रजीत सिंह ने हमें नकाबपोश बनकर इत्तिला दी थी" और इसके जवाब में "जी हां" सुनकर वे भरत सिंह के गले से चिमट गये। इसके बाद उनका हाथ थामे हुए गोपाल सिंह अपनी जगह पर चले आये और भरत सिंह को अपने पास बैठाकर महाराज से बोले, "इनके मिलने की मुझे हद से ज्यादे खुशी हुई, बहुत देर से मैं चाहता था कि इनके विषय में कुछ पूछूं!"

महाराज- मालूम होता है इन्हें भी दारोगा ही ने अपना शिकार बनाया था।

भरत- जी हां, आज्ञा होने पर मैं अपना हाल बयान करूंगा।

इंद्रजीत- (महाराज से) तिलिस्म के अंदर मुझे पांच कैदी मिले थे जिनमें से तीन तो यही अर्जुन सिंह, भरत सिंह और दलीपशाह हैं, इसके अतिरिक्त दो और हैं जो यहां बुलाये नहीं गये। दारोगा, मायारानी तथा उसके पक्ष वालों के संबंध में इन पांचों ही का किस्सा सुनने योग्य है। जब कैदियों का मुकदमा होगा तब आप देखियेगा कि इन लोगों की सूरत देखकर कैदियों की क्या हालत होती है।

महाराज- वे दोनों कहां हैं?

इंद्रजीत- इस समय यहां मौजूद नहीं हैं, छुट्टी लेकर अपने घर की अवस्था देखने गये हैं, दो-चार दिन में आ जायेंगे।

भूत- (इंद्रदेव से) यदि आज्ञा हो तो मैं भी कुछ पूछूं।

इंद्रदेव- आप जो कुछ पूछेंगे उसे मैं खूब जानता हूं मगर खैर, पूछिये।

भूत- कमला की मां आप लोगों को कहां और क्योंकर मिली?

इंद्रदेव- यह तो उसी की जुबानी सुनने में ठीक होगा। जब वह अपना किस्सा बयान करेगी कोई बात छिपी न रह जायेगी।

भूत- और नानक की मां तथा देवी सिंह जी की स्त्री के विषय में कब मालूम होगा।

इंद्रदेव- वह भी उसी समय मालूम हो जायेगा। मगर भूतनाथ (मुस्कराकर) तुमने और देवी सिंह ने नकाबपोशों का पीछा करके व्यर्थ यह खुटका और तरद्दुद खरीद लिया। यदि उनका पीछा न करते और पीछे से तुम दोनों को मालूम होता कि तुम्हारी स्त्रियां भी इस काम में शरीक

हुई थीं तो तुम दोनों को एक प्रकार की प्रसन्नता होती। प्रसन्नता तो अब भी होगी मगर खुटके और तरद्दुद से कुछ खून सुखा लेने के बाद।

इतना कहकर इंद्रदेव हंस पड़े और इसके बाद सभों के चेहरों पर मुस्कराहट दिखाई देने लगी।

तेज- (मुस्कराते हुए देवी सिंह से) अब तो आपको मालूम हो ही गया होगा कि आपका लड़का तारा सिंह कई विवित्र भेदों को आपसे क्यों छिपाता था?

देवी- जी हां, सब-कुछ मालूम हो गया। जब अपने को प्रकट करने के पहले ही दोनों कुमारों ने भैरों और तारा को अपना साथी बना लिया तो हम लोग जहां तक आश्चर्य में डाले जाते थोड़ा था।

देवी सिंह की बात सुनकर पुनः सभी ने मुस्करा दिया और अब दरबार का रंग-ढंग ही कुछ दूसरा हो गया अर्थात् तरद्दुद के बदले सभी के चेहरे पर हंसी और मुस्कराहट दिखाई देने लगी।

तेज- (भूतनाथ से) भूतनाथ, आज तुम्हारे लिए बड़ी खुशी का दिन है क्योंकि और बातों के अतिरिक्त तुम्हारी नेक और सती स्त्री भी तुम्हें मिल गई जिसे तुम मरी समझते थे और हरनाम सिंह तुम्हारा लड़का भी तुम्हारे पास बैठा हुआ दिखाई देता है जो बहुत दिनों से गायब था और जिसके लिए बेचारी कमला बहुत परेशान थी, जब वह हरनाम सिंह का हाल सुनेगी तो बहुत ही प्रसन्न होगी।

भूत- निःसंदेह ऐसा ही है, परंतु मैं हरनाम सिंह के सामने भी एक संदूकड़ी देखकर डर रहा हूं कि कहीं यह भी मेरे लिए कोई दुखदायी सामान न लेकर आया हो।

इंद्रदेव- (हंसकर) भूतनाथ! अब तुम अपने दिल को व्यर्थ के खुटकों में न डालो, जो कुछ होना था सो हो गया, अब तुम पूरे तौर पर महाराज के ऐयार हो गये, किसी की मजाल नहीं कि तुम्हें किसी तरह की तकलीफ दे सके और महाराज भी तुम्हारे बारे में किसी तरह की शिकायत नहीं सुना चाहते। हरनाम सिंह तो तुम्हारा लड़का ही है, वह तुम्हारे साथ बुराई क्यों करने लगा।

इसी समय महाराज सुरेन्द्र सिंह ने जीत सिंह की तरफ देखकर कुछ इशारा किया और जीत सिंह ने इंद्रदेव से कहा, "भूतनाथ का मामला तो अब तै हो गया इसके बारे में महाराज किसी तरह की शिकायत सुना नहीं चाहते, इसके अतिरिक्त भूतनाथ ने वादा किया है कि अपनी जीवनी लिखकर महाराज के सामने पेश करेगा। अस्तु अब रह गये दलीपशाह, अर्जुन सिंह और भरथ सिंह तथा कमला की मां। इन सभी पर जो कुछ मुसीबतें गुजरी हैं उसे महाराज सुना चाहते हैं परंतु अभी नहीं क्योंकि विलंब बहुत हो गया, अब महाराज आराम करेंगे अस्तु अब दरबार बर्खास्त करना चाहिए जिससे ये लोग भी आपस में मिल-जुलकर अपने दिल की कुलफत निकाल लें क्योंकि अब यहां तो किसी से मिलने में अथवा आपस में बर्ताव करने में परहेज न होना चाहिए।"

इंद्र- (हाथ जोड़कर) जो आज्ञा।

दरबार बर्खास्त हुआ। इंद्रदेव की इच्छानुसार महाराज आराम करने के लिए जीत सिंह को साथ लिए एक दूसरे कमरे में चले गये। इसके बाद और सब कोई उठे और अपने-अपने ठिकाने पर जैसा कि इंद्रदेव ने इंतजाम कर दिया था चले गये, मगर कई आदमी जो आराम नहीं किया चाहते थे बंगले के बाहर निकलकर बगीचे की तरफ रवाना हुए।

***

बयान-5

एक सुंदर पावों वाली मसहरी पर महाराज सुरेन्द्र सिंह लेटे हुए हैं। ऐयारों के सिरताज जीत सिंह उसी मसहरी के पास फर्श पर बैठे तथा दाहिने हाथ से मसहरी पर ढासना लगाये धीरे-धीरे बातें कर रहे हैं।

महा- इंद्रदेव का स्थान बहुत ही सुंदर और रमणीक है, यहां से जाने का जी नहीं चाहता।

जीत- ठीक है, इस स्थान की तरह इंद्रदेव का बर्ताव भी चित्त को प्रसन्न करता है, परंतु मेरी राय यही है कि जहां तक जल्द हो यहां से लौट चलना चाहिए।

महा- हम भी यही सोचते हैं। इन लोगों की जीवनी और आश्चर्य भरी कहानी तो वर्षों तक सुनते ही रहेंगे परंतु इंद्रजीत और आनंद की शादी जहां तक जल्द हो सके कर देनी चाहिए जिससे और किसी तरह के विघ्न पड़ने का फिर डर न रहे।

जीत- जरूर ऐसा होना चाहिए, इसीलिए मैं चाहता हूं कि यहां से जल्द चलिए। भरत सिंह वगैरह की कहानी वहां ही सुन लेंगे या शादी के बाद और लोगों को भी यहां ले आवेंगे जिससे वे लोग भी तिलिस्म और इस स्थान का आनंद ले लें।

महा- अच्छी बात है, खैर, यह बताओ कि कमलिनी और लाडिली के विषय में भी तुमने कुछ सोचा।

जीत- उन दोनों के लिए जो कुछ आप विचार रहे हैं वही मेरी भी राय है, उनकी भी शादी दोनों कुमारों के साथ कर ही देनी चाहिए।

महा- है न यही राय?

जीत- जी हां मगर किशोरी और कामिनी की शादी के बाद क्योंकि किशोरी एक राजा की लड़की है इसलिए उसी की औलाद को गद्दी का हकदार होना चाहिए यदि कमलिनी के साथ पहले शादी हो जाएगी तो उसी का लड़का गद्दी का मालिक समझा जाएगा, इसी से मैं चाहता हूं कि पटरानी किशोरी ही बनाई जाये।

महा- यह बात तो ठीक है, अस्तु ऐसा ही होगा और साथ ही इसके कमला की शादी भैरो के साथ और इंदिरा की तारा के साथ करा दी जाएगी।

जीत- जो मर्जी।

महाराज- अच्छा, तो अब यही निश्चय रहा कि दलीपशाह और भरथ सिंह की बीती यहां से चलने के बाद घर ही पर सुननी चाहिए।

जीत- जी हां, सच तो यों है कि ऐसा करना ही पड़ेगा क्योंकि इन लोगों की कहानी दारोगा और जैपाल इत्यादि कैदियों से घना संबंध रखती है बल्कि यों कहना चाहिए कि इन्हीं लोगों के इजहार पर उन लोगों के मुकदमे का दारोमदार (हेस-बेस) है और यही लोग उन कैदियों को लाजवाब करेंगे।

महा- नि:संदेह ऐसा ही है, इसके अतिरिक्त उन कैदियों ने हम लोगों तथा हमारे सहायकों को बड़ा दु:ख दिया है और दोनों कुमारों की शादी में भी बड़े-बड़े विघ्न डाले हैं अतएव उन कम्बख्तों को कुमारों की शादी का जल्सा भी दिखा देना चाहिए जिससे ये लोग भी अपनी आंखों से देख लें कि जिन बातों को वे बिगाड़ा चाहते थे वे आज कैसी खूबी और खुशी के साथ हो रही हैं, इसके बाद उन लोगों को सजा देनी चाहिए। मगर अफसोस तो यह है कि मायारानी और माधवी जमानिया ही में मार डाली गईं नहीं तो वे दोनों भी देख लेतीं कि...।

जीत- खैर, उनकी किस्मत में यही बदा था।

महा- अच्छा, तो एक बात का और खयाल करना चाहिए।

जीत- आज्ञा।

महा- भूतनाथ वगैरह को मौका देना चाहिए कि वे अपने संबंधियों से बखूबी मिल-जुलकर अपने दिल का खुटका निकाल लें क्योंकि हम लोग तो उनका हाल वहां चलकर ही सुनेंगे।

जीत- बहुत खूब।

इतना कहकर जीत सिंह उठ खड़े हुए और कमरे से बाहर चले गये।

***

बयान-6

इंद्रदेव के इस स्वर्ग-तुल्य स्थान में बंगले से कुछ दूर हटकर बगीचे के दक्खिन तरफ एक घना जामुन का पेड़ है जिसे सुंदर लताओं ने घेरकर देखने योग्य बना रखा है और जहां एक कुंज की-सी छटा दिखाई पड़ती है। उसी के नीचे साफ पानी का एक चश्मा भी बह रहा है। अपनी सुरीली बोली से लोगों के दिल लुभा लेने वाली चिड़ियां संध्या का समय निकट जान अपने घोंसले के चारों तरफ फुदक-फुदककर अपने अपौरुष बच्चों को चैतन्य करती हुई कह रही हैं कि लो मैं बहुत दूर से तुम लोगों के लिये दाना-पानी अपने पेट में भर लाई हूं जिससे तुम्हारी संतुष्टि की जाएगी।

यह रमणीक स्थान ऐसा है कि यहां दो-चार आदमी छिपकर इस तरह बैठ सकते हैं कि वे चारों तरफ के आदमियों को बखूबी देख लें पर उन्हें कोई भी न देखे। इस स्थान पर हम इस समय भूतनाथ और उसकी पहली स्त्री, कमला की मां को पत्थर की चट्टानों पर बैठे बातें करते हुए देख रहे हैं। ये दोनों मुद्दत के बिछुड़े हुए हैं और दोनों के दिल में नहीं तो कमला की मां के दिल में जरूर शिकायतों का खजाना भरा हुआ है जिसे वह इस समय बेतरह उगलने के लिए तैयार है। प्यारे पाठक, आइये हम-आप मिलकर जरा इन दोनों की बातें तो सुन लें।

भूत- शांता आज तुमसे मिलकर मैं बहुत ही प्रसन्न हुआ।

शांता- क्यों जो चीज किसी कारणवश खो जाती है उसे यकायक पाने से प्रसन्नता हो सकती है, मगर जो चीज जान-बूझकर फेंक दी जाती है उसके पाने की प्रसन्नता कैसी?

भूत- किसी को कहीं से एक पत्थर का टुकड़ा मिल जाये और वह उसे बेकार या बदसूरत समझकर फेंक दे, तथा कुछ समय के बाद जब उसे यह मालूम हो कि वास्तव में वह हीरा था पत्थर नहीं, तो क्या उसके फेंक देने का उसको दु:ख न होगा या उसे पुन: पाकर प्रसन्नता न होगी।

शांता- अगर वह आदमी जिसने हीरे को पत्थर समझकर फेंक दिया है, यह जानकर कि वह वास्तव में हीरा था उसकी खोज करे, या इस विचार से कि उसे मैंने फलानी जगह छोड़ा या फेंका है वहां जाने से जरूर मिल जायेगा उसकी तरफ दौड़ा जाये, तो बेशक समझा जायेगा कि उसे उसके फेंक देने का रंज हुआ था और उसके मिल जाने से प्रसन्नता होगी, लेकिन यदि ऐसा नहीं है तो नहीं।

भूत- ठीक है, मगर वह आदमी उस जगह जहां उसने हीरे को पत्थर समझकर फेंका था, पुन: उसे पाने की आशा में तभी जायेगा जब अपना जाना सार्थक समझेगा। परंतु जब उसे यह

निश्चय हो जायेगा कि वहां जाने में उस हीरे के साथ तू भी बर्बाद हो जाएगा अर्थात् वह हीरा भी काम का न रहेगा और तेरी भी जान जाती रहेगी तब वह उसकी खोज में क्योंकर जायेगा।

शांता- ऐसी अवस्था में वह अपने को इस योग्य बनावेगा ही कि वह उस हीरे की खोज में जाने लायक न रहे यदि यह बात उसके हाथ में होगी वह हीरे को वास्तव में हीरा समझता होगा।

भूतनाथ- बेशक, मगर शिकायत की जगह तो ऐसी अवस्था में हो सकती थी जब वह अपने बिगड़े हुए कंटीले रास्ते को जिसके सबब से वह उस हीरे तक नहीं पहुंच सकता था, पुनः सुधारने और साफ करने के लिए परले सिरे का उद्योग करता हुआ दिखाई न देता।

शांता- ठीक है, लेकिन जब वह हीरा यह देख रहा है कि उसका अधिकारी या मालिक बिगड़ी हुई अवस्था में भी एक मानिक के टुकड़े को कलेजे से लगाए हुए घूम रहा है और यदि वह चाहता तो उस हीरे को भी उसी तरह रख सकता था मगर अफसोस उस हीरे की तरफ जो वास्तव में पत्थर ही समझा गया है कोई भी ध्यान नहीं देता जो बेहाथ-पैर का होकर भी उसी मालिक की खोज में जगह-जगह की मिट्टी छानता फिर रहा है जिसने जान-बूझकर उसे पैर में गड़ने वाले कंकड़ की तरह अपने आगे से उठाकर फेंक दिया है और जानता है कि उस पत्थर के साथ जिसे वह व्यर्थ ही में हीरा कह रहा है वास्तव में छोटी-छोटी हीरे की कनियां भी चिपकी हुई हैं जो छोटी होने के कारण सहज ही मिट्टी में मिल जा सकती हैं, तब क्या शिकायत की जगह नहीं है।

भूत- परंतु अदृष्ट भी कोई वस्तु है, प्रारब्ध भी कुछ कहा जाता है, और होनहार भी किसी चीज का नाम है?

शांता- यह दूसरी बात है, इन सभों का नाम लेना वास्तव में निरुत्तर (लाजवाब) होना और चलती बहस को जान-बूझकर बंद कर देना ही नहीं है बल्कि उद्योग जैसे अनमोल पदार्थ की तरफ से मुंह फेर लेना भी है। अस्तु जाने दीजिए, मेरी यह इच्छा भी नहीं है कि आपको परास्त करने की अभिलाषा से मैं विवाद करती ही जाऊं, यह तो बात ही बात में कुछ कहने का मौका मिल गया और छाती पर पत्थर रखकर जी का उबाल निकाल लिया, नहीं तो जरूरत ही क्या थी।

भूत- मैं कसूरवार हूं और बेशक कसूरवार हूं मगर यह उम्मीद भी तो न थी कि ईश्वर की कृपा से तुम्हें इस तरह जीती इस दुनिया में देखूंगा।

शांता- अगर यही आशा या अभिलाषा होती तो अपने परलोकगामी होने की खबर मुझ अभागी के कानों तक पहुंचाने की कोशिश क्यों करते और...।

भूत- बस-बस, अब मुझ पर दया करो और इस ढंग की बातें छोड़ दो क्योंकि आज बड़े भाग्य से मेरे लिए यह खुशी का दिन नसीब हुआ है। इसे जली-कटी बातें सुनाकर पुनः कड़वा न करो

और यह सुनाओ कि तुम इतने दिनों तक कहां छिपी हुई थीं, अपनी लड़की कमला को किस तरह धोखा देकर चली गईं कि आज तक वह तुमको मरी हुई समझती है?

इस समय शांता का खूबसूरत चेहरा नकाब से ढका हुआ नहीं है। यद्यपि वह जमाने के हाथों सताई हुई तथा दुबली-पतली औरत है और उसका तमाम बदन पीला पड़ गया है मगर फिर भी आज की खुशी उसके सुंदर बादामी चेहरे पर रौनक पैदा कर रही है और इस बात की इजाजत नहीं देती कि कोई उसे ज्यादे उम्र वाली कहकर खूबसूरतों की पंक्ति में बैठने से रोके। हजार गई-गुजरी होने पर भी वह रामदेई (भूतनाथ की दूसरी स्त्री) से बहुत अच्छी मालूम पड़ती है और इस बात को भूतनाथ भी बड़े गौर से देख रहा है। भूतनाथ की आखिरी बात सुनकर शांता ने अपनी डबडबाई हुई आंखों को आंचल से साफ किया और एक लंबी सांस लेकर कहा –

शांता- मैं रणधीर सिंह जी के यहां से कभी न भागती अगर अपना मुंह किसी को दिखाने लायक समझती। मगर अफसोस आपके भाई ने इस बात को अच्छी तरह मशहूर किया कि आपके दुश्मन (अर्थात् आप) इस दुनिया से उठ गये। इसके सबूत में उन्होंने बहुत-सी बातें पेश कीं, मगर मुझे विश्वास न हुआ तथापि इस गम में मैं बीमार हो गई और दिन-दिन मेरी बीमारी बढ़ती ही गई। उसी जमाने में मेरी मौसेरी बहिन अर्थात् दलीपशाह की स्त्री मुझे देखने के लिए मेरे घर आई। मैंने अपने दिल का हाल और बीमारी का सबब उससे बयान किया, यह भी कहा कि जिस तरह मेरे पति ने सही-सलामत रहकर भी अपने को मरा हुआ मशहूर किया उसी तरह मुझे तुम कहीं छिपाकर मरा हुआ मशहूर कर दो, अगर ऐसा हो जायेगा तो मैं अपने पति को ढूंढ़ निकालने का उद्योग करूंगी। उन्होंने मेरी बात पसंद कर ली और लोगों को यह कहकर कि मेरे यहां की आबोहवा अच्छी है वहां शांता को बहुत जल्द आराम हो जायेगा, मुझे अपने यहां उठा ले जाने का बंदोबस्त किया और रणधीर सिंह जी से इजाजत भी ले ली। मैं दो दिन तक अपनी लड़की कमला को नसीहत करती रही और उसके बाद उसे किशोरी के हवाले करके और अपने छोटे दूध-पीते बच्चे को गोद में लेकर दलीपशाह के घर चनी आई और धीरे-धीरे आराम होने लगी। थोड़े ही दिन बाद दलीपशाह के घर में उस भयानक आधी रात के समय आपका आना हुआ, मगर हाय, उस समय आपकी अवस्था पागलों की-सी हो रही थी और आपने धोखे में पड़कर अपने प्यारे लड़के का जिसे मैं अपने साथ ले गई थी, खून कर डाला।

इतना कहते-कहते शांता का जी भर आया और वह हिचकियां ले-लेकर रोने लगी। भूतनाथ की बुरी अवस्था हो रही थी और इससे ज्यादे वह उस घटना का हाल नहीं सुनना चाहता था। वह यह कहता हुआ कि "बस माफ करो, अब इसका जिक्र न करो" अपनी स्त्री शांता के पैरों पर गिरा ही चाहता था कि उसने पैर खैंचकर भूतनाथ का सिर थाम लिया और कहा - "हां-हां, क्या करते हो क्यों मेरे सिर पर पाप चढ़ाते हो मैं खूब जानती हूं कि आपने उसे नहीं पहचाना मगर इतना जरूर समझते थे कि वह दलीपशाह का लड़का है, अस्तु फिर भी आपको ऐसा नहीं करना चाहिए था। खैर, अब मैं इस जिक्र को छोड़ देती हूं।"

इतना कहकर शांता ने अपने आंसू पोंछे और फिर इस तरह का बयान करना शुरू किया–

"शोक और दु:ख से मैं पुन: बीमार पड़ गई मगर आशालता ने धीरे-धीरे कुछ दिन में अपनी तरह मुझे भी (आराम) कर दिया। यह आशा केवल इसी बात की थी कि एक दफे आपसे जरूर मिलूंगी। मुश्किल तो यह थी कि उस घटना ने दलीपशाह को भी आपका दुश्मन बना दिया था, केवल उस घटना ने ही नहीं इसके अतिरिक्त भी दलीपशाह को बर्बाद करने में आपने कुछ उठा न रखा था यहां तक कि आखिर वह दारोगा के हाथ फंस ही गये।"

भूत- (बेचैनी के साथ लंबी सांस लेकर) ओफ! मैं कह चुका हूं कि इन बातों को मत छेड़ो, केवल अपना हाल बयान करो, मगर तुम नहीं मानतीं।

शांता- नहीं-नहीं, मैं तो अपना ही हाल बयान कर रही हूं। खैर, मुख्तसर ही में कहती हूं –

उस घटना के बाद ही मेरी इच्छानुसार दलीपशाह ने मेरा और बच्चे का मर जाना मशहूर किया जिसे सुनकर हरनाम सिंह और कमला भी मेरी तरफ से निश्चिंत हो गये। जब खुद दलीपशाह भी दारोगा के हाथ में फंस गये तब मैं बहुत ही परेशान हुई और सोचने लगी कि अब क्या करना चाहिए। उस समय दलीपशाह के घर में उनकी स्त्री, एक छोटा-सा बच्चा और मैं, केवल तीन ही आदमी रह गये थे। दलीपशाह की स्त्री को मैंने धीरज धराया और कहा कि अभी अपनी जान मत बर्बाद कर, मैं बराबर तेरा साथ दूंगी और दलीपशाह को खोज निकालने का उद्योग करूंगी मगर अब हम लोगों को यह घर एकदम छोड़ देना चाहिए और ऐसी जगह छिपकर रहना चाहिए जहां दुश्मनों को हम लोगों का पता न लगे। आखिर ऐसा ही हुआ अर्थात् हम लोगों की जो कुछ जमा-पूंजी थी उसे लेकर हमने उस घर को एकदम छोड़ दिया और काशीजी में जाकर एक अंधेरी गली में पुराने और गंदे मकान में डेरा डाला मगर इस बात की टोह लेते रहे कि दलीपशाह कहां हैं अथवा छूटने के बाद अपने घर की तरफ जाकर हम लोगों को ढूंढ़ते हैं या नहीं। इस फिक्र में मैं कई दफे सूरत बदलकर बाहर निकली और इधर-उधर घूमती रही। इत्तिफाक से दिल में यह बात पैदा हुई कि किसी तरह अपने लड़के हरनाम सिंह से छिपकर मिलना और उसे अपना साथी बना लेना चाहिए। ईश्वर ने मेरी यह मुराद पूरी की। जब माधवी कुंअर इंद्रजीत सिंह को फंसाकर ले गई और उसके बाद उसने किशोरी पर भी कब्जा कर लिया तब कमला और हरनाम सिंह दोनों आदमी किशोरी की खोज में निकले और एक-दूसरे से जुदा हो गये। किशोरी की खोज में हरनाम सिंह काशी की गलियों में घूम रहा था जब उस पर मेरी निगाह पड़ी और मैंने इशारे से अलग बुलाकर अपना परिचय दिया। उसको मुझसे मिलकर जितनी खुशी हुई उसे मैं बयान नहीं कर सकती। मैं उसे अपने घर में ले गई और सब हाल उससे कह अपने दिल का इरादा जाहिर किया जिसे उसने खुशी से मंजूर कर लिया। उस समय मैं चाहती तो कमला को भी अपने पास बुला लेती मगर नहीं, उसे किशोरी की मदद के लिए छोड़ दिया क्योंकि किशोरी के नमक को मैं किसी तरह भूल नहीं सकती थी, अस्तु मैंने केवल हरनाम सिंह को अपने पास रख लिया और खुद चुपचाप अपने घर में बैठी रहकर

आपका और दलीपशाह का पता लगाने का काम लड़के के सुपुर्द किया। बहुत दिनों तक बेचारा लड़का चारों तरफ मारा-मारा फिरा और तरह-तरह की खबरें लाकर मुझे सुनाता रहा। जब आप प्रकट होकर कमलिनी के साथी बन गए और उसके काम के लिए चारों तरफ घूमने लगे तब हरनाम सिंह ने भी आपको देखा और पहचानकर मुझे इत्तिला दी। थोड़े दिन बाद यह भी उसी की जुबानी मालूम हुआ कि अब आप नेकनाम होकर दुनिया में अपने को प्रकट किया चाहते हैं। उस समय मैं बहुत प्रसन्न हुई और मैंने हरनाम को राय दी कि तू किसी तरह राजा वीरेन्द्र सिंह के किसी ऐयार की शागिर्दी कर ले। आखिर वह तारा सिंह से मिला और उसके साथ रहकर थोड़े ही दिनों में उसका प्यारा शागिर्द बल्कि दोस्त बन गया तब उसने अपना हाल तारा सिंह को कह सुनाया और तारा सिंह ने भी उसके साथ बहुत अच्छा बर्ताव करके उसकी इच्छानुसार उसके भेदों को छिपाया। तब से हरनाम सिंह सूरत बदले हुए तारा सिंह का काम करता रहा और मुझे भी आपकी पूरी-पूरी खबर मिलती रही। आपको शायद इस बात की खबर न हो कि तारा सिंह की मां चंपा से और मुझसे बहिन का रिश्ता है, वह मेरे मामा की लड़की है, अस्तु चंपा ने लड़के की जुबानी हरनाम सिंह का हाल सुना और जब यह मालूम हुआ कि वह रिश्ते में उसका भतीजा होता है तब उसने भी उस पर दया प्रकट की और तब से उसे बराबर अपने लड़के की तरह मानती रही।

जमानिया के तिलिस्म को खोलते और कैदियों को साथ लिए हुए जब दोनों कुमार उस खोह वाले तिलिस्मी बंगले में पहुंचे तो उन्होंने भैरो सिंह और तारा सिंह को अपने पास बुला लिया और तिलिस्म का पूरा हाल उनसे कह के उन दोनों को अपने पास रखा। दलीपशाह को यह हाल भी तारा सिंह ही से मालूम हुआ कि उसके बाल-बच्चे ईश्वर की कृपा से अभी तक राजी-खुशी हैं, साथ ही इसके मेरा हाल भी दलीपशाह को मालूम हुआ। उस समय तारा सिंह दोनों कुमारों से आज्ञा लेकर हरनाम सिंह को उस बंगले में ले आया और दलीपशाह से उसकी मुलाकात कराई। हरनाम सिंह को साथ लेकर दलीपशाह काशी गये और वहां से मुझको तथा अपनी स्त्री और लड़के को साथ लेकर कुमार के पास चले आये। जब तारा सिंह की जुबानी चंपा ने यह हाल सुना तब वह भी मुझसे मिलने के लिए तारा सिंह के साथ यहां अर्थात् उस बंगले में आई।

भूत- जब दोनों कुमार नकाबपोश बनकर भैरो सिंह और तारा सिंह को यहां ले आए उसके पहले तो तारा सिंह यहां नहीं आए थे?

शांता- जी उसके पहले ही से वे दोनों यहां आते-जाते रहे। उस दिन तो प्रकट रूप में यहां लाए गये थे। क्या इतना हो जाने पर भी आपको अंदाज मालूम न हुआ?

भूत- ठीक है, इस बात का शक तो मुझे और देवी सिंह को भी होता रहा।

शांता का किस्सा भूतनाथ ने बड़े गौर के साथ ध्यान से सुना और तब देर तक आरजू-मिन्नत के साथ शांता से माफी मांगता रहा। इसके बाद पुन: दोनों में बातचीत होने लगी।

शांता- अब तो आपको मालूम हुआ कि चंपा यहां क्योंकर और किसलिए आई।

भूत- हां, यह भेद तो खुल गया मगर इसका पता न लगा कि नानक और उसकी मां का यहां आना कैसे हुआ?

शांता- सो मैं न कहूंगी, यह उसी से पूछ लेना।

भूत- (ताज्जुब से) सो क्यों?

शांता- मैं उसके बारे में कुछ कहा भी नहीं चाहती।

भूत- आखिर, इसका कोई सबब भी है?

शांता- सबब यही है कि उसकी यहां कोई इज्जत नहीं है बल्कि वह बेकदरी की निगाह से देखी जाती है।

भूत- वह है भी इसी योग्य! पहले तो मैं उसे प्यार करता था मगर जब से यह सुना कि उसी की बदौलत मैं जैपाल (नकली बलभद्र) का शिकार बन गया और एक भारी आफत में फंस गया, तब से मेरी तबीयत उससे खट्टी हो गई।

शांता- सो क्यों?

भूत- इसीलिए कि वह बेगम की गुप्त सहेली नन्हों से गहरी मुहब्बत रखती है और इसी सबब से वह कागज का मुट्ठा जो मैंने अपने फायदे के लिए तैयार किया था गायब हो के जैपाल के हाथ लग गया और उससे मुझे नुकसान पहुंचा। इस बात का सबब भी मैंने अपनी आंखों से देख लिया।

शांता- सो ठीक है, मैं भी दलीपशाह से यह बात सुन चुकी हूं।

भूत- इसी से अब मैं उसे अपनी स्त्री नहीं बल्कि दुश्मन समझता हूं। केवल नन्हों से ही नहीं बल्कि कम्बख्त गौहर से भी वही दोस्ती रखती थी और वह दोस्ती पाक न थी। (लंबी सांस लेकर) अफसोस! इसी से उस खोटी का लड़का नानक भी खोटा ही निकला।

शांता- (मुस्कराकर) तब आप उसके लिए इतना परेशान क्यों थे क्योंकि यह बात सुनने के बाद ही तो आपने उसे नकाबपोशों के स्थान में देखा था!

भूत- वह परेशानी मेरी उसकी मोहब्बत के सबब से न थी बल्कि इस खयाल से थी कि कहीं वह मुझ पर कोई नई आफत लाने के लिए तो नकाबपोशों से नहीं आ मिली।

शांता- ठीक है। यह खयाल भी हो सकता था।

भूत- फिर भी इसी बीच में जब मुझे जंगल में गाना सुना के धोखा दिया और गिरफ्तार करके अपने स्थान पर ले गई जिसका हाल शायद तुम्हें मालूम होगा, तब मेरा रंज और भी बढ़ गया।

शांता- यह हाल मुझे भी मालूम है मगर यह कार्रवाई उसकी न थी बल्कि इंद्रदेव की थी। उन्होंने ही आपके साथ यह ऐयारी की थी और उस दिन जंगल में घोड़े पर सवार जो औरत आपको मिली थी और जिसे आपने अपनी स्त्री समझा था, वह इंद्रदेव का ऐयार ही था, यह बात

मैं उन्हीं (इंद्रदेव) की जुबानी सुन चुकी हूं, शायद आपसे भी वे कहें। हां उस दिन बंगले में जिस औरत को आपने देखा था वह बेशक नानक की मां थी। वह तो खुद कैदियों की तरह यहां रखी गई है, मैदान की हवा क्योंकर खा सकती है। दोनों कुमार नहीं चाहते थे कि प्रकट होने के पहले ही कोई उन लोगों का पता लगा ले इसीलिए ये सब खेल खेले गये। (कुछ सोचकर) आखिर आपने धीर-धीरे नानक की मां का हाल पूछ ही लिया, मैं उसके बारे में कुछ भी नहीं कहा चाहती थी, अस्तु अब इससे आगे और कुछ भी नहीं कहूंगी, आप उसके बारे में मुझसे कुछ न पूछें।

भूत- नहीं-नहीं, जब इतना बता चुकी हो तो कुछ और भी बताओ क्योंकि मैं उससे मिलकर कुछ भी नहीं पूछा चाहता बल्कि अब उसका मुंह देखना भी मुझे पसंद नहीं है। अच्छा यह तो बताओ कि वह कम्बख्त यहां क्यों लाई गई?

शांता- लाई नहीं गई बल्कि उसी नन्हों के यहां गिरफ्तार की गई, उस समय नानक भी उसके साथ था।

भूत- (आश्चर्य और क्रोध से) फिर भी उसी नन्हों के यहां गई थी?

शांता- जी हां।

भूत- (लम्बी सांस लेकर) लोग सच कहते हैं कि ऐयाशी का नतीजा बहुत बुरा निकलता है।

शांता- अस्तु अब उसके बारे में मुझसे कुछ न पूछिए, इंद्रदेवजी आपको सब-कुछ बता देंगे।

भूत- हां ठीक है, खैर, अब उसके बारे में कुछ न पूछूंगा, जो कुछ पूछूंगा वह तुम्हारे और हरनाम ही के बारे में होगा, अच्छा एक बात और बताओ, आज के दरबार में मैंने हरनाम को हाथ में एक संदूकड़ी लिए देखा था, वह संदूकड़ी कैसी थी और उसमें क्या था?

शांता- उसमें दारोगा के हाथ की लिखी हुई बहुत-सी चिट्ठियां हैं जिनके देखने से आपको निश्चय हो जायेगा कि आपने दलीपशाह को व्यर्थ ही अपना दुश्मन समझ लिया था। पहले जब दारोगा ने दलीपशाह को लालच दिखाकर लिखा लिया था कि वह आपको गिरफ्तार करा दे, तब दो-चार चिट्ठियों में तो दलीपशाह ने इस नीयत से कि दारोगा की शैतानियों का सबूत उससे मिलकर बटोर लें दारोगा के मतलब ही का जवाब दिया था जिससे खुश होकर उसने कई चिट्ठियों में दलीपशाह को तरह-तरह के सब्जबाग दिखलाए, मगर जब दारोगा की कई चिट्ठियां दलीपशाह ने बटोर लीं तब साफ जवाब दे दिया। उस समय दारोगा बहुत घबड़ाया और उसने सोचा कि कहीं ऐसा न हो कि दलीपशाह मुझसे दुश्मनी करके मेरा भेद खोल दे, अस्तु किसी तरह उसे गिरफ्तार कर लेना चाहिए। उस समय कम्बख्त दारोगा आपसे मिला और उसने दलीपशाह की पहली चिट्ठियां आपको दिखाकर खुद आप ही को दलीपशाह का दुश्मन बना दिया, बल्कि आप ही के जरिये से दलीपशाह को गिरफ्तार भी करा लिया।

भूत- ठीक है, इस विषय में मैंने बहुत बड़ा धोखा खाया।

शांता- मगर दलीपशाह को गिरफ्तार कर लेने पर भी वे चिट्ठियां दारोगा के हाथ न लगीं क्योंकि वे दलीपशाह की स्त्री के कब्जे में थीं, अब हम लोग उन्हें अपने साथ लाये हैं जिन्हें दारोगा के मुकदमे में पेश करेंगे।

भूत- अस्तु वह मेरे दिल का खुटका निकल गया और मुझे निश्चय हो गया कि हरनाम की कोई कार्रवाई मेरे खिलाफ न होगी।

शांता- भला वह कोई काम ऐसा क्यों करेगा जिससे आपको तकलीफ हो ऐसा खयाल भी आपको न होना चाहिए।

इन दोनों में इस तरह की बातें हो रही थीं कि किसी के आने की आहट मालूम हुई, भूतनाथ ने घूमकर देखा तो नानक पर निगाह पड़ी। जब वह पास आया तब भूतनाथ ने उससे पूछा, "क्या चाहते हो?"

नानक- मेरी मां आपसे मिलना चाहती है।

भूत- तो यहां पर क्यों न चली आई यहां कोई गैर तो था नहीं।

नानक- सो तो वही जानें।

भूत- अच्छा जाओ, उसे इसी जगह मेरे पास भेज दो।

नानक- बहुत अच्छा।

इतना कहकर नानक चला गया और इसके बाद शांता ने भूतनाथ से कहा, "शायद उसे मेरे सामने आपसे बातचीत करना मंजूर न हो, शर्म आती हो या किसी तरह का और कुछ खयाल हो, अस्तु आज्ञा दीजिए तो मैं चली जाऊं, फिर...।"

भूत- नहीं, उसे जो कुछ कहना होगा तुम्हारे सामने ही कहेगी, तुम चुपचाप बैठी रहो।

शांता- संभव है कि वह मेरे रहते यहां न आवे या उसे इस बात का खयाल हो कि तुम मेरे सामने उसकी बेइज्जती करोगे।

भूत- हो सकता है, मगर... (कुछ सोच के) अच्छा, तुम जाओ।

इतना सुनकर शांता वहां से उठी और बंगले की तरफ रवाना हुई। इस समय सूर्य अस्त हो चुका था और चारों तरफ से अंधेरी झुकी आती थी।

***

बयान-7

इंद्रदेव का यह स्थान बहुत बड़ा था। इस समय यहां जितने आदमी आए हुए हैं, उनमें से किसी को किसी तरह की भी तकलीफ नहीं हो सकती थी और इसके लिए प्रबंध भी बहुत अच्छा कर रखा गया था। औरतों के लिए एक खास कमरा मुकर्रर किया गया था मगर रामदेई (नानक की मां) की निगरानी की जाती थी। और इस बात का भी बंदोबस्त कर रखा गया था कि कोई किसी के साथ दुश्मनी का बर्ताव न कर सके। महाराज सुरेन्द्र सिंह, वीरेन्द्र सिंह और दोनों कुमारों के कमरों के आगे पहरे का पूरा-पूरा इंतजाम था और हमारे ऐयार लोग भी बराबर चौकन्ने रहा करते थे।

यद्यपि भूतनाथ एकांत में बैठा हुआ अपनी स्त्री से बातें कर रहा था मगर यह बात इंद्रदेव और देवी सिंह से छिपी हुई न थी जो इस समय बगीचे में टहलते हुए बातें कर रहे थे। इन दोनों के देखते ही देखते नानक भूतनाथ की तरफ गया और लौटकर आया। इसके बाद भूतनाथ की स्त्री अपने डेरे पर चली गई और फिर रामदेई अर्थात् नानक की मां भूतनाथ की तरफ जाती हुई दिखाई पड़ी। उस समय इंद्रदेव ने देवी सिंह से कहा, "देवी सिंह जी देखिये भूतनाथ अपनी पहली स्त्री से बातचीत कर चुका है, अब उसने नानक की मां को अपने पास बुलाया है। शांता की जुबानी उसकी खुटाई का हाल तो उसे जरूर ही मालूम हो गया होगा, इसलिए ताज्जुब नहीं कि वह गुस्से में आकर रामदेई के हाथ-पैर तोड़ डाले?"

देवी- ऐसा हो तो कोई ताज्जुब की बात नहीं है, मगर उस औरत ने भी तो सजा पाने के ही लायक काम किया है।

इंद्रदेव- ठीक है, मगर इस समय उसे बचाना चाहिये।

देवी- तो जाइए, वहां बैठकर तमाशा देखिए और मौका पड़ने पर उसकी सहायता कीजिए। (मुस्कराकर) आप ही आग लगाते हैं और आप ही बुझाने दौड़ते हैं।

इंद्रदेव- (हंसकर) आप तो दिल्लगी करते हैं।

देवी- दिल्लगी काहे की क्या आपने उसे गिरफ्तार नहीं कराया है और अगर गिरफ्तार कराया है तो क्या इनाम देने के लिए?

इंद्रदेव- (मुस्कराते हुए) तो आपकी राय है कि इसी समय उसकी मरम्मत की जाये।

देवी- चाहिए तो ऐसा ही! जी में आवे तो तमाशा देखने चलिए। कहिए तो आपके साथ चलूं।

इंद्रदेव- नहीं-नहीं, ऐसा न होना चाहिए। भूतनाथ आपका दोस्त है और अब तो नातेदार भी। आप ऐसे मौके पर उसके सामने जा सकते हैं, जाइये और उसे बचाइये, मेरा जाना मुनासिब न होगा।

देवी- (हंसकर) तो आप चाहते हैं कि मैं भी भूतनाथ के हाथ से दो-एक घूंसे खा लूं अच्छा साहब चलता हूं, आपका हुक्म कैसे टालूं, आज आपने बड़ी-बड़ी बातें मुझे सुनाई हैं इसलिए आपका एहसान भी तो मानना होगा।

इतना कहते हुए देवी सिंह पेड़ों की आड़ देते हुए भूतनाथ की तरफ रवाना हुए और जब ऐसी जगह पहुंचे जहां से उन दोनों की बातें बखूबी से सुन सकते थे, तब एक चट्टान पर बैठ गए और सुनने लगे कि वे दोनों क्या बातें कर रहे हैं।

भूत- खैर, अच्छा ही हुआ जो तुम यहां तक आ गईं, मुझसे मुलाकात भी हो गई और मैं 'लामाघाटी' तक जाने से बच गया। मगर यह तो बताओ कि अपनी सहेली 'नन्हों' को यहां तक क्यों न लेती आईं, मैं भी जरा उससे मिल के अपना कलेजा ठंडा कर लेता?

रामदेई- नन्हों बेचारी पर क्यों आक्षेप करते हो, उसने तुम्हारा क्या बिगाड़ा है और वह यहां आती ही काहे को क्या तुम्हारी लौंडी थी! व्यर्थ ही एक आदमी को बदनाम और दिक करने के लिए लोग टूट पड़ते हैं।

भूत- (उभड़ते हुए गुस्से को दबाकर) छी-छी, वह बेचारी हमारी लौंडी क्यों होने लगी, लौंडी तो तुम उसकी थीं जो झख मारने के लिए उसके घर गई थीं।

रामदेई- (आंचल से आंसू पोंछती हुई) अगर में उसके यहां गई तो क्या पाप किया। मैं पहले ही नानक से कहती थी कि जाकर पूछ आओ तब मैं नन्हों के यहां जाऊं नहीं तो कहीं व्यर्थ ही बात का बतंगड़ न बन जाये, मगर लड़के ने न माना और आखिर वही नतीजा निकला, बदमाशों ने वहां पहुंचकर उसे भी बेइज्जत किया और मुझे भी बेइज्जत करके यहां तक घसीट लाये। उसके सिर झूठे ही कलंक थोप दिया कि वह बेगम की सहेली है।

इतना कहकर रामदेई नखरे के साथ रोने लगी।

भूत- तुमने पहले भी कभी उसका जिक्र मुझसे किया था कि वह तुम्हारी नातेदार है, या मुझसे पूछकर कभी उसके यहां गई थीं?

राम- एक दफे गई सो तो यह गति हुई, और जाती तो न मालूम क्या होता।

भूत- जो लोग तुझे यहां ले आये हैं वे बदमाश थे?

राम- बदमाश तो कहे ही जायेंगे! जो व्यर्थ दूसरों को दु:ख दे वही बदमाश होते हैं और क्या बदमाशों के सिर पर सींग होती हैं। तुम्हारी अक्ल पर पत्थर पड़ गया है कि जो लोग तुम्हारी बेइज्जती किए ही जाते हैं उन्हीं के लिए तुम जान दे रहे हो। न मालूम तुम्हें ऐसी क्या गरज पड़ी हुई है।

भूत- ठीक है, यही राय लेने के लिए तो मैंने तुम्हें यहां एकांत में बुलाया है। अगर तुम्हारी राय होगी तो मैं देखते-देखते इन लोगों से बदला ले लूंगा, क्या मैं कमजोर या दब्बू हूं।

रामदेई- जरूर बदला लेना चाहिए, अगर तुम ऐसा नहीं करोगे तो मैं समझूंगी कि तुमसे बढ़कर कमीना कोई नहीं है।

इतना सुनकर भूतनाथ को बेहिसाब गुस्सा चढ़ आया मगर फिर भी उसने अपने क्रोध को दबाया और कहा –

भूत- अच्छा, तो अब मैं ऐसा ही करूंगा, मगर यह तो बताओ कि शेर की लड़की 'गौहर' से तुमसे क्या नाता है?

राम- उस मुसलमानिन से मुझसे क्या नाता होगा। मैंने तो उसकी सूरत भी नहीं देखी।

भूत- लोग तो कहते हैं कि तुम उसके यहां भी आती-जाती हो और मेरे बहुत से भेद तुमने उसे बता दिए हैं।

राम- सब झूठ है। ये लोग बात लगाने वाले जैसे ही धूर्त और पाजी हैं वैसे तुम सीधे और बेवकूफ हो।

अब भूतनाथ अपने गुस्से को बर्दाश्त न कर सका और उसने एक चपत रामदेई के गाल पर ऐसी जमाई कि वह तिलमिलाकर जमीन पर लेट गई। मगर उसे चिल्लाने का साहस न हुआ। कुछ देर बाद वह उठ बैठी और भूतनाथ का मुंह देखने लगी।

भूत- कमीनी, हरामजादी। जिनके लिए मैं जान तक देने को तैयार हूं उन्हीं लोगों की शान में तू ऐसी बातें कह रही है जो एक पराये को भी कहना उचित नहीं है और जिसे मैं एक सायत के लिए भी बर्दाश्त नहीं कर सकता। ले समझ ले और कान खोलकर सुन ले कि तेरे हाथ की लिखी वह चिट्ठी मुझे मिल गई है जो तूने चांद वाले दिन गोहर के यहां मिलने के लिए नन्हों के पास भेजी थी और जिसमें तूने अपना परिचय 'करौंदा की छैयें-छैयें' दिया था। बस इसी से समझ ले कि तेरी सब कलई खुल गई और तेरी बेईमानी लोगों को मालूम हो गई। अब तेरा नखरे के साथ रोना और बातें बनाकर अपने को बेकसूर साबित करना व्यर्थ है। अब तेरी मुहब्बत एक रत्ती बराबर मेरे दिल में नहीं रह गई और तुझे उस जहरीली नागिन से भी हजार दर्जे समझने लग गया जिसे खूबसूरत होने पर भी कोई हाथ से छूने तक का साहस नहीं कर सकता। मुझे आज इस बात का सख्त रंज है कि मैंने तुझे इतने दिन तक प्यार किया और इस बात की तरफ कुछ भी ध्यान न दिया कि उस मुहब्बत, ऐयाशी और शौक का नतीजा एक न एक दिन जरूर भयानक होता है जिसे छिपाने की जरूरत समझी जाती है और जिसका जाहिर होना शर्मिन्दगी और बेहयाई का सबब समझा जाता है। मुझे इस बात का अफसोस है कि तुझसे अनुचित संबंध रखकर मैंने उस उचित संबंध वाली का साथ छोड़ दिया जिसकी जूतियों की बराबरी भी तू नहीं कर सकती या यों कहना चाहिए कि तेरे शरीर का चमड़ा जिसकी जूतियों में

भी देखना मैं पसंद नहीं कर सकता। मुझे इस बात का दु:ख है कि नागर या मायारानी के कब्जे से तुझे छुड़ाने के लिए मैंने तरह-तरह के ढोंग रचे और इसका दम भर के लिए भी विचार न किया कि मैं उस क्षयी रोग को अपनी छाती से लगाने का प्रबंध कर रहा हूं जिसे पहली ही अवस्था में ईश्वर की कृपा ने मुझसे अलग कर दिया था। ये बातें तू अपने ही लिए न समझ बल्कि अपने जाये नानक के लिए भी समझकर मेरे सामने से उठ जा और उससे भी कह दे कि आज से मेरे सामने आकर मेरी जूतियों का शिकार न बने। यदि मेरे पुराने विचार न बदल गये होते और उन दिनों की तरह आज भी मैं पाप को पाप न समझता होता तो आज तेरी खाल खिंचवाकर नमक और मिर्च का उबटन लगवा देता, मगर खैर अब इतना ही कहता हूं कि मेरे सामने से उठ जा और फिर कभी अपना काला मुंह मुझे मत दिखाइयो। जिस कुल को तू पहले कलंक लगा चुकी है अब भी उसी कुल की बदनामी का सबब बनकर दुनिया की हवा खा।

रामदेई के पास भूतनाथ की बातों का जवाब न था। वह अपनी पुरानी चिठी का सच्चा परिचय सुनकर बदहवास हो गई और समझ गई कि उसके अच्छे नसीब के पहिए की धुरी टूट गई जिसे वह किसी तरह भी बना नहीं सकती। वह अपने धड़कते हुए कलेजे और कांपते हुए बदन के साथ भूतनाथ की बातें सुनती रही और अंत में उठने का साहस करने पर भी अपनी जगह से न हिल सकी मगर भूतनाथ वहां से उठ खड़ा हुआ और बंगले की तरफ चल पड़ा। थोड़ी ही दूर गया होगा कि देवी सिंह से मुलाकात हुई जिसने इसका हाथ पकड़ लिया और कहा, "भूतनाथ शाबाश! शाबाश! जो कुछ नेक और बहादुर आदमियों को करना चाहिए इस समय तुमने वही किया। मैं छिपकर तुम्हारी सब बातें सुन रहा था। अगर तुम कोई बेजा काम करना चाहते तो मैं तुम्हें जरूर रोकता मगर ऐसा करने का मौका न हुआ जिससे मैं बहुत ही खुश हूं। अच्छा जाओ अपने कमरे में आराम करो, मैं इंद्रदेव के पास जाता हूं।"

***

बयान-8

रात पहर से ज्यादे जा चुकी है। एक सुंदर सजे हुए कमरे में राजा गोपाल सिंह और इंद्रदेव बैठे हैं और उनके सामने नानक हाथ जोड़े बैठा दिखाई देता है।

गोपाल- (नानक से) ठीक है, यद्यपि इन बातों में तुमने अपनी तरफ से कुछ नमक-मिर्च जरूर लगाया होगा मगर फिर भी मुझे कोई ऐसी बात नहीं जान पड़ती जिससे भूतनाथ को दोषी ठहराऊं। उसने जो कुछ तुम्हारी मां से कहा सच कहा और उसके साथ जैसा बर्ताव किया वह उचित ही था। इस विषय में मैं भूतनाथ को कुछ भी नहीं कह सकता और न अब तुम्हारी बातों पर भरोसा ही कर सकता हूं। बड़े अफसोस की बात है कि मेरी नसीहत ने तुम्हारे दिल पर कुछ भी असर न किया और अगर कुछ किया भी तो वह दो-चार दिन बाद जाता रहा। अगर तुम अपनी मां के साथ नन्हों के मकान में गिरफ्तार न हुए होते तो कदाचित् मैं तुम्हारे धोखे में आ जाता मगर अब मैं किसी तरह भी तुम्हारा साथ नहीं दे सकता।

नानक- मगर आप मेरा कसूर माफ कर चुके हैं और...।

इंद्रदेव- (नानक से) अगर तुम उस माफी को पाकर खुश हुए थे तो फिर पुराने रास्ते पर क्यों गये और पुन: अपनी मां को लेकर नन्हों के पास क्यों पहुंचे तुम्हें बात करते शर्म नहीं आती।

गोपाल- फिर भी मैं अपनी जबान (माफी) का खयाल करूंगा और तुम्हें किसी तरह की तकलीफ न दूंगा, मगर अब भूतनाथ की तरह मैं भी तुम्हारी सूरत देखना पसंद नहीं करता और न भूतनाथ को इस विषय में कुछ कहना चाहता हूं। इंद्रदेव ने तुम्हारे साथ इतनी ही रियायत की सो बहुत किया कि तुमको यहां से निकल जाने की आज्ञा दे दी नहीं तो तुम इस लायक थे कि जन्म भर कैद में पड़े सड़ा करते।

नानक- जो आज्ञा, मगर मेरे पिता से इतना तो दिला दीजिए कि मेरी मां जन्म भर खाने-पीने की तरफ से बेफिक्र रहे।

इंद्रदेव- अबे कमीने, तुझे यह कहते शर्म नहीं मालूम होती! इतना बड़ा हो के भी तू अपनी मां के लायक दाना-पानी नहीं जुटा सकता और अब तुझे आखिरी मर्तबे कहा जाता है कि अब हम लोगों से किसी तरह की उम्मीद न रख और अपनी मां को साथ लेकर यहां से चला जा। भूतनाथ ने भी मुझे ऐसा ही कहने के लिए कहला भेजा है।

इतना कहकर इंद्रदेव ने ताली बजाई और साथ ही अपने ऐयार सूर्य सिंह को कमरे के अंदर आते देखा।

इंद्रदेव- (सूर्य से) भूतनाथ कहां है?

सूर्य- नंबर पांच के कमरे में देवी सिंह जी से बातें कर रहे हैं, वे दोनों यहां आये भी थे मगर यह सुनकर कि नानक यहां बैठा हुआ है पिछले पैर लौट गये।

इंद्रदेव- अच्छा, तुम जाओ और उन्हें यहां बुला लाओ।

सूर्यसिंह- जो आज्ञा, परंतु मुझे आशा नहीं है कि वे लोग नानक के रहते यहां आवेंगे।

इंद्रदेव- अच्छा, तो मैं खुद जाता हूं।

गोपाल- हां, तुम्हारा ही जाना ठीक होगा, देवी सिंह को भी बुलाते आना।

इंद्रदेव उठकर चले गये और थोड़ी ही देर में भूतनाथ तथा देवी सिंह को साथ लिए हुए आ पहुंचे।

गोपाल- (भूतनाथ से) क्यों साहब, आप यहां तक आकर लौट क्यों गये?

भूत- यों ही, मैंने समझा कि आप लोग किसी खास बात में लगे हुए हैं।

गोपाल- अच्छा, बैठिये और एक बात का जवाब दीजिए।

भूत- कहिए?

गोपाल- रामदेई और नानक के बारे में आप क्या हुक्म देते हैं?

भूत- महाराज ने क्या आज्ञा दी है?

गोपाल- उन्होंने इसका फैसला आप ही के ऊपर छोड़ा है।

भूत- फिर जो राय आप लोगों की हो, मैंने तो इन दोनों के बारे में इसकी मां को हुक्म सुना ही दिया है।

गोपाल- इनके कसूर तो आप सुन ही चुके होंगे।

भूत- पिछले कसूरों को तो मैं सुन ही चुका हूं, हां नया कसूर सिर्फ इतना ही मालूम हुआ है कि ये दोनों नन्हों के यहां गिरफ्तार हुए हैं।

गोपाल- इसके अतिरिक्त एक बात और है।

भूत- वह क्या?

गोपाल- यही कि ये दोनों अगर खाली हाथ न होते तो बेचारी शांता को जान से मार डालते।

इतने ही में नानक बोल उठा, "नहीं-नहीं, यह आपके जासूसों ने हमारे ऊपर झूठा इल्जाम लगाया है!"

भूत- अगर यह बात है तो मैं इसे हथकड़ी से खाली क्यों देखता हूं?

इंद्रदेव- इसीलिए कि हमारे हाते के अंदर ये लोग कुछ कर नहीं सकते। जब ये लोग यहां गिरफ्तार होकर आये तो कुछ दिन तक तो भलमनसी के साथ रहे मगर आज इनकी नीयत बिगड़ी हुई मालूम पड़ी।

भूत- खैर, अब आप ही इनके लिए हुक्म सुनाइये। मगर इंद्रदेव, आप यह न समझियेगा कि इन लोगों के बारे में मुझे किसी तरह का रंज है। मैं सच कहता हूं कि इन दोनों का यहां आना मेरे लिए बहुत अच्छा हुआ। मैं इन लोगों के फेर में बेतरह फंसा हुआ था। आज मालूम हुआ कि ये लोग जहर हलाहल से भी बढ़े हुए हैं, अस्तु आज इन लोगों से पीछा छुड़ाकर मैं बहुत ही प्रसन्न हुआ। मेरे सिर से बोझा उतर गया और आज मेरी जिंदगी खुशी के साथ बीतेगी। आपका कहना सच निकला अर्थात् इनका यहां आना मेरे लिए खुशी का सबब हुआ।

इंद्रदेव- अच्छा, यह बताइये कि ये अगर इसी तरह छोड़ दिये जायें तो आपके खजाने को तो किसी तरह का नुकसान नहीं पहुंचा सकते जो 'लामाघाटी' के अंदर है।

भूत- कुछ भी नहीं, और 'लामाघाटी' के अंदर जेवरों के अतिरिक्त और कुछ भी नहीं, सो जेवरों को मैं वहां से मंगवा ले सकता हूं।

इंद्रदेव- अगर सिर्फ नानक की मां के जेवरों से आपका मतलब है तो वह अब मेरे कब्जे में हैं क्योंकि नन्हों के यहां वह बिना जेवरों के नहीं गई थी।

भूत- बस तो मैं उस तरफ से बेफिक्र हो गया, यद्यपि उन जेवरों की मुझे कोई परवाह नहीं है मगर उसके पास मैं एक कौड़ी भी नहीं छोड़ा चाहता। इसके अतिरिक्त यह भी जरूर कहूंगा कि अब ये लोग सूखा छोड़ देने लायक नहीं रहे।

इंद्रदेव- खैर, जैसी राय होगी वैसा ही किया जायेगा।

इतना कहकर इंद्रदेव ने पुनः सूर्य सिंह को बुलाया और जब वह कमरे के अंदर आ गया तो कहा - "थोड़ी देर के लिए नानक को बाहर ले जाओ।"

नानक को लिए हुए सूर्य सिंह कमरे के बाहर चला गया और इसके बाद चारों आदमी विचार करने लगे कि नानक और उसकी मां के साथ क्या बर्ताव करना चाहिए। देर तक सोच-विचार कर यही निश्चय किया कि उन दोनों को देश से निकाल दिया जाय और कह दिया जाय कि जिस दिन हमारे महाराज की अमलदारी में दिखाई दोगे उसी दिन मार डाले जाओगे।

इस हुक्म पर महाराज से आज्ञा लेने की इन लोगों को कोई जरूरत न थी क्योंकि उन्होंने सब बातें सुन-सुनाकर पहले ही हुक्म दे दिया था कि भूतनाथ की आज्ञानुसार काम किया जाय, अस्तु नानक कमरे के अंदर बुलाया गया और इसके बाद रामदेई भी बुलाई गई। जब दोनों इकट्ठे हो गए तो उन्हें हुक्म सुना दिया गया।

यह हुक्म यद्यपि साधारण मालूम होता है मगर उन दोनों के लिए ऐसा न था जिन्हें भूतनाथ की बदौलत शाहखर्ची की आदत पड़ गई थी। नानक और रामदेई की आंखों से आंसू जारी था जब

इन्द्रदेव ने सूर्य सिंह को हुक्म दिया कि चार आदमी इन दोनों को ले जायें और महाराज की सरहद के बाहर कर आवें। सूर्य सिंह दोनों को लिए कमरे के बाहर निकल गया।

भूत- सिर से बोझ उतरा और कम्बख्तों से पीछा छूटा, अच्छा, अब बतलाइये कि कल क्या-क्या होगा?

गोपाल- महाराज ने तो यही हुक्म दिया है कि कल यहां से डेरा कूच किया जाये और तिलिस्म की सैर करते हुए चुनारगढ़ पहुंचें, चंपा, शांता, हरनाम सिंह, भरत सिंह और दलीपशाह वगैरह बाहर की राह से चुनार भेज दिये जायें, यदि हमारे किसी ऐयार की भी इच्छा हो तो उनके साथ चला जाये।

भूत- ऐसा कौन बेवकूफ होगा जो तिलिस्म की सैर छोड़ उनके साथ जाएगा।

देवी सिंह- सभी कोई ऐसा ही कहते हैं।

भूत- हां, यह तो बताइये कि मैंने नानक को जब दरबार में देखा था तो उसके हाथ में एक लपेटी तस्वीर थी, अब वह तस्वीर कहां है और उसमें क्या बात थी?

इंद्रदेव- वह कागज जिसे आप तस्वीर समझे हुए हैं मेरे पास है, आपको दिखाऊंगा। असल में वह तस्वीर नहीं बल्कि नानक ने उसमें एक बहुत बड़ी दर्खास्त लिखकर तैयार की थी जो दरबार में आ के पेश किया चाहता था, मगर ऐसा कर न सका।

भूत- उसमें लिखा क्या था?

इंद्रदेव- जो लोग उसे गिरफ्तार कर लाये हैं उनकी शिकायत के सिवाय और कुछ भी नहीं। साथ ही इसके उस दर्खास्त में इस बात पर बहुत जोर दिया गया था कि कमला की मां वास्तव में मर गई है और आज जिस शांता को सब कोई देख रहे हैं वह वास्तव में नकली है।

भूत- वाह रे शैतान! (कुछ सोचकर) तो शायद यह दर्खास्त महाराज के हाथ तक नहीं पहुंची।

इंद्रदेव- क्यों नहीं, मैंने जान-बूझकर ऐसा करने का मौका दिया। वह रात को पहरे वालों से इत्तिला कराकर खुद महाराज के पास पहुंचा और उनके सामने वह दर्खास्त रख दी। उस समय महाराज ने मुझे बुलाया और मुझी को वह दर्खास्त पढ़ने के लिए दी गई। उसे सुनकर महाराज ने मुस्करा दिया और इशारा किया कि वह कमरे के बाहर निकाल दिया जाय क्योंकि इसके पहले मैं शांता और हरनाम सिंह का पूरा-पूरा हाल महाराज से अर्ज कर चुका था।

भूत- अच्छा, मुझे वह दर्खास्त दिखाइयेगा।

इंद्रदेव- (उंगली से इशारा करके) वह कारनिस के ऊपर पड़ी हुई है, देख लीजिए।

भूतनाथ ने दर्खास्त उतारकर पढ़ी और इसके बाद कुछ देर तक उन लोगों में बातचीत होती रही।

बयान-9

सुबह का सुहावना समय सब जगह एक-सा नहीं मालूम होता, घर की खिड़कियों से उसका चेहरा कुछ और ही दिखाई देता है और बाग में उसकी कैफियत कुछ मस्तानी होती है, पहाड़ में उसकी खूबी कुछ और ढंग की दिखाई देती है और जंगल में उसकी छटा कुछ निराली ही होती है। आज इंद्रदेव के इस अनूठे स्थान में इसकी खूबी सबसे चढ़ी-बढ़ी है, क्योंकि जहां जंगल भी हैं, पहाड़ भी, अनूठा बाग तथा सुंदर बंगला या कोठी भी है, फिर यहां के आनंद का पूछना ही क्या। इसलिए हमारे महाराज कुंअर साहब और ऐयार लोग भी यहां घूमकर सुबह के सुहावने समय का पूरा आनंद ले रहे हैं, खास करके इसलिए कि आज ये लोग डेरा कूच करने वाले हैं।

बहुत देर घूमने-फिरने के बाद हर कोई बाग में आकर बैठा और इधर-उधर की बातें होनी लगीं।

जीत- (इंद्रदेव से) भरत सिंह वगैरह तथा औरतों को आपने चुनार रवाना कर दिया।

इंद्रदेव- जी हां, बड़े सबेरे ही उन लोगों को बाहर की राह से रवाना कर दिया। औरतों के लिए सवारी का इंतजाम कर देने के अतिरिक्त अपने दस-पंद्रह मातबिर आदमी भी साथ कर दिये हैं।

जीत- तब अब हम लोग भी कुछ भोजन करके यहां से रवाना हुआ चाहते हैं।

इंद्रदेव- जैसी मर्जी।

जीत- भैरो और तारा जो आपके साथ यहां आए थे कहां चले गए, दिखाई नहीं पड़ते।

इंद्रदेव- अब भी मैं उन्हें अपने साथ ही ले जाने की आज्ञा चाहता हूं क्योंकि उनकी मदद की मुझे जरूरत है।

जीत- तो क्या आप हम लोगों के साथ न चलेंगे?

इंद्रदेव- जी हां, उस बाग तक जरूर साथ चलूंगा जहां से मैं आप लोगों को यहां तक ले आया हूं पर उसके बाद गुप्त हो जाऊंगा क्योंकि मैं आपको कुछ तिलिस्मी तमाशे दिखाया चाहता हूं और इसके अतिरिक्त उन चीजों को भी तिलिस्म के अंदर से निकलवाकर चुनार पहुंचाना है जिनके लिये आज्ञा मिल चुकी है।

सुरेन्द्र- नहीं, नहीं, गुप्त रीति पर हम तिलिस्म का तमाशा नहीं देखा चाहते, हमारे साथ रहकर जो-जो कुछ दिखा सको दिखा दो, बाकी रहा उन चीजों को निकलवाकर चुनार पहुंचाना, सो यह काम दो दिन के बाद भी होगा तो कोई हर्ज नहीं।

इंद्रदेव- जैसी आज्ञा।

इतना कहकर इंद्रदेव थोड़ी देर के लिए कहीं चले गए और तब भैरो सिंह तथा तारा सिंह को साथ लिए आकर बोले, "भोजन तैयार है।"

सब कोई वहां से उठे और भोजन इत्यादि से छुट्टी पाकर तिलिस्म की तरफ रवाना हुए। जिस तरह इंद्रदेव इन लोगों को अपने स्थान में ले आये थे उसी तरह पुन: उस तिलिस्मी बाग में ले गये जिसमें से लाए थे।

जब महाराज सुरेन्द्र सिंह वगैरह उस बारहदरी में पहुंचे जिसमें पहले दिन आराम किया था और जहां बाजे की आवाज सुनी थी तब दिन पहर भर से कुछ ज्यादे बाकी था। जीत सिंह ने इंद्रदेव से पूछा, "अब क्या करना चाहिए?"

इंद्रदेव- यदि महाराज आज की रात यहां रहना पसंद करें तो एक दूसरे बाग में चलकर वहां की कुछ कैफियत दिखाऊंगा।

जीत- बहुत अच्छी बात है, चलिये।

इतना सुनकर इंद्रदेव ने उस बारहदरी की कई अलमारियों में से एक अलमारी खोली और उसके अंदर जाकर सभों को अपने पीछे आने का इशारा किया। यहां एक गली के तौर पर रास्ता बना हुआ था जिसमें सब कोई इंद्रदेव की इच्छानुसार बेखौफ चले गए और थोड़ी दूर जाने के बाद जब इंद्रदेव ने दूसरा दरवाजा खोला तब उसके बाहर होकर सभों ने अपने को एक छोटे बाग में पाया जिसकी बनावट कुछ विचित्र ही ढंग की थी। यह बाग जंगली पौधों की सब्जी से हरा-भरा था और पानी का चश्मा भी बह रहा था मगर चारदीवारी के अतिरिक्त और किसी तरह की बड़ी इमारत इसमें न थी, हां बीच में एक बहुत बड़ा चबूतरा जरूर था जिस पर धूप और बरसाती पानी के लिए सिर्फ मोटे-मोटे बारह खंभों के सहारे पर छत बनी हुई थी और चबूतरे पर चढ़ने के लिए चारों तरफ सीढ़ियां थीं।

यह चबूतरा कुछ अजीब ढंग का बना हुआ था। लगभग चालीस हाथ के चौड़ा और इतना ही लंबा होगा। इसके फर्श में लोहे की बारीक नालियां जाल की तरह जड़ी हुई थीं और बीच में एक चौखूटा स्याह पत्थर इस अंदाज का रखा था जिस पर चार आदमी बैठ सकते थे। बस, इसके अतिरिक्त इस चबूतरे में और कुछ भी न था।

थोड़ी देर तक सब कोई उस चबूतरे की बनावट देखते रहे, इसके बाद इंद्रदेव ने महाराज से कहा, "तिलिस्म बनाने वालों ने यह बगीचा केवल तमाशा देखने के लिए बनाया था। यहां की कैफियत आपके साथ रहकर मैं नहीं दिखा सकता हां यदि आप मुझे दो-तीन पहर की छुट्टी दें तो...!!"

इंद्रदेव की बात महाराज ने मंजूर कर ली और तब वह (इंद्रदेव) सभों के देखते-देखते चौखूटे पत्थर के ऊपर चले गये जो चबूतरे के बीच में जड़ा हुआ था। सवार होने के साथ ही वह पत्थर

हिला और इंद्रदेव को लिए हुए जमीन के अंदर चला गया मगर थोड़ी देर में पुनः ऊपर चला आया और अपने ठिकाने पर ज्यों का त्यों बैठ गया लेकिन उस समय इंद्रदेव उस पर न थे।

इंद्रदेव के चले जाने के बाद थोड़ी देर तक तो सब कोई उस चबूतरे पर खड़े रहे, इसके बाद धीरे-धीरे वह चबूतरा गरम होने लगा और वह गर्मी यहां तक बढ़ी कि लाचार उन सभों को चबूतरा छोड़ देना पड़ा, अर्थात् सब कोई चबूतरे के नीचे उतर आए और बाग में टहलने लगे। इस समय दिन घंटे भर से कुछ कम बाकी था।

इस खयाल से कि देखें इसकी दीवार किस ढंग की बनी हुई है, सब कोई घूमते हुए पूरब तरफ वाली दीवार के पास जा पहुंचे और गौर से देखने लगे मगर कोई अनूठी बात दिखाई न दी। इसके बाद उत्तर तरफ वाली और फिर पश्चिम तरफ वाली दीवार को देखते हुए सब कोई दक्खिन तरफ गए और उधर की दीवार को आश्चर्य के साथ देखने लगे क्योंकि इसमें कुछ विचित्रता जरूर थी।

यह दीवार शीशे की मालूम होती थी और इसमें महाभारत की तस्वीरें बनी हुई थीं। ये तस्वीरें उसी ढंग की थीं जैसा कि उस तिलिस्मी बंगले में चलती-फिरती तस्वीरें इन लोगों ने देखी थीं। ये लोग तस्वीरों को बड़ी देर तक देखते रहे और सभों को विश्वास हो गया कि जिस तरह उस बंगले वाली तस्वीरों को चलते-फिरते और काम करते हम लोग देख चुके हैं उसी तरह इन तस्वीरों को भी देखेंगे क्योंकि दीवार पर हाथ फेरने से साफ मालूम होता था कि तस्वीरें शीशे के अंदर हैं।

इन तस्वीरों को देखने से महाभारत की लड़ाई का जमाना आंखों के सामने फिर जाता था, कौरवों और पाण्डवों की फौज, बड़े-बड़े सेनापति तथा रथ, हाथी, घोड़े इत्यादि जो कुछ बने थे सभी अच्छे और दिल पर असर पैदा करने वाले थे। 'इस लड़ाई की नकल अपनी आंखों से देखेंगे' इस विचार से सब कोई प्रसन्न थे। बड़ी दिलचस्पी के साथ उन तस्वीरों को देख रहे थे, यहां तक कि सूर्य अस्त हो गया और धीरे-धीरे अंधकार ने चारों तरफ अपना दखल जमा लिया। उस समय यकायक दीवार चमकने लगी और तस्वीरों में हरकत पैदा हुई जिससे सभों ने समझा कि नकली लड़ाई शुरू हुआ चाहती है मगर कुछ ही देर बाद लोगों का यह विश्वास ताज्जुब के साथ बदल गया जब यह देखा कि उसमें की तस्वीरें एक-एक करके गायब हो रही हैं। यहां तक कि घड़ी भर के अंदर ही सब तस्वीरें गायब हो गईं और दीवार साफ दिखाई देने लगी। इसके बाद दीवार की चमक भी बंद हो गई और फिर अंधकार दिखाई देने लगा।

थोड़ी देर बाद उस चबूतरे की तरफ रोशनी मालूम हुई। यह देखकर सब कोई उसी तरफ रवाना हुए और जब उसके पास पहुंचे तो देखा कि उस चबूतरे की छत में जड़े हुए शीशों के दस बारह टुकड़े इस तेजी के साथ चमक रहे हैं कि जिससे केवल चबूतरा ही नहीं बल्कि तमाम बाग उजाला हो रहा है। इसके अतिरिक्त सैकड़ों मूरतें भी उस चबूतरे पर इधर-उधर चलती-फिरती दिखाई दीं। गौर करने से मालूम हुआ कि ये मूरतें (या तस्वीरें) बेशक, वे ही हैं जिन्हें

उस दीवार के अंदर देख चुके हैं। ताज्जुब नहीं कि वह दीवार इन सभों का खजाना हो और वही यहां इस चबूतरे पर आकर तमाशा दिखाती हों।

इस समय जितनी मूरतें उस चबूतरे पर थीं सब अर्जुन के पुत्र अभिमन्यु की लड़ाई से संबंध रखती थीं। जब उन मूरतों ने अपना काम शुरू किया तो ठीक अभिमन्यु की लड़ाई का तमाशा आंखों के सामने दिखाई देने लगा। जिस तरह कौरवों के रचे हुए व्यूह के अंदर फंसकर कुमार अभिमन्यु ने वीरता दिखाई थी और अंत में अधर्म के साथ जिस तरह वह मारा गया था उसी को आज नाटक स्वरूप में देखकर सब कोई बड़े प्रसन्न हुए और सभों के दिलों पर बहुत देर तक इसका असर रहा।

इस तमाशे का हाल खुलासे तौर पर हम इसलिए नहीं लिखते कि इसकी कथा बहुत प्रसिद्ध है और महाभारत में विस्तार के साथ लिखी है।

यह तमाशा थोड़ी ही देर में खत्म नहीं हुआ बल्कि देखते-देखते तमाम रात बीत गई। सबेरा होने के कुछ पहले अंधकार हो गया और उसी अंधकार में सब मूरतें गायब हो गईं। उजाला होने और आंखें ठहरने पर जब सभों ने देखा तो उस चबूतरे पर सिवाय इंद्रदेव के और कुछ भी दिखाई न दिया।

इंद्रदेव को देखकर सब कोई प्रसन्न हुए और साहब-सलामत के बाद इस तरह बातचीत होने लगी –

इंद्रदेव- (चबूतरे से नीचे उतरकर और महाराज के पास आकर) मैं उम्मीद करता हूं कि इस तमाशे को देखकर महाराज प्रसन्न हुए होंगे।

महाराज- बेशक! क्या इसके सिवाय और भी कोई तमाशा यहां दिखाई दे सकता है?

इंद्रदेव- जी हां यहां पूरा महाभारत दिखाई दे सकता है अर्थात् महाभारत ग्रंथ में जो कुछ लिखा है वह सब इसी ढंग पर और इसी चबूतरे पर आप देख सकते हैं मगर दो-चार दिन में नहीं बल्कि महीनों में। इसके साथ-साथ बनाने वाले ने इसकी भी तरकीब रखी है कि चाहे शुरू ही से तमाशा दिखाया जाये या बीच ही से कोई टुकड़ा दिखा दिया जाय अर्थात् महाभारत के अंतर्गत जो कुछ चाहें देख सकते हैं।

महाराज- इच्छा तो बहुत कुछ देखने की थी मगर इस समय हम लोग यहां ज्यादे रुक नहीं सकते अस्तु फिर कभी जरूर देखेंगे। हां हमें इस तमाशे के विषय में कुछ समझाओ तो सही कि यह काम क्योंकर हो सकता है और तुमने यहां से कहां जाकर क्या किया?

इंद्रदेव ने इस तमाशे का पूरा-पूरा भेद सभों को समझाया और कहा कि ऐसे कई तमाशे इस तिलिस्म में भरे पड़े हैं, अगर आप चाहें तो इस काम में वर्षों बीत सकते हैं, इसके अतिरिक्त यहां की दौलत का भी यही हाल है कि वर्षों तक ढोते रहिए फिर भी कमी न हो, सोने-चांदी का तो कहना ही क्या है, जवाहिरात भी आप जितना चाहें ले सकते हैं, सच तो यों है कि जितनी दौलत

यहां है उसके रहने का ठिकाना भी यहीं हो सकता है। इस बगीचे के आस ही पास और भी चार बाग हैं, शायद उन सभों में घूमना और वहां के तमाशों को देखना इस समय आप पसंद न करें...।

महाराज- बेशक, इस समय हम इन सब तमाशों में समय बिताना पसंद नहीं करते। सबसे पहले शादी-ब्याह के काम से छुट्टी पाने की इच्छा लगी हुई है मगर इसके बाद पुनः एक दफे इस तिलिस्म में आकर यहां की सैर जरूर करेंगे।

कुछ देर तक इसी किस्म की बातें होती रहीं, इसके बाद इंद्रदेव सभों को पुनः उसी बाग में ले आये जिसमें उनसे मुलाकात हुई थी या जहां से इंद्रदेव के स्थान पर जाने का रास्ता था।

***

बयान-10

इस बाग में पहले दिन जिस बारहदरी में बैठकर सभों ने भोजन किया था, आज पुनः उसी बारहदरी में बैठने और भोजन करने का मौका मिला। खाने की चीजें ऐयार लोग अपने साथ ले आये थे और जल की वहां कमी ही न थी, अस्तु स्नान, संध्योपासन और भोजन इत्यादि से छुट्टी पाकर सब कोई उसी बारहदरी में सो रहे क्योंकि रात के जागे हुए थे और बिना कुछ आराम किसे बढ़ने की इच्छा न थी।

जब दिन पहर भर से कुछ कम बाकी रह गया तब सब कोई उठे और चश्मे के जल से हाथ-मुंह धोकर आगे की तरफ बढ़ने के लिए तैयार हुए।

हम ऊपर किसी बयान में लिख आये हैं कि यहां तीनों तरफ की दीवारों में कई अलमारियां भी थीं अस्तु इस समय कुंअर इंद्रजीत सिंह ने उन्हीं अलमारियों में से एक अलमारी खोली और महाराज की तरफ देखकर कहा, "चुनार के तिलिस्म में जाने का यही रास्ता है और हम दोनों भाई इसी रास्ते से वहां तक गये थे।"

रास्ता बिल्कुल अंधेरा था इसलिए इंद्रजीत सिंह तिलिस्मी खंजर की रोशनी करते हुए आगे-आगे रवाना हुए और उनके पीछे महाराज सुरेन्द्र सिंह, राजा वीरेन्द्र सिंह, गोपाल सिंह, इंद्रदेव वगैरह और ऐयार लोग रवाना हुए। सबसे पीछे कुंअर आनंद सिंह तिलिस्मी खंजर की रोशनी करते हुए जाने लगे क्योंकि सुरंग पतली थी और केवल आगे की रोशनी से काम नहीं चल सकता था।

ये लोग उस सुरंग में कई घंटे तक बराबर चले गये और इस बात का पता न लगा कि कब संध्या हुई या अब कितनी रात बीत चुकी है। जब सुरंग का दूसरा दरवाजा इन लोगों को मिला और उसे खोलकर सब कोई बाहर निकले तो अपने को एक लंबी-चौड़ी कोठरी में पाया जिसमें इस दरवाजे के अतिरिक्त तीनों तरफ की दीवारों में और भी तीन दरवाजे थे जिनकी तरफ इशारा करके कुंअर इंद्रजीत सिंह ने कहा, "अब हम लोग उस चबूतरे वाले तिलिस्म के नीचे आ पहुंचे हैं। इस जगह एक-दूसरे से मिली हुई सैकड़ों कोठरियां हैं जो भूलभुलैये की तरह चक्कर दिलाती हैं और जिनमें फंसा हुआ अनजान आदमी जल्दी निकल ही नहीं सकता। जब पहले-पहल हम दोनों भाई यहां आये थे तो सब कोठरियों के दरवाजे बंद थे जो तिलिस्मी किताब की सहायता से खोले गये और जिनका खुलासा हाल आपको तिलिस्मी किताब को पढ़ने से मालूम होगा, मगर इनके खोलने में कई दिन लगे और तकलीफ भी बहुत हुई। इन कोठरियों के मध्य में एक चौखूटा कमरा आप देखेंगे जो ठीक चबूतरे के नीचे हैं और उसी में से बाहर निकलने का

रास्ता है, बाकी सब कोठरियों में असबाब और खजाना भरा हुआ है। इसके अतिरिक्त छत के ऊपर एक और रास्ता उस चबूतरे में से बाहर निकलने के लिए बना हुआ है जिसका हाल मुझे पहले मालूम था, जिस दिन हम दोनों भाई उस चबूतरे की राह निकले हैं उस दिन देखा कि इसके अतिरिक्त एक रास्ता और भी है।"

इंद्रदेव- जी हां, दूसरा रास्ता भी जरूर है मगर वह तिलिस्म के दारोगा के लिए बनाया गया था, तिलिस्म तोड़ने वाले के लिए नहीं। मुझे उस रास्ते का हाल बखूबी मालूम है।

गोपाल- मुझे भी उस रास्ते का हाल (इंद्रदेव की तरफ इशारा करके) इन्हीं की जुबानी मालूम हुआ है, इसके पहले मैं कुछ भी नहीं जानता था और न ही मालूम था कि इस तिलिस्म के दारोगा यही हैं।

इसके बाद कुंअर इंद्रजीत सिंह ने सभों को तहखाने अथवा कोठरियों, कमरों की सैर कराई जिसमें लाजवाब और हद दर्जे की फिजूलखर्ची को मात करने वाली दौलत भरी हुई थी और एक से एक बढ़कर अनूठी चीजें लोगों के दिल को अपनी तरफ खींच रही थीं, साथ ही इसके यह भी समझाया कि इन कोठरियों को हम लोगों ने कैसे खोला और इस काम में कैसी-कैसी कठिनाइयां उठानी पड़ीं।

घूमते- फिरते और सैर करते हुए सब कोई उस मध्य वाले कमरे में पहुंचे जो ठीक तिलिस्मी चबूतरे के नीचे था। वास्तव में वह कमरा कल-पुरजों से बिल्कुल भरा हुआ था। जमीन से छत तक बहुत-सी तारों और कल-पुरजों का संबंध था और दीवार के अंदर से ऊपर चढ़ जाने के लिए सीढ़ियां दिखाई दे रही थीं।

दोनों कुमारों ने महाराज को समझाया कि तिलिस्म के टूटने के पहले वे कल-पुरजे किस ढंग पर लगे थे और तोड़ते समय उनके साथ कैसी कार्रवाई की गई। इसके बाद इंद्रजीत सिंह ने सीढ़यों की तरफ इशारा करके कहा, "अब तक इन सीढ़ियों का तिलिस्म कायम है, हर एक की मजाल नहीं कि इन पर पैर रख सके।"

वीरेन्द्र- यह सब-कुछ है मगर असल तिलिस्मी बुनियाद वही खोह वाला बंगला जान पड़ता है जिसमें चलती-फिरती तस्वीरों का तमाशा देखा था और वहां से तिलिस्म के अंदर घुसे थे।

सुरेन्द्र- इसमें क्या शक है। वही चुनार, जमानिया और रोहतासगढ़ वगैरह के तिलिस्मों की नकेल है और वहां रहने वाला तरह-तरह के तमाशे देख-दिखा सकता है और सबसे बढ़कर आनंद ले सकता है।

जीत- वहां की पूरी-पूरी कैफियत अभी देखने में नहीं आई।

इंद्रजीत- दो-चार दिन में वहां की कैफियत देख भी नहीं सकते। जो कुछ आप लोगों ने देखा वह रुपये में एक आना भी न था। मुझे भी अभी पुनः वहां जाकर बहुत कुछ देखना बाकी है।

सुरेन्द्र- इस समय जल्दी में थोड़ा-बहुत देख लिया है मगर काम से निश्चिंत होकर पुन: हम लोग वहां चलेंगे और उसी जगह से रोहतासगढ़ के तहखाने की भी सैर करेंगे। अच्छा अब यहां से बाहर होना चाहिए।

आगे - आगे कुंअर इंद्रजीत सिंह रवाना हुए। पांच-सात सीढ़ियां चढ़ जाने के बाद एक लोहे का छोटा-सा दरवाजा मिला जिसे उसी हीरे वाली तिलिस्मी ताली से खोला और तब सभों को लिए हुए दोनों कुमार तिलिस्मी चबूतरे के बाहर हुए।

सब कोई तिलिस्म की सैर करके लौट आये और अपने-अपने काम-धंधे में लगे। कैदियों के मुकदमे थोड़े दिन तक मुल्तवी रखकर कुंअर इंद्रजीत सिंह और आनंद सिंह की शादी पर सभों ने ध्यान दिया और इसी के इंतजाम की फिक्र करने लगे। महाराज सुरेन्द्र सिंह ने जो काम जिसके लायक समझा उसके सुपुर्द करके कुल कैदियों को चुनारगढ़ भेजने का हुक्म दिया और यह भी निश्चय कर लिया कि दो-तीन दिन के बाद हम लोग भी चुनारगढ़ चले जायेंगे क्योंकि बारात चुनारगढ़ ही से निकलकर यहां आवेगी।

भरथ सिंह और दलीपशाह वगैरह का डेरा बलभद्र सिंह के पड़ोस ही में पड़ा और दूसरे मेहमानों के साथ ही साथ इनकी खातिरदारी का बोझ भी भूतनाथ के ऊपर डाला गया। इस जगह संक्षेप में हम यह भी लिख देना उचित समझते हैं कि कौन काम किसके सुपुर्द किया गया।

1. इस तिलिस्मी इमारत के इर्द-गिर्द जिन मेहमानों के डेरे पड़े हैं उन्हें किसी बात की तकलीफ तो नहीं होती, इस बात को बराबर मालूम करते रहने का काम भूतनाथ के सुपुर्द किया गया।
2. मोदी, बनिए और हलवाई वगैरह किसी से किसी चीज का दाम तो नहीं लेते, इस बात की तहकीकात के लिए रामनारायण ऐयार मुकर्रर किये गए।
3. रसद वगैरह के काम में कहीं किसी तरह की बेईमानी तो नहीं होती, या चोरी का नाम तो किसी की जुबान से नहीं सुनाई देता, इसको जानने और शिकायतों को दूर करने पर चुन्नीलाल ऐयार तैनात किये गए।
4. इस तिलिस्मी इमारत से लेकर चुनारगढ़ तक की सड़क और उसकी सजावट का काम पन्नालाल और पंडित बद्रीनाथ के जिम्मे किया गया।
5. चुनारगढ़ में बाहर से न्यौते में आये हुए पंडितों की खातिरदारी और पूजा-पाठ इत्यादि के सामान की दुरुस्ती का बोझ जगन्नाथ ज्योतिषी के ऊपर डाला गया।
6. बारात और महफिल वगैरह की सजावट तथा उसके संबंध में जो कुछ काम हो उसके जिम्मेदार तेज सिंह बनाये गये।
7. आतिशबाजी और अजायबातों के तमाशे तैयार करने के साथ ही साथ उसी तरह की एक इमारत बनवाने का हुक्म इंद्रदेव को दिया गया जैसी इमारत के अंदर हंसते-हंसते

इंद्रजीत सिंह वगैरह एक दफे कूद गये थे और जिसका भेद अभी तक खोला नहीं गया है।

8. पन्नालाल वगैरह के बदले में रणधीर सिंह के डेरे की हिफाजत तथा किशोरी, कमलिनी वगैरह की निगरानी के जिम्मेवार देवी सिंह बनाये गये।

9. ब्याह संबंधी खर्च की तहवील (रोकड़) राजा गोपाल सिंह के हवाले की गई।

10. कुंअर इंद्रजीत सिंह व आनंद सिंह के साथ रहकर उनके विवाह संबंधी शानशौकत और जरूरतों को कायदे के साथ निबाहने के लिए भैरो सिंह और तारा सिंह छोड़ दिये गये।

11. हरनाम सिंह को अपने मातहत में लेकर भैरो सिंह ने यह काम अपने जिम्मे ले लिया कि हर एक के कामों की निगरानी रखने के अतिरिक्त कुछ कैदियों को भी किसी उचित ढंग से इस विवाहोत्सव के तमाशे दिखा देंगे ताकि वे लोग भी देख लें कि जिस शुभ दिन के लिए हम बाधक थे वह आज किस खुशी और खूबी के साथ बीत रहा है और सर्वसाधारण भी देख लें कि धन-दौलत और ऐश-आराम के फेर में पड़कर अपने पैर में कुल्हाड़ी मारने वाले, छोटे होकर बड़ों के साथ बैर बांध के नतीजा भोगने वाले, मालिक के साथ नमकहरामी और उग्र पाप करने का कुछ फल इस जन्म में भी भोग लेने वाले, और बदनीयती तथा पाप के साथ ऊंचे दर्जे पर पहुंचकर यकायक रसातल में पहुंच जाने वाले, धर्म और ईश्वर से विमुख ये ही प्रायश्चिती लोग हैं।

इन सभों के साथ मातहती में काम करने के लिए आदमी भी काफी तौर पर दिये गये।

इनके अतिरिक्त और लोगों को भी तरह-तरह के काम सुपुर्द किए गए और सब कोई बड़ी खूबी के साथ अपना-अपना काम करने लगे।

***

बयान-11

अब हम थोड़ा-सा हाल कुंअर इंद्रजीत सिंह का बयान करेंगे जिन्हें इस बात का बहुत ही रंज है कि कमलिनी की शादी किसी दूसरे के साथ हो गई है और वे उम्मीद ही में बैठे रह गये।

रात पहर से कुछ ज्यादे जा चुकी है, कुंअर इंद्रजीत सिंह अपने कमरे में बैठे भैरो सिंह से धीरे-धीरे बातें कर रहे हैं। इन दोनों के सिवाय कोई तीसरा आदमी इस कमरे में नहीं है और कमरे का दरवाजा भी भिड़काया हुआ है।

भैरो- तो आप साफ-साफ कहते क्यों नहीं कि आपकी उदासी का सबब क्या है आपको तो आज खुश होना चाहिए कि जिस काम के लिए बरसों परेशान रहे, जिसकी उम्मीद में तरह-तरह की तकलीफ उठाई, जिसके लिए हथेली पर जान रख के बड़े-बड़े दुश्मनों से मुकाबला करना पड़ा और जिसके होने या मिलने ही पर तमाम दुनिया की खुशी समझी जाती थी, आज वही काम आपकी इच्छानुसार हो रहा है और उसी किशोरी के साथ अपनी शादी का इंतजाम अपनी आंखों से देख रहे हैं, फिर भी ऐसी अवस्था में आपकी उदासी देखकर कौन ऐसा है जो ताज्जुब न करेगा?

इंद्र- बेशक, मेरे लिए आज बड़ी खुशी का दिन है और मैं खुश हूं भी मगर कमलिनी की तरफ से जो रंज मुझे हुआ है उसे हजार कोशिश करने पर भी मेरा दिल बरदाश्त नहीं कर पाता।

भैरो- (ताज्जुब का चेहरा बनाकर) हैं, कमलिनी की तरफ से और आपको रंज! जिसके एहसानों के बोझ से आप दबे हुए हैं उसी कमलिनी से रंज। यह आप क्या कह रहे हैं?

इंद्र- इस बात को तो मैं खुद कह रहा हूं कि उसके एहसानों के बोझ से मैं जिंदगी भर हलका नहीं हो सकता और अब तक उसके जी में मेरी भलाई का ध्यान बंधा ही हुआ है मगर रंज इस बात का है कि अब मैं उसे उस मोहब्बत की निगाह से नहीं देख सकता जिससे कि पहले देखता था।

भैरो- सो क्यों, क्या इसलिए कि अब वह अपने ससुराल चली जायेगी और फिर उसे आप पर एहसान करने का मौका न मिलेगा?

इंद्र- हां, करीब-करीब यही बात है।

भैरो- मगर अब आपको उसकी मदद की जरूरत भी तो नहीं है। हां, इस बात का खयाल बेशक हो सकता है कि अब आप उसके तिलिस्मी मकान पर कब्जा कर सकेंगे।

इंद्र- नहीं-नहीं, मुझे इस बात की कुछ जरूरत नहीं है और न उसका कुछ खयाल ही है।

भैरो- तो इस बात का खयाल है कि उसने अपनी शादी में आपको न्यौता नहीं दिया मगर वह एक हिंदू लड़की की हैसियत से ऐसा कर भी तो नहीं सकती थी। हां इस बात की शिकायत आप राजा गोपाल सिंह से जरूर कर सकते हैं क्योंकि उस काम के कर्ता-धर्ता वे ही हैं।

इंद्र- उनसे तो मुझे बहुत ही शिकायत है मगर मैं शर्म के मारे कुछ कह नहीं सकता।

भैरो- (चौंककर) शर्म तो तब होती जब आप इस बात की शिकायत करते कि मैं खुद उससे शादी किया चाहता था।

इंद्र- हां, बात तो ऐसी ही है। (मुस्कराकर) मगर तुम तो पागलों की-सी बातें करते हो।

भैरो- (हंसकर) यह कहिए न! आप दोनों हाथ लड्डू चाहते थे! तो इस चोर को आप इतने दिनों तक छिपाए क्यों रहे?

इंद्र- तो यही कब उम्मीद हो सकती थी कि इस तरह यकायक गुमसुम शादी हो जायेगी।

भैरो- खैर, अब तो जो कुछ होना था सो हो गया, मगर आपको इस बात का खयाल न करना चाहिए। इसके अतिरिक्त क्या आप समझते हैं कि किशोरी इस बात को पसंद करती कभी नहीं, बल्कि आये दिन का झगड़ा पैदा हो जाता।

इंद्र- नहीं, किशोरी से मुझे ऐसी उम्मीद नहीं हो सकती। खैर, अब इस विषय पर बहस करना व्यर्थ है, मगर मुझे रंज जरूर है। अच्छा यह तो बताओ कि तुमने उन्हें देखा है जिनके साथ कमलिनी की शादी हुई?

भैरो- कई दफे, बातें भी अच्छी तरह कर चुका हूं।

इंद्र- कैसे हैं?

भैरो - बड़े लायक, पढ़े-लिखे, पंडित, बहादुर, दिलेर, हंसमुख और सुंदर। इस अवसर पर आवेंगे ही, देख लीजिएगा। आपने कमलिनी से इस बारे में बातचीत नहीं की?

इंद्र- इधर तो नहीं मगर तिलिस्म की सैर को जाने से पहले मुलाकात हुई थी, उसने खुद मुझे बुलाया था बल्कि उसी की जुबानी उसकी शादी का हाल मुझे मालूम हुआ था। मगर उसने मेरे साथ विचित्र ढंग का बर्ताव किया।

भैरो- सो क्या?

इंद्र- (जो कुछ कैफियत हो चुकी थी उसे बयान करने के बाद) तुम इस बर्ताव को कैसा समझते हो?

भैरो- बहुत अच्छा और उचित।

इसी तरह बातचीत हो रही थी कि पहले दिन की तरह बगल वाले कमरे का दरवाजा खुला और एक लौंडी ने आकर सलाम करने के बाद कहा, "कमलिनीजी आपसे मिलना चाहती हैं, आज्ञा हो तो...।"

इंद्र- अच्छा, मैं चलता हूं, तू दरवाजा बंद कर दे।

भैरो- अब मैं भी जाकर आराम करता हूं।

इंद्र- अच्छा, जाओ फिर कल देखा जायेगा।

लौंडी- इनसे (भैरो सिंह) भी उन्हें कुछ कहना है।

यह कहती हुई लौंडी ने दरवाजा बंद कर दिया, तब तक स्वयं कमलिनी इस कमरे में आ पहुंची और भैरो सिंह की तरफ देखकर बोली, (जो उठकर बाहर जाने के लिए तैयार था) "आप कहां चले आप ही से तो मुझे बहुत-सी शिकायत करनी है।"

भैरो- सो क्या?

कमलिनी- अब उसी कमरे में चलिये, वहां बातचीत होगी।

इतना कहकर कमलिनी ने कुमार का हाथ पकड़ लिया और अपने कमरे की तरफ ले चली, पीछे-पीछे भैरो सिंह भी गये। लौंडी दरवाजा बंद करके दूसरी राह से बाहर चली गई और कमलिनी ने इन दोनों को उचित स्थान पर बैठाकर पानदान आगे रख दिया और भैरो सिंह से कहा, "आप लोग तिलिस्म की सैर कर आये और मुझे पूछा भी नहीं!"

भैरो- महाराज खुद कह चुके हैं कि शादी के बाद औरतों को भी तिलिस्म की सैर करा दी जाये और फिर तुम्हारे लिए तो कहना ही क्या है, तुम जब चाहो तिलिस्म की सैर कर सकती हो।

कम- ठीक है, मानो यह मेरे हाथ की बात है।

भौरो- है ही।

कम- (हंसकर) टालने के लिए अच्छा ढंग है! खैर, जाने दीजिए, मुझे कुछ ऐसा शौक भी नहीं है, हां, यह बताइए कि वहां क्या-क्या कैफियत देखने में आई मैंने सुना कि भूतनाथ वहां बड़े चक्कर में पड़ गया था और उसकी पहली स्त्री भी वहां दिखाई पड़ गई।

भैरो- बेशक, ऐसा ही हुआ।

इतना कहकर भैरो सिंह ने कुल हाल खुलासा बयान किया और इसके बाद कमलिनी ने इंद्रजीत सिंह से कहा, "खैर, आप बताइए कि शादी की खुशी में मुझे क्या इनाम मिलेगा।"

इंद्र- (हंसकर) गालियों के सिवाय और किसी चीज की तुम्हें कमी ही क्या है जो मैं दूं?

कम- (भैरो से) सुन लीजिए, मेरे लिए कैसा अच्छा इनाम सोचा गया है! (कुमार से हंसकर) याद रखियेगा, इस जवाब के बदले में मैं आपको ऐसा छकाऊंगी कि खुश हो जाइयेगा।

भैरो- इन्हें तो तुम छका ही चुकी हो। अब इससे बढ़ के क्या होगा कि चुपचाप दूसरे के साथ शादी कर ली और इन्हें अंगूठा दिखा दिया! अब तुम्हें ये गालियां न दें तो क्या करें!

कम- (मुस्कराती हुई) आपकी राय भी यही है?

भैरो- बेशक!

कम- तो बेचारी किशोरी के साथ आप अच्छा सलूक करते हैं।

भैरो- इसका इल्जाम तो कुमार के ऊपर हो सकता है!

कम- हां साब, मर्दों की मुरौवत जो कुछ कर दिखाए थोड़ा है, मैं किशोरी बहिन से इसका जिक्र करूंगी।

भैरो- तब तो एहसान पर एहसान करोगी।

इंद्र- (भैरो से) तुम भी व्यर्थ की छेड़छाड़ मचा रहे हो, भला इन बातों से क्या फायदा।

भैरो- ब्याह-शादी में ऐसी बातें हुआ ही करती हैं!

इंद्र- तुम्हारा सिर हुआ करता है! (कमलिनी से) अच्छा यह बताओ कि इस समय तुमने मुझे क्यों याद किया?

कमे- हरे राम! अब मैं क्या ऐसी भारी हो गई कि मुझसे मिलना भी बुरा मालूम होता है?

इंद्र- नहीं-नहीं, अगर मिलना बुरा मालूम होता तो मैं यहां आता ही क्यों पूछता हूं आखिर कोई काम भी है या -

कम- हां है तो सही।

इंद्र- कहो!

कम- आपको शायद मालूम होगा कि मेरे पिता जब से यहां आये हैं उन्होंने अपने खाने-पीने का इंतजाम अलग रखा है अर्थात् आपके यहां का अन्न नहीं खाते और न कुछ अपने लिए खर्च करवाते हैं।

इंद्र- हां, मुझे मालूम है।

कम- अब उन्होंने इस मकान में भी रहने से इनकार किया है, उनके एक मित्र ने खैमे वगैरह का इंतजाम कर दिया है और वे उसी में अपना डेरा उठा ले जाने वाले हैं।

इंद्र- यह भी मालूम है।

कम- मेरी इच्छा है कि यदि आप आज्ञा दें तो लाडिली को साथ लेकर मैं भी उसी डेरे में चली जाऊं।

इंद्र- क्यों तुम्हें यहां रहने में परहेज ही क्या हो सकता है?

कम- नहीं-नहीं मुझे किस बात का परहेज होगा मगर यों ही जी चाहता है कि मैं दो-चार दिन आपने बाप के साथ ही रहकर उनकी खिदमत करूं।

इंद्र- यह दूसरी बात है, इसकी इजाजत तुम्हें अपने मालिक से लेनी चाहिए, मैं कौन हूं जो इजाजत दूं?

कम- इस समय वे तो यहां हैं नहीं अस्तु उनके बदले में मैं आप ही को अपना मालिक समझती हूं।

इंद्र- (मुस्कराकर) फिर तुमने वही रास्ता पकड़ा खैर मैं इस बात की इजाजत न दूंगा।

कम- तो मैं आज्ञा के विरुद्ध कुछ न करूंगी।

इंद्र- (भैरो से) इनकी बातचीत का ढंग देखते हो?

भैरो- (हंसकर) शादी हो जाने पर भी ये आपको नहीं छोड़ा चाहतीं तो मैं क्या करूं।

कम- अच्छा, मुझे एक बात की इजाजत तो जरूर दीजिए।

इंद्र- वह क्या?

कम- आपकी शादी में मैं आपसे एक विचित्र दिल्लगी किया चाहती हूं।

इंद्र- वह कौन-सी दिल्लगी होगी?

कम- यही बता दूंगी तो उसमें मजा ही क्या रह जायेगा बस आप इतना कह दीजिए कि उस दिल्लगी से रंज न होंगे चाहे वह कैसी ही गहरी क्यों न हो।

इंद्र- (कुछ सोचकर) खैर, मैं रंज न होऊंगा।

इसके बाद थोड़ी देर तक हंसी की बातें होती रहीं और फिर सब कोई उठकर अपने-अपने ठिकाने चले गये।

***

बयान-12

ब्याह की तैयारी और हंसी-खुशी में ही कई सप्ताह बीत गये और किसी को कुछ मालूम न हुआ। हां, कुंअर इंद्रजीत सिंह और आनंद सिंह को खुशी के साथ ही रंज और उदासी से भी मुकाबला करना पड़ा। यह रंज और उदासी क्यों शायद कमलिनी और लाडिली के सबब से हो। जिस तरह कुंअर इंद्रजीत सिंह कमलिनी से मिलकर और उसकी जुबानी उसके ब्याह का हो जाना सुनकर दु:खी हुए, उसी तरह आनंद सिंह को भी लाडिली से मिलकर दु:खी होना पड़ा या नहीं, सो हम नहीं कह सकते क्योंकि लाडिली से और आनंद सिंह से जो बातें हुईं उसमें और कमलिनी की बातों में बड़ा फर्क है। कमलिनी ने तो खुद इंद्रजीत सिंह को अपने कमरे में बुलवाया था मगर लाडिली ने ऐसा नहीं किया। लाडिली का कमरा भी आनंद सिंह के कमरे के बगल में ही था। जिस रात कमलिनी और इंद्रजीत सिंह की दूसरी मुलाकात हुई थी, उसी रात को आनंद सिंह ने भी अपने बगल वाले कमरे में लाडिली को देखा था मगर दूसरे ढंग से। आनंद सिंह अपने कमरे में मसहरी पर लेटे हुए तरह-तरह की बातें सोच रहे थे कि उसी समय बगल वाले कमरे में से कुछ खटके की आवाज आई जिससे आनंद सिंह चौंके और उन्होंने घूमकर देखा तो उस कमरे का दरवाजा कुछ खुला हुआ नजर आया। इन्हें यह जरूर मालूम था कि हमारे बगल ही में लाडिली का कमरा है और उससे मिलने की नीयत से इन्होंने कई दफे दरवाजा खोलना भी चाहा था मगर बंद पाकर लाचार हो गये थे। अब दरवाजा खुला पाकर बहुत खुश हुए और मसहरी पर से उठ धीरे-धीरे दरवाजे के पास गये। हाथ के सहारे दरवाजा कुछ विशेष खोला और अंदर की तरफ झांककर देखा। लाडिली पर निगाह पड़ी जो एक शमादान के आगे बैठी हुई कुछ लिख रही थी। शायद उसे इस बात की कुछ खबर ही न थी कि मुझे कोई देख रहा है।

भीतर सन्नाटा पाकर अर्थात् किसी गैर को न देखकर आनंद सिंह बेधड़क कमरे के अंदर चले गये। पैर की आहट पाते ही लाडिली चौंकी तथा आनंद सिंह को अपनी तरफ आते देख उठ खड़ी हुई और बोली, "आपने दरवाजा कैसे खोल लिया?"

आनंद- (मुस्कराते हुए) किसी हिकमत से!

लाडिली- क्या आज के पहले वह हिकमत मालूम न थी शायद सफाई के लिए किसी लौंडी ने दरवाजा खोला हो और बंद करना भूल गई हो।

आनंद- अगर ऐसा ही हो तो क्या कुछ हर्ज है?

लाडिली- नहीं हर्ज काहे का है, मैं तो खुद ही आपसे मिलना चाहती थी मगर लाचारी...।

आनंद- लाचारी कैसी क्या किसी ने मना कर दिया था?

लाडिली- मना ही समझना चाहिए जबकि मेरी बहिन कमलिनी ने जोर देकर कह दिया कि 'या तो तू मेरी इच्छानुसार शादी कर ले या इस बात की कसम खा जा कि किसी गैर मर्द से कभी बातचीत न करेगी'। जिस समय उनकी (कमलिनी की) शादी होने लगी थी उस समय भी लोगों ने मुझ पर शादी कर लेने के लिए दबाव डाला था मगर मैं इस समय जैसी हूं वैसी ही रहने के लिए कसम खा चुकी हूं, मतलब यह है कि इसी बखेड़े में मुझसे और उनसे कुछ तकरार भी हो गई है।

आनंद- (घबराहट और ताज्जुब के साथ) क्या कमलिनी की शादी हो गई?

लाडिली- जी हां।

आनंद- किसके साथ?

लाडिली- सो तो मैं नहीं कह सकती, आपको खुद मालूम हो जायेगा।

आनंद- यह बहुत बुरा हुआ।

लाडिली- बेशक, बहुत बुरा हुआ मगर क्या किया जाये, जीजा जी (गोपाल सिंह) की मर्जी ही ऐसी थी क्योंकि किशोरी ने ऐसा करने के लिए उन पर बहुत जोर डाला था अस्तु कमलिनी बहिन दबाव में पड़ गई, मगर मैंने साफ इंकार कर दिया कि जैसी हूं वैसी ही रहूंगी।

आनंद- तुमने बहुत अच्छा किया।

लाडिली- और मैं ऐसा करने के लिए सख्त कसम खा चुकी हूं।

आनंद- (ताज्जुब से) क्या तुम्हारे इस कहने का यह मतलब लगाया जाये कि अब तुम शादी करोगी ही नहीं?

लाडिली- बेशक!

आनंद- यह तो कोई अच्छी बात नहीं!

लाडिली- जो हो, अब तो मैं कसम खा चुकी हूं और बहुत जल्द यहां से चली जाने वाली हूं, सिर्फ कामिनी बहिन की शादी हो जाने का इंतजार कर रही हूं।

आनंद- (कुछ सोचकर) कहां जाओगी?

लाडिली- आप लोगों की कृपा से अब तो मेरा बाप भी प्रकट हो गया है अब इसकी चिंता ही क्या है?

आनंद- मगर जहां तक मैं समझता हूं तुम्हारे बाप तुम्हें शादी करने के लिए जरूर जोर देंगे।

लाडिली- इस विषय में उनकी कुछ न चलेगी।

लाडिली की बातों से आनंद सिंह को ताज्जुब के साथ ही साथ रंज भी हुआ और ज्यादे रंज तो इस बात का था कि अब तक लाडिली ने खड़े ही खड़े बातचीत की और कुमार को बैठने तक

के लिए नहीं कहा। शायद इसका मतलब हो कि 'मैं ज्यादे देर तक आपसे बात नहीं कर सकती'। अस्तु आनंद सिंह को क्रोध और दु:ख के साथ लज्जा ने भी धर दबाया और वे यह कहकर कि 'अच्छा मैं जाता हूं' अपने कमरे की तरफ लौट चले।

आनंद सिंह के दिल में जो बातें घूम रही थीं उनका अंदाजा शायद लाडिली को भी मिल गया और जब वे लौटकर जाने लगे तब उसने पुन: इस ढंग पर कहा मानो उसकी आखिरी बात अभी पूरी नहीं हुई थी - "क्योंकि जिनकी मुझ पर कृपा रहती थी अब वे और ही ढंग के हो गये!!"

इस बात ने कुमार को तरद्दुद में डाल दिया, उन्होंने घूमकर एक तिरछी निगाह लाडिली पर डाली और कहा, "इसका क्या मतलब है?"

लाडिली- सो कहने की सामर्थ्य मुझमें नहीं है। हां, जब आपकी शादी हो जायेगी तब मैं साफ-साफ आपसे कह दूंगी, उस समय जो कुछ आप राय देंगे उसे मैं कबूल भी कर लूंगी!

इस आखिरी बात से कुमार को कुछ हिम्मत बंध गई मगर बैठने की या और कुछ कहने की हिम्मत न पड़ी और 'अच्छा' कहकर वे अपने कमरे में चले आये।

बयान-13

विवाह का सब सामान ठीक हो गया मगर हर तरह की तैयारी हो जाने पर भी लोगों की मेहनत में कमी नहीं हुई। सब कोई उसी तरह दौड़-धूप और काम-काज में लगे हुए दिखाई दे रहे हैं। महाराज सुरेन्द्र सिंह सभों को लिए हुए चुनारगढ़ चले गये। अब इस तिलिस्मी मकान में सिर्फ जरूरत की चीजों के ढेर और इंतजामकार लोगों के डेरे भर ही दिखाई दे रहे हैं। इस मकान में उन लोगों के लिए भी रास्ता बनाया गया है जो हंसते-हंसते उस तिलिस्मी इमारत में कूदा करेंगे जिसके बनाने की आज्ञा इंद्रदेव को दी गई थी और जो इस समय बनकर तैयार हो गई।

यह इमारत बीस गज लंबी और इतनी ही चौड़ी थी। ऊंचाई इसकी लगभग चालीस हाथ से कुछ ज्यादे होगी। चारों तरफ दीवार साफ और चिकनी थी तथा किसी तरफ कोई दरवाजे का निशान दिखाई नहीं देता था। पूरब तरफ ऊपर चढ़ जाने के लिए छोटी सीढ़ियां बनी हुइ थीं जिनके दोनों तरफ हिफाजत के लिए लोहे के सींखचे लगा दिए गए थे। उसी पूरब तरफ वाली दीवार पर बड़े-बड़े हरफों में यह भी लिखा हुआ था –

“जो आदमी इन सीढ़ियों की राह ऊपर जायेगा और एक नजर अंदर की तरफ झांक वहां की केफियत देखकर इन्हीं सीढ़ियों की राह नीचे उतर आवेगा उसे एक लाख रुपये इनाम दिये जायेंगे।”

इस इमारत ने चारों तरफ एक अनूठा रंग पैदा कर दिया था। हजारों आदमी इस इमारत के ऊपर चढ़ जाने के लिए तैयार थे और हर एक आदमी अपनी-अपनी लालसा पूरी करने के लिए जल्दी मचा रहा था, मगर सीढ़ी का दरवाजा बंद था। पहरेदार लोग किसी को ऊपर जाने की इजाजत नहीं देते थे और यह कहकर सभों को संतोष करा देते थे कि बारात वाले दिन दरवाजा खुलेगा और पंद्रह दिन तक बंद न होगा।

यहां से चुनारगढ़ की सड़कों के दोनों तरफ जो सजावट की गई थी उसमें भी एक अनूठापन था। दोनों तरफ रोशनी के लिए जाफरी बनी हुई थी और उसमें अच्छे-अच्छे नीति के श्लोक दरसाए गये थे। बीच-बीच में थोड़ी-थोड़ी दूर पर नौबत खाने के बगल में एक मचान था जिस पर एक या दो कैदियों के बैठने के लिए जगह बनी हुई थी। जाफरी के दोनों तरफ दस हाथ चौड़ी जमीन में बाग का नमूना तैयार किया गया था और इसके बाद आतिशबाजी लगाई गई थी। आध-आध कोस की दूरी पर सर्वसाधारण और गरीब तमाशबीनों के लिए महफिल तैयार की गई

थी और उसके लिए अच्छी-अच्छी गाने वाली रंडियां और भांड मुकर्रर किये गये थे। रात अंधेरी होने के कारण रोशनी का सामान ज्यादे तैयार किया गया था और वह तिलिस्मी चंद्रमा जो दोनों राजकुमारों को तिलिस्म के अंदर से मिला था चुनारगढ़ किले के ऊंचे कंगूरे पर लगा दिया गया था जिसकी रोशनी इस तिलिस्मी मकान तक बड़ी खूबी और सफाई के साथ पड़ रही थी।

पाठक, दोनों कुमारों के बारात की सजावट, महफिलों की तैयारी, रोशनी और आतिशबाजी की खूबी, मेहमानदारी की तारीफ और खैरात की बहुतायत इत्यादि का हाल विस्तारपूर्वक लिखकर पढ़ने वालों का समय नष्ट करना हमारी आत्मा और आदत के विरुद्ध है। आप खुद समझ सकते हैं कि दोनों कुमारों की शादी का इंतजाम किस खूबी के साथ किया गया होगा, नुमाइश की चीजें कैसी अच्छी होंगी। बड़प्पन का कितना बड़ा खयाल किया गया होगा, और बारात किस धूमधाम से निकली होगी। हम आज तक जिस तरह संक्षेप में लिखते आये हैं अब भी उसी तरह लिखेंगे, तथापि हमारी उन लिखावटों से जो ब्याह के संबंध में ऊपर कई दफे मौके पर लिखी जा चुकी हैं आपको अंदाजा के साथ-साथ अनुमान करने का हौसला भी मिल जायेगा और विशेष सोच-विचार की जरूरत न रहेगी। हम इस जगह पर केवल इतना ही लिखेंगे कि –

बारात बड़े धूमधाम से चुनारगढ़ के बाहर हुई। आगे-आगे नौबत निशान और उसके बाद सिलसिलेवार फौजी, सवार, पैदल और तोपखाने वगैरह थे, जिसके बाद ऐसी फुलवारियां थीं जिनके देखने से खुशी और लूटने से दौलत हासिल हो। इसके बाद बहुत बड़े सजे हुए अम्बारीदार हाथी पर दोनों कुमार हाथी ही पर सवार अपने बड़े बुजुर्गों, रिश्तेदारों और मेहमानों से घिरे हुए धीरे-धीरे दोतरफों बहार लूटते और दुश्मनों के कलेजों को जलाते हुए जा रहे थे और उनके बाद तरह-तरह की सवारियों और घोड़ों पर बैठे हुए बड़े-बड़े सरदार लोग दिखाई दे रहे थे। अंत में फिर फौजी सिपाहियों का सिलसिला था। आगे वाले नौबत निशान से लेकर कुमारों के हाथी तक कई तरह के बाजे वाले अपने-अपने मौके से अपना इल्म और हुनर दिखा रहे थे।

कुशलपूर्वक बारात ठिकाने पहुंची और शास्त्रानुसार कर्म तथा रीति होने के बाद कुंअर इंद्रजीत सिंह का विवाह किशोरी और आनंद सिंह का कामिनी के साथ हो गया और इस काम में रणधीर सिंह ने भी वित्त के अनुसार दिल खोलकर खर्च किया। दूसरे रोज पहर भर दिन चढ़ने के पहले ही दोनों बहुओं की रुखसती करा महाराज चुनारगढ़ की तरफ लौट पड़े।

चुनारगढ़ पहुंचने पर जो कुछ रस्में थीं वे पूरी होने लगीं और मेहमान तथा तमाशबीन लोग तरह-तरह के तमाशों और महफिलों का आनंद लूटने लगे। उधर तिलिस्मी मकान की सीढ़ियों पर लाख रुपया इनाम पाने की लालसा से लोगों ने चढ़ना आरंभ किया। जो कोई दीवार के ऊपर पहुंचकर अंदर की तरफ झांकता वह अपने दिल को किसी तरह न सम्हाल सकता और एक

दफे खिलखिलाकर हंसने के बाद अंदर की तरफ कूद पड़ता तथा कई घंटे के बाद उस चबूतरे वाली बहुत बड़ी तिलिस्मी इमारत की राह से बाहर निकल जाता।

बस, विवाह का इतना ही हाल संक्षेप में लिखकर हम इस बयान को पूरा करते हैं और इसके बाद सोहागरात की एक अनूठी घटना का उल्लेख करके इस बाईसवें भाग को समाप्त करेंगे क्योंकि हम दिलचस्प घटनाओं ही का लिखना पसंद करते हैं।

***

बयान-14

आज कुंअर इंद्रजीत सिंह और आनंद सिंह की खुशी का कोई ठिकाना नहीं है क्योंकि तरह-तरह की तकलीफें उठाकर एक मुद्दत के बाद इन दोनों को दिली मुरादें हासिल हुई हैं।

रात आधी से कुछ ज्यादे जा चुकी है और एक सुंदर सजे हुए कमरे में ऊंची और मुलायम गद्दी पर किशोरी और कुंअर इंद्रजीत सिंह बैठे हुए दिखाई देते हैं। यद्यपि कुंअर इंद्रजीत सिंह की तरह किशोरी के दिल में भी तरह-तरह की उमंगें भरी हैं और वह आज इस ढंग पर कुंअर इंद्रजीत सिंह की पहली मुलाकात को सौभाग्य का कारण समझती है मगर उस अनोखी लज्जा के पाले में पड़ी हुई किशोरी का चेहरा घूंघट की ओट से बाहर नहीं होता जिसे प्रकृति अपने हाथों से औरत की बुद्धि में जन्म ही से दे देती है। यद्यपि आज से पहले कुंअर इंद्रजीत सिंह को कई दफे किशोरी देख चुकी है और उनसे बातें भी कर चुकी है तथापि आज पूरी स्वतंत्रता मिलने पर भी यकायक सूरत दिखाने की हिम्मत नहीं पड़ती। कुमार तरह-तरह की बातें कहकर और समझाकर उसकी लज्जा दूर किया चाहते हैं मगर कृतकार्य नहीं होते। बहुत कुछ कहने-सुनने पर कभी-कभी किशोरी दो-एक शब्द बोल देती है मगर वह भी धड़कते हुए कलेजे के साथ। कुमार ने सोच लिया कि यह स्त्रियों की प्रकृति है अतएव उसके विरुद्ध जोर न देना चाहिए, यदि इस समय इनकी हिम्मत नहीं खुलती तो क्या हुआ, घंटे दो घंटे, पहर या एक-दो दिन में खुल ही जायेगी! आखिर ऐसा ही हुआ।

इसके बाद किस तरह की छेड़छाड़ शुरू हुई या क्या हुआ सो हम नहीं लिख सकते, हां उस समय का हाल जरूर लिखेंगे जब धीरे-धीरे सुबह की सफेदी आसमान पर फैलने लग गई थी और नियमानुसार प्रात:काल बजाये जाने वाली नफीरी की आवाज ने कुंअर इंद्रजीत सिंह और किशोरी को नींद से जगा दिया था। किशोरी जो कुंअर इंद्रजीत सिंह के बगल में सोई हुई थी घबड़ाकर उठ बैठी और मुंह धोने तथा बिखरे हुए बालों को सुधारने की नीयत से उस सुनहरी चौकी की तरफ बढ़ी जिस पर सोने के बर्तन में गंगाजल भरा हुआ था और जिसके पास ही जल गिराने के लिए एक बड़ा-सा चांदी का आफताबा (एक बर्तन) भी रखा हुआ था। हाथ में जल लेकर चेहरे पर लगाने और पुन: अपना हाथ धोने के साथ ही किशोरी चौंक पड़ी और घबराकर बोली, "हैं! यह क्या मामला है?"

इन शब्दों ने इंद्रजीत सिंह को चौंका दिया। वे घबड़ाकर किशोरी के पास चले गये और पूछा, "क्यों क्या हुआ?"

किशोरी- मेरे साथ यह क्या दिल्लगी की?

इंद्र- कुछ कहो भी तो क्या हुआ ?

किशोरी- (हाथ दिखाकर) देखिए, यह रंग कैसा है जो चेहरे पर से पानी लगाने के साथ ही छूट रहा है।

इंद्र- (हाथ देखकर) हां है तो सही! मगर मैंने तो कुछ भी नहीं किया, तुम खुद सोच सकती हो कि मैं भला तुम्हारे चेहरे पर रंग क्यों लगाने लगा। मगर तुम्हारे चेहरे पर यह रंग आया कहां से।

किशोरी- (पुन: चेहरे पर जल लगा के) यह देखिए है या नहीं।

इंद्र- सो तो मैं खुद कह रहा हूं कि रंग जरूर है, मगर जरा मेरी तरफ देखो तो सही!

किशोरी ने जो अब समयानुकूल लज्जा के हाथों से छूटकर ढिठाई का पल्ला पकड़ चुकी थी और जो कई घंटों की कशमकश और चालचलन की बदौलत बातचीत करने लायक समझी जाती थी, कुमार की तरफ देखा और फिर कहा, "देखिए और कहिए यह किसकी सूरत है ?"

इंद्र- (और भी हैरान होकर) बड़े ताज्जुब की बात है! और इस रंग के छुटने से तुम्हारा चेहरा भी कुछ बदला हुआ-सा मालूम पड़ता है! अच्छा, जरा अच्छी तरह मुंह धो डालो!

किशोरी ने 'अच्छा' कह मुंह धो डाला और रूमाल से पोंछने के बाद कुमार की तरफ देखकर बोली, "बताइए, अब कैसा मालूम पड़ता है, रंग अब छूट गया या अभी नहीं ?"

इंद्र- (घबड़ाकर) हैं! अब तो तुम साफ कमलिनी मालूम पड़ती हो! यह क्या मामला है ?

किशोरी- मैं कमलिनी तो हूं ही। क्या पहले कोई दूसरी मालूम पड़ती थी ?

इंद्र- बेशक! पहले तुम किशोरी मालूम पड़ती थीं, कम रोशनी और कुछ लज्जा के कारण यद्यपि बहुत अच्छी तरह तुम्हारी सूरत रात को देखने में नहीं आई तथापि मौके-मौके पर कई दफे निगाह पड़ ही गई थी अस्तु किशोरी के सिवाय दूसरी और होने का गुमान भी नहीं हो सकता था! मगर सच तो यह है कि तुमने मुझे बड़ा धोखा दिया।

कम- (जिसे अब इसी नाम से लिखना उचित है) मैंने धोखा नहीं दिया बल्कि आप मुझे इस बात का जवाब तो दीजिए कि अगर आपने मुझे किशोरी समझा था तो इतनी ढिठाई करने की हिम्मत कैसे पड़ी ? किशोरी आपकी स्त्री नहीं थी।

इंद्र- क्या पागलपने की-सी बात कर रही हो। अगर किशोरी मेरी स्त्री नहीं थी तो क्या तुम मेरी स्त्री थीं ?

कम- अगर आपने मुझे किशोरी समझा था तो आपको मेरे पास से उठ जाना चाहिए था। जबकि आप जानते हैं कि किशोरी कुमार के साथ ब्याही गई है तो आपको उसके पास बैठने या उससे बातचीत करने का क्या हक था ?

इंद्र- तो क्या मैं इंद्रजीत सिंह नहीं हूं बल्कि उचित तो यह था कि तुम मेरे पास से उठ जातीं। जब तुम कमलिनी थीं तो तुम्हें पराये मर्द के पास बैठना भी न चाहिए था।

कम- (ताज्जुब और कुछ क्रोध का चेहरा बनाकर) फिर आप वही बातें कहे जाते हैं आप अपने को समझ ही क्या रहे हैं पहले आप आईने में अपनी सूरत देखिए और तब कहिए कि आप किशोरी के पति हैं या कमलिनी के! (आले पर से आईना उठा और कुमार को दिखाकर) बतलाइए, आप कौन हैं और मैं क्यों आपके पास से उठ जाती?

अब तो कुमार के ताज्जुब की कोई हद न रही, क्योंकि आईने में उन्होंने सूरत में फर्क पाया। यह तो नहीं कह सकते थे कि किस आदमी की सूरत मालूम पड़ती है क्योंकि ऐसे आदमी को कभी देखा भी न था मगर इतना जरूर कह सकते थे कि सूरत बदल गई और अब मैं इंद्रजीत सिंह नहीं मालूम पड़ता। इंद्रजीत सिंह समझ गए कि किसी ने मेरे और कमलिनी के साथ चालबाजी करके दोनों का धर्म नष्ट किया और इसमें बेचारी कमलिनी का कोई कसूर नहीं है मगर फिर भी कमलिनी को आज का सामान देखकर चौंकना चाहिए था। हां, ताज्जुब की बात है कि इस घर में आज के पहले मुझे किसी ने टोका भी नहीं! तो क्या इस घर में आने के बाद मेरी सूरत बदली गई मगर ऐसा भी क्योंकर हो सकता है इत्यादि बातें सोचते हुए कुमार कमलिनी का मुंह देखने लगे। कमलिनी ने आईना हाथ से रख दिया और पूछा, "अब बताइये, आप कौन हैं?" इसके जवाब में इंद्रजीत सिंह ने कहा, "अब मैं भी अपना मुंह धो डालूं तो कहूं।" इतना कहकर कुमार ने भी जल से अपना चेहरा साफ किया और रूमाल से पोंछने के बाद कमलिनी की तरफ देख के कहा - "अब तुम ही बताओ कि मैं कौन हूं?"

कम- अरे, यह क्या हुआ! तुम तो बेशक बड़े कुमार हो मगर तुमने मेरे साथ ऐसा क्यों किया? तुम्हें जरा भी धर्म का विचार न हुआ? बताओ अब मैं किस लायक रह गई और क्या कर सकती हूं? लोगों को कैसे अपना मुंह दिखाऊंगी और इस दुनिया में क्योंकर रहूंगी?

इंद्र- जिसने ऐसा किया वह बेशक मारे जाने लायक है। मैं उसे कभी न छोड़ूंगा क्योंकि ऐसा होने से मेरा भी धर्म नष्ट हुआ और इस बदनामी को मैं कभी बर्दाश्त नहीं कर सकता, मगर यह तो बताओ कि आज का सामान देखकर तुम्हारे दिल में किसी प्रकार का शक पैदा न हुआ?

कम- क्योंकर शक पैदा हो सकता था जबकि आप ही की तरह मेरे लिए भी 'सोहागरात' आज ही तै की गई थी! मैं नहीं कह सकती कि दूसरी तरफ का क्या हाल है। ताज्जुब नहीं कि जिस तरह मैं धोखे में डाली गई उसी तरह किशोरी के साथ भी बेईमानी की गई हो और आपके बदले में किशोरी मेरे पति के पास पहुंचाई गई हो!!

ओहो! कमलिनी की इस बात ने तो कुमार की रही-सही अक्ल भी खो दी! जिस बात का अब तक कुमार के दिल में ध्यान भी न था उसे समझाकर तो कमलिनी ने अनर्थ कर दिया। ब्याह हो जाने पर भी किशोरी किसी दूसरे मर्द के पास भेजी जाये, क्या इस बात को कुमार बर्दाश्त कर सकते थे कभी नहीं! सुनने के साथ ही मारे क्रोध के उनका शरीर कांपने लगा और वे घबड़ाकर कमलिनी से बोले, "यह तो तुमने ठीक कहा! ताज्जुब नहीं कि ऐसा हुआ हो। लेकिन अगर ऐसा हुआ होगा तो मैं उन दोनों को इस दुनिया से उठा दूंगा।"

इतना कहकर कुमार ने अपनी तलवार उठा ली जो गद्दी पर पड़ी हुई थी और कमरे के बाहर जाने लगे। उस समय कमलिनी ने कुमार का हाथ पकड़ लिया और कहा, "कृपानिधान, जरा मेरी एक बात का जवाब दीजिए तो यहां से जाइए।"

इंद्र- कहो।

कम- आपका धर्म नष्ट हुआ, खैर कोई चिंता नहीं, क्योंकि धर्मशास्त्र में मर्दों के लिए कोई कड़ी पाबंदी नहीं लगाई गई है, मगर औरतों को तो किसी लायक नहीं छोड़ा है। आपके लिए तो प्रायश्चित है मगर मेरे लिए तो कोई प्रायश्चित भी नहीं जिसे कर मैं सुधर जाऊंगी, इतना जानकर भी मेरा धर्म नष्ट होने पर आपको उतना रंज या क्रोध नहीं हुआ जितना यह सोचकर हुआ कि किशोरी की भी ऐसी ही दशा हुई होगी! ऐसा क्यों? क्या मेरा पति कमजोर और नामर्द है क्या वह भी आपकी तरह क्रोध में न आया होगा इसी तरह वह भी तलवार लेकर मेरी और आपकी खोज में न निकला होगा आप जल्दी क्यों करते हैं, वह खुद यहां आता होगा क्योंकि वह आपसे ज्यादे क्रोधी है, मैं तो खुद उसके सामने अपनी गर्दन झुका दूंगी।

कुमार को क्रोध पर क्रोध, रंज पर रंज और अफसोस पर अफसोस होता ही जाता था। कमलिनी की इस आखिरी बात ने कुमार के दिल में दूसरा ही रंग पैदा कर दिया। उन्होंने घबड़ाकर एक लंबी सांस ली और ऊपर की तरफ मुंह करके कहा, "विधाता! तूने यह क्या किया! मैंने कौन-सा ऐसा पाप किया था जिसके बदले मैं इस खुशी को ऐसे रंज के साथ तूने बदल दिया, अब मैं क्या करूं क्या अपने हाथ से अपना गला काटकर निश्चिंत हो जाऊं मुझ पर आत्मघात का दोष तो नहीं लगाया जायेगा।"

इंद्रजीत सिंह ने इतना ही कहा था कि कमरे का दरवाजा जिसे कुमार बंद समझते थे खुला और किशोरी तथा कमला अंदर आती हुई दिखाई पड़ीं। कुमार ने समझा कि बेशक किशोरी इसी ढंग का उलाहना लेकर आई होगी, मगर उन दोनों के चेहरों पर हंसी देखकर कुमार को ताज्जुब हुआ और यह देखकर उनका ताज्जुब और भी बढ़ गया कि किशोरी और कमला को देख कमलिनी खिलखिलाकर हंस पड़ी और किशोरी से बोली - "लो बहिन आज मैंने तुम्हारे पति को अपना बना लिया!" इसके जवाब में किशोरी बोली, "तुमने पहले ही अपना बना लिया था, आज की बात ही क्या है!"

चन्द्रकांता संतति
भाग-23

बयान-1

सोहागरात के दिन कुंअर इंद्रजीत सिंह जैसे तरद्दुद और फेर में पड़ गये थे ठीक वैसा तो नहीं मगर करीब-करीब उसी ढंग का बखेड़ा कुंअर आनंद सिंह के साथ भी मचा, अर्थात् उसी दिन रात के समय जब आनंद सिंह और कामिनी का एक कमरे में मेल हुआ तो आनंद सिंह छेड़छाड़ करके कामिनी की शर्म को तोड़ने और कुछ बातचीत करने के लिए उद्योग करने लगे मगर लज्जा और संकोच के बोझ से कामिनी हर तरह दबी जाती थी। आखिर थोड़ी देर की मेहनत और चालाकी तथा बुद्धिमानी की बदौलत आनंद सिंह ने अपना मतलब निकाल ही लिया और कामिनी भी जो बहुत दिनों से दिल के खजाने में आनंद सिंह की मुहब्बत को हिफाजत के साथ छिपाये हुए थी, लज्जा और डर को विदाई का बीड़ा दे कुमार से बातचीत करने लगी।

जब रात लगभग दो घंटे के बाकी रह गई तो कामिनी जाग पड़ी और घबराहट के साथ चारों तरफ देखकर सोचने लगी कि कहीं सबेरा तो नहीं हो गया क्योंकि कमरे के सभी दरवाजे बंद रहने के कारण आसमान दिखाई नहीं देता था। उस समय आनंद सिंह गहरी नींद में सो रहे थे और उनके घुरटि की आवाज से मालूम होता था कि वे अभी दो-तीन घंटे तक बिना जगाये नहीं जाग सकते अस्तु कामिनी अपनी जगह से उठी और कमरे की कई छोटी-छोटी खिड़कियों (छोटे दरवाजों) में से जो मकान के पिछली तरफ पड़ती थीं एक खिड़की खोलकर आसमान की तरफ देखने लगी। इस तरफ से पतित-पावनी भगवती जाह्नवी की तरल तरंगों की सुंदर छटा दिखाई देती थी जो उदास से उदास और बुझे दिल को भी एक दफे प्रसन्न करने की सामर्थ्य रखती थी परंतु इस समय अंधकार के कारण कामिनी उस छटा को नहीं देख सकती थी और इस सबब से आसमान की तरफ देखकर भी वह इस बात का पता न लगा सकी कि अब रात कितनी बाकी है, मगर सबेरा होने में अभी देर है इतना जानकर उसके दिल को कुछ भरोसा हुआ। उसी समय सरकारी पहरे वाले ने घड़ी बजाई जिसे सुनकर कामिनी ने निश्चय कर लिया कि रात अभी दो घंटे से कम बाकी नहीं है। उसने उसी तरफ की एक और खिड़की खोल दी और तब उस जगह चली गई जहां चौकी के ऊपर गंगा-जमुनी लोटे में जल रखा हुआ था। उसी चौकी पर से एक रूमाल उठा लिया और उसे गीला करके अपना मुंह अच्छी तरह पोंछने अथवा धोने के बाद रूमाल खिड़की के बाहर फेंक दिया और तब उस जगह चली आई जहां आनंद सिंह गहरी नींद में सो रहे थे।

कामिनी ने आंचल के कपड़े से एक मामूली बत्ती बनाई और नाक में डालकर उसके जरिये से दो-तीन छींकें मारीं जिसकी आवाज से आनंद सिंह की आंख खुल गई और उन्होंने अपने पास कामिनी को बैठे हुए देखकर ताज्जुब से कहा, "हैं, तुम बैठी क्यों हो खैरियत तो है!"

कामिनी- जी हां, मेरी तबियत तो अच्छी है मगर तरद्दुद और सोच के मारे नींद नहीं आ रही है। बहुत देर से जाग रही हूं।

आनंद- (उठकर) इस समय भला कौन से तरद्दुद और सोच ने तुम्हें आ घेरा?

कामिनी- क्या कहूं, कहते हुए भी शर्म मालूम पड़ती है?

आनंद- आखिर कुछ कहो तो सही, शर्म कहां तक करोगी?

कामिनी- खैर, मैं कहती हूं मगर आप बुरा न मानेंगे!

आनंद- मैं कुछ भी बुरा न मानूंगा, तुम्हें जो कुछ कहना है कहो।

कामिनी- बात केवल इतनी ही है कि मैं छोटे कुमार से एक दिल्लगी कर बैठी हूं मगर आज उस दिल्लगी का भेद जरूर खुल गया होगा, इसलिए सोच रही हूं कि अब क्या करूं इस समय कामिनी बहिन से भी मुलाकात नहीं हो सकती जो उनको कुछ समझा-बुझा देती।

आनंद- (ताज्जुब में आकर) तुमने कोई भयानक सपना तो नहीं देखा जिसका असर अभी तक तुम्हारे दिमाग में घुसा हुआ है यह मामला क्या है तुम कैसी बातें कर रही हो!

कामिनी- नहीं-नहीं, कोई विशेष बात नहीं है और मैंने कोई भयानक सपना भी नहीं देखा, बात केवल इतनी ही है कि मैं हंसी-हंसी में छोटे कुमार से कह चुकी हूं कि 'मेरी शादी अभी तक नहीं हुई है और मैं प्रतिज्ञा कर चुकी हूं कि ब्याह कदापि न करूंगी'। अब आज ताज्जुब नहीं कि कामिनी बहन ने मेरा सच्चा भेद खोल दिया हो और कह दिया हो कि 'लाडिली की शादी तो कमलिनी की शादी के साथ ही साथ अर्थात् दोनों की एक ही दिन हो चुकी है और आज उसकी भी सोहागरात है।' अगर ऐसा हुआ तो मुझे बड़ी शर्म...।

आनंद- (ताज्जुब और घबड़ाहट से) तुम तो पागलों की-सी बातें कर रही हो। आखिर तुमने अपने को और मुझको समझा ही क्या है जरा घूंघट हटाकर बातें करो। तुम्हारा मुंह तो दिखाई ही नहीं देता!

कामिनी- नहीं, मुझे इसी तरह बैठे रहने दीजिए। मगर आपने क्या कहा मैं कुछ भी नहीं समझी, इसमें पागलपने की कौन-सी बात है?

आनंद- तुमने जरूर कोई सपना देखा है जिसका असर अभी तक तुम्हारे दिमाग में बसा हुआ है और तुम अपने को लाडिली समझ रही हो। ताज्जुब नहीं कि लाडिली ने तुमसे वे बातें कही हों जो उसने मुझसे दिल्लगी के ढंग पर कही थीं।

कामिनी- मुझे आपकी बातों पर ताज्जुब मालूम पड़ता है। मैं समझती हूं कि आप ही ने कोई अनूठा स्वप्न देखा है और यह भी देखा है कि कामिनी आपके बगल में पड़ी हुई है जिसका खयाल अभी तक बना हुआ है और मुझे आप कामिनी समझ रहें हैं। भला सोचिए तो सही कि छोटे कुमार (आनंद सिंह) को छोड़कर कामिनी आपके पास आने ही क्यों लगी कहीं आप मुझसे दिल्लगी तो नहीं कर रहे हैं?

कामिनी की आखिरी बात सुनकर आनंद सिंह बहुत बेचैन हो गये और उन्होंने घबड़ाकर कामिनी के मुंह से घूंघट हटा दिया, मगर शमादान की रोशनी में उसका खूबसूरत चेहरा देखते ही वे चौंक पड़े और बोले - "हैं! यह मामला क्या है लाडिली को मेरे पास आने की क्या जरूरत थी बेशक तुम लाडिली मालूम पड़ती हो कहीं तुमने अपना चेहरा रंगा तो नहीं है?"

कामिनी- (घबड़ाहट के ढंग पर) आपकी बातें तो मेरे दिल में हौल पैदा करती हैं! न मालूम आप क्या कह रहे हैं और इस बात को क्यों नहीं सोचते कि कामिनी को आपके पास आने की जरूरत ही क्या थी।

आनंद- (बेचैनी के साथ) पहले तुम अपना चेहरा धो डालो तो मैं तुमसे बातें करूं! तुम मुझे जरूर धोखा दे रही हो और अपनी सूरत लाडिली की-सी बनाकर मेरी जान सांसत में डाल रही हो! मैं अभी तक तुम्हें कामिनी समझ रहा था और समझता हूं।

कामिनी- (ताज्जुब से आनंद सिंह की सूरत देखकर) आपकी बातें तो कुछ विचित्र ढंग की हो रही हैं। जब आप मुझे कामिनी समझते हैं तो अपने को भी जरूर आनंद सिंह समझते होंगे?

आनंद- इसमें शक ही क्या है क्या मैं आनंद सिंह नहीं हूं?

कामिनी- (अफसोस से हाथ मलकर) हे परमेश्वर! आज इनको क्या हो गया।

आनंद- बस अब तुम अपना चेहरा धो डालो तो मुझसे बातें करो, तुम नहीं जानतीं कि इस समय मेरे दिल की कैसी अवस्था है।

कामिनी- ठहरिये-ठहरिये, मैं बाहर जाकर सभों को इस बात की खबर कर देती हूं कि आपको कुछ हो गया है। मुझे आपके पास बैठते डर लगता है! हे परमेश्वर।

आनंद- तुम नाहक मेरी जान को दु:ख दे रही हो! पास ही तो पानी पड़ा है, अपना चेहरा क्यों नहीं धो डालतीं मुझे ऐसी दिल्लगी अच्छी नहीं मालूम होती, खैर, अब बहुत हो गया, तुम उठो।

कामिनी- मेरे चेहरे में क्या लगा है जो धो डालूं आप ही क्यों नहीं अपना चेहरा धो डालते! क्या मुंह में पानी लगाकर मैं लाडिली से कोई दूसरी ही औरत बन जाऊंगी! या आप मुंह धोकर छोटे कुमार बन जायेंगे?

आनंद- (बेचैनी से बिगड़कर) बस-बस, अब मैं बरदाश्त नहीं कर सकता और न ज्यादे देर तक ऐसी दिल्लगी सह सकता हूं। मैं हुक्म देता हूं कि तुम तुरंत अपना चेहरा धो डालो नहीं तो तुम्हारे साथ जबरदस्ती की जायेगी, फिर पीछे दोष न देना।

यह सुनते ही कामिनी घबड़ाकर उठ खड़ी हुई और यह कहती हुई कि 'आज भोर ही भोर ऐसी दुर्दशा में फंसी हूं, न मालूम दिन कैसा बीतेगा!' उस चौकी के पास चली गई जिस पर गंगाजमनी लोटा जल से भरा हुआ रखा था और पास ही में एक बड़ा-सा आफताबा भी था। पानी से अपना चेहरा साफ किया और दो-चार कुल्ला भी करने के बाद रूमाल से मुंह पोंछ आनंद सिंह से बोली, "कहिये मैं वही हूं कि बदल गई?"

कामिनी के साथ ही साथ आनंद सिंह भी बिछावन पर से उठकर वहां तक चले आये थे जहां पानी और आफताबा रखा हुआ था। जब कामिनी ने मुंह धोकर उनकी तरफ देखा तो कुमार के ताज्जुब की कोई हद न रही और वह पत्थर की मूरत बनकर एकटक उसकी तरफ देखते खड़े रह गये। इस समय खिड़कियों में से आसमान पर सुबह की सफेदी फैली हुई दिखाई दे रही थी और कमरे में भी रोशनी की कमी न थी।

कामिनी- (कुछ चिढ़ी हुई आवाज से) कहिये-कहिये, क्या मैं मुंह धोने से कुछ बदल गई आप बोलते क्यों नहीं?

आनंद- (एक लंबी सांस लेकर) अफसोस! तुम्हारे घूंघट ने मुझे धोखा दिया। अगर मिलाप के पहले तुम्हारी सूरत देख लेता तो धर्म नष्ट क्यों होता।

कामिनी- (जिसे अब लाडिली लिखेंगे, क्योंकि यह वास्तव में लाडिली ही है) फिर भी आप उसी ढंग की बातें कर रहे हैं और अभी तक अपने को छोटे कुमार समझते हैं। इतना हिलने-डोलने पर भी आपके दिमाग से स्वप्न का गुबार न निकला। (कमरे में लटकते हुए एक बड़े आईने की तरफ उंगली से इशारा करके) अब आप उसमें अपना चेहरा देख लीजिए तो मुझसे बातें कीजिये।

कुंअर आनंद सिंह भी यही चाहते थे, अस्तु वे उस आईने के सामने चले गये और बड़े गौर से अपनी सूरत देखने लगे। लाडिली भी उनके साथ ही साथ उस आईने के पास चली गई और जब वे ताज्जुब के साथ आईने में अपना चेहरा देख रहे थे तो बोली, "कहिये, अब भी आप अपने को छोटे कुमार ही समझते हैं या और कोई?"

क्रोध के साथ ही साथ शर्मिंदगी ने भी आनंद सिंह पर अपना कब्जा कर लिया और वे घबड़ाकर अपनी पोशाक पर ध्यान देने लगे, मगर उसमें किसी तरह की खराबी न पाकर उन्होंने पुनः लाडिली की तरफ देखा और कहा, "यह क्या मामला है मेरी सूरत किसने बदली?"

लाडिली- (ताज्जुब और घबड़ाहट के ढंग पर) क्या आप अपनी सूरत बदली हुई समझते हैं?

आनंद- बेशक!

लाडिली- (अफसोस के साथ हाथ मलकर) अफसोस! अगर यह बात ठीक है तो बड़ा ही गजब हुआ।

आनंद- जरूर ऐसा ही है, मैं अभी अपना चेहरा धोता हूं!

इतना कहकर कुंअर आनंद सिंह उस चौकी के पास चले गये जिस पर पानी रखा हुआ था और अपना चेहरा धोने लगे। पानी पड़ते ही हाथ पर रंग उतर आया जिस पर निगाह पड़ते ही लाडिली चौंकी और रंज के साथ बोली, "बेशक चेहरा रंगा हुआ है! हाय बड़ा ही गजब हो गया! मैं बेमौत मारी गई। मेरा धर्म नष्ट हुआ। अब मैं अपने पति के सामने किस मुंह से जाऊंगी और अपनी हमजोलियों की वार्ता का क्या जवाब दूंगी! औरतों के लिये यह बड़े शर्म की बात है, नहीं-नहीं, बल्कि औरतों के लिए यह घोर पातक है कि पराये मर्द का संग करें। सच तो यों है कि पराये मर्द का शरीर छू जाने से भी प्रायश्चित लगता है और बात को तो कहना क्या है! हाय, मैं बर्बाद हो गई और कहीं की भी न रही। इसमें कोई शक नहीं कि आपने जान-बूझकर मुझे मिट्टी में मिला दिया।"

आनंद- (अच्छी तरह चेहरा धोने के बाद रूमाल से मुंह पोंछकर) क्या कहा क्या जान-बूझकर मैंने तुम्हारा धर्म नष्ट किया?

लाडिली- बेशक, ऐसा ही है, मैं इस बात की दुहाई दूंगी और लोगों से इंसाफ चाहूंगी।

आनंद- क्या मेरा धर्म नष्ट नहीं हुआ?

लाडिली- मर्दों के धर्म का क्या कहना है और इसका बिगड़ना ही क्या जो दस-दस पंद्रह-पंद्रह ब्याह से भी ज्यादे कर सकते हैं! बर्बादी तो औरतों के लिये है। इसमें कोई शक नहीं कि आपने जान-बूझकर मेरा धर्म नष्ट किया! जब आप छोटे कुमार ही थे तो आपको मेरे पास से उठ जाना चाहिए था या मेरे पास बैठना ही मुनासिब न था।

आनंद- मैं कसम खाकर कह सकता हूं कि मैंने तुम्हारी सूरत घूंघट के सबब से अच्छी तरह नहीं देखी, एक दफे ऐंचातानी में निगाह पड़ भी गई थी तो तुम्हें कामिनी ही समझा था और इसके लिये भी मैं कसम खाता हूं कि मैंने तुम्हें धोखा देने के लिये जान-बूझकर अपनी सूरत नहीं रंगी है बल्कि मुझे इस बात की खबर भी नहीं कि मेरी सूरत किसने रंगी या क्या हुआ।

लाडिली- अगर आपका यह कहना ठीक है तो समझ लीजिये कि और भी गजब हो गया! मेरे साथ ही साथ कामिनी बर्बाद हो गई होगी। जिस धर्मात्मा ने धोखा देकर मेरा संग आपके साथ करा दिया है उसने कामिनी को भी जो आपके साथ ब्याही गई है, जरूर धोखा देकर मेरे पति के पलंग पर सुला दिया होगा।

यह एक ऐसी बात थी जिसे सुनते ही आनंद सिंह का रंग बदल गया। रंज और अफसोस की जगह क्रोध ने अपना दखल जमा लिया और कुछ सुस्त तथा ठंडी रगों में बेमौके हरारत पैदा हो गई जिससे बदन कांपने लगा और उन्होंने लाल आंखें करके लाडिली की तरफ देख के कहा - "क्या कहा तुम्हारे पति के पलंग पर कामिनी! यह किसकी मजाल है कि...?"

लाडिली - ठहरिये-ठहरिये, आप गुस्से में न आ जाइये। जिस तरह आप अपनी और कामिनी की इज्जत समझते हैं उसी तरह मेरी और मेरे पति की इज्जत पर भी आपको ध्यान देना चाहिए।

मेरी बर्बादी पर तो आपको गुस्सा न आया और कामिनी का भी मेरा ही-सा हाल सुनकर आप जोश में आकर उछल पड़े, अपने आप से बाहर हो गये और आपको बदला लेने की धुन सवार हो गई! सच है दुनिया में किसी विरले ही महात्मा को हमदर्दी और इंसाफ का ध्यान रहता है, दूसरे पर जो कुछ बीती है उसका अंदाजा किसी को तब तक नहीं लग सकता जब तक उस पर भी वैसा ही न बीते। जिसने कभी एक उपवास भी नहीं किया है वह अकाल के मारे भूखे गरीबों पर उचित और सच्ची हमदर्दी नहीं कर सकता, यों उनके उपकार के लिये भले ही बहुत कुछ जोश दिखाये और कुछ कर भी बैठे। ताज्जुब नहीं कि हमारे बुजुर्ग और बड़े लोग इसी खयाल से बहुत से व्रत चला गये हों और इससे उनका मतलब यह भी हो कि स्वयं भूखे रहकर देख लो तब भूखों की कदर कर सकोगे। दूसरे के गले पर छुरी चला देना कोई बड़ी बात नहीं है मगर अपने गले पर सूई से भी निशान नहीं किया जाता। जो दूसरों की बहू-बेटियों को झांका करते हैं वे अपनी बहू-बेटियों का झांका जाना सहन नहीं कर सकते। बस इसी से समझ लीजिए कि मेरी बर्बादी पर आपको अगर कुछ खयाल हुआ तो केवल इतना ही कि बस कसम खाकर अफसोस करने लगे और सोचने लगे कि मेरे दिल से किसी तरह इस बात का रंज निकल जाय मगर कामिनी का भी मेरे ही जैसा हाल सुनकर म्यान के बाहर हो गये! क्या यही इंसाफ है और यही हमदर्दी है इसी दिल को लेकर आप राजा बनेंगे और राजकाज करेंगे।

लाडिली की जोश भरी बातें सुनकर आनंद सिंह सहम गये और शर्म ने उनकी गर्दन झुका दी। वह सोचने लगे कि क्या करूं और इसकी बातों का क्या जवाब दूं! इसी समय कमरे का दरवाजा खुला (जो शायद धोखे में खुला रह गया होगा) और इंद्रदेव की लड़की इंदिरा को साथ लिये हुए कामिनी आती दिखाई पड़ी।

लाडिली- लीजिए, कामिनी बहिन भी आ पहुंचीं! ताज्जुब नहीं कि ये भी अपना हाल कहने के लिए आई हों, (कामिनी से) लो बहिन, आज हम तुम्हारे बराबर हो गए।

कामिनी- बराबर नहीं, बल्कि बढ़ के।

***

बयान-2

रात पहर भर से ज्यादे जा चुकी है। महल के अंदर एक सजे हुए कमरे में एक तरफ रानी चंद्रकान्ता, चपला और चंपा बैठी हुई हैं और उनसे थोड़ी ही दूर पर राजा वीरेन्द्र सिंह, गोपाल और भैरो सिंह बैठे आपस में कुछ बातचीत कर रहे हैं।

चंद्र- (वीरेन्द्र से) सच्चा-सच्चा हाल मालूम होना तो दूर रहा मुझे इस बात का किसी तरह कुछ गुमान भी न हुआ। इस समय मैं दुलहिनों की सोहागरात का इंतजाम देख-सुनकर यहां आई और दिन भर की थकावट से सुस्त होकर पड़ रही, जी में आया कि घंटे-दो घंटे सो रहूं, मगर इसी बीच में चपला बहिन आ पहुंची और बोली, 'लो बहिन, मैं तुम्हें एक अनूठा हाल सुनाती हूं जिसकी अब तक तुम लोगों को कुछ खबर ही न थी!' बस इतना कहकर बैठ गईं और कहने लगीं कि 'कमलिनी और लाडिली की शादी तिलिस्म के अंदर ही इंद्रजीत और आनंद के साथ हो चुकी है जिसके बारे में अब तक हम लोगों को किसी ने कुछ भी नहीं कहा, इस समय लड़के (भैरो सिंह) ने मुझसे कहा है।' सुनते ही मैं धक्क हो गई कि या राम! यह कौन-सी बात थी जिसे अभी तक सब कोई छिपाये बैठे रहे।

चपला- (भैरो सिंह की तरफ इशारा करके) सामने तो बैठा हुआ है, पूछिये कि इस समय के पहले कभी कुछ कहा था! यद्यपि दोनों की शादियां इसके सामने ही तिलिस्म के अंदर हुई थीं।

वीरेन्द्र- मुझे भी इस विषय में किसी ने कुछ नहीं कहा था, अभी थोड़ी देर हुई कि गोपाल सिंह ने यह सब हाल पिताजी से बयान किया तब मालूम हुआ।

चंद्र- यही सुन के तो मैंने आपको तकलीफ दी क्योंकि आपकी जुबानी सुने बिना मेरी दिलजमई नहीं हो सकती।

वीरेन्द्र- जो कुछ तुमने सुना सब ठीक है।

चंद्र- मजा तो यह है कि लड़कों ने भी मुझसे इस बात की कुछ चर्चा नहीं की।

वीरेन्द्र- लड़कों को तो खुद ही इस बात की खबर नहीं है कि उनकी शादी कमलिनी और लाडिली के साथ हुई थी।

चंद्र- यह तो आप और ताज्जुब की बात कहते हैं। यह भला कैसे हो सकता है कि जिनकी शादी हो उन्हीं को पता न लगे कि मेरी शादी हो गई है इस पर कौन विश्वास करेगा।

वीरेन्द्र- बात ही कुछ ऐसी हो गई थी और यह शादी जानबूझकर किसी मतलब से छिपाई गई थी (गोपाल सिंह की तरफ इशारा करके) अब ये खुलासा हाल तुमसे बयान करेंगे तब तुम समझ जाओगी कि ऐसा क्यों हुआ।

गोपाल- मैं सब हाल आपसे खुलासा बयान करता हूं और आशा करता हूं कि आप मेरा कसूर माफ करेंगी क्योंकि यह सब मेरी ही करतूत है और मैंने ही यह शादी कराई है।

चंद्र- अगर तुमने ऐसा किया तो छिपाने की क्या जरूरत थी क्या हम लोग तुमसे रंज हो जाते या हम लोग इस बात को नहीं समझते कि जो कुछ तुम करोगे अच्छा ही समझ के करोगे।

गोपाल- ठीक है, मगर किया क्या जाये, इस बात को छिपाये बिना काम नहीं चलता था, यही तो सबब हुआ कि खुद दोनों कुमारों को भी इस बात का पता न लगा कि उनकी शादी फलाने के साथ हो गई है।

चंद्र- आखिर, ऐसा किया क्यों गया सो तो कहो!

गोपाल- इसका सबब यह है कि एक दिन कमला मेरे पास आई और बोली कि 'मैं आपसे एक जरूरी बात कहती हूं जिस पर आपको विशेष ध्यान देना होगा'। मैंने पूछा - 'क्या!' इस पर उसने जवाब दिया कि कमलिनी ने जो कुछ एहसान हम लोगों पर, खास करके दोनों कुमारों तथा किशोरी और कामिनी पर किये हैं वह किसी से छिपे नहीं हैं। किशोरी का खयाल है कि 'इसका बदला किसी तरह से अदा हो ही नहीं सकता' और बात भी ऐसी ही है, अस्तु किशोरी ने बात ही बात में अपने दिल का हाल मुझसे भी कह दिया और इस बारे में जो कुछ उसने सोच रखा था वह भी बयान किया। किशोरी कहती है कि अगर मैं शादी न करूं या शादी होने के पहले ही इस दुनिया से उठ जाऊं तो उसके एहसान और ताने से कुछ बच सकती हूं। इस विषय पर जब मैंने किशोरी को बहुत-कुछ समझाया तो बोली कि खैर अगर मेरी शादी के पहले कमलिनी की शादी कुंअर इंद्रजीत सिंह के साथ हो जायेगी तब मैं सुख से अपनी जिंदगी बिता सकूंगी और उसके एहसान से भी हलकी हो जाऊंगी क्योंकि ऐसा होने से कमलिनी को पटरानी की पदवी मिलेगी और उसी का लड़का गद्दी का मालिक समझा जायेगा। मैं छोटी रानी और कमलिनी की लौंडी होकर रहूंगी तभी मेरे दिल को राहत होगी और मैं समझूंगी कि कमलिनी के अहसान का बोझ मेरे सिर से उतर गया।

चंद्र- शाबाश! शाबाश!

वीरेन्द्र- बेशक, किशोरी ने बड़े हौसले की और लासानी बात सोची।

चपला- बेशक, यह साधारण बात नहीं है, यह बड़े कलेजे वाली औरतों का काम है, और इससे बढ़कर किशोरी कुछ कर ही नहीं सकती थी।

गोपाल- मैंने जब कमला की जुबानी यह बात सुनी तो दंग हो गया और मन में किशोरी की तारीफ करने लगा। सच तो यों है कि यह बात मेरे दिल में भी जम गई। अस्तु मैंने कमला से

वादा तो कर दिया कि 'ऐसा ही होगा' मगर तरद्दुद में पड़ गया कि यह काम क्योंकर पूरा होगा, क्योंकि यह बात बहुत ही कठिन बल्कि असंभव थी कि इंद्रजीत सिंह और कमलिनी इस राय को मंजूर करें। इसके अतिरिक्त यह भी उम्मीद नहीं हो सकती थी कि हमारे महाराज इस बात को स्वीकार कर लेंगे।

भैरो- बेशक, यह कठिन काम था, इंद्रजीत सिंह इस बात को कभी मंजूर न करते।

गोपाल- कई दिन के सोच-विचार के बाद मैंने और भैरो सिंह ने मिलकर एक तरकीब निकाल ली और किसी-न-किसी तरह कमलिनी और लाडिली को इंद्रानी और आनंदी बनाकर दोनों की शादी इंद्रजीत सिंह और आनंद सिंह के साथ करा दी। उन दिनों कमलिनी के पिता बलभद्र सिंह जी भूतनाथ की मदद से छूटकर यहां (अर्थात् बगुले वाले तिलिस्मी मकान में) आ चुके थे, अस्तु मैं तिलिस्म के अंदर ही अंदर यहां आया और बलभद्र सिंह जी को कन्यादान करने के लिए समझा-बुझाकर जमानिया ले गया। उस दिन भूतनाथ बहुत परेशान हुआ था और भैरो सिंह मेरे साथ था। हम लोग पहले जब इस मकान में आये थे तो भूतनाथ और बलभद्र सिंह जी के नाम की एक-एक चिट्ठी दोनों की चारपाई पर रख के चले गये थे।

बलभद्र सिंह जी की चिट्ठी में उनकी दिलजमई के लिए एक अंगूठी भी रखी थी जो उन्होंने ब्याह के पहले मुझे बतौर सगुन के दी थी। इसके बाद दूसरे दिन फिर पहुंचे और भूतनाथ को अपना पूरा-पूरा परिचय देकर बलभद्र सिंह जी को ले गये। उनके जाने का सबब भूतनाथ को ठीक-ठीक कह दिया था मगर साथ ही इसके इस बात की भी ताकीद कर दी थी कि यह हाल किसी को मालूम न होवे।

इतना कहते-कहते गोपाल सिंह कुछ देर के लिए रुके और फिर इस तरह कहने लगे –

"पहले तो मुझे इस बात की चिंता थी कि बलभद्र सिंह मेरा कहना मानेंगे या नहीं मगर उन्होंने इस बात को बड़ी खुशी से मंजूर कर लिया। अपनी लड़कियों से मिलकर वे बहुत ही प्रसन्न हुए और हम लोगों पर जो कुछ आफतें बीत चुकी थीं उन्हें सुन-सुनाकर अफसोस करते रहे, फिर अपनी बीती सुनाकर प्रसन्नतापूर्वक हम लोगों के काम में शरीक हुए अर्थात् हंसी-खुशी के साथ उन्होंने कमलिनी और लाडिली का कन्यादान कर दिया। इस काम में भैरो सिंह को भी कम तरद्दुद नहीं उठाना पड़ा बल्कि दोनों कुमार इनसे रंज भी हो गये थे क्योंकि इनकी जुबानी असल बातों का उन्हें पता नहीं लगता था, अस्तु शादी हो जाने के बाद इस बात का बंदोबस्त किया गया कि इंद्रजीत सिंह और आनंद सिंह इस अनूठे ब्याह को भूल जायं तथा इंद्रानी और आनंदी से मिलने की उम्मीद न रखें।"

इसके बाद राजा गोपाल सिंह ने और भी बहुत-सा हाल बयान किया जो हम संतति के अठारहवें भाग में लिख आये हैं और सब बातें सुनकर अंत में चंद्रकान्ता ने कहा, "खैर, जो हुआ अच्छा ही हुआ, हम लोगों के लिए तो जैसे किशोरी और कामिनी हैं वैसे ही कमलिनी और लाडिली हैं, मगर किशोरी के नाना को यदि इस बात का कुछ रंज हो तो ताज्जुब नहीं।"

वीरेन्द्र- पिताजी भी यही कहते थे। मगर इसमें कोई शक नहीं कि किशोरी ने परले सिरे की हिम्मत दिखलाई!

गोपाल- साथ ही इसके यह भी समझ लीजिये कि कमलिनी ने भी इस बात को सहज ही स्वीकार नहीं कर लिया, इसके लिए भी हम लोगों को बहुत कुछ उद्योग करना पड़ा। बात यह है कि कमलिनी भी किशोरी को जान से ज्यादे चाहती और मानती है।

चंद्र- मगर मुझे इस बात का अफसोस जरूर है कि इन दोनों की शादी में किसी तरह की तैयारी नहीं की गई और न कुछ धूमधाम ही हुई।

इसके बाद बहुत देर तक इन सभों में बातचीत होती रही।

***

बयान-3

अब हम कुंअर इंद्रजीत सिंह की तरफ चलते हैं और देखते हैं कि उधर क्या हो रहा है।

किशोरी और कमलिनी की बातचीत सुनकर कुंअर इंद्रजीत सिंह से रहा न गया और उन्होंने बेचैनी के साथ उन दोनों की तरफ देखकर कहा, "क्या तुम लोगों ने मुझे सताने और दु:ख देने के लिए कसम ही खा ली है क्यों मेरे दिल में हौल पैदा कर रही हो असल बात क्यों नहीं बतातीं!"

किशोरी- (मुस्कराती हुई) यद्यपि मुझे आपसे शर्म करनी चाहिए मगर कमला और कमलिनी बहिन ने मुझे बेहया बना दिया, तिस पर आज की दिल्लगी मुझे हंसाते-हंसाते बेहाल कर रही है। आप बिगड़े क्यों जाते हैं! ठहरिये-ठहरिये, जल्दी न कीजिये और समझ लीजिये कि मेरी शादी आपके साथ नहीं हुई बल्कि कमलिनी की शादी आपके साथ हुई है।

कुमार- सो कैसे हो सकता है! और मैं क्योंकर ऐसी अनहोनी बात मान लूं।

कमलिनी- अब आपकी हालत बहुत खराब हो गई! क्या कहूं मैं तो आपको अभी और छकाती मगर दया आती है इसलिए छोड़ देती हूं। इसमें कोई शक नहीं कि मैंने आपसे दिल्लगी की है मगर इसके लिए मैं आपसे इजाजत ले चुकी हूं! (अपनी तर्जनी उंगली दिखाकर) आप इसे पहचानते हैं!

कुमार- हां-हां, मैं इस अंगूठी को खूब पहचानता हूं, तिलिस्म के अंदर यह मैंने इंद्रानी को दी थी, मगर अफसोस!

कमलिनी- अफसोस न कीजिए, आपकी इंद्रानी मरी नहीं बल्कि जीती-जागती आपके सामने खड़ी है।

कमलिनी की इस आखिरी बात ने कुमार के दिल से आश्चर्य और दु:ख को धोकर साफ कर दिया और उन्होंने खुशी-खुशी कमलिनी और किशोरी का हाथ पकड़कर कहा, "क्या यह सच है?"

किशोरी- जी हां, सच है।

कुमार- और जिन दोनों को मैंने मरी हुई देखा था वे कौन थीं?

किशोरी- वे वास्तव में माधवी और मायारानी थीं जो तिलिस्म के अंदर ही अपनी बदकारियों का फल भोगकर मर चुकी थीं। आपके दिल से उस शादी का खयाल उठा देने के लिए ही उनकी लाशें इंद्रानी और आनंदी बनाकर दिखा दी गई थीं, मगर वास्तव में इंद्रानी यहीं मौजूद है

और आनंदी लाडिली थी जो आनंद सिंह के साथ ब्याही गई थी। इस समय उधर भी कुछ ऐसा ही रंग मचा हुआ है।

कुमार- तुम्हारी बातों ने इस समय मुझे प्रसन्न कर दिया, विशेष प्रसन्नता तो इस बात से होती है कि तुम खुले दिल से इन बातों को बयान कर रही हो और कमलिनी में तथा तुममें पूरे दर्जे की मुहब्बत मालूम होती है। ईश्वर इस मुहब्बत को बराबर इसी तरह बनाए रहे। (कमलिनी से) मगर तुमने मुझे बड़ा ही धोखा दिया, ऐसी दिल्लगी भी कभी किसी ने नहीं सुनी होगी! आखिर ऐसा किया ही क्यों!

कमलिनी- अब क्या सब बातें खड़े-खड़े ही खत्म होंगी और बैठने की इजाजत न दी जायेगी!

कुमार- क्यों नहीं, अब बैठकर हंसी-दिल्लगी करने और खुशी मनाने के सिवाय और हम लोगों को करना ही क्या है!

इतना कहकर कुंअर इंद्रजीत सिंह गद्दी पर बैठ गए और हाथ पकड़कर किशोरी और कमलिनी को अपने दोनों बगल में बैठा लिया। कमला आज्ञा पाकर बैठा ही चाहती थी कि दरवाजे पर ताली बजने की आवाज आई जिसे सुनते ही वह बाहर चली गई और तुरंत लौटकर बोली, "पहरे वाली लौंडी कहती है कि भैरो सिंह बाहर खड़े हैं।"

कुमार- (खुश होकर) हां-हां, उन्हें जल्द ले आओ, इन हजरत ने मेरे साथ क्या कम दिल्लगी की है अब तो मैं सब बातें समझ गया। भला, आज उन्हें इत्तिला कराके मेरे पास आने का दिन तो नसीब हुआ!

कुमार की बातें सुनकर कमला पुन: बाहर चली गई और कमलिनी तथा किशोरी कुमार के बगल से कुछ हटकर बैठ गईं, इतने ही में भैरो सिंह आ पहुंचे।

कुमार- आइए, आइए, आपने भी मुझे बहुत छकाया है पर क्या चिंता है, समय मिलने पर समझ लूंगा।

भैरो- (हंसकर) जो कुछ किया (किशोरी की तरफ बताकर) इन्होंने किया, मेरा कोई कसूर नहीं।

कुमार- खैर, जो हुआ सो अच्छा हुआ, अब मुझे सच्चा-सच्चा हाल तो सुना दो कि तिलिस्म के अंदर इस तरह की रूखी-फीकी शादी क्यों कराई गई और इस काम के अगुला कौन महापुरुष हैं?

भैरो- (किशोरी की तरफ इशारा करके) जो कुछ किया सब इन्होंने किया। यही सब काम में अगुआ थीं और राजा गोपाल सिंह इस काम में इनकी मदद कर रहे थे। उन्हीं की आज्ञानुसार मुझे भी मजबूर होकर इन लोगों का साथ देना पड़ा था। इसका खुलासा हाल आप कमला से पूछिए, यही ठीक-ठीक बतावेगी।

कुमार- (कमला से) खैर, तुम्हीं बताओ कि क्या हुआ?

कमला- (किशोरी से) कहो बहिन, अब तो मैं साफ कह दूं?

किशोरी- अब छिपाने की जरूरत ही क्या है?

कमला ने इस तरह से कहना शुरू किया, "किशोरी बहिन ने मुझसे कई दफे कहा कि 'तू इस बात का बंदोबस्त कर कि किसी तरह मेरी शादी के पहले ही कमलिनी की शादी कुमार के साथ हो जाये' मगर मेरे किये इसका कुछ भी बंदोबस्त न हो सका और कममिनी रानी भी इस बात पर राजी होती दिखाई न दीं अस्तु मैं बात टालकर चुपकी हो बैठी, मगर मुझे इस बात में सुस्त देखकर किशोरी ने फिर मुझसे कहा कि 'देख कमला, तू मेरी बात पर कुछ ध्यान नहीं देती, मगर इसे खूब समझ रखियो कि अगर मेरा इरादा पूरा न हुआ अर्थात् मेरी शादी के पहले ही कमलिनी की शादी कुमार के साथ न हो गई तो मैं कदापि ब्याह न करूंगी बल्कि अपने गले में फांसी लगाकर जान दे दूंगी। कमलिनी ने जो कुछ एहसान मुझ पर किये हैं उनका बदला मैं किसी तरह चुका नहीं सकती, अगर कुछ चुका सकती हूं तो इसी तरह कि कमलिनी को पटरानी बनाऊं और आप उसकी लौंडी होकर रहूं, मगर अफसोस है कि तू मेरी बातों पर कुछ भी ध्यान नहीं देती जिसका नतीजा यह होगा कि एक दिन तू रोएगी और पछताएगी।'

किशोरी की इस आखिरी बात से मेरे कलेजे पर एक चोट-सी लगी और मैंने सोचा कि जो कुछ यह कहती है बहुत ठीक है, ऐसा होना ही चाहिए। आखिर, मैंने राजा गोपाल सिंह से यह सब हाल कहा और उन्हें अपनी तरफ से भी बहुत-कुछ समझाया जिसका नतीजा यह निकला कि वे दिलोजान से इस काम के लिये तैयार हो गए। जब वे खुद तैयार हो गए तो फिर क्या था सब काम खूबी के साथ होने लगा।

राजा गोपाल सिंह ने इस विषय में कमलिनीजी से कहा और उन्हें बहुत समझाया मगर ये राजी न हुईं और बोलीं कि 'आपकी आज्ञानुसार मैं कुमार से ब्याह कर लेने के लिए तैयार हूं मगर यह नहीं हो सकता कि किशोरी से पहले ही अपनी शादी करके उसका हक मार दूं, हां, किशोरी की शादी हो जाने के बाद जो कुछ आप आज्ञा देंगे मैं करूंगी।' यह जवाब सुनकर गोपाल सिंह जी ने फिर कमलिनी को समझाया और कहा कि 'अगर तुम किशोरी की इच्छा पूरी न करोगी तो यह अपनी जान दे देगी, फिर तुम ही सोच लो कि उसके मर जाने से कुमार की क्या हालत होगी और तुम्हारी इस जिद का क्या नतीता निकलेगा?'

गोपाल सिंह जी की इस बात ने (कमलिनी की तरफ बता के) इन्हें लाजवाब कर दिया और लाचार हो शादी करने पर राजी हो गईं। तब राजा साहब ने भैरो सिंह को मिलाया और ये इस बात पर राजी हो गये। इसके बाद यह सोचा गया कि कुमार इस बात को स्वीकार न करेंगे अस्तु उन्हें धोखा देकर जहां तक हो तिलिस्म के अंदर ही कमलिनी के साथ उनकी शादी कर देनी चाहिए, क्योंकि तिलिस्म के बाहर हो जाने पर हम लोग स्वाधीन न रहेंगे और अगर बड़े महाराज इस बात को सुनकर अस्वीकार कर देंगे तो फिर हम लोग कुछ भी न कर सकेंगे इत्यादि।

बस यही सबब हुआ कि तिलिस्म के अंदर आपसे तरह-तरह की चालबाजियां खेली गईं और भैरो सिंह ने भी आप से भेद छिपा रखा। खुद राजा गोपाल सिंह जी तिलिस्म के अंदर आये और बुड्ढे दारोगा बनकर इस काम में उद्योग करने लगे।"

कुमार- (बात रोककर ताज्जुब के साथ) क्या खुद गोपाल सिंह बुड्ढे दारोगा बने थे?

कमला- जी हां, वह बुड्ढी मैं बनी थी, तथा किशोरी और इंदिरा आदि ने लड़कों का रूप धरा था।

कम- (हंसकर) यह बुड्ढी भैरो सिंह की जोरू बनी थी। अब इस बात को सच कर दिखाना चाहिए, अर्थात् इस बुड्ढी को भैरो सिंह के गले मढ़ना चाहिये।

कुमार- जरूर! (कमला से) तब तो मैं समझता हूं कि 'मकरंद' इत्यादि के बारे में जो कुछ भैरो सिंह ने बयान किया था वह सब झूठ था।

कमला- हां, बेशक उसमें बारह आने से ज्यादा झूठ था।

कुमार- खैर, तब क्या हुआ तुम आगे बयान करो।

कमला ने फिर इस तरह बयान करना शुरू किया–

"भैरो सिंह जान-बूझकर इसलिये पागल बनाकर आपको दिखाये गये थे जिससे एक तो आप धोखे में पड़ जायें और समझें कि हमारे विपक्षी लोग भी वहां रहते हैं, दूसरे आपसे मिलाप हो जाने पर यदि भैरो सिंह से कभी कुछ भूल भी हो जाये तो आप यही समझें कि अभी तक इनके दिमाग में पागलपन का कुछ धुआं बचा हुआ है। जिस समय हम लोग तिलिस्म के अंदर पहुंचाए गये थे, उस समय राजा गोपाल सिंह ने अपनी खास तिलिस्मी किताब कमलिनीजी को दे दी थी जिससे तिलिस्म का बहुत-कुछ हाल इन्हें मालूम हो गया था और इनकी मदद से हम लोग जो चाहते थे करते थे तथा किसी बात की तकलीफ भी नहीं होती थी और खाने-पीने की सभी चीजें राजा गोपाल सिंह जी पहुंचा दिया करते थे।

भैरो सिंह जब पागल बनने के बाद आपसे मिले थे तो अपना ऐयारी का बटुआ जान-बूझकर कमलिनीजी के पास रख गये थे। फिर जब भैरो सिंह को बुलाने की इच्छा हुई तो उन्हीं का बटुआ और पीले मकरंद की लड़ाई दिखाकर वे आपसे अलग कर लिये गये, कमलिनी पीले मकरन्द की सूरत में थीं और मैं उनका मुकाबला कर रही थी, कही-बदी और मेल की लड़ाई थी इसलिए आपने समझा होगा कि हम दोनों बड़े बहादुर और लड़ाके हैं। अस्तु इस मामले के बाद जब इंद्रानी और आनंदी वाले बाग में भैरो सिंह आपसे मिले तब भी इन्होंने बहुत-सी झूठ बातें बनाकर आपसे कहीं और जब आप इनसे रंज हुए तो आपका संग छोड़कर फिर हम लोगों की तरफ चले आये। आप दोनों भाई उस समय शादी करने से इंकार करते थे मगर मजबूरी और लाचारी ने आपका पीछा न छोड़ा, इसके अतिरिक्त खुद इंद्रानी और आनंदी ने भी आप दोनों को किशोरी और कामिनी की चिट्ठी दिखाकर खुश कर लिया था। यहां आकर आपने सुना ही है कि

कमलिनीजी के पिता बलभद्र सिंह जी जिन्हें भूतनाथ छुड़ा लाया था यकायक गायब हो गए और कई दिनों के बाद लौटकर आये।"

कुमार- हां, सुना था।

कमला- बस, उन्हें राजा गोपाल सिंह ही यहां आकर ले गये थे और खुद बलभद्र् सिंह जी ने ही अपनी दोनों लड़कियों का कन्यादान किया था।

कुमार- (हंसते हुए) ठीक है, अब मैं सब बातें समझ गया और यह भी मालूम हो गया कि केवल धोखा देने के लिए ही माधवी और मायारानी जो पहले ही मर चुकी थीं, इंद्रानी और आनंदी बनाकर दिखाई गई थीं।

भैरो- जी हां।

कुमार- मगर नानक वहां क्योंकर पहुंचा था।

भैरो- आप सुन चुके हैं कि तारा सिंह ने नानक को कैसा छकाया था, अस्तु वह हम लोगों से बदला लेने की नीयत करके वहां गया और मायारानी से मिल गया था। कमलिनीजी ने वहां का रास्ता उसे बता दिया था उसी का यह नतीजा निकला। जब मायारानी राजा गोपाल सिंह के कब्जे में पड़ गई तब राजा साहब ने नानक को बहुत-कुछ बुरा-भला कहा, यहां तक कि नानक उनके पैरों पर गिर पड़ा और उनसे अपने कसूर की माफी मांगी। उस समय राजा साहब ने उसका कसूर माफ करके उसे अपने साथ रख लिया। तब से वह उन्हीं के कब्जे में रहा और उन्हीं की आज्ञानुसार आपको धोखे में डालने की नीयत से मायारानी और माधवी की लाश के पास दिखाई दिया था। वे दोनों लाश पहले ही मारी जा चुकी थीं, मगर आपको भुलावा देने की नीयत से उनकी लाश इंद्रानी और आनंदी बनाकर दिखाई गई थीं। इसके अतिरिक्त और जो कुछ हाल है वह आपको राजा गोपाल सिंह जी की जुबानी मालूम होगा।

कुमार- ठीक है, मैं ईश्वर को धन्यवाद देता हूं कि मायारानी और माधवी की लाश को इंद्रानी और आनंदी की सूरत में देखकर जो कुछ रंज मुझे हुआ था और आज तक इस घटना का जो कुछ असर मेरे दिल में था वह जाता रहा। अब मैं अपने को खुशनसीब समझने लगा। (कमलिनी से) अच्छा, यह बताओ कि रात की दिल्लगी तुमने किस तौर पर की मेरी समझ में कुछ न आया और न इस बात का पता लगा कि मेरी सूरत क्योंकर बदल गई?

कमलिनी- इस बात का जवाब आपको कमला से मिलेगा।

कमला- यह तो एक मामूली बात है। समझ लीजिये कि जब आप सो गए तो इन्हीं (कमलिनी) ने आपको बेहोश करके आपकी सूरत बदल दी।

कुमार- ठीक है, मगर ऐसा क्यों किया?

कमला- एक तो दिल्लगी के लिए और दूसरे किशोरी के इस खयाल से कि जिसकी शादी पहले हुई है उसी की सुहागरात भी पहले होनी चाहिए।

कुमार- (हंसकर और किशोरी की तरफ देखकर) अच्छा, तो यह सब आपकी बहादुरी है। खैर, आज आपकी पारी होगी ही, समझ लूंगा!

किशोरी ने शर्माकर सिर नीचा कर लिया और कुमार की बात का कुछ भी जवाब न दिया।

इसके बाद वे लोग कुछ देर तक हंसी-खुशी की बातें करते रहे और तब अपने-अपने ठिकाने चले गये।

कुंअर इंद्रजीत सिंह और आनंद सिंह की शादी के बाद कई दिनों तक हंसी-खुशी का जलसा बराबर बना रहा क्योंकि इस शादी के आठवें ही दिन कमला की शादी भैरो सिंह के साथ और तारा सिंह की शादी इंदिरा के साथ हो गई और इस नाते को भूतनाथ तथा इंद्रदेव ने बड़ी खुशी के साथ मंजूर कर लिया।

इन सब कामों से छुट्टी पाकर महाराज ने निश्चय किया कि अब पुनः उसी बगुले वाले तिलिस्मी मकान में चलकर कैदियों का मुकदमा सुना जाय, अस्तु आज्ञानुसार बाहर के आये हुए मेहमान लोग हंसी-खुशी के साथ बिदा किए गये और फिर कई दिनों तक तैयारी करने के बाद सभों का डेरा कूच हुआ और पहले की तरह पुनः वह तिलिस्मी मकान हरा-भरा दिखाई देने लगा। कैदी भी उसी मकान के तहखाने में पहुंचाये गये और सबका मुकदमा सुनने की तैयारी होने लगी।

***

बयान-4

अब हम थोड़ा-सा हाल नानक और उसकी मां का बयान करते हैं जो हर तरह से कसूरवार होने पर भी महाराज की आज्ञानुसार कैद किये जाने से बच गये और उन्हें केवल देश-निकाले का दंड दिया गया।

यद्यपि महाराज ने उन दोनों पर दया की और उन्हें छोड़ दिया मगर यह बात सर्वसाधारण को पसंद न आई। लोग यही कहते रहे कि 'यह काम महाराज ने अच्छा नहीं किया और इसका नतीजा बहुत बुरा निकलेगा'। आखिर ऐसा ही हुआ अर्थात् नानक ने इस एहसान को भूलकर फसाद करने और लोगों की जान लेने पर कमर बांधी।

जब नानक की मां और नानक को देश-निकाले का हुक्म हो गया और इंद्रदेव के आदमी इन दोनों को सरहद के पार करके लौट आये तब ये दोनों बहुत ही दु:खी और उदास हो एक पेड़ के नीचे बैठकर सोचने लगे कि अब क्या करना चाहिए। उस समय सबेरा हो चुका था और सूर्य की लालिमा पूरब तरफ आसमान पर फैल रही थी।

रामदेई- कहो, अब क्या इरादा है हम लोग तो बड़ी मुसीबत में फंस गए!

नानक- बेशक, मुसीबत में फंस गए और बिल्कुल कंगाल कर दिये गए। तुम्हारे जेवरों के साथ ही साथ मेरे हरबे भी छीन लिए गये और हम इस लायक भी न रहे कि किसी ठिकाने पर पहुंचकर रोजी के लिए कुछ उद्योग कर सकते।

रामदेई- ठीक है, मगर मैं समझती हूं कि अगर हम लोग किसी तरह नन्हों के यहां पहुंच जायेंगे तो खाने का ठिकाना हो जायेगा और उससे किसी तरह की मदद भी ले सकेंगे।

नानक- नन्हों के यहां जाने से क्या फायदा होगा वह तो खुद गिरफ्तार होकर कैदखाने की हवा खा रही होगी! हां, उसका भतीजा बेशक बचा हुआ है जिसे उन लोगों ने छोड़ दिया और जो नन्हों की जायदाद का मालिक बन बैठा होगा, मगर उससे किसी तरह की उम्मीद मुझको नहीं हो सकती है।

रामदेई- ठीक है, मगर नन्हों की लौंडियों में से दो-एक ऐसी हैं जिनसे मुझे मदद मिल सकती है।

नानक- मुझे इस बात की भी उम्मीद नहीं है, इसके अतिरिक्त वहां तक पहुंचने के लिए भी तो समय चाहिए, यहां तो एक शाम की भूख बुझाने के लिए पल्ले में कुछ नहीं है।

रामदेई- ठीक है, मगर क्या तुम अपने घर भी मुझे नहीं ले जा सकते वहां तो तुम्हारे पास रुपए-पैसे की कमी नहीं होगी।

नानक- हां यह हो सकता है, वहां पहुंचने पर फिर मुझे किसी तरह की तकलीफ नहीं हो सकती, मगर इस समय तो वहां तक पहुंचना भी कठिन हो रहा है। (लंबी सांस लेकर) अफसोस! मेरा ऐयारी का बटुआ भी छीन लिया गया और हम लोग इस लायक भी न रह गये कि किसी तरह सूरत बदलकर अपने को लोगों की आंखों से छिपा लेते।

रामदेई- खैर, जो होना था सो हो गया, अब इस समय अफसोस करने से काम न चलेगा। सब जेवर छिन जाने पर भी मेरे पास थोड़ा-सा सोना बचा हुआ है, अगर इससे कुछ काम चले तो...।

नानक- (चौंककर) क्या कुछ है!

रामदेई- हां!

इतना कहकर रामदेई ने धोती के अंदर छिपी हुई सोने की एक करधनी निकाली और नानक के आगे रख दी।

नानक- (करधनी को हाथ में लेकर) बहुत है, हम लोगों को घर तक पहुंचा देने के लिए काफी है, और वहां पहुंचने पर किसी तरह की तकलीफ न रहेगी क्योंकि वहां मेरे पास खाने-पीने की कमी नहीं है।

रामदेई- तो क्या वहां चलकर इन बातों को भूल...।

नानक- (बात काटकर) नहीं-नहीं, यह न समझना कि वहां पहुंचकर हम इन बातों को भूल जायेंगे और बेकार बैठे टुकड़े तोड़ेंगे, बल्कि वहां पहुंचकर इस बात का बंदोबस्त करेंगे कि अपने दुश्मनों से बदला लिया जाये।

रामदेई- हां, मेरा भी यही इरादा है, क्योंकि मुझे तुम्हारे बाप की बेमुरौवती का बड़ा रंज है जिसने हम लोगों को दूध की मक्खी की तरह एकदम निकालकर फेंक दिया और पिछली मुहब्बत का कुछ खयाल न किया। शांता और हरनाम सिंह को पाकर ऐंठ गया और इस बात का कुछ भी खयाल न किया कि आखिर नानक भी तो उसका ही लड़का है और वह ऐयारी भी जानता है।

नानक- (जोश के साथ) बेशक यह उसकी बेईमानी और हरामजदगी है! अगर वह चाहता तो हम लोगों को बचा सकता था।

रामदेई- बचा लेना क्या, यह जो कुछ किया सब उसी ने तो किया। महाराज ने तो हुक्म दे ही दिया था कि 'भूतनाथ की इच्छानुसार इन दोनों के साथ बर्ताव किया जाये।'

नानक- बेशक, ऐसा ही है! उसी कम्बख्त ने हम लोगों के साथ ऐसा सलूक किया। मगर क्या चिंता है। इसका बदला लिये बिना मैं कभी न छोडूंगा।

रामदेई- (आंसू बहाकर) मगर तेरी बातों पर मुझे विश्वास नहीं होता क्योंकि तेरा जोश थोड़ी ही देर का होता है।

नानक- (क्रोध के साथ रामदेई के पैरों पर हाथ रख के) मैं तुम्हारे चरणों की कसम खाकर कहता हूं कि इसका बदला लिए बिना कभी न रहूंगा।

रामदेई- भला मैं भी तो सुनूं कि तुम क्या बदला लोगे मेरे खयाल से तो वह जान से मार देने लायक है।

नानक- ऐसा ही होगा, ऐसा ही होगा! जो तुम कहती हो वही करूंगा बल्कि उसके लड़के हरनाम सिंह को यमलोक पहुंचाऊंगा।

रामदेई- शाबाश! मगर मेरा चित्त तब तक प्रसन्न न होगा जब तक शांता का सिर अपने तलवों से न रगड़ने पाऊंगी!

नानक- मैं उसका सिर भी काटकर तुम्हारे सामने लाऊंगा और तब तुमसे आशीर्वाद लूंगा।

रामदेई- शाबाश, ईश्वर तेरा भला करे! मैं समझती हूं कि इन बातों के लिए तू एक दफे फिर कसम खा जिससे मेरी पूरी दिलजमई हो जाये।

नानक- (सूर्य की तरफ हाथ उठाकर) मैं त्रिलोकीनाथ के सामने हाथ उठाकर कसम खाता हूं कि अपनी मां की इच्छा पूरी करूंगा और जब तक ऐसा न कर लूंगा अन्न न खाऊंगा।

रामदेई- (नानक की पीठ पर हाथ फेरकर) बस-बस, अब मैं प्रसन्न हो गई और मेरा आधा दु:ख जाता रहा।

नानक- अच्छा, तो फिर यहां से उठो। (हाथ का इशारा करके) किसी तरह उस गांव में पहुंचना चाहिए फिर सब बंदोबस्त होता रहेगा।

दोनों उठे और एक गांव की तरफ रवाना हुए जो वहां से दिखाई दे रहा था।

बयान-5

पाठक, आपने सुना कि नानक ने क्या प्रण किया अस्तु अब यहां पर हम यह कह देना उचित समझते हैं कि नानक अपनी मां को लिये हुए जब घर पहुंचा तो वहां उसने एक दिन के लिए भी आराम न किया। ऐयारी का बटुआ तैयार करने के बाद हर तरह का इंतजाम करके और चार-पांच शागिर्दों और नौकरों को साथ ले के वह उसी दिन घर के बाहर निकला और चुनार की तरफ रवाना हुआ। जिस दिन कुंअर इंद्रजीत सिंह और आनंद सिंह की बारात निकलने वाली थी उस दिन वह चुनार की सरहद में मौजूद था। बारात की कैफियत उसने अपनी आंखों से देखी थी और इस बात की फिक्र में भी लगा हुआ था कि किसी तरह दो-चार कैदियों को कैद से छुड़ाकर अपना साथी बना लेना चाहिए और मौका मिलने पर राजा गोपाल सिंह को भी इस दुनिया से उठा देना चाहिए।

अब हम कुंअर इंद्रजीत सिंह और आनंद सिंह का हाल बयान करते हैं।

दोपहर दिन का समय है और सब कोई भोजन इत्यादि से निश्चिंत हो चुके हैं। एक सजे हुए कमरे में राजा गोपाल सिंह, भरत सिंह, कुंअर आनंद सिंह, भैरो सिंह और तारा सिंह बैठे हुए हंसी-खुशी की बातें कर रहे हैं।

गोपाल- (भरतसिंह से) क्या मुझे स्वप्न में भी इस बात की उम्मीद हो सकती थी कि आपसे किसी दिन मुलाकात होगी कदापि नहीं, क्योंकि लोगों के कहने पर मुझे विश्वास हो गया था कि आप जंगल में डाकुओं के हाथ से मारे गए...।

भरत- और इसका बहुत बड़ा सबब यह था कि तब तक दारोगा की बेईमानी का आपको पता न लगा था, उसे आप ईमानदार समझते थे और उसी ने मुझे कैद किया था।

गोपाल- बेशक, यही बात है मगर खैर, ईश्वर जिसका सहायक रहता है वह किसी के बिगाड़े नहीं बिगड़ सकता। देखिए, मायारानी ने मेरे साथ क्या कुछ न किया, मगर ईश्वर ने मुझे बचा लिया और साथ ही इसके बिछुड़े हुओं को भी मिला दिया।

भरत- ठीक है, मगर मेरे प्यारे दोस्त, मैं कह नहीं सकता कि कम्बख्त दारोगा ने मुझे कैसी तकलीफें दी हैं और मजा तो यह है कि इतना करने पर भी वह बराबर अपने को निर्दोष ही बताता रहा। अस्तु जब मैं अपना हाल बयान करूंगा तब आपको मालूम होगा कि दुनिया में

कैसे-कैसे नमकहराम और संगीन लोग होते हैं और बदों के साथ नेकी करने का नतीजा बहुत बुरा होता है।

गोपाल- ठीक है, ठीक है, इन्हीं बातों को सोचकर भैरो सिंह बार-बार मुझसे कहते हैं कि आपने नानक को सूखा छोड़ दिया सो अच्छा नहीं किया, वह बद है और बदों के साथ नेकी करना वैसा ही है जैसा नेकों के साथ बदी करना।

भरत- भैरो सिंह का कहना वाजिब है, मैं उनका समर्थन करता हूं।

भैरो- कृपानिधान, सच तो यों है कि नानक की तरफ से मुझे किसी तरह बेफिक्री होती ही नहीं। मैं अपने दिल को कितना ही समझाता हूं मगर वह जरा भी नहीं मानता। ताज्जुब नहीं कि...।

भैरो सिंह इतना कह ही रहा था कि सामने से भूतनाथ आता हुआ दिखाई पड़ा।

गोपाल- अजी वाह जी भूतनाथ, चार-चार दफे बुलाने पर भी आपके दर्शन नहीं होते!

भूत- (मुस्कराता हुआ) अभी क्या हुआ है, दो-चार दिन बाद तो मेरे दर्शन और भी दुर्लभ हो जायेंगे!

गोपाल- (ताज्जुब से) सो क्या?

भूत- यही कि मेरा सपूत नानक इस शहर में आ पहुंचा है और मेरी अन्त्येष्टि क्रिया करके बहुत जल्द अपने सिर का बोझ हलका करने की फिक्र में लगा है। (बैठकर) कृपा कर आप भी जरा होशियार रहियेगा!

गोपाल- तुम्हें कैसे मालूम हुआ कि वह बदनीयती के साथ यहां आ गया है।

भूत- मुझे अच्छी तरह मालूम हो गया है। इसी से तो मुझे यहां आने में देर हो गई क्योंकि मैं यह हाल कहने और तीन-चार दिन की छुट्टी लेने के लिए महाराज के पास चला गया था, वहां से लौटा हुआ आपके पास आ रहा हूं।

गोपाल- तो क्या महाराज से छुट्टी ले आये?

भूत- जी हां, अब आपसे यह पूछना है कि आप अपने लिये क्या बंदोबस्त करेंगे?

गोपाल- तुम तो इस तरह की बातें करते हो जैसे उसकी तरफ से कोई बहुत बड़ा तरद्दुद हो गया हो! वह बेचारा कल का लौंडा हम लोगों के साथ क्या कर सकता है।

भूत- सो तो ठीक है मगर दुश्मन को छोटा और कमजोर न समझना चाहिए।

गोपाल- तुम्हें ऐसा ही डर है तो कहो, बैठे ही बैठे चौबीस घंटे के अंदर उसे गिरफ्तार कराके तुम्हारे हवाले कर दूं?

भूत- यह मुझे विश्वास है और आप ऐसा कर सकते हैं, मगर मुझे यह मंजूर नहीं है, क्योंकि मैं जरा दूसरे ढंग से उसका मुकाबिला किया चाहता हूं। आप जरा बाप-बेटे की लड़ाई देखिये तो! हां अगर वह आपकी तरफ झुके तो जैसा मौका देखिये कीजियेगा।

गोपाल- खैर, ऐसा ही सही, मगर तुमने क्या सोचा है, जरा अपना मनसूबा तो सुनाओ!

इसके बाद उन लोगों में देर तक बातें होती रहीं और दो घंटे के बाद भूतनाथ उठकर अपने डेरे की तरफ चला गया।

***

बयान-6

नानक जब चुनारगढ़ की सरहद पर पहुंचा तब सोचने लगा कि दुश्मनों से क्योंकर बदला लेना चाहिए। वह पांच आदमियों को अपना शिकार समझे हुए था और उन्हीं पांचों की जान लेने का विचार करता था। एक तो राजा गोपाल सिंह, दूसरे इंद्रदेव, तीसरा भूतनाथ, चौथा हरनाम सिंह और पांचवीं शांता। बस ये ही पांच उसकी आंखों में खटक रहे थे मगर इनमें से दो अर्थात् राजा गोपाल सिंह और इंद्रदेव के पास फटकने की तो उसकी हिम्मत नहीं पड़ती थी और वह समझता था कि ये दोनों तिलिस्मी आदमी हैं, इनके काम जादू की तरह हुआ करते हैं और इनमें लोगों के दिल की बात समझ जाने की कुदरत है, मगर बाकी तीनों को वह निरा शिकार ही समझता था और विश्वास करता था कि इन तीनों को किसी-न-किसी तरह फंसा लेंगे। अस्तु चुनारगढ़ की सरहद में आ पहुंचने के बाद उसने गोपाल सिंह और इंद्रदेव का खयाल तो छोड़ दिया और भूतनाथ की स्त्री और उसके लड़के हरनाम सिंह की जान लेने के फेर में पड़ा। साथ ही इसके यह भी समझ लेना चाहिए कि नानक यहां अकेला नहीं आया था बल्कि समय पर मदद पहुंचाने के लायक सात-आठ आदमी और भी अपने साथ लाया था जिनमें से चार-पांच तो उसके शागिर्द ही थे।

दोनों कुमारों की शादी में जिस तरह दूर-दूर के मेहमान और तमाशबीन लोग आये थे उसी तरह साधू-महात्मा तथा साधू वेशधारी पाखंडी लोग भी बहुत-से इकट्ठे हो गये थे जिन्हें सरकार की तरफ से खाने-पीने को भरपूर मिलता था और लालच में पड़े हुए उन लोगों ने अभी तक चुनारगढ़ का पीछा नहीं छोड़ा था तथा तिलिस्मी मकान के चारों तरफ तथा आस-पास के जंगलों में डेरा डाले पड़े हुए थे। नानक और उसके साथी लोग भी साधुओं ही के वेश में वहां पहुंचे और उसी मंडली में मिल-जुलकर रहने लगे।

नानक को यह बात मालूम थी कि भूतनाथ का डेरा तिलिस्मी इमारत के अंदर है और वह वहां बड़ी कड़ी हिफाजत के साथ रहता है। इसलिए वह कभी-कभी यह सोचता था कि मेरा काम सहज ही में नहीं हो जायेगा बल्कि उसके लिए बड़ी भारी मेहनत करनी पड़ेगी। मगर वहां पहुंचने के कुछ ही दिन बाद (जब शादी-ब्याह से सब कोई निश्चिंत होकर तिलिस्मी इमारत में आ गए) उसने सुना और देखा कि महाराज की आज्ञानुसार भूतनाथ ने स्त्री और लड़के सहित तिलिस्मी

इमारत के बाहर एक बहुत बड़े और खूबसूरत खेमे में डेरा डाला है, अतएव वह बहुत ही प्रसन्न हुआ और उसे यह विश्वास हो गया कि मैं अपना काम शीघ्र और सुबीते के साथ निकाल लूंगा।

नानक ने और भी दो-तीन रोज तक इंतजार किया और इस बीच में यह भी जान लिया कि भूतनाथ के खेमे की कुछ विशेष हिफाजत नहीं होती और पहरे वगैरह का इंतजाम भी साधारण-सा ही है तथा उसके शागिर्द लोग भी आजकल मौजूद नहीं हैं।

रात आधी से कुछ ज्यादा जा चुकी थी। यद्यपि चंद्रदेव के दर्शन नहीं होते थे मगर आसमान साफ होने के कारण टुटपूंजिया तारागण अपनी नामवरी पैदा करने का उद्योग कर रहे थे और नानक जैसे बुद्धिमान लोगों से पूछ रहे थे कि यदि हम लोग इकट्ठे हो जायें तो क्या चंद्रमा से चौगुनी और पांचगुनी चमक-दमक नहीं दिखा सकते तथा जवाब में यह भी सुना चाहते थे कि 'निःसंदेह'! ऐसे समय में एक आदमी स्याह लबादा ओढ़े रहने पर भी लोगों की निगाहों से अपने को बचाता हुआ भूतनाथ के खेमे की तरफ जा रहा है। पाठक समझ ही गए होंगे कि यह नानक है अस्तु जब वह खेमे के पास पहुंचा तो अपने मतलब का सन्नाटा देखकर खड़ा हो गया और किसी के आने का इंतजार करने लगा। थोड़ी ही देर में एक दूसरा आदमी भी उसके पास आया और दो-चार सायत तक बातें करके चला गया। उस समय नानक जमीन पर लेट गया और धीरे-धीरे खिसकता हुआ खेमे की कनात के पास जा पहुंचा, तब उसे धीरे से उठाकर अंदर चला गया। यहां उसने अपने को गुलामगर्दिश में पाया मगर यहां बिल्कुल ही अंधकार था, हां, यह जरूर मालूम होता था कि आगे वाली कनात के अंदर अर्थात् खेमे में कुछ रोशनी हो रही है। नानक फिर वहां लेट गया और पहले की तरह यह दूसरी कनात भी उठाकर खेमे के अंदर जाने का विचार कर ही रहा था कि दाहिनी तरफ से कुछ खड़खड़ाहट की आवाज मालूम पड़ी। वह चौंका और उसी अंधेरे में तीन-चार कदम बाईं तरफ हटकर पुनः कोई आवाज सुनने और उसे जांचने की नीयत से ठहर गया। जब थोड़ी देर तक किसी तरह की आहट नहीं मालूम हुई तो पहले की तरह जमीन पर लेट गया और कनात उठा अंदर जाना ही चाहता था कि दाहिनी तरफ फिर किसी के पैर पटक-पटककर चलने की आहट मालूम हुई। वह खड़ा हो गया और पुनः चार-पांच कदम पीछे की तरफ (बाईं तरफ) हट गया, मगर इसके बाद फिर किसी तरह की आहट मालूम न हुई। कुछ देर तक इंतजार करने के बाद वह पुनः जमीन पर लेट गया और कनात के अंदर सिर डालकर देखने लगा। कोने की तरफ एक मामूली शमादान जल रहा था जिसकी मद्धिम रोशनी में दो चारपाई बिछी हुई दिखाई पड़ीं। कुछ देर तक गौर करने पर नानक को निश्चय हो गया कि इन दोनों चारपाइयों पर भूतनाथ तथा उसकी स्त्री शांता सोई हुई है परंतु लड़का हरनाम सिंह खेमे के अंदर दिखाई न दिया और उसके लिए नानक को कुछ चिंता हुई, तथापि वह साहस करके खेमे के अंदर चला ही गया।

डरता-कांपता नानक धीरे-धीरे चारपाई के पास पहुंच गया, चाहा कि खंजर से इन दोनों का गला काट डाले मगर फिर सोचने लगा कि पहले किस पर वार करूं, भूतनाथ पर या शांता पर वे दोनों सिर से पैर तक चादर ताने पड़े हुए थे इससे यह मालूम करने की जरूरत थी कि किस चारपाई पर कौन सो रहा है, साथ ही इसके नानक इस बात पर भी गौर कर रहा था कि रोशनी बुझा दी जाय या नहीं। यद्यपि वह वार करने के लिए खंजर हाथ में ले चुका था मगर उसकी दिली कमजोरी ने उसका पीछा नहीं छोड़ा था और उसका हाथ कांप रहा था।

***

बयान-7

किशोरी, कामिनी, कमलिनी और लाडिली ये चारों बड़ी मुहब्बत के साथ अपने दिन बिताने लगीं। इनकी मुहब्बत दिखौवा नहीं थी बल्कि दिली और सच्चाई के साथ थी। चारों ही जमाने के ऊंच-नीच को अच्छी तरह समझ चुकी थीं और खूब जानती थीं कि दुनिया में हर एक के साथ दुःख और सुख का चर्चा लगा ही रहता है, खुशी तो मुश्किल से मिलती है मगर रंज और दुःख के लिए किसी तरह का उद्योग नहीं करना पड़ता, यह आप से आप पहुंचता है, और एक साथ दस को लपेट लेने पर भी जल्दी नहीं छोड़ता, इसलिये बुद्धिमान का काम यही है कि जहां तक हो सके खुशी का पल्ला न छोड़े और न कोई काम ऐसा करे जिसमें दिल को किसी तरह का रंज पहुंचे। इन चारों औरतों का दिल उन नादान और कमीनी औरतों का-सा नहीं था जो दूसरों को खुश देखते ही जल-भुनकर कोयला हो जाती हैं और दिन-रात कुप्पे की तरह मुंह फुलाये आंखों से पाखंड का आंसू बहाया करती हैं अथवा घर की औरतों के साथ मिल-जुलकर रहना अपनी बेइज्जती समझती हैं।

इन चारों का दिल आईने की तरफ साफ था, नहीं-नहीं, हम भूल गये, हमें दिल के साथ आईने की उपमा पसंद नहीं। न मालूम लोगों ने इस उपमा को किस लिये पसंद कर रखा है! उपमा में उसी वस्तु का व्यवहार करना चाहिए जिसकी प्रकृति में उपमेय से किसी तरह का फर्क न पड़े, मगर आईने (शीशे) में यह बात पाई नहीं जाती, हर एक आईना बेऐब-साफ और बिना धब्बे के नहीं होता और वह हर एक की सूरत एक-सी भी नहीं दिखाता बल्कि जिसकी जैसी सूरत होती है उसके मुकाबिले में वैसा ही बन जाता है। इसलिये आईना उन लोगों के दिल को कहना उचित है जो नीति-कुशल हैं या जिन्होंने यह बात ठान ली है कि जो जैसा करे उसके साथ वैसा ही करना चाहिए, चाहे वह अपना हो या पराया, छोटा हो या बड़ा। मगर इन चारों में यह बात न थी, ये बड़ों की झिड़की को आशीर्वाद और छोटे की ऐंठन को उनकी नादानी समझती थीं। जब कोई हमजोली या आपस वाली क्रोध में भरी हुई अपना मुंह बिगाड़े इनके सामने आती तो यदि मौका होता तो ये हंसकर कह देतीं कि 'वाह, ईश्वर ने अच्छी सूरत बनाई है!' या 'बहिन, हमने तो तुम्हारा जो कुछ बिगाड़ा सो बिगाड़ा मगर तुम्हारी सूरत ने तुम्हारा क्या कसूर किया है जो तुम उसे बिगाड़ रही हो बस इतने ही में उसका रंग बदल जाता।' इन बातों को विचारकर हम इनके दिल का आईने के साथ मिलान करना पसंद नहीं करते बल्कि यह कहना मुनासिब समझते हैं कि 'इनका दिल समुद्र की तरह गंभीर था।'

इन चारों को इस बात का खयाल ही न था कि हम अमीर हैं, हाथ-पैर हिलाना या घर का कामकाज करना हमारे लिए पाप है। ये खुशी से घर का काम जो इनके लायक होता करतीं और खाने-पीने की चीजों पर विशेष ध्यान रखतीं। सबसे बड़ा खयाल इन्हें इस बात का रहता था कि इनके पति इनसे किसी तरह रंज न होने पावें और घर के किसी बड़े बुजुर्ग को इन्हें बेअदब कहने का मौका न मिले। महारानी चंद्रकान्ता की तो बात ही दूसरी है, ये चपला और चंपा को सास की तरह ही समझतीं और इज्जत करती थीं। घर की लौंडियां तक इनसे प्रसन्न रहतीं और जब किसी लौंडी से कोई कसूर हो जाता तो झिड़की और गालियों के बदले नसीहत के साथ समझाकर उसे कायल और शर्मिन्दा कर देतीं और उसके मुंह से कहला देतीं कि 'बेशक मुझसे भूल हुई आइंदे कभी ऐसा न होगा!' सबसे विचित्र बात तो यह थी कि इनके चेहरे पर रंज, क्रोध या उदासी कभी दिखाई देती ही न थी और जब कभी ऐसा होता तो किसी भारी घटना का अनुमान किया जाता था। हां, उस समय इनके दु:ख और चिंता का कोई ठिकाना नहीं रहता था जब ये अपने पति को किसी कारण दु:खी देखतीं। ऐसी अवस्था में इनकी सच्ची भक्ति के कारण इनके पति को अपनी उदासी छिपानी पड़ती या इन्हें प्रसन्न करने और हंसाने के लिए और किसी तरह का उद्योग करना पड़ता। मतलब यह है कि इन्होंने घर भर का दिल अपने हाथ में कर रखा था और ये घर भर की प्रसन्नता का कारण समझी जाती थीं।

भूतनाथ की स्त्री शांता का इन्हें बहुत बड़ा खयाल रहता और ये उसकी पिछली घटनाओं को याद करके उसकी पति-भक्ति की सराहना किया करतीं।

इसमें कोई संदेह नहीं कि इन्हें अपनी जिंदगी में दुखों के बड़े-बड़े समुद्र पार करने पड़े थे परंतु ईश्वर की कृपा से जब ये किनारे लगीं तब इन्हें कल्पवृक्ष की छाया मिली और किसी बात की परवाह न रही।

इस समय संध्या होने में घंटे भर की देर है। सूर्य भगवान अस्ताचल की तरफ तेजी के साथ झुके चले जा रहे हैं और उनकी लाल-लाल पिछली किरणों से बड़ी-बड़ी अटारियां तथा ऊंचे-ऊंचे वृक्षों के ऊपरी हिस्सों पर ठहरा हुआ सुनहरा रंग बड़ा ही सोहावना मालूम पड़ता है। ऐसा जान पड़ता है मानो प्रकृति ने प्रसन्न होकर अपना गौरव बढ़ाने के लिए अपने सहचारियों और सहायकों को सुनहरा ताज पहिरा दिया है।

ऐसे समय में किशोरी, कामिनी, कमलिनी, लाडिली और कमला अटारी पर एक सजे हुए बंगले के अंदर बैठी जालीदार खिड़कियों से उस जंगल की शोभा देख रही हैं जो इस तिलिस्मी मकान से थोड़ी दूर पर है और साथ ही इसके मीठी बातें भी करती जाती हैं।

कमलिनी- (किशोरी से) बहिन, एक दिन वह था कि हमें अपनी इच्छा के विरुद्ध ऐसे बल्कि इससे बढ़कर भयानक जंगलों में घूमना पड़ता था और उस समय यह सोचकर डर मालूम पड़ता

था कि कोई शेर इधर-उधर से निकलकर हम पर हमला न करे, और एक आज का दिन है कि इस जंगल की शोभा भली मालूम पड़ती है और इसमें घूमने को जी चाहता है।

किशोरी- ठीक है, जो काम लाचारी के साथ करना पड़ता है वह चाहे अच्छा ही क्यों न हो परंतु चित्त को बुरा लगता है, फिर भयानक तथा कठिन कामों का तो कहना ही क्या! मुझे तो जंगल में शेर और भेड़ियों का इतना खयाल न होता था जितना दुश्मनों का, मगर वह समय और ही था जो ईश्वर न करे किसी दुश्मन को दिखे। उस समय हम लोगों की किस्मत बिगड़ी हुई थी और अपने साथी लोग भी दुश्मन बनकर सताने के लिए तैयार हो जाते थे। (कमला की तरफ देखकर) भला तुम्हीं बताओ कि उस चमेला छोकरी का मैंने क्या बिगड़ा था जिसने मुझे हर तरह से तबाह कर दिया अगर वह मेरी मुहब्बत का हाल मेरे पिता से न कह देती तो मुझ पर वैसी भयानक मुसीबत क्यों आ जाती?

कमला- बेशक, ऐसा ही है, मगर उसने जैसी नमकहरामी की वैसी ही सजा पाई, मेरे हाथ के कोड़े वह जन्म भर न भूलेगी!

किशोरी- मगर इतना होने पर भी उसने मेरे पिता का ठीक-ठीक भेद न बताया।

कमला- बेशक, वह बड़ी जिद्दी निकली, मगर तुमने भी यह बड़ी चालाकी दिखाई कि अंत में उसे छोड़ देने का हुक्म दे दिया। अब भी वह जहां जायेगी दुःख ही भोगेगी।

किशोरी- इसके अतिरिक्त उस जमाने में धनपति के भाई ने क्या मुझे कम तकलीफ दी थी जब मैं नागर के यहां कैद थी! उस कम्बख्त की तो सूरत देखने से मेरा खून खुश्क हो जाता था।

लाडिली- वही जिसे भूतनाथ ने जहन्नुम में पहुंचा दिया! मगर नागर इस मामले को बिल्कुल ही छिपा गई, मायारानी से उसने कुछ भी न कहा और इसी में उसका भला भी था।

किशोरी- (लाडिली से) बहिन, तुम तो बड़ी नेक हो और तुम्हारा ध्यान भी धर्म-विषयक कामों में विशेष रहता है, मगर उन दिनों तुम्हें क्या हो गया था कि मायारानी के साथ बुरे कामों में अपना दिन बिताती थीं और हम लोगों की जान लेने के लिए तैयार रहती थीं?

लाडिली- (लज्जा और उदासी के साथ) फिर तुमने वही चर्चा छेड़ी! मैं कई दफे हाथ जोड़कर तुमसे कह चुकी हूं कि उन बातों की याद दिलाकर मुझे शर्मिन्दा न करो, दुःख न दो, मेरे मुंह पर बार-बार स्याही न लगाओ। उन दिनों मैं पराधीन थी, मेरा कोई सहायक न था, मेरे लिए कोई रास्ता और ठिकाना न था, और उस दुष्टा का साथ छोड़कर मैं अपने को कहीं छिपा भी नहीं सकती थी और डरती थी कि वहां से निकल भागने पर कहीं मेरी इज्जत पर न आ बने! मगर बहिन, तुम जान-बूझकर बार-बार उन बातों की याद दिलाकर मुझे सताती हो, कहो बैठूं या उठ जाऊं?

किशोरी- अच्छा-अच्छा, जाने दो, माफ करो मुझसे भूल हो गई, मगर मेरा मतलब वह न था जो तुमने समझा है, मैं दो-चार बातें नानक के विषय में पूछना चाहती थी जिनका पता अभी तक नहीं लगा और जो भेद की तरह हम लोगों...।

लाडिली- (बात काटकर) वे बातें भी तो मेरे लिए वैसी ही दु:खदायी हैं।

किशोरी- नहीं-नहीं, मैं यह न पूछूंगी कि तुमने नानक के साथ रामभोली बनकर क्या-क्या किया बल्कि यह पूछूंगी कि उस टीन के डिब्बे में क्या था जो नानक ने चुरा लाकर तुम्हें बजरे में दिया था कुएं से हाथ कैसे निकला था नहर के किनारे वाले बंगले में पहुंचकर वह क्योंकर फंसा लिया गया उस बंगले में वह तस्वीरें कैसी थीं असली रामभोली कहां गई और क्या हुई रोहतासगढ़ तहखाने के अंदर तुम्हारी तस्वीर किसने लटकाई और तुम्हें वहां का भेद कैसे मालूम हुआ था इत्यादि बातें मैं कई दफे कई तरफ से सुन चुकी हूं मगर उनका असल भेद अभी तक मालूम न हुआ।2

लाडिली- हां, इन सब बातों का जवाब देने के लिए मैं तैयार हूं। तुम जानती हो और अच्छी तरह सुन और समझ चुकी हो कि वह तिलिस्मी बाग तरह-तरह की अजायब बातों से भरा हुआ हे, विशेष नहीं तो भी वहां का बहुत कुछ हाल मायारानी और दारोगा को मालूम था। वहां

अथवा उसकी सरहद में ले जाकर किसी को डराने-धमकाने या तकलीफ देने के लिए कोई ताज्जुब का तमाशा दिखाना कौन बड़ी बात थी!

किशोरी- हां, सो तो ठीक ही है।

लाडिली- और फिर नानक जान-बूझकर काम निकालने के लिए ही तो गिरफ्तार किया गया था। इसके अतिरिक्त तुम यह भी सुन चुकी हो कि दारोगा के बंगले या अजायबघर से खास बाग तक नीचे-नीचे रास्ता बना हुआ है, ऐसी अवस्था में नानक के साथ वैसा बर्ताव करना कौन बड़ी बात थी।

किशोरी- बेशक, ऐसा ही है, अच्छा उस डिब्बे वगैरह का भेद तो बताओ।

लाडिली- उस गठरी में जो कलमदान था वह तो हमारे विशेष काम का न था मगर उस डिब्बे में वही इंदिरा वाला कलमदान था जिसके लिये दारोगा साहब बेताब हो रहे थे और चाहते थे कि वह किसी तरह पुन: उनके कब्जे में आ जाये। असल में उसी कलमदान के लिये मुझे रामभोली बनना पड़ा था। दारोगा ने असली रामभोली को तो गिरफ्तार करवा के इस तरह मरवा डाला कि किसी को कानोंकान खबर भी न हुई और मुझे रामभोली बनकर यह काम निकालने की आज्ञा दी। लाचार मैं रामभोली बनकर नानक से मिली और उसे अपने वश में करने के बाद इंद्रदेवजी के मकान में से वह कलमदान तथा उसके साथ और भी कई तरह के कागज नानक की मार्फत चुरा मंगवाए। मुझे तो उस कलमदान की सूरत देखने से डर मालूम होता था क्योंकि मैं जानती थी कि वह कलमदान हम लोगों के खून का प्यासा और दारोगा के बड़े-बड़े भेदों से भरा हुआ

है। इसके अतिरिक्त उस पर इंदिरा की बचपन की तस्वीर भी बनी हुई थी और सुंदर अक्षरों में इंदिरा का नाम लिखा हुआ था, जिसके विषय में मैं उन दिनों जानती थी कि वे मां-बेटी बड़ी बेदर्दी के साथ मारी गईं। यही सब सबब था कि उस कलमदान की सूरत देखते ही मुझे तरह-तरह की बातें याद आ गईं, मेरा कलेजा दहल गया और मैं डर के मारे कांपने लगी। खैर, जब मैं नानक को लिये हुए जमानिया की सरहद में पहुंची तो उसे धनपति के हवाले करके खास बाग में चली गई। अपना दुपट्टा नहर में फेंकती गई। दूसरी राह से उस तिलिस्मी कुएं के नीचे पहुंचकर पानी का प्याला और बनावटी हाथ निकालने के बाद मायारानी से जा मिली और फिर बचा हुआ काम धनपति और दारोगा ने पूरा किया। दारोगा वाले कमरे में जो तस्वीर रखी हुई थी वह केवल नानक को धोखा देने के लिए थी, उसका और कोई मतलब न था, और रोहतासगढ़ के तहखाने में जो मेरी तस्वीर आप लोगों ने देखी थी वह वास्तव में दिग्विजय सिंह की बुआ ने मेरे सुबीते के लिए लटकाई थी और तहखाने की बहुत-सी बातें समझाकर बता दिया था कि 'जहां तू अपनी तस्वीर देखियो समझ लीजियो कि उसके फलानी तरफ फलानी बात है' इत्यादि। बस वह तस्वीर इतने ही काम के लिए लटकाई गई थी। वह बुढ़िया बड़ी नेक थी, और उस तहखाने का हाल बनिस्बत दिग्विजय सिंह के बहुत ज्यादे जानती थी। मैं पहले भी महाराज के सामने बयान कर चुकी हूं कि उसने मेरी मदद की थी। वह कई दफे मेरे डेरे पर आई थी और तरह-तरह की बातें समझा गई थी। मगर न तो दिग्विजय सिंह उसकी कदर करता था और न वही दिग्विजय सिंह को चाहती थी। इसके अतिरिक्त यह भी कह देना आवश्यक है कि मैं तो उस बुढ़िया की मदद से तहखाने के अंदर चली गई थी मगर कुंदन अर्थात् धनपति ने वहां जो कुछ किया वह मायारानी के दारोगा की बदौलत था। घर लौटने पर मुझे मालूम हुआ कि दारोगा वहां कई दफे छिपकर गया और कुंदन से मिला था मगर उसे मेरे बारे में कुछ खबर न थी, अगर खबर होती तो मेरे और कुंदन में जुदाई न रहती। अगर मुझे इस बात का ताज्जुब जरूर है कि घर पहुंचने पर भी धनपति ने वहां की बहुत-सी बातें मुझसे छिपा रखीं।

किशोरी- अच्छा, यह तो बताओ कि रोहतासगढ़ में जो तस्वीर तुमने कुंदन को दिखाने के लिए मुझे दी थी वह तुम्हें कहां से मिली थी और तुम्हें तथा कुंदन को उसका असली हाल क्योंकर मालूम हुआ था?

लाडिली- उन दिनों मैं यह जानने के लिए बेताब हो रही थी कि कुंदन असल में कौन है। मुझे इस बात का भी शक हुआ था कि वह राजा साहब (वीरेन्द्र सिंह) की कोई ऐयारा होगी और यही शक मिटाने के लिए मैंने वह तस्वीर खुद बनाकर उसे दिखाने के लिए तुम्हें दी थी। असल में उस तस्वीर का भेद हम लोगों को मनोरमा की जुबानी मालूम हुआ था और मनोरमा ने इंदिरा से उस समय सुना था जब मनोरमा को मां समझकर वह उसके फेर में पड़ गई थी।

किशोरी- ठीक है, मगर इसमें भी कोई शक नहीं कि इन सब बखेड़ों की जड़ वही कम्बख्त दारोगा है। यदि जमानिया के राज्य में दारोगा न होता तो इन सब बातों में से एक भी न सुनाई

देती और न हम लोगों की दु:खमय कहानी का कोई अंश लोगों के कहने-सुनने के लिए पैदा होता। (कमलिनी से) मगर बहिन, यह तो बताओ कि इस हरामी के पिल्ले (दारोगा) का कोई वारिस या रिश्तेदार भी दुनिया में है या नहीं?

कम- सिवाय एक के और कोई नहीं! दुनिया का कायदा है कि जब आदमी भलाई या बुराई कुछ सीखता है तो पहले अपने घर से ही आरंभ करता है। मां-बाप के अनुचित लाड़-प्यार और उनकी असावधानी से बुरी राह पर चलने वाले लड़के घर ही में श्रीगणेशाय करते हैं और तब कुछ दिन के बाद दुनिया में मशहूर होने योग्य होते हैं। यही बात इस हरामखोर की भी थी, इसने पहले अपने नाते-रिश्तेदारों ही पर सफाई का हाथ फेरा और उन्हें जहन्नुम में मिलाकर समय के पहले घर का मालिक बन बैठा। साधू का भेष धरना इसने लड़कपन ही से सीखा है और विशेष करके इसी भेष की बदौलत लोग धोखे में भी पड़े। हमारे राजा गोपाल सिंह ने भी (मुस्कराती हुई) इसे विशिष्ट ऋषि ही समझकर अपने यहां रखा था। हां, इसका एक चचेरा भाई जरूर बच गया था जो इसके हत्थे नहीं चढ़ा था क्योंकि वह खुद भी परले सिरे का बदमाश था और इसकी करतूतों को खूब समझता था जिससे लाचार होकर इसे उसकी खुशामद करनी ही पड़ी और उसे अपना साथी बनाना ही पड़ा।

किशोरी- क्या वह मर गया उसका क्या नाम था?

कमलिनी- नहीं वह मरा नहीं मगर मरने के ही बराबर है, क्योंकि वह हमारे यहां कैद है। उसने अपना नाम शिखण्डी रख लिया था। तुम जानती ही हो कि जब मैं जमानिया के खास बाग के तहखाने और सुरंग की राह से दोनों कुमारों तथा बाकी कैदियों को लेकर बाहर निकल रही थी तो हाथी वाले दरवाजे पर उसने इनके (इंद्रजीत सिंह) के ऊपर वार किया था।

किशोरी- हां-हां, तो क्या वह वही कम्बख्त था?

कमलिनी- हां, वही था, उसे मैं अपना पक्षपाती समझती थी मगर बेईमान ने मुझे धोखा दिया। ईश्वर की कृपा थी कि पहले ही वार में वह उसी जगह गिरफ्तार हो गया नहीं तो शायद मुझे धोखे में पड़कर बहुत तकलीफें उठानी पड़तीं और...।

कमलिनी ने इतना कहा ही था कि उसका ध्यान सामने के जंगल की तरफ जा पड़ा, उसने देखा कि कुंअर आनंद सिंह एक सब्ज घोड़े पर सवार सामने की तरफ से आ रहे हैं, साथ में केवल तारा सिंह एक छोटे टट्टू पर सवार बातें करते आ रहे हैं, और दूसरा कोई आदमी साथ नहीं है। साथ ही इसके कमलिनी को एक और अद्भुत दृश्य दिखाई दिया जिससे वह यकायक चौंक पड़ी इसलिए उसका तथा और सभों का ध्यान भी उसी तरफ जा पड़ा।

उसने देखा कि आनंद सिंह और तारा सिंह जंगल में से निकलकर कुछ ही दूर मैदान में आये थे कि यकायक एक बार पुन: पीछे की तरफ घूमे और गौर के साथ कुछ देखने लगे। कुछ ही देर बाद और भी दस-बारह नकाबपोश आदमी हाथ में तीर-कमान लिए दिखाई पड़े जो जंगल से

बाहर निकलते ही इन दोनों पर फुर्ती के साथ तीर चलाने लगे। ये दोनों भी म्यान से तलवार निकालकर उन लोगों की तरफ झपटे और देखते ही देखते सब के सब लड़ते-भिड़ते पुन: जंगल में घुसकर देखने वालों की नजरों से गायब हो गए। कमलिनी, किशोरी और कामिनी वगैरह इस घटना को देखकर घबरा गयीं, सभों की इच्छानुसार कमला दौड़ी हुई गई और एक लौंडी को इस मामले की खबर करने के लिए नीचे कुंअर इंद्रजीत सिंह के पास भेजा।

***

बयान-8

नानक इस बात को सोच रहा था कि मैं पहले किस पर वार करूं अगर पहले शांता पर वार करूंगा तो आहट पाकर भूतनाथ जाग जाएगा और मुझे गिरफ्तार कर लेगा क्योंकि मैं अकेला किसी तरह उसका मुकाबला नहीं कर सकता। अतएव पहले भूतनाथ ही का काम तमाम करना चाहिए। अगर इसकी आहट पाकर शांता जाग भी जायेगी तो कोई चिंता नहीं, मैं उसे सांस लेने की भी मोहलत न दूंगा। वह औरत जात मेरे मुकाबिले में क्या कर सकती है। मगर ऐसा करने के लिए यह जानने की जरूरत है कि इन दोनों में शांता कौन है और भूतनाथ कौन?

थोड़ी ही देर के अंदर ऐसी बहुत-सी बातें नानक के दिमाग में दौड़ गईं और उन दोनों में भूतनाथ कौन है इसका पता न लगा सकने के कारण लाचार होकर उसने एक निश्चय किया कि इन दोनों ही को बेहोश करके यहां से ले चलना चाहिए। ऐसा करने से मेरी मां बहुत ही प्रसन्न होगी।

नानक ने अपने बटुए में से बहुत ही तेज बेहोशी की दवा निकाली और उन दोनों के मुंह पर चादर के ऊपर ही छिड़ककर उनके बेहोश होने की इंतजार करने लगा।

थोड़ी ही देर में उन दोनों ने हाथ-पैर हिलाये जिससे नानक समझ गया कि अब इन पर बेहोशी का असर हो गया, अस्तु उसने दोनों के ऊपर से चादर हटा दी और तभी देखा कि इन दोनों में भूतनाथ नहीं है बल्कि ये दोनों औरतें ही हैं जिनमें एक भूतनाथ की औरत शांता है उस दूसरी औरत को नानक पहचानता न था।

नानक ने फिर एक दफे बेहोशी की दवा सुंघाकर शांता को अच्छी तरह बेहोश किया और चारपाई पर से उठाकर बहुत हिफाजत और होशियारी के साथ खेमे के बाहर निकाल लाया जहां उसने अपने एक साथी को मौजूद पाया। दोनों ने मिलकर उसकी गठरी बांधी और फुर्ती से लश्कर के बाहर निकाल ले गये।

शांता को पा जाने से नानक बहुत ही खुश था और सोचता था कि इसे पाकर मेरी मां बहुत ही प्रसन्न होगी और हद से ज्यादे मेरी तारीफ करेगी, मैं इसे सीधे अपने घर ले जाऊंगा और जब दूसरी दफे लौटूंगा तो भूतनाथ पर कब्जा करूंगा। इसी तरह धीरे-धीरे अपने सब दुश्मनों को जहन्नुम में मिला डालूंगा।

कोस भर निकल जाने के बाद नानक एक संकेत पर पहुंचा तो उसके और साथियों से भी मुलाकात हुई जो कसे-कसाये कई घोड़ों के साथ उसका इंतजार कर रहे थे।

एक घोड़े पर सवार होने के बाद नानक ने शांता को अपने आगे रख लिया, उसके साथी लोग भी घोड़ों पर सवार हुए, और सभों ने पूरब का रास्ता लिया।

दूसरे दिन संध्या के समय नानक अपने घर पहुंचा। रास्ते में उसने और उसके साथियों ने कई दफे भोजन किया मगर शांता की कुछ भी खबर न ली बल्कि जब इस बात का खयाल हुआ कि अब उसकी बेहोशी उतरा चाहती है तब पुन: दवा सुंघाकर उसकी बेहोशी मजबूत कर दी गई।

नानक को देखकर उसकी मां बहुत प्रसन्न हुई और जब उसे यह मालूम हुआ कि उसका सपूत शांता को गिरफ्तार कर लाया है तब तो उसकी खुशी का कोई ठिकाना ही न रहा। उसने नानक की बहुत ही आवभगत की और बहुत तारीफ करने के बाद बोली, "इससे बदला लेने में अब क्षणभर की भी देर न करनी चाहिए, इसे तुरंत खंभे के साथ बांधकर होश में ले आओ और पहले जूतियों से खूब अच्छी तरह खबर लो फिर जो कुछ होगा देखा जायेगा। मगर इसके मुंह में खूब अच्छी तरह कपड़ा ठूंस दो जिससे कुछ बोल न सके और हम लोगों को गालियां न दे।"

नानक को भी यह बात पसंद आई और उसने ऐसा ही किया। शांता के मुंह में कपड़ा ठूंस दिया गया और वह दालान में एक खंभे के साथ बांधकर होश में लाई गई। होश आते ही अपने को ऐसी अवस्था में देखकर वह बहुत ही घबड़ाई और जब उद्योग करने पर भी कुछ बोल न सकी तो आंखों से आंसू की धारा बहाने लगी।

नानक ने उसकी दशा पर कुछ भी ध्यान न दिया। अपनी मां की आज्ञा पाकर उसने शांता को जूते से मारना शुरू किया और यहां तक मारा कि अंत में वह बेहोश होकर झुक गई। उस समय नानक की मां कागज का एक लपेटा हुआ पुर्जा नानक के आगे फेंककर यह कहती हुई घर के बाहर निकल गई कि "इसे अच्छी तरह पढ़ तब तक मैं आती हूं।"

उसकी कार्रवाई ने नानक को ताज्जुब में डाल दिया। उसने जमीन पर से पुर्जा उठा लिया और चिराग के सामने ले जाकर पढ़ा, यह लिखा हुआ था –

"भूतनाथ के साथ ऐयारी करना या उसका मुकाबला करना नानक जैसे नौसिखे लौंडों का काम नहीं है। तैं समझता होगा कि मैंने शांता को गिरफ्तार कर लिया, मगर खूब समझ रख कि वह कभी तेरे पंजे में नहीं आ सकती। जिस औरत को तू जूतियों से मार रहा है वह शांता नहीं है, पानी से इसका चेहरा धो डाल और भूतनाथ की कारीगरी का तमाशा देख! अब अगर अपनी जान तुझे प्यारी है तो खबरदार, भूतनाथ का पीछा कभी न कीजियो।"

पुर्जा पढ़ते ही नानक के होश उड़ गये। झटपट पानी का लोटा उठा लिया और मुंह में ठूंसा हुआ लत्ता निकालकर शांता का चेहरा धोने लगा, तब तक वह भी होश में आ गई। चेहरा साफ होने पर नानक ने देखा कि वह तो उसकी असली मां, रामदेई है। उसने होश में आते ही नानक से कहा, "क्यों बेटा, तुमने मेरे ही साथ ऐसा सलूक किया!"

नानक के ताज्जुब की कोई हद न रही। वह घबड़ाहट के साथ अपनी मां का मुंह देखने लगा और ऐसा परेशान हुआ कि आधी घड़ी तक उसमें कुछ बोलने की शक्ति न रही, इस बीच में रामदेई ने उसे तरह-तरह की बेतुकी बातें सुनाईं जिन्हें वह सिर नीचा किए हुए चुपचाप सुनता रहा। जब उसकी तबीयत कुछ ठिकाने हुई तब उसने सोचा कि पहले उस रामदेई को पकड़ना चाहिए जो मेरे सामने चिट्ठी फेंककर मकान के बाहर निकल गई है, परंतु यह उसकी सामर्थ्य के बाहर था क्योंकि उसे घर से बाहर गए हुए देर हो चुकी थी, अस्तु उसने सोचा कि अब वह किसी तरह नहीं पकड़ी जा सकती।

नानक ने अपनी मां के हाथ-पैर खोल डाले और कहा, "मेरी समझ में कुछ नहीं आता कि यह क्या हुआ, तुम वहां कैसे जा पहुंचीं, और तुम्हारी शक्ल में यहां रहने वाली कौन थी या क्योंकर आई!"

रामदेई- मैं इसका जवाब कुछ भी नहीं दे सकती और न मुझे कुछ मालूम ही है। मैं तुम्हारे चले जाने के बाद इसी घर में थी, इसी घर में बेहोश हुई और होश आने पर अपने को इसी घर में देखती हूं अब तुम्हीं बयान करो कि क्या हुआ और तुमने मेरे साथ ऐसा सलूक क्यों किया?

नानक ने ताज्जुब के साथ अपना किस्सा पूरा-पूरा बयान किया और अंत में कहा, "अब तुम ही बताओ कि मैंने इसमें क्या भूल की?"

बयान-9

दिन का समय है और दोपहर ढल चुकी है। महाराज सुरेन्द्र सिंह अभी-अभी भोजन करके आये हैं और अपने कमरे में पलंग पर लेटे हुए पान चबाते हुए अपने दोस्तों तथा लड़कों से हंसी-खुशी की बातें कर रहे हैं जो कि महाराज से घंटे भर पहले ही भोजन इत्यादि से छुट्टी पा चुके हैं।

महाराज के अतिरिक्त इस समय इस कमरे में राजा वीरेन्द्र सिंह, कुंअर इंद्रजीत सिंह, आनंद सिंह, राजा गोपाल सिंह, जीत सिंह, तेज सिंह, देवी सिंह, पन्नालाल, रामनारायण, पंडित बद्रीनाथ, चुन्नीलाल, जगन्नाथ ज्योतिषी, भैरो सिंह, इंद्रदेव और गोपाल सिंह के दोस्त भरत सिंह भी बैठे हुए हैं।

वीरेन्द्र- इसमें कोई संदेह नहीं कि जो तिलिस्म मैंने तोड़ा था वह इस तिलिस्म के सामने रुपये में एक पैसा भी नहीं है, साथ ही इसके जमानिया राज्य में जैसे-जैसे महापुरुष (दारोगा की तरह) रह चुके हैं तथा वहां जैसी-जैसी घटनाएं हो गई हैं उनकी नजीर भी कभी सुनने में न आवेगी।

गोपाल- बखेड़ों का सबब भी उसी तिलिस्म को समझना चाहिए, उसी का आनंद लूटने के लिए लोगों ने ऐसे बखेड़े मचाए और उसी की बदौलत लोगों की ताकत और हैसियत भी बढ़ी।

जीत- बेशक, यही बात है, जैसे-जैसे तिलिस्म के भेद खुलते गए तैसे-तैसे पाप और लोगों की बदकिस्मती का जमाना भी तरक्की करता गया।

सुरेन्द्र- हमें तो कम्बख्त दारोगा के कामों पर आश्चर्च होता है, न मालूम किस सुख के लिए उस कम्बख्त ने ऐसे-ऐसे कुकर्म किए!

भरत- (हाथ जोड़कर) मैं तो समझता हूं कि दारोगा के कुकर्मों का हाल महाराज ने अभी बिल्कुल नहीं सुना, उसकी कुछ पूर्ति तब होगी जब हम लोग अपना किस्सा बयान कर चुकेंगे।

सुरेन्द्र- ठीक है, हमने भी आज आप ही का किस्सा सुनने की नीयत से आराम नहीं किया।

भरत- मैं अपनी दुर्दशा बयान करने के लिए तैयार हूं।

जीत- अच्छा, तो अब आप शुरू करें।

भरत- जो आज्ञा।

इतना कहकर भरत सिंह ने इस तरह अपना हाल बयान करना शुरू किया–

भरत- मैं जमानिया का रहने वाला और एक जमींदार का लड़का हूं। मुझे इस बात का सौभाग्य प्राप्त था कि राजा गोपाल सिंह मुझे अपना मित्र समझते थे, यहां तक कि भरी मजलिस में भी मित्र कहकर मुझे संबोधन करते थे, और घर में भी किसी तरह का पर्दा नहीं रखते थे। यही सबब था कि वहां के कर्मचारी लोग तथा अच्छे-अच्छे रईस मुझसे डरते और मेरी इज्जत करते थे परंतु दारोगा को यह बात पसंद न थी।

केवल राजा गोपाल सिंह ही नहीं, इनके पिता भी मुझे अपने लड़के की तरह ही मानते और प्यार करते थे, विशेष करके इसलिए कि हम दोनों मित्रों की चाल-चलन में किसी तरह की बुराई दिखाई नहीं देती थी।

जमानिया में जो बेईमान और दुष्ट लोगों की एक गुप्त कमेटी थी उसका हाल आप लोग जान ही चुके हैं अतएव उसके विषय में विस्तार के साथ कुछ कहना वृथा ही है, हां, जरूरत पड़ने पर उसके विषय में इशारा मात्र कर देने से काम चला जायेगा।

रियासतों में मामूली तौर पर तरह-तरह की घटनाएं हुआ ही करती हैं इसलिए राजा गोपाल सिंह को गद्दी मिलने के पहले जो कुछ मुझ पर बीत चुकी है उसे मामूली समझकर मैं छोड़ देता हूं और उस समय से अपना हाल बयान करता हूं जब इनकी शादी हो चुकी थी। इस शादी में जो कुछ चालबाजी हुई थी उसका हाल आप सुन ही चुके हैं।

जमानिया की वह गुप्त कमेटी यद्यपि भूतनाथ की बदौलत टूट चुकी थी मगर उसकी जड़ नहीं कटी थी क्योंकि कम्बख्त दारोगा हर तरह से साफ बच रहा था और कमेटी का कमजोर दफ्तर अभी भी उसके कब्जे में था।

गोपाल सिंह की शादी हो जाने के बहुत दिन बाद एक दिन मेरे एक नौकर ने रात के समय जबकि वह मेरे पैरों में तेल लगा रहा था मुझसे कहा कि 'राजा गोपाल सिंह की शादी असली लक्ष्मीदेवी के साथ नहीं बल्कि किसी दूसरी ही औरत के साथ हुई है। यह काम दारोगा ने रिश्वत लेकर किया है और इस काम में सुबीता होने के लिए गोपाल सिंह जी के पिता को भी उसी ने मारा है।'

सुनने के साथ मैं चौंक पड़ा, मेरे ताज्जुब का कोई ठिकाना न रहा, मैंने उससे तरह-तरह के सवाल किये जिनका जवाब उसने ऐसा तो न दिया जिससे मेरी दिलजमई हो जाती मगर इस बात पर बहुत जोर दिया कि 'जो कुछ मैं कह चुका हूं वह बहुत ठीक है।'

मेरे जी में तो यही आया कि इसी समय उठकर राजा गोपाल सिंह के पास जाऊं और हाल कह दूं, परंतु यह सोचकर कि किसी काम में जल्दी न करनी चाहिए मैं चुप रह गया और सोचने लगा कि यह कार्रवाई क्योंकर हुई और इसका ठीक-ठीक पता किस तरह लग सकता है?

रात भर मुझे नींद न आई और इन्हीं बातों को सोचता रह गया। सबेरा होने पर स्नान-संध्या इत्यादि से छुट्टी पाकर मैं राजा साहब से मिलने के लिए गया, मालूम हुआ कि राजा साहब अभी

महल से बाहर नहीं निकले हैं। मैं सीधे महल में चला गया, उस समय गोपाल सिंह जी संध्या कर रहे थे और इनसे थोड़ी दूर पर सामने बैठी मायारानी फूलों का गजरा तैयार कर रही थी। उसने मुझे देखते ही कहा, "अहा, आज क्या है! मालूम होता है मेरे लिए आप कोई अनूठी चीज लाए हैं।"

इसके जवाब में मैं हंसकर चुप हो गया और इशारा पाकर गोपाल सिंह जी के पास एक आसन पर बैठ गया। जब वे संध्योपासना से छुट्टी पा चुके तब मुझसे बातचीत होने लगी। मैं चाहता था कि मायारानी वहां से उठ जाय तब मैं अपना मतलब बयान करूं पर वह वहां से उठती न थी और चाहती थी कि मैं जो कुछ कहूं उसे वह भी सुन ले। यह संभव था कि मैं मामूली बातें करके मौका टाल देता और वहां से उठ खड़ा होता मगर वह हो न सका क्योंकि उन दोनों ही को इस बात का विश्वास हो गया था कि मैं जरूर कोई अनूठी बात कहने के लिए आया हूं। लाचार गोपाल सिंह जी से इशारे में कह देना पड़ा कि 'मैं एकांत में केवल आप ही से कुछ कहना चाहता हूं।' जब गोपाल सिंह ने किसी काम के बहाने से उसे अपने सामने से उठाया तब वह भी मेरा मतलब समझ गई और कुछ मुंह बनाकर उठ खड़ी हुई।

हम दोनों यही समझते थे कि मायारानी वहां से चली गई मगर उस कम्बख्त ने हम दोनों की बातें सुन लीं क्योंकि उसी दिन से मेरी कम्बख्ती का जमाना शुरू हो गया। मैं ठीक नहीं कह सकता कि किस ढंग से उसने हमारी बातें सुनीं। जिस जगह हम दोनों बैठे थे उसके पास ही दीवार में एक छोटी-सी खिड़की पड़ती थी, शायद उसी जगह पिछवाड़े की तरफ खड़ी होकर उसने मेरी बातें सुन ली हों तो कोई ताज्जुब नहीं।

मैंने जो कुछ अपने नौकर से सुना था सब तो नहीं कहा केवल इतना कहा कि 'आपके पिता को दारोगा ही ने मारा है और लक्ष्मीदेवी की इस शादी में भी उसने कुछ गड़बड़ किया है, गुप्त रीति पर इसकी जांच करनी चाहिए।' मगर अपने नौकर का नाम नहीं बताया क्योंकि मैं उसे बहुत चाहता था और वैसा ही उसकी हिफाजत का भी खयाल रखता था। इसमें कोई शक नहीं कि मेरा वह नौकर बहुत ही होशियार और बुद्धिमान था बल्कि इस योग्य था कि राज्य का कोई भारी काम उसके सुपुर्द किया जाता, परंतु वह जाति का कहार था इसलिए किसी बड़े मर्तबे पर न पहुंच सका।

गोपाल सिंह जी ने मेरी बातें ध्यान से सुनीं मगर उन्हें उन बातों का विश्वास न हुआ क्योंकि ये मायारानी को पतिव्रताओं की नाक और दारोगा को सच्चाई तथा ईमानदारी का पुतला समझते थे। मैंने उन्हें अपनी तरफ से बहुत कुछ समझाया और कहा कि 'यह बात चाहे झूठ हो मगर आप दारोगा से हरदम होशियार रहा कीजिए और उसके कामों को जांच की निगाह से देखा कीजिए' मगर अफसोस, इन्होंने मेरी बातों पर कुछ ध्यान न दिया और इसी से मेरे साथ ही अपने को भी बर्बाद कर लिया।

इसके बाद भी कई दिनों तक मैं उन्हें समझाता रहा और ये भी हां में हां मिला देते रहे जिससे विश्वास होता था कि कुछ उद्योग करने से ये समझ जायेंगे मगर ऐसा कुछ न हुआ। एक दिन मेरे उसी नौकर ने जिसका नाम हरदीन था मुझसे फिर एकांत में कहा कि 'अब आप राजा साहब को समझाना-बुझाना छोड़ दीजिए, मुझे निश्चय हो गया कि उनकी बदकिस्मती के दिन आ गये हैं और वे आपकी बातों पर कुछ भी ध्यान न देंगे। उन्होंने बहुत बुरा किया कि आपकी बातें मारायानी और दारोगा पर प्रकट कर दीं। अब उनको समझाने के बदले आप अपनी जान बचाने की फिक्र कीजिए और अपने को हर वक्त आफत से घिरा हुआ समझिए। शुक्र है कि आपने सब बातें नहीं कह दीं, नहीं तो और भी गजब हो जाता...।'

औरों को चाहे कैसा ही कुछ खयाल हो मगर मैं अपने खिदमतगार हरदीन की बातों पर विश्वास करता था और उसे अपना खैरख्वाह समझता था। उसकी बातें सुनकर मुझे गोपाल सिंह पर बेहिसाब क्रोध चढ़ आया और उसी दिन से मैंने इन्हें समझाना-बुझाना छोड़ दिया मगर इनकी मुहब्बत ने मेरा साथ न छोड़ा।

मैंने हरदीन से पूछा कि 'ये सब बातें तुझे क्योंकर मालूम हुईं और होती हैं मगर उसने ठीक-ठीक न बताया, बहुत जिद करने पर कहा कि कुछ दिन और सब्र कीजिए मैं इसका भेद भी आपको बता दूंगा।

दूसरे दिन जब कि सूरज अस्त होने में दो घंटे की देर थी मैं अकेला अपने नजरबाग में टहल रहा था और इस सोच में पड़ा हुआ था कि राजा गोपाल सिंह का भ्रम मिटाने के लिए अब क्या बंदोबस्त करना चाहिए। उसी समय रघुबर सिंह मेरे पास आया और साहब-सलामत करने के बाद इधर-उधर की बातें करने लगा। बात ही बात में उसने कहा कि 'आज मैंने एक घोड़ा निहायत उम्दा खरीद किया है मगर अभी तक उसका दाम नहीं दिया है, आप उस पर सवारी करके देखिए, अगर आप भी पसंद करें तो मैं उसका दाम चुका दूं। इस समय मैं उसे अपने साथ लेता आया हूं, आप उस पर सवार हो लें और मैं अपने पुराने घोड़े पर सवार होकर आपके साथ चलता हूं, चलिए, दो-चार कोस का चक्कर लगा आवें...।'

मुझे घोड़े का बहुत ही शौक था। रघुबर सिंह की बातें सुनकर मैं खुश हो गया और यह सोचकर कि अगर जानवर उम्दा होगा तो खुद उसका दाम देकर अपने यहां रख लूंगा, मैंने जवाब दिया कि 'चलो देखें कैसा घोड़ा है, एक घोड़े की जरूरत मुझे भी थी'। इसके जवाब में रघुबर ने कहा कि "अच्छी बात है, अगर आपको पसंद आवे तो आप ही रख लीजियेगा।"

उन दिनों मैं रघुबर सिंह को भला आदमी, अशराफ और अपना दोस्त समझता था, मुझे इस बात की कुछ भी खबर न थी कि यह परले सिरे का बेईमान और शैतान का भाई है, उसी तरह दारोगा को भी मैं इतना बुरा नहीं समझता था और राजा गोपाल सिंह की तरह मुझे भी विश्वास था कि जमानिया की उस गुप्त कमेटी से इन दोनों का कुछ भी संबंध नहीं है, मगर हरदीन ने मेरी आंखें खोल दीं और साबित कर दिया कि जो कुछ हम सोचे हुए थे वह हमारी भूल थी।

खैर, मैं रघुबर के साथ ही बाग के बाहर निकला और दरवाजे पर आया, कसे-कसाये दो घोड़े दिखे जिनमें एक तो खास रघुबर सिंह का था और दूसरा एक नया और बहुत ही शानदार वही घोड़ा था जिसकी रघुबर सिंह ने तारीफ की थी।

मैं उस घोड़े पर सवार होने वाला ही था कि हरदीन दौड़ा-दौड़ा बदहवास मेरे पास आया और बोला, "घर में बहूजी (मेरी स्त्री) को न मालूम क्या हो गया है कि गिरकर बेहोश हो गई हैं और मुंह से खून निकल रहा है, जरा चलकर देख लीजिए।"

हरदीन की बात सुनकर मैं तरद्दुद में पड़ गया और उसे साथ लेकर घर के अंदर गया, क्योंकि हरदीन बराबर जनाने में आया-जाया करता था और उसके लिए किसी तरह का पर्दा न था। जब घर की दूसरी ड्योढ़ी मैंने लांघी तब वहां एकांत देखकर हरदीन ने मुझे रोका और कहा, 'जो कुछ मैंने आपको खबर दी वह बिल्कुल झूठ थी, बहूजी बहुत अच्छी तरह हैं।'

मैं- तो तुमने ऐसा क्यों किया?

हरदीन- इसलिए कि रघुबर सिंह के साथ जाने से आपको रोकूं।

मैं- सो क्यों?

हरदीन- इसलिए कि वह आपको धोखा देकर ले जा रहा है और आपकी जान लिया चाहता है। मैं उसके सामने आपको रोक नहीं सकता था, अगर रोकता तो उसे मेरी तरफदारी मालूम हो जाती और मैं जान से मारा जाता और फिर आपको इन दुष्टों की चालबाजियों से बचाने वाला कोई न रहता। यद्यपि मुझे अपनी जान आपसे बढ़कर प्यारी नहीं है तथापि आपकी रक्षा करना मेरा कर्तव्य है और यह बात आपके आधीन है, यदि आप मेरा भेद खोल देंगे तो फिर मेरा इस दुनिया में रहना मुश्किल है।

मैं- (ताज्जुब के साथ) तुम यह क्या कह रहे हो रघुबर तो हमारा दोस्त है।

हरदीन- इस दोस्त पर आप भरोसा न करें और इस समय इस मौके को टाल जायें, रात को मैं सब बातें आपको अच्छी तरह समझा दूंगा या यदि आपको मेरी बातों पर विश्वास न हो तो जाइए मगर एक तमंचा कमर में छिपाकर लेते जाइए और पश्चिम तरफ कदापि न जाकर पूरब तरफ जाइए- साथ ही हर तरह से होशियार रहिए। इतनी होशियारी करने पर आपको मालूम हो जायेगा कि मैं जो कुछ कह रहा हूं वह सच है या झूठ।

हरदीन की बातों ने मुझे चक्कर में डाल दिया। कुछ सोचने के बाद मैंने कहा, "शाबाश हरदीन, तुमने बेशक इस समय मेरी जान बचाई, मगर खैर तुम चिंता न करो और मुझे इस दुष्ट के साथ जाने दो, अब मैं इसके पंजे में न फंसूंगा और जैसा तुमने कहा है वैसा ही करूंगा।"

इसके बाद मैं चुपचाप अपने कमरे में चला गया और एक छोटा-सा दोनाली तमंचा भरकर अपनी कमर में छिपा लेने के बाद बाहर निकला। मुझे देखते ही रघुबर सिंह ने पूछा, 'कहिए

क्या हाल है मैंने जवाब दिया, अब तो होश में आ गई हैं, वैद्यजी को बुला लाने के लिए कह दिया है, तब तक हम लोग भी घूम आवेंगे।'

इतना कहकर मैं उस घोड़े पर सवार हो गया, रघुबर सिंह भी अपने घोड़े पर सवार हुआ और मेरे साथ चला। शहर के बाहर निकलने के बाद मैंने पूरब तरफ घोड़े को घुमाया, इसी समय रघुबर सिंह ने टोका और कहा, 'उधर नहीं पश्चिम तरफ चलिए, इधर का मैदान बहुत अच्छा और सोहावना है।'

मैं- इधर पूरब तरफ भी तो कुछ बुरा नहीं है, मैं इधर ही चलूंगा।

रघु- नहीं-नहीं, आप पश्चिम ही की तरफ चलिए, उधर एक काम और निकलेगा। दारोगा साहब भी इस घोड़े की चाल देखा चाहते थे, मैंने कह दिया था कि आप अपने घोड़े पर सवार होकर जाइये और फलानी जगह ठहरियेगा, हम लोग घूमते हुए उसी तरफ आवेंगे, वह जरूर वहां गये होंगे और हम लोगों का इंतजार कर रहे होंगे।

मैं- ऐसा ही शौक था तो दारोगा साहब भी हमारे यहां आ जाते और हम लोगों के साथ चलते।

रघु- खैर, अब तो जो हो गया सो हो गया अब उनका खयाल जरूर करना चाहिए।

मैं- मुझे भी पूरब तरफ जाना बहुत जरूरी है क्योंकि एक आदमी से मिलने का वादा कर चुका हूं।

इसी तौर पर मेरे और उसके बीच बहुत देर तक हुज्जत होती रही। मैं पूरब तरफ जाना चाहता था और वह पश्चिम तरफ जाने के लिए जोर देता रहा, नतीजा यह निकला कि न पूरब ही गये न पश्चिम बल्कि लौटकर सीधे घर चले आये और यह बात रघुबर सिंह को बहुत ही बुरी मालूम हुई, उसने मुझसे मुंह फुला लिया और कुढ़ा हुआ अपने घर चला गया।

मेरा रहा-सहा शक भी जाता रहा और हरदीन की बातों पर मुझे पूरा-पूरा विश्वास हो गया, मगर मेरे दिल में इस बात की उलझन हद से ज्यादे पैदा हुई कि हरदीन को इन सब बातों की खबर क्योंकर लग जाती है। आखिर रात के समय जब एकांत हुआ तब मुझसे और हरदीन से इस तरह की बातें होने लगीं–

मैं- हरदीन, तुम्हारी बात तो ठीक निकली, उसने पश्चिम तरफ ले जाने के लिए बहुत जोर मारा मगर मैंने उसकी एक न सुनी।

हरदीन- आपने बहुत अच्छा किया नहीं तो इस समय बड़ा अंधेर हो गया होता।

मैं- खैर, यह तो बताओ कि यकायक वह मेरी जान का दुश्मन क्यों बन बैठा वह तो मेरी दोस्ती का दम भरता था!

हर- इसका सबब वही लक्ष्मीदेवी वाला भेद है। मैं अपनी भूल पर अफसोस करता हूं, मुझसे चूक हो गई जो मैंने वह भेद आपसे खोल दिया। मैंने तो राजा गोपाल सिंह जी का भला करना चाहा था मगर उन्होंने नादानी करके मामला ही बिगाड़ दिया। उन्होंने जो कुछ आपसे सुना था

लक्ष्मीदेवी से कहकर दारोगा और रघुबर को आपका दुश्मन बना दिया, क्योंकि उन्हीं दोनों की बदौलत वह इस दर्जे को पहुंची, इन्हीं दोनों की बदौलत हमारे महाराज (गोपाल सिंह के पिता) मारे गए और इन्हीं दोनों ने लक्ष्मीदेवी ही को नहीं बल्कि उसके घर भर को बर्बाद कर दिया।

मैं- इस समय तो तुम बड़े ही ताज्जुब की बातें सुना रहे हो!

हर- मगर इन बातों को आप अपने ही दिल में रखकर जमाने की चाल के साथ काम करें नहीं तो आपको पछताना पड़ेगा। यद्यपि मैं यह कदापि न कहूंगा कि आप राजा गोपाल सिंह का ध्यान छोड़ दें और उन्हें डूबने दें क्योंकि वह आपके दोस्त हैं।

मैं- जैसा तुम चाहते हो मैं वैसा ही करूंगा। अच्छा तो यह बताओ कि लक्ष्मीदेवी और बलभद्र सिंह पर क्या बीती?

हर- उन दोनों को दारोगा ने अपने पंजे में फंसाकर कहीं कैद कर दिया था इतना तो मुझे मालूम है मगर इसके बाद का हाल मैं कुछ भी नहीं जानता, न मालूम वे मार डाले गये या अभी तक कहीं कैद हैं। हां, उस गदाधर सिंह को इसका हाल शायद मालूम होगा जो रणधीर सिंह जी का ऐयार है और जिसने नानक की मां को धोखा देने के लिए कुछ दिन तक अपना नाम रघुबर सिंह रख लिया था तथा जिसकी बदौलत यहां की गुप्त कमेटी का भंडा फूटा है। उसने इस रघुबर सिंह और दारोगा को खूब ही छकाया है। लक्ष्मीदेवी की जगह मुंदर की शादी कर देने की बाबत इनके और हेला सिंह के बीच में जो पत्र-व्यवहार हुआ उसकी नकल भी गदाधर सिंह (रणधीर सिंह के ऐयार) के पास मौजूद है जो कि उसने समय पर काम देने के लिए असल चिट्ठियों से अपने हाथ से नकल की थी। अफसोस, उसने रुपये के लालच में पड़कर रघुबर सिंह और दारोगा को छोड़ दिया और इस बात को छिपा रखा कि यही दोनों उस गुप्त कमेटी के मुखिया हैं। इस पाप का फल गदाधर सिंह को जरूर भोगना पड़ेगा, ताज्जुब नहीं कि एक दिन चिट्ठियों की नकल से उसी को दु:ख उठाना पड़े और वे चिट्ठियां उसी के लिए काल बन जायें।

इस समय मुझे हरदीन की वे बातें अच्छी तरह याद पड़ रही हैं। मैं देखता हूं कि जो कुछ उसने कहा था सच उतरा। उन चिट्ठियों की नकल ने खुद भूतनाथ का गला दबा दिया जो उन दिनों गदाधर सिंह के नाम से मशहूर हो रहा था! भूतनाथ का हाल मुझे अच्छी तरह मालूम है और इधर जो कुछ हो चुका है वह सब भी मैं सुन चुका हूं मगर इतना मैं जरूर कहूंगा कि भूतनाथ के मुकदमे में तेज सिंह जी ने बहुत बड़ी गलती की। गलती तो सभों ने की मगर तेज सिंह को ऐयारों का सिरताज मानकर मैं सबके पहले इन्हीं का नाम लूंगा। इन्होंने जब लक्ष्मीदेवी, कमलिनी और लाडिली इत्यादि के सामने वह कागज का मुट्ठा खोला था और चिट्ठियों को पढ़कर भूतनाथ पर इलजाम लगाया था कि 'बेशक ये चिट्ठियां भूतनाथ के हाथ की लिखी हुई हैं' तो इतना क्यों नहीं सोचा कि भूतनाथ की चिट्ठियों के जवाब में हेला सिंह ने जो भी चिट्ठियां भेजी हैं वे भी तो भूतनाथ ही के हाथों की लिखी हुई मालूम पड़ती हैं, तो क्या अपनी चिट्ठी का जवाब भी भूतनाथ अपने ही हाथ से लिखा करता था?

यहां तक कहकर भरत सिंह चुप हो रहे और तेज सिंह की तरफ देखने लगे। तेज सिंह ने कहा, "आपका कहना बहुत ही ठीक है, बेशक उस समय मुझसे बड़ी भूल हो गई। उनमें की एक ही चिट्ठी पढ़कर क्रोध के मारे हम लोग ऐसे पागल हो गए कि इस बात पर कुछ भी ध्यान न दे सके। बहुत दिनों के बाद जब देवी सिंह ने यह बात सुझाई तब हम लोगों को बहुत अफसोस हुआ और तब से हम लोगों का खयाल भी बदल गया।"

भरत सिंह ने कहा, "तेज सिंह जी, इस दुनिया में बड़े-बड़े चालाकों और होशियारों से यहां तक कि स्वयं विधाता ही से भूल हो गई है तो फिर हम लोगों की क्या बात है मगर मजा तो यह है कि बड़ों की भूल कहने-सुनने में नहीं आती इसीलिए आपकी भूल पर किसी ने ध्यान नहीं दिया। किसी कवि ने ठीक ही कहा है–

को कहि सके बड़ेन सों लखे बड़े ही भूल।

दीन्हें दई गुलाब के इन डारन ये फूल।।

अस्तु अब मैं पुन: अपनी कहानी शुरू करता हूं।"

इसके बाद भरत सिंह ने फिर इस तरह कहना शुरू किया–

भरत- मैंने हरदीन से कहा कि 'अगर यह बात है तो गदाधर सिंह से मुलाकात करनी चाहिए, मगर वह मुझसे अपने भेद की बातें क्यों कहने लगा इसके अतिरिक्त वह यहां रहता भी नहीं है, कभी-कभी आ जाता है। साथ ही इसके यह जानना भी कठिन है कि वह कब आया और कब चला गया।'

हर- ठीक है, मगर मैं आपसे उनकी मुलाकात करा सकता हूं, आशा है कि वे मेरी बात मान लेंगे और आपको असल हाल भी बता देंगे। कल वह जमानिया में आने वाले हैं।

मैं- मगर मुझसे और उससे तो किसी तरह की मुलाकात नहीं है, वह मुझ पर क्यों भरोसा करेगा?

हर- कोई चिंता नहीं, मैं आपकी-उनकी मुलाकात करा दूंगा।

हरदीन की इस बात ने मुझे और भी ताज्जुब में डाल दिया, मैं सोचने लगा कि इससे और गदाधर सिंह (भूतनाथ) से ऐसी गहरी जान-पहचान क्योंकर हो गई और वह इस पर क्यों भरोसा करता है?

भरत सिंह ने अपना किस्सा यहां तक बयान किया था कि उनके काम में विघ्न पड़ गया अर्थात् उसी समय एक चोबदार ने आकर इत्तिला दी कि "भूतनाथ हाजिर हैं।" इस खबर को सुनते ही सब कोई खुश हो गये और भरत सिंह ने भी कहा, "अब मेरे किस्से में विशेष आनंद आवेगा।"

महाराज ने भूतनाथ को हाजिर करने की आज्ञा दी और भूतनाथ ने कमरे के अंदर पहुंचकर सभों को सलाम किया।

तेज- (भूतनाथ से) कहो भूतनाथ, कुशल तो है आज कई दिनों पर तुम्हारी सूरत दिखाई दी!

भूत- जी हां ईश्वर की कृपा से सब कुशल है, जितने दिन की छुट्टी लेकर गया था उसके पहले ही हाजिर हो गया हूं।

तेज- सो तो ठीक है मगर अपने सपूत लड़के का तो कुछ हाल कहो, कैसी निपटी?

भूत- निपटी क्या आपकी आज्ञा पालन की, नानक को मैंने किसी तरह की तकलीफ नहीं दी मगर सजा बहुत ही मजेदार और चटपटी दे दी गई!

देवी- (हंसते हुए) सो क्या?

भूत- मैंने उससे एक ऐसी दिल्लगी की कि वह भी खुश हो गया होगा... अगर बिल्कुल जानवर न होगा तो अब हम लोगों की तरफ कभी मुंह भी न करेगा। बात बिल्कुल मामूली थी, जब वह यहां आकर मेरी फिक्र में डूबा तो घर की हिफाजत का बंदोबस्त करने के बाद कुछ शागिर्दों को साथ लेकर उसके मकान पर पहुंच उसकी मां को उड़ा लाया मगर उसकी जगह अपने एक शागिर्द को रामदेई बनाकर छोड़ आया। यहां उसे शांता बनाकर अपने खेमे में जो इसी काम के लिए खड़ा किया था एक लौंडी के साथ सुला दिया और खुद तमाशा देखने लगा। आखिर नानक उसी को शांता समझ के उठा ले गया और खुशी-खुशी अपनी नकली मां के सामने पहुंचकर डींग हांकने लगा बल्कि उसकी आज्ञानुसार नकली शांता को खंभे के साथ बांधकर जूते से पूजा करने लगा। जब खूब दुर्गति कर चुका तब नकली रामदेई उसके सामने एक पुर्जा फेंककर घर के बाहर निकल गई। उस पुर्जे के पढ़ने से जब उसे मालूम हुआ कि मैंने जो कुछ किया अपनी ही मां के साथ किया तब वह बहुत ही शर्मिन्दा हुआ। उस समय उन दोनों की जैसी कैफियत हुई मैं क्या बयान करूं, आप लोग खुद सोच-समझ लीजिये।

भूतनाथ की बात सुनकर सब लोग हंस पड़े। महाराज ने उसे अपने पास बुलाकर बैठाया और कहा, "भूतनाथ, जरा एक दफे तुम इस किस्से को फिर बयान कर जाओ मगर जरा खुलासे तौर पर कहो।"

भूतनाथ ने हाल को विस्तार के साथ ऐसे ढंग पर दोहराया कि हंसते-हंसते सभों का दम घुटने लगा। इसके बाद जब भूतनाथ को मालूम हुआ कि भरत सिंह अपना किस्सा बयान कर रहे हैं तब उसने भरत सिंह की तरफ देखा और कहा, "मुझे भी तो आपके किस्से से कुछ संबंध है।"

भरत- बेशक! और वही हाल मैं इस समय बयान कर रहा था।

भूतनाथ- (गोपाल सिंह से) क्षमा कीजियेगा, मैंने आपसे उस समय जब आप कृष्णाजिन्न बने हुए थे यह झूठ बयान किया था कि 'राजा गोपाल सिंह के छूटने के बाद मैंने उन कागजों का पता लगाया है जो इस समय मेरे ही साथ दुश्मनी कर रहे हैं' इत्यादि। असल में वे कागज मेरे पास उसी जमाने में मौजूद थे, जब जमानिया में मुझसे और भरत सिंह से मुलाकात हुई थी। आप यह हाल इनकी जुबानी सुन चुके होंगे।

भरत- हां भूतनाथ, इस समय मैं वही हाल बयान कर रहा हूं, अभी कह नहीं चुका।

भूत- खैर, तो अभी श्री गणेश है। अच्छा आप बयान कीजिये।

भरत सिंह ने फिर इस तरह बयान किया–

भरत- दूसरे दिन आधी रात के समय जब मैं गहरी नींद में सोया हुआ था हरदीन ने आकर मुझे जगाया और कहा, 'लीजिये मैं गदाधर सिंह जी को ले आया हूं, उठिये और इनसे मुलाकात कीजिये, ये बड़े ही लायक और बात के धनी आदमी हैं!' मैं खुशी-खुशी उठ बैठा और बड़ी नर्मी के साथ भूतनाथ से मिला। इसके बाद मुझसे और भूतनाथ (गदाधर) से इस तरह बातचीत होने लगी–

भूत- साहब, आपका हरदीन बड़ा ही नेक और दिलावर है, ऐसे जीवट का आदमी दुनिया में कम दिखाई देगा। मैं तो इसे अपना परम हितैषी और मित्र समझता हूं, इसने मेरे साथ जो भलाइयां की हैं उनका बदला मैं किसी तरह चुका ही नहीं सकता, मुझसे आपसे कभी की जान-पहचान नहीं, मुलाकात नहीं, ऐसी अवस्था में मैं पहले-पहल बिना मतलब के आपके घर कदापि न आता परंतु इनकी इच्छा के विरुद्ध मैं नहीं चल सका, इन्होंने यहां आने के लिए कहा और मैं बेधड़क चला आया। इनकी जुबानी मैं सुन भी चुका हूं कि आजकल आप किस फेर में पड़े हुए हैं और मुझसे मिलने की जरूरत आपको क्यों पड़ी अस्तु हरदीन की आज्ञानुसार मैं वह कागज का मुट्ठा भी आपको दिखाने के लिए लेता आया हूं जिससे आपको दारोगा और रघुबर सिंह की हरामजदगी और राजा गोपाल सिंह की शादी का पूरा-पूरा हाल मालूम हो जायेगा, मगर खूब याद रखिये कि इस कागज को पढ़कर आप बेताब हो जायेंगे, आपको बेहिसाब गुस्सा चढ़ आवेगा और आपका दिल बेचैनी के साथ तमाम भंडा फोड़ देने के लिए तैयार हो जायेगा मगर नहीं, आपको बहुत बर्दाश्त करना पड़ेगा, दिल को सम्हालना और इन बातों को हर तरह से छिपाना पड़ेगा। मुझे हरदीन ने आपका बहुत ज्यादे विश्वास दिलाया है तभी मैं यहां आया हूं और यह अनूठी चीज भी दिखाने के लिए तैयार हूं, नहीं तो कदापि न आता।

मैं- आपने बड़ी मेहरबानी की जो मुझ पर भरोसा किया और यहां तक चले आये, मेरी जबान से आपका रत्ती भर भेद भी किसी को नहीं मालूम हो सकता, इसका आप विश्वास रखिये। यद्यपि मैं इस बात का निश्चय कर चुका हूं कि गोपाल सिंह के मामले में मैं अब कुछ भी दखल न दूंगा मगर इस बात का अफसोस जरूर है कि वह मेरे मित्र हैं और दुष्टों ने उन्हें बेतरह फंसा रखा है।

भूत- केवल आप ही को नहीं, इस बात का अफसोस मुझको भी है और मैं खुद गोपाल सिंह को इस आफत से छुड़ाने का इरादा कर रहा हूं, मगर लाचार हूं कि बलभद्र सिंह और लक्ष्मीदेवी का कुछ भी पता नहीं लगता और जब तक उन दोनों का पता न लग जाये तब तक इस मामले को उठाना बड़ी भूल है।

मैं- मगर यह तो आपको निश्चय है न कि इसका कर्ताधर्ता कम्बख्त दारोगा ही है।

भूत- भला इसमें भी कुछ शक है! लीजिये इस कागज के मुट्ठे को पढ़ जाइये तब आपको भी विश्वास हो जायेगा।

इतना कहकर भूतनाथ ने कागज का एक मुट्ठा निकाला और मेरे आगे रख दिया तथा मैंने भी उसे पढ़ना शुरू किया। मैं आपसे नहीं कह सकता कि उन कागजों को पढ़कर मेरे दिल की कैसी अवस्था हो गई और दारोगा तथा रघुबर सिंह पर मुझे कितना क्रोध चढ़ आया। आप लोग तो उसे पढ़-सुन चुके हैं अतएव इस बात को खुद समझ सकते हैं। मैंने भूतनाथ से कहा कि 'यदि तुम मेरा साथ दो तो मैं आज ही दारोगा और रघुबर सिंह को इस दुनिया से उठा दूं।'

भूत- इससे फायदा ही क्या होगा और यह काम ही कितना बड़ा है मुझे खुद इस बात का खयाल है और मैं लक्ष्मीदेवी का पता लगाने के लिए दिल से कोशिश कर रहा हूं, तथा आपका हरदीन भी पता लगा रहा है। इस तरह समय के पहले छेड़छाड़ करने से खुद अपने को झूठा बनाना पड़ेगा और लक्ष्मीदेवी भी जहां की तहां पड़ी सड़ेगी या मर जायेगी।

मैं- हां ठीक है, अच्छा यह तो बताइये कि आप हरदीन की इतनी इज्जत क्यों करते हैं।

भूत- इसलिए कि यह सब कुछ इन्हीं की बदौलत है, इन्होंने मुझे उस कमेटी का पता बताया और उसका भेद समझाया और इन्हीं की मदद से मैंने उस कमेटी का सत्यानाश किया।

मैं- (हरदीन से) और तुम्हें उस कमेटी का भेद क्योंकर मालूम हुआ।

हर- (हाथ जोड़ के) माफ कीजिएगा, मैं उस कमेटी का मेम्बर था और अभी तक उन लोगों के खयाल से उन सभों का पक्षपाती बना हुआ हूं, मगर मैं ईमानदार मेंबर था इसलिए ऐसी बातें मुझे पसंद न आईं और मैं गुप्त रीति से उन लोगों का दुश्मन बन बैठा, मगर इतना करने पर भी अभी तक मेरी जान इसलिए बची हुई है कि आपके घर में मेरे सिवाय और कोई इन लोगों का साथी नहीं है।

मैं- तो क्या अभी तक तुम उन लोगों के साथी बने हुए हो और वे लोग अपने दिल का हाल तुमसे कहते हैं।

हर- जी हां, तभी तो मैंने आपको रघुबर सिंह के पंजे से बचाया था जब वह आपको घोड़े पर सवार कराके ले चला था!

मैं- अगर ऐसा है तो तुम्हें यह भी मालूम हो गया होगा कि उस दिन घात न लगने के कारण रघुबर सिंह ने अब कौन-सी कार्रवाई सोची है।

हर- जी हां, पहले तो उसने मुझसे पूछा था कि 'भरत सिंह ने ऐसा क्यों किया, क्या उसको मेरी नीयत का कुछ पता लग गया' जिसके जवाब में मैंने कहा कि 'नहीं, दूसरे सबब से ऐसा हुआ होगा'। इसके बाद दारोगा साहब ने मुझ पर हुक्म लगाया कि 'तू भरत सिंह को जिस तरह हो सके जहर दे दे'। मैंने कहा, 'बहुत अच्छा ऐसा ही करूंगा, मगर इस काम में पांच-सात दिन जरूर लग जायेंगे।'

इतना कह हरदीन ने भूतनाथ से पूछा कि 'कहिए अब क्या करना चाहिए' इसके जवाब में भूतनाथ ने कहा कि 'अब पांच-सात दिन के बाद भरत सिंह को झूठ-मूठ हल्ला मचा देना चाहिए कि मुझको किसी ने जहर दे दिया, बल्कि कुछ बीमारी की-सी नकल भी करके दिखा देनी चाहिए।'

इसके बाद थोड़ी देर तक और भी भूतनाथ से बातचीत होती रही और किसी दिन फिर मिलने का वादा करके भूतनाथ बिदा हुआ।

इस घटना के बाद कई दफे भूतनाथ से मुलाकात हुई बल्कि कहना चाहिए कि इनके और मेरे बीच में एक प्रकार की मित्रता-सी हो गई और इन्होंने कई कामों में मेरी सहायता भी की।

जैसा कि आपस में सलाह हो चुकी थी मुझे यह मशहूर करना पड़ा कि 'मुझे किसी ने जहर दे दिया'। साथ ही इसके कुछ बीमारी की नकल भी की गई जिससे मेरे नौकर पर कम्बख्त दारोगा को शक न हो जाय मगर इसका कोई अच्छा नतीजा न निकला अर्थात् दारोगा को मालूम हो गया कि हरदीन उसका सच्चा साथी और भेदिया नहीं है।

एक दिन रात के समय एकांत में हरदीन ने मुझसे कहा, 'लीजिए, अब दारोगा साहब को निश्चय हो गया कि मैं उनका सच्चा साथी नहीं हूं। आज उसने मुझे अपने पास बुलाया था मगर मैं गया नहीं क्योंकि मुझे यह निश्चय हो गया कि जाने के साथ ही मैं उसके कब्जे में आ जाऊंगा और फिर किसी तरह जान न बचेगी, यों तो छिटके रहने पर लड़ते-झगड़ते जैसा होगा देखा जायेगा। अस्तु इस समय मुझे आपसे यह कहना है कि आज से मैं आपके यहां रहना छोड़ दूंगा और तब तक आपके पास न आऊंगा जब तक मैं दारोगा की तरफ से बेफिक्र न हो जाऊंगा, देखा चाहिए मेरी उससे क्योंकर निपटती है। वह मुझे मारकर निश्चिंत होता है या मैं उसे जहन्नुम में पहुंचाकर कलेजा ठंडा करता हूं। मुझे अपने मरने का रंज कुछ भी नहीं है मगर इस बात का अफसोस जरूर है कि मेरे जाने के बाद आपका मददगार यहां कोई भी नहीं है और कम्बख्त दारोगा आपको फंसाने में किसी तरह की कसर न करेगा, खैर, लाचारी है क्योंकि मेरे यहां रहने से भी आपका कोई कल्याण नहीं हो सकता। यों तो मैं छिपे-छिपे कुछ-न-कुछ मदद जरूर करूंगा परंतु आप जहां तक हो सके खूब होशियारी के साथ काम कीजियेगा।'

मैं- अगर यही बात है तो तुम्हारे भागने की कोई जरूरत नहीं हम लोग दारोगा के भेदों को खोलकर खुल्लमखुल्ला उसका मुकाबला कर सकते हैं।

हर- इससे कोई फायदा नहीं हो सकता, क्योंकि हम लोगों के पास दारोगा के खिलाफ कोई सबूत नहीं है और न उसके बराबर ताकत ही है।

मैं- क्या इन भेदों को हम गोपाल सिंह से नहीं खोल सकते और ऐसा करने से भी कोई काम नहीं चलेगा?

हर- नहीं, ऐसा करने से जो कुछ बरस-दो बरस गोपाल सिंह जी की जिंदगी है वह भी न रहेगी अर्थात् हम लोगों के साथ ही साथ वे भी मार डाले जायेंगे। आप नहीं समझ सकते और नहीं जानते कि दारोगा की असली सूरत क्या है, उसकी ताकत कैसी है, और उसके मजबूत जाल किस कारीगरी के साथ फैले हुए हैं। गोपाल सिंह अपने को राजा और शक्तिमान समझते होंगे मगर में सच कहता हूं कि दारोगा के सामने उनकी कुछ भी हकीकत नहीं है, हां, यदि राजा गोपाल सिंह किसी को किसी तरह की खबर किए बिना एकाएक दारोगा को गिरफ्तार करके मार डालें तो बेशक वे राजा कहला सकते हैं, मगर ऐसी अवस्था में मायारानी उन्हें जीता न छोड़ेगी और लक्ष्मीदेवी वाला भेद भी ज्यों-का-त्यों बंद रह जायेगा, वह भी किसी तहखाने में पड़ी-पड़ी भूखी-प्यासी मर जाएगी।

इसी तरह पर हमारे और हरदीन के बीच में देर तक बातें होती रहीं और वह मेरी हर एक बात का जवाब देता रहा। अंत में वह मुझे समझा-बुझाकर घर से बाहर निकल गया और उसका पता न लगा।

रात भर मुझे नींद न आई और मैं तरह-तरह की बातें सोचता रह गया। सुबह को चारपाई से उठा, हाथ-मुंह धोने के बाद दरबारी कपड़े पहिरे, हरबे लगाए और राजा साहब की तरफ रवाना हुआ। जब मैं उस तिरमुहानी पर पहुंचा जहां से एक रास्ता राजा साहब के दीवानखाने की तरफ और दूसरा खास बाग की तरफ गया है तब उस जगह पर दारोगा साहब से मुलाकात हुई जो दीवानखाने की तरफ से लौटे हुए चले आ रहे थे।

प्रकट में मुझसे और दारोगा साहब से बहुत अच्छी तरह साहब-सलामत हुई और उन्होंने उदासीनता के साथ मुझसे कहा, 'आप दीवानखाने की तरफ कहां जा रहे हैं, राजा साहब तो खास बाग में चले गये, मेरे साथ चलिए मैं भी उन्हीं से मिलने के लिए जा रहा हूं, सुना है कि रात से उनकी तबीयत खराब हो रही है।'

मैं- (ताज्जुब के साथ) क्यों-क्यों, कुशल तो है?

दारोगा- अभी-अभी पता लगा है कि आधी रात के बाद से उन्हें बेहिसाब दस्त और कै आ रहे हैं। आप कृपा करके यदि मोहनजी वैद्य को अपने साथ लेते आवें तो बड़ा काम हो, मैं खुद उनकी तरफ जाने का इरादा कर रहा था।

दारोगा की बातें सुनकर मैं घबड़ा गया, राजा साहब की बीमारी का हाल सुनते ही मेरी तबीयत उदास हो गई और मैं 'बहुत अच्छा' कह उल्टे पैर लौटा और मोहनजी वैद्य की तरफ रवाना हुआ।

यहां तक अपना हाल कह कुछ देर के लिए भरत सिंह चुप हो गये और दम लेने लगे। इस समय जीत सिंह ने महाराज की तरफ देखा और कहा, "भरत सिंह जी का किस्सा दरबारे-आम में कैदियों के सामने ही सुनने लायक है।"

महाराज- बेशक, ऐसा ही है। (गोपाल सिंह से) तुम्हारी क्या राय है?

गोपाल- महाराज की इच्छा के विरुद्ध मैं कुछ बोल न सका नहीं तो मैं भी यही सोचता था कि और नकाबपोशों की तरह इनका किस्सा भी कैदियों के सामने सुना जाये।

और सभों ने भी यही राय दी, आखिर महाराज ने हुक्म दिया कि "कल दरबारे-आम किया जाये और कैदी लोग दरबार में लाए जायें।"

दिन पहर भर से कुछ कम बाकी था जब यह छोटा-सा दरबार बर्खास्त हुआ और सब कोई अपने ठिकाने चले गए। कुंअर आनंद सिंह शिकारी कपड़े पहनकर तारा सिंह को साथ लिए महल के बाहर आये और दोनों दोस्त घोड़ों पर सवार हो जंगल की तरफ रवाना हो गये।

***

बयान-10

घोड़े पर सवार तारा सिंह को साथ लिए हुए कुंअर आनंद सिंह जंगल ही जंगल घूमते और साधारण ढंग पर शिकार खेलते हुए बहुत दूर निकल गये और जब दिन बहुत कम बाकी रह गया तब धीरे-धीरे घर की तरफ लौटे।

हम ऊपर के किसी बयान में लिख आये हैं कि अटारी पर एक सजे हुए बंगले में बैठी हुई किशोरी, कामिनी और कमलिनी वगैरह ने जंगल से निकलकर घर की तरफ आते हुए कुंअर आनंद सिंह और तारा सिंह को देखा तथा यह भी देखा कि दस-बारह नकाबपोशों ने जंगल में से निकल इन दोनों पर तीर चलाये और ये दोनों उनका पीछा करते हुए पुनः जंगल के अंदर घुस गये- इत्यादि।

यह वही मौका है जिसका हम जिक्र कर रहे हैं। उस समय कमला ने एक लौंडी की जुबानी इंद्रजीत सिंह को इस बात की खबर दिलवा दी थी, और खबर पाते ही कुंअर इंद्रजीत सिंह, भैरो सिंह तथा बहुत से आदमी आनंद सिंह की मदद के लिए रवाना हो गये थे।

असल बात यह थी कि भूतनाथ की चालाकी से शर्मिन्दगी उठाकर भी नानक ने सब्र नहीं किया बल्कि पुनः इन लोगों का पीछा किया और अबकी दफे इस ढंग से जाहिर हुआ था कि मौका मिले तो आनंद सिंह को तीर का निशाना बनावे और इसी तरह बारी-बारी से अपने दुश्मनों की जान लेकर कलेजा ठंडा करे। मगर उसका यह इरादा भी काम न आया, आनंद सिंह और तारा सिंह की चालाकी और उनके घोड़ों की चपलता के कारण उसका निशाना कारगर न हुआ और उन्होंने तेजी के साथ उनके सिर पर पहुंचकर सभों को हर तरह से मजबूर कर दिया। तब तक मदद के लिए गये हुए कुंअर इंद्रजीत सिंह भी जा पहुंचे और आठ साथियों के सहित बेईमान नानक को गिरफ्तार कर लिया। यद्यपि उसी समय यह भी मालूम हो गया कि इसके साथियों में से कई आदमी निकल गए मगर इस बात की कुछ परवाह न की गई और जो कुछ गिरफ्तार हो गये थे उन्हीं को लेकर सब कोई घर की तरफ रवाना हो गए।

कम्बख्त नानक पर हर तरह की रियायत की गई, बहुत कड़ी सजा पाने के योग्य होने पर भी उसे किसी तरह की सजा न दी गई, और इस खयाल से बिल्कुल साफ छोड़ दिया गया कि शायद फिर भी सुधर जाय मगर नहीं–

भूयोपि सिकता पयसा घृतेन

न निम्ब वृक्षो मधुरत्वमेति

अर्थात् नीम न मीठी होय सींचे गुड़ घीउ से।

आखिर नानक को वह दु:ख भोगना ही पड़ा जो उसकी किस्मत में बदा हुआ था।

जिस समय नानक गिरफ्तार करके लाया गया और लोगों ने उसका हाल सुना, उस समय सभों को उसकी नालायकी पर बहुत ही रंज हुआ। महाराज की आज्ञानुसार वह कैदखाने में पहुंचाया गया और सभों को निश्चय हो गया कि अब इसे किसी तरह छुटकारा नहीं मिल सकता।

दूसरे दिन दरबारे-आम का बंदोबस्त किया गया और कैदियों का मुकदमा सुनने के लिए बड़े शौक से लोग इकट्ठा होने लगे। हथकड़ियों और बेड़ियों से जकड़े हुए कैदी लोग हाजिर किए गए और आपस वालों तथा ऐयारों को साथ लिए हुए महाराज भी दरबार में आकर एक ऊंची गद्दी पर बैठ गये। आज के दरबार में भीड़ मामूली से बहुत ज्यादे भी और कैदियों का मुकदमा सुनने के लिए सभी उतावले हो रहे थे। भरत सिंह, दलीप शाह, अर्जुन सिंह तथा उनके और भी दो साथी जो तिलिस्म के बाहर होने के बाद अपने घर चले गये थे और अब लौट आये हैं अपने-अपने चेहरों पर नकाब डालकर दरबार में राजा गोपाल सिंह के पास बैठ गये और महाराज के हुक्म का इंतजार करने लगे।

महाराज का इशारा पाकर भरत सिंह खड़े हो गए और उन्होंने दारोगा तथा जैपाल की तरफ देखकर कहा–

"दारोगा साहब, जरा मेरी तरफ देखिये और पहिचानिये कि मैं कौन हूं। जैपाल, तू भी इधर निगाह कर!"

इतना कहकर भरत सिंह ने अपने चेहरे पर से नकाब उलट दी और एक दफे चारों तरफ देखकर सभों का ध्यान अपनी तरफ खैंच लिया। सूरत देखते ही दारोगा और जैपाल थर-थर कांपने लगे। दारोगा ने लड़खड़ाई आवाज से कहा, "कौन ओफ भरत सिंह! नहीं-नहीं, भरत सिंह कहां उसे मरे बहुत दिन हो गये, यह तो कोई ऐयार है!"

भरत- नहीं-नहीं, दारोगा साहब, मैं ऐयार नहीं हूं, मैं वही भरत सिंह हूं जिसे आपने हद से ज्यादा सताया था, मैं वही भरत सिंह हूं जिसके मुंह पर आपने मिर्च का तोबड़ा चढ़ाया था और मैं वही भरत सिंह हूं जिसे आपने अंधेरे कुएं में लटका दिया था। सुनिए मैं अपना किस्सा बयान करता हूं और यह भी कहता हूं कि आखिर में मेरी जान क्योंकर बची। जैपाल सिंह आप भी सुनिए और हुंकारी भरते चलिए।

इतना कहकर भरत सिंह ने अपना किस्सा आदि से कहना आरंभ किया जैसा कि हम ऊपर बयान कर आये हैं और इसके बाद यों कहने लगे–

भरत- दारोगा की बातों ने मुझे घबड़ा दिया और मैं उलटे पैर मोहनजी वैद्य को बुलाने के लिए रवाना हुआ। मुझे इस बात का रत्ती भर भी शक न था कि मोहनजी और दारोगा साहब एक ही थैली के चट्टे-बट्टे हैं अथवा इन दोनों में हमारे लिए कुछ बातें तै पा चुकी हैं। मैं बेधड़क उनके

मकान पर गया और इत्तिला कराने के बाद उनके एकांत वाले कमरे में जा पहुंचा जहां उन्होंने मुझे बुला भेजा था। उस समय वे अकेले बैठे माला जप रहे थे। नौकर मुझे वहां तक पहुंचाकर विदा हो गया और मैंने उनके पास बैठकर राजा साहब का हाल बयान करके खास बाग में चलने के लिए कहा। जवाब में वैद्यजी यह कहकर कि 'मैं दवाओं का बंदोबस्त करके अभी आपके साथ चलता हूं' खड़े हुए और अलमारी में से कई तरह की शीशियां निकाल-निकाल जमीन पर रखने लगे। उसी बीच में उन्होंने एक छोटी शीशी निकालकर मेरे हाथ में दे दी और कहा, 'देखिए, यह मैंने एक नए ढंग की ताकत की दवा तैयार की है, खाना दूर रहा इसके सूंघने ही से तुरंत मालूम होता है कि बदन में एक तरह की ताकत आ रही है! लीजिए, जरा सूंघ के अंदाज तो कीजिए।'

मैं वैद्यजी के फेर में पड़ गया और शीशी का मुंह खोलकर सूंघने लगा। इतना तो मालूम हुआ कि इसमें कोई खुशबूदार चीज है मगर फिर तनोबदन की सुध न रही। जब मैं होश में आया तो अपने को हथकड़ी-बेड़ी से मजबूर एक अंधेरी कोठरी में कैद पाया। नहीं कह सकता कि वह दिन का समय था या रात का, कोठरी के एक कोने में चिराग जल रहा था और दारोगा तथा जैपाल हाथ में नंगी तलवार लिए सामने बैठे हुए थे।

मैं- (दारोगा से) अब मालूम हुआ कि आपने इसी काम के लिए मुझे वैद्यजी के पास भेजा था।

दारोगा- बेशक इसीलिए, क्योंकि तुम मेरी जड़ काटने के लिए तैयार हो चुके थे।

मैं- तो फिर मुझे कैद कर रखने से क्या फायदा? मारकर बखेड़ा निपटाइए और बेखटके आनंद कीजिए।

दारोगा- हां, अगर तुम मेरी बात न मानोगे तो बेशक मुझे ऐसा ही करना पड़ेगा।

मैं- मानने की कौन-सी बात है मैंने तो अभी तक कोई ऐसा काम नहीं किया जिससे आपको किसी तरह का नुकसान पहुंचे।

दारोगा- ये सब बातें तो रहने दो क्योंकि तुम और हरदीन मिलकर जो कुछ कर चुके थे और जो किया चाहते थे उसे मैं खूब जानता हूं मगर बात यह है कि अगर तुम चाहो तो मैं तुम्हें इस कैद से छुट्टी दे सकता हूं, नहीं तो मौत तुम्हारे लिए रखी हुई है।

मैं- खैर, बताइये तो सही कि वह कौन-सा काम है जिसके करने से छुट्टी मिल सकती है।

दारोगा- यही कि तुम एक चिट्ठी इन रघुबर सिंह अर्थात् जैपाल के नाम की लिख दो जिसमें यह बात हो कि 'लक्ष्मीदेवी के बदले में मुंदर को मायारानी बना देने में जो कुछ मेहनत की है वह हम-तुम दोनों ने मिलकर की है अतएव उचित है कि इस काम में जो कुछ तुमने फायदा उठाया है उसमें से आधा मुझे बांट दो नहीं तो तुम्हारे लिए अच्छा न होगा।'

मैं- ठीक है, आपका मतलब मैं समझ गया, खैर आज तो नहीं मगर कल जैसा आप कहते हैं वैसा ही कर दूंगा।

दारोगा- आखिर एक दिन की देर करने में तुमने फायदा ही क्या सोच लिया है।

मैं- सो भी कल ही बताऊंगा।

दारोगा- अच्छा, क्या हर्ज है कल ही सही।

इतना कहकर दारोगा चला गया और मैं भूखा-प्यासा उसी कोठरी में पड़ा हुआ तरह-तरह की बातें सोचने लगा क्योंकि उस दिन दारोगा ने मेरे खाने-पीने के लिए कुछ भी प्रबंध न किया। मुझे निश्चय हो गया कि इस ढंग की चिट्ठी लिखाने के बाद दारोगा मुझे जान से मार डालेगा और मेरे मरने के बाद यही चिट्ठी मेरी बदनामी का सबब बनेगी, मेरे दोस्त गोपाल सिंह मुझको बेईमान समझेंगे और तमाम दुनिया मुझे कमीना खयाल करेगी, अस्तु मैंने दिल में ठान ली कि चाहे जान जाये या रहे मगर इस तरह की चिट्ठी कदापि न लिखूंगा। आखिर मरना तो जरूर ही है फिर कलंक का टीका जान-बूझकर अपने माथे क्यों लगाऊं?

दूसरे दिन रघुबर सिंह को साथ लिए हुए दारोगा पुनः मेरे पास आया।

भरत सिंह ने अपना हाल यहां तक बयान किया कि राजा गोपाल सिंह ने बीच ही में टोका और पूछा, "क्या रघुबर सिंह भी इसी जैपाल का नाम है?"

भरत- जी हां, इसका नाम रघुबर सिंह था और कुछ दिन के लिए इसने अपना नाम 'भूतनाथ' रख लिया था।

गोपाल- ठीक है, मुझे इस बारे में धोखा हुआ बल्कि मेरे खजांची ही ने मुझे धोखा दिया, खैर, तब क्या हुआ?

भरत- हां, तो दूसरे दिन जैपाल को साथ लिए हुए दारोगा पुनः मेरे पास आया और बोला, 'कहो चिट्ठी लिख देने के लिए तैयार हो या नहीं इसके जवाब में मैंने कहा कि 'मर जाना मंजूर है मगर झूठे कलंक का टीका अपने माथे पर लगाना मंजूर नहीं।'

दारोगा ने मुझे कई तरह से समझाना-बुझाना और धोखे में डालना चाहा मगर मैंने उसकी एक न सुनी। आखिर दोनों ने मिलकर मुझे मारना शुरू किया, यहां तक मारा कि मैं बेहोश हो गया। जब होश में आया तो फिर उसी तरह अपने को कैद पाया। भूख और प्यास के मारे मेरा बुरा हाल हो गया था और मार के सबब से मेरा तमाम बदन चूर-चूर हो रहा था। तीसरे दिन दोनों शैतान पुनः मेरे पास आये और उस दिन भी मैंने दारोगा की बात न मानी तो उसने घोड़ों के दाना खाने वाले तोबड़े में चूर किया हुआ मिरचा रखकर मेरे मुंह पर चढ़ा दिया। हाय-हाय! उस तकलीफ को मैं कभी भी नहीं भूल सकता!

यहां तक कहकर भरत सिंह चुप हो गये और दारोगा तथा जैपाल की तरफ देखने लगे। वे दोनों सिर नीचा किये हुए जमीन की तरफ देख रहे थे और डर के मारे दोनों का बदन कांप रहा था। भरत सिंह ने पुकारकर कहा, "कहिए दारोगा साहब, जो कुछ मैं कह रहा हूं वह सच है या झूठ" मगर दारोगा ने इसका कुछ भी जवाब न दिया। मगर वहां उस समय दरबार में जितने

आदमी बैठे थे क्रोध के मारे सभों का बुरा हाल था और सब कोई दारोगा की तरफ जलती हुई निगाह से देख रहे थे। भरत सिंह ने फिर इस तरह कहना शुरू किया–

भरत- दारोगा के संबंध में मेरा किस्सा वैसा दिलचस्प नहीं है जैसा कि दलीपशाह और अर्जुन सिंह का आप लोग सुनेंगे, क्योंकि उनके साथ बड़ी-बड़ी विचित्र घटनाएं हो चुकी हैं, बल्कि यों कहना चाहिए कि मेरा तमाम किस्सा उनकी एक दिन की घटना का मुकाबला भी नहीं कर सकता, परंतु साथ ही इसके यह बात भी जरूर है कि मैंने न तो कभी किसी के साथ किसी तरह की बुराई की और न किसी से विशेष मेलजोल या हंसी-दिल्लगी ही रखता था, फिर भी उन दिनों जमानिया की वह दशा थी कि सादे ढंग पर जिंदगी बिताने वाला मैं भी सुख की नींद न सो सका और राजा साहब की दोस्ती की बदोलत मुझे हर तरह का दुःख भोगना पड़ा। इस हरामखोर दारोगा ने ऐसे-ऐसे कुकर्म किए हैं कि जिनका पूरा-पूरा बयान हो ही नहीं सकता और न यही मेरी समझ में आता है कि दुनिया में कौन-सी ऐसी सजा है जो इसके योग्य समझी जाये। अस्तु अब मैं संक्षेप में अपना हाल समाप्त करता हूं।

अपने मन के माफिक चिट्ठी लिखाने की नीयत से आठ-दस दिन तक कम्बख्त दारोगा ने मुझे बेहिसाब तकलीफें दीं। मिर्च का तोबड़ा मेरे मुंह पर चढ़ाया, जहरीली राई का लेप मेरे बदन पर किया, कुएं में लटकाया, गंदी कोठरी में बंद किया, जो-जो सूझा सब-कुछ किया और इतने दिनों तक बराबर ही मुझे भूखा भी रखा गया मगर न मालूम क्या सबब है कि मेरी जान न निकली। मैं बराबर ईश्वर से प्रार्थना करता था कि किसी तरह मुझे मौत दे जिससे इस दुःख से छुट्टी मिले। आखिरी दिन मैं इतना कमजोर हो गया था कि मुझमें बात करने की ताकत न थी।

उस दिन आधी रात के समय में उसी कोठरी में पड़ा-पड़ा मौत का इंतजार कर रहा था कि यकायक कोठरी का दरवाजा खुला और एक नकाबपोश दाहिने हाथ में नंगी तलवार और बाएं हाथ में एक छोटी गठरी लिए हुए कोठरी के अंदर आता हुआ दिखाई पड़ा। हाथ में वह जो तलवार लिए था उसके अतिरिक्त उसके कमर में एक तलवार और भी थी। कोठरी के अंदर आते ही उसने भीतर से दरवाजा बंद कर दिया और मेरे पास चला आया, हाथ की गठरी और तलवार जमीन पर रख मुझसे चिमट गया और रोने लगा। उसकी ऐसी मुहब्बत देख मैं चौंक पड़ा और मुझे तुरंत मालूम हो गया कि यह मेरा पुराना खैरख्वाह हरदीन है। उसके चेहरे से नकाब हटाकर मैंने उसकी सूरत देखी और तब रोने में उसका साथ दिया।

थोड़ी ही देर बाद हरदीन मुझसे अलग हुआ और बोला, 'मैं किसी न किसी तरह यहां पहुंच गया मगर यहां से निकल भागना जरा कठिन है, तथापि आप घबराएं नहीं, मैं एक दफे तो दुश्मन को सताए बिना नहीं रहता, अब आप शीघ्र उठें और जो कुछ मैं खाने-पीने के लिए लाया हूं उसे भोजन करके चैतन्य हो जायें।'

जो गठरी हरदीन लाया था उसमें खाने-पीने का सामान था। उसने मुझे भोजन कराया, पानी पिलाया और इसके बाद मेरे हाथ में एक तलवार देकर बोला, 'बस अब आप उठिए और मेरे

पीछे-पीछे चले आइए, इतना समय नहीं है कि मैं आपसे विशेष बातें करूं, इसके अतिरिक्त जिस जगह पर आप कैद हैं यह तिलिस्म का एक हिस्सा है, यहां से निकलने के लिए भी बहुत उद्योग करना होगा।'

भोजन करने से कुछ ताकत तो मुझमें हो ही गई थी मगर कैद से छुटकारा मिलने की उम्मीद ने उससे भी ज्यादे ताकत पैदा कर दी। मैं उठ खड़ा हुआ और हरदीन के पीछे-पीछे रवाना हुआ। कोठरी का दरवाजा खोलने के बाद जब मैं बाहर निकला तब मुझे मालूम हुआ कि मैं खास बाग के तीसरे दर्जे में हूं जिसमें कई दफे राजा गोपाल सिंह के साथ जा चुका था, मगर इस बात से मुझको बहुत ही ताज्जुब हुआ और मैं सोचने लगा कि देखो राजा साहब के खास बाग ही में दारोगा लोगों पर इतना जुल्म करता है और राजा साहब को खबर तक नहीं होती। क्या यहां कई ऐसे स्थान हैं जिनका हाल दारोगा जानता है और राजा साहब नहीं जानते।

खैर में कोठरी के बाहर निकलकर बरादमे में पहुंचा जहां से बायें और दाहिने सिर्फ दो ही तरफ जाने का रास्ता था। दाहिने तरफ इशारा करके हरदीन ने मुझसे कहा, 'इसी तरफ से मैं आया हूं, दारोगा, जैपाल तथा बहुत-से आदमी इस तरफ बैठे हैं इसलिए इधर तो अब जा नहीं सकते, हां बाईं तरफ चलिए कहीं-न-कहीं तो रास्ता मिल ही जाएगा।'

रात चांदनी थी और ऊपर से खुला रहने के सबब उधर की हर एक चीज साफ दिखाई देती थी। हम दोनों आदमी बाईं तरफ रवाना हुए। लगभग पचीस कदम जाने के बाद नीचे उतरने के लिए दस-बारह सीढ़ियां मिलीं जिन्हें तै करने के बाद हम दोनों एक दालान में पहुंचे जो बहुत लंबा-चौड़ा तो न था मगर निहायत खूबसूरत और स्याह पत्थर का बना हुआ था। उस दालान में पहुंचे ही थे कि पीछे से दारोगा और जैपाल तेजी के साथ आते हुए दिखाई पड़े, मगर हरदीन ने इनकी कुछ भी परवाह न की और कहा, 'इन दोनों के लिए तो मैं अकेला ही काफी हूं।'

हरदीन मुझे अपने पीछे करने के बाद अड़कर खड़ा हो गया। उसने दारोगा को सैकड़ों गालियां दीं और मुकाबला करने के लिए ललकारा मगर उन दोनों की हिम्मत न पड़ी कि आगे बढ़ें और हरदीन का मुकाबला करें। कुछ देर तक खड़े-खड़े देखने और सोचने के बाद दारोगा ने अपने जेब में से एक छोटा-सा गोला निकाला और हम दोनों की तरफ फेंका। हरदीन समझ गया कि जमीन पर गिरने के साथ ही इसमें से बेहोशी का धुआं निकलेगा। उसने अपने हाथ से मुझे भागने का इशारा किया। गोला जमीन पर गिरकर फटा और उसमें से बहुत-सा धुआं निकला मगर हम दोनों वहां से हट गये थे इसलिए उसका कुछ असर न हुआ। उसी समय दारोगा ने हम लोगों की तरफ फेंकने के लिए दूसरा गोला निकाला।

इस दालान के बीचों बीच में एक छोटा-सा चबूतरा लाल पत्थर का बना हुआ था मगर हम दोनों यह नहीं जानते थे कि इसमें क्या गुण है। दारोगा को दूसरा गोला निकालते देख हम दोनों उस चबूतरे पर चढ़ गए मगर उस पर से उतरकर भाग न सके क्योंकि चढ़ने के साथ ही चबूतरा हिला, तब हम दोनों को लिए हुए जमीन के अंदर धंस गया और साथ ही न मालूम किस चीज

के असर से हम दोनों बेहोश हो गये। जब होश में आये तो चारों तरफ अंधकार ही अंधकार दिखाई दिया, नहीं कह सकते कि हम दोनों कितनी देर तक बेहोश रहे।

कुछ देर तक चुपचाप बैठे रहने के बाद सामने की तरफ कुछ उजाला मालूम हुआ और वह उजाला धीरे-धीरे बढ़ने लगा जिससे हमने समझा कि सामने कोई दरवाजा है और उसमें से सुबह की सफेदी दिखाई दे रही है। हम दोनों उठकर खड़े हुए और उसी उजाले की तरफ बढ़े। वास्तव में वैसा ही था जैसा हम लोगों ने सोचा था। कई कदम चलने के बाद एक दरवाजा मिला जिसे लांघकर हम दोनों उसी बुर्ज वाले बाग में जा पहुंचे जहां दोनों कुमार से मुलाकात हुई थी। इसके बाद बाहर का हाल बहुत दिनों तक कुछ भी मालूम न हुआ कि क्या हो रहा है और क्या हुआ। बहुत दिनों तक वहां से बाहर निकलने के लिए उद्योग करते रहे परंतु सब व्यर्थ हुआ और वहां से छुट्टी तभी मिली जब दोनों कुमारों के दर्शन हुए कुछ दिनों बाद दलीपशाह से भी उसी बाग में मुलाकात हुई जिसका हाल उनका किस्सा सुनने से आप लोगों को मालूम होगा। बस इतना ही तो मेरा किस्सा है, हां जब आप लोग दलीपशाह की कहानी सुनेंगे तब बेशक कुछ आनंद मिलेगा। (एक नकाबपोश की तरफ बताकर) मेरा पुराना खैरख्वाह हरदीन यही है जो इतने दिनों तक मेरे दु:ख-सुख का साथी बना रहा और अंत में मेरे साथ ही कैद से छूटा।

भरत सिंह की कथा समाप्त होने के बाद दरबार बर्खास्त किया गया और महाराज ने हुक्म दिया कि "कल के दरबार में दलीपशाह अपना किस्सा बयान करेंगे।"

***

बयान-11

दूसरे दिन पुनः उसी ढंग का दरबार लगा और सब कोई अपने-अपने ठिकाने पर बैठ गये।

इशारा पाकर दलीपशाह उठ खड़ा हुआ और उसने अपने चेहरे से नकाब हटाकर दारोगा, जैपाल, बेगम और नागर वगैरह की तरफ देखकर कहा–

दलीप- आप लोगों की खुशकिस्मती का जमाना तो बीत गया अब वह जमाना आ गया है कि आप लोग अपने किए का फल भोगें और देखें कि आपने जिन लोगों को जहन्नुम में पहुंचाने का बीड़ा उठाया था आज ईश्वर की कृपा से वे ही लोग आपको हंसते-खेलते दिखाई दे रहे हैं। खैर, मुझे इन बातों से कोई मतलब नहीं, इसका निपटारा तो महाराज की आज्ञा से होगा, मुझे अपना किस्सा बयान करने का हुक्म हुआ है सो बयान करता हूं। (और लोगों की तरफ देखकर) मेरे किस्से से भूतनाथ का भी बहुत बड़ा संबंध है मगर इस खयाल से कि महाराज ने भूतनाथ का कसूर माफ करके उसे अपना ऐयार बना लिया है मैं अपने किस्से में उन बातों का जिक्र छोड़ता जाऊंगा जिनसे भूतनाथ की बदनामी होती है, इसके अतिरिक्त भूतनाथ प्रतिज्ञानुसार महाराज के आगे पेश करने के लिए स्वयं अपनी जीवनी लिख रहा है जिससे महाराज को पूरा-पूरा हाल मालूम हो जायेगा अस्तु मुझे कुछ कहने की जरूरत भी नहीं है।

मैं मिर्जापुर के रहने वाले दीन दयाल सिंह ऐयार का लड़का हूं। मेरे पिता महाराज धौलपुर के यहां रहते थे और वहां उनकी बहुत इज्जत और कदर थी। उन्होंने मुझे ऐयारी सिखाने में किसी तरह की त्रुटि नहीं की। जहां तक हो सका दिल लगाकर मुझे ऐयारी सिखाई और मैं भी इस फन में खूब होशियार हो गया, परंतु पिता के मरने के बाद मैंने किसी रियासत में नौकरी नहीं की। मुझे अपने पिता की जगह मिलती थी और महाराज मुझे बहुत चाहते थे, मगर मैंने पिता के मरने के साथ ही रियासत छोड़ दी और अपने जन्म-स्थान मिर्जापुर में चला आया क्योंकि मेरे पिता मेरे लिए बहुत दौलत छोड़ गये थे और मुझे खाने-पीने की कुछ परवाह न थी। पिता के देहांत के साल-भर पहले ही मेरी मां मर चुकी थी अतएव केवल मैं और मेरी स्त्री दो ही आदमी अपने घर के मालिक थे।

जमानिया की रियासत से मुझे किसी तरह का संबंध नहीं था परंतु इसलिए कि मैं एक नामी ऐयार का लड़का और खुद भी ऐयार था तथा बहुत से ऐयारों से गहरी जान-पहचान रखता था मुझे चारों तरफ की खबरें बराबर मिला करती थीं, इसी तरह जमानिया में जो कुछ चालबाजियां हुआ करती थीं वह भी मुझसे छिपी हुई न थीं। भूतनाथ की स्त्री और मेरी स्त्री आपस में मौसेरी बहिनें होती हैं और भूतनाथ का जमानिया से बहुत घना संबंध हो गया था इसलिए जमानिया का

हाल जानने के लिए मैं उद्योग भी किया करता था मगर उसमें किसी तरह का दखल नहीं देता था। (दारोगा की तरफ इशारा करके) इस हरामखोर दारोगा ने रियासत पर अपना दबाव डालने की नीयत से विचित्र ढोंग रच लिया था। शादी नहीं की थी और बाबाजी तथा ब्रह्मचारी के नाम से अपने को प्रसिद्ध कर रखा था बल्कि मौके-मौके पर लोगों को कहता था कि मैं तो साधू आदमी हूं मुझे रुपये-पैसे की जरूरत ही क्या है, मैं तो रियासत की भलाई और परोपकार में अपना समय बिताना चाहता हूं, इत्यादि। परंतु वास्तव में यह परले सिरे का ऐयाश, बदमाश और लालची था जिसके विषय में कुछ विशेष कहना मैं पसंद नहीं करता।

मेरे पिता और इंद्रदेव के पिता दोनों दिली दोस्त और ऐयारी में एक ही गुरु के शिष्य थे अतएव मुझमें और इंद्रदेव में भी उसी प्रकार की दोस्ती और मुहब्बत थी इसलिए मैं प्राय: इंद्रदेव से मिलने के लिए उनके घर जाया करता और कभी-कभी वे मेरे घर आया करते थे। जरूरत पड़ने पर इंद्रदेव की इच्छानुसार मैं उनका कुछ काम भी कर दिया करता और उन्हीं के यहां कभी-कभी इस कम्बख्त दारोगा से भी मुलाकात हो जाया करती थी, बल्कि यों कहना चाहिए कि इंद्रदेव ही के सबब से दारोगा, जैपाल, राजा गोपाल सिंह और भरत सिंह तथा जमानिया के और भी कई नामी आदमियों से मेरी मुलाकात और साहब-सलामत हो गई थी।

जब भूतनाथ के हाथ से बेचारा दयाराम मारा गया तब से मुझमें और भूतनाथ में एक प्रकार की खिंचाखिंची हो गई थी और वह खिंचाखिंची दिनों-दिन बढ़ती ही गई, यहां तक कि कुछ दिनों बाद हम दोनों की साहब-सलामत भी छूट गई।

एक दिन मैं इंद्रदेव के यहां बैठा हुआ भूतनाथ के विषय में बातचीत कर रहा था क्योंकि उन दिनों यह खबर बड़ी तेजी के साथ मशहूर हो रही थी कि 'गदाधर सिंह (भूतनाथ) मर गया।' परंतु उस समय इंद्रदेव इस समय बात पर जोर दे रहे थे कि भूतनाथ मरा नहीं, कहीं छिपकर बैठ गया है, कभी-न-कभी यकायक प्रकट हो जायेगा। इसी समय दारोगा के आने की इत्तिला मिली जो बड़े शान-शौकत के साथ इंद्रदेव से मिलने के लिए आया था। इंद्रदेव बाहर निकलकर बड़ी खातिर के साथ इसे घर के अंदर ले गये और अपने आदमियों को हुक्म दे गये कि दारोगा के साथ जो आदमी आये हैं उनके खाने-पीने और रहने का उचित प्रबंध किया जाये।

दारोगा को साथ लिए हुए इंद्रदेव उसी कमरे में आए जिसमें मैं पहले ही से बैठा हुआ था, क्योंकि इंद्रदेव की तरह मैं दारोगा को लेने के लिए मकान के बाहर नहीं गया था और न दारोगा के आ पहुंचने पर मैंने उठकर इसकी इज्जत ही बढ़ाई, हां साहब-सलामत जरूर हुई। यह बात दारोगा को बहुत ही बुरी मालूम हुई मगर इंद्रदेव को नहीं क्योंकि इंद्रदेव गुरुभाई का सिर्फ नाता निबाहते थे, दिल से दारोगा की खातिर नहीं करते थे।

इंद्रदेव और दारोगा में देर तक तरह-तरह की बातें होती रहीं, जिसमें मौके-मौके पर दारोगा अपनी होशियारी और बुद्धिमानी की तस्वीर खेंचता रहा। जब ऐयारी की कहानी छिड़ी तो वह यकायक मेरी तरफ पलट पड़ा और बोला, 'आप इतने बड़े ऐयार के लड़के होकर घर में बेकार

क्यों बैठे हैं और नहीं तो मेरी ही रियासत में काम कीजिए, यहां आपको बहुत आराम मिलेगा, देखिए बिहारी सिंह और हरनाम सिंह कैसी इजजत और खुशी के साथ रहते हैं आप तो उनसे बहुत ज्यादे इज्जत के लायक हैं।'

मैं- मैं बेकार तो बैठा रहता हूं मगर अभी तक अपने को महाराज धौलपुर का नौकर समझता हूं क्योंकि रियासत का काम छोड़ देने पर भी वहां से मुझे खाने को बराबर मिल रहा है।

दारोगा- (मुंह बनाकर) अजी मिलता भी होगा तो क्या, एक छोटी-सी रकम से आपका क्या काम चल सकता है आखिर अपने पल्ले की जमा तो खर्च करते होंगे।

मैं- यह भी तो महाराज ही का दिया हुआ है!

दारोगा- नहीं, वह आपके बाप का दिया हुआ है। खैर, मेरा मतलब यह है कि वहां से अगर कुछ मिलता है तो उसे भी आप रखिए और मेरी रियासत से भी फायदा उठाइए।

मैं- ऐसा करना बेईमानी और नमकहरामी कहा जायेगा और यह मुझसे न हो सकेगा।

दारोगा- (हंसकर) वाह-वाह! ऐयार लोग दिन-रात ईमानदारी की हंडिया ही तो चढ़ाए रहते हैं।

मैं- (तेजी के साथ) बेशक! अगर ऐसा न हो तो वह ऐयार नहीं रियासत का कोई ओहदेदार कहा जायेगा।

दारोगा- (तमककर) ठीक है! गदाधर सिंह आप ही का नातेदार तो है, जरा उसकी तस्वीर तो खैंचिए।

मैं- गदाधर सिंह किसी रियासत का ऐयार नहीं है और न मैं उसे ऐयार समझता हूं, इतना होने पर भी आप यह नहीं साबित कर सकते कि उसने अपने मालिक के साथ किसी तरह की बेईमानी की।

दारोगा- (और भी तमक के) बस-बस-बस, रहने दीजिए, हमारे यहां भी बिहारी सिंह और हरनाम सिंह ऐयार ही तो हैं।

मैं- इसी से तो मैं आपकी रियासत में जाना बेइज्जती समझता हूं।

दारोगा- (भौं सिकोड़कर) तो इसका यह मतलब कि हम लोग बेईमान और नमकहराम हैं!

मैं- (मुस्कराकर) इस बात को तो आप ही सोचिए।

दारोगा- देखिए, जुबान सम्हालकर बात कीजिए, नहीं तो समझ रखिए कि मैं मामूली आदमी नहीं हूं!

मैं- (क्रोध से) यह तो मैं खुद कहता हूं कि आप मामूली आदमी नहीं हैं क्योंकि आदमी में शर्म होती है और वह जानता है कि ईश्वर भी कोई चीज है।

दारोगा- (क्रोध भरी आंखें दिखाकर) फिर वही बात!

मैं- हां, वही बात! गोपाल सिंह के पिता वाली बात! गुप्त कमेटी वाली बात! गदाधर सिंह की दोस्ती वाली बात! लक्ष्मीदेवी की शादी वाली बात और जो कि आपके गुरुभाई साहब को नहीं मालूम है वह बात!!

दारोगा- (दांत पीसकर और कुछ देर मेरी तरफ देखकर) खैर अब इन बहुत-सी बात का जवाब लात ही से दिया जायेगा।

मैं- बेशक, और साथ ही इसके यह भी समझ रखिए कि जवाब देने वाले भी एक-दो नहीं हैं, लातों की गिनती भी आप न सम्हाल सकेंगे। दारोगा साहब, जरा होश में आइए और सोच-विचारकर बातें कीजिए। अपने को आप ईश्वर न समझिए बल्कि यह समझकर बातें कीजिए कि आप आदमी हैं और रियासत धौलपुर के किसी ऐयार से बातें कर रहे हैं।

दारोगा- (इंद्रदेव की तरफ गुरेरकर) क्या आप चुपचाप बैठे तमाशा देखेंगे और अपने मकान में मुझे बेइज्जत करावेंगे?

इंद्रदेव- आप तो खुद ही अपनी अनोखी मिलनसारी से अपने को बेइज्जत करा रहे हैं, इनसे बात बढ़ाने की आपको जरूरत ही क्या थी? मैं आप दोनों के बीच में नहीं बोल सकता क्योंकि दलीपशाह को भी अपना भाई समझता और इज्जत की निगाह से देखता हूं।

दारोगा- तो फिर जैसे बने हम इनसे निपट लें?

इंद्रदेव- हां-हां!

दारोगा- पीछे उलाहना न देना क्योंकि आप इन्हें अपना भाई समझते हैं।

इंद्रदेव- मैं कभी उलाहना न दूंगा।

दारोगा- अच्छा, तो अब मैं जाता हूं, फिर कभी मिलूंगा तो बातें करूंगा।

इंद्रदेव ने इस बात का कुछ भी जवाब न दिया, हां जब दारोगा साहब बिदा हुए तो उन्हें दरवाजे तक पहुंचा आये। जब लौटकर कमरे में मेरे पास आये तो मुस्कराते हुए बोले, 'आज तो तुमने इसकी खूब खबर ली। 'जो बात तुम्हारे गुरुभाई साहब को नहीं मालूम है वही बात' इन शब्दों ने तो उसका कलेजा छेद दिया होगा। मगर तुमसे बेतरह रंज होकर गया है, इस बात का खूब खयाल रखना।'

मैं- आप इस बात की चिंता न कीजिए, देखिए मैं इन्हें कैसा छकाता हूं। मगर वाह रे आपका कलेजा! इतना कुछ हो जाने पर भी आपने अपनी जुबान से कुछ न कहा बल्कि पुराने बर्ताव में बल तक न पड़ने दिया।

इंद्रदेव- मैंने तो अपना मामला ईश्वर के हवाले कर दिया है।

मैं- खैर, ईश्वर भी इंसाफ करेगा। अच्छा तो अब मुझे भी बिदा कीजिए क्योंकि अब इसके मुकाबले का बंदोबस्त शीघ्र करना पड़ेगा।

इंद्रदेव- यह तो मैं कहूंगा कि आप बेफिक्र न रहिए।

थोड़ी देर तक और बातचीत करने के बाद मैं इंद्रदेव से बिदा होकर अपने घर आया और उसी समय दारोगा के मुकाबले का ध्यान मेरे दिमाग में चक्कर काटने लगा।

घर पहुंचकर मैंने सब हाल अपनी स्त्री से बयान किया और ताकीद की कि हरदम होशियार रहा करना। उन दिनों मेरे यहां कई शागिर्द भी रहा करते थे। जिन्हें मैं ऐयारी सिखाता था। उनसे भी यह सब हाल कहा और होशियार रहने की ताकीद की। उन शागिर्दों में गिरिजाकुमार नाम का एक लड़का बड़ा ही तेज और चंचल था, लोगों को धोखे में डाल देना तो उसके लिए एक मामूली बात थी। बातचीत के समय वह अपना चेहरा ऐसा बना लेता था कि अच्छे-अच्छे उसकी बातों में फंसकर बेवकूफ बन जाते थे। यह गुण उसे ईश्वर का दिया हुआ था जो बहुत कम ऐयारों में पाया जाता है। अस्तु गिरिजा कुमार ने मुझसे कहा कि 'गुरुजी यदि दारोगा वाला मामला आप मेरे सुपुर्द कर दीजिए तो मैं बहुत ही प्रसन्न होऊं और उसे ऐसा छकाऊं कि वह भी याद करे! जमानिया में मुझे कोई पहचानता भी नहीं है, अतएव मैं अपना काम बड़े मजे में निकाल लूंगा।'

मैंने उसे समझाया और कहा कि 'कुछ दिन सब्र करो, जल्दी क्यों करते हो, फिर जैसा मौका होगा किया जायेगा' मगर उसने न माना। हाथ जोड़ के, खुशामद करके, गिड़गिड़ा के, जिस तरह हो सका उसने आज्ञा ले ही ली और उसी दिन सब सामान दुरुस्त करके मेरे यहां से चला गया।

अब मैं थोड़ा-सा हाल गिरिजा कुमार का बयान करूंगा कि इसने दारोगा के साथ क्या किया।

आप लोगों को यह बात सुनकर ताज्जुब होगा कि मनोरमा असल में दारोगा साहब की रंडी है, इन्हीं की बदौलत मायारानी के दरबार में उसकी इज्जत बढ़ी और इन्हीं की बदौलत उसने मायारानी को अपने फंदे में फंसाकर बेहिसाब दौलत पैदा की। पहले-पहल गिरिजा कुमार ने मनोरमा के मकान ही पर दारोगा साहब से मुलाकात भी की थी।

दारोगा साहब मनोरमा से प्रेम रखते थे सही, मगर इसमें कोई शक नहीं कि इस प्रेम और ऐयाशी को इन्होंने बहुत अच्छे ढंग से छिपाया और बहुत आदमियों को मालूम न होने दिया तथा लोगों की निगाहों में साधू और ब्रह्मचारी ही बने रहे। स्वयं तो जमानिया में रहते थे मगर मनोरमा के लिए इन्होंने काशी में एक मकान भी बनवा दिया था, दसवें-बारहवें दिन अथवा जब कभी समय मिलता तेज घोड़े पर या रथ पर सवार होकर काशी चले जाते और दस-बारह घंटे मनोरमा के मेहमान रहकर लौट जाते।

एक दिन दारोगा साहब आधी रात के समय मनोरमा के खास कमरे में बैठे हुए उसके साथ शराब पी रहे थे और साथ ही साथ हंसी-दिल्लगी का आनंद भी लूट रहे थे। उस समय इन दोनों में इस तरह की बातें हो रही थीं–

दारोगा- जो कुछ मेरे पास है सब तुम्हारा है, रुपये-पैसे के बारे में तुम्हें कभी तकलीफ न होने दूंगा! तुम बेशक अमीराना ठाठ के साथ रहो और खुशी से जिंदगी बिताओ। गोपाल सिंह अगर तिलिस्म का राजा है तो क्या हुआ, मैं भी तिलिस्म का दारोगा हूं, उसमें दो-चार स्थान ऐसे हैं कि जिनकी खबर राजा साहब को भी नहीं मगर मैं वहां बखूबी जा सकता हूं और वहां की दौलत को खास अपनी मिल्कियत समझता हूं। इसके अतिरिक्त मायारानी से भी मैंने तुम्हारी मुलाकात करा दी है और वह भी हर तरह से तुम्हारी खातिर करती ही है, फिर तुम्हें परवाह किस बात की है?

मनोरमा- बेशक, मुझे किसी बात की परवाह नहीं है और आपकी बदौलत मैं बहुत खुश रहती हूं, मगर मैं यह नहीं चाहती हूं कि मायारानी के पास खुल्लमखुल्ला मेरी आमदरफ्त हो जाये, अभी गोपाल सिंह के डर से बहुत लुक-छिपकर और नखरे-तिल्ले के साथ जाना पड़ता है।

दारोगा- फिर यह तो जरा मुश्किल बात है।

मनोरमा- मुश्किल क्या है लक्ष्मीदेवी की जगह दूसरी औरत को राजरानी बना देना क्या साधारण काम था सो तो आपने सहज ही में कर दिखाया और इस एक सहज काम के लिए कहते हैं कि मुश्किल है!

दारोगा- (मुस्कराकर) सो तो ठीक है, गोपाल सिंह को सहज में बैकुंठ पहुंचा सकता हूं मगर यह काम मेरे किये न हो सकेगा, उसके ऊपर मेरा हाथ न उठेगा।

मनोरमा- (तिनककर) अब इतनी रहमदिली से तो काम न चलेगा! उनके मौजूद रहने से बहुत बड़ा हर्ज हो रहा है, अगर वह न रहे तो बेशक आप खुद जमानिया और तिलिस्म का राज्य कर सकते हैं, मायारानी तो अपने को आपका ताबेदार समझती हैं।

दारोगा- बेशक, ऐसा ही है मगर...।

मनोरमा- और इसमें आपको कुछ करना भी न पड़ेगा, सब काम मायारानी ठीक कर लेंगी।

दारोगा- (चौंककर) क्या मायारानी का भी ऐसा इरादा है।

मनोरमा- जी हां, वह इस काम के लिए तैयार हैं मगर आपसे डरती हैं आप आज्ञा दें तो सब-कुछ ठीक हो जाये।

दारोगा- तो तुम उसी की तरफ से इस बात की कोशिश कर रही हो?

मनोरमा- बेशक, मगर साथ ही इसमें आपका और अपना भी फायदा समझती हूं तब ऐसा कहती हूं (दारोगा के गले में हाथ डालकर) बस आप आज्ञा दे दीजिए।

दारोगा- (मुस्कराकर) खैर, तुम्हारी खातिर मुझको मंजूर है, मगर एक काम करना कि मायारानी से औ मुझसे इस बारे में बातचीत न करना जिससे मौका पड़े तो मैं यह कहने लायक रह जाऊं कि मुझे इसकी कुछ भी खबर नहीं। तुम मायारानी को दिलजमई करा दो कि दारोगा साहब इस बारे में कुछ भी न बोलेंगे तुम जो कुछ चाहो कर गुजरो, मगर साथ ही इसके इस बात

का खयाल रखो कि सर्वसाधारण को किसी तरह का शक न होने पावे और लोग यही समझें कि गोपाल सिंह अपनी मौत मरा है। मैं भी जहां तक हो सकेगा छिपाने की कोशिश करूंगा।

मनोरमा- (खुश होकर) बस, अब मुझे विश्वास हो गया कि तुम मुझसे प्रेम रखते हो।

इसके बाद दोनों में बहुत ही धीरे-धीरे कुछ बातें होने लगीं जिन्हें गिरजा कुमार सुन न सका। गिरजा कुमार चोरों की तरह उस मकान में घुस गया था और छिपकर ये बातें सुन रहा था। जब मनोरमा ने कमरे का दरवाजा बंद कर लिया तब वह कमंद लगाकर मकान के पीछे की तरफ उतर गया और धीरे-धीरे मनोरमा के अस्तबल में जा पहुंचा। अबकी दफे दारोगा यहां रथ पर सवार होगर आया था, वह रथ अस्तबल में था, घोड़े बंधे हुए थे और सारथी रथ के अंदर सो रहा था। इससे कुछ दूर पर मनोरमा के और सब साईस तथा घसियारे वगैरह पड़े खुर्राटे ले रहे थे।

बहुत होशियारी से गिरजा कुमार ने दारोगा के सारथी को बेहोशी की दवा सुंघाकर बेहोश किया और उठा के बाग के एक कोने में घनी झाड़ी के अंदर छिपाकर रख आया, उसके कपड़े आप पहन लिये और चुपचाप रथ के अंदर घुसकर सो रहा।

जब रात घंटा भर के लगभग बाकी रह गई तब दारोगा साहब जमानिया जाने के लिए बिदा हुए और एक लौंडी ने अस्तबल में आकर रथ जोतने की आज्ञा सुनाई। नये सारथी अर्थात् गिरिजा कुमार ने रथ जोतकर तैयार किया और फाटक पर लाकर दारोगा साहब का इंतजार करने लगा। शराब के नशे में चूर झूमते हुए एक लौंडी का हाथ थामे हुए दारोगा साहब भी आ पहुंचे। उनके रथ पर सवार होते ही रथ तेजी के साथ रवाना हुआ। सुबह की ठंडी हवा ने दारोगा साहब के दिमाग में खुनकी पैदा कर दी और वे रथ के अंदर लेटकर बेखबर सो गये। गिरिजा कुमार ने जिधर चाहा घोड़ों का मुंह फेर दिया और दारोगा साहब को लेकर रवाना हो गया। इस तौर पर उसे सूरत बदलने की भी जरूरत न पड़ी।

नहीं कह सकते कि मनोरमा के बाग में उस दारोगा का असली सारथी जब होश में आया होगा तो वहां कैसी खलबली मची होगी मगर गिरिजा कुमार को इस बात की कुछ भी परवाह न थी, उसने रथ को रोहतासगढ़ की सड़क पर रवाना किया और चलते-चलते बटुए में से मसाला निकालकर अपनी सूरत साधारण ढंग पर बदल ली जिससे होश आने पर दारोगा उसकी असली सूरत से जानकार न हो सके, उसके बाद उसने दवा सुंघाकर दारोगा को और भी बेहोश कर दिया।

जब रथ एक घने जंगल में पहुंचा और सुबह की सफेदी भी निकल आई तब गिरिजा कुमार रथ को सड़क पर से हटाकर जंगल में ले आया जहां सड़क पर चलने वाले मुसाफिरों की निगाह न पड़े। घोड़ों को खोल लंबी बागडोर के सहारे एक पेड़ के साथ बांध दिया और दारोगा को पीठ पर लादकर वहां से थोड़ी दूर पर एक घनी झाड़ी के अंदर ले गया जिसके पास ही एक पानी का झरना भी बह रहा था। घोड़े की रास से दारोगा साहब को एक पेड़ के साथ बांध दिया

और बेहोशी दूर करने की दवा सुंघाने के बाद थोड़ा पानी भी चेहरे पर डाला जिससे शराब का नशा ठंडा हो जाये, और तब हाथ में कोड़ा लेकर सामने खड़ा हो गया।

दारोगा साहब जब होश में आये तो बड़ी परेशानी के साथ चारों तरफ निगाह दौड़ाने लगे। अपने को मजबूर और एक अनजान आदमी को हाथ में कोड़ा लिए सामने खड़ा देख कांप उठे और बोले, 'भाई, तुम कौन हो और मुझे इस तरह क्यों सता रखा है मैंने तुम्हारा क्या बिगाड़ा है?'

गिरिजा- क्या करूं लाचार हूं, मालिक का हुक्म ही ऐसा है!

दारोगा- तुम्हारा मालिक कौन है, और उसने ऐसी आज्ञा तुम्हें क्यों दी?

गिरिजा- मैं मनोरमाजी का नौकर हूं और उन्होंने अपना काम ठीक करने के लिए मुझे ऐसी आज्ञा दी है।

दारोगा- (ताज्जुब से) तुम मनोरमा के नौकर हो! नहीं-नहीं, ऐसा नहीं हो सकता, मैं उनके सब नौकरों को अच्छी तरह पहचानता हूं।

गिरिजा- मगर आप मुझे नहीं पहचानते क्योंकि मैं गुप्त रीति पर उनका काम किया करता हूं और उनके मकान पर बराबर नहीं रहता।

दारोगा- शायद ऐसा हो मगर विश्वास नहीं होता, खैर लाचार हूं, खैर यह बताओ कि उन्होंने किस काम के लिए ऐसा करने को कहा है?

गिरिजा- आपको विश्वास हो चाहे न हो इसके लिए मैं लाचार हूं, हां, उनके हुक्म की तामील किए बिना नहीं रह सकता। उन्होंने मुझे यह कहा है कि 'दारोगा साहब मायारानी के लिए इस बात की इजाजत दे गये हैं कि वह जिस तरह हो सके राजा गोपाल सिंह को मार डाले, हम इस मामले में कुछ भी दखल न देंगे, मगर यह बात नशे में कह गये हैं, कहीं ऐसा न हो कि भूल जायें, अस्तु जिस तरह हो सके तुम इस बात की एक चिट्ठी उनसे लिखाकर मेरे पास ले आओ जिससे उन्हें अपना वायदा अच्छी तरह याद रहे।' अब आप कृपा कर इस मजमून की एक चिट्ठी लिख दीजिये कि मैं गोपाल सिंह को मार डालने के लिए मायारानी को इजाजत देता हूं।

दारोगा- (ताज्जुब का चेहरा बनाकर) न मालूम तुम क्या कह रहे हो! मैंने मनोरमा से ऐसा कोई वादा नहीं किया।

गिरिजा- तो शायद मनोरमाजी ने मुझसे झूठ कहा होगा, मैं इस बात को नहीं जानता, हां, उन्होंने जो आज्ञा दी है सो आपसे कह रहा हूं।

इतना सुनकर दारोगा कुछ सोच में पड़ गया। मालूम होता था कि उसे गिरिजा कुमार की बातों पर विश्वास हो रहा है मगर फिर भी बात को टाला चाहता है।

दारोगा- मगर ताज्जुब है कि मनोरमा ने मेरे साथ ऐसा बुरा बर्ताव क्यों किया और उसे जो कुछ कहना था वह स्वयं मुझसे क्यों नहीं कहा?

गिरिजा- मैं इस बात का जवाब क्योंकर दे सकता हूं?

दारोगा- अगर मैं तुम्हारे कहने के मुताबिक चिट्ठी लिखकर न दूं तो?

गिरिजा- तब इस कोड़े से आपकी खबर ली जायेगी और जिस तरह से हो सकेगा आपसे चिट्ठी लिखाई जायेगी। आप खुद समझ सकते हैं कि यहां आपका कोई मददगार नहीं पहुंच सकता।

दारोगा- क्या तुमको या मनोरमा को इस बात का कुछ भी खयाल नहीं है कि चिट्ठी लिखकर भी छूट जाने के बाद मैं क्या कर सकता हूं!

गिरिजा- अब ये सब बातें तो आप उन्हीं से पूछियेगा, मुझे जवाब देने की कोई जरूरत नहीं, मैं सिर्फ उनके हुक्म की तामील करना जानता हूं। बताइए आप जल्दी चिट्ठी लिख देते हैं या नहीं, मैं ज्यादे देर तक इंतजार नहीं कर सकता!

दारोगा- (झुंझलाकर और यह समझकर कि यह मुझ पर हाथ न उठावेगा केवल धमकाता है) अबे, मैं चिट्ठी किस बात की लिख दूं! व्यर्थ की बकबक लगा रखी है!!

इतना सुनते ही गिरिजा कुमार ने कोड़े जमाने शुरू किए, पांच ही सात कोड़े खाकर दारोगा बिलबिला उठा और हाथ जोड़कर बोला, 'बस-बस माफ करो, जो कुछ कहो मैं लिख देने को तैयार हूं!'

गिरिजा कुमार ने झट कलम-दवात और कागज अपने बटुए में से निकालकर दारोगा के सामने रख दिया और उसके हाथ की रस्सी ढीली कर दी। दारोगा ने उसकी इच्छानुसार चिट्ठी लिख दी। चिट्ठी अपने कब्जे में कर लेने के बाद उसने दारोगा की तलाशी ली, कमर में खंजर और कुछ अशर्फियां निकलीं वह भी ले लेने के बाद दारोगा के हाथ-पैर खोल दिये और बता दिया कि फलानी जगह आपके रथ और घोड़े हैं। जाइए कस-कसाकर अपने घर का रास्ता लीजिए।

इतना कहकर गिरिजा कुमार चला गया और फिर दारोगा को मालूम न हुआ कि वह कहां गया और क्या हुआ।

***

बयान-12

इतना किस्सा कहकर दलीपशाह ने कुछ दम लिया और फिर इस तरह कहना शुरू किया–

गिरिजा कुमार ने अपना काम करके दारोगा का पीछा छोड़ नहीं दिया बल्कि उसे यह जानने का शौक पैदा हुआ कि देखें अब दारोगा साहब क्या करते हैं, जमानिया की तरफ विदा होते हैं या पुन: मनोरमा के घर जाते हैं, या अगर मनोरमा के घर जाते हैं तो देखना चाहिए कि किस ढंग की बातें होती हैं और कैसी रंगत निकलती है।

यद्यपि दारोगा का चित्त दुविधा में पड़ा हुआ था परंतु उसे इस बात का कुछ-कुछ विश्वास जरूर हो गया था कि मेरे साथ ऐसा खोटा बर्ताव मनोरमा ही ने किया है, दूसरे किसी को क्या मालूम कि मुझसे-उससे किस समय क्या बातें हुईं। मगर साथ ही इसके वह इस बात को भी जरूर सोचता था कि मनोरमा ने ऐसा क्यों किया मैं तो कभी उसकी बात से किसी तरह इनकार नहीं करता था। जो कुछ उसने कहा उस बात की इजाजत तुरंत दे दी, अगर वह चिट्ठी लिख देने के लिए कहती तो चिट्ठी भी लिख देता, फिर उसने ऐसा क्यों किया...इत्यादि।

खैर, जो कुछ हो दारोगा साहब अपने हाथ से रथ जोतकर सवार हुए और मनोरमा के पास न जाकर सीधे जमानिया की तरफ रवाना हो गये। यह देखकर गिरिजा कुमार ने उस समय उनका पीछा छोड़ दिया और मेरे पास चला आया। जो कुछ मामला हुआ था खुलासा बयान करने के बाद दारोगा साहब की लिखी हुई चिट्ठी दी और फिर मुझसे बिदा होकर जमानिया की तरफ चला गया।

मुझे यह जानकर हौल-सा पैदा हो गया कि बेचारे गोपाल सिंह की जान मुफ्त में जाया चाहती है। मैं सोचने लगा कि अब क्या करना चाहिए जिससे गोपाल सिंह की जान बचे। एक दिन और एक रात तो इसी सोच में पड़ा रह गया और अंत में यह निश्चय किया कि इंद्रदेव से मिलकर यह सब हाल कहना चाहिए। दूसरा दिन मुझे घर का इंतजाम करने में लग गया क्योंकि दारोगा की दुश्मनी के खयाल से मुझे घर की हिफाजत का पूरा-पूरा इंतजाम करके ही तब बाहर जाना जरूरी था, अस्तु मैंने अपनी स्त्री और बच्चे को गुप्त रीति से अपने ससुराल अर्थात् स्त्री के मां-बाप के घर पहुंचा दिया और उन लोगों को जो कुछ समझाना था सो भी समझा दिया। इसके बाद घर का इंतजाम करके इंद्रदेव की तरफ रवाना हुआ।

जब इंद्रदेव के मकान पर पहुंचा तो देखा कि वे सफर की तैयारी कर रहे हैं। पूछने पर जवाब मिला कि गोपाल सिंह बीमार हो गये हैं, उन्हें देखने के लिए जाते हैं। सुनने के साथ ही मेरा दिल

धड़क उठा और मेरे मुंह से ये शब्द निकल पड़े - 'हाय अफसोस! कम्बख्त दुश्मन लोग अपना काम कर गए!'

मेरी बात सुनकर इंद्रदेव चौंक पड़े और उन्होंने पूछा, "आपने यह क्या कहा?" दो-चार खिदमतगार वहां मौजूद थे उन्हें बिदा करके मैंने गिरिजा कुमार का सब हाल इंद्रदेव से बयान किया और दारोगा साहब की लिखी हुई वह चिट्ठी उनके हाथ पर रख दी। उसे देखकर और सब हाल सुनकर इंद्रदेव बेचैन हो गए। आधे घंटे तक तो ऐसा मालूम होता था कि उन्हें तनोबदन की सुध नहीं है। इसके बाद उन्होंने अपने को सम्हाला और मुझसे कहा - 'बेशक, दुश्मन लोग अपना काम कर गए, मगर तुमने भी तो बहुत बड़ी भूल की थी कि दो दिन की देर कर दी और आज मेरे पास खबर करने के लिए आए! अभी दो ही घड़ी बीती हैं कि मुझे उनके बीमार होने की खबर मिली है, ईश्वर ही कुशल करें!'

इसके जवाब में चुप रह जाने के सिवाय मैं कुछ भी न बोल सका और अपनी भूल स्वीकार कर ली। कुछ और बातचीत होने के बाद इंद्रदेव ने मुझसे कहा, 'खैर, जो कुछ होना था हो गया, अब तुम भी मेरे साथ जमानिया चलो, वहां पहुंचने तक अगर ईश्वर ने कुशल रखी तो जिस तरह बन पड़ेगा उनकी जान बचावेंगे!'

अस्तु हम दोनों आदमी तेज घोड़ों पर सवार होकर जमानिया की तरफ रवाना हो गये और साथियों को पीछे से आने की ताकीद कर गये।

जब हम लोग जमानिया के करीब पहुंचे और जमानिया सिर्फ दो कोस की दूरी पर रह गया तो सामने से कई देहाती आदमी रोते और चिल्लाते हुए आते दिखाई पड़े। हम लोगों ने घबराकर रोने का सबब पूछा तो उन्होंने हिचकियां लेकर कहा कि हमारे राजा गोपाल सिंह हम लोगों को छोड़कर बैकुंठ चले गये।

सुनने के साथ हम लोगों का कलेजा धक हो गया। आगे बढ़ने की हिम्मत न पड़ी और सड़क के किनारे एक घने पेड़ के नीचे जाकर घोड़ों पर से उतर पड़े। दोनों घोड़ों को पेड़ के साथ बांध दिया और जीनपोश बिछाकर बैठ गये, आंखों से आंसू की धारा बहने लगी। घंटे भर तक हम दोनों में किसी तरह की बातचीत न हुई क्योंकि चित्त बड़ा ही दु:खी हो गया था। उस समय दिन अनुमान तीन घंटे के बाकी था, हम दोनों आदमी पेड़ के नीचे बैठे आंसू बहा रहे थे कि यकायक जमानिया से लौटता हुआ गिरिजा कुमार भी उसी जगह आ पहुंचा। उस समय उसकी सूरत बदली हुई थी इसलिए हम लोगों ने तो नहीं पहचाना परंतु वह हम लोगों को देखकर स्वयं पास चला आया और अपना गुप्त परिचय देकर बोला, 'मैं गिरिजा कुमार हूं।'

इंद्रदेव- (आंसू पोंछकर) अच्छे मौके पर तुम आ पहुंचे! यह बताओ कि क्या वास्तव में राजा गोपाल सिंह मर गये?

गिरिजा- जी हां, उनकी चिता मेरे सामने लगाई गई और देखते ही देखते उनकी लाश पंचतत्व में मिल गई, परंतु अभी तक मेरे दिल को विश्वास नहीं होता कि राजा साहब मर गये!

इंद्रदेव- (चौंककर) सो क्या यह कैसी बात?

गिरिजा- जी हां, हर तरह का रंग-ढंग देखकर मेरा दिल कबूल नहीं करता कि वे मर गये।

मैं- क्या तुम्हारी तरह वहां और भी किसी को इस बात का शक है।

गिरिजा- नहीं, ऐसा तो नहीं मालूम होता, बल्कि मैं तो समझता हूं कि खास दारोगा साहब को भी उनके मरने का विश्वास है मगर क्या किया जाय मुझे विश्वास नहीं होता, दिल बार-बार यही कहता है कि राजा साहब मरे नहीं।

इंद्रदेव- आखिर, तुम क्या सोचते हो और इस बात का तुम्हारे पास क्या सबूत है तुमने कौन-सी ऐसी बात देखी जिससे तुम्हारे दिल को अभी तक उनके मरने का विश्वास नहीं होता?

गिरिजा- और बातों के अतिरिक्त दो बातें तो बहुत ही ज्यादे शक पैदा करती हैं। एक तो यह है कि कल दो घंटे रात रहते मैंने हरनाम सिंह और बिहारी सिंह को एक कंगले की लाश उठाते हुए चोर दरवाजे की राह से महल के अंदर जाते हुए देखा, फिर बहुत टोह लेने पर भी उस लाश का कुछ पता न लगा और न वह लाश लौटाकर महल के बाहर ही निकाली गई, तो क्या वह महल ही में हजम हो गई उनके बाद केवल राजा साहब की लाश बाहर निकली।

इंद्रदेव- जरूर यह शक करने की जगह है।

गिरिजा- इसके अतिरिक्त राजा गोपाल सिंह की लाश को बाहर निकालने और जलाने में हद दर्जे की फुर्ती और जल्दबाजी की गई, यहां तक कि रियासत के उमरा लोगों के भी इकट्ठा होने का इंतजार नहीं किया गया। एक साधारण आदमी के लिए भी इतनी जल्दी नहीं की जाती, वे तो राजा ही ठहरे! हां एक बात और भी सोचने के लायक है। चिता पर क्रिया नियम के विरुद्ध लाश का मुंह खोले बिना ही कर दी गई और इस बारे में बिहारी सिंह और हरनाम सिंह तथा लौंडियों ने यह बहाना किया कि राजा साहब की सूरत देख मायारानी बहुत बेहाल हो जायेंगी इसलिए मुर्दे का मुंह खोलने की कोई जरूरत नहीं। और लोगों ने इन बातों पर खयाल किया हो चाहे न किया हो मगर मेरे दिल पर तो इन बातों ने बहुत बड़ा असर किया और यही सबब है कि मुझे राजा साहब के मरने का विश्वास नहीं होता।

इंद्रदेव- (कुछ सोचकर) शक तो तुम्हारा बहुत ठीक है, अच्छा यह बताओ कि तुम इस समय कहां जा रहे थे?

गिरिजा- (मेरी तरफ इशारा करके) गुरुजी के पास यही सब हाल कहने के लिए जा रहा था।

मैं- इस समय मनोरमा कहां है सो बताओ?

गिरिजा- जमानिया में मायारानी के पास है।

मैं- तुम्हारे हाथ से छूटने के बाद दारोगा और मनोरमा में कैसी निपटी इसका कुछ हाल मालूम हुआ?

गिरिजा- जी हां, मालूम हुआ, उस बारे में बहुत बड़ी दिल्लगी हुई जो मैं निश्चिंती के साथ बयान करूंगा।

इंद्रदेव- अच्छा यह तो बताओ कि गोपाल सिंह के बारे में तुम्हारी क्या राय है और अब हम लोगों को क्या करना चाहिए?

गिरिजा- इस बारे में मैं एक अदना और नादान आदमी आपको क्या राय दे सकता हूं। हां, मुझे जो कुछ आज्ञा हो सो करने के लिए जरूर तैयार हूं।

इतनी बातें हो ही रही थीं कि सामने जमानिया की तरफ से दारोगा और जैपाल घोड़ों पर सवार आते हुए दिखाई पड़े जिन्हें देखते ही गिरिजा कुमार ने कहा, 'देखिये, ये दोनों शैतान कहीं जा रहे हैं, इसमें भी कोई भेद जरूर है, यदि आज्ञा हो तो मैं इनके पीछे जाऊं।'

दारोगा और जैपाल को देखकर हम दोनों पेड़ की तरफ घूम गये जिससे वे पहचान न सकें। जब वे आगे निकल गए तब मैंने अपना घोड़ा गिरिजा कुमार को देकर कहा, 'तुम जल्द सवार हो के इन दोनों का पीछा करो।' और गिरिजा कुमार ने भी ऐसा ही किया।

चन्द्रकांता संतति
भाग-24

बयान-1

दिन घंटे भर से ज्यादे चढ़ चुका है। महाराज सुरेन्द्र सिंह सुनहरी चौकी पर बैठे दातुन कर रहे हैं और जीत सिंह, तेज सिंह, इंद्रजीत सिंह, आनंद सिंह, देवी सिंह, भूतनाथ और राजा गोपाल सिंह उनके सामने की तरफ बैठे हुए इधर-उधर की बातें कर रहे हैं। रात महाराज की तबीयत कुछ खराब थी, इसलिये आज स्नान-संध्या में देर हो गई है।

सुरेन्द्र- (गोपाल सिंह से) गोपाल, इतना तो हम जरूर कहेंगे कि गद्दी पर बैठने के बाद तुमने कोई बुद्धिमानी का काम नहीं किया बल्कि हर एक मामले में तुमसे भूल ही होती गई!

गोपाल- नि:संदेह ऐसा ही है और उस लापरवाही का नतीजा भी मुझे वैसा ही भोगना पड़ा।

वीरेन्द्र- धोखा खाये बिना कोई होशियार नहीं होता। कैद से छूटने के बाद तुमने बहुत-से अनूठे काम भी किये हैं। हां, यह तो बताओ कि दारोगा और जैपाल के लिये तुमने क्या सजा तजवीज की है।

गोपाल- इस बारे में दिन-रात सोचा ही करता हूं मगर कोई सजा ऐसी नहीं सूझती जो उन लोगों के लायक हो और जिससे मेरा गुस्सा शांत हो।

सुरेन्द्र- (मुस्कराकर) मैं तो समझता हूं कि यह काम भूतनाथ के हवाले किया जाये, यही उन शैतानों के लिए कोई मजेदार सजा तजवीज करेगा। (भूतनाथ की तरफ देख के) क्यों जी, तुम कुछ बता सकते हो?

भूत- (हाथ जोड़ के) उनके योग्य क्या सजा है इसका बताना तो बड़ा ही कठिन है, मगर एक छोटी-सी सजा मैं जरूर बता सकता हूं।

गोपाल- वह क्या?

भूत- पहले तो उन्हें कच्चा पारा खिलाना चाहिए जिसकी गरमी से उन्हें सख्त तकलीफ हो और तमाम बदन फूट जाये, जब जख्म खूब मजेदार हो जायें तो नित्य लाल मिर्च और नमक का लेप चढ़ाया जाये। जब तक वे दोनों जीते रहें तब तक ऐसा ही होता रहे।

सुरेन्द्र- सजा हलकी तो नहीं है, मगर किसी की आत्मा...।

गोपाल- (बात काटकर) खैर उन कम्बख्तों के लिए आप कुछ न सोचिये, उन्हें मैं जमानिया ले जाऊंगा और उसी जगह उनकी मरम्मत करूंगा।

वीरेन्द्र- इन सब रंज देने वाली बातों का ज़िक्र जाने दो, यह बताओ कि अगर हम लोग जमानिया के तिलिस्म की सैर किया चाहें तो कैसे कर सकते हैं?

गोपाल- यह तो मैं आप ही निश्चय कर चुका हूं कि आप लोगों को वहां की सैर जरूर कराऊंगा।

इंद्रजीत- (गोपाल से) हां खूब याद आया, वहां के बारे में मुझे भी दो-एक बातों का शक बना हुआ है।

गोपाल- वह क्या?

इंद्र- एक तो यह बताइये कि तिलिस्म के अंदर जिस मकान में पहले-पहल आनंद सिंह फंसे थे, उस मकान में सिंहासन पर बैठी हुई लाडिली की मूरत कहां से आई और उस आईने (शीशे) वाले मकान में जिसमें कमलिनी, लाडिली तथा हमारे ऐयारों की-सी मूरतों ने हमें धोखा दिया, क्या था जब हम दोनों उसके अंदर गये तो उन मूरतों को देखा जो नालियों पर चला करती थीं मगर ताज्जुब है कि...।

गोपाल- (बात काटकर) वह सब कार्रवाई मेरी थी। एक तौर पर मैं आप लोगों को कुछ-कुछ तमाशा भी दिखाता जाता था। वे सब मूरतें बहुत पुराने जमाने की बनी हुई हैं मगर मैंने उन पर ताजा रंग-रोगन चढ़ाकर कमलिनी, लाडिली वगैरह की सूरतें बना दी थीं।

इंद्र- ठीक है, मेरा भी यही खयाल था। अच्छा, एक बात और बताइये।

गोपाल- पूछिये।

इंद्र- जिस तिलिस्मी मकान में हम लोग हंसते-हंसते कूद पड़े थे उसमें कमलिनी के कई सिपाही भी जा फंसे थे और...।

गोपाल- जी हां, ईश्वर की कृपा से वे लोग कैदखाने में जीते-जागते पाये गये और इस समय जमानिया में मौजूद हैं। उन्हीं में के एक आदमी को दारोगा ने गठरी बांधकर रोहतासगढ़ के किले में छोड़ा था जब मैं कृष्णाजिन्न बनकर पहले-पहल वहां गया था।

इंद्र- बहुत अच्छा हुआ, उन बेचारों की तरफ से मुझे बहुत ही खुटका था।

वीरेन्द्र- (गोपाल सिंह से) आज दलीपशाह की जुबानी जो कुछ उसका किस्सा सुनने में आया उससे हमें बड़ा ही आश्चर्य हुआ। यद्यपि उसका किस्सा अभी तक समाप्त नहीं हुआ और समाप्त होने तक शायद और भी बहुत-सी बातें मालूम हों, परतु इस बात का ठीक-ठीक जवाब

तो तुम्हारे सिवाय दूसरा शायद ही कोई नहीं दे सकता कि तुम्हें कैद करने में मायारानी ने कौन-सी ऐसी कार्रवाई की कि किसी को पता न लगा और सभी लोग धोखे में पड़ गये, यहां तक कि तुम्हारी समझ में भी कुछ न आया और तुम चारपाई पर से उठाकर कैदखाने में डाल दिये गये।

गोपाल- इसका ठीक-ठीक जवाब तो मैं नहीं दे सकता। कई बातों का पता मुझे भी नहीं लगा क्योंकि मैं ज्यादा देर तक बीमारी की अवस्था में पड़ा नहीं रहा,

बहुत जल्द बेहोश कर दिया गया। मैं क्योंकर जान सकता था कि कम्बख्त मायारानी दवा के बदले मुझे जहर पिला रही है, मगर मुझको विश्वास है कि दलीपशाह को इसका हाल बहुत ज्यादे मालूम हुआ होगा।

जीत- खैर, आज के दरबार में और भी जो कुछ है मालूम हो जायेगा।

कुछ देर तक इसी तरह की बातें होती रहीं। जब महाराज उठ गये तब सब कोई अपने ठिकाने चले गये और कारिंदे लोग दरबार की तैयारी करने लगे।

भोजन इत्यादि से छुट्टी पाने के बाद दोपहर होते-होते महाराज दरबार में पधारे। आज का दरबार भी कल की तरह रौनकदार था और आदमियों की गिनती बनिस्बत कल के आज बहुत ज्यादे थी।

महाराज की आज्ञानुसार दलीपशाह ने इस तरह अपना किस्सा बयान करना शुरू किया–

मैं बयान कर चुका हूं कि मैंने अपना घोड़ा गिरिजा कुमार को देकर दारोगा का पीछा करने के लिए कहा, अस्तु जब वह दारोगा के पीछे चला गया तब हम दोनों में सलाह होने लगी कि अब क्या करना चाहिए। अंत में यह निश्चय हुआ कि इस समय जमानिया न जाना चाहिए, बल्कि घर लौट चलना चाहिए।

उसी समय इंद्रदेव के साथी लोग भी वहां आ पहुंचे। उनमें से एक का घोड़ा मैंने ले लिया और फिर हम लोग इंद्रदेव के मकान की तरफ रवाना हुए। मकान पर पहुंचकर इंद्रदेव ने अपने कई जासूसों और ऐयारों को हर एक बात का पता लगाने के लिए जमानिया की तरफ रवाना किया। मैं भी अपने घर जाने को तैयार हुआ मगर इंद्रदेव ने मुझे रोक लिया।

यद्यपि मैं कह चुका हूं कि अपने किस्से में भूतनाथ का हाल बयान न करूंगा तथापि मौका पड़ने पर कहीं-कहीं लाचारी से उसका जिक्र करना ही पड़ेगा, अस्तु इस जगह यह कह देना जरूरी जान पड़ता है कि इंद्रदेव के मकान ही पर मुझे इस बात की खबर लगी कि भूतनाथ की स्त्री बहुत बीमार है। मेरे एक शागिर्द ने आकर यह संदेशा दिया और साथ ही इसके यह भी कहा कि आपकी स्त्री उसे देखने के लिए जाने की आज्ञा मांगती है।

भूतनाथ की स्त्री शांता बड़ी नेक और स्वभाव की बहुत अच्छी है। मैं भी उसे बहिन की तरह मानता था इसलिए उसकी बीमारी का हाल सुनकर मुझे तरद्दुद हुआ और मैंने अपनी स्त्री को उसके पास जाने की आज्ञा दे दी तथा उसकी हिफाजत का पूरा-पूरा इंतजाम भी कर दिया। इसके कई दिन बाद खबर लगी कि मेरी स्त्री शांता को लेकर अपने घर आ गई।

आठ-दस दिन बीत जाने पर भी न तो जमानिया से कुछ खबर आई न गिरिजा कुमार ही लौटा। हां रियासत की तरफ से एक चिट्ठी न्यौते की जरूर आई थी जिसके जवाब में इंद्रदेव ने लिख दिया कि गोपाल सिंह से और मुझसे दोस्ती थी सो वह तो चल बसे, अब उनकी क्रिया मैं अपनी आंखों से देखना पसंद नहीं करता।

मेरी इच्छा तो हुई कि गिरिजा कुमार का पता लगाने के लिए मैं खुद जाऊं मगर इंद्रदेव ने कहा कि नहीं दो-चार दिन और राह देख लो, कहीं ऐसा न हो कि तुम उसकी खोज में जाओ और वह यहां आ जाये। अस्तु मैंने भी ऐसा ही किया।

बारहवें दिन गिरिजा कुमार हम लोगों के पास आ पहुंचा। उसके साथ अर्जुन सिंह भी थे जो हम लोगों की मंडली में एक अच्छे ऐयार गिने जाते थे, मगर भूतनाथ से और इनसे खूब ही चखाचखी चली आती थी (महाराज और जीत सिंह की तरफ देखकर) आपने सुना ही होगा कि इन्होंने एक दिन भूतनाथ को धोखा देकर कुएं में ढकेल दिया था और उसके बटुए में से कई चीजें निकाल ली थीं।

जीत- हां, मालूम है, मगर इस बात का पता नहीं लगा कि अर्जुन ने भूतनाथ के बटुए में से क्या निकाला था।

इतना कहकर जीत सिंह ने भूतनाथ की तरफ देखा।

भूत- (महाराज की तरफ देखकर) मैंने जिस दिन अपना किस्सा सरकार को सुनाया था उस दिन अर्ज किया था कि जब वह कागज का मुट्ठा मेरे पास से चोरी गया तो मुझे बड़ा ही तरद्दुद हुआ और उसके बहुत दिनों के बाद राजा गोपाल सिंह के मरने की खबर उड़ी इत्यादि। यह वही कागज का मुट्ठा था जो अर्जुन सिंह ने मेरे बटुए से निकाल लिया था, तथा इसके साथ और भी कई कागज थे। असल बात यह है कि उन चिट्ठियों की नकल के मैंने दो मुट्ठे तैयार किये थे, एक तो हिफाजत के लिए अपने मकान में रख छोड़ा था और दूसरा मुट्ठा समय पर काम लेने के लिए हरदम अपने बटुए में रखता था। मुझे गुमान था अर्जुन सिंह ने जो मुट्ठा ले लिया था उसी से मुझे नुकसान पहुंचा मगर अब मालूम हुआ कि ऐसा नहीं हुआ, अर्जुन सिंह ने न तो वह किसी को दिया और न उससे मुझे कुछ नुकसान पहुंचा। हाल में जो दूसरा मुट्ठा जैपाल ने मेरे घर से चुरवा लिया था उसी ने तमाम बखेड़ा मचाया।

जीत- ठीक है (दलीपशाह की तरफ देख के) अच्छा, तब क्या हुआ।

दलीपशाह ने फिर इस तरह कहना शुरू किया–

दलीप- गिरिजा कुमार और अर्जुन सिंह में एक तरह की नातेदारी भी है परंतु उसका खयाल न करके ये दोनों आपस में दोस्ती का बर्ताव रखते थे। खैर, उस समय इन दोनों के आ जाने से हम लोगों को खुशी हुई और फिर इस तरह बातें होने लगीं–

मैं- गिरिजा कुमार, तुमने तो बहुत दिन लगा दिये।

गिरिजा- जी हां, मुझे तो और भी कई दिन लग जाते मगर इत्तिफाक से अर्जुन सिंह से मुलाकात हो गई और इनकी मदद से मेरा काम बहुत जल्द हो गया।

मैं- खैर, यह बताओ कि तुमने किन-किन बातों का पता लगाया और मुझसे बिदा होकर तुम दारोगा के पीछे कहां तक गए?

गिरिजा- जैपाल को साथ लिए हुए दारोगा सीधे मनोरमा के मकान पर चला गया। उस समय मनोरमा वहां न थी, वह दारोगा के आने के तीन पहर बाद रात के समय अपने मकान पर पहुंची। मैं भी छिपकर किसी-न-किसी तरह उस मकान में दाखिल हो गया। रात को दारोगा और मनोरमा में खूब हुज्जत हुई मगर अंत में मनोरमा ने उसे विश्वास दिला दिया कि राजा गोपाल सिंह को मारने के विषय में उससे जबर्दस्ती पुर्जा लिखा लेने वाला मेरा आदमी न था बल्कि वह कोई और था जिसे मैं नहीं जानती। दारोगा ने बहुत सोच-विचारकर विश्वास कर लिया कि यह काम भूतनाथ का है। इसके बाद इन दोनों में जो कुछ बातें हुईं उनसे यही मालूम हुआ कि गोपाल सिंह जरूर मर गए और दारोगा को भी यही विश्वास है, मगर मेरे दिल में यह बात नहीं बैठती, खैर जो कुछ हो। उसके दूसरे दिन मनोरमा के मकान में से एक कैदी निकाला गया जिसे बेहोश करके जैपाल ने बेगम के मकान में पहुंचा दिया। मैंने उसे पहचानने के लिए बहुत कुछ उद्योग किया मगर पहचान न सका क्योंकि उसे गुप्त रखने की उन्होंने बहुत कोशिश की थी, मगर मुझे गुमान होता है कि वह जरूर बलभद्र सिंह होगा। अगर वह दो दिन भी बेगम के मकान में रहता तो मैं जरूर निश्चय कर लेता मगर न मालूम किस वक्त और कहां बेगम ने उसे पहुंचवा दिया कि मुझे इस बात का कुछ भी पता न लगा, हां इतना जरूर मालूम हो गया कि दारोगा भूतनाथ को फंसाने के फेर में पड़ा हुआ है और चाहता है कि किसी तरह भूतनाथ मार डाला जाये।

इन कामों से छुट्टी पाकर दारोगा अकेला अर्जुन सिंह के मकान पर गया, इनसे बड़ी नरमी और खुशामद के साथ मुलाकात की, और देर तक मीठी-मीठी बातें करता रहा जिसका तत्व यह था कि तुम दलीपशाह को साथ लेकर मेरी मदद करो और जिस तरह हो सके भूतनाथ को गिरफ्तार करा दो, अगर तुम दोनों की मदद से भूतनाथ गिरफ्तार हो जायेगा तो मैं इसके बदले में दो लाख रुपया तुम दोनों को इनाम दूंगा, इसके अतिरिक्त वह आपके नाम का एक पत्र भी अर्जुन सिंह को दे गया।

अर्जुन सिंह ने दारोगा का वह पत्र निकालकर मुझे दिया, मैंने पढ़कर इंद्रदेव के हाथ में दे दिया और कहा, 'इसका मतलब भी वही है जो गिरिजा कुमार ने अभी बयान किया है परंतु यह कदापि नहीं हो सकता कि मैं भूतनाथ के साथ किसी तरह की बुराई करूं, हा दारोगा के साथ दिल्लगी अवश्य करूंगा।'

इसके बाद कुछ देर तक और भी बातचीत होती रही। अंत में गिरिजा कुमार ने कहा कि मेरे इस सफर का नतीजा कुछ भी न निकला और न मेरी तबीयत ही भरी, आप कृपा करके मुझे जमानिया जाने की इजाजत दीजिये।

गिरिजा कुमार की दरखास्त मैंने मंजूर कर ली। उस दिन रात-भर हम लोग इंद्रदेव के यहां रहे, दूसरे दिन गिरिजा कुमार जमानिया की तरफ रवाना हुआ और मैं अर्जुन सिंह को साथ लेकर अपने घर मिर्जापुर चला आया।

घर पहुंचकर मैंने भूतनाथ की स्त्री शांता को देखा जो बीमार तथा बहुत ही कमजोर और दुबली हो रही थी, मगर उसकी सब बीमारी भूतनाथ की नादानी के सबब से थी और वह चाहती थी कि जिस तरह भूतनाथ ने अपने को मरा हुआ मशहूर किया था उसी तरह वह भी अपने और छोटे बच्चे के बारे में मशहूर करे। उसकी अवस्था पर मैं बड़ा दु:खी हुआ और जो कुछ वह चाहती थी उसका प्रबंध मैंने कर दिया। यही सबब था कि भूतनाथ ने अपने छोटे बच्चे के विषय में धोखा खाया जिसका हाल महाराज और राजकुमारों को मालूम है, मगर सर्वसाधारण के लिए मैं इस समय उसका जिक्र न करूंगा। इसका खुलासा हाल भूतनाथ अपनी जीवनी में बयान करेगा। खैर–

घर पहुंचकर मैंने दिल्लगी के तौर पर भूतनाथ के विषय में दारोगा से लिखा-पढ़ी शुरू कर दी मगर ऐसा करने से मेरा असल मतलब यह था कि मुलाकात होने पर मैं वह सब पत्र जो इस समय हरनाम सिंह के पास मौजूद हैं भूतनाथ को दिखाऊं और उसे होशियार कर दूं। अस्तु अंत में मैंने उसे (दारोगा को) साफ-साफ जवाब दे दिया।

यहां तक अपना किस्सा कहकर दलीपशाह ने हरनाम सिंह की तरफ देखा और हरनाम सिंह ने सब पत्र जो एक छोटी-सी संदूकड़ी में बंद थे महाराज के आगे पेश किये जिसे मामूली तौर पर सभों ने देखा। इन चिट्ठियों से दारोगा की बेईमानी के साथ-ही-साथ यह भी साबित होता था कि भूतनाथ ने दलीपशाह पर व्यर्थ ही कलंक लगाया। महाराज की आज्ञानुसार वह चिट्ठियां कम्बख्त दारोगा के आगे फेंक दी गईं और इसके बाद दलीपशाह ने फिर इस तरह बयान करना शुरू किया–

"मेरे और दारोगा के बीच में जो कुछ लिखा-पढ़ी हुई थी उसका हाल किसी तरह भूतनाथ को मालूम हो गया या शायद वह स्वयं दारोगा से जाकर मिला और दारोगा ने मेरी चिट्ठियां दिखाकर इसे मेरा दुश्मन बना दिया तथा खुद भी मेरी बर्बादी के लिए तैयार हो गया। इस तरह दारोगा की दुश्मनी का वह पौधा जो कुछ दिनों के लिए मुरझा गया था फिर से लहलहा उठा और हरा-भरा हो गया, और साथ ही उसके मैं भी हर तरह से दारोगा का मुकाबिला करने के लिए तैयार हो गया।"

कई दिन के बाद गिरिजा कुमार जमानिया से लौटा तो उसकी जुबानी मालूम हुआ कि मायारानी का दिन बड़ी खुशी और चहल-पहल के साथ गुजर रहा है। मनोरमा और नागर के अतिरिक्त धनपत नामी एक औरत और भी है जिसे मायारानी बहुत प्यार करती है मगर उस पर मर्द होने का शक होता है। इसके अतिरिक्त यह भी मालूम हुआ कि दारोगा ने मेरी गिरफ्तारी के लिए तरह-तरह के बंदोबस्त कर रखे हैं और भूतनाथ भी दो-तीन दफे उसके पास आता-जाता दिखाई दिया है मगर यह बात निश्चय रूप से मैं नहीं कह सकता कि वह जरूर भूतनाथ ही था।

एक दिन संध्या के समय जब दारोगा अपने बाग में टहल रहा था तो भेष बदले हुए गिरिजा कुमार पिछली दीवार लांघ के उसके पास जा पहुंचा और बेखौफ सामने खड़ा होकर बोला,

'दारोगा साहब, इस समय आप मुझे गिरफ्तार करने का खयाल भी न कीजियेगा क्योंकि मैं आपके कब्जे में नहीं आ सकता। साथ ही इसके यह भी समझ रखिए कि मैं आपकी जान लेने के लिए नहीं आया हूं बल्कि आपसे दो-चार बातें करने के लिए आया हूं।'

दारोगा घबड़ा गया और उसकी बातों का कुछ विशेष जवाब न देकर बोला, 'खैर, कहो क्या चाहते हो।'

गिरिजा- मनोरमा और मायारानी के फेर में पड़कर तुमने राजा गोपाल सिंह को मरवा डाला, इसका नतीजा एक-न-एक दिन तुम्हें भोगना ही पड़ेगा। मगर अब मैं यह पूछता हूं कि जिनके डर से तुमने लक्ष्मीदेवी और बलभद्र सिंह को कैद कर रखा था वे तो मर ही गये अब अगर तुम उन दोनों को छोड़ भी दोगे तो तुम्हारा क्या बिगड़ेगा?

दारोगा- (ताज्जुब में आकर) मेरी समझ में नहीं आता कि तुम कौन हो और क्या कह रहे हो?

गिरिजा- मैं कौन हूं इसके जानने की तुम्हें कोई जरूरत नहीं मगर क्या तुम कह सकते हो कि जो कुछ मैंने कहा है वह सब झूठ है?

दारोगा- बेशक, झूठ है! तुम्हारे पास इन बातों का क्या सबूत है?

गिरिजा- जैपाल और हेला सिंह के बीच जो कुछ लिखा-पढ़ी है उसके अतिरिक्त वह चिट्ठी इस समय भी मेरे पास मौजूद है जो राजा गोपाल सिंह को मार डालने के लिए तुमने मनोरमा को लिख दी थी।

दारोगा- मैंने कोई चिट्ठी नहीं लिखी थी, मालूम होता है कि दलीपशाह और भूतनाथ वगैरह मिल-जुलकर मुझ पर जाल बांधना चाहते हैं और तुम उन्हीं में से किसी के नौकर हो।

गिरिजा- भूतनाथ तो मर गया, अब तुम भूतनाथ को क्यों बदनाम करते हो?

दारोगा- भूतनाथ जैसा मरा है सो मैं खूब जानता हूं, अगर खुद मुझसे मुलाकात न हुई होती तो शायद मैं धोखे में आ भी जाता।

गिरिजा- भूतनाथ तुम्हारे पास न आया होगा, किसी दूसरे आदमी ने सूरत बदलकर तुम्हें धोखा दिया होगा, वह बेशक मर गया।

दारोगा- (सिर हिलाकर) हां ठीक है, शायद ऐसा ही हो, मगर उन सब बातों से तुम्हें मतलब ही क्या है और तुम मेरे पास किसलिए आये हो सो कहो।

गिरिजा- मैं केवल इसीलिए आया हूं कि लक्ष्मीदेवी और बलभद्र सिंह को छोड़ देने के लिए तुमसे प्रार्थना करूं।

दारोगा- पहले तुम अपना ठीक-ठीक परिचय दो तब मैं तुम्हारी बातों का जवाब दूंगा।

गिरिजा- अपना ठीक परिचय तो नहीं देता।

दारोगा- तब मैं तुम्हारी बातों का जवाब भी नहीं दे सकता।

इतना कहकर दारोगा पीछे की तरफ हटा और उसने अपने आदमियों को आवाज दी मगर गिरिजा कुमार झपटकर एक मुक्का दारोगा की गर्दन पर मारने के बाद तेजी के साथ बाग के बाहर निकल गया।

उसके दूसरे दिन गिरिजा कुमार ने उसी तरह मायारानी से भी मिलने की कोशिश की मगर उसके खास बाग के अंदर न जा सका। लाचार उसने मायारानी के ऐयार बिहारी सिंह और हरनाम सिंह का पीछा किया और दो ही तीन दिन की मेहनत में धोखा देकर बिहारी सिंह को गिरफ्तार कर लिया और उसे अर्जुन सिंह के यहां पहुंचाकर मेरे पास चला आया।

ऊपर लिखी बातें बयान करके गिरिजा कुमार चुप हो गया और तब मैंने उससे कहा, 'बिहारी सिंह को तुमने गिरफ्तार कर लिया यह बहुत बड़ा काम हुआ और जब तुम बिहारी सिंह बनकर वहां जाओगे और चालाकी से उन लोगों में मिल-जुलकर अपने को छिपा सकोगे तो बेशक बहुत-सी बातों का पता लग जायेगा और हम लोगों के लिए जो कुछ दारोगा किया चाहता है वह भी मालूम हो जायेगा।'

गिरिजा- बेशक, ऐसा ही हो। मैं आपसे बिदा होकर अर्जुन सिंह के यहां जाऊंगा और फिर बिहारी सिंह बनकर जमानिया पहुंचूंगा। मेरे जी में तो यही आया था कि मैं कम्बख्त दारोगा को सीधे यमलोक पहुंचा दूं मगर यह काम आपकी आज्ञा के बिना नहीं कर सकता था।

मैं- नहीं-नहीं, इंद्रदेव की आज्ञा बिना यह काम कदापि न करना चाहिए, पहले वहां का असल हाल-चाल तो मालूम कर लो फिर इस बारे में इंद्रदेव से बातचीत करेंगे।

गिरिजा- जो आज्ञा।

इसके बाद और भी तरह-तरह की बातचीत होती रही। उस दिन गिरिजा कुमार मेरे ही घर पर रहा और दूसरे दिन मुझसे बिदा हो अर्जुन सिंह के पास चला गया।

इसके बाद आठ दिन तक मुझे किसी बात का पता नहीं लगा, आखिर जब गिरिजा कुमार का पत्र आया तब मालूम हुआ कि वह बिहारी सिंह बनकर बड़ी खूबी के साथ उन लोगों से मिल गया है। उन लोगों की गुप्त कमेटी में भी बैठकर हर एक बात में राय दिया करता है जिससे बहुत जल्द कुछ भेदों का पता लग जाने की आशा होती है। गिरिजा कुमार ने यह भी लिखा है कि दारोगा को उस चिट्ठी की बड़ी ही चिंता लगी हुई है जो मनोरमा के नाम से राजा गोपाल सिंह को मार डालने के लिए मैंने (गिरिजा कुमार ने) जबर्दस्ती उससे लिखवा ली थी। वह चाहता है कि जिस तरह हो वह चिट्ठी उसके हाथ लग जाये और इस काम के लिए लाखों रुपये खर्च करने को तैयार है। वह कहता है और वास्तव में ठीक कहता है कि उस चिट्ठी का हाल अगर लोगों को मालूम हो जायेगा तो दूसरों की कौन कहे जमानिया की रियाया ही मुझे बुरी तरह से मारने के लिए तैयार हो जायेगी। एक दिन हरनाम सिंह ने उसे राय दी कि दलीपशाह को मार डालना

चाहिए। इस पर वह बहुत ही झुंझलाया और बोला कि 'जब तक वह चिट्ठी मेरे हाथ न लग जाय तब तक दलीपशाह और उसके साथियों को मार डालने से मुझे क्या फायदा होगा बल्कि मैं और भी बहुत जल्द बर्बाद हो जाऊंगा क्योंकि दलीपशाह के मारे जाने से उसके दोस्त लोग जरूर उस चिट्ठी को मशहूर कर देंगे, इसलिए जब तक वह चिट्ठी अपने कब्जे में न आ जाये तब तक किसी के मारने का ध्यान भी मन में न आना चाहिए। हां, दलीपशाह को गिरफ्तार करने से बेशक फायदा पहुंच सकता है। अगर वह कब्जे में आ जायेगा तो उसे तरह-तरह की तकलीफ पहुंचाकर किसी प्रकार उस चिट्ठी का पता जरूर लगा लूंगा,' इत्यादि।

वास्तव में बात भी ऐसी ही थी, इसमें कोई शक नहीं कि उसी चिट्ठी की बदौलत हम लोगों की जान बची रही, यद्यपि तकलीफें हर दर्जे की भोगनी पड़ीं मगर जान से मारने की हिम्मत दारोगा को न हुई, क्योंकि उसके दिल में विश्वास करा दिया गया था कि हम लोगों की मंडली का एक भी आदमी जिस दिन मारा जायेगा उसी दिन वह चिट्ठी तमाम दुनिया में मशहूर हो जायेगी, इस बात का बहुत ही उत्तम प्रबंध किया गया है।

इसके बाद कई दिन बीत गये मगर गिरिजा कुमार की फिर कोई चिट्ठी न आई जिससे एक तरह पर तरद्दुद हुआ और जी में आया कि खुद जमानिया चलकर उसका पता लगाना चाहिए।

दूसरे दिन अपने घर की हिफाजत का इंतजाम करके मैं बाहर निकला और अर्जुन सिंह के घर पहुंचा। ये उस समय अपने बैठक में अकेले बैठे हुए एक चिट्ठी लिख रहे थे, मुझे देखते ही उठ खड़े हुए और बोले, 'वाह-वाह, बहुत ही अच्छा हुआ जो आप आ गये, मैं इस समय आप ही के नाम एक चिट्ठी लिख रहा था और उसे अपने शागिर्द के हाथ आपके पास भेजने वाला था। आइये बैठिये।'

मैं- (बैठकर) क्या कोई नई बात मालूम हुई है?

अर्जुन- नहीं बल्कि एक नई बात हो गई है।

मैं- वह क्या?

अर्जुन- आज रात को बिहारी सिंह हमारी कैद से निकलकर भाग गया है।

मैं- (घबराकर) यह तो बुरा हुआ।

अर्जुन- बेशक, बुरा हुआ। जिस समय वह जमानिया पहुंचेगा उस समय बेचारे गिरिजा कुमार पर जो बिहारी सिंह बनकर बैठा हुआ है आफत आ जायेगी और वह भारी मुसीबत में गिरफ्तार हो जायेगा। मैं यही खबर देने के लिए आपके पास आदमी भेजने वाला था।

मैं- आखिर, ऐसा हुआ ही क्यों हिफाजत में कुछ कसर पड़ गई थी?

अर्जुन- अब तो ऐसा ही समझना पड़ेगा चाहे उसकी कैसी ही हिफाजत क्यों न की गई हो, मगर असल में यह मेरे एक सिपाही की बेईमानी का नतीजा है क्योंकि बिहारी सिंह के साथ ही

वह भी यहां से गायब हो गया है। जरूर बिहारी सिंह ने उसे लालच देकर अपना पक्षपाती बना लिया होगा।

मैं- खैर, जो कुछ होना था वह तो हो गया। अब किसी तरह गिरिजा कुमार को बचाना चाहिए क्योंकि असली बिहारी सिंह के जमानिया पहुंचते ही नकली बिहारी सिंह (गिरिजाकुमार) का भेद खुल जायेगा और वह मजबूर करके कैदखाने में झोंक दिया जायेगा।

अर्जुन- मैं खुद यही बात कह चुका हूं। खैर, अब इस विषय में विशेष सोच-विचार न करके जहां तक जल्द हो सके जमानिया पहुंचना चाहिए।

मैं- मैं तो तैयार ही हूं क्योंकि अभी कमर भी नहीं खोली।

अर्जुन- खैर, आप कमर खोलिये और कुछ भोजन कीजिये, मैं भी आपके साथ चलने के लिए घंटे-भर के अंदर ही तैयार हो जाऊंगा।

मैं- क्या आप जमानिया चलेंगे?

अर्जुन- (आवाज में जोर देकर) जरूर!

घंटे भर के अंदर ही हम दोनों आदमी जमानिया जाने के लिए हर तरह से तैयार हो गये और ऐयारी का पूरा-पूरा सामान दुरुस्त कर लिया। दोनों आदमी असली सूरत में पैदल ही घर से बाहर निकले और कई कोस निकल जाने के बाद जंगल में बैठकर अपनी सूरत बदली, इसके बाद कुछ देर आराम करके फिर आगे की तरफ रवाना हुए और इरादा कर लिया कि आज की रात किसी जंगल में पेड़ के ऊपर बैठकर बिता देंगे।

आखिर ऐसा ही हुआ। संध्या होने पर हम दोनों दोस्त जंगल में एक रमणीक स्थान देखकर अटक गये जहां पानी का सुंदर चश्मा बह रहा था तथा सलई का एक बहुत बड़ा और घना पेड़ भी था जिस पर बैठने के लिए ऐसी अच्छी जगह थी कि उस पर बैठे-बैठे घंटे-दो घंटे नींद भी ले सकते थे।

यद्यपि हम लोग किसी सवारी पर बहुत जल्द जमानिया पहुंच सकते थे और वहां अपने लिए टिकने का भी इंतजाम कर सकते थे मगर उन दिनों जमानिया की ऐसी बुरी अवस्था थी कि ऐसा करने की हिम्मत न पड़ी और जंगल में टिके रहना ही उचित जान पड़ा। दोनों आदमी एक दिल थे इसलिए कुछ तरद्दुद या किसी तरह के खुटके का भी कुछ खयाल न था।

अंधकार छा जाने के साथ ही हम दोनों आदमी पेड़ के ऊपर जा बैठे और धीरे-धीरे बातें करने लगे, थोड़ी ही देर बाद कई आदमियों के आने की आहट मालूम हुई, हम दोनों चुप हो गये और इंतजार करने लगे कि देखें कौन आता है। थोड़ी ही देर में दो आदमी उस पेड़ के नीचे आ पहुंचे। रात हो जाने के सबब हम उनकी सूरत अच्छी तरह देख नहीं सकते थे, घने पेड़ों में से छनी हुई कुछ-कुछ और कहीं-कहीं चंद्रमा की रोशनी जमीन पर पड़ रही थी, उसी से अंदाजा कर लिया

कि ये दोनों सिपाही हैं, मगर ताज्जुब होता था कि ये लोग रास्ता छोड़, भेदियों और ऐयारों की तरह जंगल में क्यों टिके हैं!

दोनों आदमी अपनी छोटी गठरी जमीन पर रखकर पेड़ के नीचे बैठ गये और इस तरह बातें करने लगे–

एक- भाई हमें तो इस जंगल में रात काटना कठिन मालूम होता है।

दूसरा- सो क्यों?

पहला- डर मालूम होता है कि किसी जानवर का शिकार न बन जायें।

दूसरा- बात तो ऐसी ही है। मुझे भी यहां टिकना बुरा मालूम होता है। मगर क्या किया जाये, बाबाजी का हुक्म ही ऐसा है।

पहला- बाबाजी तो अपने काम के आगे दूसरे की जान का कुछ भी खयाल नहीं करते। जब से हमारे राजा साहब का देहांत हुआ है तब से इनका दिमाग और भी बढ़ गया है।

दूसरा- इनकी हुकूमत के आगे तो हमारा जी ऊब गया, नौकरी करने की इच्छा नहीं होती।

पहला- मगर इस्तीफा देते भी डर मालूम होता है, झट यही कह बैठेंगे कि 'तू हमारे दुश्मनों से मिल गया है।' अगर इस तरह की बात उनके दिल में बैठ गयी तो जान बचानी भी मुश्किल होगी।

दूसरा- इनकी नौकरी में यही तो मुश्किल है, रुपया खूब मिलता है इसमें कोई संदेह नहीं, मगर जान का डर हरदम बना रहता है। कम्बख्त मनोरमा की हुकूमत के मारे तो और भी नाक में दम रहता है। जब से राजा साहब मरे हैं इसने महल में डेरा ही जमा लिया है, पहले डर के मारे दिखाई भी नहीं देती थी। एक बाजारू औरत का इस तरह रियासत में घुसे रहना कोई अच्छी बात है?

पहला- अजी जब हमारी रानी साहिबा ही ऐसी हैं तो दूसरे को क्या कहें मनोरमा तो बाबाजी की जान ही ठहरी।

दूसरा- (बीच में) यह बेगम कम्बख्त नई निकल पड़ी है, जहां घड़ी-घड़ी दौड़ के जाना पड़ता है!

पहला- (हंसकर) जानते नहीं हो यह जैपाल सिंह की नानी (रंडी) है। पहले भूतनाथ के पास रही अब इनके गले पड़ी है। इसे भी तुम आफत की पुड़िया ही समझो। चार दफे मैं उनके पास जा चुका हूं, आज पांचवीं दफे जा रहा हूं, इस बीच में मैं उसे अच्छी तरह पहचान गया।

दूसरा- मैं समझता हूं कि बिहारी सिंह से और उससे भी कुछ संबंध है।

पहला- नहीं ऐसा तो नहीं है, अगर बिहारी सिंह से बेगम का कुछ लगाव होता तो जैपाल सिंह और बिहारी सिंह से जरूर खटक जाती, तिसमें इधर तो बिहारी सिंह बहुत दिनों तक अर्जुन सिंह

के यहां कैदी ही रहे, आज किसी तरह छूटकर अपने घर पहुंचे हैं, अब देखो गिरिजा कुमार पर क्या मुसीबत आती है!

दूसरा- गिरिजा कुमार कौन है?

पहला- वही जो बिहारी सिंह बना हुआ था।

दूसरा- वह तो अपना नाम शिवशंकर बताता है।

पहला- बताता है मगर मैं तो उसे खूब पहचानता हूं।

दूसरा- तो तुमने बाबाजी से कहा क्यों नहीं?

पहला- मुझे क्या गरज पड़ी है जो उसके लिए दलीपशाह से दुश्मनी पैदा करूं वह दलीपशाह का बहुत प्यारा शागिर्द है, खबरदार, तुम भी इस बात का जिक्र किसी से न करना, मैंने तुम्हें अपना दोस्त समझकर कह दिया।

दूसरा- नहीं जी मैं क्यों किसी को कहने लगा (चौंककर) देखो, यह किसी भयानक जानवर के बोलने की आवाज है।

पहला- तो डर के मारे तुम्हारा दम क्यों निकला जाता है ऐसा ही है तो थोड़ी-सी लकड़ी बटोरकर आग सुलगा लो या पेड़ के ऊपर चढ़कर बैठो।

दूसरा- इससे तो यह बेहतर होगा कि यहां से चले चलें, सफर ही में रात काट देंगे, बाबाजी कुछ देखने थोड़े ही आते हैं।

पहला- जैसा कहो।

दूसरा- हमारी तो यही राय है।

पहला- अच्छा चलो, जिसमें तुम खुश रहो वही ठीक है।

उन दोनों की बात सुनकर हम लोगों को बहुत-सी बातों का पता लग गया। गिरिजा कुमार की बात सुनकर मुझे बड़ा ही दु:ख हुआ, साथ ही इस बात के जानने की उत्कंठा भी हुई कि वे दोनों बेगम के यहां क्यों जा रहे हैं। दिल दो तरफ के खिंचाव में पड़ गया, एक तो इच्छा हुई कि दोनों को कब्जे में करके मालूम कर लें कि बेगम के पास किस मजमून की चिट्ठी ले जा रहे हैं और अगर उचित मालूम हो तो इनकी सूरत बनाकर खुद बेगम के पास चलें, संभव है कि बहुत-से भेदों का पता लग जाये, दूसरे इस बात की भी जल्दी पड़ गई कि किसी तरह शीघ्र जमानिया पहुंचकर गिरिजा कुमार की मदद करनी चाहिए। जब यह मालूम हुआ कि अब वे दोनों यहां से जाना चाहते हैं तब हम लोग भी झट पेड़ के नीचे उतर आए और उन दोनों के सामने खड़े होकर मैंने कहा, 'नहीं जानवरों के डर से मत भागो, हम लोग तुम्हारे साथ हैं।'

हम दोनों को यकायक इस तरह पेड़ से उतरकर सामने खड़े होते देख वे दोनों डर गये मगर कुछ देर बाद एक ने जी कड़ा करके कहा, 'भाई तुम लोग कौन हो भूत हो, प्रेत हो, या जिन्न हो?'

मैं- डरो मत, हम लोग भूत-प्रेत नहीं हैं, आदमी हैं और ऐयार हैं, तुम लोगों में जो कुछ बातें हुई हैं हम लोग पेड़ पर बैठे-बैठे सुन रहे थे, जब देखा कि अब तुम लोग जाना चाहते हो तो हम दोनों भी उतर आये।

एक सिपाही- (घबड़ानी आवाज से) आप कहां के रहने वाले और कौन हैं?

मैं- हम दोनों आदमी दलीपशाह के नौकर हैं।

दूसरा- अगर आप दलीपशाह के नौकर हैं तो हम लोगों को विशेष न डरना चाहिये क्योंकि आप लोग न तो हमारे मालिकों से मिलेंगे और न इस बात का जिक्र करेंगे कि हम लोग क्या बातें करते थे, हां, अगर कोई हमारा दरबार का आदमी होता तो जरूर हम लोग बर्बाद हो जाते।

मैं- बेशक, ऐसा ही है और तुम लोगों की बातों से यह जानकर हम दोनों बहुत प्रसन्न हुए कि तुम लोग ईमानदार और इंसाफपसंद आदमी हो और हमें यह भी उम्मीद है कि जो कुछ हम पूछेंगे उसका ठीक-ठीक जवाब देंगे।

दूसरा- हमारी बातों से आप जान ही चुके हैं कि हम लोग कैसे खूंखार आदमी के नौकर हैं और आप लोगों से बातें करने का कैसा बुरा नतीजा निकल सकता है।

मैं- ठीक है मगर तुम्हारे दारोगा साहब को इन बातों की खबर कुछ भी न लगेगी।

पहला- इस समय हम आपके काबू में हैं क्योंकि सिपाही होने पर भी ऐयारों का मुकाबला नहीं कर सकते तिस पर ऐसी अवस्था में कि दोनों तरफ की गिनती बराबर हो इसलिये इस समय आप जो कुछ चाहें हम लोगों पर जबर्दस्ती कर सकते हैं।

मैं- नहीं-नहीं, हम लोग तुम पर जबर्दस्ती नहीं किया चाहते बल्कि तुम्हारी खुशी और हिफाजत का खयाल रखकर अपना काम निकाला चाहते हैं।

पहला- इसके अतिरिक्त हम लोगों को इस बात का भी निश्चय हो जाना चाहिए कि आप लोग वास्तव में दलीपशाह के ऐयार हैं और हम लोगों की हिफाजत के लिये आपने कोई अच्छी तरकीब सोच ली है अगर हम लोग आपकी किसी बात का जवाब दें।

सिपाही की आखिरी बात से हमें निश्चय हो गया कि वे लोग हमारे कब्जे में आ जायेंगे और हमारी बात मान लेंगे और अगर ऐसा न करते तो वे लोग कर ही क्या सकते थे आखिर हर तरह का ऊंच-नीच दिखाकर हमने उन्हें राजी कर लिया और अपना सच्चा परिचय देकर उन्हें विश्वास करा दिया कि जो कुछ हमने कहा है सब सच है। इसके बाद हमने जो कुछ पूछा उन्होंने साफ-साफ बता दिया और जो कुछ देखना चाहा (बेगम के नाम के पत्र इत्यादि) दिखा दिया। गिरिजा कुमार के बारे में तो जो कुछ पहले मालूम कर चुके थे उससे ज्यादा कुछ मालूम न हुआ

क्योंकि उसके विषय में उन्हें कुछ विशेष खबर ही न थी, केवल इतना ही जानते थे असली बिहारी सिंह के पहुंचने पर नकली बिहारी सिंह (गिरिजा कुमार) गिरफ्तार कर लिया गया, हां दूसरी बात यह मालूम हो गई कि वे दोनों आदमी दारोगा और जैपाल की चिट्ठी लेकर बेगम के पास जा रहे हैं, कल संध्या समय तक बेगम के पास पहुंच जायेंगे और परसों संध्या को बेगम को साथ लिए हुए किश्ती की सवारी से गंगाजी की तरफ से रातोंरात जमानिया लौटेंगे। अस्तु हम लोगों ने उन दोनों सिपाहियों को जिस तरह बन पड़ा इस बात पर राजी कर लिया कि जब तुम लोग बेगम को लिए हुए रातोंरात गंगाजी की राह लौटो तो अमुक समय अमुक स्थान पर कुछ देरी के लिए किसी बहाने किश्ती किनारे लगा के रोक लेना, उस समय हम लोग डाकुओं की तरह पहुंचकर बेगम को गिरफ्तार कर लेंगे और जो कुछ चीजें हमारे मतलब की उसके पास होंगी उन्हें ले लेंगे मगर तुम लोगों को छोड़ देंगे, इस तरह हमारा काम भी निकल जायेगा और तुम लोगों पर कोई किसी तरह का शक भी न कर सकेगा।

रुपये पाने के साथ ही अपना किसी तरह का हर्ज न देखकर दोनों सिपाहियों ने इस बात को भी मंजूर कर लिया। इसके बाद हम लोगों में मेल-मुहब्बत की बातचीत होने लगी और तमाम रात हम लोगों ने उस पेड़ पर काट दी। सबेरा होने पर दोनों सिपाही हमसे बिदा होकर चले गये तब हम लोग आपस में विचार करने लगे कि अब क्या करना चाहिए। अंत में यह निश्चय करके कि अर्जुन सिंह तो गिरिजा कुमार को छुड़ाने के लिए जमानिया जायं और मैं बेगम को फंसाने का बंदोबस्त करूं, हम दोनों भी एक-दूसरे से बिदा हुए।

इस जगह मैं किस्से के तौर पर थोड़ा-सा हाल गिरिजा कुमार का बयान करूंगा जो कुछ दिन बाद मुझे उसी की जुबानी मालूम हुआ था।

अर्जुन सिंह की कैद से छुटकारा पाकर बिहारी सिंह सीधे जमानिया दारोगा के पास चला मगर ऐसे ढंग से गया कि किसी को कुछ मालूम न हुआ और न गिरिजा कुमार ही को इस बात का पता लगा। रात पहर भर से कुछ ज्यादा जा चुकी थी जब दारोगा ने नकली बिहारी सिंह अर्थात् गिरिजा कुमार को अपने घर बुलाया। बेचारे गिरिजा कुमार को क्या खबर थी आज मैं मुसीबत में डाला जाऊंगा। वह बेधड़क मामूली ढंग पर बाबाजी (दारोगा) के मकान पर चला गया और देखा कि दारोगा अकेले ऊंची गद्दी पर बैठा हुआ है और उसके सामने सात-आठ सिपाही तलवार लगाये खड़े हैं। दारोगा का इशारा पाकर गिरिजा कुमार उसके सामने बैठ गया। बैठने के साथ ही उन सब सिपाहियों ने एक साथ गिरिजा कुमार को धर दबाया और बात की बात में हाथ-पैर बांध के छोड़ दिया। बेचारा गिरिजा कुमार अकेला कुछ भी न कर सका और जो कुछ हुआ उसने चुपचाप बर्दाश्त कर लिया। इसके बाद दारोगा ने ताली बजाई, उसी समय असली बिहारी सिंह कोठरी में से निकलकर बाहर चला आया और गिरिजा कुमार की तरफ देख के बोला, 'अब तो तुम समझ गये होगे कि तुम्हारा भंडा फूट गया और मैं तुम्हारे कैद से छूटकर

निकल आया। मगर शाबाश, तुमने बड़ी खूबी के साथ मुझे धोखा देकर गिरफ्तार किया था। अब मेरी पारी है, देखो मैं किस तरह तुमसे बदला लेता हूं।'

गिरिजा- यह तो ऐयारों का काम ही है कि एक दूसरे को धोखा दिया करता है, इसमें अनर्थ क्या हो गया मेरा दांव लगा? मैंने तुम्हें गिरफ्तार करके कैदखाने में डाल दिया, अब तुम्हारा दांव लगा है तो तुम मुझे कैदखाने में डाल दो, जिस तरह तुम अपनी चालाकी से छूट आये हो उसी तरह छूटने के लिए मैं भी उद्योग करूंगा।

बिहारी- सो तो ठीक है, मगर इतना समझ रखो कि हम लोग तुम्हारे साथ मामूली बर्ताव न करेंगे बल्कि हद दर्जे की तकलीफ देंगे।

गिरिजा- यह तो ऐयारों के कायदे के बाहर है।

बिहारी- जो भी हो।

गिरिजा- खैर, कोई हर्ज नहीं, जो कुछ होगा झेलेंगे।

बिहारी- अगर तुम तकलीफ से बचना चाहो तो मेरी बातों का साफ और सच-सच जवाब दो।

गिरिजा- वादा तो नहीं करते मगर जो कुछ पूछना हो पूछो।

बिहारी- तुम्हारा नाम क्या है?

गिरिजा- शिवशंकर।

बिहारी- किसके नौकर हो?

गिरिजा- किसी के भी नहीं।

बिहारी- फिर यहां आये थे किसके काम के लिये?

गिरिजा- गुरुजी के।

बिहारी- तुम्हारा गुरु कौन है?

गिरिजा- वही जिसे तुम जान चुके हो और जिसके यहां इतने दिनों तक तुम कैद थे।

बिहारी- अर्जुन सिंह?

गिरिजा- हां।

बिहारी- उन्हें हम लोगों से क्या दुश्मनी थी?

गिरिजा- कुछ भी नहीं।

बिहारी- फिर यहां उत्पात मचाने के लिए तुम्हें भेजा क्यों?

गिरिजा- मुझे सिर्फ भूतनाथ का पता लगाने के लिए भेजा था क्योंकि उन्हें भूतनाथ से बहुत ही रंज है। यद्यपि भूतनाथ ने अपना मरना मशहूर किया है मगर उन्हें विश्वास है कि वह मरा नहीं और दारोगा साहब के साथ मिल-जुलकर काम कर रहा है और उनकी (अर्जुन सिंह की) बर्बादी

का बंदोबस्त करता है। इसी से उन्होंने मुझे आज्ञा दी थी कि दारोगा साहब के यहां घुसपैठ कर और कुछ दिन तक उन लोगों के साथ रहकर ठीक-ठीक पता लगाओ और बन पड़े तो उसे गिरफ्तार भी कर लो, बस।

बिहारी- भूतनाथ और अर्जुन सिंह से लड़ाई क्यों हो गई?

गिरिजा- लड़ाई तो बहुत पुरानी है मगर इधर जब से गुरुजी ने उसका ऐयारी का बटुआ ले लिया तब से रंज ज्यादे हो गया है।

बिहारी- (ताज्जुब से) क्या भूतनाथ का बटुआ अर्जुन सिंह ने ले लिया?

गिरिजा- हां।

बिहारी- उसमें से क्या चीज निकली?

गिरिजा- सो तो नहीं मालूम मगर इतना गुरुजी कहते थे कि उस बटुए से हमारा काम नहीं चला इसलिए उसे गिरफ्तार ही करना पड़ेगा।

बिहारी- मगर भूतनाथ के खयाल से तुम्हारे गुरुजी ने हमें क्यों तकलीफ दी?

गिरिजा- तुम्हें उन्होंने किसी तरह की तकलीफ नहीं दी बल्कि बड़े आराम के साथ कैद में रखा था, क्योंकि तुम लोगों से उन्हें किसी तरह की दुश्मनी नहीं है। उनका खयाल यही था कि बिहारी सिंह को तीन-चार दिन से ज्यादे कैद में रखने की जरूरत न पड़ेगी और इसके बीच ही में भूतनाथ का पता लग जायेगा। उन्हें इस बात की भी खबर लगी थी कि भूतनाथ जमानिया में बिहारी सिंह के पास आया करता है, मगर यहां आने से मुझे उसका कुछ भी पता न लगा, अस्तु मैं एक-दो दिन में खुद ही लौट जाने वाला था, तुम अपनी बुद्धिमानी से अगर न भी छूटते तो एक-दो दिन में जरूर छोड़ दिये जाते।

गिरिजा कुमार ने ऐसे ढंग से सूरत बनाकर बातें कीं कि दारोगा और बिहारी सिंह को उसकी सच्चाई पर विश्वास हो गया। मैं पहले ही बयान कर चुका हूं कि गिरिजा कुमार बातचीत के समय सूरत बनाना बहुत ही अच्छा जानता था। अस्तु गिरिजा कुमार और बिहारी सिंह की बातें सुन दारोगा ने कहा - 'शिवशंकर, मालूम तो होता है कि तुम जो कुछ कहते हो वह सच ही है परंतु ऐयारों की बातों पर विश्वास करना जरा मुश्किल है, फिर भी तुम अच्छे और साफ दिल के मालूम होते हो।'

गिरिजा- जो आप चाहे खयाल करें मगर मैं तो यही समझता हूं कि आप लोगों से मुझे झूठ बोलने की जरूरत ही क्या है न मेरे गुरुजी को आप लोगों से दुश्मनी है न मुझी को, हां, अगर यह मालूम हो जायेगा कि हमारे मुकाबिले में आप लोग भूतनाथ की सहायता करते हैं तो बेशक दुश्मनी हो जायेगी, यह मैं खुले दिल से कहे देता हूं चाहे आप मुझे बेवकूफ समझें चाहे नालायक।

दारोगा- नहीं-नहीं, शिवशंकर, हम लोग भूतनाथ की मदद किसी तरह नहीं कर सकते, हम तो उसे खुद ही ढूंढ़ रहे हैं मगर उस कम्बख्त का कहीं पता ही नहीं लगता, ताज्जुब नहीं कि वास्तव में मर ही गया हो।

गिरिजा- (सिर हिलाकर) कदापि नहीं, अभी महीने भर से ज्यादे न हुआ होगा कि मैंने खुद अपनी आंखों से उसे देखा था मगर उस समय मैं ऐसी अण्डस में था कि कुछ न कर सका। खैर कम्बख्त जाता कहां है, मुझे उसके दो-चार ठिकाने ऐसे मालूम हैं कि जिसके सबब से एक-न-एक दिन उसे जरूर गिरफ्तार कर लूंगा।

दारोगा- (ताज्जुब और खुशी से) क्या तुमने उसे खुद अपनी आंखों से देखा था और उसके दो-चार ठिकाने तुम्हें मालूम हैं?

गिरिजा- बेशक।

दारोगा- क्या उन ठिकानों का पता मुझे बता सकते हो?

गिरिजा- नहीं।

दारोगा- सो क्यों?

गिरिजा- गुरुजी ने मुझे जो कुछ ऐयारी सिखाना था सिखा चुके। मैं गुरुजी से वादा कर चुका हूं कि अब आपकी इच्छानुसार गुरुदक्षिणा में भूतनाथ को गिरफ्तार करके आपके हवाले करूंगा और जब तक ऐसा न करूंगा अपने घर कदापि न जाऊंगा। ऐसी अवस्था में अगर मैं भूतनाथ का कुछ पता आपको बता दूं तो मानो अपने पैर में आप ही कुल्हाड़ी मारूं क्योंकि आप अमीर और शक्ति संपन्न हैं, बनिस्बत मुझ गरीब के आप उसे बहुत जल्द गिरफ्तार कर सकते हैं, अस्तु अगर ऐसा हुआ और वह आपके हाथ में पड़ गया तो मैं सूखा ही रह जाऊंगा और गुरुदक्षिणा न दे सकने के कारण अपने घर भी न जा सकूंगा।

दारोगा- (हंसकर) मगर शिवशंकर, तुम बड़े ही सीधे आदमी हो और बहुत ही साफ-साफ कह देते हो, ऐयारों को ऐसा नहीं करना चाहिए।

गिरिजा- नहीं साहब, आपसे साफ-साफ कह देने में कोई हर्ज नहीं है क्योंकि आप हमारे दुश्मन नहीं हैं, दूसरे यह कि अभी तक मुझे ऐयार की पदवी नहीं मिली, जब गुरुदक्षिणा देकर ऐयार की पदवी पा जाऊंगा तो ऐयारों की-सी चाल चलूंगा, अभी तो मैं एक गरीब छोकरा हूं।

दारोगा- नहीं, तुम बहुत अच्छे आदमी हो। हम तुमसे खुश हैं। (बिहारी सिंह की तरफ देख के) इस बेचारे के हाथ-पैर खोल दो! (गिरिजा कुमार से) मगर तुम भूतनाथ का जो कुछ पता-ठिकाना जानते हो हमें बता दो, हम तुमसे वादा करते हैं कि भूतनाथ को गिरफ्तार करके अपना काम भी निकाल लेंगे और तुम्हारे सिर से गुरुदक्षिणा का बोझ भी उतरवा देंगे।

गिरिजा- (मुंह बिचकाकर और सिर हिलाकर) जी नहीं, हां अगर इसके साथ आप और भी दो-तीन बातों का वादा करें तो मैं बेशक आपकी मदद कर सकता हूं।

बिहारी- (गिरिजा कुमार के हाथ-पैर खोलकर) तुम जो कुछ चाहोगे बाबाजी देंगे मगर इनकी बातों से इंकार न करो।

गिरिजा- (अच्छी तरह बैठकर) ठीक है मगर मैं विशेष धन-दौलत नहीं चाहता और न मुझे इसकी जरूरत ही है क्योंकि ईश्वर ने मुझे बिल्कुल ही अकेला कर दिया है, न बाप, न मां, न भाई, न भौजाई, ऐसी अवस्था में मैं धन-दौलत लेकर क्या करूंगा, मगर दो-तीन बातों का इकरार लिए बिना मैं दारोगा साहब को कुछ भी न बताऊंगा चाहे मार ही डाला जाऊं!

दारोगा- (मुस्कराकर) अच्छा-अच्छा, बताओ तुम क्या चाहते हो?

गिरिजा- एक तो यह कि उसकी खोज में मैं अगुआ रखा जाऊं।

दारोगा- मंजूर है। अच्छा और बताओ।

गिरिजा- बिहारी सिंह मेरी मदद के लिए दिये जायें क्योंकि मैं इन्हें पसंद करता हूं।

दारोगा- यह भी कबूल है, और बोलो!

गिरिजा- जहां तक जल्द हो सके मैं गुरुदक्षिणा के बोझ से हलका किया जाऊं क्योंकि इसके लिए मैं जोश में आकर बहुत बुरी कसम खा चुका हूं, यद्यपि गुरुजी मना करते थे कि तुम कसम न खाओ तुम्हारे जैसे जिद्दी आदमी का कसम खाना अच्छा नहीं है!

दारोगा- बेशक, ऐसा ही किया जायेगा, तुम जो चाहते हो, वही होगा। और कहो।

गिरिजा- गुरुदक्षिणा से छुट्टी पाकर मैं ऐयार की पदवी पा जाऊं तो मुझे यहां किसी तरह की नौकरी मिल जाय जिससे मेरा गुजारा चले, और मेरी शादी करा दी जाये। यह मैं इसलिए कहता हूं कि मुझे शादी करने का शौक है और मैं अपनी बिरादरी में ऐसा गरीब हूं कि कोई मुझे लड़की देना कबूत न करेगा।

दारोगा- यह सब-कुछ हो जायेगा, तुम कुछ चिंता न करो। और फिर तुम गरीब भी न रहोगे। अच्छा बताओ और भी कुछ चाहते हो?

गिरिजा- एक बात और है।

दारोगा- वह भी कह डालो।

गिरिजा- (बिहारी सिंह की तरफ इशारा करके) ये हमारे गुरुजी से किसी तरह की दुश्मनी न रखें और मेरे साथ वहां चलने में कोई परहेज न करें, देखिये मैं अपने दिल का हाल बहुत साफ कह रहा हूं।

बिहारी- ठीक है, ठीक है, जो कुछ तुम कहते हो मंजूर है।

गिरिजा- (दारोगा की तरफ देखकर) तो बस मैं भी आपका हुक्म बजा लाने के लिए दिलोजान से तैयार हूं।

दारोगा- अच्छा, तो अब उसके दो-तीन ठिकाने जो तुम्हें मालूम हैं उनका पता बताओ।

गिरिजा- पता क्या, अब तो मैं खुद इनको (बिहारी सिंह को) अपने साथ ले चलकर सब-कुछ दिखाऊंगा और पता लगाऊंगा। मैं उस कम्बख्त को बिना ढूंढ़े छोड़ने वाला नहीं। मुझे आप चाणक्य की तरह जिद्दी समझिये।

दारोगा- अच्छा, यह तो बताओ तुमने भूतनाथ को कहां देखा था जिसका जिक्र अभी तुमने किया है?

गिरिजा- बेगम के मकान से बाहर निकलते हुए।

बिहारी- (ताज्जुब से) कौन बेगम?

गिरिजा- वही जिसे जैपाल सिंह अपनी समझते हैं। ताज्जुब क्या करते हैं, उसे आप साधारण औरत मत समझिये, मैं साबित कर दूंगा कि उसका मकान भी भूतनाथ का एक अड्डा है मगर वहां इत्तिफाक ही से वह कभी जाता है, हां, बेगम उससे मिलने के लिए कभी-कभी कहीं जाती है परंतु उसका ठीक हाल मुझे अभी मालूम नहीं हुआ। मैं तो अब तक उसका भी पता लगा लिए होता मगर क्या कहूं गुरुजी ने कहा कि तुम जमानिया ही जाओ वहां भूतनाथ जल्दी मिल जायेगा, नहीं तो मैं बेगम का ही पीछा करने वाला था।

दारोगा- मुझे तुम्हारी इन बातों पर ताज्जुब मालूम पड़ता है!

गिरिजा- अभी क्या आगे चलकर और भी ताज्जुब होगा जब खुद बिहारी सिंह वहां की कैफियत आपसे बयान करेंगे।

दारोगा- खैर, अगर तुम्हारी राय हो तो मैं बेगम को यहां बुलाऊं?

गिरिजा- बुलवाइए मगर मेरी समझ में उसे होशियार कर देना मुनासिब न होगा, बल्कि मैं तो कहता हूं कि इसका जिक्र अभी आप जैपाल से भी न कीजिये, कुछ सबूत इकट्ठा कर लेने दीजिए।

दारोगा- खैर, जैसा तुम चाहते हो वैसा ही होगा, बेगम को यहां बुलवाकर भूतनाथ का जिक्र न करूंगा बल्कि उसकी तबीयत और नीयत का अंदाजा करूंगा।

गिरिजा- हां, तो बुलावाइये!

दारोगा- तब तक तुम क्या करोगे?

गिरिजा- कुछ भी नहीं, अभी तो दो-तीन दिन तक मैं यहां से न जाऊंगा, बल्कि मैं चाहता हूं कि दो रोज मुझे आप इन्हीं (बिहारी सिंह) की सूरत में रहने दीजिए और बिहारी सिंह को कहिए कि अपनी सूरत बदल लें। जब बेगम आकर यहां से चली जाएगी तब हम दोनों आदमी भूतनाथ की खोज में जाएंगे।

दारोगा- इसमें क्या फायदा है असली सूरत में अगर तुम यहां रहो तो क्या कोई हर्ज है?

गिरिजा- हां, जरूर हर्ज है, यहां मैं कई ऐसे आदमियों से मिलजुल रहा हूं जिनसे भूतनाथ की बहुत-सी बातें मालूम होने की आशा है। उन्हें अगर मेरा असल भेद मालूम हो जायेगा तो बेशक हर्ज होगा। इसके अतिरिक्त जब बेगम यहां आ जाय तो मैं बिहारी सिंह बना हुआ आपके सामने ऐसे ढंग पर बातें करूंगा कि ताज्जुब नहीं आपको भी इस बात का पता लग जाये कि भूतनाथ से और उससे कुछ संबंध है।

दारोगा- अगर ऐसी बात है तो तुम्हारा बिहारी सिंह ही बने रहना ठीक है।

गिरिजा- इसी से तो मैं कहता हूं।

दारोगा- खैर, ऐसा ही होगा और मैं आज ही बेगम को लाने के लिए आदमी भेजता हूं। (बिहारी सिंह की तरफ देखकर) तुम अपनी सूरत बदलने का बंदोबस्त करो!

बिहारी- बहुत अच्छा।

यहां तक बयान करके दलीपशाह चुप हो गया और कुछ दम लेकर फिर इस तरह बयान करने लगा–

"इस समय मेरी बातें सुन-सुनकर दारोगा और जैपाल वगैरह के कलेजे पर सांप लोट रहा होगा और उस समय की बातें याद करके ये बेचैन हो रहे होंगे क्योंकि वास्तव में गिरिजा कुमार ने उन्हें ऐसा उल्लू बनाया कि उस बात को ये कभी भूल नहीं सकते। खैर, उस समय जब हम दोनों आदमी जंगल में दारोगा के सिपाहियों से जुदा हुए, हमें गिरजा कुमार के मामले की कुछ खबर न थी। अगर खबर होती तो बेगम को न लूटते और न अर्जुन सिंह ही गिरिजा कुमार की खोज में जमानिया जाते। खैर, फिर भी जो कुछ हुआ अच्छा ही हुआ और अब मैं आगे का हाल बयान करता हूं।"

***

बयान-2

"दलीपशाह ने फिर इस तरह अपना किस्सा कहना शुरू किया–

गिरिजा कुमार ने अपनी बातचीत में दारोगा और बिहारी सिंह को ऐसा उल्लू बनाया कि उन दोनों को गिरिजा कुमार पर पूरा-पूरा भरोसा हो गया और वह खुशी के साथ जमानिया में रहकर बेगम का इंतजार करने लगा बल्कि दारोगा के साथ जाकर उसने खास बाग का रास्ता और मायारानी को भी देख लिया। इधर अर्जुन सिंह गिरिजा कुमार की खोज में जमानिया गए और मैं बेगम को गिरफ्तार करने के फिक्र में पड़ा।

पहले तो मैं अपने घर गया और वहां से कई आदमियों का इंतजाम करके लौटा। ठीक समय पर गंगा के किनारे उस ठिकाने पहुंच गया जहां बेगम की किश्ती किनारे लगाकर लूट लेने की बातचीत कही-बदी थी।

मैं इस घटना का हाल बहुत बढ़ाकर न कहूंगा कि बेगम की किश्ती क्योंकर आई और क्या-क्या हुआ तथा मैंने किसको किस तरह गिरफ्तार किया- संक्षेप में केवल इतना ही कहूंगा कि बेगम पर मैंने कब्जा कर लिया और जो चीजें उसके पास थीं सब ले ली गईं। उन्हीं चीजों में ये सब कागज और वह हीरे की अंगूठी भी थी जो भूतनाथ बेगम के यहां से ले आया है और जो इस समय दरबार में मौजूद है। आगे चलकर मैं इन चीजों का हाल बयान करूंगा और यह भी कहूंगा कि ये सब चीजें मेरे कब्जे में आकर फिर क्योंकर निकल गईं। इस समय मैं पुन: गिरिजा कुमार का हाल बयान करूंगा जो उसी की जुबानी मुझे मालूम हुआ था।"

गिरिजा कुमार जमानिया में बैठा हुआ दारोगा के साथ बेगम का इंतजार कर रहा था। जब बेगम को लुटवाकर दोनों सिपाही जिनके साथ बेगम के भी दो आदमी थे और जिन्हें मैंने जान-बूझकर छोड़ दिया था, रोते-कलपते जमानिया पहुंचे तो सीधे दारोगा के पास चले गये। उस समय वहां सूरत बदले हुए असली बिहारी सिंह और गिरिजा कुमार भी बिहारी सिंह बना हुआ बैठा था। दारोगा के सिपाहियों और बेगम के आदमियों ने अपनी बरबादी और बेगम के लुट जाने का हाल बयान किया जिसे सुनते ही दारोगा को ताज्जुब और रंज हुआ। उसने गिरिजा कुमार की तरफ देखकर कहा, 'यह कार्रवाई किसने की होगी?'

गिरिजा- खुद बेगम ने या फिर भूतनाथ ने! (बेगम के आदमियों की तरफ देख के) क्यों जी! मैं समझता हूं कि शायद महीने-भर के लगभग हुआ होगा जब एक दिन भूतनाथ मेरे साथ बेगम के यहां गया था। उस समय तुम भी वहां थे, क्या तुमने मुझे पहचाना था?

बेगम का आदमी- जी नहीं, मैंने आपको नहीं पहचाना था।

गिरिजा- (दारोगा की तरफ देख के) आप ही के कहे मुताबिक मैं दो-तीन दफे भूतनाथ के साथ बेगम के यहां गया था, पर वास्तव में भूतनाथ अच्छा आदमी है और ये लोग भी बड़ी मुस्तैदी के साथ वहां रहते हैं। (बेगम के आदमियों की तरफ देख के) क्यों जी, है न यही बात?

बेगम का आदमी- (हाथ जोड़ के) जी हां सरकार!

बेगम के आदमियों के जुबान से गिरिजा कुमार ने बड़ी खूबी के साथ 'जी हां सरकार' कहलवा लिया। इसमें कोई शक नहीं कि भूतनाथ बेगम के यहां जाया करता था और गिरिजा कुमार को यह हाल मालूम था मगर ऐसे मौके पर उसके आदमियों की जुबान से 'हां' कहला लेना मामूली बात न थी। उन खुशामदी आदमियों ने यह सोचकर कि जब खुद बिहारी सिंह भूतनाथ के साथ अपना जाना कबूल करते हैं तो हां कहना ही अच्छा है- 'जी हां सरकार' कह दिया और गिरिजा कुमार दारोगा तथा बिहारी सिंह की निगाह में सच्चा बन बैठा। साथ ही इसके गिरिजा कुमार दारोगा से पहले ही कह चुका था कि बेगम आवेगी तो मैं बात-ही-बात में किसी तरह साबित करा दूंगा कि भूतनाथ उसके यहां आता-जाता है, वह बात भी दारोगा को खूब याद थी, अस्तु दारोगा को गिरिजा कुमार पर और भी विश्वास हो गया। उसने गिरिजा कुमार का इशारा पाकर बेगम के दोनों आदमियों को बिना कुछ कहे थोड़ी देर के लिए बिदा किया और फिर आपस में इस तरह बातचीत करने लगा—

दारोगा- कुछ समझ में नहीं आता कि क्या मामला है!

गिरिजा- अजी यह उसी कम्बख्त भूतनाथ की बदमाशी और दोनों की मिलीजुली गठन है। बेगम जान-बूझकर यहां नहीं आई। अगर वह आती तो उसके आदमियों की तरह खास उसकी जुबान से भी मैं इस बात को साबित करा देता कि उससे और भूतनाथ से ताल्लुक है और इसीलिए मैं अभी तक बिहारी सिंह बना हुआ था, मगर खैर कोई चिंता नहीं। मैं बहुत जल्द इन सब भेदों का पूरा-पूरा पता लगा लूंगा और भूतनाथ को भी गिरफ्तार कर लूंगा।

दारोगा- तो अब देर क्यों करते हो?

गिरिजा- कुछ नहीं, कल मेरे साथ चलने के लिए बिहारी सिंह तैयार हो जायें।

बिहारी- अच्छी बात है, यह बताओ कि किस सूरत-शक्ल में सफर किया जायेगा।

गिरिजा- मैं एक ज्योतिषी की सूरत बनूंगा और आप...।

बिहारी- मैं वैद्य बनूंगा।

गिरिजा- बस-बस, यही ठीक है, मगर एक बात मैं अभी से कहे देता हूं कि दो घंटे के लिए मैं गुरुजी से मिलने जरूर जाऊंगा।

बिहारी- क्या हर्ज है, अगर कहोगे तो मैं भी तुम्हारे साथ चला चलूंगा या कहीं अटक जाऊंगा।

मुख्तसर यह कि दूसरे दिन दोनों ऐयार ज्योतिषी और वैद्य बने हुए जमानिया के बाहर निकले।

मजा तो यह कि गिरिजा कुमार ने चालाकी से उस समय तक किसी को अपनी असली सूरत देखने नहीं दी। जब तक वहां रहा बिहारी सिंह ही बना रहा, जब बाहर निकला तो ज्योतिषी बनकर निकला। खैर, दारोगा का तो कहना ही क्या है, खुद बिहारी सिंह और हरनाम सिंह व्यर्थ ही ऐयार कहलाए, असल में कोई अच्छा काम इन दोनों के हाथ से होते देखा-सुना नहीं गया।

अब हम थोड़ा-सा हाल अर्जुन सिंह का बयान करते हैं, जो गिरिजा कुमार का पता लगाने के लिए हमसे जुदा होकर जमानिया गए थे। जमानिया में रामसरन नामी एक महाजन अर्जुन सिंह का दोस्त था, अस्तु ये सूरत बदले हुए सीधे उसी के मकान पर चले गए और मौका पाकर उससे मुलाकात करने के बाद सब हाल बयान किया और उससे मदद चाही। पहले तो वह दारोगा और मायारानी के खिलाफ कार्रवाई करने के नाम से बहुत डरा मगर अर्जुन सिंह ने उसे बहुत भरोसा दिलाया और कहा कि जो कुछ हम करेंगे, वह ऐसे ढंग से करेंगे कि तुम पर किसी को किसी तरह का शक न होगा, इसके अतिरिक्त हम तुमसे और किसी तरह की मदद नहीं चाहते केवल एक गुप्त कोठरी ऐसे ढंग की चाहते हैं जिसमें अगर हम किसी को गिरफ्तार करके लावें तो दो-चार दिन के लिए कैद कर रखें और यह काम भी ऐसी खूबी के साथ किया जायेगा कि कैदी को इस बात का गुमान भी न होगा कि वह कहां और किसके मकान में कैद किया गया था।

खैर, रामसरन ने किसी तरह अर्जुन सिंह की बात मंजूर कर ली और तब अर्जुन सिंह उसके मकान से बाहर निकलकर हरनाम सिंह को फांसने की फिक्र करने लगे, क्योंकि इन्होंने निश्चय कर लिया था कि बिना किसी को फंसाए हुए गिरिजा कुमार का पता लगाना कठिन ही नहीं बल्कि असंभव है।

मुख्तसर यह कि दो दिन की कोशिश में अर्जुन सिंह ने भुलावा दे हरनाम सिंह को गिरफ्तार कर लिया, उसे रामसरन के मकान की एक अंधेरी कोठरी में ले जाकर कैद किया तथा खाने-पीने का भी प्रबंध कर दिया। हरनाम सिंह को यह मालूम न हुआ कि उसे किसने कैद किया है और वह किस स्थान पर रखा गया है, तथा उसे खाने-पीने को कौन देता है। इस काम से छुट्टी पाकर हरनाम सिंह की सूरत बना अर्जुन सिंह दारोगा के दरबार में जा घुसे और इस तरकीब से बहुत जल्द गिरिजा कुमार को पहचान लिया और उसका पता लगा लिया। गिरिजा कुमार ने जिस चालाकी से अपने को बचा लिया था उसे जानकर उसकी बुद्धिमानी पर अर्जुन सिंह को आश्चर्य हुआ मगर भंडा फूटने के डर से अपने को बहुत ही बचाए हुए थे और दारोगा तथा असली बिहारी सिंह से सिरदर्द का बहाना करके बातचीत कम करते थे।

जब बिहारी सिंह को साथ लेकर गिरिजा कुमार शहर के बाहर निकला तो अर्जुन सिंह ने भी सूरत बदलकर उसका पीछा किया। जब दोनों मुसाफिर एक मंजिल रास्ता तै कर चुके तो दूसरे दिन सफर में एक जगह मौका पाकर और कुछ देर के लिए गिरिजा कुमार को अकेला देखकर अर्जुन सिंह उसके पास चले गए और उन्होंने अपने को उस पर प्रकट कर दिया। जल्दी-जल्दी

बातचीत करके इन्होंने उसे यह बता दिया कि उसके जमानिया चले जाने के बाद क्या हुआ था अब उसे क्या और किस-किस ढंग पर कार्रवाई करनी चाहिए और हमसे-तुमसे कहां-कहां किस-किस मौके पर या कैसी सूरत में मुलाकात होगी।

अर्जुन सिंह ने गिरिजा कुमार को जो कुछ समझाया उसका हाल आगे चलकर मालूम होगा, इस जगह केवल इतना ही कहना काफी है कि गिरिजा कुमार को समझाकर अर्जुन सिंह फिर जमानिया चले गए और रात के समय हरनाम सिंह को कैदखाने से निकाला, शहर के बाहर बहुत दूर मैदान में ले जाकर छोड़ दिया और अपना रास्ता पकड़ा, जिससे होश में आकर वह अपने घर चला जाये और उसे मालूम न हो कि उसके साथ किसने क्या सलूक किया, बल्कि यह बात उसे स्वप्न की तरह याद रहे।

इसके बाद अर्जुन सिंह बहुत जल्द मेरे पास पहुंचे और जो कुछ हो चुका था उसे बयान किया। गिरिजा कुमार का हाल सुनकर मुझे बड़ी प्रसन्नता हुई और मैंने बेगम के साथ जो कुछ सलूक किया था उसका हाल अर्जुन सिंह से बयान किया तथा जो कुछ चीजें उसकी मेरी हाथ लगी थीं दिखाकर यह भी कहा कि बेगम अभी तक मेरे यहां कैद है अस्तु सोचना चाहिए कि अब उसके साथ क्या कार्रवाई की जाये?

उन दिनों असल में मुझे तीन बातों की फिक्र लगी थी। एक तो यह कि यद्यपि भूतनाथ से और मुझसे रंज चला आता था और भूतनाथ ने अपना मरना मशहूर कर दिया था, मगर भूतनाथ की स्त्री मेरे यहां आई हुई थी और उसकी अवस्था पर मुझे दु:ख होता था इसलिए मैं चाहता था कि किसी तरह भूतनाथ से मुलाकात हो और मैं उसे समझा-बुझाकर ठीक रास्ते पर लाऊं, दूसरे यह कि राजा गोपाल सिंह के मरने का असली सबब दरियाफ्त करूं और तीसरे बलभद्र सिंह तथा लक्ष्मीदेवी को दरोगा की कैद से छुड़ाऊं, जिनका कुछ-कुछ हाल मुझे मालूम हो चुका था। बस इन्हीं कामों के लिए हम लोगों ने इतनी मेहनत अपने सिर उठाई थी, नहीं तो जमानिया के बारे में हम लोगों के लिए अब किसी तरह की दिलचस्पी नहीं रह गई थी।

बेगम की जो चीजें मेरे हाथ लगी थीं उनमें से कई कागज और एक हीरे की अंगूठी ऐसी थी जिस पर ध्यान देने से हम लोगों को मालूम हो गया कि बेगम भी कोई साधारण औरत नहीं थी। उन कागजों में से कई चिट्ठियां ऐसी थीं जो भूतनाथ के विषय में जैपाल ने बेगम को लिखी थीं और कई चिट्ठियां ऐसी थीं जिनके पढ़ने से मालूम होता था कि मायारानी के बाप को इसी जैपाल ने मायारानी और दारोगा की इच्छानुसार मारकर जहन्नुम में पहुंचा दिया है और बलभद्र सिंह अभी तक जीता है, मगर साथ ही इसके उन चिट्ठियों से यह भी जाहिर होता था कि असली लक्ष्मीदेवी निकलकर भाग गई, जिसका पता लगाने के लिए दारोगा बहुत उद्योग कर रहा है मगर पता नहीं लगता। वह जो हीरे की अंगूठी थी वह वास्तव में हेला सिंह (मायारानी के बाप) की थी जो उसके मरने के बाद जैपाल के हाथ लगी थी। उस अंगूठी के साथ एक कागज का

पुर्जा बंधा हुआ था जिस पर बलभद्र सिंह को कैद में रखने और हेला सिंह को मार डालने की आज्ञा थी और उस पर मायारानी तथा दारोगा दोनों के हस्ताक्षर थे।

वे कागज, पुर्जे और अंगूठी इस समय महाराज के दरबार में मौजूद हैं जो भूतनाथ बेगम के यहां से उस समय ले आया था जब वह असली बलभद्र सिंह को छुड़ाने के लिए गया था। आप लोगों को इस बात पर आश्चर्य होगा कि जब ये सब चीजें बेगम के गिरफ्तार करने पर मेरे कब्जे में आ ही चुकी थीं तो पुन: बेगम के कब्जे में कैसे चली गईं इसके जवाब में केवल इतना ही कह देना काफी है कि जब मैं भी बेगम तथा दारोगा के कब्जे में चला गया और इन सब बातों का कर्ता-धर्ता भूतनाथ ही है जिसने उस समय बहुत बड़ा धोखा खाया और जिसके सबब से कुछ दिन बाद उसे भी तकलीफ उठानी पड़ी। मैंने यह भी सुना कि अपनी इस भूल से शर्मिन्दा होकर भूतनाथ ने बेगम और जैपाल को बड़ी तकलीफें दीं मगर उसका नतीजा उस समय कुछ भी न निकला, खैर, अब मैं पुन: किस्से की तरफ झुकता हूं।

दलीप सिंह की इस बात को सुनकर महाराज ने पुन: हीरे की अंगूठी और उन चिट्ठियों को देखने की इच्छा प्रकट की जो भूतनाथ बेगम के यहां से उठा लाया था। तेज सिंह ने पहले महाराज को और फिर और लोगों को भी वे चीजें दिखाईं और उसके बाद फिर दलीपशाह ने इस तरह अपना हाल बयान करना शुरू किया–

अर्जुन सिंह ज्यादे देर तक मेरे पास नहीं ठहरे, उस समय जो कुछ हम लोगों को करना चाहिए था बहुत जल्द निश्चय कर लिया गया और इसके बाद अर्जुन सिंह के साथ मैं घर से बाहर निकला और हम दोनों मित्र गिरिजा कुमार की तरफ रवाना हुए।

अब गिरिजा कुमार का हाल सुनिए कि अर्जुन सिंह से मिलने के बाद फिर क्या हुआ।

बिहारी सिंह और गिरिजा कुमार दोनों आदमी सफर करते हुए एक ऐसे स्थान में पहुंचे जहां से बेगम का मकान केवल पांच कोस की दूरी पर था। यहां पर एक छोटा गांव था जहां मुसाफिरों के लिए खाने-पीने की मामूली चीजें मिल सकती थीं और जिसमें हलवाई की एक छोटी-सी दुकान भी थी। गांव के बाहरी प्रांत में जमींदारों के देहाती ढंग के बगीचे थे और पास ही में पलास का छोटा-सा जंगल भी था। संध्या होने में घंटे-भर की देर थी और बिहारी सिंह चाहता था कि हम लोग बराबर चले जायें, दो-तीन घंटे रात जाते बेगम के मकान तक पहुंच ही जाएंगे, मगर गिरिजा कुमार को यह बात मंजूर न थी। उसने कहा कि मैं बहुत थक गया हूं और अब एक कोस भी आगे नहीं चल सकता, इसलिए यही अच्छा होगा कि आज की रात इसी गांव के बाहर किसी बगीचे अथवा जंगल में बिता दी जाये।

यद्यपि दोनों की राय दो तरह की थी, मगर बिहारी सिंह को लाचार हो गिरिजा कुमार की बात माननी पड़ी और यह निश्चय करना ही पड़ा कि आज की रात अमुक बागीचे में बिताई जायेगी, अस्तु संध्या हो जाने पर दोनों आदमी गांव में हलवाई की दुकान पर गए और वहां पूरी-तरकारी बनवाकर पुन: गांव के बाहर चले आए।

चांदनी निकली हुई थी और चारों तरफ सन्नाटा छाया हुआ था। बिहारी सिंह और गिरिजा कुमार एक पेड़ के नीचे बैठे हुए धीरे-धीरे भोजन और निम्नलिखित बातें करते जाते थे–

गिरिजा- आज की भूख में ये पूरियां बड़ा ही मजा दे रही हैं।

बिहारी- यह भूख ही के कारण नहीं बल्कि बनी भी अच्छी हैं, इसके अतिरिक्त तुमने आज बूटी (भांग) भी गहरी पिला दी।

गिरिजा- अजी इसी बूटी की बदौलत तो सफर की हरारत मिटेगी।

बिहारी- मगर नशा तो तेज हो रहा है और अभी तक बढ़ता ही जाता है।

गिरिजा- तो हम लोगों को करना ही क्या है?

बिहारी- और कुछ नहीं तो अपने कपड़े-लत्ते और बटुए का खयाल तो है ही।

गिरिजा- (हंसकर) मजा तो तब हो जो इस समय भूतनाथ से सामना हो जाये।

बिहारी- हर्ज ही क्या है मैं इस समय भी लड़ने को तैयार हूं मगर वह बड़ा ही ताकतवर और काइयां ऐयार है।

गिरिजा- उसकी कदर तो राजा गोपाल सिंह जानते थे।

बिहारी- मेरे खयाल से तो यह बात नहीं है।

गिरिजा- तुम्हें खबर नहीं है, अगर मौका मिला तो मैं इस बात को साबित कर दूंगा।

बिहारी- किस ढंग से साबित करोगे?

गिरिजा- खुद राजा गोपाल सिंह की जुबान से।

बिहारी- (हंसकर) क्या भंग के नशे में पागल हो गए हो राजा गोपाल सिंह अब कहां हैं?

गिरिजा- असत बात तो यह है कि मुझे राजा गोपाल सिंह के मरने का विश्वास ही नहीं है।

बिहारी- (चौकन्ना होकर) सो क्या तुम्हारे पास उनके जीते रहने का क्या सबूत है।

गिरिजा- बहुत कुछ सबूत है मगर इस विषय पर मैं हुज्जत या बहस करना पसंद नहीं करता, जो कुछ असल बात है तुम स्वयम् जानते हो, अपने दिल से पूछ लो।

बिहारी- मैं तो यही जानता हूं कि राजा साहब मर गए।

गिरिजा- खैर, यह तो मैं कह ही चुका हूं कि इस विषय पर बहस न करूंगा।

बिहारी- मगर बताओ तो सही कि तुमने क्या समझ के ऐसा कहा?

गिरिजा- मैं कुछ भी न बताऊंगा।

बिहारी- फिर हमारी-तुम्हारी दोस्ती ही क्या ठहरी जो एक जरा-सी बात छिपा रहे हो और पूछने पर भी नहीं बताते!

गिरिजा- (हंसकर) तुम्हें ऐसा कहने का हक नहीं है। जब तुम खुद दोस्ती का खयाल न करके ये बातें छिपा रहे हो तो मैं क्यों बताऊं।

बिहारी- (संकोच के साथ) मैं तो कुछ भी नहीं छिपाता।

गिरिजा- अच्छा, मेरे सिर पर हाथ रखकर कह तो दो कि वास्तव में राजा साहब मर गए। मैं अभी साबित कर देता हूं कि तुम छिपाते हो या नहीं। अगर तुम सच कह दोगे तो मैं भी बता दूंगा कि इसमें कौन-सी नई बात पैदा हो गई और क्या रंग खिला चाहता है।

बिहारी- (कुछ सोचकर) पहले तुम बताओ फिर मैं बताऊंगा।

गिरिजा- ऐसा नहीं हो सकता।

इस समय बिहारी सिंह नशे में मस्त था, एक तो गिरिजा कुमार ने उसे भंग पिला दी थी, दूसरे उसने जो पूरियां खाईं उसमें भी एक प्रकार का बेढब नशा मिला हुआ था, क्योंकि वास्तव में उस हलवाई के यहां अर्जुन सिंह ने पहले ही से प्रबंध कर लिया था और ये बातें गिरिजा कुमार से कही-बदी थीं जैसा कि ऊपर के बयान से आपको मालूम हो चुका है, अस्तु गिरिजा कुमार ने पहले ही से एक दवा खा ली थी जिससे उन पूरियों का असर उस पर कुछ भी न हुआ, मगर बिहारी सिंह धीरे-धीरे अलमस्त हो गया और थोड़ी ही देर में बेहोश होने वाला था। वह ऐसा मस्त और खुश करने वाला नशा था जिसके बस में होकर बिहारी सिंह ने अपने दिल का भेद खोल दिया, मगर अफसोस भूतनाथ ने हमारी कुल मेहनत पर मिट्टी डाल दी और हम लोगों को बर्बाद कर दिया। उस भेद का पता लग जाने पर भी हम लोग कुछ न कर सके जिसका सबब आगे चलकर आपको मालूम होगा। जब गिरिजा कुमार और बिहारी सिंह से बातें हो रही थीं उस समय हम दोनों मित्र भी वहां से थोड़ी ही दूर पर छिपे हुए खड़े थे और इंतजार कर रहे थे कि बिहारी सिंह बेहोश हो जाये और गिरिजा कुमार बुलाये तो हम दोनों भी वहां जा पहुंचें।

गिरिजा कुमार ने पुन: जोर देकर कहा, 'ऐसा नहीं हो सकता, पहले तुम्हीं को दिल का परदा खोल के और सच्चा-सच्चा हाल कह के दोस्ती का परिचय देना चाहिए और यह बात मुझसे छिपी नहीं रह सकती कि तुमने सच कहा या झूठ क्योंकि जो कुछ भेद है उसे मैं खूब जानता हूं।'

बिहारी- मुझे भी ऐसा ही मालूम होता है, खैर, अब मैं कोई बात तुमसे न छिपाऊंगा, सब भेद साफ कह दूंगा। मगर इस समय केवल इतना ही कहूंगा कि वास्तव में राजा साहब मरे नहीं बल्कि अभी तक जीते हैं।

गिरिजा- इतना तो मैं खुद कह चुका हूं, इससे ज्यादा कुछ कहो तो मुझे विश्वास हो।

'गिरिजा कुमार की बात का बिहारी सिंह कुछ जवाब दिया ही चाहता था कि सामने से एक आदमी आता हुआ दिखाई पड़ा जो पास आते ही चांदनी के सबब से बहुत जल्द पहचान लिया गया कि भूतनाथ है। बिहारी सिंह ने, जो भूतनाथ को देखकर घबरा गया था गिरिजा कुमार से

कहा, 'लो सम्हल जाओ, भूतनाथ आ पहुंचा!' दोनों आदमी सम्हलकर खड़े हो गए और भूतनाथ भी वहां पहुंच दिलेराना ढंग पर उन दोनों के सामने अकड़कर खड़ा हो गया और बोला, 'तुम दोनों को मैं खूब पहचानता हूं और यकीन है कि तुम लोगों ने भी मुझे पहचान लिया होगा कि यह भूतनाथ है।'

बिहारी- बेशक, मैंने तुमको पहचान लिया मगर तुमको हम लोगों के बारे में धोखा हुआ है।

भूत- (हंसकर) मैं तो कभी धोखा खाता ही नहीं। मुझे खूब मालूम है कि तुम दोनों बिहारी सिंह और गिरिजा कुमार हो और साथ ही इसके मुझे यह मालूम है कि तुम लोग मुझे गिरफ्तार करने के लिए जमानिया से बाहर निकले हो। मुझे तुम अपने जैसा बेवकूफ न समझो। (गिरिजा कुमार की तरफ बताकर) जिसे तुम लोगों ने आज तक नहीं पहचाना और जिसे तुम अभी तक शिवशंकर समझे हुए हो उसे मैं खूब जानता हूं कि यह दलीपशाह का शागिर्द गिरिजा कुमार है। जरा सोचो तो सही कि तुम्हारे जैसा बेवकूफ आदमी मुझे क्या गिरफ्तार करेगा जिसे एक लौंडे (गिरिजा कुमार) ने धोखे में डालकर उल्लू बना दिया और जो इतने दिनों तक साथ रहने पर भी गिरिजा कुमार को पहचान न सका। खैर इसे जाने दो, पहले अपनी हिम्मत और बहादुरी ही का अंदाज कर लो, देखो मैं तुम्हारे सामने खड़ा हूं, मुझे गिरफ्तार करो तो सही!

भूतनाथ की बातें सुनकर बिहारी सिंह हैरान बल्कि बदहवास हो गया क्योंकि वह भूतनाथ के जीवट और उसकी ताकत को खूब जानता था और उसे विश्वास था कि इस तरह खुले मैदान भूतनाथ को गिरफ्तार करना दो-चार आदमियों का काम नहीं है। साथ ही वह यह सुनकर और भी घबरा गया कि हमारा साथी वास्तव में शिवशंकर या हमारा मददगार नहीं है बल्कि हमें धोखे में डालकर उल्लू बनाने और भेद ले लेने वाला एक चालाक ऐयार है। इससे मैंने जो गोपाल सिंह के जीते रहने का भेद बता दिया सो अच्छा नहीं किया।

गिरिजा- मगर मुझसे आपको किसी तरह की दुश्मनी न होनी चाहिए क्योंकि मैंने आपका कुछ नुकसान नहीं किया है।

भूत- सिवाय इसके कि मुझे गिरफ्तार करने की फिक्र में थे।

गिरिजा- कदापि नहीं, यह तो एक तरकीब थी जिससे कि मैंने अपने को कैद होने से बचा लिया, यही सबब था कि इस समय मैंने इसे (बिहारी सिंह को) धोखा देकर बेहोशी की दवा दी और इसे बांधकर अपने घर ले जाने वाला था।

भूत- तुम्हारी बातें मान लेने के योग्य हैं मगर मैं इस बात को भी खूब जानता हूं कि तुम बड़े बातूनी हो और बातों के जाल में बड़े-बड़े चालाकों को फंसाकर उल्लू बना सकते हो।

इतना कहकर भूतनाथ ने अपनी जेब में से कपड़े का एक टुकड़ा निकालकर गिरिजा कुमार के मुंह पर रख दिया और फिर गिरिजा कुमार को दीन-दुनिया की कुछ भी खबर न रही। इसके

बाद क्या हुआ सो उसे मालूम नहीं और न मैं ही जानता हूं, क्योंकि इस विषय में मैं वही बयान करूंगा जो गिरिजा कुमार ने मुझसे कहा था।

हम दोनों मित्र जो उस समय छिपे हुए थे बैठे-बैठे घबड़ा गये और जब लाचार होकर उस बाग में गये तो न गिरिजा कुमार को देखा न बिहारी सिंह को पाया। कुछ पता न लगा कि दोनों कहां गये, क्या हुए या उन पर कैसी बीती। बहुत खोजा, पता लगाया, कई दिन तक इस इलाके में घूमते रहे, मगर नतीजा कुछ न निकला। लाचार अफसोस करते हुए अपने घर की तरफ लौट आए।

अब बहुत विलंब हो गया, महाराज भी घबड़ा गये होंगे। (जीत सिंह की तरफ देखकर) यदि आज्ञा हो तो मैं अपनी राम कहानी यहां पर रोक दूं और जो कुछ बाकी है उसे कल के दरबार में बयान करूं।

इतना कहकर दलीपशाह चुप हो गया और महाराज का इशारा पाकर जीत सिंह ने उसकी बात मंजूर कर ली। दरबार बर्खास्त हुआ और लोग अपने-अपने डेरे की तरफ रवाना हुए।

***

बयान-3

दूसरे दिन मामूली ढंग पर दरबार लगा और दलीपशाह ने इस तरह अपना हाल बयान करना शुरू किया–

"कई दिन बीत गये मगर मुझे गिरिजा कुमार का कुछ पता न लगा और न इस बात का ही खयाल हुआ कि वह भूतनाथ के कब्जे में चला गया होगा। हां जब मैं गिरिजा कुमार की खोज में सूरत बदलकर घूम रहा था तब इस बात का पता जरूर लग गया कि भूतनाथ मेरे पीछे पड़ा हुआ है और दारोगा से मिलकर मुझे गिरफ्तार करा देने का बंदोबस्त कर रहा है।"

उस मामले के कई सप्ताह बाद एक दिन आधी रात के समय भूतनाथ पागलों की-सी हालत में मेरे घर आया और उसने मेरा लड़का समझकर अपने हाथ से खुद अपने लड़के का खून कर दिया जिसका रंज इस जिंदगी में उसके दिल से नहीं निकल सकता और जिसका खुलासा हाल वह स्वयं अपनी जीवनी में बयान करेगा। इसी के थोड़े दिन बाद भूतनाथ की बदौलत मैं दारोगा के कब्जे में जा फंसा।

जब तक मैं स्वतंत्र रहा मुझे गिरिजा कुमार का हाल कुछ भी मालूम न हुआ, जब मैं पराधीन होकर कैदखाने में गया और वहां गिरिजा कुमार से जिसे भूतनाथ ने दारोगा के सुपुर्द कर दिया था मुलाकात हुई तब गिरिजा कुमार की जुबानी सब हाल मालूम हुआ।

भूतनाथ के कब्जे में पड़ जाने के बाद जब गिरिजा कुमार होश में आया तो उसने अपने को एक पत्थर के खंभे के साथ बंधा हुआ पाया जो किसी सुंदर सजे हुए कमरे के बाहरी दालान में था। वह चौकन्ना होकर चारों तरफ देखने और गौर करने लगा मगर इस बात का निश्चय न कर सका कि यह मकान किसका है, हां, शक होता था कि यह दारोगा का मकान होगा क्योंकि अपने सामने भूतनाथ के साथ ही साथ बिहारी सिंह और दारोगा साहब को भी बैठे हुए देखा।

गिरिजा कुमार, दारोगा, बिहारी सिंह और भूतनाथ में देर तक तरह-तरह की बातें होती रहीं और गिरिजा कुमार ने भी बातों की उलझन में उन्हें ऐसा फंसाया कि किसी तरह असल भेद का वे लोग पता न लगा सके मगर फिर भी गिरिजा कुमार को उनके हाथों छुट्टी न मिली और वह तिलिस्म के अंदर वाले कैदखाने में ठूंस दिया गया, हां उसे इस बात का विश्वास हो गया कि वास्तव में राजा गोपाल सिंह मरे नहीं बल्कि कैद कर लिए गए हैं।

राजा गोपाल सिंह के जीते रहने का हाल यद्यपि गिरिजा कुमार को मालूम हो गया मगर इसका नतीजा कुछ भी न निकला क्योंकि इस बात का पता लगाने के साथ ही वह गिरफ्तार हो गया और यह हाल किसी से भी बयान न कर सका। अगर हम लोगों में से किसी को भी मालूम

हो जाता कि वास्तव में राजा गोपाल सिंह जीते हैं और कैद में हैं तो हम लोग उन्हें किसी-न-किसी तरह जरूर छुड़ा ही लेते मगर अफसोस!

बहुत दिनों तक खोजने और पता लगाने पर भी जब गिरिजा कुमार का कुछ हाल मालूम न हुआ तब लाचार होकर मैं इंद्रदेव के पास गया और सब हाल बयान करने के बाद मैंने इनसे सलाह पूछी कि अब क्या करना चाहिए। बहुत गौर करने के बाद इंद्रदेव ने कहा कि मेरा दिल यही कहता है कि गिरिजा कुमार गिरफ्तार हो गया और इस समय दारोगा के कब्जे में है। इसका पता इस तरह लग सकता है कि तुम किसी तरह दारोगा को गिरफ्तार करके ले आओ और उसकी सूरत बनकर दस-पांच दिन उसके मकान में रहो, इस बीच में उसके नौकरों की जुबानी कुछ न कुछ हाल गिरिजा कुमार का जरूर मालूम हो जायेगा, मगर इसमें कुछ शक नहीं कि दारोगा को गिरफ्तार करना जरा मुश्किल है।

इंद्रदेव की राय मुझे बहुत पसंद आई और मैं दारोगा को गिरफ्तार करने की फिक्र में पड़ा। इंद्रदेव से बिदा होकर मैं अर्जुन सिंह के घर गया और जो कुछ सलाह हुई थी बयान किया। इन्होंने भी यह राय पसंद की और इस काम के लिए मेरे साथ जमानिया चलने को तैयार हो गये, अस्तु हम दोनों आदमी भेष बदलकर घर से निकले और जमानिया की तरफ रवाना हुए।

संध्या हुआ ही चाहती थी जब हम दोनों आदमी जमानिया शहर के पास पहुंचे, उस समय सामने से दारोगा का एक सिपाही आता हुआ दिखाई पड़ा। हम लोग बहुत खुश हुए और अर्जुन सिंह ने कहा- 'लो भाई सगुन तो बहुत अच्छा मिला कि शिकार सामने आ पहुंचा और चारों तरफ सन्नाटा भी छाया हुआ है। इस समय इसे जरूर गिरफ्तार करना चाहिए, इसके बाद इसी की सूरत बनाकर दारोगा के पास पहुंचना और उसे धोखा देना चाहिए।'

हम दो आदमी थे और सिपाही अकेला था, ऐसी अवस्था में किसी तरह की चालबाजी की जरूरत न थी, केवल तकरार कर लेना ही काफी था। हुज्जत और तकरार करने के लिए किसी मसाले की जरूरत नहीं पड़ी, जरा छेड़ देना ही काफी होता है। पास आने पर अर्जुन सिंह ने जान-बूझकर उसे धक्का दिया और वह भी दारोगा के घमंड पर फूला हुआ हम लोगों से उलझ पड़ा। आखिर हम लोगों ने उसे गिरफ्तार कर लिया और बेहोश करके वहां से दूर एक सन्नाटा जंगल में ले जाकर उसकी तलाशी लेने लगे। उसके पास से भूतनाथ के नाम की एक चिट्ठी निकली जो खास दारोगा के हाथ की लिखी हुई थी और जिसमें यह लिखा हुआ था–

'प्यारे भूतनाथ,

कई दिनों से हम तुम्हारा इंतजार कर रहे हैं। ठीक-ठीक बताओ कि कब मुलाकात होगी और कब तक काम हो जाने की उम्मीद है।'

इस चिट्ठी को पढ़कर हम दोनों ने सलाह की कि इस आदमी को छोड़ देना चाहिए और इसके पीछे चलकर देखना चाहिए कि भूतनाथ कहां रहता है। उसका पता लग जाने से बहुत काम निकलेगा।

हम दोनों ने वह चिट्ठी फिर उस आदमी की जेब में रख दी और उसे उठाकर पुनः सड़क पर लाकर डाल दिया जहां उसे गिरफ्तार किया था। इसके बाद लखलखा सुंघाकर हम दोनों दूर हटकर आड़ में खड़े हो गये और देखने लगे कि यह होश में आकर क्या करता है। उस समय रात आधी से ज्यादे जा चुकी थी।

होश में आने के बाद वह आदमी ताज्जुब और तरद्दुद में थोड़ी देर तक इधर-उधर घूमता रहा और इसके बाद आगे की तरफ चल पड़ा। हम लोग भी आड़ देते हुए उसके पीछे-पीछे चल पड़े।

आसमान पर सुबह की सफेदी फैला ही चाहती थी जब हम लोग एक घने और सुहावने जंगल में पहुंचे। थोड़ी देर तक चलकर वह आदमी एक पत्थर की चट्टान पर बैठ गया। मालूम होता था कि थक गया है और कुछ देर तक सुस्ताना चाहता है, मगर ऐसा न था। लाचार हम दोनों भी उसके पास ही आड़ देकर बैठ गये और उसी समय पेड़ों की आड़ से कई आदमियों ने निकलकर हम दोनों को घेर लिया। उन सभों के हाथ में नंगी तलवारें और चेहरे पर नकाबें पड़ी हुई थीं।

बिना लड़े-भिड़े यों ही गिरफ्तार होकर दुःख भोगना हम लोगों को मंजूर न था, अस्तु फुर्ती से तलवार खींचकर उन लोगों के मुकाबले में खड़े हो गये। उस समय एक ने अपने चेहरे पर से नकाब उलट दी और मेरे पास आकर खड़ा हो गया। असल में वह भूतनाथ था जिसका चेहरा सुबह की सफेदी में बहुत साफ दिखाई दे रहा था और मालूम हो रहा था कि वह हम दोनों को देखकर मुस्करा रहा है।

भूतनाथ की सूरत देखते ही हम दोनों चौंक पड़े और मेरे मुंह से निकल पड़ा 'भूतनाथ'। उसी समय मेरी निगाह उस आदमी पर जा पड़ी जिसके पीछे-पीछे हम लोग वहां तक पहुंचे थे, देखा कि दो आदमी खड़े-खड़े उससे बातें कर रहे हैं और हाथ के इशारे से मेरी तरफ कुछ बता रहे हैं।

मेरे मुंह से निकली हुई आवाज सुनकर भूतनाथ हंसा और बोला, 'हां, मैं वास्तव में भूतनाथ हूं, और आप लोग?'

मैं- हम दोनों गरीब मुसाफिर हैं।

भूत- (हंसकर) यद्यपि आप लोगों की तरह भूतनाथ अपनी सूरत नहीं बदला करता मगर आप लोगों को पहचानने में किसी तरह की भूल भी नहीं कर सकता।

मैं- अगर ऐसा है तो आप ही बताइए हम लोग कौन हैं?

भूत- आप लोग दलीपशाह और अर्जुन सिंह हैं, जिन्हें मैं कई दिनों से खोज रहा हूं।

मैं- (ताज्जुब के साथ) ठीक है, जब आपने पहचान ही लिया तो मैं अपने को क्यों छिपाऊं मगर यह तो बताइये कि आप मुझे क्यों खोज रहे थे?

भूत- इसलिये कि मैं आपसे अपने कसूरों की माफी मांगूं, आरजू-मिन्नत और खुशामद के साथ अपने को आपके पैरों पर डाल दूं और कहूं कि अगर जी में आवे तो अपने हाथ से मेरा सिर काट लीजिये मगर एक दफे कह दीजिये कि मैंने तेरा कसूर माफ किया।

मैं- बड़े ताज्जुब की बात है कि तुम्हारे दिल में यह बात पैदा हुई क्या तुम्हारी आंखें खुल गईं और मालूम हो गया कि तुम बहुत बुरे रास्ते पर चल रहे हो

भूत- जी हां, मुझे मालूम हो गया और समझ गया कि मैं अपने पैर में आप कुल्हाड़ी मार रहा हूं।

मैं- बड़ी खुशी की बात है अगर तुम सच्चे दिल से कह रहे हो।

भूत- बेशक, मैं सच्चे दिल से कह रहा हूं और अपने किये पर मुझे बड़ा अफसोस है।

मैं- भला कह तो जाओ कि तुम्हें किन-किन बातों का अफसोस है।

भूत- सो न पूछिये, सिर से पैर तक मैं कसूरवार हो रहा हूं, एक-दो हों तो कहा जाये, कहां तक गिनाऊं?

मैं- खैर न सही, अच्छा यह बताओ कि मुझसे किस कसूर की माफी चाहते हो मेरा तो तुमने कुछ नहीं बिगाड़ा।

भूत- यह आपका बड़प्पन है जो आप ऐसा कहते हैं, मगर वास्तव में मैंने आपका बहुत बड़ा कसूर किया है। और बातों के अतिरिक्त मैंने आपके सामने आपके लड़के को मार डाला है यह कहां का...।

मैं- (बात काटकर) नहीं-नहीं भूतनाथ! तुम भूलते हो, अथवा तुम्हें मालूम नहीं है कि तुमने मेरे लड़के का खून नहीं किया बल्कि अपने लड़के का खून किया है।

भूत- (चौंककर बेचैनी के साथ) यह आप क्या कह रहे हैं?

मैं- बेशक, मैं सच कह रहा हूं। इस काम में तुमने धोखा खाया और अपने लड़के को अपने हाथ से मार डाला। उन दिनों तुम्हारी स्त्री बीमार होकर मेरे यहां आई और अपनी आंखों से तुम्हारी इस कार्रवाई को देख रही थी।

भूत- (घबराहट के साथ) तो क्या अब भी मेरी स्त्री आप ही के मकान में है?

मैं- नहीं, वह मर गई क्योंकि बीमारी में वह इस दुःख को बर्दाश्त न कर सकी।

भूत- (कुछ देर चुप रहने और सोचने के बाद) नहीं-नहीं, यह बात नहीं है। मालूम होता है कि तुमने खुद मेरे लड़के को मारकर अपने लड़के का बदला चुकाया!

अर्जुन- नहीं-नहीं, भूतनाथ, वास्तव में तुमने खुद अपने लड़के को मारा है और मैं इस बात को खूब जानता हूं।

भूत- (भारी आवाज में) खैर अगर मैंने अपने लड़के का खून किया है तब भी दलीपशाह का कसूरवार हूं। इसके अतिरिक्त और भी कई कसूर मुझसे हुए हैं, अच्छा हुआ कि मेरी स्त्री मर गई नहीं तो उसके सामने...।

मैं- मगर हरनाम सिंह और कमला को ईश्वर कुशलपूर्वक रखें।

भूत- (लंबी सांस लेकर) बेशक, भूतनाथ बड़ा ही बदनसीब है।

मैं- अब भी सम्हल जाओ तो कोई चिंता नहीं।

भूत- बेशक, मैं अपने को सम्हालूंगा और जो कुछ आप कहेंगे वही करूंगा। अच्छा, मुझे थोड़ी देर के लिए आज्ञा दीजिये तो मैं उस आदमी से दो-दो बातें कर आऊं जिसके पीछे आप यहां तक आए हैं।

इतना कहकर भूतनाथ उस आदमी के पास चला गया मगर उसके साथी लोग हमें घेरे खड़े ही रहे। इस समय मेरे दिल का विचित्र ही हाल था। मैं निश्चय नहीं कह सकता था कि भूतनाथ की बातें किस ढंग पर जा रही हैं और इसका नतीजा क्या होगा, तथापि मैं इस बात के लिए तैयार था कि जिस तरह हो सकेगा मेहनत करके भूतनाथ को अच्छे ढर्रे पर ले आऊंगा। मगर में वास्तव में ठगा गया और जो कुछ सोचता था वह मेरी नादानी थी।

उस आदमी से बातचीत करने में भूतनाथ ने बहुत देर नहीं की और उसे झटपट बिदा करके वह पुनः मेरे पास आकर बोला, 'कम्बख्त दारोगा मुझसे चालबाजी करता है और मेरे ही हाथों से मेरे दोस्त को गिरफ्तार कराना चाहता है।'

मैं- दारोगा बड़ा ही शैतान है और उसके फेर में पड़कर तुम बर्बाद हो जाओगे। अच्छा, अब हम लोग भी बिदा होना चाहते हैं, यह बताओ कि तुमसे किस तरह की उम्मीद अपने साथ लेते जायें?

भूत- मुझसे आप हर तरह की उम्मीद कर सकते हैं, जो आप कहेंगे मैं वही करूंगा बल्कि आपके साथ ही साथ आपके घर चलूंगा।

मैं- अगर ऐसा करो तो मेरी खुशी का कोई ठिकाना न रहे।

भूत- बेशक, मैं ऐसा ही करूंगा मगर पहले आप यह बता दें कि आपने मेरा कसूर माफ किया या नहीं?

मैं- हां, मैंने माफ किया।

भूत- अच्छा, तो अब मेरे डेरे पर चलिये।

मैं- तुम्हारा डेरा कहां पर है?

भूत- यहां से थोड़ी ही दूर पर।

मैं- खैर, चलो मैं तैयार हूं, मगर इस बात का वादा करो कि लौटते समय मेरे साथ चलोगे।

भूत- जरूर चलूंगा।

इतना कहकर भूतनाथ चल पड़ा और हम दोनों भी उसके पीछे-पीछे रवाना हुए।

आप लोग खयाल करते होंगे कि भूतनाथ ने हम दोनों को उसी जगह क्यों नहीं गिरफ्तार कर लिया मगर यह बात भूतनाथ के किये नहीं हो सकती थी। यद्यपि उसके साथ कई सिपाही या नौकर भी मौजूद थे मगर फिर भी वह इस बात को खूब जानता था कि इस खुले मैदान में दलीपशाह और अर्जुन सिंह को एक साथ गिरफ्तार कर लेना उसकी सामर्थ्य के बाहर है। साथ ही इसके यह भी कह देना जरूरी है कि उस समय तक भूतनाथ को इस बात की खबर न थी कि उसके बटुए को चुरा लेने वाला यही अर्जुन सिंह है। उस समय तक क्या बल्कि अब तक भूतनाथ को इस बात की खबर न थी। उस दिन जब स्वयं अर्जुन सिंह ने अपनी जुबान से कहा तब मालूम हुआ।

कोस-भर से ज्यादे हम लोग भूतनाथ के पीछे-पीछे चले गये और इसके बाद एक भयानक सुनसान और उजाड़ घाटी में पहुंचे जो दो पहाड़ियों के बीच में थी। वहां से कुछ दूर तक घूमघुमौवे रास्ते पर चलकर भूतनाथ के डेरे पर पहुंचे। वह ऐसा स्थान था जहां किसी मुसाफिर का पहुंचना कठिन ही नहीं बल्कि असंभव था। जिस खोह में भूतनाथ का डेरा था वह बहुत बड़ी और बीस-पचीस आदमियों के रहने लायक थी और वास्तव में इतने ही आदमियों के साथ वह वहां रहता भी था।

वहां भूतनाथ ने हम दोनों की बड़ी खातिर की और बार-बार आजिजी करता और माफी मांगता रहा। खाने-पीने का सब सामान वहां मौजूद था अस्तु इशारा पाकर भूतनाथ के आदमियों ने तरह-तरह का खाना बनाना आरंभ कर दिया और कई आदमी नहाने-धोने का सामान दुरुस्त करने लगे।

हम दोनों बहुत प्रसन्न थे और समझते थे कि अब भूतनाथ ठीक रास्ते पर आ जायेगा, अस्तु हम लोग जब तक संध्या-पूजन से निश्चिंत हुए तब तक भोजन भी तैयार हुआ और बेफिक्री के साथ हम तीनों आदमियों ने एक साथ भोजन किया। इसके बाद निश्चिंती से बैठकर बातचीत करने लगे।

भूत- दलीपशाह, मुझे इस बात का बड़ा दु:ख है कि मेरी स्त्री का देहांत हो गया और मेरे हाथ से एक बहुत ही बुरा काम हो गया।

मैं- बेशक, अफसोस की जगह है, मगर खैर जो कुछ होना था हो गया, अब तुम घर पर चलो और नेकनीयती के साथ दुनिया में काम करो।

भूत- ठीक है, मगर मैं यह सोचता हूं कि अब घर पर जाने का फायदा ही क्या है मेरी स्त्री मर गई और अब दूसरी शादी मैं कर ही नहीं सकता, फिर किस सुख के लिए शहर में चलकर बसूं।

मैं- हरनाम सिंह और कमला का भी तो कुछ खयाल करना चाहिये। इसके अतिरिक्त क्या विधुर लोग शहर में रहकर नेकनीयती के साथ रोजगार नहीं करते?

भूत- कमला और हरनाम सिंह होशियार हैं और एक अच्छे रईस के यहां परवरिश पा रहे हैं, इसके अतिरिक्त किशोरी उन दोनों ही की सहायक है, अतएव उनके लिए मुझे किसी तरह की चिंता नहीं है। बाकी रही आपकी दूसरी बात, उसका जवाब यह हो सकता है कि शहर में नेकनीयती के साथ अब मैं कर ही क्या सकता हूं क्योंकि मैं तो किसी को मुंह दिखलाने के लायक ही नहीं रहा। एक दयाराम वाली वारदात ने मुझे बेकाम कर ही दिया था, दूसरे इस लड़के के खून ने मुझे और भी बर्बाद और बेकाम कर दिया। अब मैं कौन-सा मुंह लेकर भले आदमियों में बैठूंगा?

मैं- ठीक है, मगर इन दोनों मामलों की खबर हम लोग दो-तीन खास-खास आदमियों के सिवाय और किसी को नहीं है और हम लोग तुम्हारे साथ कदापि बुराई नहीं कर सकते।

भूत- तुम्हारी इन बातों पर मुझे विश्वास नहीं हो सकता क्योंकि मैं इस बात को खूब जानता हूं कि आजकल तुम मेरे साथ दुश्मनी का बर्ताव कर रहे हो और मुझे दारोगा के हाथ में फंसाना चाहते हो, ऐसी अवस्था में तुमने मेरा भेद जरूर कई आदमियों से कह दिया होगा।

मैं- नहीं भूतनाथ, यह तुम्हारी भूल है कि तुम ऐसा सोच रहे हो मैंने तुम्हारा भेद किसी को नहीं कहा और न मैं तुम्हें दारोगा के हवाले किया चाहता हूं। बेशक, दारोगा ने मुझे इस काम के लिए लिखा था मगर मैंने इस बारे में उसे धोखा दिया। दारोगा के हाथ की लिखी चिट्ठियां मेरे पास मौजूद हैं, घर चलकर मैं तुम्हें दिखाऊंगा और उनसे तुम्हें मेरी बातों का पूरा सबूत मिल जायेगा।

इसी समय बात करते-करते मुझे कुछ नशा मालूम हुआ और मेरे दिल में एक प्रकार का खुटका हो गया। मैंने घूमकर अर्जुन सिंह की तरफ देखा तो उनकी भी आंखें लाल अंगारे की तरह दिखाई पड़ीं। उसी समय भूतनाथ मेरे पास से उठकर दूर जा बैठा और बोला–

भूत- जब मैं तुम्हारे घर जाऊंगा तब मुझे इस बात का सबूत मिलेगा मगर मैं इसी समय तुम्हें इस बात का सबूत दे सकता हूं कि तुम मेरे साथ दुश्मनी कर रहे हो।

इतना कह के भूतनाथ ने अपनी जेब से निकालकर मेरे हाथ की लिखी वे चिट्ठियां मेरे सामने फेंक दीं जो मैंने दारोगा को लिखी थीं और जिनमें भूतनाथ के गिरफ्तार करा देने का वादा किया था।

मैं सरकार से बयान कर चुका हूं कि उस समय दारोगा से इस ढंग का पत्र-व्यवहार करने से मेरा मतलब क्या था, और मैंने भूतनाथ को दिखाने के लिए दारोगा के हाथ की चिट्ठियां बटोरकर किस तरह दारोगा से साफ इंकार कर दिया था, मगर उस मौके पर मेरे पास वे चिट्ठियां मौजूद न थीं कि मैं उन्हें भूतनाथ को दिखाता और भूतनाथ के पास वे चिट्ठियां मौजूद थीं जो

दारोगा ने उसे दी थीं और जिनके सबब से दारोगा का मंत्र चल गया था। अस्तु उन चिट्ठियों को देखकर मैंने भूतनाथ से कहा–

मैं- हां-हां, इन चिट्ठियों को मैं जानता हूं और बेशक ये मेरे हाथ की लिखी हुई हैं, मगर मेरे इस लिखने का मतलब क्या था और इन चिट्ठियों से मैंने क्या काम निकाला सो तुम्हें नहीं मालूम हो सकता जब तक कि दारोगा के हाथ की लिखी हुई चिट्ठियां तुम न पढ़ लो जो मेरे पास मौजूद हैं।

भूत- (मुस्कराकर) बस, बस, बस, ये सब धोखेबाजी के ढर्रे रहने दीजिए। भूतनाथ से यह चालाकी न चलेगी, सच तो यों है कि मैं खुद कई दिनों से तुम्हारी खोज में हूं। इत्तिफाक से तुम स्वयं मेरे पंजे में आ गए और अब किसी तरह नहीं निकल सकते। उस जंगल में मैं तुम दोनों को काबू में नहीं कर सकता था इसलिए सब्जबाग दिखाता हुआ यहां ले आया और भोजन में बेहोशी की दवा खिलाकर बेकार कर दिया। अब तुम लोग मेरा कुछ नहीं कर सकते। समझ लो कि तुम दोनों जहन्नुम में भेजे जाओगे जहां से लौटकर आना मुश्किल है।

भूतनाथ की ऐसी बातें सुनकर हम दोनों को क्रोध चढ़ आया मगर उठने की कोशिश करने पर भी कुछ न कर सके, क्योंकि नशे का पूरा-पूरा असर हो गया था और पूरे बदन में कमजोरी आ गई थी।

थोड़ी ही देर बाद हम लोग बेहोश हो गये और तनोबदन की सुध न रही। जब आंखें खुलीं तो अपने को दारोगा के मकान में कैद पाया और सामने दारोगा, जैपाल, हरनाम सिंह और बिहारी सिंह को बैठे हुए देखा। रात का समय था और मेरे हाथ-पैर एक खंभे के साथ बंधे हुए थे, अर्जुन सिंह न मालूम कहां थे और उन पर न जाने क्या बीत रही थी।

दारोगा ने मुझसे कहा, 'कहो दलीपशाह, तुमने तो मुझ पर बड़ा जाल फैलाया था मगर नतीजा कुछ नहीं निकला।'

मैं- मैंने क्या जाल फैलाया था?

दारोगा- क्या इसके कहने की भी जरूरत है नहीं, बस इस समय हम इतना ही कहेंगे कि तुम्हारा शागिर्द हमारी कैद में है और तुमने मेरे लिए जो कुछ किया है उसका हाल हम उसकी जुबानी सुन चुके हैं। अब अगर वह चिट्ठी मुझे दे दो जो गोपाल सिंह के बारे में मनोरमा का नाम लेकर जबर्दस्ती मुझसे लिखवाई गई थी तो मैं तुम्हारा सब कसूर माफ कर दूं।

मैं- मेरी समझ में नहीं आता कि आप किस चिट्ठी के बारे में मुझसे कह रहे हैं।

दारोगा- (चिढ़कर) ठीक है, यह तो मैं पहले ही समझे हुए था कि तुम बिना लात खाये नाक पर मक्खी नहीं बैठने दोगे, खैर देखो मैं तुम्हारी क्या दुर्दशा करता हूं।

इतना कहकर दारोगा ने मुझे सताना शुरू किया। मैं नहीं कह सकता कि इसने मुझे किस-किस तरह की तकलीफें दीं और सो भी एक-दो दिन तक नहीं बल्कि महीने भर तक। इसके

बाद बेहोश करके मुझे तिलिस्म के अंदर पहुंचा दिया। जब मैं होश में आया तो अपने सामने अर्जुन सिंह और गिरिजा कुमार को बैठे हुए पाया। बस यही तो मेरा किस्सा है और यही मेरा बयान!

दलीपशाह का हाल सुनकर सभों को बड़ा दु:ख हुआ और सभी कोई लाल-लाल आंखें करके दारोगा तथा जैपाल वगैरह की तरफ देखने लगे। दरबार बर्खास्त करने का इशारा करके महाराज उठ खड़े हुए, कैदी जेलखाने भेज दिये गये और बाकी सब अपने डेरों की तरफ रवाना हुए।

***

बयान-4

रात आधी से कुछ ज्यादे जा चुकी है। महाराज सुरेन्द्र सिंह के कमरे में राजा वीरेन्द्र सिंह, राजा गोपाल सिंह, कुंवर इंद्रजीत सिंह, तेज सिंह, देवी सिंह, तारा सिंह, भैरो सिंह, भूतनाथ और इंद्रदेव बैठे आपस में धीरे-धीरे बातें कर रहे हैं। वृद्ध महाराज सुरेन्द्र सिंह मसहरी पर लेटे हुए हैं।

सुरेन्द्र- दलीपशाह की जीवनी ने दारोगा की शैतानी और भी अच्छी तरह झलका दी।

जीत- बेशक, ऐसा ही है, सच तो यों है कि ईश्वर ही ने इन पांचों कैदियों की रक्षा की, नहीं तो दारोगा ने कोई बात उठा नहीं रखी थी।

भूत- साथ ही इसके यह भी है कि उससे ज्यादे दलीपशाह के किस्से ने दरबार में मुझे शर्मिन्दा किया, मगर क्या करूं लाचार था कि चालबाज दारोगा ने दलीपशाह की चिट्ठियों का मुझे ऐसा मतलब समझाया कि मैं अपने आपे से बाहर हो गया, बल्कि यों कहना चाहिए कि अंधा हो गया!

तेज- वह जमाना ही चालबाजियों का था और चारों तरफ ऐसी ही बातें हो रही थीं। भूतनाथ, तुम अब उन बातों को एकदम से भूल जाओ और जिस नेक रास्ते पर चल रहे हो उसी का ध्यान रखो।

जीत- अच्छा, तो अब कैदियों के बारे में जो कुछ फैसला हो, कर ही देना चाहिए जिससे अगले दरबार में उन्हें हुक्म सुना दिया जाये।

सुरेन्द्र- (गोपाल सिंह से) कहो साहब, तुम्हारी क्या राय है, किस-किस कैदी को क्या-क्या सजा देनी चाहिए?

गोपाल- जो दादाजी (महाराज) की इच्छा हो, हुक्म दें, मेरी प्रार्थना केवल इतनी ही है कि कम्बख्त दारोगा मेरे हवाले किया जाये और मुझे हुक्म हो जाये कि जो मैं चाहूं, उसे सजा दूं।

सुरेन्द्र- केवल दारोगा ही नहीं बल्कि तुम्हारे और कैदी भी तुम्हारे हवाले किये जायेंगे।

गोपाल- और दलीपशाह, अर्जुन सिंह, भरत सिंह, हरदीन और गिरिजा कुमार भी मुझे दे दिये जायें क्योंकि ये लोग मेरे सहायक हैं और इनके साथ रहकर मेरा दिन बड़ी खुशी के साथ बीतेगा!

सुरेन्द्र- (जीत सिंह से) ऐसा ही किया जाये।

जीत- बहुत अच्छा, मैं नंबरवार कैदियों के बारे में जो कुछ हुक्म होता है लिखता हूं।

इतना कहकर जीत सिंह ने कलम-दवात और कागज ले लिया और महाराज की आज्ञानुसार इस तरह लिखने लगे–

(1) कम्बख्त दारोगा सजा पाने के लिए राजा साहब गोपाल सिंह के हवाले किया जाये, राजा साहब जो मुनासिब समझें उसे सजा दें।

(2) शिखण्डी (दारोगा का चचेरा भाई), माया प्रसाद, जैपाल सिंह, हरनाम सिंह, बिहारी सिंह, हरनाम सिंह की लड़की, लीला, मनोरमा, नागर, बेगम, नौरतन और जमालो वगैरह भी जिन्हें जमानिया से घना संबंध है राजा गोपाल सिंह के हवाले कर दिया जाये।

(3) बेगम के घर से निकली दौलत जो काशीराज ने यहां भेजवा दी है बलभद्र सिंह को दे दी जाये।

(4) गौहर और गिल्सन शेर अली खां के पास भेज दी जायें।

(5) किशोरी से पूछकर भीमसेन छोड़ दिया जाये। और उसे पुन: शिवदत्त की गद्दी पर बैठाया जाये।

(6) कुबेर सिंह, बाकरअली, अजायब सिंह, खुदाबख्श, यारअली, धर्म सिंह, गोविंद सिंह, भगवनिया, ललिता और धन्नू सिंह तथा वे कैदी जो कमलिनी के तालाब वाले मकान से आये थे सब जन्म भर के लिए कैदखाने में भेज दिये जायें इसके अतिरिक्त और भी जो कैदी हों, (नानक इत्यादि) कै दखाने में भेज दिए जायें।

(7) दलीपशाह, अर्जुन सिंह, हरदीन, भरत सिंह और गिरिजा कुमार को राजा गोपाल सिंह ले जायें और इन सभों को बड़ी खातिर और अरमान के साथ रखें।

कैदियों के विषय में इस तरह का हुक्म देकर महाराज चुप हो गये और फिर आपस में दूसरे ढंग की बातें होने लगीं। थोड़ी देर के बाद दरबार बर्खास्त हुआ और सब कोई अपने-अपने ठिकाने चले गये।

***

बयान-5

कुंअर इंद्रजीत सिंह इस छोटे-से दरबार से उठकर महल में गये और किशोरी के कमरे में पहुंचे। इस समय कमलिनी भी उसी कमरे में मौजूद किशोरी से हंसी-खुशी की बातें कर रही थी। कुमार को देखकर दोनों उठ खड़ी हुईं और जब हंसते हुए कुमार बैठ गए तो किशोरी भी उनके सामने बैठ गई मगर कमलिनी कमरे के बाहर की तरफ चल पड़ी। उस समय कुमार ने उसे रोका और कहा, "तुम कहां चलीं बैठो-बैठो, इतनी जल्दी क्या पड़ी है?"

कम- (बैठती हुई) बहुत अच्छा बैठती हूं, मगर क्या आज रात को सोना नहीं है?

कुमार- क्या यह बात मेरे आने से पहले नहीं सूझी थी?

किशोरी- आपको देख के सोना याद आ गया।

किशोरी की बात ने दोनों को हंसा दिया और कमलिनी ने कहा–

कमलिनी- दलीपशाह के किस्से ने मेरे दिल पर एक ऐसा असर किया है कि कह नहीं सकती। देखा चाहिए दुष्टों को महाराज क्या सजा देते हैं! सच तो यों है कि उनके लिए कोई सजा है ही नहीं।

कुमार- तुम ठीक कहती हो, इस समय मैं महाराज के पास से चला आता हूं, वहां एक छोटा-सा निज का दरबार लगा हुआ था और कैदियों ही के विषय में बातचीत हो रही थी, बल्कि यों कहना चाहिए कि उन बदमाशों का फैसला लिखा जा रहा था।

कमलिनी- (उत्कंठा से) हां! अच्छा बताइये तो सही दारोगा और जैपाल के लिए क्या सजा तजवीज की गई?

कुमार- उन्हें क्या सजा दी जायेगी इसका निश्चय गोपाल भाई करेंगे, क्योंकि महाराज ने इस समय यही हुक्म लिखवाया है कि दारोगा, जैपाल, शिखंडी, हरनाम, बिहारी, मनोरमा और नागर वगैरह जितने जमानिया और गोपाल भाई से संबंध रखने वाले कैदी हैं सब उनके हवाले किये जाएं और वे जो कुछ मुनासिब समझें उन्हें सजा दें।

कमलिनी- चलिए, यह भी अच्छा हुआ, क्योंकि मुझे इस बात का बहुत बड़ा खयाल बना हुआ था कि हमारे रहमदिल महाराज इन कैदियों के लिए कोई अच्छी सजा नहीं तजवीज कर सकेंगे, अगर वे लोग जीजाजी के सुपुर्द किये गये हैं तो उन्हें सजा भी वाजिब ही मिल जाएगी।

कुमार- (हंसकर) अच्छा, तुम ही बताओ कि अगर सजा देने के लिए सब कैदी तुम्हारे सुपुर्द किए जाते तो तुम उन्हें क्या सजा देतीं?

कमलिनी- मैं (कुछ सोचकर) मैं पहले तो इन सभों के हाथ-पैर कटवा डालती, फिर इनके जख्म आराम करवाकर बड़े-बड़े लोहे के पिंजड़ों में इन्हें बंद करके और सदर चौमुहानी पर लटकाकर हुक्म देती कि जितने आदमी इस राह से जायें वे सब इनके मुंह पर थूककर तब आगे बढ़ें।

कुमार- (मुस्कराकर) सजा तो बहुत अच्छी सोची है, तो बस अपने जीजा साहब को समझा देना कि उन्हें ऐसी ही सजा दें।

कमलिनी- जरूर कहूंगी बल्कि इस बात पर जोर दूंगी। यह बताइए कि नानक के लिए क्या हुक्म हुआ है?

कुमार- केवल इतना ही कि जन्म भर के लिए कैदखाने भेज दिया जाये। बाकी के और कैदियों के लिए भी यही हुक्म हुआ!

किशोरी- भीमसेन के लिए भी यही हुक्म हुआ होगा?

कुमार- नहीं, उसके लिए दूसरा ही हुक्म हुआ।

किशोरी- वह क्या?

कुमार- वह तुम्हारा भाई है इसलिए हुक्म हुआ कि तुमसे पूछकर वह एकदम छोड़ दिया जाये, बल्कि शिवदत्तगढ़ की गद्दी पर बैठा दिया जाये।

किशोरी- जब उसे छोड़ देने ही का हुक्म हुआ तो मुझसे पूछना कैसा!

कुमार- यही कि शायद तुम उसे छोड़ना न चाहो तो कैद ही में रखा जाये।

किशोरी- भला मैं इस बात को कब पसंद करूंगी कि मेरा भाई जन्म-भर के लिए कैद रहे मगर हां इतना खयाल जरूर है कि कहीं वह छूटने के बाद पुनः आपसे दुश्मनी न करे।

कुमार- खैर, अगर पुनः बदमाशी करेगा तो देखा जायेगा।

कमलिनी- (मुस्कराती हुई) उसके विषय में तो चपला चाची से पूछना चाहिए, क्योंकि वह असल में उन्हीं का कैदी है। अगर सूअर के शिकार में उन्होंने उसे गिरफ्तार किया था। तो तरह-तरह की कसमें खिलाकर छोड़ा था कि भविष्य में पुनः दुश्मनी पर कमर न बांधेगा।

कुमार- बात तो ऐसी ही थी मगर नहीं, अब वह दुश्मनी का बर्ताव न करेगा। (किशोरी से) अगर कहो तो तुम्हारे पास उसे बुलवाऊं जो कुछ तुम्हें कहना-सुनना हो कह-सुन लो।

किशोरी- नहीं-नहीं, मैं बाज आई, मैं स्वप्न में भी उससे मिलना नहीं चाहती जो कुछ उसकी किस्मत में बदा होगा, भोगेगा।

कुमार- आखिर उसे छोड़ने के विषय में तुमसे पूछा जायेगा तो क्या जवाब दोगी?

किशोरी- (कमलिनी की तरफ देखकर और मुस्कराकर) बस कह दूंगी कि मेरे बदले चपला चाची से पूछ लिया जाये क्योंकि वह उन्हीं का कैदी है।

कुमार- खैर, इन बातों को जाने दो, (कमलिनी से) जमानिया तिलिस्म के अंदर मायारानी और माधवी के मरने का सबब मुझे अभी तक मालूम न हुआ। इसका पता न लगा कि वे दोनों खुद मर गईं या गोपाल भाई ने उन्हें मार डाला! और अगर भाई साहब ने ही उन्हें मार डाला तो ऐसा क्यों किया?

कमलिनी- इसका असल हाल तो मुझे भी मालूम नहीं है, मैंने दो दफे जीजाजी से इस विषय में पूछा था मगर वह बात टालकर बतोला दे गए।

कुमार- मैंने भी एक दफे उनसे पूछा था तो यह कहकर रह गये कि फिर कभी बता देंगे।

किशोरी- बहिन लक्ष्मीदेवी को इसका हाल जरूर मालूम होगा।

कमलिनी- उन्हें बेशक मालूम होगा, उन्होंने भुलावा देकर जरूर पूछ लिया होगा। इस समय तो वे अपने रंगमहल में होंगी नहीं तो मैं जरूर बुला लाती।

कुमार- नहीं, आज तो अकेली ही अपने कमरे में बैठी होंगी क्योंकि इस समय गोपाल भाई इंद्रदेव को साथ लेकर कहीं बाहर गए हैं, मुझसे कह गए हैं कि कल पहर दिन तक आवेंगे।

कमलिनी- तब तो कहिए, मैं जाकर बुला लाऊं?

कुमार- अच्छा, जाओ।

कमलिनी उठकर चली गई और थोड़ी देर में लक्ष्मीदेवी को साथ लिए हुए आ पहुंची।

लक्ष्मी- (मुस्कराती हुई) कहिए, क्या है जो इतनी रात गए मेरी याद हुई है?

कुमार- मैंने सोचा कि आज आप अकेली उदास बैठी होंगी अतएव मैं ही बुलाकर आपका दिल खुश करूं।

लक्ष्मी- (हंसकर) क्या बात है! बेशक आपकी मेहरबानी मुझ पर बहुत ज्यादे रहती है। (बैठकर) यह बताइये कि आप लोगों में किसी तरह की हुज्जत-तकरार तो नहीं हुई है जो मुझे फैसला करने के लिए बुलाया है।

कुमार- ईश्वर न करे ऐसा हो, हां इतना जरूर है कि माधवी और मायारानी की मौत के विषय में तरह-तरह की बातें हो रही हैं क्योंकि उन दोनों के मरने का असल हाल तो किसी को मालूम नहीं है और न भाई साहब ने पूछने पर किसी को बताया ही, इसलिए आपको तकलीफ दी है क्योंकि मुझे पूरा विश्वास है कि आपने किसी-न-किसी तरह यह हाल जरूर पूछ लिया होगा।

लक्ष्मी- (मुस्कराकर) बेशक, बात तो ऐसी ही है, मैंने जिद करके किसी-न-किसी तरह उनसे पूछ तो लिया मगर सुनने से घृणा हो गई। इसीलिए वे भी यह हाल किसी से खुलकर नहीं कहते और समझते हैं कि जो कोई सुनेगा उसी को घृणा होगी। इसी खयाल से आपको भी उन्होंने टाल दिया होगा।

कुमार- आखिर उसमें क्या बात है कुछ भी तो बताओ।

लक्ष्मी- माधवी को तो उन्होंने नहीं मारा मगर मायारानी को जरूर मारा और इस बेइज्जती और तकलीफ से मारा कि सुनने से रोंगटे खड़े होते हैं। यद्यपि माधवी को उन्होंने कुछ भी नहीं कहा मगर मायारानी की मौत की कार्रवाई वह देख न सकी जो उसके सामने की जाती थी और उसी डर से वह बेहोश होकर मर गई। इसमें कोई ऐसी अनूठी बात नहीं है जो सुनने लायक हो। मुझे वह हाल बयान करते लज्जा और घृणा होती है अस्तु...।

कुमार- बस-बस मैं समझ गया, इससे ज्यादा सुनने की मुझे कोई जरूरत नहीं है केवल इतना ही जानना था कि उनकी मौत के विषय में कोई अनूठी बात तो नहीं हुई है।

लक्ष्मी- जी नहीं। अच्छा यह तो बताइए कि कल कैदी लोगों के विषय में क्या किया जायेगा। दलीपशाह का किस्सा तो समाप्त हो गया और अब कोई ऐसी बात मालूम करने लायक भी नहीं रह गई है।

कुमार- कैदियों का मामला तो कब का साफ हो गया, इस समय तो महाराज ने उनके विषय में हुक्म भी लिख दिया है जो कल या परसों के दरबार में सभों को सुना दिया जाएगा।

लक्ष्मी- किस-किस के लिए क्या हुक्म हुआ है?

इसके जवाब में कुमार ने फैसले का सब हाल बयान किया जो थोड़ी देर पहले किशोरी और कमलिनी को सुना चुके थे।

लक्ष्मी- बहुत अच्छा फैसला हुआ है।

किशोरी- (हंसकर) क्यों न कहोगी। तुम्हारे दुश्मन तुम्हारे कब्जे में दे दिए गये, अब तो दिल खोलकर बदला लोगी।

लक्ष्मी- बेशक! (कुमार से) हां, यह तो बताइए कि भूतनाथ ने अपनी जीवनी लिखकर दे दी या नहीं?

कुमार- नहीं, आज देने वाला है?

लक्ष्मी- और हम लोगों को उस तिलिस्मी मकान का तमाशा कब दिखाया जायेगा जिसमें लोग हंसते-हंसते कूद पड़ते हैं।

कुमार- परसों या कल उसका भेद भी सभों पर खुल जाएगा।

लक्ष्मी- अच्छा, यह तो बताइये कि आपके भाई साहब कहां गए हैं?

किशोरी- (हंसकर ताने के ढंग पर) आखिर रहा न गया! पूछे बिना जी न माना!

इतने में ही बाहर की तरफ से आवाज आई, "इसमें भी क्या किसी का इजारा है ये अपनी चीज की खबरदारी करती है किसी दूसरे की जमा नहीं छीनती। बहुत दिनों के बाद जो खोई चीज मिलती है उसके लिए अकारण पुनः खो जाने का खटका बना ही रहता है इसलिए अगर इन्होंने पूछा तो बुरा ही क्या किया।"

इस आवाज के साथ ही कमला पर सभों की निगाह पड़ी जो मुस्कराती हुई कमरे के अंदर आ रही थी।

किशोरी- (हंसती हुई) यह आई लक्ष्मी बहिन की तरफदार बीबी नक्को। तुमको यहां किसने बुलाया था?

कमला- (मुस्कराती हुई) बुलावेगा कौन क्या मेरा रास्ता देखा हुआ नहीं है यह तो बताओ कि तुम लोग इस आधी रात के समय इतना गुल-शोर क्यों मचा रही हो?

किशोरी- (मसखरेपन के साथ हाथ जोड़कर) जी हम लोगों को इस बात की खबर न थी कि इस शोर-गुल से आपकी नींद उचट जायेगी और फिर सादी चारपाई पर पड़े रहना मुश्किल होगा।

कुमार- यह क्यों नहीं कहतीं कि अकेले जी नहीं लगता, लोगों को खोजती फिरती हूं।

कमला- जी हां, आप ही को खोज रही थी।

कुमार- अच्छा, तो फिर आओ बैठ जाओ और समझ लो कि मैं मिल गया।

कमला- (बैठकर किशोरी से) आज तुम्हें कोई आराम न करने देगा। (कुमार से) कहिए दलीपशाह का किस्सा तो खत्म हो गया, अब कैदियों को कब सजा दी जाएगी।

कुमार- कैदियों का फैसला हो गया, उसमें किसी को ऐसी सजा नहीं दी गई जो तुम्हारे पसन्द हो।

इतना कहकर कुमार ने पुन: सब हाल बयान किया।

कमला- तो मैं बहिन लक्ष्मीदेवी के साथ जरूर जमानिया जाऊंगी और दारोगा वगैरह की दुर्दशा अपनी आंखों से देखूंगी।

थोड़ी देर तक इसी तरह की हंसी-दिल्लगी होती रही, इसके बाद लक्ष्मीदेवी और कमला अपने-अपने ठिकाने चली गईं।

***

बयान-6

सुबह की सफेदी आसमान पर फैला ही चाहती है और इस समय की दक्षिणी हवा जंगली पेड़ों और पौधों-लताओं और पत्तों से हाथापाई करती हुई मैदान की तरफ दौड़ी जाती है। ऐसे समय में भूतनाथ और देवी सिंह हाथ में हाथ दिए जंगल के किनारे-किनारे मैदान में टहल रहे हैं और धीरे-धीरे हंसी-दिल्लगी की बात करते जाते हैं।

देवी- भूतनाथ, लो इस समय एक नई और मजेदार बात तुम्हें सुनाते हैं।

भूत- वह क्या ?

देवी- फायदे की बात है, अगर तुम कोशिश करोगे तो लाख-दो लाख रुपया मिल जायेगा।

भूत- ऐसा कौन-सा उद्योग है जिसके करने से सहज ही इतनी बड़ी रकम हाथ लग जायेगी और अगर इस बात को तुम जानते ही हो तो खुद क्यों नहीं उद्योग करते ?

देवी- मैं भी उद्योग करूंगा मगर यह कोई जरूरी बात नहीं है कि जिसका जी चाहे उद्योग करके लाख-दो लाख पा जाये, हां, जिसका जेहन लड़ जायेगा और जिसकी अक्ल काम कर जाएगी वह बेशक अमीर हो जायेगा। मैं जानता हूं कि हम लोगों में तुम्हारी तबीयत बड़ी तेज है और तुम्हें बहुत दूर की सूझा करती है इसलिए कहता हूं कि अगर तुम उद्योग करोगे तो लाख-दो लाख रुपया पा जाओगे। यद्यपि हम लोग सदा ही अमीर बने रहते हैं और रुपए-पैसे की कुछ परवाह नहीं करते मगर फिर भी यह रकम थोड़ी नहीं है, और तिस पर बाजी के ढंग पर जीतना ठहरा, इसलिए ऐसी रकम पाने की खुशी होती है।

भूत- आखिर बात क्या है कुछ कहो भी तो सही ?

देवी- बात यही है कि वह जो तिलिस्मी मकान बनाया गया है, जिसके अन्दर लोग हंसते-हंसते कूद पड़ते हैं, उसके विषय में महाराज ने रात को हुक्म दिया है कि तिलिस्मी मकान के ऊपर सर्वसाधारण लोग तो चढ़ चुके और किसी को कामयाबी नहीं हुई, अब कल हमारे ऐयार लोग उस पर चढ़कर अपनी अक्ल का नमूना दिखावें और इनके लिए इनाम भी दुगना कर दिया जाए, मगर इस काम में चार आदमी शरीक न किए जायें- एक जीत सिंह, दूसरे तेज सिंह, तीसरे भैरो, चौथे तारा।

भूत- बात तो बहुत अच्छी हुई, कई दिनों से मेरे दिल में गुदगुदी हो रही थी कि किसी तरह इस मकान के ऊपर चढ़ना चाहिए मगर महाराज की आज्ञा बिना ऐसा कब कर सकता था। मगर यह तो कहो कि उन चारों के लिए मनाही क्यों कर दी गई ?

देवी- इसलिए कि उन्हें इसका भेद मालूम है।

भूत- यों तो तुमको भी कुछ-न-कुछ भेद मालूम ही होगा क्योंकि एक दफे तुम भी ऐसे ही मकान के अन्दर जा चुके हो जब शेर सिंह भी तुम्हारे साथ थे।

देवी- ठीक है, मगर इससे क्या असल भेद का पता लग सकता है अगर ऐसा ही हो तो इस जलसे में हजारों आदमी उस मकान के अन्दर गए होंगे, किसी को दोहराकर जाने की मनाही तो थी नहीं, कोई पुनः जाकर जरूर बाजी जीत ही लेता।

भूत- आखिर, उसमें क्या है?

देवी- सो मुझे नहीं मालूम हां, दो दिन के बाद वह भी मालूम हो जायेगा।

भूत- पहले दफे जब तुम ऐसे ही मकान के अन्दर कूदे थे तो उसमें क्या देखा था और हंसने की क्या जरूरत पड़ी थी?

देवी- अच्छा, उस समय जो कुछ हुआ था सो मैं तुमसे बयान करता हूं क्योंकि अब उसका हाल कहने में कोई हर्ज नहीं है। जब मैं कमन्द लगाकर दीवार के ऊपर चढ़ गया तो ऊपर से दीवार बहुत चौड़ी मालूम हुई और इस सबब से बिना दीवार पर गए भीतर की कोई चीज दिखाई नहीं देती थी, अस्तु मैं लाचार होकर दीवार पर चढ़ गया और अन्दर झांकने लगा। अन्दर की जमीन पांच या चार हाथ नीची थी जो कि मकान की छत मालूम होती थी, मगर इस समस मैं अन्दाज से कह सकता हूं कि वह वास्तव में छत न थी, बल्कि कपड़े का चन्दवा तना हुआ या किसी शामियाने की छत थी, मगर उसमें से एक प्रकार की ऐसी भाप (वाष्प) निकल रही थी कि जिससे दिमाग में नशे की-सी हालत पैदा होती थी और खूब हंसने को जी चाहता था मगर पैरों में कमजोरी मालूम होती थी और वह बढ़ती जाती थी...।

भूत- (बात काटकर) अच्छा, यह तो बताओ कि अन्दर झांकने से पहले ही कुछ नशा-सा चढ़ आया था या नहीं?

देवी- कब दीवार पर चढ़ने के बाद?

भूत- हां, दीवार पर चढ़ने के बाद और अन्दर झांकने के पहले।

देवी- (कुछ सोचकर) नशा तो नहीं मगर कुछ शिथिलता जरूर मालूम हुई थी।

भूत- खैर अच्छा, तब?

देवी- अन्दर की तरफ जो छत थी उस पर मैंने देखा कि किशोरी हाथ में एक चाबुक लिए खड़ी है और उसके सामने की तरफ कुछ दूर हटकर कई मोटे ताजे आदमी खड़े हैं जो किशोरी को पकड़कर बांधना चाहते हैं मगर वह किसी के काबू में नहीं आती। ताल ठोंक-ठोंककर लोग उसकी तरफ बढ़ते हैं मगर वह कोड़ा मार-मारकर हटा देती है। ऐसी अवस्था में उन आदमियों की मुद्रा (जो किशोरी को पकड़ना चाहते थे) ऐसी खराब होती थी कि हंसी रोके नहीं रुकती थी, तथा उस भाप की बदौलत आया हुआ नशा हंसी को और भी बढ़ा देता था। पैरों में पीछे हटने की

ताकत न थी मगर भीतर की तरफ कूद पड़ने में किसी तरह का हर्ज भी नहीं मालूम था क्योंकि जमीन ज्यादा नीची न थी, अस्तु मैं अन्दर की तरफ कूद पड़ा बल्कि यों कहो कि ढुलक पड़ा और उसके बाद तनोबदन की सुध न रही। मैं नहीं जानता कि उसके बाद क्या हुआ और क्योंकर हुआ, हां, जब मैं होश में आया तो अपने को कैद में पाया।

भूत- अच्छा, तो इससे तुमने क्या नतीजा निकाला?

देवी- कुछ भी नहीं, केवल इतना ही खयाल किया कि किसी दवा के नशे से दिमाग खराब हो जाता है।

भूत- केवल इतना ही नहीं है, मैंने इससे कुछ ज्यादे खयाल किया है, खैर, कोई चिन्ता नहीं कल देखा जाएगा, सौ में नब्बे दर्जे तो मैं जरूर बाहरी रास्ते ही से लौट जाऊंगा। यहां उस तिलिस्मी मकान के अन्दर लोगों ने जो कुछ देखा है वह भी करीब-करीब वैसा ही है जैसा तुमने देखा था, तुमने किशोरी को देखा और इन लोगों ने किसी दूसरी औरत को देखा, बात एक ही है।

इसी तरह की बातें करते हुए दोनों ऐयार कुछ देर तक सुबह की हवा खाते रहे और इसके बाद मकान की तरफ लौटे। जब महाराज के पास गये तो पुनः सुनने में आया कि ऐयारों को तिलिस्मी मकान पर चढ़ने की आज्ञा हुई है।

***

बयान-7

दिन अनुमान दो घण्टे चढ़ चुका है। महाराज सुरेन्द्र सिंह, राजा वीरेन्द्र सिंह, गोपाल सिंह, इन्द्रजी सिंह और आनन्द सिंह वगैरह खिड़कियों में बैठे उस तिलिस्मी मकान की तरफ देख रहे हैं जिसके अन्दर लोग हंसते-हंसते कूद पड़ते हैं। उस मकान के नीचे बहुत-सी कुर्सियां रखी हुई हैं जिन पर हमारे ऐयार तथा और भी कई प्रतिष्ठित आदमी बैठे हुए हैं और सब लोग इस बात का इन्तजार कर रहे हैं कि इस मकान पर बारी-बारी से ऐयार लोग चढ़ें और अपनी अक्ल का नमूना दिखावें।

और ऐयारों की पोशाक तो मामूली ढंग की है मगर भूतनाथ इस समय कुछ अजब ढंग की पोशाक पहने हुए है। सिवाय चेहरे के उसका कोई अंग खुला हुआ नहीं। ढीला-ढाला मोटा पायजामा और गंवारू रूईदार अचकन के अतिरिक्त बहुत बड़ा काता मुंड़ासा बांधे हुए है। जिसका पिछला सिरा पीठ पर से होता हुआ जमीन तक लटक रहा है। हाथ दोनों बल्कि नाखून तक अचकन की आस्तीन में घुसा रखे हैं और पैर के जूते की भी विचित्र सूरत हो रही है। भूतनाथ का मतलब चाहे कुछ भी क्यों न हो मगर लोग इसे केवल मसखरापन ही समझ रहे हैं।

सबके पहले पन्नालाल उस मकान की दीवार पर चढ़ गये और अन्दर की तरफ झांककर देखने लगे, मगर पांच-सात पल से ज्यादे अपने को न बचा सके और हंसते हुए अन्दर की तरफ कूद पड़े।

इसके बाद पण्डित बद्रीनाथ, रामनारायण और चुन्नीलाल ने कोशिश की मगर ये तीनों भी लौटकर न आ सके और पन्नालाल की तरह हंसते हुए अन्दर कूद पड़े। इसके बाद और ऐयारों ने भी उद्योग किया मगर कोई सफल-मनोरथ न हुआ। यहां तक कि जीत सिंह, तेज सिंह, भैरो सिंह और तारा सिंह को छोड़कर सभी ऐयार बारी-बारी से जाकर मकान के अन्दर कूद पड़े, केवल भूतनाथ रह गया जिसने सबके आखिर में चढ़ने का इरादा कर लिया था।

भूतनाथ मस्तानी चाल से चलता हुआ सीढ़ी के पास गया और धीरे-धीरे ऊपर चढ़ने लगा। देखते ही देखते वह दीवार के ऊपर जा पहुंचा। उस पर खड़े होकर एक दफे चारों और मैदान के अन्दर की तरफ झांका। यहां जो कुछ था उसे देखने के बाद उसने अपना चेहरा उस तरफ किया जिधर खिड़कियों में बैठे हुए महाराज और राजा वीरेन्द्र सिंह वगैरह बड़े शौक से उसकी कैफियत देख रहे थे। भूतनाथ ने हाथ उठाकर तीन दफे महाराज को सलाम किया और जोर से पुकारकर कहा, "मैं इसके अन्दर झांककर देख चुका और बड़ी देर तक दीवार पर खड़ा रहा, अब हुक्म हो तो नीचे उतर आऊं!"

महाराज ने नीचे उतर आने का इशारा किया और भूतनाथ मुस्कराता हुआ मकान के नीचे उतर आया, इस बीच में ऐयार लोग भी जो भूतनाथ के पहले मकान के अन्दर कूद चुके थे घूमते हुए बड़े तिलिस्मी मकान के अन्दर से आ पहुंचे और भूतनाथ की कैफियत देख-सुनकर ताज्जुब करने लगे।

भूतनाथ के उतर आने के बाद सब ऐयार मिल-जुलकर महाराज के पास गये ओर महाराज ने प्रसन्न होकर भूतनाथ को दो लाख रुपये इनाम देने का हुक्म दिया। सभी ऐयारों को इस बात का ताज्जुब था कि उस तिलिस्म का असर भूतनाथ पर क्यों नहीं हुआ और वह कैसे सभों को बेवकूफ बनाकर आप बुद्धिमान बन बैठा और दो लाख रुपये का इनाम भी पा गया।

जीत सिंह- भूतनाथ, यह तुमने क्या किया कौन-सी तरकीब निकाली जिससे इस तिलिस्मी हवा का तुम पर कुछ भी असर न हुआ?

भूत- बात मामूली-सी है, जब तक मैं नहीं कहता तभी तक आश्चर्य मालूम पड़ता है।

तेज- आखिर कुछ कहो भी तो सही।

भूत- मेरे दिल को इस बात का निश्चय हो गया था कि इस मकान के अन्दर से किसी तरह की हवा, भाप या धुआं ऊपर की तरफ जरूर उठता है जो झांककर देखने वाले के दिमाग में सांस के रास्ते से चढ़कर उसे मदहोश या पागल बना देता है, और दीवार के ऊपरी हिस्से पर भी कुछ-कुछ बिजली का असर जरूर है जो उस पर पैर रखने वाले के शरीर को शिथिल कर देती है या और भी किसी तरह का असर कर जाती है। मैं इस बात को अच्छी तरह जानता हूं कि लकड़ी पर बिजली का असर कुछ भी नहीं होता, अर्थात् जिस तरह धातु, मिट्टी, जल, चमड़ा और शरीर में बिजली घुसकर पार निकल जाती है उस तरह लकड़ी का छेदकर बिजली पार नहीं हो सकती अतएव मैंने अपने पैर में लकड़ी के बुरादे का थैला चढ़ा लिया, बल्कि जूते के अन्दर भी लकड़ी की तख्ती रख दी, जिससे दीवार से पैदा होने वाली बिजली का मुझ पर असर न हो, इसके बाद बेहोशी का असर न होने के लिए दवा भी खा ली, इतना करने पर भी जब तक मैं मकान के अन्दर झांकता रहा तब तक अपनी सांस को रोके रहा। मैंने अन्दर की तरफ चलती-फिरती और नाट्य करके हंसाने वाली पुतलियों को देखा और उस पीतल की चादर पर भी ध्यान दिया जो दीवार के ऊपर जड़ी थी और जिसके साथ कई तारें भी लगी हुई थीं। यद्यपि उसका असल भेद मुझे मालूम न हुआ मगर मैंने अपने बचाव की सूरत निकाल ली।

इतना कहकर भूतनाथ ने खंजर की नोक से अपने पायजामे में एक छेद कर दिया और उसमें से लकड़ी का बुरादा निकालकर सभों को दिखाया। भूतनाथ की बातें सुनकर महाराज बहुत प्रसन्न हुए और उन्होंने भूतनाथ तथा और ऐयारों की तरफ देखकर कहा, "वास्तव में भूतनाथ ने बहुत ठीक तरकीब सोची। उस तिलिस्म के अन्दर जो कुछ भेद है, हम बता देते हैं, इसके बाद तुम लोग उसके अन्दर जाकर देख लेना। जमानिया तिलिस्म के अन्दर से इन्द्रजीत सिंह एक कुत्ता लाये हैं जो देखने में बहुत छोटा और संगमरमर का बना हुआ मालूम होता है और बहुत-सी पीतल की बारीक तारें उस पर लिपटी हुई हैं। असल में वह कुत्ता कई तरह के मसालों और

दवाइयों से बना हुआ है। वह कुत्ता जब पानी में छोड़ दिया जाता है तो उसमें से मस्त और मदहोश कर देने वाली भाप निकलती है और उसके साथ जो तारें लिपटी हुई हैं उनमें बिजली पैदा हो जाती है। दीवार के ऊपर जो पीतल की चादर बिछाई गई है उसी के साथ वे तारें लगा दी गई हैं और उनसे कुछ नीचे हटकर एक अच्छे तनाव का शामियाना तान दिया गया है जिससे कूदने वाले को चोट न लगे। इसके अतिरिक्त (भूतनाथ से) जिन्हें तुम पुतलियां कहते हो वे वास्तव में पुतलियां नहीं हैं बल्कि जीते-जागते आदमी हैं जो भेष बदलकर काम करते हैं और एक खास किस्म की पोशाक पहिरने और दवा सूंघने के सबब उन सब पर उस बिजली और बेहोशी का असर नहीं होता। इस खेल के दिखाने की तरकीब भी एक ताम्रपत्र पर लिखी हुई है जो उसी कुत्ते के साथ पाया गया था। इन्द्रजीत का बयान है कि जमानिया तिलिस्म में इस तरह के और भी कुत्ते मौजूद हैं।"

महाराज की बातें सुनकर सभों को बड़ा ताज्जुब हुआ, इसी तरह हमारे पाठक महाशय भी ताज्जुब करते और सोचते होंगे कि यह तमाशा संभव है या असम्भव मगर उन्हें समझ रखना चाहिए कि दुनिया में कोई बात असम्भव नहीं है। जो अब असम्भव है वह पहले जमाने में सम्भव थी और जो पहिले जमाने में असम्भव थी वह आज सम्भव हो रही है। 'दीवार कहकहा' वाली बात आप लोगों ने जरूर सुनी होगी। उसके विषय में भी यही कहा जाता है कि उस दीवार पर चढ़कर दूसरी तरफ झांकने वाला हंसता-हंसता दूसरी तरफ कूद पड़ता है और फिर उस आदमी का पता नहीं लगता कि क्या हुआ और कहां गया। इस मशहूर और ऐतिहासिक बात को कई आदमी झूठ समझते हैं मगर वास्तव में ऐसा नहीं है। इसके विषय में हम नीचे एक लेख की नकल करते हैं जो तारीख 14 मार्च सन् 1905 ई. के अवध अखबार में छपा था–

"अगले जमाने में फिलासफर (वैज्ञानिक लोग) अपनी बुद्धि से जो चीजें बना गये हैं अब तक यादगार हैं। उनकी छोटी-सी तारीफ यह है कि इस समय के लोग उनके कामों को समझ भी नहीं सकते। उनके ऊंचे हौसले और ऊंचे खयाल की निशानी चीन के हाते की दीवार है और हिन्दुस्तान में भी ऐसी बहुत-सी चीजें हैं जिनका किस्सा आगे चलकर मैं लिखूंगा। इस समय 'दीवार कहकहा' पर लिखना चाहता हूं।

मैंने सन् 1899 ई. में 'अखबार आलम' मेरठ में कुछ लिखा था जिसकी मालिक अखबार ने बड़ी प्रशंसा की थी, अब उसके और विशेष सबब खयाल में आये हैं जो बयान करना चाहता हूं।

मुसलमानों के प्रथम राज्य में उस समय के हाकिम ने इस दीवार की अवस्था जानने के लिए एक कमीशन भेजा था जिसके सफर का हाल दुनिया के अखबारों से प्रकट हुआ है।

संक्षेप में यह कि कई आदमी मरे परन्तु ठीक तौर पर नहीं मालूम हो सका कि उस दीवार के उस तरफ क्या हाल-चाल है।

उसकी तारीफ इस तरह पर है कि उस दीवार की ऊंचाई पर कोई आदमी जा नहीं सकता और जो जाता है वह हंसते-हंसते दूसरी तरफ गिर जाता है, यदि गिरने से किसी तरह रोक लिया जाये तो जोर से हंसते-हंसते मर जाता है।"

यह एक तिलिस्म कहा जाता है या कोई और बात है, पर यदि सोचा जाये तो यह कहा जायेगा कि अवश्य किसी बुद्धिमान आदमी ने हकीमी कायदे से इस विचित्र दीवार को बनाया है।

यह दीवार अवश्य कीमियाई विद्या से मदद लेकर बनाई गई होगी।

यह बात जो प्रसिद्ध है कि दीवार के उस तरफ जिन्न और परी रहते हैं जिनको देखकर मनुष्य पागल हो जाता है और उसी तरफ को दिल दे देता है, यह बात ठीक हो सकती है परन्तु हंसता क्यों है यह सोचने की बात है।

काश्मीर में केशर के खेत की भी यही तारीफ है। तो क्या उसकी सुगन्ध वहां जाकर एकत्र होती है, या वहां भी केशर के खेत हैं जिससे हंसी आती है परन्तु ऐसा नहीं है क्योंकि ऐसा होता तो यह भी मशहूर होता कि केशर की महक आती है। नहीं-नहीं, कुछ और ही हिकमत है जैसा कि हिन्दुस्तान में किसी शहर के मस्जिद की मीनारों में यह तारीफ थी कि ऊपर खड़े होकर पानी का भरा गिलास हाथ में लो तो वह आप ही आप छलकने लगता था। इसकी जांच के लिए एक इन्जीनियर साहब ने उसे गिरवा दिया और फिर उसी जगह पर बनवाया परन्तु वह बात न रही। या आगरा में ताजबीबी के रौजे के फव्वारों के नल जो मिट्टी के खरनेचे की तरह थे जैसे खपरैल या बगीचे के नल होते हैं। संयोग से फव्वारों का एक नल टूट गया, उसकी मरम्मत की गई, दूसरी जगह से फट गया यहां तक कि तीस-चालीस वर्ष से बड़े-बड़े कारीगरों ने अपनी-अपनी कारीगरी दिखाई परन्तु सब व्यर्थ हुआ। अब तक तलाश है कि कोई उसे बनाकर अपना नाम करे, मतलब यह कि 'दीवार कहकहा' भी ऐसी ही कारीगरी से बनी है जिसकी कीमियाई बनावट मेरी समझ में यों आती है कि सतह जहां जमीन से आसमान तक कई हिस्सों में अलग की गई लम्बाई का भाग कई हवाओं से मिला है जैसे ऑक्सीजन,नाइट्रोजन, हाइड्रोजन, कार्बोलिकएसिड गैस, क्लोराइन इत्यादि। फिर इन हवाओं में से और भी कई चीजें बनती हैं जैसा कि नाइट्रोजन का एक मोरक्कब पुट ओक्साइड आफ नाइट्रोजन है (जिसको लाफिंग गैस भी कहते हैं)। बस दुनिया के उस सतह पर जहां लाफिंग गैस जिसको हिन्दी में हंसाने वाली हवा कहते हैं पाई गई है, उस जगह पर यह दीवार सतह जमीन से ऊंचाई तक बनाई गई है। इस जगह पर बड़ी दलील यह होगी कि फिर वह बनाने वाले आदमी कैसे उस जगह अपने होश में रहेंगे, वह क्यों न हंसते-हंसते मर गये और यही हल करना पहले मुझसे रह गया था जिसे अब उस नजीर से जो अमेरिका में कायम हुई है हल करता हूं, याने जिस तरह एक मकान कल के सहारे एक जगह से उठाकर दूसरी जगह रख दिया जाता है उसी तरह यह दीवार भी किसी नीची जगह में इतनी ऊंची बनाकर कल से उठाकर उस जगह रख दी गई है जहां अब है। लाफिंग गैस में यह असर है कि मनुष्य उसके सूंघने से हंसते-हंसते दम घुटकर मर जाता है।

अब यह बात रही कि आदमी उस तरफ क्यों गिर पड़ता है इस खिंचाव को भी हम समझे हुए हैं परन्तु उसकी केमिस्ट्री (कीमियाई) अभी हम न बतावेंगे इसको फिर किसी समय पर कहेंगे।

दृष्टान्त के लिए यह नजीर लिख सकते हैं कि ग्वालियर की जमीन की यह तासीर है कि जो मनुष्य वहां जाता है, वहीं का हो जाता है, जैसे यह कहावत है कि एक कांवर वाला जिसके

कांवर में उसके माता-पिता थे वहां पहुंचा और कांवर उतारकर बोला कि तुम्हारा जहां जी चाहे जाओ, मुझे तुमसे कुछ वास्ता नहीं। उसके तपस्वी माता-पिता बुद्धिमान थे, उन्होंने अपने प्यारे लड़के की आरजू-मिन्नत करके कहा कि हमको चम्बल दरिया के पार उतार दो फिर हम चले जाएंगे। लाचार होकर बड़ी हुज्जत से लड़का उनको दरिया के पार ले गया, ज्योंही उस पार हुआ त्योंही चाहा कि अपनी नादानी से लज्जित होकर माता-पिता के चरणों पर गिरकर माफी चाहे परन्तु उसकी माता ने कहा कि 'ऐ बेटा, तेरा कुछ कसूर नहीं, यह तासीर उस जमीन की थी।'

दीवार कहकहा के उस तरफ भी ऐसा ही खिंचाव है, जिसको हम ग्वालियर की हिस्टरी तैयार हो जाने पर यदि जीते रहे तो किसी समय परमेश्वर की कृपा से आप लोगों पर जाहिर करेंगे, अभी तो हमको यह विश्वास है कि इतिहास ग्वालियर के बनाने वाले ग्रेटर साहब ही इस खिंचाव के बारे में कुछ बयान करेंगे। इतिहास लेखक महाशय को चाहिए कि ग्वालियर की तारीफ में इस किस्से की हकीकत जरूर बयान करें कि कांवर वाले ने कांवर क्यों रख दी थी और इसकी तवारीख लिखें या इस किस्से को झूठ साबित करें, क्योंकि जो बात मशहूर होती है ग्रंथकर्ता को उसके झूठ-सच के बारे में जरूर कुछ लिखना चाहिए। तो भी इतिहास ग्वालियर तैयार हो जाने पर उस खिंचाव के बारे में जो दीवार के उस तरफ है पूरा-पूरा हाल लिखेंगे।

ग्वालियर की जमीन में तरह-तरह की खासियत है जिसको हम उस हिस्टरी की समालोचना में (यदि वह बातें हिस्टरी से बच रहीं) जाहिर करेंगे। दीवार कहकहा के सम्बन्ध में जहां तक अपना खयाल था आप लोगों पर प्रकट किया, याने दुनिया के उस हिस्से की सतह पर दीवार नहीं बनाई गई है जहां ओक्साइड आफ नाइट्रोजन है बल्कि पहले दूसरी जगह बनाकर फिर कल के जरिये से वहां उठाकर रख दी गई है। यदि यह कहा जाये कि गैस सिर्फ उसी जगह थी और जगह क्यों नहीं है तो उसका सहज जवाब यह है कि जमीन से आसमान तक तलाश करो किसी न किसी ऊंचाई पर तुमको मिल ही जाएगी। दूसरे यह कि कोई हवा सिर्फ खास जगह पर मिलती है मसलन बन्द जगह की हलाक करने वाली बन्द हवा, जैसा कि अक्सर कुएं में आदमी उतरते हैं और घबड़ाकर मर जाते हैं। यदि यह कहा जाये कि वहां हवा नहीं है तो यह नहीं हो सकता।

पिछले जमाने के आदमी अपनी कारीगरी का अच्छा-अच्छा नमूना छोड़ गये हैं- जैसे मिट्टी की मीनार या नौशेरवानी बाग या जवाहिरात के पेड़ों पर चिड़ियों का गाना या आगरे का ताज जिसकी तारीफ में तारीख तुराब के बुद्धिमान लेखक ने किसी लेखक का यह फिकरा लिखा है जिसका संक्षेप यह है कि 'इसमें कुछ बुराई नहीं, यदि है तो यही है कि कोई बुराई नहीं'। देखिये आगरा में बहुत-सी बादशाही समय की टूटी-फूटी इमारतें हैं जिनमें पानी दौड़ाने के नल (पाइप) वैसे ही मिट्टी के हैं जैसे कि आजकल मिट्टी के गोल परनाले होते हैं, उन्हीं नलों से दूर-दूर से पानी आता और नीचे से ऊपर कई मरातिब तक जाता था। इसी तरह से ताजगंज के फव्वारों के नल भी थे तथा और भी इसी तरह के हैं जिनमें से एक के टूटने पर लोहे के नल लगाये गये, जब उनसे काम न चला तो बड़े-बड़े भारी पत्थरों में छेद करके लगाये गये, परंतु बेफायदा हुआ।

उन फव्वारों की तारीफ है कि जो जितना ऊंचा जा रहा है उतनी ही ऊंचाई पर यहां से वहां तक बराबर धारें गिरती हैं। अब जो कहीं बनते हैं तो धार बराबर करने को ऊंची-नीची सतह पर फव्वारे लगाने पड़ते हैं।

इसी तरह का तिलिस्म के विषय का एक लेख ता. 30 मार्च सन् 1905 के अवध अखबार में छपा था उसका अनुवाद भी हम नीचे लिखते हैं–

"गुजरे हुए जमाने की काबिले कदर यादगारो! तुमको याद कर-करके हम कहां तक रोएं और कहां तक विलाप करें जमाने के बेकदर हाथों की बदौलत तुम अब मिट गये और मिटते चले जाते हो, जमीन तुमको खा गई और उनको भी खा गई जो तुम्हारे जानने वाले थे, यहां तक कि तुम्हारा निशान तो निशान तुम्हारा नाम तक भी मिट गया!

खलीफा बिन उम्मीयां के जमाने में जिन दिनों अब्दुल मलिक बिनमर्दा की तरफ से उसका भाई अब्दुल अजीज बिनमर्दा मिस्र देश का गवर्नर था, एक दिन उसके सामने दफीना (जमीन के नीचे छिपा हुआ खजाना) का हाल बतलाने वाला कोई शख्स हाजिर हुआ। अब्दुल अजीज ने बात-बात ही में उससे कहा, 'किसी दफीना का हाल तो बतलाइये!' जिसके जवाब में उसने एक टीले का नाम लेकर कहा कि उसमें खजाना है और इसकी परख इस तौर से हो सकती है कि वहां की थोड़ी जमीन खोदने पर संगमर्मर और स्याह पत्थर का फर्श मिलेगा जिसके नीचे फिर खोदने से एक खाली दरवाजा दिखाई देगा, उस दरवाजे के उखड़ने के बाद सोने का एक खंभा नजर आवेगा, जिसके ऊपरी हिस्से पर एक मुर्ग बैठा होगा, उसकी आंखों में जो सुर्ख मानिक जड़े हैं, वह इस कदर कीमती हैं कि सारी दुनिया उनके बदले और दाम में काफी हो तो हो। उसके दोनों बाजू मानिक और पन्ने से सजे हुए हैं और सोने वाले खंभे से सोने के पत्तरों का कुछ हिस्सा निकलकर उस मुर्ग के सिर पर छाया किये हुए हैं।

यह ताज्जुब की बात सुनकर उस गवर्नर का कुछ ऐसा शौक बढ़ा कि आमतौर पर हुक्म दे दिया कि वह जगह खोदी जाये और जो लोग उसको खोदेंगे और उसमें काम करेंगे उनको हजारों रुपये दिये जायेंगे। वह जगह एक टीले पर थी, इस वजह से बहुत घेरा देकर खुदाई का काम शुरू हुआ। पता देने वाले ने जो संगमर्मर और स्याह पत्थर के फर्श वगैरह बताये थे वे मिलते जाते थे और बताने वाले के फन की तसदीक होती जाती थी और इसी वजह से अब्दुल अजीज का शौक बढ़ता जाता था तथा खुदाई का काम मुस्तैदी के साथ होता जाता था कि यकायक मुर्ग का सिर जाहिर हुआ। सिर के जाहिर होते ही एकबारगी आंखों को चकाचौंक करने वाली तेज रोशनी उस खोदी हुई जगह से निकलकर फैल गई, मालूम हुआ कि बिजली तड़प गई।

यह गैरमामूली रोशनी मुर्ग की आंखों से निकल रही थी। दोनों आंखों में बड़े-बड़े मानिक जड़े हुए थे, जिनकी यह बिजली थी। और ज्यादे खोदे जाने पर उसके दोनों जड़ाऊ बाजू भी नजर आये और फिर उसके पांव भी दिखाई दिये।

उस मुर्ग वाले सोने के खंभे के अलावा एक और खंभा भी नजर आया जो एक इमारत की तरह पर था। यह इमारती खंभा रंग-बिरंगे पत्थरों का बना हुआ था, जिसमें कई कमरे थे और उनकी छतें बिलकुल छज्जेदार थीं। उसके दरवाजों पर बड़े और खूबसूरत आलों (ताकों) की एक कतार थी जिनमें तरह-तरह की रखी हुई मूरतें और बनी हुई सूरतें खूबी के साथ अपनी शोभा दिखा रही थीं, सोने और जवाहिरात के जगह-जगह पर ढेर थे जो छिपे हुए थे, ऊपर से चांदी के पत्तर लगे थे और पत्तरों पर सोने की कीलें जड़ी थीं। अब्दुल अजीज बिनमर्दा यह खबर पाते ही बड़े चाह से उस मौके पर पहुंचा, और जो आश्चर्यजनक तिलिस्म वहां जाहिर था उसको बहुत दिलचस्पी के साथ देर तक देखता रहा और तमाम खलकत की भीड़-भाड़ थी, तमाशबीन अपने बढ़े हुए शौक से एक-दूसरे पर गिरे पड़ते थे। एक जगह ढले हुए तांबे की सीढ़ी ऊपर तक लगी हुई थी, उसको देखकर एक शख्स ऊपर जल्दी-जल्दी चढ़ने लगा, हर एक तमाशबीन ताज्जुब के साथ वहां की हर चीज को देख रहा था।

उस जीने की चौथी सीढ़ी पर जब चढ़ने वाले ने कदम रखा तो जीने की दाहिनी और बाईं तरफ से दो नंगी तलवारें, अपना काट और तड़प दिखाती हुई निकलीं। यद्यपि इस चढ़ने वाले ने बचने के लिए हर तरह की कोशिश की मगर दोनों निकलने वाली तलवारें प्राणघातक शत्रु थीं, जिन्होंने देखते ही देखते इस चढ़ने वाले आदमी का काम तमाम कर दिया, और फिर यह देखा गया कि इस शख्स के टुकड़े नीचे कट-कटकर गिरे। उनके गिरते ही वह खंभा झोंके ले-लेकर आप से आप हिलने लगा और उस पर से वह बैठा हुआ मुर्ग कुछ अजब शान से उड़ा कि देखने वाले अचंभे में होकर देखते रह गये।

जिस वक्त उसने उड़ने के लिए अपने बाजू (डैने) फटफटाये तो अद्भुत सुरीली और दिल लुभाने वाली आवाजें उससे निकलीं लोग सुनकर दंग रह गये, और यह आवाजें हवा में गूंजकर दूर-दूर तक फैल गईं।

उस मुर्ग के उड़ते ही एक किस्म की गर्म हवा चली जिसकी वजह से जिस कदर तमाशबीन आस-पास में खड़े थे सब के सब उसी तिलिस्मी गार (खोह) में गिर पड़े। उस गड्ढे के अंदर उस वक्त खोदने वाले बेलदार, मिट्टी को बाहर फेंकने वाले मजदूर और मेठ वगैरह जिनकी तादाद 1000 कही जाती है मौजूद थे, जो सब के सब बेचारे फौरन मर गये। अब्दुल अजीज ने यह हाल देखकर एक चीख मारी और कहा, यह भी अजीब दुखदायी बात हुई! इससे क्या उम्मीद रखनी चाहिए।

इसके बाद और मजदूर उसमें लगा दिए गये। जिस कदर मिट्टी वगैरह निकली थी वह सब की सब अंदर डाल दी गई, वह मर जाने वाले तमाशबीन सब भी उसी के अंदर दफना दिए गए और आखीर में उस तिलिस्म की जगह अच्छा-खासा एक 'कब्रिस्तान' बन गया। गए थे दफीना निकालने के लिए और इतनी जानें दफन कर आये, खर्च खाटे में रहा।"

***

बयान-8

तीसरे दिन पुनः दरबार हुआ और कैदी लोग लाकर हाजिर किए गए। महाराज सुरेन्द्र सिंह का लिखाया हुआ फैसला सभों के सामने तेज सिंह ने पढ़कर सुनाया। सुनते ही कम्बख्त दारोगा, जैपाल, हरनाम सिंह वगैरह रोने-कलपने-चिल्लाने और महाराज से कहने लगे कि इसी जगह हम लोगों का सिर काट लिया जाये या जो चाहें महाराज सजा दें मगर हम लोगों को गोपाल सिंह के हवाले न करें।

कैदियों ने बहुत सिर पीटा मगर उनकी कुछ न सुनी गई, जो कुछ महाराज ने फैसला किया था उसी मुताबिक कार्रवाई की गई और इस फैसले को सभों ने पसंद किया।

इन सब कामों से छुट्टी पाने के बाद एक बहुत बड़ा जलसा किया गया और कई दिनों तक खुशी मनाने के बाद सब कोई बिदा कर दिये गये। राजा गोपाल सिंह कैदियों को साथ लेकर जमानिया चले गए, लक्ष्मीदेवी उनके साथ गई और तेज सिंह तथा और भी बहुत आदमी महाराज की तरफ से उनको पहुंचाने के लिए साथ गए। जब वे लौट आए तब औरतों को साथ लेकर राजा वीरेन्द्र सिंह, इंद्रजीत सिंह और आनंद सिंह वगैरह पुनः तिलिस्म में गए और उन्हें तिलिस्म की खूब सैर कराई। कुछ दिन बाद रोहतासगढ़ के तहखाने की भी उन लोगों को सैर कराई और फिर सब कोई हंसी-खुशी से दिन बिताने लगे।

प्रेमी पाठक महाशय, अब इस उपन्यास में मुझे सिवाय इसके और कुछ कहना नहीं है कि भूतनाथ ने प्रतिज्ञानुसार अपनी जीवनी लिखकर दरबार में पेश की और महाराज ने पढ़-सुनकर उसे खजाने में रख दिया। इस उपन्यास का भूतनाथ की खास जीवनी से कोई संबंध न था इसलिए इसमें वह जीवनी नत्थी न की गई। हां खास-खास भेद जो भूतनाथ से संबंध रखते थे खोल दिए गए, तथापि भूतनाथ की जीवनी जिसे चंद्रकान्ता संतति का उपसंहार भाग भी कह सकेंगे स्वतंत्र रूप से लिखकर अपने प्रेमी पाठकों की नजर करूंगा, मगर इसके बदले में अपने प्रेमी पाठकों से इतना जरूर कहूंगा कि इस उपन्यास में जो कुछ भूल-चूक रह गई हो और जो भेद रह गये हों वह मुझे अवश्य बतावें जिससे "भूतनाथ की जीवनी" लिखते समय उन पर ध्यान रहे, क्योंकि इतने बड़े उपन्यास में मेरे ऐसे अनजान आदमी से किसी तरह की त्रुटि का रह जाना कोई आश्चर्य नहीं है।

प्रिय पाठक महाशय, अब चंद्रकान्ता संतति की लेख-प्रणाली के विषय में भी कुछ कहने की इच्छा होती है।

जिस समय मैंने चंद्रकान्ता लिखनी आरंभ की थी उस समय कविवर प्रताप नारायण मिश्र और पंडितवर अम्बिकादत्त व्यास जैसे धुरंधर किंतु अनुद्धत सुकवि और सुलेखक विद्यमान थे, तथा राजा शिवप्रसाद, राजा लक्ष्मण सिंह जैसे सुप्रतिष्ठित पुरुष हिंदी की सेवा करने में अपना गौरव समझते थे, परंतु अब न वैसे मार्मिक कवि हैं और न वैसे सुलेखक। उस समय हिंदी के लेखक थे परंतु ग्राहक न थे, इस समय ग्राहक हैं पर वैसे लेखक नहीं हैं। मेरे इस कथन का यह मतलब नहीं है कि वर्तमान समय के साहित्य-सेवी प्रतिष्ठा के योग्य नहीं हैं बल्कि यह मतलब है कि जो स्वर्गीय सज्जन अपनी लेखनी से हिंदी के आदि युग में हमें ज्ञान दे गए हैं वे हमारी अपेक्षा बहुत बढ़-चढ़कर थे। उनकी लेख-प्रणाली में चाहे भेद रहा हो परंतु उन सबका लक्ष्य यही था कि इस भारत भूमि में किसी तरह

मातृ-भाषा का एकाधिपत्य हो लेकिन यह कोई नियम की बात नहीं है कि वैसे लोगों से कुछ भूल हो ही नहीं। उनसे भूल हुई तो यही कि प्रचलित शब्दों पर उन्होंने अधिक ध्यान नहीं दिया। राजा शिवप्रसादजी के राजनीति के विचार चाहे कैसे ही रहे हों पर सामाजिक विचार उनके बहुत ही प्रांजल थे और वे समयानुकूल काम करना खूब जानते थे, विशेषत: जिस ढंग की हिंदी वे लिख गए हैं उसी से वर्तमान में हिंदी का रास्ता कुछ साफ हुआ है।

चाहे कोई हिंदू हो चाहे जैन या बौद्ध हो और आर्य समाजी या धर्म समाजी ही क्यों न हो परंतु जिन सज्जनों के माननीय अवतारों और पूर्वजनों ने इस पुण्य भूमि का अपने आविर्भाव से गौरव बढ़ाया है उनमें ऐसा अभागा कौन होगा जो पुण्यता और मधुरता युक्त संस्कृत भाषा के शब्दों का प्रचुर प्रचार न चाहेगा मेरे विचार में किसी विवेकी भारत संतान के विषय में केवल यह देखकर कि वह विदेशी भाषा के शब्दों का प्रचार कर रहा है यह गढ़ंत कर लेना कि वह देववाणी के पवित्र शब्दों का विरोधी है भ्रम ही नहीं किंतु अन्याय भी है। देखना यह चाहिए कि ऐसा करने से उसका मतलब क्या है। भारतवर्ष में आठ सौ वर्ष् तक विदेशी यवनों का राज्य रहा है इसलिए फारसी-अरबी के शब्द हिंदू समाज में 'नपठेत यावनी भाषा" की दीवार लांघकर उसी प्रकार आ घुसे जिस प्रकार हिमालय के उन्नत मस्तक को लांघकर वे स्वयं आ गए, यहां तक कि महात्मा तुलसीदास जैसे भगवद्भक्त कवियों को भी "गरीब-निवाज" आदि शब्दों का बर्ताव दिल खोल के करना पड़ा।

आठ सौ वर्ष के कुसंस्कार को जो गिनती के दिनों में दूर करना चाहते हैं उनके उत्साह और साहस की प्रशंसा करने पर भी हम यह कहने के लिए मजबूर हैं कि वे अपने बहुमूल्य समय का सदुपयोग नहीं करते बल्कि जो कुछ वे कर सकते थे उससे भी दूर हटते हैं। यदि ईश्वरचंद्र विद्यासागर सीधे-सादे शब्दों से बंगला में काम न कर लेते तो उत्तरकाल के लेखकों को संस्कृत शब्द के बाहुल्य प्रचार का अवसर न मिलता और यदि "राजा शिवप्रसाद हिंदी" प्रकट न होती तो सरकारी पाठशालाओं में हिंदी के चंद्रमा की चांदनी मुश्किल से पहुंचती। मेरे बहुत से मित्र हिंदुओं की अकृतज्ञता का यों वर्णन करते हैं कि उन्होंने हरिश्चंद्र जी जैसे देशहितैषी पुरुष की

उत्तम-उत्तम पुस्तकें नहीं खरीदीं पर मैं कहता हूं कि यदि बाबू हरिश्चंद्र अपनी भाषा को थोड़ा सरल करते तो हमारे भाइयों को अपने समाज पर कलंक लगाने की आवश्यकता न पड़ती और स्वाभाविक शब्दों के मेल से हिंदी की पैसिंजर भी मेल बन जाती। प्रवाह के विरुद्ध चलकर यदि कोई कृतकार्य हो तो निःसंदेह उसकी बहादुरी है परंतु बड़े-बड़े दार्शनिक पंडितों ने इसको असंभव ठहराया है। सारसुधानिधि और कविवचनसुधा की भाषा यद्यपि भावुकजनों के लिए आदर की वस्तु थी परंतु समय के उपयोग की न थी। हमारे 'सुदर्शन' की लेख-प्रणाली को हिंदी के धुरंधर लेखकों और विद्वानों ने प्रशंसा के योग्य ठहराया है परंतु साधारणजन उससे कितना लाभ उठा सकते हैं यह सोचने की बात है। यदि महाकवि भवभूति के समान किसी भविष्य पुरुष की आशा ही पर ग्रंथकारों और लेखकों को यत्न करना चाहिए तब तो मैं सुदर्शन संपादक पंडित माधवप्रसाद मिश्र को भी भविष्य की आशा पर बधाई देता हूं पर यदि ग्रंथकारों को भविष्य की अपेक्षा वर्तमान से अधिक संबंध है तो निःसंदेह इस विषय में मुझे आपत्ति है।

किसी दार्शनिक ग्रंथ या पत्र की भाषा के लिए यदि किसी बड़े कोश को टटोलना पड़े तो कुछ परवाह नहीं, परंतु साधारण विषयों की भाषा के लिए भी कोश की खोज करनी पड़े तो निःसंदेह दोष की बात है। मेरी हिंदी किस श्रेणी की हिंदी है इसका निर्धारण मैं नहीं करता परंतु मैं यह जानता हूं कि इसके पढ़ने के लिए कोश की तलाश करनी नहीं पड़ती। चंद्रकान्ता के आरंभ के समय मुझे यह विश्वास न था कि उसका इतना अधिक प्रचार होगा, यह मनोविनोद के लिए लिखी गई थी, पर पीछे लोगों का अनुराग देखकर मेरा भी अनुराग हो गया और मैंने अपने उन विचारों को जिनको मैं अभी तक प्रकाशित नहीं कर सका था फैलाने के लिए इस पुस्तक को द्वार बनाया और सरल भाषा में उन्हीं मामूलीं बातों को लिखा जिससे मैं उस होनहार मंडली का प्रिय पात्र बन जाऊं जिसके हाथ में भारत का भविष्य सौंपकर हमें इस असार संसार से बिदा होना है। मुझे इस बात से बड़ा हर्ष है कि मैं इस विषय में सफल हुआ और मुझे ग्राहकों की अच्छी श्रेणी मिल गई। यह बात बहुत-से सज्जनों पर प्रकट है कि 'चंद्रकान्ता' पढ़ने के लिए बहुत से पुरुष नागरी की वर्णमाला सीखते हैं और जिनको कभी हिंदी सीखनी न थी उन लोगों ने इसके लिए सीखी।

हिंदी के हितैषियों में दो प्रकार के सज्जन हैं। एक तो वे जिनका विचार यह है कि चाहे अक्षर फारसी क्यों न हों पर भाषा विशुद्ध संस्कृत-मिश्रित होनी चाहिए और दूसरे वे जो यह चाहते हैं कि चाहे भाषा में फारसी के शब्द मिले भी हों पर अक्षर नागरी होने चाहिए। पहले में मैं पंजाब के आर्य समाजियों और धर्म सभा वालों को मान लेता हूं जिनके लेखों में वर्णमाला के सिवाय फारसी-अरबी को कुछ सहारा नहीं, सब-कुछ संस्कृत का है, और दूसरे पक्ष में मैं अपने को ठहरा लेता हूं जो इसके विपरीत हैं। मैं इस बात को भी स्वीकार करता हूं कि जिस प्रकार फारसी वर्णमाला उर्दू का शरीर और अरबी-फारसी के उपयुक्त शब्द उसके जीवन हैं, ठीक उसी प्रकार नागरी वर्णमाला हिंदी का शरीर और संस्कृत के उपयुक्त शब्द उसके प्राण कहे जा सकते हैं। यदि यह देश यवनों के अधिकार में न हुआ होता और यदि कायस्थादि हिंदू जातियों में उर्दू

भाषा का प्रेम अस्थिमज्जागत न हो गया होता तो हिंदी का शरीर और जीवन पृथक दिखलाई देता। उसी प्रकार हमारे ग्रंथों की सजीव उत्पत्ति होती जिस प्रकार द्विज बालकों की होती है। शरीर में यदि आत्मा न हो तो तब वह बेकार है और यदि आत्मा को उपयुक्त शरीर न मिलकर पशु-पक्षी आदि शरीर मिल जाये तो भी वह निष्फल ही है, इसलिए शरीर बनाकर फिर उसमें आत्मदेव की स्थापना करना ही न्याययुक्त और लाभप्रद है। 'चंद्रकान्ता' और 'संतति' में यद्यपि इस बात का पता नहीं लगेगा कि कब और कहां भाषा का परिवर्तन हो गया परंतु उसके आरंभ और अंत में आप ठीक वैसा ही पायेंगे जैसा बालक और वृद्ध में। एकदम से बहुत से शब्दों का प्रचार करते तो कभी संभव न था कि उतने संस्कृत शब्द हम उन कुपढ़ ग्रामीण लोगों को याद करा देते जिनके निकट काला अक्षर भैंस के बराबर था। मेरे इस कर्त्तव्य का आश्चर्यमय फल देखकर वे लोग भी बोधगम्य उर्दू के शब्दों को अपनी विशुद्ध हिंदी में लाने लगे हैं जो आरंभ में इसीलिए मुझ पर कटाक्षपात करते थे। इस प्रकार प्राकृतिक प्रवाह के साथ-साथ साहित्यसेवियों की सरस्वती का प्रवाह बदलते देखकर समय के बदलने का अनुमान करना कुछ अनुचित नहीं है। जो हो भाषा के विषय में हमारा वक्तव्य यही है कि वह सरल हो और नगरी वाणी में हो, क्योंकि जिस भाषा के अक्षर होते हैं उनका खिंचाव उन्हीं मूल भाषाओं की ओर होता है जिससे उनकी उत्पत्ति हुई है।

भाषा के सिवाय दूसरी बात मुझे भाव के विषय में कहनी है। मेरे कई मित्र अपेक्षा करते हैं कि मुझे देश-हितपूर्ण और धर्मभावमय कोई ग्रंथ लिखना उचित था जिससे मेरी प्रसरणशील पुस्तकों के कारण समाज का बहुत कुछ उपकार व सुधार हो जाता। बात बहुत ठीक है, परंतु एक अप्रसिद्ध ग्रंथकार की पुस्तकों को कौन पढ़ता यदि मैं चंद्रकान्ता और संतति को न लिखकर अपने मित्रों से भी दो-चार बातें हिंदी के विषय में कहना चाहता तो कदाचित् वे भी सुनना पसंद नहीं करते। गंभीर विषय के लिए जैसे एक विशेष भाषा का प्रयोजन होता है वैसे ही विशेष पुरुष का भी। भारतवर्ष में विशेषता की भी अधिकता न देखकर मैंने साधारण भाषा में साधारण बातें लिखना ही आवश्यक समझा। संसार में ऐसे भी लोग हुए होंगे जिन्होंने सरल और भावमय एक ही पुस्तक लिखकर लोगों का चित्त अपनी ओर खींच लिया हो पर वैसा कठिन काम मेरे जैसे के करने के योग्य न था। तथापि पात्रों की चाल-चलन दिखाने में जहां तक हो सका ध्यान रखा गया है, सब पात्र यथासंभव संध्या-तर्पण करते हैं और अवसर पड़ने पर पूजा प्रकार भी वीरेन्द्र सिंह आदि के वर्णन में जगह-जगह दिखाई देता है।

कुछ दिनों की बात है मेरे एक मित्र ने संवाद-पत्रों में इस विषय का आंदोलन उठाया था कि इनके कथानक संभव हैं या असंभव। में नहीं समझता कि यह बात क्यों उठाई और बढ़ाई गई जिस प्रकार पंचतंत्र, हितोपदेश आदि ग्रंथ बालकों की शिक्षा के लिए लिखे गये उसी प्रकार यह लोगों के मनोविनोद के लिए पर यह संभव है या असंभव इस विषय में कोई यह समझे कि 'चंद्रकान्ता' और 'वीरेन्द्र सिंह' इत्यादि पात्र और उनके विचित्र स्थानादि सब ऐतिहासिक हैं तो बड़ी भारी भूल है। कल्पना का मैदान बहुत विस्तृत है और उसका एक छोटा-सा नमूना है। अब

रही संभव की बात अर्थात् कौन-सी बात हो सकती है और कौन-सी नहीं हो सकती! इसका विचार प्रत्येक मनुष्य की योग्यता और देश-काल-पात्र से संबंध रखता है। कभी ऐसा समय था कि यहां के आकाश में विमान उड़ते थे, एक-एक वीर पुरुष के तीरों में यह सामर्थ्य थी कि क्षणमात्र में सहस्रों मनुष्यों का संहार हो जाता था, पर अब वह बातें खाली पौराणिक कथा समझी जाती हैं। पर दो सौ वर्ष पहले जो बातें असंभव थीं आजकल विज्ञान के सहारे वे सब संभव हो रही हैं। रेल, तार, बिजली आदि के कार्यों को पहले कौन मान सकता था। और फिर यह भी है कि साधारण लोगों की दृष्टि में जो असंभव है कवियों की दृष्टि में भी वह असंभव ही रहे यह कोई नियम की बात नहीं। संस्कृत साहित्य के सर्वोत्तम उपन्यास 'कादम्बरी' की नायिका युवती की युवती रही, उसके नायक के तीन जन्म हो गये, तथापि कोई बुद्धिमान पुरुष इसको दोषवह न समझकर गुणधायक ही समझेगा। चंद्रकान्ता में जो अद्भुत बातें लिखी गई हैं वे इसलिए नहीं कि लोग उनकी सच्चाई-झुठाई की परीक्षा करें, प्रत्युत इसलिए कि उसका पाठ कौतूहल-वर्द्धक हो।

एक समय था कि लोग सिंहासन बत्तीसी, बैतालपचीसी आदि कहानियों को विश्राम काल में रुचि से पढ़ते थे, फिर चहारदरवेश और अलिफलैला के किस्सों का समय आया, अब इस ढंग के उपन्यासों का समय है। अब भी वह समय दूर है जब लोग बिना किसी प्रकार की न्यूनाधिकता के ऐतिहासिक पुस्तकों को रुचि से पढ़ेंगे। जब वह समय आवेगा उस समय कथासरित्सागर के समान 'चंद्रकान्ता' बतलावेगी कि एक वह भी समय था जब इसी प्रकार के ग्रंथों से ही वीरप्रसु भारत भूमि की संतान का मनोविनोद होता था। भगवान उस समय को शीघ्र लावें।

***